梁晓声文集

长篇小说

青岛出版社

出版说明

梁晓声,祖籍山东荣成,1949 年出生于哈尔滨市建筑工人家庭。1966 年初中毕业于哈尔滨市第二十九中学。1968 年在"上山下乡"运动中成为黑龙江生产建设兵团的一名"兵团知青"。1974 年被推荐上大学,成为复旦大学中文系"工农兵学员"。1977 年大学毕业,分配至北京电影制片厂任编辑。1988 年底至中国儿童电影制片厂,任艺术委员会副主任。2002 年至北京语言大学人文学院任教授至今。中国作家协会全国委员会委员,中央文史研究馆馆员,全国政协第十、十一、十二届委员。

梁晓声是中国当代文坛大家,是知青文学的集大成者。他著述勤勉,诸体兼擅,各种体裁皆有广为人知的代表作。他的作品题材广泛、思想深刻。他以直面现实的态度进行深邃的哲学思考和精致的文学创作,真诚而又爱憎分明地记述历史,深入剖析复杂多变的社会问题,其中渗透了社会历史的变迁、风俗人情的移易、人性心灵的内省,从不同角度、不同层面史诗式地描绘了时代的全景。他的作品因此被称为"史性与诗性的综合体",在中国当代文学中风格鲜明、自成一家。

2013 年 11 月,梁晓声授权青岛出版社出版其文集。文集出版立项伊始即获青岛市 2014 年度宣传文化发展专项资金资助。青岛出版社将其列为年度重点出版项目,组织相关人员着手实施。

　　《梁晓声文集》尽可能完备地辑录了梁晓声迄今为止创作的全部作品。依据体裁,我们将这些作品厘为长篇小说、中篇小说、短篇小说、散文、杂文等卷。基于这些作品的丰赡多姿和规模宏大,历经一年多的审慎核校,我们先期出版长篇小说卷,包括《雪城》《泯灭》《恐惧》《欲说》《浮城》《红色惊悸》《尾巴》《伊人　伊人》《黄卡》《政协委员》《缪斯之子》《重塑保尔·柯察金》《一个红卫兵的自白》《知青》《年轮》《返城年代》《生非》《懦者》等18部,分作20卷编排。这些作品均曾出版过,有些出版过不止一次,版本不尽一致。对此,作者亲自作出判定,择取最达其意的版本辑入本集,并逐一作了修订,对小说的语言和部分情节作了适当改动与调整,使之更加恰切。小说的分卷和编排顺序也由作者亲自审定,大体根据以类相从的原则,将相同或相近主题的小说编排在一起且先后关联。

　　梁晓声的长篇小说创作时间跨度很大,故事背景复杂多样。在编校中,我们尽量保持作品最初发表时的原貌,对一些作家用语习惯和具有时代特色、地域特色的语汇皆予以保留,同时根据国家现行出版编校规范订正了少许文字和标点。

梁晓声的长篇小说首次出版时都是各自独立的。此次结集,为使体例一致,我们对小说的篇章布局,文中的数字用法、引文格式等作了大致统一;确实无法做到全部统一的,各卷保持统一。

　　《梁晓声文集》内容博大,文采斐然。虽然我们尽可能地认真审校,但限于学养和经验的不足,难免有疏漏之处,敬请读者批评指正。谨致诚挚的谢忱。

青岛出版社

2015 年 3 月

梁晓声文集·长篇小说 1

雪城（上）

青岛出版社

第一章

忍耐。

几千名接站者忍耐着透骨的寒冷和近乎绝望的期待在他们心中造成的愤怒。

火车站忍耐着愤怒的人们。

种种不安在车站广场上空的宁寂中悄悄流动着……

苏联红军烈士纪念碑镇定地俯视着万头攒动的人群……

"站长,要不要开探照灯?"

"暂时不要……"

"治安警察可以出动了吗?"

站长思忖片刻,尽量从容地回答:"不必……"随即补充了一句,"站内的可以出动了……"

他放下听筒,缓缓坐到椅子上,翻开值班日记,匆匆写了一行字:"一九七九年十二月二十六日……"他还想写什么,却难以组织准确的词汇。

广播开始了:

"站台工作人员注意,站台工作人员注意,113 次列车就要进站了,请

1

作好接站准备,请作好接站准备,请……"

站长立刻放下笔,起身大步跨到窗前,凝望广场。

他心中对广播员充满了感激。

全世界任何一个国家的任何一个火车站,广播员的声音都永远是那么一种职业性的,那么一种缓而慢之的,那么一种能够安定人心的语调和节奏。每一个国家的国徽和国旗是不同的,但所有国家所有火车站的广播员,却仿佛就是同一位可敬的女性,一位熟谙世界各国语言的女性。

感激她们那种至亲至爱的声音!

我们的地球上没有一个火车站的广播员是男性,正说明在火车站这种地方,人类的心理是多么需要那种温良的、至亲至爱的、女性的声音来安抚。

火车站是人性的磁场。

A 市火车站女广播员的声调是优雅沉着的。然而全体站台工作人员一听到,还是紧张地从各处迅速跑到站台上,肃立在安全线以内,如同组成"散兵线"的士兵。

出站口预先得到站长的命令,绝不放入一个接站者。站台上除了那道蓝色的"散兵线",再无他人,呈现着一种类似戒严的空寂情形和防备状态。

113 次列车并非什么极端重要的军列,亦非中央高级领导人或秘密来访的某外国元首的专列,车上更没有足以危害一座城市的可怕的瘟疫传染者。

它是历史的债车。

黑龙江生产建设兵团的四十余万知识青年,东北广大地域内近百个农场的知识青年,分散在无法计数的东北各农村的插队知识青年,所有这些在十年动乱中被城市抛弃或抛弃了城市的知识青年,这些当年"堂吉诃德"式的或被哄上被骗上被硬推上历史"游艺车"的"红卫兵",开始了如钱塘江潮般迅猛的大返城!

113次列车,是为他们临时增加的车次。可以认为它是返城知识青年们的专列。他们的人数加在一起,少说也有八九十万。相当于一个中小城市的迁移。它首次运行即将抵达 A 市。它已晚点十三小时,毫无疑问还将继续晚点下去。鬼知道它什么时候才能到达终点站上海!

A 市是它运行中的第一大站。在此站,它将撇下两千多名知识青年。另有一千七百多名几天前乘其他车次抵达 A 市的知识青年,正如丧失了编制和纪律的溃军败旅,蚁群似的拥在车站大楼内,期待着转乘知青专列兼程南下。他们早恨不得插上双翅飞回各自朝思暮想的城市。他们由于不情愿而没办法的滞留,耐性崩溃瓦解,盲目的怨气和怒气达到顶点,随时欲寻找机会发泄。这种怨气和怒气,已不复是千百少男少女缺乏磨炼的急躁情绪,而是成熟了的一代人长久积压的委屈和愤懑。

从哪一天起他们开始产生了这种心理?

这个研究兴趣留给社会心理学家们吧!

可以认为是他们当年或自愿或被迫地离开城市那一天,也可以认为是他们或留恋或诅咒着离开东北广大土地那一天。

谁也无法在历史的某一页上准确记载下这一天的日期,只有他们每个人自己心中清楚。

蚁聚在车站大楼内的一千七百多名知识青年,使每一个车站工作人员都切身感受到了威胁的存在。车站大楼内仿佛四处堆集着易燃物和爆炸品。车站工作人员对返城知识青年们畏而避之,唯恐与他们发生摩擦。一次微小的摩擦,也可能导致一场难以平息的骚乱,使这北方铁路线上的大枢纽站瘫痪掉!

站前广场的几千名接站者,有返城知识青年们的父母,有他们的兄弟姐妹,有他们各种关系的亲人。有的竟举家而来。十一年前,他们送走的是孩子;十一年后的今天,他们将迎接的,是孩子的爸爸和妈妈,是须眉男子和老姑娘。十一年前,他们是在站台上送别,耳畔锣鼓喧天,鞭炮齐鸣,口号歌声此起彼伏;十一年后的今天,他们却在站前广场上迎接,没有红旗飘舞,没有标语招摇,只有漫天飞雪!

好一场大雪!下了整整一白天,仍在下。在一九七九年十二月二十六日这个夜晚,纷纷扬扬普天降落。它仿佛要掩盖住什么!

十一年前历史轰轰烈烈地欠下了债。

十一年后的今天,时代匆匆忙忙地还这笔债!

无数木牌高低参差地举在黑压压的人头上,写着各种各样的字句:

"毛毛,出站后到这里!"

"张晓军,爸爸在此!"

"孟丽芬,二哥接你来了!"

……

天气格外寒冷,零下三十一度。西北风从人们头顶嗖嗖刮过。几千名接站者踩踏双脚,其声犹如百面军鼓乱擂。坚硬的大地震颤着!

接站的几千人,比车站大楼内的知识青年们更焦急,更愤怒。因为他们在风雪之中,严寒之中。车站大楼的各个门都有警察把守,没当日的火车票不许入内。事实上,车站大楼的容人量确已超"饱和"了。

出站口的铁门从里面锁着。铁门内,几名铁路工作人员袖着双手,泥胎似的僵立不动,对千百人的咒骂声充耳不闻。钢网将他们和接站的人群隔开,使他们多少获得一种安全感。

"接站的同志请注意,请让开出站口前的道路,以免阻挡113次列车的乘客出站……"

广播员至亲至爱的,燕子呢喃般的声音,在广场上空悦耳地回荡着。广播员是很懂得一点心理学的,她不说"返城知识青年们"而说"乘客",希望不寻常的事情,变成寻常的事情。

但这毕竟是不寻常的事情!十一年来笼罩着千家万户的忧愁,一旦被历史的巨笔果断地画了一个句号,对知识青年和他们的父母及亲人们所造成的冲击力,是强大而又猛烈的。他们面对事实,却仍半信半疑,好像错过了今天这个日子,明天事实就会变成梦幻或泡影似的。

接站的人群顿时亢奋起来,反而愈加骚乱。所有的人都企图挤到最前面去,第一个从出站口将他们要迎接的人拽出。那道钢网铁门,在他们看来,仿佛是现实与梦幻的可透视的屏障。他们恨不得推倒它,冲垮它,毁灭它!

人群外围,两个年轻妇女把一张大白纸好歹总算贴上出站口对面一家小吃店的泥墙,纸上写着:"王文君,我们实在太冷了,只好回家去。大姐和二姐。"听到广播后,她们毫不犹豫地将它一把扯下,扭身就朝出站口跑,像两只黄鼬似的钻入人群中。

透过铁门钢网,接站的人们看到一队铁路治安警察跑步出现,分列两排,从站台到出站门形成了一道警戒线。

113 次列车,终于载着 A 市千家万户的希望,疲惫地呼哧呼哧地喘息着,宛如一条巨人的钢铁爬虫,无精打采地驶入了站台。车头吐出的阵阵蒸雾弥漫了站台,制造了片刻寂然的梦境。但列车带来的一股疾风转眼又将梦境刮散。每一扇车窗都打开了,每一个窗口都探出三四颗戴着皮或棉的帽子的脑袋,伸长着脖颈,热切而惊诧地张望着空荡荡墓地一般宁静的站台。从他们面前闪过的,没有他们的亲人,只有站台清冽的灯辉下,铁路工作人员一张张严峻的面孔,一道蓝色"散兵线"。还有从站台到出站口那两道紧密的白色警戒线。

愤怒!

摆脱了纪律和理智束缚的愤怒爆发了!

"你们他妈的为什么不放人接站?!"

"我们是土匪强盗吗?!"

"存心跟我们知青哥们儿过不去是不是?"

"老子这么多东西怎么带出站呀?"

"不下车了!不放人接站,咱们都他妈的不下车啦!"

"呸!你姥姥的!……"

一口唾沫,吐在一位铁路工作人员脸上。他缓缓地抬手擦去,宽容地苦笑了一下,对身旁的另一位铁路工作人员说:"我女儿也在这趟车上。"

对方低声说:"你留神点,发现了,我帮你先接到咱们休息室去。"

他回答:"别了,有她妈妈和她哥哥在站外接她……"

"今晚可能要出事。"

"但愿别出事。"

几乎每一节车厢都传出怒骂声。知青专列是没有卧铺的。他们像塞在罐头里的鱼,一个紧贴一个地塞满每节车厢。大多数人没有座位,互相挤靠着,许多人实际上仅有立足之地。他们重新体验了一次当年"大串联"的旅途滋味。从列车开动起,乘务员们就都像隐身人似的"消失"了,聪明地将自己倒锁在休息室里,不再露面。不能指责他们,列车上没有他们"为人民服务"的余地。烧水炉早就熄灭了,"凉开水"早被喝光了,餐车里也挤满了人,根本无法开饭。列车上的广播员却很忠于职守,准时播音。上午是"二人转",中午是"二人转",下午还是"二人转"。"咿呼嗨,呀呼嗨"开始前,她总是像报幕员一样,热情饱满地说上一句:"下面请欣赏……"使人猜想她只有那么一张宝贝唱片可放,而她那句热情饱满的话也是录在唱片上的。"二人转"唱的是知识青年战天斗地的词,对这车听众来说,无异于一种讽刺。广播员主观认定,车厢里的每一个返城知识青年,既然在东北各农村生活了整整十一年,必定对这种东北农村曲艺感情深厚,百听不厌。却不知道,有几节车厢的喇叭线,早被扯断了。而许多返城知识青年,为了不辜负广播员兜售艺术的热情和美意,当唱针开始划出第一声"呼嗨"之前,就以更饱满的热情众口喊出"呼嗨"了。

在这中世纪贩奴船般的旅途中,他们的食欲、困意,每一根最微小神经的最末梢,全都麻痹了。许多人的文艺细胞和创造性思维,却变得空前活跃,才华横溢。

这是一种本能,如同被扔进舱底的鱼儿的蹦跳。

"老三听,不但战士要听,干部也要听,哪一级,都要听,听了就要唱,要在'呼嗨'上狠下功夫……"

他们在"呼嗨"上下的功夫是那么狠!

把"文革"中"副统帅"的语录歌加以篡改,使他们获得极大快感,乐此不疲。每节车厢里失掉了职务的知青"干部"们,耳听"呼嗨"之声唱成一片,则只有默然而已。彼一时,此一时,在这次列车上,没有什么"干部",也没有什么"战士"了,都是返城知识青年。等待他们的,都将是相同的命运——待业,在城市重新寻找到一个继续生活下去、奋斗下去的点。大返城造成了他们之间地位上的平等,起码在本次列车上,在误点十三小时的旅途中是如此。平等的意识,对大多数人来说,永远是能够获得某种安慰的意识。他们又疲惫又亢奋的头脑,还来不及预见到,城市将在他们之中,划分出多么细致又多么难以超越的"等级"。划分得很细,很细。

这种互相体验到的平等意识,使熟人或生人之间,极自然地产生了一种亲近感。谁都明白,一回到城市,城市便会将他们隔离开来。他们不再是社会无法忽视的一个庞大集团,而成了单独的、孤立的"个体"。无论他们情愿或不情愿,无论十一年来朝夕相处的或在列车上刚刚互报姓名的,他们将再也没有时间和机会人数众多地重聚一起,他们将必须以全副的精力在城市寻找和占据一道起跑线,开始新的冲刺。他们对城市所怀抱的一切希望,都只能从一道新的起跑线上去实现。一代人有一代人的命,这是他们这一代人的命。

如果说他们,这逝去了青春的,心理和精神上都感到疲惫不堪的一代,这几十万,近百万,数千万知青大军,由于"上山下乡"的使命宣告结束,而产生一种解脱感的话,那么也可以说,他们由于将要离别,将要被城市所分化,心灵中产生了溃疡般的忧郁、迷茫、惆怅、失落状态和彼此依恋的情愫。

当列车进站后,除了那些将头探出车窗的人,更多的人则在互相告别。那是很动人的场面：久握不放的双手，依依不舍的拥抱，真挚的眼泪，泣不成声的话语……女知青的感情充分体现这一代人珍重友谊的性格色彩，她们两个、几个、甚至十几个抱作一团，不能抑制地放声大哭。哭声在这种时刻是有传染性的。对于不同城市的知识青年们来说，是离别，也可能意味着以后永难相见。谁知生活会不会恩赐给他们重逢的机会呢？而他们目前又是多么需要在一起！比任何时候都更加需要在一起，需要不被分开。

他们不要被分开！他们心里都有些怕……

哭声一片，从车厢内传到站台上。

挤不到一块去的男知青，就放开嗓门大喊：

"赵东利，我下车了啊！"

"你下车吧，我可没法帮你忙了呀！"

"不用。我的东西都从窗口扔出去了！你还有什么话要说呀？"

"没什么说的了，你快下车吧！"

"那我就下车了啊！"

"下吧！"

"到了上海立刻给我写信啊！"

"一定！"

"我下去了！"

"你他妈快下去，还啰唆什么呀！一会儿下不去啦！"

"好，我下！……"

"哎！你小子长点记性，往后别再顶撞当官的！千万记住啊！"

"记住了……"

最后这一句话，已是哭着说出来的了。

肃立在安全线以内的站台工作人员，听到车厢里的哭声和告别的话语，也一个个为之动容。他们对挑衅性质的咒骂，保持着可敬的默然。

广播员又开始了她那种至亲至爱的、安定人心的广播："返城知识青年同志们,你们辛苦了!由于接你们的亲人很多,站台容纳不下,为确保车站的正常秩序,我们一律不放入本次列车的接站者,请你们谅解。站台工作人员,将协助你们出站……"

她那温良悦耳的声音,并没有起到什么安定作用。列车还未停稳,就有人跳到了站台上。手提包、行李捆、小木箱、网兜,各种各类物件,纷纷从车窗扔出,散乱地落在站台上。车门开处,如水闸提起。这时的列车,宛若每一节车厢都发生了猛烈的爆炸,知青们仿佛是被爆炸力从窗口和车门抛射出来的一般,片刻拥满了站台,将由站台工作人员组成的蓝色"散兵线"冲垮了,裹卷走了。也将由铁路警察组成的白色警戒线冲垮了,裹卷走了。几个被摔破的手提包内装的是面粉和黄豆。面粉在千百双鞋的践踏之下,像石灰一样飘飞起来,造成一片白色的粉雾,与满天雪花搅和一起,许许多多的人踩在滚珠似的黄豆上,一片片滑倒,站台上乌烟瘴气。

潮头一般的人流势不可当地涌向出站口……

出站口的钢网铁门还没来得及打开,在这股人流的冲击下,手指粗的铁链,铿然有声地断了!

站内站外一片呼喊声,一片嘈杂声,一片无法平定的局面,一片激动的骚乱,一片骚乱的激动,升上广场夜空,震颤着,缭绕着,交织着,扩散着……

城市突然睁开它的夜眼——两只安装在车站大楼顶上的备战时期的探照灯,它射出雪亮的巨大光束,往人群中交叉地扫来扫去。它似乎想要威胁人们。

一九七九年冬,在那些千百万知识青年大返城的日子里,对每一座十一年前将十几万、几十万知识青年欢送到农村或边疆的城市,对每一个将儿子或女儿打发到农村或边疆的家庭,都是一些同样严峻同样不得安宁的日子。十一年前送走的愈多,十一年后负担得愈重。对一座城市是如此,对一个家庭也是如此。

整个列车上只有一个人还没下车。一个女知青。她一动不动地坐在空荡荡的车厢里,神色麻木,从窗口呆望着混乱的站台。打扫卫生的乘务员踢踢她的脚:"你要住车上呀!"

她走出车站后,人群已开始朝四面八方流动。呼儿唤女,喊姐叫弟的声音涛叠浪涌,表达出难以描绘的兴奋和极乐之悲。

城市的夜眼雪亮雪亮。扫过来了,又扫过去了。

"姐姐!姐姐!孙玉蓉!……姐姐!……"在所有的呼唤声中,一个少女的叫喊显得格外尖脆,格外悲凉。悲凉中隐含着凄怆。她循声望去,见一个穿着肥大"棉猴"的矮小身影,逆着四散的人流被冲撞得左旋右转。那少女的叫喊声就是这"棉猴"发出的。少女的身体一定很瘦弱,几乎整个被包裹在"棉猴"之中。"棉猴"显得那么空荡,仿佛它具有神奇的魔法,在自行移动。

"姐姐!孙玉蓉!孙玉蓉!……"尖脆的叫喊声沙哑了,在拖得很长的尾音的过渡之后,变成了茫然的哭泣。

孙玉蓉——这个美好的符号所代表的姑娘是谁?为什么没有赶上这次知青专列?临时改变了返城的日期?返城之前出了什么意外的事?

她在火车上听说,某团的一辆客车,开往火车站途中翻下一座桥梁……

她心中替那少女预感到一种不幸。她望了那少女许久,直至那少女在人群中隐失了,才回过头,随着人流向前走。

她撞在什么人身上了,定睛一看,见是一对老夫老妻,互相挽着,像一高一低两块并立的太湖石。他们在寒冷中抵挡着人流的冲撞。他们不呼唤,不走动,就是那么寂寂地、互相依靠地、一动不动地伫立着。那又瘦又高的老人,端正地高举着一块丁字木牌,如体育运动会的引领员。木牌上面写着:"赵运祥和赵运瑞,爸爸妈妈在这里!"是毛笔字,笔力雄浑,看得出有很深的书法功底。老人那张清癯的脸,在她心中留下了一见难忘的印象。那雕刀镂刻般的皱纹,那目光凝滞的眼睛,那结霜的胡须,那双没戴手套的、高举着木牌的、无疑早已冻僵的手……她心中倏然产生了一种极其强烈的冲动,很想用自己最大的声音替这老人呼喊几声:"赵运祥和赵运瑞!……"

然而她将自己这种冲动压制下去了。她低低地对他们说了一句:"对不起……"从他们身边绕过,又向前走去。

在火车上,她非常非常思念家庭,思念父母和弟弟妹妹,希望站着打个盹之后,一睁开眼睛就到家了。但此刻,当她的双脚踏到了这座城市站前广场坚硬的、铺雪的路面时,她却并不那么想立刻回到家中了。她倒很想在这里留一阵,为的要最终看到,那两位老父老母是否接到了他们的两个儿子,那穿着肥大棉猴的瘦小少女是否接到了她的姐姐……

有人从治安警察手中夺过了手提话筒,盲目地呼喊他要接的人的名字。治安警察夺回了话筒,将那人朝一辆警车拖去。于是有几个返城知识青年拥了上去,于是又有几名治安警察拥了上去,于是一阵斥骂,于是一场厮打,于是响起了警笛声……

十几辆摩托开过来,包围了广场……

广场上的人渐渐四散得稀少了,剩下的几百人还聚集在出站口。钢网铁门已重新锁上了,站台内空空荡荡。铁门外的人,却仍怀着不泯的期待扒着钢网朝站内张望……

她再听不到那少女喊叫姐姐的尖脆嗓音了。她不由得转身寻找,见那一高一低两块僵立不动的"太湖石"旁,多了一个"石猴"。那瘦高的老人一条手臂紧搂着那少女的肩膀,那少女则替老人举着木牌,努力举高……

呵,你这期待的老父亲哦!

呵,你这期待的老母亲哦!

呵,你这期待的小妹妹哦!

呵,你们迟归的儿子和姐姐们哦!

但愿他们都没有乘坐那辆翻到桥底下的公共汽车……

她心中一阵难过。

她在心里默默地说:"两位老人,你们回家去吧!小妹妹,你也回家去吧!你们的儿子和姐姐是会回来的,一定会回来的!也许明天,也许后天……"

据说那座桥四米多高,汽车的大部分砸进了冰河。

"姚玉慧同志,姚玉慧同志,原生产建设兵团三师二团七营教导员姚玉慧同志,听到广播后,请马上到苏联红军烈士纪念碑下,那里有车接你,那里有车接你……"

车站广播员那种至亲至爱的声音始终如一。

她迟疑了一下,朝苏联红军烈士纪念碑快步走去。这座碑,曾被用一块巨大的帆布从上至下罩了起来。如今,它也像许多受迫害的人一样,获得解放,重见天日了。望着它,她心中油然产生一种亲切感。它是代表这座城市的标志之一。她知道,这座碑得以重见天日,是自己的父亲——粉碎"四人帮"后由中央任命的市长亲自作出的决定。看来父亲的性格在十年政治风云的浮沉中一点都没有改变,还是那么敢为敢当。她替自己的父亲骄傲。

它是历史。她想。将历史罩起来,这是多么滑稽可笑多么愚昧透顶的行径!

同时她心里又产生了一种惆怅。父亲又作了一市之长,而她自己却再也不是什么教导员了,永远。父亲如今重新获得的,正是她如今所失去的。这并非指权力而言,她并不崇拜权力,也没有操权握柄的野心和欲望。是指价值而言,指能够使一个人时刻充满自信的个人价值而言。这种价值,对她来说,究竟是失去了,还是根本没有真正获得过呢?她开始怀疑了。当她和几千名返城知识青年登上 113 次专列时,便开始思考,开始怀疑了。

碑下果然停着一辆小汽车。不是她所常见的"上海",也不是仅在出租汽车站还超龄"服役"的五十年代的苏联小汽车。也许只有在这座城市的马路上,如今还可以看到那种五十年代的、黑甲虫般的、破旧的苏联小汽车驶来驶去。它们也是历史,使人回想起两个国家的友好年代。它们与童年和少年时期的某些难忘的幸福的记忆,至今仍保留在这一个返城知识青年,这位现任市长的女儿,这位档案上记载着曾担任过营教导员的老姑娘心里。

而眼前这辆小汽车,样式很高级,也很美观,它是崭新的,一看便知不是国产汽车。她不禁感到,自己对这座城市已经很陌生了。就连这座城市的马路上如今奔驶着哪几类较常见的小汽车,也一无所知,甚至不知道自己的父亲每天乘坐的是什么牌的小汽车。

她不禁苦笑了一下。

虽然很冷,司机门的车窗却是摇下来的。司机正坐在驾驶座位上吸烟。车内传出美妙的音乐,音量不大不小。

她不能判断是不是接自己的那辆小汽车,也不愿贸然上前询问。

一个人匆匆从车站大楼的方向走到了小汽车跟前。

车后门打开了,探出一个姑娘秀发披肩的头,颇有几分不耐烦地问:"还没接到?"

被问的,是个穿呢大衣的青年,没戴帽子。他扫兴地回答姑娘:"也许没坐上这次车,反正广播员已经广播了,我们再等一会儿吧。"

姑娘嘟起了嘴:"真是的!没坐上这次车,就该拍封电报告诉家里嘛!"

青年说:"再等十分钟。不,五分钟。还等不着,就回去!"

姑娘用撒娇的语调说:"别等了!反正她也不会带多少东西回来!我还没吃晚饭呢,你大概忘了吧?咱们还有一场八点五十的电影呢!"

青年看了看手表,说:"来得及。等不着,让刘师傅直接开车送我们到影院。"又转对司机说,"刘师傅,你还要到电影院去接我们回家哟!"

"没说的!"中年司机乐于效劳地回答,同时朝青年递过支烟。

她终于确信，这辆小汽车正是接自己的。因为她已认出，那青年是自己的弟弟。

"明辉！……"她叫了一声。

弟弟猛转身回望，疾步上前，一下子亲亲热热地搂住了她，显出高兴万分的样子大声说："嘿！姐姐你怎么这时候才出站啊？你听到广播了吗？我还以为接不着你了呢！你怎么就背着一个破书包哇？你的东西呢？"

几年未见，弟弟长高了，差不多要比她高出一头，相貌堂堂，英俊而潇洒，成为一个小伙子了。

"东西提前托运了，可能过几天才会到。"她挣脱弟弟的搂抱，退后了一步。自从当上教导员，她便很不习惯别人用过分亲热的举动对待自己了，尤其不习惯男性过分亲热的对待。即使是自己的亲弟弟，她也觉得有点别扭。何况弟弟已不再是从前的小弟弟了，何况还当着司机和一个陌生姑娘的面，她觉得自己的脸微微热了一阵。天黑，弟弟是不会看出她脸红的。

"姐姐你真是的！你还会有些什么宝贝东西，值得从北大荒千里迢迢地托运回来呢？不能随身带的扔在北大荒算了，快上车吧！……"弟弟拉起她的手，和她一块儿走到小汽车跟前。坐在车内那姑娘，替他们打开了车门。

弟弟对她的亲热，虽然是她所不习惯的，却在她心中引起了一种温情柔意。亲人之所以与外人不同，就在于使人感到亲。

弟弟大大方方地向她介绍那姑娘："她是倩倩，我的女朋友。"

倩倩朝她嫣然一笑，将身子挪到座位里端去，给她让出了位置。

车内有空调，一股暖气扑面。倩倩没穿外衣，只穿了一件紧身的桃红色的高领毛衣。

"我还是坐到前边吧！"她说。她那件兵团战士的大衣尽是油污和灰土，怕弄脏了倩倩那件漂亮的毛衣。

她将弟弟推入车内。司机替她打开了前车门,她坐到了司机旁的位置上。

司机关上车门,摇上车窗,戴上白手套,刚要开车,车头前出现了一个人。

司机又打开车门,探出头吼:"这不是出租汽车,别挡道!"

"我知道这不是出租汽车。"那人说,"请问我们教导员是不是在车里?……"他肩搭两个沉重的手提包,拎着一个更大的手提包。司机没开车灯,她看不清那人的脸。

弟弟也打开车门,探出头训斥:"什么教导员?莫名其妙!"

"我们营教导员姚玉慧……我刚才听到广播,说这里有一辆小汽车是接她的……我……一条腿是假腿,东西又多,而且也没方便的公共汽车可乘……不知为什么家里人没来接我……我……我想请求……"

她明白了。他是她那个营的战士。她想打开车门,却一时不知车门应如何打开。

"这不是接你们教导员的车!"弟弟说罢,嘭地关上了后车门。

司机也嘭地关上了前车门,将车倒几米,偏转车头,从那人身旁驶过。

"明辉,你怎么这样!"她回头责备弟弟,心里非常不高兴。

汽车转眼离开了广场。

"停一下,把他带上吧!"她替自己的战士请求司机。

"姐姐你算了吧!"弟弟说,"简直可笑至极!都返城了,还大言不惭地找什么教导员!'我……一条腿是假腿……'骗人的鬼话,傻瓜才会相信!只有电影《奇袭》里的李承晚兵才上当呢!……"每句话都带有嘲讽意味。

倩倩被弟弟模仿那个知青语调说的话,逗得咯咯笑了起来。她的笑声很甜。那个知青的语调并无丝毫可笑之处,而弟弟夸张的模仿,也完全缺少幽默感,根本不至于引人发笑。

当姐姐的一点也不明白弟弟的女朋友究竟觉得有什么可笑的。

"教导员我……！"从广场上，传来了不堪入耳的一句辱骂。

她觉得全市的人都可能听到了。

倩倩的笑僵在了脸上。

她自己脸上又一阵发烧。车上四人都显得很难堪。

"他没骗人，他说的肯定是真话！"虽然她被骂了，她还是认为，若不替她的战士辩护，那自己真是太卑劣了。她不禁回头看了一眼，那个知青仍站在原地。

她正欲第二次请求司机停车，弟弟却没容她请求，反驳道："姐姐你也别说得那么肯定，我看你是有点太偏袒你们北大荒返城的残兵败将了！"

从车内镜中，她瞥见了弟弟的脸——一脸冷漠的神气。

"残兵败将"，这四个字使她的自尊受到了严重刺伤！她心中倏然产生了一种难以克制的恼怒。她，和他们，那几十万北大荒返城知识青年，难道果真是一批"残兵败将"么？不！不是！……不是……可她竟一时找不到足以将弟弟反驳得哑口无言的话。欲驳无词，这使她心中更加恼怒。她几乎想斥骂弟弟一句。然而姐弟之间刚刚见面，她不愿和弟弟展开辩论或争吵，那无疑会使弟弟的情感也受到伤害。尽管是弟弟首先伤害了她的情感，却分明是无意识的。无意识的是应该原谅的，弟弟身边还坐着他的女朋友呢！

她也从车内镜中瞥见了倩倩那双眼睛。她此刻才注意到，那双眼睛很大，很迷人，长长的睫毛微微朝上翻卷着，正以一种带有研究意味的目光暗暗睨视她。

于是她向后侧过身，瞧着弟弟，笑了笑，用仿佛闲谈般的语调说："对于他们，我要比你更有发言权。因为我几天前还是他们的教导员。虽然现在不是了，但并不意味着我和他们之间就不存在任何联系。谁如果侮蔑了他们，同样也等于侮蔑了我……"

弟弟避开了她的目光。

倩倩讪笑着。

大概她还没听过那么肮脏的骂人话吧？当年的知青教导员心中暗想。

她意识到自己说出口的话，使弟弟太难以承受了，而她心中想到的话更多。她有些后悔。

车内小小的空间，一时被令人感到窒闷的沉默所充盈。

弟弟将脸转向了车窗外。

倩倩垂下了睫毛。

这种沉默是她那番话所造成的，她有些窘迫起来。她又笑了笑，笑得很不自然。她企图以微笑向弟弟和倩倩表达歉意，却不怎么成功。弟弟没有转过脸来，倩倩也没有翻起睫毛。

她识趣地坐端正了，观看迎面飞闪过来的各种灯光变幻莫测的夜景。

"听段音乐吧！"她希望打破沉默。

司机扭开了收听装置，一手熟练地掌握着方向盘，用另一只手调拨了一会儿，没有拨到什么音乐，关掉了。

车内镜中又出现了倩倩那双眼睛，还是以刚才那么一种研究的目光，暗暗睇视着她。虽然明知自己的睇视被觉察到了，却并不转移视线。

那双眼睛似乎在逼问：你对什么事情都这样认真吗？有必要吗？你会永远如此吗？……

她被那双眼睛盯得愈加不自在起来，可又难于逃避那双眼睛的盯视。她索性闭上了自己的眼睛，打盹。

"姐……"弟弟轻轻叫她。

她不想睁开眼睛。不做声，不动。

她忽然感到非常疲乏。在火车上，别人曾让出座位给她坐了一小会儿，那是很舒适的一小会儿。可那种舒适，与此刻坐在小汽车软垫座位上的舒适是无法相比的,她全身的骨骼和肌肉都处于一种惬意的松懈状态。她有些困意沉沉了。

弟弟又叫了她一声,并轻轻在她肩上推了一下。

她不得不睁开眼睛。她的眼睛又一次和车内镜中那双眼睛相对了。

我到底有什么值得研究的呢?她暗想。心里挺恼。仅仅为了避开那双眼睛的睑视,她干脆转过身,询问地望着弟弟。

弟弟试探地说:"姐,我刚才的话叫你不高兴了?"

"古怪想法。"她笑了。觉得自己笑得很虚伪。为了掩饰起这种虚伪,她伸手在弟弟头上抚了一下,又转向倩倩,故作诧异地问:"明辉说过什么可能使我不高兴的话么?"

倩倩依然睑视着她,慢言慢语地回答:"他说了,你也真不高兴了。"

她说:"噢?你这么认为?那么依你看,现在究竟是应该我向他道歉呢?还是应该他向我道歉?"

"这是你们姐弟之间的事,与我无关!"那双始终带有研究意味的大眼睛中,闪耀出可爱的狡黠。

大概在她发怒的时候,模样也一定是怪可爱的吧?

二十九岁的、曾经当过营教导员的老姑娘,心中突然产生了一种莫名其妙的妒忌。

弟弟说:"姐,你猜我刚才在车站内碰到了什么事?"表情异常郑重。

她不动声色地瞧着弟弟。她这种近乎漠然的平静,含有非常明显的讥讽——小弟弟,这十一年我经历了多少你没有经历过的事啊!又见过多少听过多少你没见过没听过的事啊!你讲讲吧,看你讲的事能不能震动我?

"有个军人,怀抱一个不满周岁的孩子,找到了值班主任。他说,半小时前,一位年轻的母亲,请求他替她抱一会儿那孩子,自己去买点东西。可是他左等右等,那位母亲却一去不归,孩子哇哇哭起来。他这才发现,包孩子的小被中掖着一封信,觉得奇怪,便抽出来,打开看了。信上写着:'阿妈是插妹,阿爸是插兄。全体大返城,三十才归家。娇儿私生子,送给亲人解放军。' 可那军人是边防部队的未婚军官。值班主任也不知这件事该如何处理,建议那军人将孩子送到失物招领处去……"

弟弟用缓慢的、绝不带任何感情色彩的语调讲完这件事,沉默片刻,掏出烟盒,吸起烟来。

"真作孽!"司机充满义愤地咒骂了一句。没有主语,不知他骂的是毫无责任感的父亲,还是抛弃骨肉的母亲,抑或这件事本身。

倩倩那双眼睛咄咄逼人地盯着她,尖刻地问:"那位母亲,很可能也是你那个营的战士吧?"

她不由得慢慢转过了身去,她不能够继续迎视弟弟和倩倩的目光。其实他们的目光中并没有流露什么明显的含意,但她还是经受不住。倩倩的话使她内心发寒。受到震动了么? 不,谈不上受到震动。北大荒已将她的心变得刚硬了。

送给亲人解放军——她甚至认为,对那位母亲来说,不失为一个办法。带着一个私生子回到大上海待业,那将会是种怎样的处境呢? 女人天生是女人的伙伴,女人最能体谅女人的难处。虽然她没结婚,不是母亲,却能体谅。但她还是感到心寒,像吞了一块冰。

小汽车停住了。前面,一辆无轨电车脱缆,堵塞了交通。不远处的公共汽车站聚集了许多许多人,几乎全是返城知识青年。一辆公共汽车靠站,他们蜂拥而上。在这个寒冷的夜晚,他们谁不想立刻回到朝思暮想的家中呢?

"姐,难道你听了那样的事,往后还愿偏袒你们那些残兵败将吗?"讥讽的弓箭转到了弟弟手里。

她沉默不语。她用这种方式妥协。她真想不明白,弟弟是怎么了,何以刚见面就要继续一场她本不情愿继续下去的辩论呢? 把她逼到一个哑口无言的死角,难道弟弟竟会获得什么快感不成吗? 因为他身旁坐着他漂亮的女朋友,就非争回刚才被反驳的面子不可吗?

"没有勇气抚养自己所生的孩子的女人,是最不值得尊敬也最不值得同情的女人!"倩倩用甜美动听的语调说。

"住口!"她突然怒喝一声。

从车内镜中,她看到倩倩用一只手下意识地捂住了自己的嘴,眼睛由于吃惊瞪得更大了。

可爱的瓷娃娃,应该早点让你知道我是有脾气的,今后对你可大有好处呢!她生气地想,并以命令的口吻对司机说:"开回车站去!"

"姐,你要干什么?……你别做傻事!"弟弟急了,他意识到了什么。

她大声说:"你想教导我?我教导过一个营!"

"你抱回家一个私生子,妈妈会犯心脏病的!"

"把车开回去!"她简直是在怒吼了。

"好,就听你姐的吧!"司机服从地说。

挡住去路的那辆无轨电车终于挂上了缆。司机抢行其前,将小汽车拐上了快速车道,说:"不能原路返回了,只能绕道。"

她不再开口,只希望车速更快。

谴责是一种最普遍的权力。弟弟那漂亮的瓷娃娃虽然一见面就不使她喜欢(为什么,她自己一时不明白,也许仅仅因为太漂亮了的缘故),但说的话并非毫无道理。

我要抚养那孩子——她这个决心是异常坚定的。失物招领处——见他妈的鬼!

二十九岁的老姑娘突然产生一种想骂人的强烈冲动。

小汽车减速驶进了一条僻静的街道。街道一旁,是高墙深院。

她上当了。但为时已晚,车开进了有军人站岗的宽阔大门,缓缓行驶在甬路上。

"你……你敢骗我?!"她怒视着司机。

车停在一幢苏式小楼前,司机转脸瞧着她,嘿嘿笑。

"姐,到家了。"弟弟说。

她一动不动地呆坐着。

弟弟伸过手臂,替她打开了车门。

司机说:"我是为你好哇!你如果抱回来一个小猫小狗的,你爸爸妈妈也许还会喜欢。但市长的女儿,当过生产建设兵团营教导员的人,抱回家来一个私生子,别人会怎么看你?你爸爸、妈妈、弟弟、妹妹需要替你向多少人去做解释?这绝不会给他们增加快乐……"说完,若无其事地吸起烟来。那副样子,仿佛积了一次德,等着听千恩万谢似的。

她恶狠狠地回答:"谢谢!"

那句肮脏的骂人话仍震动着她的耳膜。

"姐,快下车吧!你瞧,妈妈和妹妹出来迎接你了!"弟弟在她身后用赔着小心的语调说。

妈妈和妹妹果然出现在台阶上。

她不得不下车。

"姐姐!"妹妹跃下台阶,张扬着双臂向她扑来。一扑到她跟前,便双臂搂住她的脖子,兴高采烈地说:"姐姐,我想死你了!你终于也返城了,这下,咱们全家大团圆了!太好了!我太快乐了!"说罢高呼:"知青大返城万岁!"悬起双腿,将身体吊在她脖子上,转了一圈。

她挣开妹妹双臂,将妹妹掐腰举起,轻轻放在一旁。

十八岁的妹妹,身体竟那么轻。

妹妹却说:"姐你好大力气哟,我五十三公斤呢!"

"玉慧……"母亲的声音有些颤抖,注视着她,一步步走下台阶。

"妈……"她迎向母亲。

她心中此时萌发了一种巨大的委屈。在这返城的第一天,她就开始隐隐地觉得,城市,包括自己的亲人,对她,对他们,对十一年前敲锣打鼓、轰轰烈烈送走的长子长女们,竟那么缺乏认识,缺乏理解。她真想扑入母亲怀中,将脸贴在母亲胸前,感受母亲充满柔情的爱抚。然而她却没有这样。她又一次控制住自己内心的冲动。为什么?为什么要时时控制住自己的感情？连她自己也不能明白自己。这种对自己内心里强烈情感的控制，不是造作的，也不是自觉的，更不是虚伪的，仅仅是一种心理习惯而已。不，她并非习惯如此，她从来就不习惯如此。这是疾病。是的，是一种心理疾病，一种被生活长期禁锢所至的心理疾病。她是在完全不知不觉的情况下染上这种疾病的，它不损伤人的机体，却销蚀人的心灵。它仿佛已成为她身体内的一种素质，溶入到她的细胞和血液中了。她希望有一天能从自己体内排除这种不良的东西，却常常对自己感到无可奈何。要做到，她明白需要别人的帮助……

她望着母亲，微笑了。

"妈，我……回来了……"她这么说，声音很轻。

她真没法像妹妹那么高兴，虽然她很想显出那么高兴的样子。

母亲紧紧地将她抱在怀中。好像搂抱的不是一个二十九岁的老姑娘，而是自己五六岁的弱女。

她再也无法继续控制自己的感情，泪水一下子涌了出来。

母亲和弟弟妹妹簇拥着她走入楼内。父亲从楼梯上走了下来，父女俩在半楼梯面对面相遇。

父亲说："你瘦多了……"

女儿说："爸爸，你老多了……"

"不老就奇怪了。"父亲苦笑着，手掌在她脸上轻轻拍了几下。这是父亲表达父爱的一种特殊方式，而且，仅仅是表达对她这个长女的父爱的一种特殊方式。她第一次从北大荒探家，父亲打量着她穿兵团服的女民兵式的飒爽英姿，许久才说："你长大了。"也像今天一样，用宽厚温暖的手掌在她脸颊上轻轻拍了几下。从那以后，她每次探家与父亲见面时，父亲总是如此表达对她的爱，不曾换过另一种方式。她后来逐渐理解，那"第一次"，是父亲对她的"宣言"。这"宣言"意味着，她已不应再需要父亲像她小时候那样爱抚她了。她曾为此多么嫉妒过比她小十一岁的妹妹啊！

"爸爸,你就拿这么冷淡的态度待我姐姐噢?"

妹妹替她表示抗议。

父亲说:"依你我该怎么待你姐姐呀?"

"你起码也得亲姐姐一下吧?姐姐都三年没回家啦!"妹妹理直气壮。

父亲哈哈大笑。

妹妹扑到父亲怀中,噘嘴装作生气的样子,大声嚷叫:"这有什么好笑的?坏爸爸,坏爸爸!"一副小女儿状。

十八岁,妹妹的年龄,也正是她到北大荒去的年龄。

十八岁还有资格撒娇,不能不说是一种幸福。

那种古怪的嫉妒心理又产生了。

"好啦,好啦,你呀,处处对我提出过分的要求,你姐姐是不会愿意我把她当成一个小女孩的……"父亲边哄边推开妹妹,将脸转向弟弟,换了一种严厉的语气说:"明辉,我预先已经告诉过你,不要坐我的车去接你姐姐,你怎么不听我的话?"

"得换三次公共汽车呢!"弟弟讷讷地回答,牵着他那漂亮瓷娃娃的手,就要上楼去。

"站住!"父亲喝了一声,瞪着他说,"换三次公共汽车又怎么样?"

"我也预先告诉过你,让我坐公共汽车去,我就不去!"弟弟抢白了父亲一句。

"混账!"父亲恼怒了。

"哎呀,你也管得太严了!车不是闲着的吗?"母亲替弟弟辩护起来。

倩倩挣脱弟弟的手,一扭身想下楼去,被母亲拦住。

"别生气。"母亲将她和弟弟一块儿推上楼去了。

父亲看了母亲一眼,问:"你认为我过分了?"严厉的神色丝毫未减。

母亲不满地说:"得了,你有完没完?玉慧刚到家,你就当着她和倩倩的面训明辉,让明辉怎么能接受得了呢?"

小妹却捂上了耳朵："烦死了，烦死了！"还跺了下脚，随后一边推着她上楼，一边说："姐，甭理他们，让他们辩论去！"

她上楼后，听到父亲在忧心忡忡地说："本市的人口，在几天内，将增加二十多万返城知识青年，他们将伸手向我这个市长要工作，要房子，甚至可能要妻子，要丈夫，这一切好对付吗？我不愿我的女儿在返城的第一天就成为二十多万中特殊的一个！我不能不考虑影响……"

"爸爸，您别教训弟弟，要教训就教训我，弟弟也是为我。"她想把事因揽到自己身上，便抚着楼栏，朝下望着父亲说："我绝不会成为二十多万中特殊的一个。"

父亲仰起脸瞧了她一眼，不再说什么，下楼去了。

母亲走上楼来，将她领向一个房间，一边说："妈已经替你放好了洗澡水。先洗个澡，换身干净衣服，休息一会儿。今天是咱们全家第一次团圆，咱们晚饭索性吃得迟点！"

弟弟和倩倩刚好从另一个房间走出来。倩倩身穿一件卡腰雪花呢大衣，比她初见时显得更窈窕，更有风度。

弟弟说："妈妈，我们不吃晚饭了，看电影去！"说罢，拉着瓷娃娃的手，双双下楼而去。

"你们回来！"妹妹追下两级楼梯，大嚷一句。

楼下的门哐当响了一声。

母亲满面歉意地望着她……

第二章

这是一幢别墅式小楼。楼上一个十四平方米的房间,屋顶很高,给人的空间感大于它的实际面积。墙壁四角有花形雕饰,一米半以下用木板镶嵌。年代过久,透明漆已退光,木质本身的独特纹络却仍很美观。木板上部的墙壁喷成雾状的淡蓝色,使整个房间被一种幽雅富贵的情调所笼罩。地板是红松木的,褐色给人以稳重感。刚打过蜡,非常光洁。对门的墙,砌着壁炉。两个长翅膀的小天使背负着一面椭圆形的镜子,将冬日下午的阳光反照在镀银的铁床上。那壁炉已不能再生火,现代化的暖气片安装在炉膛内,散发着暖流。房间里暖烘烘的。

她舒适地侧躺在床,半醒半睡。早晨妹妹到她的房间来过一次,替她拉开了紫绒窗帘。窗台上摆着一盆水仙,翠灵灵的修叶,使人赏心悦目。一束碧绿举着一朵洁白的初放的花朵,那么典雅,那么素,那么美。在这座北方城市中,是很难在什么人家里见到水仙。妹妹告诉她,是父亲的老战友从南方带来的。枕边放着一本书——《简·爱》。她中学时代百读不厌的书。"文化大革命"中,连同其他的书,被她自己亲手烧了,那是为了表示追求革命思想的愿望。当时,她曾以为,这本书,和她亲手烧掉的那许许多多书,将永远不会再被后世后代的中国青年们所读到了。她心中当时既惋惜又庆幸。庆幸自己读过了这本书,记住了一位她所崇拜的叫夏洛蒂·勃朗特的英国女作家。知道了世界文学史上的一件罕事:一位普通的英国教士家庭中,出现了三位留名后世的女作家。她曾有过极幼稚的想法:如果教士的女儿们最有可能成为作家,她真希望自己的父亲不是一位市长,而是一位教士。自从她读过《简·爱》后,在她的情感世界中,就永远存在了一位最亲密的女友——"简"。在她入了党,成为教导员后,她内心里极隐秘的那一层情感,也从未背叛过"简"。有多少个夜晚,她在心中与"简"对话,讨论友谊、爱、永恒的情感、人格和心灵……都是非常严肃的讨论。甚至讨论如何作好政治思想工作的种种问题,二十世纪七十年代中国青年的理想和精神追求等等,等等,也都是非常严肃的讨论。世界上谁最理解她?当然是"简"。没有第二个人比"简"更能理解她,更能认清她,更能深入到她的心灵之中。父亲母亲也无法代替"简"。然而她却经常对别人说:"最了解我的是营长。"营长——六三年转业到北大荒的,只有小学三年级文化的、语言粗鲁的山东大汉,她的入党介绍人。也是将她从班长提到排长提到指导员最后"培养"为教导员的人。他对别人谈到她时,则说:"小姚,我的人!只要我当营长,谁他妈的也别想撤换她这个教导员!"

营长是好营长。好共产党员。除了语言粗鲁这一条,按照党章的其他标准衡量,死后有资格被追认为"党的好战士"。并非谁都有资格公开讲这样的人最了解自己。这是一种殊荣。营长也自认为给予了她殊荣。

但这种"了解"是多么空泛啊!甚至可以说是虚假的。事实上,一个男人永远也无法了解一个女人。他无论怎样努力,都是深入不到女人们的心灵内部去的。女人的心灵是一个宇宙,男人的心灵不过是一个星球而已。站在任何一个星球上观望宇宙,即使借助天文望远镜,你又可能知道多少,了解多少呢?

原则性强、组织能力强、工作责任心强……除了这几方面"强",营长对她再一无所知。

入党介绍人——最了解自己的人,符合逻辑,却并不那么符合生活。女人无论成为一个什么样的女人,都有希望某个男人充分了解但又使男人们无法企及的许多方面。这是她如今通过自己的心灵体验逐渐明白的道理。还不明白这个道理的女人,不是一个成熟的女人。有些女人,在她们刚刚踏入生活大门不久,便明白了这个道理。她们是幸运的。有些女人,在她们向这个世界告别的时候,也许还一直没明白这个道理。她们真是不幸得很。她不算幸运,也不算很不幸。她明白得晚了点,但还不算太晚……

她在半睡半醒的状态中,一动不动地,静静地思索着。

这种静真美好啊!她努力回忆,回忆不起在到北大荒后的十年,不,十一年中,有过享受这种美好的时刻。不惜时间流逝,不被周围的任何事物干扰。像是在梦里,又知自己不是在做梦。可以静静地去想,可以去想与一位教导员毫无关系的事,可以只想与女人相关的事,这简直是一种幸福。

然而营长的影子时时执拗地介入到她安宁明朗的思想中。她驱赶他,不愿让他破坏自己此刻的心境,他却不走。

“我最了解你!”他大声说,一遍又一遍,仿佛这至今仍是他的权力。

“最了解我的人是营长。”在她已明白这句话的虚假性后,她仍这么说。知道自己在说谎,没有勇气彻底推翻自己原先的立论。因为许许多多的人,已经非常信服地接受了这一点。她自己在某一时期内,也习惯了说这句话。在营党委的组织生活会上说;在党内展开批评与自我批评的时候说;在需要介绍自己如何成长为一个知青干部的讲用会上说;甚至还将这句话写在存入档案的思想小结上。

除了自己的入党介绍人,她难道可以说另外一个什么人最了解自己吗?那将会使多少人失望和震惊啊!第一个感到自尊心受到严重伤害的,当然会是营长。一个不愿说谎的人说谎话时,也等于在伤害自己,是对自尊的很严重的自践,但她宁肯受到伤害的是自己。

难道她可以对别人说出"简"么？"简"——什么意思？可悲，与她接触和相处过的那么多人中，竟没有一个人知道"简"。

"我的朋友，最亲爱的朋友啊！"她的手动了一下，拿到了《简·爱》这本书，轻轻抚摸着破损的封面，像抚摸一位最亲爱的女友的手。

从今以后，我要对人说："最了解我的人是'简'，是你！"她想。不，不是"了解"，而是"理解"。"了解"是一个肤浅的、有距离感的词，"理解"才是与心灵相通的词。对于营长，她就从来没有用过"理解"这个词。最初是因为不明白这两个词之间的区别，以后是因为明白了这两个词之间的区别。

她静静地想着，想着，抚摸着那本自己中学时代最喜欢读的书，心中产生了一种悲哀，一种凄凉，想哭。

女教导员、女政委、女常委……历史在它的某一时期，不允许这样的女人们更像女人，不允许这样的女人们身上保留着女人的情味。在北大荒的时候，她常常从别人对自己的态度中感到自己仿佛是一个中性的人。哪个男人如果公然敢用瞧一个女人那种眼光瞧她一眼，那是肯定会被认为大逆不道的，也无疑会激怒她。而女人们如果对她表示过分亲昵，则会被视为"马屁精"，遭到背地里的谩辱。男性对她敬而远之，女性对她远而敬之。女教导员不是女人，是党的一级"代表"。

一次，营党委委员们坐在一起，围桌讨论制定"知识青年三大纪律八项注意"。有人主张加上"洗澡避女人"这一条。有人不同意，认为这一条在进行一般连队教育时强调一下就可以了。加上这一条，就必须从已列出的八条中去掉一条。否则，变成三大纪律九项注意，不伦不类。主张加上这一条的，坚持非加上这一条不可。为了加上这一条，理所当然地应该去掉已列出的某一条。双方争论起来，直至面红耳赤，出言不雅的地步。仿佛坐在他们之中的她，并不是个女人。几个男人关于"洗澡避女人"这个命题所说的一些话，是比他们赤身裸体当着某个女人的面洗澡，更会使一个女人感到羞赧的。

最后营长拍了一下桌子,吼道:"乱他妈的争个什么劲儿!男人不就是多那么三两肉,女人不就是少那么三两肉吗?让教导员决定!教导员点头,就加上。教导员摇头,就不加!教导员也代表我的意见啦!"

真是莫大的荣幸啊!营长在任何问题上,一向都很尊重她的意见,一向都有意建树她的威信。

于是所有男人们的目光都注视在她脸上。

她当时觉得全身的血液都朝脸上涌……

只有特殊情况下,比如要选派代表参加什么隆重的会议,名额中强调一定要有女代表,她的性别才在特殊的情况下有了特殊的意义。

营部搬家时,她在连队蹲点,是话务员和通讯员替她搬的东西,结果将她的一本厚厚的日记丢失了。整本日记都是写给一个人的信,写给"简"的信。二十一封半。

日记终于是找回来了,但已不知被多少人看过。她为此对话务员和通讯员大发了一顿脾气。

不久,许多人都在背地里窃窃私语,说教导员害了单相思,爱上了一个姓"简"的。议论最初在营机关范围内传播,后来就蔓延到了离营部较近的几个连队。有人甚至怀着某种低俗的兴趣暗中调查了解。在全营也没查出一个姓"简"的男性,只查出三个姓钱的,其中一个还是老头。于是"简"像一个具有神秘色彩的影子,伴随着她出现在各处,接受众多不可思议的目光的检阅。

营长不得不找她谈话了,开门见山地问她:"简"是谁?

她镇定地回答:根本没有这么一个人。

她怎么可能爱一个根本不存在的人呢?营长不相信她。这太荒唐嘛!

"那么,你解释解释,那本日记是怎么回事啊?"营长刨根问底。

怎么解释?没法儿对这个只有小学三年级文化的山东大汉解释清楚。

她反问:"你也看过我的日记了?"

营长摇头,说没看过,听传的。

她心中有了底,现编现讲,说那本日记,并不是她的,而是她小姨的。说她小姨是某出版社的外文翻译。说日记上写的是小姨翻译的最后一部书的手稿,没译完,小姨就生病死了。说她保留这本日记,是出于对小姨的怀念。

营长完全相信了她的话,营长在任何事情上从未怀疑过她的话。营长相信她就像相信自己一样,因为营长认为他太了解她了,怀疑她就等于怀疑自己。营长从不怀疑自己。

营长在全营机关会议上替她辟谣。大发雷霆,说要追查造谣者和传谣者,严加惩处。说造教导员的谣,就等于造他营长的谣。

"我最了解教导员!教导员爱上什么人,我能不知道么?她能不向组织汇报么?组织能不掌握情况么?组织能不对这个人进行各方面的了解么?教导员若爱上什么人,不像你们所想的是件简单的事!他妈的谁今后再敢说一个'简'字,我割掉他的舌头……"

营长是好意,绝对的好意。营长维护她的尊严和形象不受谣言伤害,正如维护他自己的尊严和形象一样。

关于小姨的感伤而富有人情味的谎话,由她的入党介绍人之口,当众重讲了一遍。所有的人似乎都相信了,几个人的头渐渐低了下去。

她就在营长身旁,正襟危坐,神情庄重。她不得不摆出一副受到无端伤害然而宽容为怀的样子,迎视着种种对她表示歉疚的目光。

她心里却非常难过。那是一种不得不以庄重的神情去加以掩饰的难过。她那么轻易、那么成功地欺骗了营长,自己的入党介绍人又那么严厉、那么无私地欺骗了更多的人。为了什么呢?究竟是为了"简",还是为了爱?也许仅仅是为了维护一位女教导员的中性的形象!那一天,她第一次对自己产生了一种怜悯,也第一次对自己产生了一种恐惧心理。我已虚伪到了怎样的地步啊!我已变得不是我自己了!为什么没有勇气当众承认,我心中时时感到空虚?为什么没有勇气当众承认,我多么希望别人像对待一个普通女人那样对待我?为什么没有勇气承认,我多么嫉妒那些漂亮的、开朗的、魅力迷人的姑娘,幻想像她们那样,无论出现在哪里,都能吸引众多小伙子爱慕的、而不是准备接受批评的目光;幻想像她们那样被英俊潇洒的青年苦苦追求,幻想像她们那样暗中交换小伙子们写给她们的情书看,与情人偷偷幽会在小河边或桦林中?为什么没有勇气当面对营长宣告:"你根本不了解我!"……这些思想,从那一天起,开始如剐如割地折磨她的灵魂。在这种痛苦的折磨中,她开始正视自己的灵魂。

从别人的眼中,她看清了自己。

她终于明白,自己对于"简"的那种依恋,那种沟通,是一个女人与自己封闭的心灵的沟通,是一个女人对女人本应具有的一切的依恋。不幸的是,她更想成为一个女人。而别人和生活要求她迫使她成为一个教导员。"简"是不漂亮的,她也是不漂亮的。"简"不是十九世纪英国穷牧师女儿的影子,"简"就是她自己。

"把外表的虚饰当作真正的价值。让刷白的墙壁证明洁净的神龛……"

直至那一天她似乎才真正对《简·爱》这一本书中的这一句话有所理解。

"简"却比她还要幸运些。"简"心中有一位罗切斯特先生。她心中只有女人的孤独,还有那些政治思想工作条例……

那一天她将日记烧掉了。

谣言被权威消灭了。

灵魂被思想灼焦了。

营长以为一场庸俗无聊的风波已经过去。

而她却缩入自己的灵魂之中更加不敢钻出来。

她给营长织了一件毛衣,为了表示对于一位监护自己的党内同志的感激。无论如何,营长毕竟有许许多多的理由要求她对他表示感激,但营长从未向她或向别的什么人流露过这种要求。帮助青年干部树立威信,树立尊严,这是营长视为己任的,也是一名共产党员应该具备的好品质。有了什么责任,营长总是挺身而出,将她护在身后。有了什么获得荣誉的机会,营长又总是毫无怨言地,非常真诚地将她推到前面。

无论如何,营长是位好营长,好党员,好干部。营长的的确确有许多值得她学习,值得她尊敬的品质。

但营长却不是一位好丈夫。好营长与好丈夫在生活中往往不一定那么和谐地统一在一起。

营长经常打老婆。某些老婆,是天生需要经常被丈夫们捶捶打打的。营长的老婆就属于这一类老婆。都说山东女人勤劳,那女人却懒得出奇。除了做饭,任什么家务活也不干。而她还没有懒到连饭也不做的地步,则完全是因为她还没有懒到连饭也不吃的地步。营长家里很脏,脏得他羞于让别人到他家去。那女人比营长小十三岁,正是心猿意马的少妇年华。营长没本事拴住她的性情,她便渐渐自己悟会了一套倚门卖俏的手段,干起了陈仓暗度的勾当。丑女人生出这种心思,也会有饥不择食的男人闻腥而至,何况那女人不丑。一张黑红的瓜子脸挺端正,不胖不瘦的身材挺苗条,再加上一双善于投出色饵的眼睛,无异于向男人们打出块招牌——"愿者上钩"。

皇后风流,就有偷香窃玉的国手。营长的老婆不正经,就有敢冒营长之大不韪的色鬼。营长前脚出门,那女人后脚也出门,打扮得整整齐齐,油头粉面。营长往东,她往西。营长往西,她往东。挎着个小篮,上山去"采木耳","采蘑菇","采猴头"。一采一天。回来的时候,衣扣也缺了,头发也乱了,疲惫不堪却兴致勃勃。

于是营长家里的木耳、蘑菇、猴头就多起来。多得营长经常送给回城市探家的营部机关知识青年。

于是营长就不愁没有佐酒的菜了。

于是营长就觉得自己的老婆也可爱起来。

终于有一天营长吃出那木耳、蘑菇、猴头滋味不对，插上家门将老婆狠狠治了一回。那女人从窗口逃出，一路奔到营部，风风火火，大哭大闹。

营部只有她一个人，正在记录团里的电话通知。

她只好放下电话劝那女人安静下来。

那女人便坐在她对面，像面对一位法官，抽抽搭搭地大声诉苦。

"哪个男人像他？从我嫁给这土鳖，他就只会老一套！……"

"什么老一套啊？"她不懂，却觉得有义务替营长教育那女人一番。

"恩爱夫妻，一年三百六十多个晚上，总得换个花样吧？可是他……就会老一套……完了事，背过身去就打呼噜，鸡鸭踩蛋还扇扇翅膀叫两声呢！……"

那女人却不知羞耻地给她上了一堂房事课。

"你！……你滚出去！"她觉得脸上要着火了。

"你是教导员，营长打我，我不找你找谁？"那女人振振有词。

她跑出了营部，跑到老远老远的地方，跑到小河边，在一棵大树下默默站立了许久……

第二天营长见了她的面，还奇怪地问她脸色为什么不好了。

她说没什么。

营长就吸烟。吸了一支，接着又吸一支。连续吸了好几支，才吞吞吐吐地对她说："小姚，我家那贱女人找你哭闹来了？那骚货，就该一棍子打断她的腿，叫她往后看得见山，上不了山！"

"营长，我……得去问问打字员，团部的电话通知打印出来没有……"她欲借故走开。

营长却一把抓住了她的一只手，恳求地说："小姚，昨天那事，你可得替我遮掩啊！传出去，我这营长没脸当了！……"

她默默地点了一下头，觉得面前这个山东大汉非常可怜。

她暗中进行调查，将与营长老婆有瓜葛的那几个男人，发配到了很远很远的山沟连队。她并未向他们作任何解释,他们心虚,也不敢表示出任何不满。她第一次觉得,权力有时候并非可恶的东西。那也是她第一次没与营长商量,便果断地行使了教导员的权力。

毛衣断断续续地织。织成后,营长已打发老婆回山东探家去了。

毛衣是灰色的,粗线的,平针织的,又紧又厚,肯定很暖和。她没织花样,倒是想织,不会。她还是到了北大荒才跟同宿舍的姑娘们学起织毛衣来的。当上了教导员后,就再没摸过织针。以前她认为女教导员静静地坐在某处运针走线,如果被谁看见了,是有点大煞风景的。没什么事可做的时候,她就将《毛泽东选集》或马恩列斯原著翻开,放在膝上,似看非看,似读非读,似动脑筋钻研又根本不是在动脑筋钻研。其实她一翻开那些领袖们的著作就头疼。因为她已经通读过数遍了,获得过三次通读毛著和马恩列斯著作标兵的荣誉。一次是营的标兵,一次是师的标兵,一次是全兵团的标兵。并没有谁要求她必须手不释卷地学习毛著和马恩列斯著作,是她自己这样要求自己。当上了标兵,就得努力争取永远将这个角色扮演下去。标兵一旦不再是标兵,也就连一个普通人都不再是了。那是非凡的苦难。某团的一位上海姑娘,连续两年获得了标兵的荣誉,第三年没被评选为全兵团的标兵,自杀了。她一想到这件事心就抖。她知道这样的事一旦降临到自己身上意味着什么,意味着她不仅仅失去了个人的荣誉,而且也破灭了她那个团、她那个师的各级首长对她抱有的希望。群众也会对她另眼相看。标兵——这是那个时代的一种图腾,是群众心理的需要。没有的地方,没有的人群中,群众会造出来一个。这图腾一旦失去了光环,群众会再造一个。而失去了光环的那一个,就成为过了时的徽章。没有一颗坚强的心是经受不住这种摆布的。她有时不但害怕自己,也害怕群众。她常常感到人人都像自己一样,变得那么混账!

连续——这个词,应用在化学和物理学中,就产生核反应。作用于一个人的心理,就很可能促使一个人去死。

在兵团颁布选举全兵团学习毛著和马恩列斯著作标兵动员令之前，她就知道，师首长给团首长打来了长途电话，说她是全师最有希望被选为全兵团标兵的青年干部，关心地询问到她一年来各方面的表现和工作情况。

团长也给营长打来了电话，说："姚教导员要是在选举之前出了什么差错，我撤你的职！"

营长将团长的话转告了她，并且当天就将七连和九连的两个"秀才"调到了营部，整天关在屋里写她的事迹材料。

团长还派了团宣传股长来到营部，亲任两个"秀才"的组长。三个人不是关在屋子里伏案埋头，就是围住她无休无止地提问题，他们很善于引导她说出一些闪光的话。她非常体谅他们的良苦用心，不得不道出许多豪言壮语。那其实无异于一种摧残人耐性和神经的游戏，语言文字游戏。她道出的那些闪光的话，不过是许多当时很流行很时髦的"豪言壮语"的翻版。举一反三，发挥用之。比如"活着干，死了算！"她换另外一种说法："死了不能干，活着才拼命干！"——就成为她，三师二团七营女教导员姚玉慧说出的"豪言壮语"了。

她不是语言大师，她只有以这种办法应付别人，也应付自己。

事迹材料完成后，她暗暗庆幸自己没有被搞成精神病。

她的事迹在《兵团战士报》上登载了。

她终于被评为全兵团的标兵了。

当营长预先将这个消息透露给她时，她一转身就跑开了，在白桦林中哭了一场。

营长从那天起却喜形于色，不分场合地搓着两只大手，笑得合不拢嘴，反反复复说："太好啦！太好啦！小姚你可为咱们全团全师都争了光啊！连续三年，不容易得很哩！我这个入党介绍人，也沾了你的光，跟着你感到光荣哇！……"

从那时起，她内心深处开始害怕荣誉，害怕自己曾一度努力争取的种种荣誉。每种新的荣誉,都仿佛一块压在她身上的大石头。她早已撑不住了,要被压垮了。她终于懂了,荣誉越多,越高,她越不是一个人,越不是一个女人了。

织一件毛衣,这念头,不仅仅是为了对营长表示感激而产生的,也是一种反叛。反叛什么?反叛谁?并不具体,并没有什么明确的思想坚定着这一念头。不,这种反叛的念头绝不是思想,是一种心理,一种朦胧的下意识,一种软弱的本能。如此而已。

"我肯定我们应该回击!"

"简"在劳渥德学校受到虐待后,不是勇敢地说过这样的话么?

那么她就要织一件毛衣。

女人的,也可以认为是人的原始悟性,使她深深地感觉到自己是在受着种种的虐待。一种文明的,不伤及皮肉的,堂皇的虐待。因而也就没有谁体谅她,怜悯她,帮助她摆脱。恰恰相反,有多少人心里还对她隐藏着嫉妒。

织毛衣! 织毛衣!! 织毛衣!!!

当她开始织那件毛衣时,她才觉得自己在某一方面又多少有点像一个女人了。织毛衣,对一个女人来说,是多么美妙的事情啊! 静静地坐着,光滑的织针在手中运动着,柔软的毛线有条不紊地一环环缠绕在织针上,不知不觉中变成袖子,变成领口……更美妙的是,不必强装出一副认真钻研或颦眉思索的样子。她甚至暗想,织毛衣远比装模作样地学毛选或马恩列斯著作,更能使一个女人变得聪明起来。

许多人看见她织毛衣,起初自然都表示出极大的惊诧。

"教导员,你还会织毛衣呀?"

"教导员,看这颜色,你不是给自己织的吧?"

"教导员,你要急着织成的话,我有空时帮你织呀?"

"给营长织的? ……营长也怪可怜的,还从没见他穿过一件毛衣呢!"

……

不久,营部机关的人们也就习惯了看见她静静地坐在某处织毛衣。

她有些后悔说出了是给营长织的。一个女人给一个男人织毛衣,这是很容易引起许多庸俗的猜测或闲言碎语的。

却根本没有什么闲言碎语刮进她耳朵里。

所有营机关的人们,仿佛都普遍认为,营长和教导员之间的关系,无论亲密到何种程度,也肯定不会逾越圣洁的同志式的关系。人们对此深信不疑,仿佛营长和教导员都是没有性与爱这两根神经的人,是同性的人。关于"简"的那些并无恶意纯粹是出于好奇的飞短流长被营长严厉地加以扑灭之后,人们仿佛普遍认为那是营长替她当众发表的一次郑重宣言:她绝不会爱上什么人,也根本不需要爱。

"小姚,听说你是给我织的啊?抓紧织,今年冬天我就等着穿它啦!"

营长对她大加鼓励。

知道自己做的是别人所期待的,她心中产生了一种莫名其妙的喜悦,一种潜在的兴奋。甚至在开营党委会的时候,她也一反常态,不再那么严肃地瞧瞧这个,望望那个。她埋头坐在一旁织毛衣,别人不问到她什么话,她往往一言不发。

营党委委员们竟连这一点也渐渐接受了,习惯了。

既然营长都不批评她,他们何苦对她加以指责呢?

营长为什么不批评她,这是她不甚明白的。因为毛衣是给他织的么?管它为什么!反正没人批评她,提醒她,告诫她注意什么,使她感到暗暗高兴。

织毛衣!织毛衣!!织毛衣!!!

她几乎是在报复谁似的织着。

教导员的身份,标兵的影响,连续获得三次的荣誉……通通见鬼去吧!她常常一边织着,心里一边恨恨地这么想。

毛衣织成的那一天,是星期天。营机关宿舍里只有她一个人,电话员小孙和文书小周都到连队看同学去了。

收了最后一针，天已经黑了。她长长地舒了口气。像完成了一件复杂而又艰巨的工作那么快活。看看手表，九点多了，小孙和小周肯定不会赶回来了。她将毛衣用一块方头巾包好，铺展被褥，想早点睡。洗了脚，脱了衣服钻入被窝，却又睡不着。光顾织毛衣，忘了往炉膛里加柴，火早熄了。屋里有点冷，又出奇地静。

她感到异常孤独。

小孙的同学在十连，小周的同学在十三连。她们当然都是去看望各自的男同学的。有个男同学在某连队，能够经常彼此看望看望，多好！她也有男同学。同班的，同校的，都有。分散在各个连队。但她明明白白地知道，他们中的哪一个，都不需要她大老远地跑去看望他们。如果她这样做了，他们会感到惊诧的。除了惊诧，可能再也不会有其他表示。他们中的任何一个，也绝不会大老远地跑到营部来看望她。他们看望她也认识的每一个女同学，就是从未看望过她。小学时期，她是市长的女儿。中学时期，她仍是市长的女儿。这一点，使她无论与小学还是中学的同学，都难以结下亲密的友情。那时候她自己好像也不需要友情。她在班级和学校里独往独来，高傲而孤僻，优越感极强。

在北大荒，她也当过一个时期"走资派"的女儿，但属于"可以教育好的"一类。不久父亲便被"解放"了，"结合"了，"长期挂职休养"了，她又成了"革命干部的女儿"。于是成了班长、排长，进而成了副指导员、指导员、教导员。于是，在她是"走资派"的女儿那一时期，曾主动接近过她的一个男同学，又跟她疏远了。

她真希望哪一天有个什么人突然推门而入，声明是来看望她的，那她将会对这个人内心里充满了感激！

小孙和小周的"男同学"，其实就是他们各自的恋人。她们常常背着她凑在一起说悄悄话，有时忧郁，流泪；有时欢乐，嬉笑。而当她一出现在她们面前时，她们就变成了另一种样子。

"听说星期天食堂吃饺子？"

"嗯。"

"开饭时如果我不在,别忘了替我打呀!打两份。一份三两的,一份八两的。"

"谁要来看我?肯定是个男的!"

"还会有谁来看我?我那位呗!他说每个星期都是我下连队看他,他有点过意不去!"

"别,千万别让他来营部看你,打电话告诉他,你去看他!"

"为什么啦?"

"用问?教导员眼皮底下,你们这次见面能愉快么?我想象得出,她肯定会这么说:'营部不是谈情说爱的场所!'不把你那位鼻子气歪了才怪呢!……"

"我看教导员有点不正常,自己不需要爱情,还希望别人都是石头!"

"那是嫉妒!吃不到葡萄的人,总说葡萄是酸的嘛!"

"哈哈哈哈……"

一次,她无意中听到了她们议论她的这番话。那是夏天,她们在宿舍里,她在宿舍外。她们的笑声,从窗口飞出,像一把针甩在她心头上。

她猛地推门跨入宿舍,使她们大吃一惊,笑声戛然而止,胆怯慌乱地瞧着她,似乎都不敢喘气了。

她气得脸色苍白,双手发抖,狠狠地瞪着她们。

她们同时迅速避了出去。

接连几天,她们在她面前惴惴不安,诚惶诚恐。

她却没有因为这件事故意找她们的什么差错。如果她想报复她们,那是有很多机会也很容易的。

然而她没有。

如果说她还在某些方面像她自己,那么大概也就只有这一条了——不实行报复。

她还不甘连自己最后的本质都由自己污染了。

"营部不是谈情说爱的场所。"——这是营长的话,并非她的话。

她不过是将营长在营党委会上说的这句话,在营机关星期六例会上又宣布了一遍。营机关的女知青多:电话员、卫生员、食堂的炊事员、招待所的服务员、文书、宣传干事、妇女干事……

营长的话的确说得尖刻了些,但她自己当时确也认为这一点不无强调的必要。

她那颗受到伤害的心痛苦而委屈……

屋里太静了,也太冷了。火炕冰凉,忘了烧。电压不足,一百度的电灯,还比不上四十度的电灯亮,像一只昏黄的独眼,冷漠地瞪着她。

外面也是那么静,听不到风声,世界仿佛死了。

她忽然觉得,这个夜晚,她自己一个人,无论如何也是不能够形单影只地度过了。

她一下子坐了起来,发了一会儿呆,又匆匆地穿好衣服,穿上了鞋。

她挟起那件用头巾包着的毛衣,推开门走了出去。

她都不知道外面是什么时候开始下起了雪的,雪很大,仍在下。月光皎洁,四野一片银白。大而柔软的雪花,时时飘落在她脸上。一接触到她的脸颊,顷刻便溶化了。几排营部的家属房,窗子全黑了,人们也许早已进入了梦乡。

她走着,走着,不假思索地,机械地走着,仿佛有一条看不见的绳索在前面拽着她。

走到一排房子最东头的一家小院外,她站住了。

是营长家。

窗帘拉着。忽闪不定的,微弱的光亮透过窗帘布,被滤成了蓝色的,晃在玻璃上。

她想营长还没睡。

她犹豫片刻,轻轻走入小院,轻轻走到门前,轻轻拍门。

"谁?"营长的声音。听来粗暴,使她猜想他正在独自生闷气。或者由于非常讨厌此时此刻有人登门打扰而恼火。

"我……"连她自己也不知道为什么,回答的声音竟那么低。

"小姚?……"营长披着棉袄开了门,闪身将她让进屋里。

桌上点着极短的一截蜡烛。摆着半瓶酒,一只粗瓷大碗,一小盘咸菜。

营长家里似乎比她的宿舍里更少生气,更少温暖,也更昏暗,也更窒闷。

"怎么不开灯?"

"灯泡坏了。"

"到办公室去先取一个啊!"

"不用,这样挺好。你怎么还没休息?有事?"

"没事……我来给你送毛衣……"她说着,将毛衣放在炕上,自己也坐在炕沿上。

营长打开头巾,拿起那件毛衣,高兴了,笑了:"你织得还真快。"

她说:"一点都不快。早该让你穿上了!"

营长看了她一眼,默默放下毛衣,不再说话。

屋里充满酒气。

营长身上也散发着酒气。

营长又走到桌前,端起粗瓷大碗,扬起头一口喝干了剩在碗里的酒。

营长的酒量是全团干部中出了名的。

她也能喝三两白酒,在许多次会餐的场合上练出来的。

她忽然极想喝酒。

"营长,也给我倒半碗。"她以一种好胜的口吻说。

"你?……"营长转身又看了她一眼,倒了半碗酒,双手端给她。

她接过碗,一饮而尽。顿时觉得一股火热和辛辣从胃里直冲头顶。

营长默默接过碗,又将那一小盘咸菜递给她。

她用手背抹了一下嘴,摇摇头,推开了。

"我走了。"她喃喃地说。

"那你就走吧。"营长说,"这酒劲挺冲,保你回到宿舍睡一宿安稳觉。"

她站起身,就想走。她自己心里明白,她到这儿来,并不单纯是送毛衣的,毛衣明天也可以送给营长,也不是为了喝上半碗白酒的,酒解除不了她内心此时此刻的空寂。

与眼前这个有许多理由受到她感激,而她从来也没有当面对他说过一句感激之词的男人交谈了几句毫无意义的话,还喝了他半碗白酒,她似乎也就得到了一些满足。同时又觉得渴望获得的半点也没有获得。

她的头开始有些晕了。

她想,她应该走了。

她的双脚却还将她钉在那里。

你究竟需要什么? ——她在心里问自己。已经开始朦胧的意识对这个问号很漠然。

营长站在她面前,定定地瞧着她。

她又说:"我走了……"

营长又说:"那你就走吧……"

"你试试毛衣吧,如果不合身,我拿回去拆了重织。"

"不试也罢。哪会不合身呢!"

"你还是试试。"

"那……我就试试……"

营长一抖肩膀,将棉袄抖在炕上,拿起毛衣往身上比量。

她不想立刻回到她那很冷也很静的宿舍。

她说:"你得穿上试试呀,这我怎么看得出来合身不合身……"

营长听了她的话,就脱下了套头的破旧绒衣。

像北大荒的不少男人一样,营长也没穿衬衣,他们认为光着身子穿绒衣更暖和。

这是她完全没想到的。

在昏暗的烛光的照耀下,他宽厚的脊背闪着皮肤的光泽。他那两条粗壮的胳膊,他那仿佛能挑起千斤重担的肌肉发达的双肩,他那像穿了救生衣般高高隆起的胸脯,竟使她无比震惊!

她第一次看见这个自己平素非常熟悉的魁梧男人赤裸着上身。

而且她离他这样近!

那种震惊是强大的,使她心理上一时间还来不及产生任何变化,甚至连一个女性的微妙的羞赧也来不及产生。

她呆呆地看着他,像看着一个用石头凿的人。

营长拿起衣服刚要往头上套,不知为什么,转脸看了她一眼。

在这一时刻,在他的目光与她的目光相碰的瞬间,她的心才突然怦怦激跳起来,她感到脸像被火烤一样灼热。

她下意识地低了头,但随即又抬起了头。这是一种奇特的心理。

她从营长那炯炯的目光中,感到自己是一个女人。

这种她几乎从来没有体验过的意识,彻底击败了她一向很冷静很善于自持的理智。

她内心里骤然生起一种强烈而又迷乱的渴望!

她对它不知所措,也似乎期待它已久。

这震惊,这渴望,被动地期待进一步发生什么事并可怜地害怕果真发生什么事的恐惧,如几股飓风在她心房里喧嚣冲腾。

这是她从未体验过的一场灵魂深处的大骚乱,这崭新的奇异的体验使她的灵魂此时此刻变成了一匹脱缰的烈马。她的灵魂于是获得了一种无羁的快感和一种战栗的兴奋。

她觉得自己身上的每一根最细小的神经都完全失控了。

期待和恐惧双重的本能逆向挣扎,撕裂着她的灵魂,像狮爪撕裂一只小兔。

她偏不垂下她的头。

她咄咄地迎视他的目光。

她固执地勇敢地骄傲地快活地对自己挑战!

她的理智卑下地绝望地对她喊叫:你怎么能这样!

而她的灵魂激动地大声回答:我为什么不能这样!

她觉得她身在大裂谷的无底的断堑,疾速地坠落着。

她觉得她就要晕倒了。

那小小的一截蜡烛,跃起最后一朵光亮,终于不甘地熄灭了。

"蜡……"究竟说出口了这个字,还是仅仅想到了这个字,她自己也不知。

两条粗壮的男人的胳膊,猝地将她紧紧搂抱住了。

没有反抗。没有趋就。没有激情。没有柔情。恐惧也消失了。

情感,精神,心理,三个世界一大片空白!

沉入她心底的两种本能不再互相挣扎,疲竭地喘息着。

不,那是他的喘息。粗重,短促,急迫,散发着酒气。

她酥软得连微微睁开一下眼睛的气力也没有了。她仿佛觉得自己已变成了胶状的什么半死不活的东西,粘在他身上,又在往下流。她仿佛觉得自己被一只章鱼的吸盘牢牢吸住,也被它的八条触臂整个抱拢。

可以认为那一时刻她是死了。死在现实中,活在另一个涅槃的境界。两处都是黑暗的地方。

持续的鼓声引导她迷醉的灵魂走向某一不可知的归宿。

不是鼓声。

是男人的冲动的狂野的心跳!

一只大手,迫不及待地从衬衣底下探入她怀中。

乳罩带被扯断了。

结满厚茧的大手,肆意揉搓着她的乳房。那是此前任何一个异性都没有轻触过一下的。

她呻吟起来。

她那瘫软的身体像受到惊扰的海星,本能地收缩着。

灵魂却不知道该逃向哪里。

她张开着嘴,才感觉到能够呼吸到空气,而另一张嘴立刻堵住了她的嘴。那张嘴贪婪地拼命地裹吮着,像要通过她的口,将她的心裹吮出来,囫囵吞下。

她感到自己的身体似一小片棉絮那么轻,被强壮的手臂抱起来,无声无息地放在炕上。

她仿佛被颓倒的土墙掩埋住了……

那只饥渴的大手,如动物似的,莽莽匆匆地向下抚摸……

突然他抖了一下,一跃离开了她的身体。

她听到一串雷声。

理智渐渐归复到她身上的最初一瞬间,她就明白了他为什么那样迅速地跃开。

不是雷声。

是啪啪的拍门声。

她一下子坐了起来,惊得呆住了!

对她来说,那一片刻,是黑暗之中最最可怕的片刻。世界末日呈现眼前她也不过恐惧如此!

"营长!营长!……"

外面是文书小周焦急的声音。

她和他都屏住了呼吸。

她连抻一下衣服都不敢。

门,并没有插。

"营……"

门突然被拉开了。

文书闯进了屋里。

"营长……"

小周蓦然缄口,僵立在她和他面前。

也许是很长久的一段时间,也许是极短暂的片刻死寂。

小周一扭身跑了出去,将一句话留给她和他:"管理员的爱人难产,得赶快派车送团部!……"

她不知道自己是怎样离开营长家的。

她来时留下的足迹已被新雪覆盖得看不出了。

她不知道自己走了多久才走回到宿舍门前的。

更新的雪来不及覆盖归返的足迹。

雪厚了。

那一行足迹深深的。

她真希望她不过是做了一场梦。

但她身后那一行足迹不容置疑地证明她在这个雪夜的一段非常历程。

她一点也不想进入到宿舍里去。

宿舍里还亮着灯。

她知道小周也不在里边。宿舍肯定还那样寂寞,那样冷清。

她背靠着门,坐在门槛上,呆呆地凝望着她的足迹。

她觉得她的心灵上也留下了一行足迹,深深的,将永远存在。不可能被什么覆盖,不可能被什么清除。

那一行雪地上的足迹在她眼中变成了红色的,染红它的是她心里的血。

你满足了吗?

你满足了吧!

她对她的灵魂说,充满了轻蔑。

灵魂一声不吭。

教导员的自尊开始严厉审判一个女人的空虚。

灵魂罪过深重地缄默着。

我要获得的并不是刚才发生过的那件事。不,不是!"简","简",只有你才能理解我！只有你才能替我作证！只有你才能替我辩护！

可你是不存在的……

她的泪水刷刷地往下淌。

羞耻感，这面别人看不见的镜子，逼照着她的脸。

她在这面镜子里瞧见一座殿堂像小孩子搭的积木一样坍塌了。每一块都变成"人格"两个字，断裂着，重叠着，堆压着，如一座坟。

她双手捧起一捧雪，捂住了脸。

雪化了。又捧起一捧……

小周明天就会将这件事传遍全营的，会非常神秘地将今晚亲眼所见的情形讲给别人听的。

那我就完了。

营长也完了。

我和他从前的一切正常的关系都将被蒙上可耻的堕落的色彩。

一种拯救自己的本能仿佛从极遥远的什么地方将她的理智呼唤回来了，按捺住它并迫使它担负起拯救自己也拯救另一个人的责任。

又一起恶毒地诽谤教导员的谣言？！

彻底否认这件事？！

我今晚根本没到过营长家？！

无中生有？！

用两个领导者的牢固威信加在一起作为有力武器进行回击？！

但愿雪下得更大更快更厚，马上覆盖掉我留下的那一行足迹。在它还没有被任何人发现之前。

但愿明天早晨在宿舍和营长家之间，白茫茫一片大地好干净！

可如果我得救了，小周将落到什么下场？

欺骗得了别人，能欺骗得了自己吗？

心灵上的那一行足迹是大雪无法覆盖也无法掩埋的啊！

他也绝不会与自己订攻守同盟！

他不是那种人！

自己这些念头，绝不会也在他的头脑中产生！

卑鄙！卑鄙!!卑鄙啊!!!

这一连串的念头卑鄙得太可怕了！

她的灵魂被自己这一连串念头吓得瑟瑟发抖！

不！不!!不!!!……

她竟失声叫嚷出了一个"不"字。

她下意识地用一只手背堵住了嘴。

不……

她想。那样做了我不但不能使自己获得拯救，反而会堕落到自己和别人都无法再拯救的地狱中去！

既然已经发生了，就让一切形式的审判对我开庭吧！

"简"，你要给我勇气啊！

她又捧起了一捧雪，塞进口中。

可耻！堕落！荒唐！毫无意义的一时的冲动！……既然已经发生了，就承担吧！后悔已晚了就绝不要后悔！

她决定对自己进行冷酷无情的挑战！

将会是一败涂地的挑战……

"教导员……"

她猛抬头，小周不知何时出现在面前。

她缓缓站了起来，手中还攥着一把雪。

小周问："教导员，你怎么不进屋？"月辉下，对方的眼睛异常明亮。

"我……屋里太闷了……"她喃喃地说。

她的视线不禁从对方的肩头望过去：雪地上，另一行脚印从公路的方向插过来，与她自己的那一行脚印并行至此。

但愿这是一场梦。

她心里还这么想。为了掩饰内心的慌乱，她尽量用一种正常的语调问:"管理员的爱人送往医院了吗？"

"已经送去了。营长也跟去了……"小周低声回答。

她没从小周的声音中听出什么特殊的意味。

她的心多少安定了一点。

她又说:"替我想着点,明天给营长家送一只灯泡。"

小周默默地点了一下头。

她进一步说:"我正在营长家和他谈冬季干部集训的事,灯忽然就灭了,接着你就来找营长……"

小周用更低的声音说:"教导员,这还用解释吗……"

沉默的一方是她自己了。

这是比对方虚伪的沉默。

但她只有沉默——因为对方的话把她"将"死了。

幸亏对方很快就使她从尴尬之中挣扎出来了。

"教导员,多冷啊,咱们进屋去吧!"小周微微笑了一下,推开了门。

进屋后,小周说:"嘿,屋里也这么冷!"

她说:"我没想到你今天晚上还会赶回来。"

小周说:"那你自己就不怕睡凉炕啦？"

她说:"我自己无所谓。"

小周说:"傻瓜才会像你一样!你睡凉炕的次数还少吗？得什么妇女病再后悔就晚了!"说完,便蹲下身去,抡起斧头劈柴。

她望着这个一向对自己恭而不敬、顺而不近的北京姑娘,心头倏地滚过一阵热浪。

她赶紧生火烧炕……

直至熄灯后,两人再没说什么话。

她穿着毛衣躺下了。

想到自己被扯断了带的乳罩,她不敢当着小周的面脱下毛衣。她彻夜失眠,然而她不敢辗转。她几乎一动不动地仰躺了一夜,瞪大眼睛望着屋顶……

一天,两天,三天过去了……

一个星期,两个星期,三个星期过去了……

什么也没发生。

任何轻波微涟也没有。

好像那件事根本就是她做的一个梦。

倒是小周对她似乎比从前亲近了些。而小孙因为小周对她的态度如此,也不再视她为需要提防的人了。

只有几位营党委委员们表示过一点奇怪。他们奇怪的仅仅是营长为什么不穿上教导员为他织的那件毛衣?不合身?

她和营长的话,对某些重要问题的意见,在营党委委员们中间,仍具有决定性的,互相补充的威信。

在各种工作会议或营党委会议上,营长还是常说那句话:"让教导员决定吧,她也代表我!"

在评选究竟谁有资格获得某种荣誉的时候,营长还是像从前那样,用无私的口吻说:"我看就是小姚吧,她原则性强,组织能力强,工作责任心强,又是连续三年的标兵……"说时,还是像从前那样,连看也不看她。

营党委委员们,营机关的所有人们,对此依然如从前一般毫无疑义,心悦诚服。

但营长的这些话,在她听来,已不能像从前那样激起她心里由衷的感恩图报的回响了,她似乎觉得这些话是受了污染的,隐裹着心照不宣的肮脏内涵。

这是负着罪过感的灵魂对心理的反馈。

她明知自己非常不应该那样去领会营长的那些话,不应该对自己对营长这么无情这么严厉地进行并不公正的审判,不应该将自己也将营长的人格否定得那么彻底。

然而沉重的罪过感以及由此造成的一系列的连锁反应的自裁意识,

在她心灵中扩散,糜烂,腐蚀,形成一环又一环的痛苦链条,紧紧地箍在她身上,无法挣脱。

当没有第三者的时候,她和营长不能够再用正常的语调说一句话,不能够彼此迎视一眼。仿佛两个人的内心里都蛰伏着一个魔鬼。不是她逃开了,便是他逃开了。

天天读,政治学习,传达文件,还是由她主持的事。

腐化、堕落、败坏、丑恶行为、不良意识、生活作风、道德品质、灵魂、世界观、自己割自己的尾巴,伪装是不能持久的等等,等等。这些像《圣经》上的戒条一样,充斥语录本中,思想教育材料中和文件中的词句,使她口读着,心颤着。这些词句,这种对人的灵魂进行消毒的形式,是她以前所习惯的,读起来朗朗上口的,视为神圣职责的。而现在,却变成了一遍又一遍往她灵魂上刷的镪水。每天的这种时候,她都觉得自己仿佛是被捆绑起来扔进了镪水池。那是她每天都要经受折磨的时候,那是她每天最难度过的时候。度过后,常常是一头冷汗。

然而在别人听来,教导员的声音仍像从前一样,咬字清晰,发音标准,铿铿然具有警告的力量。职务的训练,使她成为全营读语录,读材料,读文件最适合的人。

她心中暗暗开始诅咒这永无休止的种种宗教式的压迫人灵魂的形式了。

因为在这种形式中真正感到灵魂受压迫受践踏的是她自己,而不是别人。别人可以将头低下去偷偷打盹,可以剪指甲,可以用笔在破纸片上乱涂乱画,可以抠鼻孔,可以抓耳挠腮,可以胡思乱想……

会过去的,就会过去的,这一切都会过去的,总会过去的……

她只有如此抚慰自己。

她变了,憔悴了,常常发怔发痴。

一天,她独自沉思地坐在办公室里,营长走了进来。

她知道是他走了进来。她没动,没看他。

他从头上扯下皮帽子,语无伦次地,绝望至极地说:"我受不了啦!我再也不能忍下去啦!共产党员……明人不做暗事……虽然我们没有……那个……但是想……那个的念头……就是犯了作风错误!我档案中没有过任何污点,可是这污点在我心上了!……共产党员对党的一颗红心啊,从此就有污点了啊!我要在营党委会上主动坦白交代自己的严重错误,我要把我的……丑恶灵魂彻底暴露在大家面前!我……我不是人!我甘心情愿接受大家的批判!我要请求给我党纪处分!我……我不配当营长!……他妈的我……共产党员对党的一颗红心……他妈的好端端地糟蹋了啊!……"

这山东汉子痛不欲生,由于话说得太急,满嘴吐出白沫,像一只螃蟹。他一边说一边撕扯自己的领口,一颗扣子蹦飞了。他那样子仿佛神经有点错乱了,有点让人感到可怕也有点让人感到可怜。

她慢慢站起,朝窗外瞥了一眼,猛地转过身,低声然而恨恨地说:"别嚷叫!你忍受不了啦?你怎么就不问问我还能不能忍受?……"

他半张着嘴,瞠目瞪着她。

她又一字一句地说:"忍受不了,也得忍受!"

他呆住了。他那粗壮的脖子青筋暴起,他那突出的喉结上下一动,口中咕噜有声,像把什么要涌出口的东西艰难地咽了下去。

她想:如果你心中真有个鬼,你就咬紧牙关,把它憋死在你心里!别让它钻出来吓你自己也吓别人!

"你要是敢交代半句,我就自杀!"她的话每一个字都说得冷冰冰凉飕飕的。她不是在威胁他,她心里就是这么想的,而且也肯定会这么做。

他呆呆地望着她。

他渐渐低下头去,渐渐地转过他那高大魁梧的身体,无声地推开门,无声地走出去了。

她仍呆呆地靠着桌子站立,凝视着他摔在炕上的狗皮帽子,许久许久一动不动。

狗皮帽子仿佛变成了一条狗瞙在炕上。

人竟是多么自私啊!

自私的是我还是他呢?

她第一次像今天这样恶狠狠地对待自己的入党介绍人。

污点,错误……这两个词就能说明那件事吗?人啊人,你为什么在不折磨别人也不被别人所折磨时,还要自己折磨自己,自己虐待自己呢?难道人有灵魂就是为了虐人或自虐的吗?

她突然伏在桌子上痛哭起来。

"教导员你哭什么?……"

"教导员你有什么不顺心的事啊?……"

她想止住哭声,拭去眼泪,装出没事的样子,可已经来不及了。

走进来的是小周和小孙。她们站在门口迟疑了片刻,便同时走到她身边,左边一个,右边一个,两个人的两只手轻按在她肩上,俯下身关切地询问她。

"没什么……我……心里突然有点烦……"她窘迫地说。第一次被人发现在哭,她真觉得无地自容。

小孙不安地说:"教导员,我俩以前对你……太不亲近了,你可别往心里去啊!……"

她触摸了一下小孙按在自己肩头上的那只手,苦笑着说:"别这么想,是个人都有心烦的时候,女人心烦了就爱哭,我也是个女人啊!……"

小孙真挚地说:"教导员,我可是第一次听你说这种话呀!你心里有什么烦恼的事儿,就不能放下教导员的架子对我俩说说吗?我俩今后也不对你保密,也会对你说的!……"

比她小四岁的电话员小孙,是个性格活泼的上海姑娘,不过有时善良得过于可爱。

她微微地摇了摇头。

不能说,傻姑娘!不能对你说,也不能对任何人说,我永远都不会说啊！那不是一般的烦恼忧伤，那是个魔鬼！它会吓坏了你，我要把它憋死在我自己心里！

小周到底比小孙大两岁，懂事些。她说："别缠着教导员了，你这不是在给人添烦？……"说罢，拉着小孙朝外走，走到门口又扭回头说："教导员，中午我们替你把饭打回来！"

两个姑娘走出去之后，她立刻站起来，从兜里掏出手绢在水盆里洗了几下，慌慌地擦自己的脸……

三天后，各连的伐木队都集合到营里了。原定是由一位副营长带队进山的，可营长非要去不可。谁也拗不过他，只好由他。

他当天就带队离开了营部，没跟谁告别，只是将一些未安排妥的工作写在纸上，让人转给了她……

伐木队一钻进深山老林，就三四个月不出来。

她将营长留下的那页纸压在玻璃板底下，常呆呆地瞧着它，心想：你逃避谁呢？逃避什么呢？男人，男人，你比女人还懦弱！……

副营长乐得有人顶替自己进山，便请了探亲假，赶回吉林老家与老婆孩子过团圆年去了。

全营的工作都落在她一个人肩上了。

她默默地处理着各连队汇报上来的种种问题，调解某连队领导班子内部的矛盾，促进连队与连队之间的团结，视察全营的机务检修工作，了解知识青年的思想状况，作计划生育的动员报告……

她的工作能力从来没有得到过那么充分的发挥。

不久，团里又指示三营抽出六百名强壮劳力参加全团兴修水利大会战。她又理所当然地成了水利大军第三支队总指挥。营机关的工作人员也几乎全都编入了支队，只留下了电话员小孙看守转插台，接电话；管理员开介绍信，盖图章。

六百人住在工地上临时搭起的简陋工棚和破棉帐篷里。要在两山之间垒起一道石坝，还要炸平两座山坡，修建起几十米深的水库库底。

六百人都将自己最破最脏的衣服从连队穿来了,像一批苦役犯。六百人的劳动态度虽然说不上热情高涨,但起码可以说是非常自觉的。因为他们都是各个连队的党团员,而且他们经过动员后相信了,这绝不再是马歇尔计划。水库设计图纸不是团里的某位领导一时兴之所至,异想天开的结果,而是从省农学院请来的几位教授实地勘察后认真绘制的。只要汗不白流,力气不白出,人们也就不发什么牢骚和怨言。那是精神很容易将人变成物质,而物质又很廉价的时代。一面锦旗可以使一个班、一个排、一个连、一个营,甚至一个团一个师的人们忘记他们是人而非劳动机械……

工地上每天爆炸声不断,巨石源源地从山坡滚下,再被一双双肩膀抬走。号子声,打钎声,铁镐与坚石的碰击声,从扩音器传出的工地宣传员的快板声响成一片。

那是她的组织能力和工作责任心结合得最出色的一段日子。她既是总指挥,也是普通劳动者。抬石头、打钎、抢镐,她什么都干,她仿佛存心要把自己累垮似的。然而她那并不强壮的身体却似注射了兴奋剂,对劳累失去了正常反应。

她完全能理解营长为什么非要顶替副营长带领伐木队进深山老林了。

六百人在工地上度过了除夕之夜。

从各连队抽调了几名男女知青,前一天临阵磨枪,赶排了几个节目,无非是"二人转"、对口词、数来宝、快板、山东快书、男声小合唱、女声小合唱、男女声小合唱……内容也无非是工地上的好人好事。就在雪地上、月光下为六百人演出。却只有极少的人去看,索然无味地看了一会儿,发声喊,一哄而散。

第二天开早饭前,各连的领队全来找她,替战士们要求,允许回连队去看看。

她向团里请示,团里不答应。

人们普遍不满起来。这种不满是有道理的。既然放三天假,为什么不让回各自的连队去看看呢? 老职工们有不放心的家事要回去料理,知识青年们也盼望着寄到连里的信件和包裹。团里不答应也有道理:三天内六百人不能重新集中怎么办? 大坝在三月底不能如期建成,几条河的汛水送下来,将可能前功尽弃……

但她还是自作主张——想回连队的,都可以回去!

各连领队将她的话传达后,工地上一片欢呼。

甚至有人高喊:"教导员万岁!"

一个小时后,六百人就从工地上消失得无影无踪。

团里得到了消息。团长亲自打来了电话,口气相当严厉:"小姚你好大胆! 三天后六百人集中不起来,我开你的全团批判会! ……"

听得出来,团长是真火了。

她镇定地说:"团长你最好也把我这个教导员撤了,我早就不想当了……"

"你! ……" 话筒里传出了团长拍桌子的声音。

她轻轻将话筒放下了。

团长从来没对她发过火。

她也从来没对团长那么放肆过。

然而自己从来连想象也不曾想象过的事发生了。

诱导这一切具有强烈叛逆性质的行为的潜因究竟是什么? 是自己变坏了的性格? 还是那件毛衣? 她很难承认自己的性格变好了还是变坏。就算变坏了吧,也比她从前的好性格更富有人情味了。至于那件毛衣,她敢肯定,是织得很细心的。一个女人织的第一件毛衣比一个鞋匠学徒做的第一双鞋要有意义得多。她想:谁不明白这个道理谁就连起码的人性都不能领悟。

她决定不回营部,独自留在工地上。孤寂曾使她感到过空虚,而她已对空虚不再害怕。空虚有时是人心灵的自然现象,就如同雾是宇宙的自然现象。人对自然现象不必讳言,对一切最自然的事文过饰非才是人的最不自然的行为。

她很奇怪自己的头脑中为什么会产生这些古怪的思想。

这是自然的? 还是不自然的?

她觉得自己快成一个经常与自己进行诡辩的哲学家了……

小周原本是要回营部去的,可又突然决定陪她留下来。她心里明白,小周回营部是假,要到十三连去是真。她逼着小周去搭十三连的马车,小周说什么也不肯。

天黑后,两个人把帐篷里的大铁炉子烧得红红的,把铺位挪近了,谁也不干扰谁,靠着被子各做各的事。小周看信,她用硬皮笔记本垫在膝上写信。

她一封三页纸的信写完了,小周那封信还没看完。

她不禁问:“谁写给你的信这么长? 能当一本书读了!”

“他……”小周头也不抬地回答。

“十三连的……同学? ……”她好奇地问。一位女教导员竟对自己下级的男朋友的信产生了好奇心,她觉得自己这位女教导员简直变得不成体统、有失身份了。

小周抬起头,对她微笑默认。

她不便再问什么,一时又找不到其他事可做,就枕着被子躺下,心想:要是有谁也给自己写这么长的一封信多好呢!

小周仿佛猜着了她在想什么,反问:“教导员你想看么?”

“我? ……我看你的男朋友写给你的信? 你真是乱开玩笑! ……”她的脸倏地红了。

小周咯咯笑了,说:“那有什么啊? 我们的信不怕别人看。可以抄在黑板报上让所有的人都看!”

她说:“可惜全团恐怕也找不出那么大的一块黑板呀!”

小周说:“教导员你好像有点不相信? 不相信让我念给你听!”

她双手捂上了耳朵:"你真太不害羞了!念我也不听!"

小周说:"你不听我偏念。他这封信写得太好了!真的!你听着……我开始念了啊:亲爱的,吻你。你早已知道我是多么爱你。可你未必意识到你对我有多么重要。因此我要在这封信里告诉你这样一条真理——好女人是一所学校。一个好男人通过一个好女人走向世界。学校!我们女人是一所学校!我当时看到这一行字我都哭了!……"

她故意用一种无动于衷的语调说:"文书同志,那只能证明你自己被爱情的甜言蜜语搅昏了头脑。"捂住耳朵的双手,却不由得放下了。

将女人比作一所学校——这思想真伟大得可以。她有生以来还是第一次听到这种话。难怪有人说,恋爱使人头脑聪明。这封信的开头就大有语不惊人死不休的意味。

小周却不理她是在听还是真不愿听,只管很激动地念下去:"一个男人的一百个男朋友,也没有一个好女人好;一个男人的一百个男朋友,也不能代替一个好女人。好女人是一种教育。好女人身上散发着一种清丽的春风化雨般的妙不可言的气息,她是好男人寻找自己,走向自己,然后又豪迈地走向人生的百折不挠的力量……"

她渐渐地坐了起来。

小周继续念:"一位外国诗人写下过这样一首诗:天下没有比对于一位姑娘的初恋更灵巧的教师/不仅将男子心内卑污的一切抑制下去/也教给他们高尚的思想,可爱的言词,礼貌,勇敢,追求真理的心/和使人成为堂堂男子的一切……"

小周望着她,那种目光在默默地问:教导员,难道你不认为这封信写得好么?

她低声说:"念呀!"

于是小周又开始念:"这个道理简单而又深刻:世界是由男女组成,当有一个好女人在你身边时,你的世界才是完整的。'妇女是社会变化和发展的酵素。'……"

"什么? ……" 她没听明白, 立刻问了一句。

"酵素。" 小周将这两个字大声重复了一遍, 说, "你别打断我, 认真听下去。刚才那句话, 是马克思说的, 信上写着。再听: 当你走向战场和类似战场的生活, 身后有一位好女人相送, 那死也不是可怕的了。当你感到身心疲倦透顶的时候, 一只温柔的手放在你的额头, 一觉醒来, 你又变成了朝气蓬勃的人。当你糊涂又懒散, 自卑自叹, 挺不起腰杆, 好女人温柔的指责, 像一条鞭子, 抽打着你前进……"

小周念到这里, 又停住了。这次是开口而不是用目光问: "教导员, 多好多美啊! 每一个女人看了这样的一封信, 都会发誓要做一个好女人的!" 这二十三岁的平时很文静很善于蓄存感情的姑娘, 被恋人的这封信感动得热泪盈眶。仿佛她若不对这封信表示赞美, 就会立刻同她争吵起来似的。

"我并没有打断你啊!" 她说, "我在认真听着呢!"

激动的情怀使小周的语调发抖: "好女人使人向上。事情往往是这样: 男人很疲惫, 男人很迷惘, 男人很痛苦, 男人很狂躁。而好女人更温和, 好女人更冷静, 好女人更有耐心, 好女人最肯牺牲。好女人暖化了男人, 同时弥补了男人的不完整和幼稚, 于是男人就像一个真正的男人走向世界。世界上男人想女人, 女人想男人, 想了几千年。好男人需要一个好女人, 好女人需要一个好男人。人人都能满足, 这有多么美好……"

沉默。

她在沉默之中想: 小周啊你是多么幸福! 每一个女人听你念了这封信都会嫉妒你的啊! 能写出这封信的小伙子, 他的爱情对一个姑娘来说是世界上最宝贵的。

她喃喃地问: "念完了么?"

小周说: "念完了。"

她说: "可我听着像没完。"

小周犹豫了片刻, 说: "还有半页没念完。这半页挺叫人扫兴的……

我还不是一个好男人,所以我写不出这样一封信。但是我把你当成我的好女人!我深深地爱着你。有了你的爱,我会成为一个堂堂男子汉的。这封信是我从别人那儿抄来的,这封信在我们连所有的小伙子中间暗暗抄来抄去,连姑娘们也如获至宝,开始暗中传抄了。可见大家都多么想做好男人和好女人啊!这封信你可千万别让教导员发现,那说不定她会在全营展开一场大清查呢!……吻你……完了……"

"就这样……完了?"

"就这样……完了……"

"是有点让人扫兴。"

"所以我不愿念完。"

这封信如此结束,预先让她猜上三天三夜她也猜不到。

过了许久,她再没做声。

是啊,她想,若在几个月前,这样的一封信落在她手中,她肯定会在全营各连展开一场大清查的。也肯定会向团政治部写份详详细细的报告。可是在她经历了那个非常的夜晚后,不,更确切地说,在她开始织那件毛衣后,她已经会用女人的心去感应某些事情了。荔枝熟了,果核硬了。核桃熟了,外壳硬了。她的心态变了,可人们仍只能看到它的外壳。

她又苦笑了。

小周颇有些不安地问:"教导员你笑什么?"

她平平静静地回答:"笑我自己。"

"你……是不是真生气了?"

"我生谁的气呢?"

"你没生气就好。"

"我没生气。"

"教导员,你说这封信写得……美吗?"

"写得很美。"

"你真这么认为?"

"真的。"

"教导员,你第一次对我说了心里话。"

"以后,我还会对你说心里话。"

"谢谢你,教导员。"

"应该我谢谢你,念这么美的信给我听。"

"我知道你肯定会愿意听。"

"是吗?"

"嗯。"

小周站了起来,像三级跳运动员似的,轻盈地一跳,跳过两个铺位,扑通一声落在她身旁,就势坐了下去,一条胳膊从她背后揽过来,将手搭在她肩上,亲昵地依偎着她说:"教导员,我陪你留下来,就是要找机会跟你讲讲心里话呀!教导员你也谈恋爱吧,你都二十五岁啦!你喜欢的小伙子到底该是什么样的?你要是信得过我,就告诉我,我会帮你发现的!爱人啊,像天上飞的鸟,你得留心去发现它。一旦发现了,就要想方设法逮住它。我觉得我现在没有爱就不行,真的!人干吗要装模作样非跟自己过不去呢?教导员,有时我心里真替你挺难过的,难道你心里就真不希望有个小伙子爱你吗?我和他每个星期都见面。不见一面,我下一个星期简直就没法儿过,他也是。见上一面,哪怕只说几句话,甚至什么都不说,互相看一会儿,我心里就满足了,踏实了。失去了他对我的爱,我内心里会空虚死的。真的!我讲的可句句是真话……"

"别说了……"

"你不爱听?"

"谁会爱我呢?"

"你得先能够爱别人!"小周仿佛在固执地证明自己也可以当她的教导员似的,只管对她循循善诱地说下去:"他抄寄给我的那封信我至少看了二十遍,每看一遍我内心里都感动得要哭。他不是那么好的男人,长得也一般,吸烟很凶,还挺邋遢……可我已爱上他了,有什么办法呢？只能由着自己去爱。这事最自然而然不过啦！我才不愿违着自己的心呢！也不管别人对我如何看法，只要我想他了，就一定设法跟他见上一面，像那封信上写的那么好的男人不多，那么好的女人也不多。我是普普通通的女人，他是普普通通的男人。普普通通的女人更需要一个男人爱，普普通通的男人也更需要一个女人爱。就是这样，就是这么一回事！……"

"可你不是一个女人，你才二十三岁，你还是一个姑娘。"

"女人是因为产生了爱情才成为女人的！"

听了这句话，她不禁扭转脸看了小周半天。

"二十三岁爱上一个小伙子难道就不光彩了吗？非得熬到二十八九岁成了老姑娘才可以去爱？我偏不！就是有这么一条法律我也要以身试法！……"小周愤慨起来。

"你可以这样，但我不行。我二十三岁的时候，就当上副指导员了。兵团明文规定，男二十八岁女二十五岁以下不许谈恋爱。"她淡淡地说，又补充了一句，"再说连以上知青干部谈恋爱，要向党组织汇报，这你也知道。"同时暗想：自己二十三岁就当上了副指导员，也许是天大的不幸。

"可你如果现在爱上了什么人，你就不会跟营长……"小周突然意识到失口了，咽下了后半句话。

她的整个身体一时像水泥一样凝固了。她一动也不动，僵硬地坐着，两眼呆呆地望着一个角落。

经过了不短的时间才一片片一块块焊接起来的四分五裂的自尊心，又被别人当面一击粉碎了！

复整的自尊心是多么不堪一击啊！

"教导员，我……我……我不是故意说这句话的……"小周慌乱了，搂住她，急切地解释着，表白着："那天晚上的事……我对谁也不会讲半个字！真的！我发誓！我什么也没看见……我永远永远……我要是说了,就叫我的一双眼睛瞎了!可是……可是我真替你难过替你害怕呀!你应该爱一个什么人了,可你千万别做蠢事啊!你不爱他,这不可能!你也开始爱吧!可就是别做蠢事!为什么不去爱,而非要去做蠢事啊!……"小周将脸埋在了她怀里。

她什么也不回答。她无话可答。她只是感激地用一只手紧紧地,紧紧地攥着营部文书的手。

她心里又渗出血来……

"公主该起床喽!"

随着一句台词式的话,门开了。妹妹双手端着钢精托盘走进来,托盘上放着两只带盖的钢精杯,几片面包。

妹妹走到她床前,不知该把托盘放在什么地方,转身看见一把椅子离床不远,就伸出一条长腿,用脚尖钩住椅子的横掌,将椅子钩到了床边,然后将托盘放在椅子上。

她从仿佛很遥远很遥远的过去回到了现实中来。非常感激妹妹这时候出现,否则她还会在一个残破的梦里失魂落魄地蹒跚,一直都被一个高大魁梧的黑色的影子所惊悸。

"姐姐,你简直快成一位老公主啦!"妹妹退后一步,双臂交叉抱在胸前,歪着头,像瞧着一个没出息的孩子似的说:"你都回来四天啦,自己知道不? 大门不出,二门不迈,每天懒洋洋地躺在床上,衣来伸手,饭来张口,我倒快变成专门伺候你的仆人啦!"

她有点不好意思了,窘迫地笑笑,伸手去端钢精杯。

"先别动!"妹妹轻轻将她的手打开了,嗔怪地说,"伺候你好几天了,连点表示都没有?"

她强作一笑,说:"你还需要听一句谢谢吗?"

"那当然!"妹妹一副理直气壮的样子。

"谢谢!"

"这还像话。"妹妹坐到了床上,仍然像瞧着一个没出息的孩子那么瞧着她。

她打开一个杯盖，见杯中是牛奶。打开另一个杯盖，见杯中是咖啡。

"牛奶加咖啡，面包夹香肠，姐姐你简直过的是贵族生活呀！妈妈吩咐了，要顿顿保证你的营养。你想吃什么，就给你做什么吃……"

妹妹拿起那本《简·爱》，一边信手翻着，一边用嫉妒的语调说。

她吃一口夹肠面包，喝一口牛奶，再喝一口咖啡，觉得这种生活真是让人满足。

妹妹刚才不说，她还真的不记得自己已回家几天了。在这几天内，她整个人处于一种异常慵懒的状态。她觉得可以，并且能够处于如此一种慵懒的状态中，置身在这样一间清洁安宁的房间里，躺在这样一张柔软舒适的床上，半点也不受时间概念的督促，简直是无与伦比的享受。她觉得她的身心在十一年的"屯垦戍边"生活中是耗费得太多了。她真希望今后有许许多多这样的日子，希望在今后很长很长一段时期内，不被别人和生活要求去做什么。更准确地说，不要被别人和生活推到某种行动中去。无论是身体行动还是思想行动。

人啊，真是不可思议！人那么能够适应艰难困苦，也那么能够适应享受和安逸。愈是经历过一些艰难困苦的人，愈那么贪图享受和安逸，愈那么容易沉湎在享受和安逸之中。

生活啊，也是如此不可思议！仅仅十几天以前，她还是生产建设兵团的一位女教导员，喝一口开水都得自己烧，对许多人许多事担负着许多责任和义务。而如今她却只是女儿和姐姐了，只是一个二十九岁的老姑娘了，受到全家每一个人的关心和照料，仿佛成了一个刚从医院里接回来的大难不死的小女孩。坐在床上吃夹肠面包，喝牛奶咖啡，神仙过的日子！

妹妹仍趴在床上翻着《简·爱》，一边翻一边问："姐，你喜欢这本书吗？"书中，画满了红笔道和黑笔道，显然不知有多少像妹妹一样年龄的少男少女们的指纹留在每一页上了。那些硬直的或波状的笔道表明了他们精神的饥渴。

她已吃完了面包,将喝剩的牛奶咖啡兑在一只杯子里,一小口一小口地细细品着那种甜中带苦的味道。听了妹妹的话,她不假思索地回答:"从小学五年级起,它就是我的枕边之物了。"

"但是这些话你当时怎样理解的呢?"妹妹发问后,轻声读了起来,"'如果自尊心和环境需要,我可以一个人生活。我不必出卖灵魂去换取幸福。我生来就有一个宝库,让我能够活着,哪怕一切外在的乐趣会给剥夺,或者只用我出不起的代价,才能获得。'姐姐你第一遍读的时候就能理解吗?"

她慢慢放下了杯子,沉思良久,终于摇头——如果当时就能理解,也许如今内心便不会有这许多苦涩的失落!

"还有这段话,都是罗切斯特化装成一个干瘪老人婆对简说的……"妹妹又读了起来:"我兼顾了良心的主张,理智的劝告。我知道,在奉献的幸福之杯中,只要察觉到一点耻辱的渣滓或一丝悔恨的苦味,青春就会立刻逝去,鲜花就会立刻凋谢;而我,并不要牺牲、悲哀、分离——这些不是我的爱好。我希望培育,不希望损失——希望赢得感激,不希望挤出血泊或泪水;我的收获必须是在微笑、亲热和甜蜜之中……"

"够了!"她大声说。

妹妹无比惊讶,抬头瞧着她:"你的记忆力真好!书上是这么写的——破折号,'够了,我想我是在一种美妙的……'"

"我叫你不要念下去了!"她无端地生起气来。

"烦了?莫名其妙!"妹妹合上书,仰躺在床上,睁大她那双少女清澈的眼睛思索着什么。

她又端起杯,像喝凉水一样,将甜的苦的一口气喝了个精光。

"妈妈哭了。"妹妹自言自语。

"为什么?"她审讯似的问。

"为你那件衬衣,都快洗透明了。"

"我对它有感情,穿五年多了。"

"妈妈在它上边撒了几滴眼泪,就随手把它扔进垃圾箱了。"

"……"

"不过爸爸当时说了一句很有趣的话。"

"怎么说?"

"一位女教导员的衬衣,如果不穿成渔网就扔了,效果不好!"

"你胡说。"

"爸爸就是用的这个词——效果!不信你今天晚上当面问问他。"

效果——讽刺谁呢?讽刺自己的女儿?一定要当面问!

她变得那么敏感,似乎周围充满了对自己的不公正的讽刺和挖苦,包括父亲和妹妹在内。

"你刚才为什么要偏偏对我读书上那两段话?"她猛转身俯视着妹妹,恼怒地质问。

"怎么是偏偏呢?……"妹妹不由得坐了起来,委屈地说,"我天天伺候你,你倒对我这样!我是随便翻到那一页,就读了起来……"

"拿走吧!"

"什么?"

"这本书!托盘!我还想再躺一会儿!"

妹妹站了起来,不满地说:"姐姐你别用这种口气吩咐我!你在家里可不是教导员,我也不是你的勤务兵!"

"住口,我从来没有过勤务兵!"

"那么你想在家里补上这点遗憾啰?"

"小妹你再跟我耍贫嘴,我可真火了啊!"

"你已经火了。可我并没招你也没惹你,莫名其妙!"妹妹不悦地端起托盘,夹起书,转身就走。

妹妹走到门口站住,回头说:"姐姐你们当时烧掉这本书和许多书的时候,大概没为我们想过吧?"

她已经躺下了,又腾地坐起来大声说:"当然为你们想过! 怕你们中毒! 变成修正主义的接班人! "

"谢天谢地,你们没烧干净。"妹妹耸了一下肩膀,作了个鬼脸,将门用后背顶开一条缝,倒退着挤出去了。

她又闭上了眼睛,希望重新归复到一种安宁的无梦的睡眠状态中去,却不能够了。

她也的确是有点躺腻了,睡足了。

这几天,白天的大部分时间内,家中只有她一个人和阿姨。她每天都躺到九十点钟,不慌不忙地起床,不慌不忙地梳洗,然后不慌不忙地坐到餐桌旁,等阿姨端上她爱吃的饭菜,不慌不忙地吃。然后又回到自己的房间,坐在沙发上静静地看一会儿书,或者打开录音机听一会儿音乐,或者换个房间走动走动,或者到阳台上去站一会儿,然后再接着躺到床上去。

对静,对床,对舒适,对慵懒,她已经开始养成了一种习惯。

父亲每天在她起床之前,就早早地到市委去了。母亲是省教育厅人事处处长,却起码比一位女议员的社会活动还要多。弟弟呢,在她返城的前几天,才从部队复员回来,等待安排工作。或者说,是在耐心地选择最理想的工作。他复员前提升为连长。他认为一个复员的"尉官"有充分的理由要求社会分配给他一个他最理想的工作。她曾和弟弟交谈过几句,弟弟认为对自己最理想的工作单位是电台、电视台、报社、出版社、话剧团、歌舞团、旅游局、市委机关。可见他的理想是很不具体的。他那么自信,断言无论是电台节目编选人,电视节目主持人,记者,编辑,演员,干部,全能愉快胜任。倩倩是市话剧团的演员,一个还默默无闻但似乎不久的将来就会名声大噪、家喻户晓的演员。她和弟弟一样,对自己的前途充满信心。"到了那时候,我们就会……"弟弟爱说这句话,倩倩也爱说这句话。仿佛到了某个时候,整个世界都属于复员尉官和漂亮的瓷娃娃了。

一句自我陶醉的空话。她想。然而自己——返城知青,二十九岁的老姑娘,尽管当过教导员但其貌不扬,连能够说一句陶醉自己的空话的资格都没有!她真羡慕弟弟和倩倩。倩倩才二十二岁,弟弟还不满二十五岁。仅仅这一点,就足以令她羡慕的了。年轻和漂亮,这是装在女性左右衣兜里的宝贵财富。她的一个衣兜从来就是空的,另一个衣兜也被时间彻底扒窃了。在这两方面,她如今是一个乞丐。而倩倩的"衣兜"却是丰满的,就像她那高耸的迷人的双乳。在漂亮的瓷娃娃面前,她常感到无比自卑,如同一个穷光蛋在一个大富翁面前一样。弟弟和她形影不离,每天不是关在他的房间里卿卿我我,相偎相依,便是打扮得超俗脱凡,双双外出。他们仿佛有那么多可做或筹划着做的事。他们仿佛认为,只有他们自己,才是这座城市的真正主人。即使在她面前,他们都毫不掩饰他们的优越感。她甚至觉得,轻狂浅薄在他们身上也有着异乎寻常的魅力。

妹妹在省图书馆工作,也许是由于受工作环境的濡染,迷上了文学。图书馆离家不远,妹妹中午回家吃饭。在短短的吃饭时间里,妹妹也要喋喋不休地和她大谈文学,妹妹相信自己将会成为本市的一位最年轻的女作家。妹妹能讲出本省本市每一位较有名气的作家的作品,以及他们的种种个人情况和家庭情况。而且不论讲到的是老作家还是中青年作家,总是声明在先:"他是我的朋友……"批评起他们的作品来,就像要求严格的中学教师批评糟糕透顶的学生的作文。

母亲,在她回到家里的那天晚上,在那顿为她接风洗尘的丰盛的晚餐桌上,用保证的口吻和态度对她说,她今后的工作,一点也不用她自己去想,父母会替她安排得非常令她满意的。

她听从了母亲的话,这几天内尽量不去想工作问题。对于这样一个问题,自己能够不用去想,那当然是再好不过。但完全不想,却又做不到。在心境最散淡最安宁的时候,也会不由自主地去想一想。

一个二十九岁的一无专长的其貌不扬的老姑娘,究竟适合做什么工作呢？弟弟那种种愿望，她都不敢妄想。当工人？从当学徒工开始？那的确很可悲。当什么机关或部门的政工干部，倒是她的本行。可生产建设兵团的教导员做知识青年政治思想工作的经验，就算她颇具这方面的经验，又有多少适用于城市呢？当老师？她自信还行，但也只能当小学老师。中学生她是教不了的。她有自知之明——初中三年的一切课程，她几乎忘得一干二净。当售货员？公共汽车售票员？她无法忍受这样的下场。纵然她自甘忍受，可想而知，家人也无法忍受。首先是母亲就必定无法忍受。

她觉得自己好像成了没有希望推销出去的废品。

她看了一下手表，十二点半了。突然极想离开房间到外面走走，便一下子坐了起来。

返城第一天，饭前洗完澡，穿着家里预先替她买的一件崭新浴衣走出浴室，她就再也没有见过她穿回来的那身衣服。它们永远地被从她的生活中"扫地出门"了。

她现在穿的这身衣服，从里至外，都是母亲预先为她买的。

她刚要下床，一眼发现床头柜上放着一双崭新的、样式美观的、高跟的棕色靴子。靴下压着一页纸。她拿起靴子，看那页纸，见上面写着这样几行字：姐，这双靴子是我给你买的。我知道你不喜欢棕色，但我犹豫再三，还是给你买了一双棕色的，没买黑色的，因为黑色也许会使你联想到北大荒的土地。我希望你永远忘掉北大荒，永远不再联想到那个地方……

看着那几行字，她又发起呆来。

棕色的，高跟的，活见鬼！她想，她穿上这双靴子一定会显得滑稽可笑。

她穿着袜子下了床，弯腰往床底下瞧。她要寻找到她穿回来的那双大头鞋。她记得她穿回来的那身衣服被"扫地出门"后，放在床底下的大头鞋还在，没被发现，可是现在它不见了。是什么时候被发现，被"扫地出门"的,她不知道。

这个家是那么干净,母亲不允许任何有碍观瞻的东西存在。

她又缓缓坐在床上了,茫然地瞧着那双靴子。

棕色的……高跟的……活见鬼!

那双靴子像两只松鼠睥睨着她。

她恨不得将它们撕碎!

在这个家里,在她身上,任何从北大荒带回来的东西都没有了。母亲和妹妹仿佛是在帮助一个获释的囚徒斩断与监牢有关的一切联想。

又一次"脱胎换骨"么?

她觉得生活真他妈的荒谬!

十一年前,她按照生活对她的要求,去"脱胎换骨"。

十一年后,又得再来一次!

"脱胎换骨"就那么好玩么?让觉得无所谓的人试试看!

可是那两只"松鼠"和她穿回来的那双大头鞋相比,又是那么美观,那么高雅,仿佛具有某种不可抗拒的吸引力,吸引她欣赏它们,诱惑她穿上它们。只有女性某些时候才会对一双鞋产生那样一种被吸引被诱惑的心理。她使劲踢腿,将穿在脚上的两只紫绒拖鞋甩到壁炉前一只,门口一只。然而拿起一只靴子,对它怀有股报复般的仇恨,向后仰着身子,用力往脚上套。费了九牛二虎之力,却无奈穿不到脚上去。她将靴子咚的一声摔在地上,才发现靴腰上是有拉锁的。

毫不费力地穿到脚上,很合脚,不大不小,不肥不瘦。在房间里小心翼翼地走了几个来回,说不出是种什么体验,自我感觉并不良好,觉得变成了一个小脚老太婆似的。

这是她生平第一次穿高跟皮鞋。

皮鞋她是穿过不少双的。上幼儿园的时候穿过皮鞋,上小学的时候穿过皮鞋,上中学的时候也穿过皮鞋。从前妈妈总是要使自己女儿的穿着与一位市长女儿的身份相称。记得她在中学第一次穿上一双黑色的样式很普通的皮鞋时,引起班里不少女同学的羡慕,甚至是嫉妒。刚刚经历了三年自然灾害,六十年代初的中学生们,他们的穿着和现在的中学生相比,是多么的寒酸啊!

她仿佛站在两个高高的支点上,失去了穿着大头鞋那种脚踏实地的感觉。

她迈着小脚老太婆那种步子,一扭一拐地走到立柜前。每走一步,都要不由自主地摆动双臂调整身体平衡。

棕色的……高跟的……他妈的!

她站在壁橱的穿衣镜前,端详着自己,像面对一个陌生的女子一样,竟有些不敢自认。

这个穿着一件金黄色的高领毛衣(倩倩送给她的)、熨线笔直呢子裤的形象,就是我么?

还有这双棕色的、高跟的皮靴!

这哪里是我呢!

她又往镜前迈了一小步,更细心地观察镜子里的形象,要判断出镜子里那个形象究竟是不是自己似的。由于心境从来没有像这几天中这么散淡安宁过,由于从来没有接连这么多天足足地睡过懒觉,由于每天可以用温水洗脸,由于可以不怕被人议论地往脸上擦高级的护肤霜,她的脸上被北大荒冬季的寒风和夏季的炎日所吹晒皱了的表皮,好像褪去了。脸变得白皙了些,也容光焕发了些,双唇也似乎变得红润了些。

我也许并不像我自己认为的那么不好看吧?她自我安慰地想。

生产建设兵团教导员那种严肃的,随时准备批评什么人和事,随时准备进行思想教育的职业性的气质,如今在她身上是半点也看不出来了。

看得出来的只是她内心的散淡,神态的慵懒,目光的怅然若失和迷惘。

她不知道,究竟哪一个形象,更是她自己的庐山真面目;哪一个形象,更符合自己,更对头一点。

她已习惯了那个身为女教导员的自我,尽管这个自我折磨过她,但毕竟是她习惯了的。她有点不甘于承认镜子里那个形象就是自己,有点排斥镜子里那个自我,就像蜗牛不愿缩进陌生的躯壳一样。

她心情复杂地转过身,离开镜子,一小步一小步地走到窗前。

外面在下雪。

雪,城市的雪,岁末的雪,在她心中唤起了一股温柔。

妹妹唯恐黑色会使她联想起北大荒的土地。

而这白色竟也促成万里翩思!

这是瑞雪啊!瑞雪兆丰年。离开北大荒的时候,那里只下过一场小雪。但愿那里也开始下大雪了⋯⋯

她从衣架上取下件呢大衣披着,轻轻推开落地窗,迈着多少掌握了一点技巧的步子走到阳台上。

雪花很大,洁白而蓬松,飘飘漫漫地,悄无声息地下着。阳台扶栏上,积了十几公分厚的雪。她攥了一把,觉得手心一阵沁入心肺的冰凉。

这一九七九年最后的一场大雪,下得那么从容,那么缱绻。从阳台上,可以看到那些低矮的屋顶,被雪覆盖得洁白。阳台左侧,有一棵大树,树冠齐阳台高。雪花在树枝上绣挂得厚重了,便悄然坠地,像无数紧紧拥抱在一起的小生灵,不能共存,但愿同死,连叹息也不发出。

飘漫的雪花阻挡了她的视线,使稍远一点的市容变得非常虚幻。她的目光聚视在一个固定的方向,穿透雪幔,瞩望朦胧的天际。

几天来,她第一次走出房间,直接呼吸到室外的空气。空气仿佛被大雪过滤了,净化了,那么新鲜,那么清冽,驱除了笼罩在她内心里的慵懒,使她精神为之一爽。

她用奇异的目光观看周围的环境。这是一个幽深而宁寂的大院,两米多高的水泥围墙上布满玻璃刺。在她家的这幢小楼左侧,是车库,右侧是勤杂人员住的一排砖房。铺雪的甬路上,除了两行被雪掩盖的车辙,再没有任何痕迹。甬路两旁,是剪修齐整的柏树女墙。银白压着苍翠,使人赏心悦目。附近没有繁华的马路,听不到车辆过往之声和嘈杂的市声。高墙外,是一条僻静的小胡同,一个人影也没有。

她家原先并不住在这里,是在她返城前不久才搬来的。她对这个地方既感到陌生又感到新奇,总的印象很不坏。这里像所疗养院,她觉得自己的身心都很需要在这么一种良好的环境里进行疗养。本市的二十几万返城知识青年中,全部从北大荒返城的四十几万知识青年中,除她而外,谁能如此得天独厚? 这么一想,她又不得不承认自己真是幸运!

这儿离江边不远。她可以望到冰封的松花江,望到江桥和防洪纪念塔的塔顶。一列火车正鸣叫着从江桥上通过,车头喷吐的烟雾,被漫天飞舞的大雪按捺着,不能上升,也难消散,经久地缭绕在桥栏之间。防洪纪念塔孤立地傲矗于一切建筑物之上,像一根熄灭了的大蜡烛。几只鸽子,绕着塔端盘旋。鸽哨声时而悠远时而贴近,虽然单调,却很悦耳,撩人思绪。

他们都在哪儿呢? 她忽然想:城市真是强大,吞没二十几万返城知识青年,如同巨鲸吞没海面的泡沫一样! 他们可能正在许多不同的屋顶下,像她一样,平息着返城后最初几天内的种种激动心情。北大荒有北大荒的严峻性,城市有城市的严峻性啊! 很难说哪一种严峻性小些。她和他们,这一代人命中注定了,要从一种严峻的现实,进入另一种严峻的现实。而接着面临的,仍是现实的严峻性。

上山下乡——返城待业。

西西弗斯的石头。

这一代人又滚到了高山下。

她真想大喊一声:"紧急集合! ……"并且想象着,随自己一声高喊,会不会从那些大街小巷和胡同中,从那些楼房,那些院落,那些棚户住宅区,奔涌出一批批兵团战士,集结在她所伫立的这幢楼的阳台下,像在北大荒一样,听从她声音洪亮地颁发命令? ……

但她并没有喊。她明白,这种冲动是可笑的,这种想象是荒唐的。兵团不存在了。营不存在了。教导员也不存在了。好比一台车床,由于所谓机械疲劳而突然解体了,其中的一个部件,即使是很主要的一个部件,便也丧失了存在价值一样。北大荒今后需要的,将是具有丰富农业生产经验的实业者。而在北大荒的十一年中,生活并未能够使她成为这样一个人。作为一名教导员,她心中那种隐隐的,仿佛有什么对不起北大荒的内疚,无疑比一般返城知识青年更深些。然而她并不因自己离开了北大荒感到后悔,正如那些留下的人,经过严肃的思考决定留下一样,她也是经过严肃的思考才决定离开的。一个人,在丧失了存在价值的地方,是很难短时期内重新寻找到真正有意义的位置的。

她忍受不了这个。

但自己在城市中的位置又究竟是哪儿呢?

西西弗斯的石头。自己也是其中的一块,这种思想像恶毒的小人一样对她进行着嘲笑……

她摸了一下衣兜,很想吸一支烟。在北大荒,她学会了吸烟。但搭上返城列车之后,她就暗暗发誓,回到城市,绝不再吸一口烟。一个其貌不扬的老姑娘,还吸烟的话,可能更加使城市难以容忍!

却多么想吸一支烟,哪怕只吸几口。

一只大胆的麻雀不知何时落在阳台扶栏上,缩着颈子,歪着头,放肆地瞅着她。

从背后传来一阵旋律优美的音乐,是从弟弟的房间里传出来的,想必弟弟和倩倩一道从外面回来了。

突然响起一阵鞭炮声。她觅声望去,见高墙外的一个大杂院门口,有个老头用竹竿挑着一挂燃爆的鞭炮。几个孩子围住老头,饶有兴趣地观望。她这才发现,那大杂院的对开院门上,贴着两个金色的双喜字。

一辆黑色的、漆光多处剥落的小汽车,戴花披彩,像一只童话中的瓢虫,从街上笨拙地拐入胡同,缓缓行驶。

汽车在贴有囍字的大杂院门口停住,从院里涌出一群男女,其中一个打开车门,请出身着西服的新娘子来。于是两个手捧点心盒的小女孩就从盒里抓出一把把彩纸屑,向新娘子劈头盖脸乱抛乱撒,一时间满空散紫翻红,碎瓣飞舞。

人们乱乱哄哄热热闹闹地簇拥着新娘子进院去了,只将司机和他的车撇在院外。司机厌烦地拂去身上的细碎纸屑,从车头上一把扯下红花彩条,毫不惋惜地扔在地上,钻进汽车,开车走了。

她忽然想到,就要过新年了。这个日子,是个结婚的好日子。新婚燕尔加上新年快乐,那将会是一种什么体验什么心境呢?但愿自己也能选择一个好日子结婚……

这个想法使她不禁苦涩地笑了一下。

她闭上眼睛,一动不动地站立着,默默地数着一二二四……想用这种自我催眠的办法,摆脱有关结婚的系列念头,却不能够。这念头像一只蜜蜂或蝴蝶,一嗅到思想花朵的芬芳,就围绕着不肯飞去了。她只有听凭欲望的风筝,将自己升上幻觉的高空。她心驰神往,仿佛自己悠悠地飘下了阳台,飘入了那个门上贴着金色囍字的大杂院。她恍然觉得自己变成了那个新娘。而新郎是谁呢?怎么会是他呢?怎么会是那个北京小伙子王亚军呢?……

那是她当上教导员不久的事,全营连以上干部在干训队集训期间,她任集训队队长,五连副连长王亚军任集训队副队长。他和她互相配合得很好,他很尊重她。她生了几天病,他徒步来回走了一百多里,回连队为她取了两袋北京寄的麦乳精。

集训结束后,他单独找到她,对她说:"教导员,配合你工作这一个月里,我增加了不少工作经验和组织能力,现在就要分手了,我想和你谈谈,一块儿往山下走走好么?……"

她以异常庄重的表情瞧着他,似乎对他的话进行了一番很严肃的思考,才点了一下头。她本愿放下一位女教导员的不苟言笑的架子,却放不下来。她无论如何也想象不到自己那张脸当时在他看来是多么呆板多么冷峭。

她和他肩并肩沿着雪径信步走下山，走入了一片柞树林。说不清是他引导着她走到了那里，还是她引导着他走到了那里。柞树枝扯住了她的头巾，她差点摔倒，他急忙扶住了她。仿佛在那一时刻，他们才同时发觉走入了林中。他们离干训队的营房已经很远很远了，他们互相看了一眼，神态都有些不自然起来。女教导员和一位年轻的副连长，避开人们，来到柞树林中，若被谁发现了，会怎么想怎么说呢？柞树林显然不是谈工作的最好地方。当时她忽然想起了中学时代班里几个男同学编的下流的顺口溜："一男一女，走在一起，旁边无人，钻进树林……"

"我们到公路上去吧！"她急促地说了一句，就撇下他，大步匆匆地朝林外走。走到公路上后，她四周瞭望，并没发现一个人影，怦怦跳动的心才渐渐安定。

他低着头，一声不响地跟到公路上来了。他站在她对面，默默地注视着她。他的胸膛在黄棉袄下起伏着，他的目光是火热的。他张了张嘴，想说什么，却什么也没说出来。

她要求自己低下了头去。

她感觉到他向自己伸出了一只手，猛地抬起头，后退了一步，声色俱厉地说："不许这样！"

他却只不过是从她的头巾上摘下了一片枯叶。

"我觉得，你还是很有工作能力的，对任何工作都充满热忱，也很认真，只是，有时看问题不够全面，爱急躁，爱发火。毛主席教导我们说：'政治路线确定以后，干部就是决定的因素。毛主席还说：'虚心使人进步，骄傲使人落后。'我听到有的同志背后反映，说你有点翘尾巴了。比如那一次，因为食堂晚饭开迟了，才耽误了许多同志的集合时间，可你……"

这番话她早已对他说过一次了，他也很诚恳地接受了她的批评。她明明知道他此时此刻希望听到的不是这样一番话，她明明知道他急切地激动地期待着她说的完全是另外一些话。她明明从他脸上看出来了，她说的话，他一句也不感兴趣。一句也没听进去。而她，却偏偏说的是那些话，说的是完全不必走出这么远，避开人们说的话！她当时真是暗暗恨透了自己啊！她摆脱不了政治思想工作者那种循循善诱，诲人不倦的口吻。仿佛不用这种口吻说话，她就不会说话了似的。她心里也明明知道，清清楚楚地知道，哪怕自己什么话都不说，只默默地望着他，哪怕也不必望着他，只默默地垂下头去，将倾吐内心话语的时机转让给他，对他都会意味着是一种平等的感情上的回报。可是她偏偏好像一个感情方面的吝啬鬼，一头冷血动物，什么也不给与，什么也不回报。她也明明白白地看了出来，他内心里当时是受了多么大的委屈，多么严重的伤害。

而她却仍要喋喋不休地继续说下去："你是知青副连长，你们连是五好连队，你肩上的担子不轻的。一个连队各方面的工作有无成绩，首先取决于这个连队的知青工作开展得如何。因此你更要积极主动地配合连长和指导员，在狠抓知识青年扎根边疆的政治思想工作方面……"

她的话在任何人听来都无比正确，但就不是她想说的话，他想听的话。

"谢谢你教导员同志，我将永记你的批评帮助！"他突然打断她的话，猛转身头也不回地走了。

她呆呆地望着他的背影，一直望着他走上山顶……

以后，她到五连去过几次，每次见到他，他对她的态度，总比她还严肃。并且总说这样一句话："请教导员批评帮助！"每次她都伪装得非常镇定地咽下这种当面进行的，只有她和他内心里明白的报复。她也曾想寻找机会向他解释，但始终鼓不起勇气，也没有寻找到那样的机会。即使有机会，她又能主动对他如何解释呢？解释什么呢？误会？是他对她的误会？还是她对他的误会？他并没有明确向她表露过什么啊！

不久，五连和另外的两个连队，全体调到别的团去了。从此她再没见到过他，也再没听到过他的什么情况……

他如今怎样了呢？返城了？还是留在北大荒了？结婚了么？和一个什么样的姑娘结婚了呢？漂亮的还是不漂亮的？

时隔多年，她内心里竟还保留着对他的记忆，连她自己都感到惊奇。她忘不掉他步行一百多里地为她从连队取回两袋麦乳精这件事。至今回想起来，淡淡的感伤和惆怅之中，她的心灵还体会到一种消亡了的柔情，一种冷冽的缠绵，一种仿佛被捂盖着的馨香。她想：但愿人的头脑能够更长久地保留这样一些记忆，哪怕仅仅是一些记忆的碎片。它在人心灵空荡的时候，毕竟能给人带来一些小小的慰藉啊！

她觉得有点冷了，裹紧了一下大衣，并翻起了大衣领。

那朵被司机扔在雪地上的，完成了短暂的喜庆使命的红花，刮到了另一个院门外。恰巧有一个人端着盆站在院内，哗的一声，从院内泼出一盆脏水，泼在红花上。于是它顷刻就冻在路面上了。两条红纸，被风吹得飞扬起来，像它的两条手臂在舞动挣扎。

小汽车已经快开出胡同去了。她的目光追望着它，发现胡同的另一头，迎着汽车走来了一列行人，一列三个人组成的横队。其中两个，抬着一架花圈，一架全白的花圈。她一眼便看出，那三个人，都是北大荒返城知识青年。抬花圈的两个穿着破旧的黄棉袄，另一个穿着同样破旧的黄大衣，一颗扣子也没扣。也可能那大衣一颗扣子也没有了。他们都戴着兵团发的那种羊剪绒的棉帽子。他们帽子上肩上落了厚厚的雪花。可以判断，他们抬着这架花圈已经走了很久。

雪，依然纷纷扬扬地飘着。路面上的雪已半尺多厚。他们，在这条小胡同的雪路上，踩出了第一行深深的足迹。他们的步子虽然迈得很大，但行进的速度却很缓慢。他们脸上的表情都很特殊，与其说那是一种悲哀，毋宁说是冷漠的。他们的出现，使这条热闹了一小会儿又寂静下来的胡同，增添了一种异乎寻常的气氛。他们缓慢地，肃穆地，似悲哀实则冷漠地向前走着，走着，走着，仿佛踏着一支无声的哀乐的节奏。

不可思议……

她想,城市就是这样地不可思议! 一阵结婚的鞭炮声后,竟引出了一架缟素的花圈! 这便是城市的生活色彩,它将幸福和死亡随心所欲地同台公演!

缓缓行驶的小汽车继续往前开,不停的喇叭声催促那三个人让路。但他们似乎压根儿没听见,仍然迈着那种缓慢的肃穆的步子往前走。车与人,终于相遇了。车,不得不停下了。人,也不得不停下了。车与人僵持着。那三个人,毫无让路的意思,一动不动地站着,也不放下花圈,如同一组雕塑。

他们可能就会吵起来,甚至动手打起来。在大返城的日子里,她曾亲眼看到他们丧失了理智之后干出过什么事! 而他们如今是变得太容易丧失理智了,一颗小小的火星溅到他们身上,他们都会爆炸的。

不,我不能站在高处眼看着他们闹起一场什么乱子! 不能让这三个玷污了二十几万本市返城知识青年的声誉! 声誉对二十几万返城知识青年来说,目前是太珍贵太重要了! 一种责任感,一种并非昔日教导员的责任感,而是今天一个返城知识青年的强烈自尊心理,促使她急转身离开阳台。

她忘记自己穿的是高跟皮靴,下楼时扭了脚,险些从楼梯上跌下去,幸亏双手抓住了扶栏。

给父亲开车的郭师傅正好走上楼,打量着她,好奇地问:"嚯,认不出来了,这是要到哪儿去呀?"

"出去走走。"她双手仍不敢离开楼梯扶栏,半侧着身子,一级一级往下走。一只靴子的高跟一踏实,那只脚腕就疼一阵。

郭师傅跟下了几级楼梯,问:"扭脚脖子了?"

她狼狈地"嗯"了一声。

"那还出去?"

"你别管我。"

"要是想散散心,我开车带你在市里头兜一圈?"

"难道市长同志为此从没批评过你吗?"她抢白了他一句。

"你扭脚脖子了嘛!"郭师傅嘿嘿笑着说,"特殊情况,特殊对待。"

她火了,瞪着他厉声说道:"别把我当成我弟弟或他那个瓷娃娃,我可不喜欢别人跟我油嘴滑舌的!"

郭师傅一怔,知趣地将身子闪开了。

她忍着疼,故作一种从容不迫的样子,昂然下楼而去。

走到楼外,身体失去了楼梯扶栏的支撑,有些不敢再向前迈动脚步了。

他妈的这高跟!

她由恼火而发狠了。她向前轻轻滑动步子,移到楼外阳台的一根水泥柱子旁,双手扶着它,踏下一级台阶,高甩起一条腿,使劲朝台阶的坚硬棱角踢去。

几乎没有发出什么声音,那只靴子的高跟就掉了下来。

他妈的样子货!

她甩起另一条腿,照样又是一脚踢去,第二只靴子的高跟也遭到了同样下场。

她觉得自己顿时矮了一截,同时获得了一种脚踏实地的安稳感。

她想:这种感觉就对劲了。一瘸一拐地跑出院子,绕过高墙,向那条胡同跑去。

跑入胡同,见司机正站在车旁,对那一组送花圈的"雕塑"指手画脚,斥骂不休。

一组"雕塑"岿然不动。

待司机骂够了,"雕塑"之一才动了起来。动的是穿破旧黄大衣的那一个。他的身体缓缓向右侧转,同时缓缓抬起一只手臂,然后猛地转正身体,向司机当胸一拳。

仿佛一组分解动作,司机的上半截身子躺倒在车头上。

两个抬花圈的,仍抬着花圈,仍一动也不动。好像他们果真就不是人,确是雕塑。

司机也是个小伙子,当然不甘吃亏,转眼就扑了上去。

两个抬花圈的,同时后退一步,分明是怕被两个打架的撞坏了花圈。他们立刻又变成了"雕塑",无动于衷地冷眼旁观他们的伙伴和司机打。

"住手!"她喊一声,跑到了他们跟前。

穿黄大衣的首先住手了,因为司机已仰面朝天倒在雪地上。

她对他训斥:"人给车让路,这是起码的交通规则,你们也太横行霸道了!"

他乜斜了她一眼,对她的话毫无反应,又用冰冷的目光虎视眈眈地钳着司机。他虽然比司机矮半头,但从他的脸上,从他的眼睛里,从他整个人身上充分显示出来的那种令人感到十分可畏的,预备痛痛快快大打出手,借以发泄胸中什么郁积仇恨的气势,显然对司机产生了比铁拳更瘆人的威慑。

两个抬花圈的,始终一动不动,一声不吭,但那种冷峭的沉默更加显得咄咄逼人。他们那种沉默意味着严厉的无声警告:识趣点,要是惹得我们放下了花圈,那可就有你的好果子吃了!

司机爬起,胆怯地看了他们一眼,恨恨地说:"老子惹不起你们,躲得起你们!我忘不了你们的,后会有期!……"

穿黄大衣的又向司机跨近一步。

她插身于二人之间,大声道:"你太野蛮了!"

司机慌忙钻入车,将车向后倒去。

穿黄大衣的微微眯起眼睛,不屑一顾的目光从她脸上扫过。

她这时才发现,花圈的一条挽联上写的是:兵团战友徐淑芳千古。另一条上写的是:兵团战友王志松哀挽。

她的眼睛不禁瞪大了。

徐淑芳?……这个名字有些熟啊!对了!她想起来了,在她那个营,五连饲养班,有一个本市的女知青,名字就叫徐淑芳。一年半以前,那个徐淑芳顶替她男朋友的返城手续返城,团里认为这是违反原则的,不批。是她多次向团里打报告,多次亲自到团里各方面疏通,好不容易才为徐淑芳拿到了准迁证。记得当她将准迁证交给徐淑芳时,徐淑芳哭了,对她说:"教导员,你是营干部中最好的好人,我一辈子也忘不了你!"

徐淑芳的眼泪,徐淑芳的话,当时曾使她这位教导员受了多大的感动啊!"好干部",这样的话她已经听腻了。但是"好人"两个字,却是她生平第一次当面获得的评语。她甚至认为,"好人"两个字是包容一切内涵的,对世界上所有人都不例外的最高评语。

徐淑芳还对她说:"教导员,我返城后一定经常写信向您汇报我在城市的工作和生活情况,不管我的处境怎样,任何情况下,我都绝不会丢咱们北大荒知识青年的脸!……"

这些话,她今天回想起来,心中别有一番滋味。

徐淑芳后来却一封信也没有给她写过。

是重名?还是同一个人?

她不由得指着花圈向他们问道:"这个徐淑芳,是三师二团七营五连饲养班的知识青年吗?……"

他们,默默地,从头到脚,从脚到头地审视着她,不回答她的问话。

她觉得他们都很面熟,难道都是她那个营的战士?

他们对她的冷漠使她简直无法忍受。她暗想:如果我穿的不是呢大衣,不是棕色皮靴,而是棉兵团服,大头鞋,他们怎么会用这样一种目光瞧着我?幸亏靴子的高跟被踢掉了,否则我将会在他们面前感到无地自容的。

"我……我也是从北大荒返城的知识青年……"她几乎是怀着无比羞愧的心情,向他们声明。她本还想说一句:"我是二团七营教导员。"但话到舌尖,又卷回去了。她明白,这样的身份,在这种情形之下,也许不讲更为明智。

他们的脸上,除了无动于衷的冷漠表情之外,又呈现出了毫不掩饰的轻蔑。

她的声明并未起到她所希望起到的作用,并未能将她自己向他们那一方推近,也并未能将他们向自己这一方拉拢,反而在他们身上产生了相反的作用。他们仿佛视她为一个多年前就早已通过某种不正当的,甚至是不光彩的,可耻的手段达到了返城目的,如今在城市如鱼得水,混得非常得意的女知青了。她知道某些女知青当年为了达到返城目的付出的都是什么。她也知道知识青年们把她们称作什么——"乘海盗船返城的姑娘",浪漫而具有惊险意味的说法,它的副标题是——出卖肉体。

她真想对他们大喊:"我不是!我毫无魅力,难道你们眼睛瞎了?!……"

她承受不住他们的目光,转身朝汽车看去。胡同太窄,参差不齐的院落使它更加窄。小汽车像一只倒行的蜗牛,速度非常之慢,还没有退出十米远。

"教导员同志,请您也让开路!"

穿破旧黄大衣,打了司机的那一个,粗野地瞪着她,用冷冰冰的口吻说出礼貌之至的话。潜台词是——好狗不挡道!

果然是七营的战士!也许和徐淑芳是一个连队的吧?她怎么死了呢?可怜的徐淑芳!而他们竟敢如此轻蔑几天前还是他们教导员的自己!如果是在北大荒,她一定要让他们明白,亵渎教导员的尊严该受什么惩罚!

然而她默默地让开了路——历史在今天改变了她和他们之间的关系。此刻她只不过是一个挡住了他们去路的女人罢了!

他们撇下她,一前二后,呈三角形队列,又踏着无声的哀乐行进。

他们步行的速度要比汽车倒退的速度快,当他们与汽车之间的距离由十米缩短至二米左右时,他们不再超越这个距离了。

小汽车被他们一尺尺逼退着。

她跟在他们身后走,好像变成了这个队列的一员。

车轮碾过那朵冻在路面的红花,将它碾扁了,碾脏了。他们的脚,一双穿大头鞋,两双穿棉胶鞋的脚,也从它身上踏过。她怀着怜悯看了它一眼。在她眼中,它仿佛刚才还具有生命,而现在已经死了。

他们走至贴着金色囍字的大杂院门外,前导者站住了,两个抬花圈者随着也站住了。

小汽车终于退出胡同,司机从车内探出头,喊:"浑小子们,你们他妈的怎么没死在北大荒啊?!"

他们仿佛没听见,两个抬花圈的看着那个穿黄大衣的,穿黄大衣的仰头望着门牌号。

院内比胡同的路面低很多。院门后有一道土岗,起到阻挡雨水灌入院内的堤坝作用。院内人家不少,房子低矮破旧,门户多而杂乱。院中央搭起了一座席棚,席棚下垒了一台灶。灶口火光熊熊,棚下热气腾腾。一个穿件褪了色的蓝套头球衣的小伙子,正从沸锅中提起一只鸡,不在行地拔鸡毛。她从阳台上看见的那几个孩子,以观魔术那种浓厚兴趣,在灶旁围了一圈。那小伙子一手倒提两只鸡爪子,另一只手一根一根地往下拔鸡毛。好像对付的不是鸡,是刺猬。他手上似乎涂了胶,拔下的每一根鸡毛都粘在手上,直往围裙上抹。拔一根,抹一次,脏围裙粘满鸡毛。院内弥漫着荤腥味,她一阵恶心。

新房在院子最里的一个角落,两个门斗挤住一扇倾斜的窄门。门上不但贴着金色囍字,两侧还贴着喜联。上联:男才女貌天生一对;下联:亲爱和睦地产一双。横批:妒极羡煞。

新房内传出一阵阵劝酒声,祝贺声,划拳声。

她站在阳台上时对"结婚"两个字产生的种种神秘而幸福的想象,被眼前所见耳边所闻抹了一层滑稽色彩。

女人要结婚,是因为到了不知该将自己怎么办才好的年龄——她想起了小周说过的这句话。

拔鸡毛的小伙子快活得像他自己是新郎一样,一边拔,一边念念有词:"拔萝卜,拔萝卜,拔呀拔呀拔不动……"逗得孩子们嘻嘻哈哈。

忽然孩子们都不笑了。

小伙子感觉到气氛不对,抬起头,一时间提着鸡怔住,呆呆望着她和他们。

他们中的一个,穿黄大衣的那一个,上前一步,冷冷地,几乎是用命令的口吻说:"通告一声,我们讨杯喜酒喝。"

小伙子的目光已注视在花圈上,听了对方的话,将还没对付完的鸡放在锅台上,问:"这花圈……"

"关你什么事?""黄大衣"的口气仍那么冷。

"花圈上写着我嫂子的名!"小伙子瞪起眼睛来,脸也涨得通红。

"原来如此!""黄大衣"冷笑道,"那就把你新嫂子请出来,我有话对她讲!"

"放你妈的屁!"小伙子从锅台上操起一把剔骨尖刀,从席棚下跃出,声色俱厉地说:"你们存心来闹事的啊!告诉你们,我们郭家兄弟不是好惹的!聪明点,就把花圈扔到院外去,喜酒管够你们喝!不聪明,咱们白刀子进去,红刀子出来!……"边说边晃着刀,预备展开一场恶斗的样子。

她看出来,他有点跛足。

"黄大衣"谨慎地保持着冷峭的镇定。

两个抬花圈的,见对方手中攥着尖刀,一脸恶色,彼此示意,轻轻放下花圈,同时上前一步,一左一右,护在"黄大衣"身旁。

"放下刀子!你们之间一定是发生了什么误会……"她劝阻小伙子。

"好哇,还跟来个哭丧的!溅你一身血就有你哭的机会了!……"他用另一只手凶狠地推开她。她趔趔趄趄倒退数步才站稳。

"黄大衣"说:"别拿刀吓唬人。它要渴了,先喝的肯定是你的血!"

几个孩子跑入新房。人们从狭窄倾斜的门内一拥而出。

这小院顿时被双方一触即发的紧张气氛所笼罩。

"立伟！……"一个人大步走到小伙子跟前，从他手中夺下刀，将他推到了席棚底下。这人的身材，比"黄大衣"高不少，也强壮许多。一团绸布小红花——新郎的标志，别在的卡中山装上兜盖上。

新郎朝花圈看了一眼，随后一一打量三个不速之客，不卑不亢地问："我们之间肯定没发生什么误会吗？"

"黄大衣"缓慢地回答："肯定。可你也不妨当成一场误会。"

双方的语气，都那么平静，那么从容，那么镇定。甚至可以说，那么——礼貌。

新郎又问："如果我把花圈当礼物收下，你们会感到满意了吗？"

"黄大衣"摇摇头："那太难为你了，叫新娘当着我们的面把它烧掉吧。我们今后就再也不会来到这个院子里了！"

新郎犹豫了一会儿，缓缓转过身去，用目光在宾客中寻找新娘。

众多男女宾客醉红的脸中有一张如纸般苍白的脸。

失去了身份的女教导员早已注意到，并早已认出：她是当年自己那个营的战士徐淑芳。

新娘却根本没注意到她。

新娘的目光牢牢盯在"黄大衣"脸上。

凝固的目光。

"黄大衣"的咬肌明显地凸现了。

新娘的表情也是凝固的。她的嘴微张着，她的双眉极度意外地高扬着，她那双大睁着的眼睛里，苦苦的哀求，深深的内疚，如山一般的委屈，如渊一般的情感，如面对地狱一般的惊悸，都如死一般凝固在文秀的脸上！仿佛零下二百七十度的制冷机，在这张脸表情最复杂最多意最真实最生动最难以捕捉最难以描摹的瞬间，将它冻结了。

她不忍注视，可目光却被牢牢吸在那张脸上！

新郎又缓缓转过身来，对"黄大衣"低声说："我替她。"

他走向席棚，从灶膛内抽出一根燃烧的木柴，将花圈点着了。

人们默默地瞧着花圈。火焰飞舞,灰烟升腾。它在众目睽睽之下烧毁,坍在雪地上,化了一片白雪。院内飘散着呛人的焦味。花圈架噼啪作响,仍爆着无数的小火星。一只只黑色的大蝴蝶,在空中旋舞蹁跹。

新娘猛转身跑进屋里去了。

"黄大衣"和他的两个伙伴默默肃立,像为一个死者哀悼。

"我跟你们拼了!"

席棚下突然发出一声怪叫,新郎的弟弟又跃出来,扑向"黄大衣"。

新郎拦挡住弟弟,狠狠给了弟弟一记耳光!

他的弟弟捂住脸,像截木桩似的,僵立在他面前。

"黄大衣"转身朝院外走去。

他的两个伙伴跟随在他身后。

"站住!"

新郎喝了一声。

他们站住了,同时转身。

新郎吩咐一个孩子:"你去拿一瓶酒来,再拿四个杯子。"

男宾女客都泥塑木雕一般,谁也不说一句话。

公众的沉默是公理的沉默。

人们仿佛都明白了什么。

那孩子拿着一瓶白酒和四个杯子出来了,交给新郎后,立刻与其他的孩子们站到一起去了。

孩子们也怯怯地沉默着。

新郎走向那三个造成这种沉默的人,说:"你们还没喝喜酒呢!"

"黄大衣"迟疑了一下,接过酒杯。

他的两个伙伴看了他一眼,也各自接过酒杯。

新郎从容不迫地给四只杯里都倒满了酒。

他们一饮而尽,然后同时相互亮了一下杯底。

新郎从他们手中一一收回杯,问:"你们导演的这场戏该算结束了吧？"

"黄大衣"说："你这个角色扮演得很出色，不容易。"一只手伸入大衣兜，掏出钱包，弯腰放在雪地上。

他的两个伙伴也各自默默取出钱包，放在雪地上。

他们大步走出了这个院子。

花圈仍在燃烧。

大人孩子们都不能马上从沉默中挣扎出来。

新郎捡起三个钱包，走到花圈前，将它们投入了余焰。

刮起一阵风。纸灰被刮得在地上打转，在人们腿脚间像耗子似的窜来窜去。

突然，新房里传出一个女人的尖叫声，"不好啦，新娘割手腕了！……"

第一个作出反应的是新郎。他像一头豹子，撞开人们，冲入新房。紧接着，纷纷反应过来了的人们，一齐朝屋里拥。门太窄，拥不进屋去的，就堵在门外。

"躲开！躲开！别挡住我！让我进去！……"姚玉慧对堵在门外的那些人推着，搡着，擂打着。桌椅相撞之声，餐具落地之声，毫无意义的吵吵嚷嚷之声，在屋里造成一阵骚乱。

她总算挤入屋内，见新郎已将徐淑芳抱到了床上，一只手紧紧握住她的左手腕，一声声叫她的名字。

新娘昏在新郎怀中，地板上一摊鲜血。崭新的床单上，新郎新娘身上，也尽是血。屋里的其他人，一个个傻呆呆地围着新郎新娘。有两个女宾客，互相用手绢揩擦她们衣服上的血迹。

"你们，都出去！"姚玉慧大声命令那些束手无策的人。

他们以各种各样的目光瞧着她。

她对谁都不加理睬，又大声说："不需要你们！出去！"

不知为什么，他们竟服从了她，一个个悄然退出去。

防止再有人进来，她将门插上了。

新郎抬头看了她一眼,低声问:"你能帮我很快叫到一辆出租汽车吗?"

她看得出,虽然对新郎来说,她是最陌生的,他对她还抱有几分怀疑和不可理解,但她的镇定,获得了他的信赖。

她回答:"能。"

新郎握着新娘腕子的那只手动了一下,血立刻从伤口涌出。

她说:"握紧,冷静点。"

她扯下毛巾绳上搭着的一条还没用过的毛巾,用它将新娘的手腕一层层缠住。接着掏出自己的手绢,将毛巾扎紧。

她对新郎说:"把你的手绢也给我。"

新郎赶紧掏出自己的手绢递给了她。她又用他的手绢,在新娘手腕上方扎了一道。这一切她做得很有经验,在兵团时,她受过战场救护训练。

"你等着,我马上就会叫一辆车来。"她说完这句话,便匆匆打开门走出去了。

人们立刻围住她询问:

"新娘怎么样了?"

"还昏着吗?"

也有人发表局外者的议论:

"嗨,什么事都是可以说清楚的嘛,何必寻短见呢!"

"那几个兵团返城的小子也干得太损了……"

她无心理他们,一口气跑回家中,见郭师傅、弟弟和倩倩正从楼上不慌不忙地走下来。

她开口便问:"车在吗?"

郭师傅回答:"在。"

"开车跟我去!"

"哪儿去?"

"别问！"

"这……"郭师傅为难地看着弟弟。

弟弟说："姐,话剧团的团长今天约我到他家去谈谈,我已经晚了……"

倩倩也说："是谈明辉到话剧团当演员的事……"

她打断瓷娃娃的话："晚了又怎么样？你们坐公共汽车去！"

倩倩怔住了。

郭师傅说："我可是将车偷偷开出来的啊,四十分钟后你父亲要去省委开会……"

"少啰唆！"

……

第三章

天完全黑了。

市立一院急救室外的乳白色长椅上，坐着姚玉慧和新郎。

长长的走廊，除了他们，再无别人。尽端一盏壁灯亮着，幽蓝的光腼腼地偎向长椅。急救室门旁，竖着人体形的立牌，正圆的"头"上，写一"静"字。

新郎低俯着身，十指插进理过不久的硬发中。他这样坐了很久了。

姚玉慧身子紧靠椅背，头仰着，抵着墙壁。坐得很端正，目不转睛地望着一扇窗。

月光在窗上均匀地涂了一层铂。

从徐淑芳被推入急救室，她和他就坐在这张长椅上，彼此没说一句话。她没有想说话的情绪，她能理解他也是。

她和他都在等。一个等待的是自己的新娘，一个等待的是自己当年的一个女战士。在他们两个人之间，很难说谁比谁的心情更为焦急，更为复杂。

她暗想：他爱徐淑芳吗？今天这件事发生之后，他还会爱她吗？

又想：这么晚了，自己还陪着他坐在这张长椅上，是不是值得？

他需要一个人陪着他等待吗?

总得有一个人坐在这里等待。这是他无法推卸的责任,可并非也是她的责任。是她迫令父亲的司机将徐淑芳送到了医院里,是她挂的号;是她找到母亲认识的医生,非常顺利地办理完了一切住院手续。她能做的,她都做了。实际上是替他做了。没有她,今天够他应付的。

她又根本不是为他做这一切的。他是谁?她连他姓什么还不知道呢!与他毫无关系。甚至他爱不爱徐淑芳,徐淑芳爱不爱他,他们是怎样认识,以什么为基础或者为条件决定结婚,徐淑芳与那个"黄大衣"从前又有过什么样的感情纠葛,也与她毫无关系。如果花圈挽联上写的不是"徐淑芳"三个字,而是另一个人名,她根本不会走入那个大杂院。虽然那个大杂院仅与她的家一墙之隔,她也很可能永远不会产生走入那里的念头,很可能与这个坐在她身旁的新郎老死不相往来。

她所做的一切,仅仅是为了徐淑芳;因为徐淑芳曾说她是个"好人",她忘不了。

急救室的门无声地开了,新郎一下站起,却不是徐淑芳被推出来,而是一位中年女医生走了出来。女医生露在口罩上方和白帽子下方那双质询的眼睛,盯了他片刻,也盯了她片刻,转身走了。

女医生的目光中包含着对她的不良的猜测意味。

新郎又缓缓坐下了。

她却不愿再与他坐在同一张长椅上,她不愿被第二个人再用女医生那种目光看一眼。她想自己会发怒的。

她走到窗前去,背对新郎站着,抬起手腕瞥了一眼手表——八点多了。

"你走吧。"他说。

她没回答。

"你陪着我没有什么意义。"

"我根本不是为了陪你,我想再看她一眼。"她的语气非常生硬,并未转身。

"你……从前认识她？"

"这个问题对你很重要吗？"

"也重要，也不重要。"

"也算认识，也算不认识。"

他们便都沉默了。

急救室的门第二次打开，徐淑芳被推出来了。

他立刻起来，跟在手术车一侧走，俯身低声说："我会每天都来看你。"

仰躺着的徐淑芳，将头扭向了一旁。

推手术车的护士说："别跟她讲话。"

急救室内又走出来一个护士，将他从手术车旁推开。

他抗议道："我是她丈夫！"

那个护士连看也不看他一眼，说："你明天到病房来看她吧。"

两个护士将徐淑芳推出了走廊，其中一个随手关了走廊尽头那盏灯。

他呆呆地站立了一会儿，又走回长椅，缓缓坐下。看他那样子，是打算坐在长椅上过夜了。

她看了他一眼，也走了。

医院大门两侧的灯辉，温情脉脉地将她那映在雪地上的身影牵引过去，又依依不舍地送出了大门。

雪，不知何时停了。雪后的夜晚格外寒冷，她打了一阵哆嗦。她这时才发现，两个大衣口袋里一分钱也没有。

只好走回家。她彳亍地在人行道上走着。

走到商场附近，夜市还没散。小摊床上的自制瓦斯灯，照耀出一张张扑朔迷离的脸。招徕生意的喊叫此起彼伏，不绝于耳。

这里，只有这里，城市的夜晚还在延续白天的喧闹。城市像一个精力过剩的女郎，在寻欢作乐的白天之后，又开始进行夜晚的逢场作戏。许多人被卖的欲望和买的念头激动着，争执不休，高声大嗓地讨价还价。

也有人鬼鬼祟祟地凑在一起,做着看去是神秘的其实是非法的交易。还有的人,可疑地挨挨擦擦,东窥西探。

为了少绕一段路,她从夜市中穿过。

她被一个人撞了一下。前后左右的瓦斯灯光下,一张看不清眉目的男人的脸,一张阔嘴对她莫测高深、意味深长地笑着。

她厌恶地从他身边挤过去。

那人追随着她,伴着她边走边小声说:"想找个地方暖和一会儿吗?"

她站住了,凛凛地瞪着那人。她并不像别的姑娘被这种人纠缠住时那么害怕,只是产生了一种强烈的憎恶,憎恶得想狠狠扇那人一记耳光。

对方意识到猎捕错了目标,悻悻地嘟哝一句:"不识抬举!"转身溜了。

她刚要继续往前走,忽然听到附近有一个熟悉的声音在叫卖:"凤凰烟,牡丹烟,谁买带过滤嘴的凤凰烟牡丹烟!……"叫卖声并不高,但叫卖者的嗓音非常洪亮,非常浑厚。在这里,在这熙熙攘攘的、热热闹闹的、乱乱哄哄的、空气中浮动着种种买卖欲望的夜市上,虽然这叫卖声是那么与众不同,是那么容易那么明显地同所有的叫卖声区别开来,但并没有格外引起什么人的注意。在本市,带过滤嘴的凤凰烟和牡丹烟极难买到。只有将吸一支好烟看成莫大享受的人,才会注意到这声音的存在。

而她之所以注意到这叫卖声了,是因为她对这声音太熟悉了。

"凤凰烟!带过滤嘴的凤凰烟啊!带过滤嘴的凤凰烟牡丹烟啊!……"

这叫卖声流露出的,与其说是招徕的热情,莫如说是焦躁的期待。不,是由此而产生的屈辱的愤怒!

一件毛衣外加一件呢大衣,是难以抵挡北方十二月底夜晚彻骨的寒冷的。她已经快被冻僵了,而且,她也感到非常饿了。从离开家到现在,她滴水未进。两片夹肠面包,一杯牛奶和一杯咖啡所产生的热量,早就从她的体内挥发干净了。她觉得自己的胃像一只打足了气的球胆,空空如也。她恨不得一步就迈回家中,卧在自己那张舒服的床上,饱吃几片夹肠面包,再慢饮一杯牛奶和一杯咖啡。

可是那叫卖声像一个非常熟的人在频频召唤她,使她不能够不站住,转动着头寻找叫卖者。

她寻找到了——一个穿兵团黄大衣的高身影,站在离她不远的一家商店门外,背朝着她,继续用那种浑厚洪亮的男低音叫卖。一见到那身影,她立刻便知道他是谁了,向他走了过去。

"刘大文!……"她走到他身边,叫了他一声。

"姚教导员?……"他转过身来,上下打量了她好一会儿,才认出她。

她用冻得发抖的声音说:"真……想不到,会在这……种地方遇到……你……"

"这是个好地方啊!白天不能公开进行的买卖,夜晚在这里可以拍手成交。你看,这么晚,这么冷,还是有这么多人在这个地方流连忘返,为了占对方的便宜吹牛撒谎,以假乱真,尔虞我诈,生活多他妈的丰富多彩呀!"刘大文还是那么嘻嘻哈哈,显出由于见到她而非常高兴的样子。但她看得出来,这种高兴的样子是装的。

她瞅着他,一时觉得再无话可说。

他却说:"教导员你真是只要风度不要温度啦!这种地方光识货,不看人。"

他分明是在挖苦她。

她并未生气。这个刘大文,是全团出了名的活宝,团长政委都对他认真不得。

她很严肃地问:"你怎么能在这里卖香烟呢?"

他夸张地表示出十二万分的惊讶,故作天真状地反问:"别人可以在这里卖东卖西,卖活的卖死的,为什么我就不能在这里卖香烟呢?"说罢,放开嗓音又叫卖起来:"谁买凤凰牌牡丹牌香烟啊!带过滤嘴的啦!机不可失,时不再来呀!……"

她喝道:"别喊了!"

他停止叫卖,满不在乎地望着她。

她压低声音说:"你曾是我们七营的骄傲,你曾是团宣传队长,你曾是我们全师知识青年人人皆知的金嗓子,你不能在这种地方丢我们返城知识青年的脸啊!……"

他用反问的语气回答:"大概也让你这位教导员感到丢脸了吧?"

"难道你就一点自尊心都没有了吗?"

"自尊心? 一个返城知识青年的自尊心一文不值!"他温文尔雅地微笑着抢白她,"我在街道待业青年办事处登记时,告诉他们,沈阳军区歌剧团曾三次派人到生产建设兵团来要我,三次都因为被团里卡住没去成。你知道他们说什么? 他们说:'那只能怨你的命不好。城市不需要歌唱家。回去耐心等着吧,半年后我们也许能给你找个什么临时工作干干!'他妈的在这座城市里有谁欣赏我的嗓子啊? 除了我,你在谁眼里还是一位教导员呀?……"

她,又不知说什么好了。

他却放开他那浑厚的嗓子,高声唱起音阶来,"导来咪发嗦啦希导……导希啦嗦发咪来导……"

几十颗人头一齐向他转过来。他们见他并没有作出什么异常的举动,纷纷扭回头,又去注意那些瓦斯灯照耀下的摊床了。

他对她苦笑道:"瞧见了吧? 他们大概以为我的神经有点不正常呢!"

她用极低的声音说:"我求求你,别这样作践自己……"

"这可不能算是作践自己。"他很认真地反驳,"这是幽默感。幽默感体现男子的风度,体现女人的教养。教导员你连一点幽默感都不具备吗?"

她用更低的声音说:"我今天心里很难过,你就别再用这些话来挖苦我了!"她几乎是在恳求他了。她本希望从他身上多少获得一点返城知识青年之间彼此相通的某种情感,可是真正得到的却完全相反。她撞到了一堵看不见摸不着的心理隔墙上。她更加感到了一种扩散在内心里的大的失落和大的孤独。

然而他却不能够体会到她此时此刻的心情,继续对她进行挖苦:"你心里很难过? 这可真是对我的莫大安慰! 我有妻子,有女儿,两个。他妈的长这么大从来没获得过什么成对的好东西,却创造出了一对双胞胎! 我得负起责任和义务养活老婆孩子,做了丈夫也做了父亲,我总不能再向自己的父母伸手要钱了吧? 这才叫男子汉大丈夫的自尊心呢! 两个孩子要吃糖葫芦,我没钱给她们买,一人给了她们一巴掌! 教导员您心里的难过大概不属于这一类吧? 不过知道您心里也很难过我还是挺高兴的,这才能多少体现出来点生活的公平是不是? 您究竟为什么难过啊? 大概总不会是因为您的孩子想吃糖葫芦而您没钱买吧? ……哦,抱歉抱歉,我忘了您还是个独立的女性呢! "

这一番话对她心理上和情感上的双重伤害是太惨重了! 她目不转睛地瞪了他许久许久,不明白这个在兵团时整天嘻嘻哈哈,用滑稽的行为和逗趣的语言解除过许多人内心忧愁的活宝,为什么返城后也居然变得如此尖酸刻薄?

她眼前又浮现出了那架燃烧的花圈。

"导来咪,牡丹烟……嗦咪发嗦,凤凰烟……嗦发嗦,带嘴的……"

刘大文的男低音盖住了一切叫卖声!

她猛转身离开了他。

刘大文追上她,说:"教导员你可别生气啊,今晚见到你我还真是挺高兴的。城市把咱们打散了……记得在火车上有人还高谈阔论说大返城是战略转折,农村包围城市……"

他长长地叹了口气。

她向他伸出手:"给我支烟。"

"我忘了你是会抽烟的……你冷吧? 我们找家没关门的商店进去多说一会儿? 三百多万人口的一座城市里,各奔东西,兽上山鸟入林,忽拉一下就四散了,见了面都灰不溜秋的……"

"就在这儿说吧!"

其实她已什么话都不愿说了,只想赶快回到家里。温暖的房间,舒适的床,牛奶,咖啡,安闲散淡,慵懒清静……她本另有一个好世界。

他脱下大衣披在她身上。

她见他穿着棉衣,便不推让,用大衣紧紧裹住身子,双手交插在袖筒。

他从书包里掏出一盒烟,瞧着,说:"真有点舍不得!"撕了封,替她插在嘴上一支,自己也叼上一支,接着掏出火柴,划了几次没划着,终于划着一根,一只手拢着,刚想替她点着烟,却被一个突然走过来的人噗地一口吹灭了。

他愣愣地瞧着那个人。他虽然生就的高个子,但却不壮,挺瘦,还有点驼背,抬大木时压的。争凶斗狠的本领,他是半点也没有。面临突然的挑衅,发木而已。

那个人身后,还站着两个人。

她不安起来,以为他们是想无事生非的流氓,担心他会无缘无故挨顿揍。

他们并非流氓。

为首的那个人冷冷地说:"跟我们走,我们是市场管理所的。"说罢,从他肩上扯下了装满烟的书包。

刘大文对她作出一个古怪的苦笑表情,慢慢伸出一只手说:"后会有期……"

另一个市场管理员瞪着她说:"你也得跟我们走!"

"我?……我为什么要跟你们走?!"

"别喊!叫你跟我们走,你就得跟我们走!"

刘大文说:"她与我无关。请你们对她说话有礼貌点,她是我在兵团的教导员!"

对方讽刺道:"教导员? 教投机倒把的? 因为有她这样的教导员,才有你这样肆无忌惮的投机倒把分子吧?"

他们周围已围了一圈人,人们哄笑起来。

"你看那女的,还叼根烟呢!"

"瞧她这一身,不军不民,不土不洋! 嘿,靴子还是平底儿的! 这算是哪一派时髦?"

"刚才那个男的还给那个女的点烟呢!"

"唉,今后社会上有了他们这一批呀,治安成大问题喽!"

人们的奚落、嘲笑、侮辱,像一锨锨石块朝这两个返城知识青年劈头盖脸地扬过来。

刘大文被激怒了,吼道:"你们他妈的家里就没有一个返城知识青年吗?"

这句话起了作用,人们安静了,有些人默默转身走了。

为首的那个市场管理员却说:"得啦,你别争取同情了! 我们家也有返城知识青年,两个,可没一个像你们这样的!"他用手一指姚玉慧,"我女儿不像你,一返城就变成这样子,像只换毛的野猫,还叼根烟卷,还冒充什么教导员!"又用手一指刘大文,"我儿子也不像你! 一盒烟多卖三毛钱,你这叫牟取暴利你懂不懂? 我接连注意你两天了! 你要是偷偷摸摸地,我也就睁只眼闭只眼,装看不见。可你嗓门比所有的人都高,你这不是往我们眼睛里滴眼药水嘛! ……"

另一个市场管理员说:"别跟他们扯淡! 带他们走!"

刘大文内疚地瞧着她。

她这时反而无所谓,将手中那支烟朝地上一扔,踩了一脚,对刘大文说:"咱们别在这儿被展览了,跟他们走!"

于是,一个市场管理员走在前边,两个返城知识青年跟在后边,另外两个市场管理员一左一右夹持着他们,分开人群,向夜市外挤去。

他们就这样被带到了市场管理所。那里的几个男女管理员,纷纷打量了他们几眼,照旧各干各的事。有的抽烟,有的剪指甲,有的织毛衣,有的下棋,还有一个,用一根火柴棍专心致志地掏耳朵,而且还用另一只手接着,好像能掏出一颗珍珠,怕落地摔碎似的。那三个带他们进来的人,一个蹲到炉前去烤火。一个用手套垫着,将炉盖子上的饭盒拿到办公桌上,打开饭盒,坐在一把椅子上,津津有味地吃饭。第三个对他们说:"别站在屋当间碍事!"将他们推到一个墙角,就走到下棋的那两个身旁,俯下身,双手撑着膝盖观棋。

谁也不理他们,他们实际上等于面对墙角被罚站。

刘大文转过身,朝墙上一靠,从兜里掏出刚才开封了的那盒烟,低声说:"他们抽,咱们也抽! 咱们抽的还比他们抽的高级呢!"说罢,向她递一支,她摇头。他自己叼上了。

"不许抽烟!"一个人走过来一手打掉了他叼在嘴上那支烟,接着从他兜里掏走了那一盒,狠狠瞪他一眼,说,"到了这地方,只许我们抽烟,不许你们抽烟!"

刘大文耸了一下肩,说:"我并不想抽烟,只想闻闻烟味。你们抽对我也一样。"

"是吗?"那个人笑了,笑得有点不怀好意,慢条斯理地说,"这点小方便,我可以照顾你。"用手指从烟盒下往上一弹,弹出一支烟,低头轻轻一叼,衔着,点着后深吸一大口,缓缓对着刘大文的脸吐出一缕青烟,问:"好闻么?"

刘大文使劲抽了一下鼻子,郑重地回答:"您有口腔炎吧?"

那个人笑了,伸出一只手,侮辱地在他鼻子上扭了一下:"你长了个狗鼻子。"

两个下棋者中的一个,朝这边抬起头,望着那个人问:"什么牌的?"

"凤凰的。"那人转身离开了。

"来一支。"

于是那人抛过去一支。

"我也来一支。"

于是那人又抛过去一支。

"凤凰的呀？也给我一支呀！"那个四十来岁的，织毛衣的女人，放下了毛衣。

那人瞟她一眼，嬉皮笑脸地说："你又不会抽，犯的什么瘾啊！"

"你管我犯的什么瘾呢！"女人跳起来，将一盒烟抢了去。

那人从背后拦腰抱住女人，说："不还给我，我可就把你按倒了！"

女人笑骂道："你敢！你敢！你这兔崽子手往哪儿摸呀！"

于是他们全体哈哈大笑起来。

一个高叫："按倒！按倒！"

另一个酸溜溜地大声说："到底是抢烟啊，还是抢人啊！"

刘大文饶有兴趣地瞧着他们闹成一团，不无羡慕地说："我要是能分配到这个市场管理所工作，也就心满意足了！"见姚玉慧紧皱眉头，又说，"教导员你要是看不惯，还是脸朝墙吧，我是挺爱看的！"

她真是实在看不惯，也从未看见过这种情形。多年的兵团教导员工作，使她看不惯许多事情，不能容忍许多事情。这种男女之间的胡闹，她认为简直是当面对她进行的最严重的侮辱，比刚才在夜市场受到的侮辱更甚十倍！

女人被那个男人按倒了，却仍紧抓那盒烟不放；其他人极为开心，鼓励着这种胡闹发展下去。

她的脸变得紫红紫红。

她看见桌子上有电话，趁他们没注意，迅速走过去，一把抓起了电话，非常快地拨完了号码。

"放下电话！"一个人对她吆喝了一声。

"我给市长打电话，我是他女儿！"

她本不愿亮出这张"王牌"。但她看出来了，如不亮出这张"王牌"，不知自己还会受到什么无法忍受的侮辱，也不知什么时候才能离开这个鬼地方。

她要逃避伤害了她的现实。却没有进一步想到,她所受的伤害,比起返回这座城市的二十几万知识青年来,不过是微小的擦痕。

她的话,把他们全体都镇住了。就在他们将信将疑的时刻,家里有人接电话了,是弟弟。

她对着话筒大声说:"我不要你接电话!我要爸爸亲自接电话!……爸,我……我……"

她拿着话筒,再也忍不住,哭了。

"你在哪儿?你怎么了?发生了什么事?你快说……"话筒里,传来父亲不安的,急切的询问。

她再说不出一句话,也不能停止哭。

他们中的一个,看来是个头头脑脑,终于从呆愣状态中反应过来,立刻走到她跟前,从她手中畏缩地拿过话筒,怯声问:"您是姚市长吗?我是市场管理所,对,您的女儿这会儿正在我们这里……您先别生气啊,请让我对您解释一下……是,是……我不解释了……是……发生了一点小误会,我们并没有把她怎么样……您不必派车来,我们保证立刻就找辆车把她送回家!……"他放下电话,转身——瞪着带她和刘大文来的那三个市场管理员,吼道:"你们搞的什么名堂?自讨苦吃!还不快去拦一辆车!要拦小汽车!"

那三个人惊慌失措地看看她,匆匆走出去了。

那个小小的人物,马上换了一副和颜悦色的面孔,低三下四地对她说:"真是的!这算怎么一回事儿呀!我们那三个同志太没经验了,使您受委屈了,我们……"

如果他不是那么一副低三下四的嘴脸,她心中的怒气还不至于爆发出来。可他偏偏装出那么一副低三下四的嘴脸!

她感到再也忍无可忍了。

她突然叫喊:"滚开!"

对方吓了一大跳,灰溜溜地退到一边去了。

其余那些人,仍在发呆。

那小人物确实感到事情有些不美妙了。他又凑到刘大文跟前,说:"您这位同志作证,我们并没有把她怎么样呀!……"

刘大文不动声色地伸出一只手:"把我的烟还给我!"

"当然,当然……"那人旋转着身子,四处寻找,发现刘大文的书包在一把椅子上,一步跨将过去,拿起来讨好地还给了刘大文。

刘大文接过书包,大大咧咧地往肩上一挎,朝那个女人翘了翘下巴。

那人就转身去看那女人,见她手中还拿着那盒烟,便走过去从她手中夺了下来,并一一夺下了拿在另外几个人手中的,因为刚才那场胡闹没来得及点着的几支烟,插进烟盒,替刘大文揣入兜里。

刘大文推开他,冷笑道:"你们并没把她怎么样?你们还要把她怎么样?她是我在兵团时的教导员,我们在兵团时要称她营首长的!可你们那三个混账东西,却在夜市场当众侮辱她!……"

"这不应该,这很不应该……"那人诺诺连声。

不再是教导员的女教导员,骤然间对这个地方产生了无法遏制的愤恨。她突然捧起电话机,高举过头,狠狠摔在地上。

话筒先落地,话机砸在话筒上,将话筒从中间砸断,话机外壳也碎了。

她却并不感到充分发泄了愤怒,又捧起桌上的饭盒狠狠摔在地上。饭菜遍地开花。

她要把这地方毁灭,可再也没有什么东西好摔了。

她凶狠地瞪着他们,剧烈地喘息着。

他们完全被震慑住了。他们以为市长的女儿肯定有点精神上的毛病。无跟的靴子,呢大衣外披着破旧的兵团黄大衣,这种穿着就够古怪的了!他们怎么就没瞧出来呢!教导员之说,毫无疑问是那个倒卖香烟的小子信口开河,胡说八道!可市长的女儿怎么又会跟这样一个其貌不扬的小子搅在一块儿呢？唉唉,知识青年中,什么匪夷所思的事儿没有啊！再说,市长这女儿也其貌不扬……

刘大文两根手指夹着烟,吞云吐雾,幸灾乐祸地瞧着他们,一副悠然自得的样子。

"我们并没把你怎么样啊！……"那小人物又嘟哝了一句。

刘大文喝道:"你还敢这么说！"

他立刻缄口。

这时,那三个人回来汇报:"拦住一辆公安局的吉普车,在外边等着呢……"见屋里的情形大不对头,面面相觑。

刘大文将抽了半截的烟盛气凌人地往地上一扔,轻蔑地扫了他们一眼,说:"教导员,我们走！"高傲地搂着她的肩膀,像搂着情人的肩膀一样,从他们面前检阅般地走过,一脚踹开门,扬长而去。

门外果然停着一辆公安局的小吉普车,红色独眼还在无声转着。

那小人物送出门外,替两个返城知识青年打开车门,心怀不安地继续解释:"这完全是误会,请代我向市长同志问好……"

姚玉慧不理他,对刘大文说:"我不坐车！"

刘大文附和道:"对,我们不坐这辆公安局的警车,好像我们是罪犯似的！"又转脸看了那小人物一眼,奚落地说:"我们绝不会代你向市长同志问好的！"

他们如一对散步情人似的走了。

拐过街角,刘大文将手臂从姚玉慧肩上放下,哈哈大笑起来,笑得无比开心,笑弯了腰。

"你笑什么？……"她板着脸问。

他却笑个不停。

"别笑啦！"她呵斥他,自己却忍俊不禁,也无声地笑了。

她羞愧地说:"我刚才真像个疯子是吧？我想我刚才是有点……歇斯底里大发作……"

"啊不,你可千万别这么想。"他终于忍住笑,非常庄重地说,"教导员,你刚才表现得出色极了,风度大大的!"

"因为披着你这件破大衣?"

"因为你把他们统统都给镇住了!"

"主要是因为你的书包又回到了你身上,你才这么赞美我吧?"

"那你把我看得太狭隘了,是因为你的勇敢。"

"勇敢?哼!……"她向前走去。

"是勇敢!"他肯定地说,跟在她身旁走着,又要搂她的肩膀。

她将他的手臂打开了。

他的情绪却有些兴奋得古怪,仿佛刚刚看完了一场好电影,按捺不住地要加以评论。

他侃侃而谈:"你知道,你拿着电话听筒哭的时候我心里想什么?我想我们在北大荒锻炼了十一年竟还那么没出息,我们的教导员竟还是个小女孩!可你把电话摔了的时候,我真想亲你!接着你又摔饭盒,我真想大喊:'教导员万岁!'就像那一年在水库工地上,你敢于不把团长当成回事儿,下令放我们回各连队时的心情一样!你自己还记得吗?有多少知识青年围在你的帐篷外,蹦着高喊:'教导员万岁'啊!……"

她当然记得。那是她个人反叛史上的一次辉煌战役,也是一次大的自豪和大的骄傲,她怎么能忘记呢?

她却摇了摇头。

"你不记得啦?对你说句坦率的话,教导员,只有两次你真正使我产生了一点敬意。一次就是当年那件事,一次就是今天这件事……"

她严肃地说:"你的话简直使我怀疑,你是在怂恿我明天开始杀人放火!"

"你怎么把我想得那么坏啊!"刘大文叫了起来,"我自己不会去做的事,从来不怂恿别人去做!但是在需要的时候表示出一点愤怒,总不算过分吧?"

"那你自己当时为什么不表示出一点愤怒来呢?"她好像问得很天真,其实是在挖苦他。

"我?……可惜我不是市长的女儿啊,不敢。"他叹了口气。

"鼻子还疼吗?"

"鼻子是无所谓的……我要是能当上一个市场管理员有多幸福!"

不知不觉,他们已走过了五条横马路,快走到她家了。

她站住,将大衣还他。他说:"你穿回去吧!给我留个今后去找你的借口。"

她一时不明白他说这句话的含意。

"我去找你的时候,就是请求你帮我什么忙的时候。我当然不会经常去找你的,但也许真有需要你帮忙的时候……"

她明白了,在他眼中,她已不再是教导员,而是市长的女儿。

她点了一下头,又将大衣披在身上。

"我说得这么露骨,你不轻视我吧?"

她微微摇了摇头。

"今天你就帮了我的大忙。"他拍拍书包,苦笑道,"一文没赚,还赔了三分,因为开了一包。"

她怜悯地望着他说:"把你的书包给我,我可以再帮你一次小忙。"

"你替我……投机倒把?"

"就算是吧。"

"那怎么行!怎么能让你去替我干这个!"他双手按住书包,仿佛生怕被她夺去。

"有什么不行?我父亲爱抽凤凰烟和牡丹烟。"

"赚你父亲的钱?!……"

"赚市长的钱。"

"我不!你这是在当面骂我!"

"咱俩分利。这你就心安理得了吧?你以为我向父亲母亲弟弟妹妹伸手要钱花时,就不觉得难为情了吗?"

"你怎么至于落到这种地步?从北大荒两兜空空回来的?"

"差不多是这样吧。攒下了三百多元钱,都留给营部管理员了……他老婆死了,撇下了四个孩子……"

她至今仍觉得自己在这件事上有罪过,事实上她没有任何罪过。那一天夜里,并非是因为她在营长家里,而耽误了送那女人去团部医院的时间。卡车在半路陷入了雪窝,是管理员的命,也是那女人的命。

她从刘大文肩上扯下了书包带。

刘大文在机械的争夺中松了手。

他呆呆地望着她转身走了,直至她的身影一拐消失了,他才开始慢慢往回走。

马路上一个人也没有,一辆车也没有。

城市安静了,酣睡了。

他忽然很想唱歌。

他已经很久很久没有唱过歌了。返城后,连他自己也忘了,他有一副多么好的嗓子。

"城市不缺少歌唱家。"那个街道待业青年办公室的人说的这句话,像一根刺,深深地扎在他心里。

他真想向城市证明自己有一副完全够资格当歌唱家的好嗓子啊!尽管它不缺少歌唱家。

他情不自禁地放开自己那浑厚宽广的男低音,引吭高歌:

> 喜儿喜儿你睡着了,
> 你爹叫你你不知道……

当年,他就是凭这副好嗓子,从连宣传队调到营宣传队,从营宣传队调到团宣传队,从团宣传队借调到师宣传队,参加第一届全兵团文艺宣

107

传队大会演。

在佳木斯,在兵团总部的大礼堂,当他从台口走到舞台中央站定时,台下许多人发出了笑声。那是他生平第一次站在真正的舞台上。从台口走到舞台中央那几步,是他从默默无闻走向自己的荣誉的历程。他当时是那么缺少自信。后来人们告诉他,那几步他走得像一位农村老大娘。他站得也毫无风度,肩膀歪斜着,一肩高,一肩低……

可是,当他敞开自己的嗓子开始歌唱后,台下一片安静。不,一片肃静。

他唱的就是歌剧《白毛女》中杨白劳的唱段。他本来只应唱一段,可是人们用一遍又一遍的热烈掌声将他从台后唤出来。他唱了全部杨白劳的唱段!他的嗓子将参加会演的三百多个宣传队的队员们镇住了!刘大文的名字在他们中间变成了最响亮的名字!虽然他的容貌一点也不出众,但各师团的女宣传队员们,却都不放过随时随地的机会向他投以最起码是友好的目光,并希望他能注意到她们的目光。他注意了。结果她们中有一个后来便成了他的妻子。

会演结束后,兵团宣传部部长给他那个师的师长打电话:"告诉你一件事,兵团宣传队又增加了一个人。"

师长明白兵团宣传部长的意思,回答得很巧妙:"我们师宣传队少一个人没什么,但你如果采取扣留的方式,不是太不照顾我这个师长的情绪了吗?"

兵团宣传部长照顾了师长的情绪,师长却一点也不照顾兵团宣传部长的情绪。他回到师里的第一天,师长就找他谈话:"刘大文你听明白了,但凡是个好东西只有傻瓜蛋才愿送人。我可不是傻瓜蛋!只要我当一天师长,你就是我这个师的人!从现在起,宣传队长是你了!……"

以后,沈阳军区文工团来调过他,省歌舞团也来调过他,他的种种锦绣前程,都被"喜爱人才"的师长软拖硬顶断送了。

兵团解体,改为农场,各师团的宣传队也随之解散。宣传队员们入林投渊,另寻出路。名噪一时的"金嗓子",成了无处栖身的"寒号鸟"。良机已逝,时过境迁。在师里继续混下去,谋求个轻闲工作,他觉得没趣。怀着些许凄凉,几缕幽怨,他又孑然一身地回到了七营。营里也正"精简机构",没个适当的位置安排他。他便又回到了自己的老连队,重新当农工。

也就是在这个时候,那位兵团会演时对他一见钟情,与他通了半年信的上海姑娘,不远千里,从佳木斯市兵团造纸厂来到生活条件非常艰苦的二龙山下,带着一股炽烈的爱情投入了他的怀抱。

连队的知识青年们对他真好。他们还需要他,还需要他的嗓子。劳动休息的时候,他们常常向他提出请求:"大文,给咱们唱歌吧!"

他一次也没拒绝过他们的请求。即使在他心情最不佳的情况下,也没拒绝过他们。只要他们愿听,他便唱。他有了一个生活伴侣,他们有了一个新节目——"男女声二重唱"。

她原是兵团宣传队的女高音独唱队员,一位漂亮的上海姑娘,性格温良气质文静。来到连队不久,便主动提出跟他结了婚。

婚后,他们那一间半低矮的泥草房,成了连队知青们的"快乐园",几乎每天傍晚,家中都聚集着男女知青们。聊天,扯淡,吹牛。几对有情人们,腻烦了河旁树下的幽会,偏爱在他家里那种特殊的热闹气氛中公开表现你娇我爱,促进感情发展;他们往往至夜才归。他们在,她就欢欢乐乐,有说有笑。他们若要她唱歌,她便大大方方地唱。像他一样,从不拒绝他们。他们若要听男女声二重唱,她便走到他身边,轻轻偎靠着他,柔声说:"我唱低点,你唱高点啊,我伴你。"……他们走了,她就勤快地敞开门窗放走烟雾,倾倒茶根,涮洗茶杯,扫瓜子皮、土豆皮、榛子壳。然后就跪在炕上铺展被褥。接着又下到地上,转入厨房去烧洗脚水……

当他将妻子搂在怀中,欲睡未睡之时,他常常闭着眼睛暗想:我刘大文真他妈的幸运啊!我凭什么与这么好的一位姑娘结了婚?就凭一副嗓子吗?于是陷入对女性对生活的不可解的迷惑之中。

有一天夜里,他做了一个梦。梦见他和妻在山上伐木,林中突然刮起一阵旋风。风过后,妻不见了,雪地上只留下了妻的一只手套。他焦急得四处狂奔,大声呼喊妻的名字,听到的却只是自己的回声。喊着喊着,他变成了一个哑巴。最后无论怎样喊,竟连一点声音也发不出来……

他惊醒后,出了一身冷汗。

妻仍偎在他怀里,脸贴着他的胸膛。

一缕月辉从窗外撒进来,映在妻那张美丽的脸上。妻睡得那么香甜,他觉得妻那张脸美丽得胜过天仙。他一下子将妻紧紧搂住,亲吻着妻的头发,无声地哭了。那时刻无边无际的爱充满他的心间。自从他朦朦胧胧地开始感到需要去爱和被爱那一天起,他就没对爱情两个字抱过多大希望。也从没想象过自己会这么深这么痴地去爱一个女性,更没想象过自己会被一个美丽而温良的女性这么深这么痴地爱着。他总觉得自己获得的幸福是非分的,就像一个美梦,总有一天是会如同烟云一般倏然飘散的。这种无法摈除的想法使他内心里恐惧极了,他哭出了声音。

妻被他哭醒,吃惊地问:"怎么了,你?"

他捧住妻美丽的脸,注视着这张美丽的脸,任自己的眼泪往下淌着,用发颤的声音说:"我爱你!……"

妻仿佛没有听懂他说出的这三个字。

他又说了一遍:"我爱你啊!……"

"哦,我知道……你这个……傻孩子,我知道的呀!……"妻吻了他一下,又将脸儿贴在他胸膛上,同时用一条手臂温柔地搂住了他的脖子,悄声说:"你呀你,快睡吧。"

他非常了解自己。他知道得清清楚楚,除了一副得天独厚的嗓子,自己在许多方面都不过是一个极平庸的人。乐观一点说,也只不过是一个极平常的人。

听人讲"胖大海"是保养嗓子的好东西,他请求上海知青从上海为自己搞到了一点,像长生不老药一样泡在罐头瓶里,每天喝三次。

"你的嗓子更需要的是专业水平的训练,而不是喝'胖大海',我可以当你的指导老师。虽然我的嗓子先天条件远不如,但声乐知识比你多得多!"妻很认真地对他说。

"你?……"他有些不相信。

"怎么?不相信?对了,我从没告诉过你,我祖父是声乐教授,我父亲是歌唱家……"

看得出来,妻不是在开玩笑。

他怔住了。

沉默了许久,他才低声问:"你为什么不早告诉我呢?"

"我以为这一点在我们的爱情中不是很主要的。"

"可你还说你父亲死了……"

"是死了,在'运动'期间。"

妻见他的表情那么异样,不安地问:"因为我以前没告诉过你这些,你生气了……"

他勉强微笑了一下,阴郁地回答:"没有。"

妻说:"可你的样子像是生气了。"

他说:"我永远也不会生你的气。"

妻柔情地望了他片刻,又问:"真的?"

他将妻子轻轻拥抱在胸前,说:"真的。"

可是他的内心里,从那一天产生了一种潜在的自卑。在他的家族中,没有一个人,曾与音乐有过丝毫的缘分……

他慢慢推开妻子,盯着她的眼睛,低声问:"你爱我,就是因为我有一副好嗓子?"

妻说:"瞧你问得多怪呀!"

可是他固执地问:"你回答我。"

妻说:"我没想过。"

他说:"那你现在开始想。"

妻说:"不,我才不傻乎乎地去想呢!爱就是爱,想也想不明白的。明明白白的爱,让别人去爱吧!……"

妻抿着嘴儿笑了,用手指在他鼻梁上轻轻刮了一下。

他不由得朝镜子里瞥了一眼,看到了自己那张缺少男子魅力的脸:额头太宽,眼眉太粗,嘴唇太厚,下巴有些翘……一张令自己感到沮丧的脸。

"佳木斯市比这个山沟里强百倍,你一点也不后悔?"

"不啊。"

"要是有一天你忽然感到后悔了,你怎么办?"

"除非你欺负我。"

"天啊,我?……欺负你?!……"他叫了起来。

"你可永远别欺负我呵!"她用双臂揽住了他的脖子。

他凝视着妻,暗暗替她感到惋惜:糊里糊涂地爱上了自己这么一个人,而且爱得那么深那么痴情,那么天真又那么幸福。他心中产生了一种羞愧,好像一个大人靠着大人的狡猾,做了一件对不起一个好孩子的事一样。他担心有一天这个好孩子变得聪明了,这个大人可就无法拯救自己了。

从那一天始,妻认真地做起他的音乐指导教师来。在小河边,在白桦林中,在山顶上,每天清晨,都留下他们碰碎露珠的脚印,都出现他们双双的身影……

有一类年轻女性,在她们做了妻子之后,她们的心灵和性情,依然如天真纯良的少女一般,她们是造物主播向人间的稀奇而宝贵的种子。世界因为她们的存在,而保持清丽的诗意;生活因为她们的存在,而奏出动听的谐音;男人因为她们的存在,而确信活着是美好的。她们本能地向人类证明,女人存在的意义,不是为世界助长雄风,而是向生活注入柔情。

连队所有的男知青都羡慕地甚至是嫉妒地说:"刘大文这小子真比一位国王还幸福!"

而刘大文则不无自豪地回答他们:"王冠和我的妻子比起来算什么!"

他们是全连知青中的第一对夫妻。直至大返城开始,仍然是第一对夫妻。连里的其他几对有情人儿,对他们既充满了羡慕,又下不了决心像他们一样结婚。

某些小伙子私下问刘大文:"大文,你坦白告诉我们,到底是恋爱幸福,还是结婚幸福?"

他非常严肃地思考了一番之后,很自信地回答他们:"幸福是一种感觉,是别人无法体验到的。恋人和醉汉是同一类人。而结婚呢,好比你潜到了爱河神秘的水底!男人女人要结婚,是因为他们彼此爱到了恨不得让自己变成爱人身体一部分的地步!你们都还不想结婚,证明你们都还没有爱到我们这份儿上,继续爱吧!"

幸福和寻欢作乐是同父异母的两姊妹。人性与好女人生出了幸福;人性与坏女人生出了寻欢作乐。幸福的男人与一个好女人结为伴侣便会感到终生幸福;不幸的男人与一百个坏女人厮混也总归还是不幸。北大荒没有寻欢作乐的场所和条件,刘大文和他的爱妻沐浴在很清苦又很清丽的幸福之中。如果有谁以为他们整天都可以无忧无虑地手携着手,互相依偎着逗留在小河边,漫步在白桦林,伫立在山顶上,那就大错而特错了。他们要在冬季里每隔几天就上山砍一次柴,然后将木柴用小爬犁从几十里外的大山深处拖回家中。他们每年秋季都要抹一遍房子,扒一次炕洞。他们春季夏季还要精心侍弄自留地,保证自己有足够吃一冬的萝卜、土豆和白菜。还有其他许许多多没结婚的知识青年们不必操心的事。在北大荒要维持一个小家庭的正常生活,可绝不像给表上弦那么简单那么容易。也许正因为生活是清苦的,他们才尽心尽意地培育着他们的幸福,如同在瓦盆沙土中培育一株娇贵的小花。

有一个星期天,他和妻又上山砍柴,天黑了才回到家里。刚吃过晚饭,他便疲劳得一头躺倒睡去了。第二天早晨,不是妻轻轻推他,他还醒不过来。他睁开眼睛,见妻已穿好了衣服,斜坐在炕沿上,瞅着他,戏谑地说:"未来的大歌唱家,今天想旷课呀?"

他翻了个身,嘟哝道:"还没睡够呢,今天算了吧!"又闭上眼睛,要继续睡。

"那可不行,起来,起来,大懒孩子!"妻不停地推他。

他围着被子坐了起来,打了一个大哈欠,忽而想到了一个长久以来想要对妻提出的问题,便问:"你这么下功夫地指导我,是不是真希望我将来能成为一名歌唱家呀?"

妻回答:"要是有那一天,多好呀!"

妻的话令他格外认真起来,又问:"要是永远不会有那一天呢?"

妻回答:"我相信,总会有那么一天的!好运气迟早会向我们招手的!你的嗓子先天条件好极了,你才二十七岁,咱们还可以耐心地期待十年啊!三十七岁正是歌唱家的黄金时代!"

他什么话都没有再问,什么话都没有再说,默默地穿好衣服,牵着妻的手走出了家门。

那一天,他终于明白终于理解了,歌唱已成为他们生活中不可缺少的维生素。那一天,他暗暗下定决心,为了实现妻对他的希望,他要耐心地期待着好运气……

不久,妻怀孕了。

妻的腹部已经明显地鼓大了,每天早晨还要陪他走出家门去幽静处练声。为了让妻能够多睡一会儿,他每天天不亮就悄悄爬起来,丝毫也不敢惊动妻子,无声无息地独自走出家门。唯恐妻醒了会起来去寻找他,他将门从外面锁上。

妻是在团部医院里生下一对双胞胎女儿的。

接产室并不隔音。他在外面听到了妻一阵阵痛苦的喊叫,他以为妻肯定活不成了,几次发疯般地往接产室里冲,都被勇敢的护士像拦一头狂暴的野牛似的拦住了。那一天他把女人生孩子这种事至少诅咒了一百遍。

他被允许走入产妇病房后，见妻脸色苍白，冷汗将头发湿得像刚洗过没擦干似的。当着两个女护士的面，他心疼地捧住了妻的脸，说："我真是害怕极了！我以为你活不成了！"

妻柔弱无力地双手轻轻推开他，娇嗔道："还有脸说呢，是你把我害苦了！"

两个护士哧哧地笑起来。

她们走入婴儿室，一人抱出一个哇哇哭叫不止的小东西给他看。

一个护士还揶揄地说："快瞧瞧吧，你这当丈夫的值得自豪啊！别人得千斤，你得两千斤，'过黄河超纲要'啊！"

他将脑袋扭向了一边，不看。

他心中暗想：为了你们这两个小东西出世，你们的妈妈险些活不成了！

孩子的诞生，给他们的生活中增添了许多乐趣，也使他们为小家庭的生活更操劳了。妻不得不自行解除了音乐指导教师的义务，担负起了一个年轻母亲的种种职责。他也不得不从妻身上匀出一半的感情一半的爱，平均分配给两个一模一样，连他和妻也很难辨别姐妹的女儿。

妻的话少了，笑少了，活泼少了，再也不唱歌了。偶尔一唱，唱的也是中国或外国的摇篮曲。低低地唱，轻轻地哼。更多的时候，则是匆匆忙忙，急急切切地做这做那。一个婴儿，足以使一对初做父母的年轻夫妻的生活颠倒。两个婴儿，足以使他们的生活颠来倒去。双胞胎女儿并不像串联电路。一个渴，一个却饿；一个酣睡，另一个啼哭。刚刚拍睡了啼哭的，酣睡的又醒了，哇哇发出某种讯号。妻忙乱起来的时候，仿佛一位转动了十几个盘子的冒牌杂技演员，顾此失彼，手眼不一。有时候他们什么事也干不成，一人怀里抱着一个女儿，并肩坐在炕沿上，晃着身子低声合唱摇篮曲，合唱往往由于裤子被尿湿了才得以停止。

连队没有托儿所,妻不能出工干活了。四口之家,仅靠他一个人的三十七元工资维持。妻的奶不足,两个孩子常饿得啼哭。而奶粉又是很难买到的。连队没养奶牛,他每天都要跑到八里地外的另一个连队去买一次牛奶。他不能让房顶漏雨了,墙壁透风了,炕洞堵了,柴不够烧了,自留地荒芜了,也不能不参加各种会:大批判会,政治学习,团组织生活。在各种名目的联欢会上,唱歌仍然是他义不容辞的事。

妻用默默的,无言的温情抚慰着他们艰难的小家庭。

也就是从那时起,他的性格变了。他不再是一个内向的人,他变得在妻面前极爱说说笑笑嘻嘻哈哈了,耍贫嘴,出洋相,学着插科逗哏,并不出色地扮演一个无忧无虑、快快活活的乐天派角色。甚至往脸上抹了锅底灰,翻穿着皮袄,装作一只大狗熊,从地下跃到炕上,从炕上扑到地下。为了什么?为了从妻的脸上看到由衷的欢笑,看到从前那种少女般的天真烂漫的光彩。

妻是曾被他逗得咯咯笑过,后来就任他怎么逗也不笑了。有一次就哭了。

"你……你怎么会变成这样了啊!……"妻泪眼汪汪地瞧着他,伤感地问。

"我……我是想逗你开心……"他讷讷地坦白自己的动机。

"可我……真不想看你变成这样……"

"那……我……再也不这样了……"

可是原先的性格已经复归不到他身上了。他从一个很内向的人变成了一个活宝,却不能从一个活宝再变成一个内向的人了。他感觉到他的生活需要耍贫嘴和出洋相,也如同生命需要维生素一样。在人前,他愈来愈是一个活宝;只有在妻的面前,他才能够努力做到像原先的他,妻所习惯了的他。有时候他甚至连自己也搞不明白了,究竟哪一个他才是真实的他?哪一个他才是伪装的他?

大返城期间,离开连队前,上海知青李凤林找到他,开诚布公地对他说:"大文,跟你商量件事,我想……想向你要一个女儿……"

那时,他的两个女儿都已快三岁了,都长得非常美丽可爱,那白净的皮肤,那修长的眉,那会说话的眼睛,那微微嘟起的嘴唇,都像她们的妈妈,没有一个人见了这一对儿双胞胎姐妹不喜爱的。他爱两个女儿,一点也不逊于爱妻子。

听了李凤林的话,他惊讶万分,连想都未想一下,就一口回绝:"不行,不行!你开的什么玩笑!你要是非常喜爱女孩儿,将来让你老婆给你生一个不就得了嘛!要我的图什么呀!"

"你不是有两个嘛!"李凤林不放弃进一步争取的希望。

"我有两个,可他妈的这也不是二一添作五的事呀!"他认为李凤林荒唐透顶。

"你先别急,你听我讲……"李凤林似乎不达目的不肯罢休,耐心地说,"我告诉你,我回上海后,可以继承十几万块的遗产。我们家那幢小洋房,也迟早会退还的。我向你发誓,你将哪个女儿给我了,我保证你那一个女儿从小到大幸福得像一位小公主。你仍然是她的父亲,你随时随地都可以去看望她,她也随时随地可以去看望你……我呢,我只不过,想做她的一个抚养人……"

他觉得对方简直是在大白天说梦话,他仿佛坠入五里雾中,完全被对方搅糊涂了,懵头懵脑地问:"你小子又有洋房又有钱,返城后找个漂亮老婆,不就什么都齐了嘛!还是刚才那句话,喜爱女儿,叫你自己的老婆给你生嘛!女人生男人,不敢打保票,女人生女人,成功率在一半以上!……"

李凤林却火了,凶狠地说:"我他妈的不想结婚!你到底给不给我一个!"

他也火了:"不给!你不想结婚,那你就是天字第一号的大傻瓜!大白痴!难道无论多么漂亮的女人都不能使你动心么?……"

李凤林的脸倏然涨得紫红紫红,咬牙切齿地说:"你老婆就使我动过心！她没成为你老婆之前,我给她写过情书！……”

他用尽全身之力扇了李凤林一个大嘴巴子。

李凤林看了他一眼,转身跌跌撞撞走了。

连里的卫生员赵晓刚走过来问他:“你为什么打他?”

他怒不可遏地说:“这小子他妈的不是人！他纠缠着向我要一个女儿,我不给,他就说……他对我老婆动过心……”

赵晓刚望着李凤林的背影,低声说:“他够可怜的啊,这辈子算别想结婚了,完了……”

“活该！”

“是你把他害的。”

“我?……”

“你还记得有一次盖房子的时候,你跟他扛一根大梁,你溜肩了,大梁那一头砸了他一下,将他砸昏了么?……”

他记得这件事,好像砸在李凤林小肚子上。

“过了几天,他就住院了。全连没有一个人知道他因为什么病住院,只有我知道。那一次是砸到了使一个人断子绝孙的地方,医学上叫作性神经坏死……”

他呆呆地发了半天愣,突然一把揪住赵晓刚的衣领,大声吼道:“你胡说！……”

卫生员掰开他的手,整理了一下衣领,两眼盯着他说:“我要是李凤林,没准儿早把你宰了！”说罢,一转身走了。

他像个站在被告席上的罪大恶极的犯人似的,一动也不动地在那里站立了足有五分钟。

李凤林竟没有把他宰了,在今天之前也从没有明显地对他表示过仇恨,反而使他觉得自己简直无法理解那个眉清目秀的上海知青了。

性神经坏死……

这几个字像一条毒蛇紧紧盘绕住他的心,啮咬着他的心,并往他心内吐注毒液。

我刘大文真是作了天大的孽啊! 我毁了好端端的一个人! ……

他感到有一把刀凉森森的刀刃压在他后脖梗上,猛一回头,身后却并没有人。

他怀着一种无名的惶恐往家里跑去。

两个女儿并排躺在炕上,都睡着。两只小手,牵在一起。两张小脸蛋都是那么俊秀,那么可爱。

他站在炕沿前,犹犹豫豫地瞧着她们。

他终于下了决心,慢慢地轻轻抱起了一个女儿,转身就往外走。

妻端着洗衣盆从外面进来,奇怪地问:"孩子睡得好好的,你要往哪儿抱她呀? ……"

"我……"他不知如何回答才好。

"你尽没事找事,弄醒了,又得我哄!"妻放下盆,从他怀中抱过孩子,又慢慢地轻轻地放在炕上。

妻见他神色异常,又问一句:"你怎么了?"

"没怎么。"

他不敢正视妻的眼睛。

他想哭。

他想用头撞墙。

他一转身又冲出了家门……

李凤林比他提前三天离开了连队。李凤林平素人缘不错,全体知青和许多老职工依依不舍地送行,一直送出连队,送到公路上,望着他搭上一辆卡车从他们的视野中消失……

知青中只有他没去送。

连妻也去送了。

妻回到家里问他:"你跟小李闹过什么别扭吗?"

他摇了摇头。

"那你为什么不去送？让别人怎么猜想呢？"妻第一次责备他。

他低声说:"我不是留在家里看孩子嘛!"

"可你要有点打算送的样子,我就留在家里看孩子了!"

"……"

"好几个人说,刘大文真不够意思!"

"你他妈的住嘴吧!"他第一次对妻子以那么粗暴的态度说话。

妻怔怔地瞧着他,眼中顿时充满了泪水。她噙着泪走到厨房去,抽泣起来。

他内疚地跟到厨房,将妻搂在怀中,说:"别生我的气,你不知我心中有多么难过……"

妻止住抽泣,轻声问:"因为小李的走?"

他没回答。

"听人讲,小李是知青中如今最幸运的一个,返城后不但可以继承十几万遗产,还会有一幢带花园的小洋房,真的?"

他仍没回答,只是将妻搂得很紧很紧。

妻偎在他怀里,又像开玩笑又像很认真地悄声说:"你不是在嫉妒人家吧?"

他摇摇头,低声回答:"我们是多么幸福啊!"

妻听了他的话,便微微闭上眼睛,将脸温顺地贴在他胸前,用双唇衔弄他衣服上的一颗纽扣。

他抚摸着妻的头发。

一滴眼泪缓缓从他眼中溢出,顺着他的面颊滚落下来,藏进了妻的头发中。

他和妻就那样站立了许久。

终于,他开口问道:"小李给你写过情书吗?"

妻睁开了眼睛,仰起脸注视着他:"你为什么哭了? 你怎么知道这件事的?"

"他亲口告诉我的。"

"可是我……我连看也没看就还给他了呀!"

"你当时看一看就……好了,也许你以后将会过上人人羡慕的生活……"同时他心中暗想,那自己肯定就不会跟李凤林合扛一根大梁,自己也就不会犯下那罪孽的过失……

"再不许你说这样的话。"妻推开了他,生气地说,"你要是再说这样的话,我就不爱你了!"

当他们一家四口乘上那辆"返城知青专列"后,妻一路是多么兴奋啊!

"我不是对你说过吗? 好运气迟早会向我们招手的! 返城了,你可以到省歌舞团去了!"

"他们要我,那已经是几午前的事了。如今他们可能早就把我这个人忘掉了。"

"你要对自己有充分的信心,你要让他们重新赏识你。"

而他一路都在想的,却是一家四口回到城市后住哪儿。

妹妹和妹夫到火车站去接的他们。

家中只有一大一小两间住屋。大的十二平方米,小的七平方米。父亲母亲住小屋,妹妹妹夫结婚还不到一个月,住大屋。妹妹妹夫将新房让给了他们住,各自搬到工厂集体宿舍去了。妹妹的工厂在市内,妹夫的工厂在市郊。自从搬到各自的工厂去后,到目前为止还没有机会同时在家中相聚过一次。妹妹休息星期日,妹夫休息星期六;妹夫上夜班,妹妹上白班。

就在昨天,也就是今天这么晚的时候,他从夜市场踉踉地往家中走,经过一条被年轻人称作"爱情之巷"的街道。那条小街道,两旁都是工厂的高墙,只有三根电线杆子,竖在街头、街尾、街中。三根电线杆子上都没有灯。在这寒冷的漫长的冬季寻找不到谈情说爱场所的情侣们,就把那条小街道当成了他们的"伊甸园"。他们穿着厚实的棉衣互相拥抱,戴着手套彼此爱抚,脉脉含情地借着冬季清冽的月光注视对方眉睫挂霜的眼睛,用冰冷的嘴唇去亲吻对方冰冷的嘴唇。任凭飘落的雪花将他们渐渐变成一对对一双双雪塑……电业局的工人们不止一次为这条小街的三根电线杆子安装过街灯,但第二天夜晚到来后,这条小街依然是黑暗的。而令人难以置信的是,在这条小街上,竟从未发生过什么非常事件。连流氓歹徒们也不到这里来滋扰。因为他们如果在此寻衅,这里的每一个小伙子都会变成勇猛的斗士,无需呼吁,就会立刻结成同仇敌忾的阵营。

昨天晚上比今天晚上还寒冷。

有一对情侣手臂从身后互相搂着,像对儿幽灵似的拐出那条小街,缓缓地走在他前面,距离他只有三步远,一边走一边喁喁私语。

男的说:"我真想你。"

女的说:"我也想你。"

男的又说:"哪天给你哥哥和你嫂子买两张电影票,让他们一块儿去看场电影不行吗?"

女的忧愁地说:"可他们肯定会不去的。哥哥嫂子都在待业,又有两个孩子,哪有心思去看电影啊!"

男的沮丧而苦闷地长长叹息了一声,又抱着一线希望说:"要不下个星期六你请一天假到我们工厂去行不行? 我们工厂大仓库旁有间小破房,没有人到那里去……"

从他们的话语中,从他们的背影,他判断出来了,他们是自己的妹妹和妹夫。

他站住了,望着他们渐渐走远,自己转向另一条街道。

回到家里,他整夜无法入睡。他几次想推醒妻,跟妻商量,将家里的煤棚清理一下,四口移进去住。但看看两个幼小的女儿,看看妻那张失去了往日光彩的脸,他不忍推醒她,跟她商量这样的事。从到家的第二天她就开始生病,不断咳嗽,明显地瘦了。

没结婚或虽结了婚没孩子的返城知青,比他和妻的处境总会强一些,因为他们毕竟不至于两袋空空地回到家中。而他和妻,在北大荒一分钱也没有积攒下。小家庭中增添了两个孩子后,使他们的生活每一个月都很拮据。返城的路费,还是预先精打细算节省下来的。妹妹给过他十五元钱,他如数交给了妻。妹夫也给过他十五元钱,他也如数交给了妻。妻说:"这三十元钱我们无论如何不能乱花,谁知道我们待业要待到哪一天啊!"

"哥哥,嫂子,你们要是缺钱花可别不吱声啊!"妹妹又几次说过这样的话。

妻感激地回答:"不缺钱花,真的不缺钱花,你们给的那三十元钱,我们还一分也没花呢!"

"我们带了一些回来,还够维持几个月的。"他用谎话欺骗妹妹。

其实妻也欺骗了妹妹。那三十元钱已经花掉了二十二元七角四分——妻为他买了一件铁灰色的卡中山装。

他曾将这件体面的衣服套在兵团战士的破黄棉袄上,在妻的鼓励之下去到歌舞团碰了一次运气。

费了半天口舌,传达室的老头才放他进入歌舞团大楼。

他找到办公室,一位好像是领导者模样的人心不在焉地听他说明来意,用连点礼节性的热情都没有的口吻回答他:"我们的人员已经超编了,将要淘汰下来的歌舞演员还不知道往哪安排呢!"

他恳求地说:"那么您能不能先听我唱一首歌? ……"

对方不耐烦地打断了他的话:"对不起,我还有些事务要处理。"

……

几天后就过新年了。

他发誓再也不接受妹妹和妹夫给的钱。妹妹二级工,妹夫也是二级工。妹妹妹夫要赡养两位老人。母亲一辈子是家庭妇女,依靠父亲的退休金吃饭。父亲是从一个小小的街道工厂退休的,退休金每月十四块。

他双手插在破黄棉袄衣兜里,缓慢地走着。两个女儿跟随他和妻返城后才知道世界上还有一种叫糖葫芦的又好看又好吃的东西。他因为打了两个女儿而有些难过。

想到了女儿,便也想到了妻。

妻大概已经搂着女儿们睡熟了吧?

走过的每一条街道,每一条马路,都是那么寂静,一个人影也没有。

城市好像服了一万瓶安眠药。

他忽然对这座能够安然入睡的城市产生了一种极强烈的嫉妒和怨怒。

他想用自己浑厚宽广的声音吵醒它。

于是他又敞开喉咙引吭高歌:

喜儿喜儿你睡着了,

你爹叫你你不知道……

他的歌声是那么低沉那么悲怆那么凄凉那么辽阔!如一道久阻的闸门骤启,一切的心潮一切的感触一切的愁绪一切的郁闷奔泻千里,顺笔直的大马路翻涌向前!仿佛一只看不见的孤鹏巨鹭,在这寒冷的夜晚从这宁寂的大马路上空翱翔而过,双翼将风扇往四面八方的街巷!

他真是很久很久没有像这样敞开喉咙唱歌了。连他自己也惊奇于自己的歌声竟如此冲天动地,如此浩荡辉煌。再也没有比万籁俱寂的夜晚的城市更理想的舞台了。他幻想着有一千名穿黑色夜礼服的大提琴手排开在他身后弓弦齐运为他伴奏,另外有一千名平鼓手隐蔽在马路两旁的一条条街巷之中,如同隐蔽在巨大舞台的两侧。而他觉得这城市的千灯万盏都是为他而照耀的。马路两旁高低参差的楼房将他的歌声制造成多层次的回音,就好像整座城市都跟随着他唱了起来:

　　不知道……

　　不知道……

　　他不由得站住了,朝马路左边望了望,又朝马路右边望了望,没有一幢楼房的一扇窗口是明亮的,只有一盏盏水银路灯居高临下从远远近近瞪着他,仿佛在取笑他。

　　城市对他的歌声充耳不闻。城市城市你聋了吗?!

　　他突然举起双臂大喊:

　　喜儿,你爹把你卖了啊!

　　卖了……

　　卖了……

　　多层次的回音在城市的夜空飘荡着……

　　一辆摩托车不知是从哪一条街巷中驶出来的,怪叫一声在他跟前刹住。车上插着一面小白旗,旗上写着一个黑色的"警"字。

　　骑在车上的治安巡警一脚撑地,对他猝然喝道:"你是什么人?!"

　　他如梦方醒,产生了一种想跟这名治安巡警开个无伤大雅的玩笑的念头,便镇定自若地回答:"我是歌唱家啊!"

　　"歌唱家? ……"治安巡警凌厉的目光上下审视着他。

　　"对,省歌舞团的郭颂是我的老师。歌唱家郭颂的名字你听说过没有? 就是唱《乌苏里船歌》的那个郭颂……"

　　治安巡警威严地沉默着。

　　"没听说过? ……"他表示大为惊讶地耸了一下肩,"那么这首歌你一定听过……"说着,就又唱了起来:

　　乌苏里江来长又长……

"别唱!"巡警呵斥他,问,"你叫什么名字?"

"我……我叫马路红,牛马的马,道路的路,世界一片红彤彤的红……省歌舞团的青年男低音歌唱家马路红,几天前报上登过介绍我的文章,读过吗?写得还不错,就是把我吹捧得过高了。这类文章容易使人骄傲,是不是?……"

"拿工作证来!"

"工作证……"他佯装在几个衣兜里翻找,一边翻找一边自言自语地嘟哝,"咦,我的工作证呢……可能没带在身上……"

"我看你这一身明明是个返城知青!"

"对,对!我是返城知青……"

"那你说你是歌唱家?!"

"请别误会,这并不矛盾啊!我……是三年前返城的,省歌舞团把我从北大荒调回城市的。就是我刚才讲的著名歌唱家郭颂亲自把我调回来的!您怎么不知道郭颂这个名字呢?……我仍穿这身兵团战士的服装,是因为今天一些返城知青聚会,我得穿的和大家一样,是不是?要不,会对大家的心理造成不良的刺激,是不是?……"

巡警有点半信半疑了,又问:"你喝醉了吧?"

"没有没有!"他连连摇头,"喝酒损伤嗓子,我从小滴酒不沾……"说着,俯下身,对巡警的脸呼出一大口气,"一点酒味也没有吧?"

巡警皱起了眉头:"你刚才说你叫什么名字?"

"马路红,我这名字很容易记。以后要看演出的话,只要是省歌舞团的演出,去找我。三两张票,绝不成问题!"

警帽下那张年轻的脸上浮出了微笑。

"那我们算是朋友啰?"

"当然!"

"离家还远吗?我用摩托送你一段?"

"不必。我就要到家了。"

"走吧!"

"嗨咿!"他举起手臂,向对方敬了一个很帅的德国党卫军式的军礼,然后迈开步子,以军人的步伐气宇轩昂地走了。

那年轻的治安巡警望着他的背影,在头脑中努力回忆对一个名叫"马路红"的年轻歌唱家根本不存在的印象……

他回到家,见妻和两个女儿都已经睡了,悄悄脱去衣服,不发出一点声响地上了床,轻轻躺在妻身旁。

两个孩子两个大人占领一张新婚夫妻的双人床,亲密无间。

他这时才发现妻并没睡,在默默流泪。

"你为什么哭啊?……"他耳语般地问。

妻转过身去。

他将妻的身子扳了过来,注视着妻,追问:"你为什么这样伤心?"

"我……我把买衣服剩下的那几块钱……丢了……哪儿都找了……找不到……"

妻说着,像个孩子似的,嘤嘤抽泣。

他要凑合着过新年的种种渺小计划成为泡影了。

"丢就丢了吧!"他双手替妻拭去脸上的泪痕。

他心中忽然对妻产生了一种极大的怜爱。他冲动地将妻拉进自己的被窝,紧紧地将妻的身体搂抱在自己怀中。妻温柔的美好的身体使他的灵魂感受到真真切切的安慰。这灵魂此时此刻是太疲惫太需要安慰了!他此时此刻是什么都不愿去想什么都不愿去愁什么都不愿去烦恼了!他只需要她。只需要从她身上所获得的那种超过一切的安慰,只需要将自己沉没在对她充满怜爱的炽烈的情欲之中……

他目不转睛地注视着那张他永远也看不够的脸,喃喃地说:"我什么也没有了,只有你和孩子。"

她也目不转睛地注视着他,喃喃地回答:"我也是。"

"只要不失去你和孩子，无论在什么情况下，我都会有足够的勇气活下去！"

"我也是。"

"如果失去了你和孩子，我肯定会自杀的！"

"我也是。"

"我爱你甚于爱我们的孩子。"

"我也是。"

"我爱你，我真是不能没有了你啊……"

"我也是。"

于是他在妻的脸上印下了无数亲吻。

他鲁莽地解开了妻的衬衣扣，将脸偎在妻的怀里。他闭上了眼睛。这世界在他的意念中不存在了。他迷乱地吻着，吻着，吻着……

妻无比温柔地抚摸着他的脸，抚摸着他的头发，抚摸着他的脊背。他从妻的抚摸中，贪婪地感受着一种母爱般的怜情。这正是他内心里对妻所深深怀有的，也正是他渴望妻能够给予他的。与其说这是一种冲动的情欲，毋宁说这是一种互相体恤的情愫。他要获得这种心理上的满足的要求，是强大于获得另一种满足的要求的……

妻用她母爱般的抚摸渐渐平息了他那灵魂的和肉体的双重冲动，轻轻吻了他一下，婉语说："睡吧……"

他不做声，也不动。仍将脸孩子似的偎在妻的怀里，感到内心正在一种软弱的状态中重新积聚着某种力量。他自信他明天是又可以为卖掉十几盒香烟而走遍全市各个地方了。

妻又说："今天敏华来了，送来两张明天的电影票……"

他一下子被从温柔之乡推到了尴尬而窘迫的现实面前。

一个短暂的迷醉的梦境被妻忧愁的轻语击碎了。

他的头慢慢从妻那丰满而柔软的胸上抬了起来。

他一翻身仰面朝天躺在了妻的身旁。

妻却扑到了他身上,紧紧抱住他,用陷入绝境的人那种不寒而栗的语调说:"我真是害怕极了啊!害怕我们就这样一年、两年、三年长期地待业下去……果真那样我们可怎么办啊!……"

他猛地推开妻坐了起来,扯过棉袄就掏烟……

第四章

　　倘若每座城市只有一幢房屋；倘若十几万人，几十万人，一百万人，几百万人都生活在同一个巨大的穹顶之下，像一家人一样；倘若他们都能够成为自己命运的主宰者，有充分的信心和足够的能力抗拒社会的任性对他们命运的摆布，那么城市将会变成怎样的舞台呢？仇恨，这种由高级思维和可怕情感而对人类心灵产生的彼此具有诱发性的污染，是否会消除呢？由此而导致的种种悲剧是否会从社会的节目单上减少一些呢？

　　啊，你这年轻的城市，你这三百万儿女的母亲啊，当你目睹你的孩子们之间由于受命运的捉弄而彼此仇恨甚至产生彼此杀戮的动机时，你又为什么那样麻木那样无动于衷地缄默着？难道你对他们的爱由于他们人数众多而变得如冰一样冷如水一样淡了么？哦你快看呀，你快将你的脸转向这一条在昨天热闹的喜剧和严峻的悲剧同时发生过的小胡同呀！你快将你的目光注视到那个残留着花圈的灰烬和喜庆的彩纸屑的院落呀！你快将你的制止的呼喊从贴着双喜字的倾斜的门和低矮的窗传入寒酸的新房啊！你看到了么你？你的一个孩子，由于仇恨的作用，又一次操起了尖刀！

世间未经探勘的险境,不在大陆上,不在海洋中,而在人们的头脑和心里。某些人的人格防线一旦受到袭击甚至被突破,他们心底里激起的报复的狂飙是猛烈于一般人十倍的。

郭立伟在磨刀石上霍霍磨刀,猛烈的渴望实行报复的狂飙在他胸腔内卷荡呼啸。他手中的尖刀在磨刀石上推磨一下,报复的狂飙便在他胸腔内冲腾一次。它是那么样的猛烈,仿佛就要鼓破他的胸腔,随之鼓破这小小的新房,在天地间造成一种真正的风暴!

受伤的蚌用珠来补它们的壳。

郭家兄弟之间的手足之情,是他们童年和少年时代经受的种种屈辱和艰难岁月所沉淀的同质岩层。

十几年前,他们家这一带的小街窄巷,还都没有下水道。各家各户的脏水,是靠脏水车运到市郊的下水道总口的,每天早晚各送一次。拉脏水车的,是一匹瘦骨嶙峋的老马,伴着这匹老马走街串巷的,是郭家兄弟的父亲。父亲手持木榔,蹒跚地跟着老马踉踉跄跄的步子,不停地机械地敲着,在每一个大杂院前都必须停一阵。各家各户的人听到榔声,便从家中拎出或抬出脏水桶,倒入铁箱式的脏水车。他们家原先并不住在这一带,家境原先也并不很贫困。甚至还可以说是个小康之家。他们的父亲,曾开过一个卖杂货的小铺子。小铺子归公后,家中曾得到一笔数目可观的款项,父亲每月也有固定收入。后来,他们的父亲由于贪污罪被判了刑。当警车开入他们家住的那条街道时,弟兄俩和许多小孩子一块儿跟在警车后面奔跑,一块儿呼喊:"抓坏人喽!抓坏人喽!"警车却在他们家门外停住了,父亲被铐着锃亮的手铐从家中带出来,押上了警车……

那一年哥哥十四岁,弟弟九岁。

他们不相信父亲会是一个贪污犯。他们幻想着明天,后天,最迟大后天,会有另外一辆车,当然不应该是警车,将父亲送回家。警员们会羞愧而负疚地当众向父亲,向母亲,也向他们赔礼道歉,郑重地为他们家恢复名誉。

倒是有另外一辆车开到了他家门前。不是送回父亲，不是来为他们家恢复名誉。

而是查封他们的家。

父亲果真是一个贪污犯，而且是一个长期贪污，多次贪污的贪污犯。

父亲已在法律面前低头认罪了，被判刑八年。

父亲在外还供养着一个只有二十五岁的女人，和那女人姘居了整整六年⋯⋯

家中的房产、家具、存款都统统被没收充公了。

母亲不得不带着他们来到这条小胡同这个大杂院住下。

他们对父亲的爱对父亲的尊敬对父亲的血缘之亲骨肉之情，连同"父亲"两个字从他们快乐的儿童世界中抹掉了。羞耻如同厚厚的茧壳一层层缠裹住蚕蛹，从此缠裹住了他们还未接触过任何丑恶的幼小心灵。他们不能理解那个在家中似乎对母亲很体贴，在邻居面前似乎很正派的父亲，原来竟是一个伪君子。这种忍心的欺骗使两个天真无邪的孩子受到生活可怕又可耻的另一面强烈无比的震撼。

他们从此变成了两个孤僻的自卑的孩子。

父亲由于生病提前三年获释。

母亲居然还将父亲接回了家！弟兄俩不跟父亲说一句话，也对母亲产生了鄙视，对母亲变得粗暴起来。父亲卑下地承受着儿子们对自己的惩罚，母亲隐忍着儿子们的粗暴。那正是"文化大革命"第二年，两兄弟都没有加入"红卫兵"。他们自认为是比那些"走资派""右派""反动学术权威""资产阶级臭知识分子"的子女们更卑贱的人。那些子女们也还有暗中互相同情的伙伴，而他们则属于"坏分子"的后代。"坏分子"的内涵除了贪污犯还包括盗窃犯、抢劫犯、强奸犯、诈骗犯。他们觉得自己是掉进了社会的垃圾桶里。

按照"给出路"的政策，父亲成了这一带赶脏水车的人，一个哑巴似的最负责的赶脏水车的人。

父亲每天在这一带小街窄巷中敲起梆子的时间,从未早过或迟过一分钟。是想以此向人们表示忏悔?还是想以此获得人们的一点怜悯?只有父亲自己心里知道。从没有谁对父亲表示过什么,他在人们眼中与那匹拉脏水车的老马没有区别。

那匹拉脏水车的老马,生命力是很强的,并没在哪一天如人们担心的那样突然倒下。父亲却在有一天帮一个女人拎起脏水桶往脏水车里倒时突然倒下了。脏水泼了他一身,再也没爬起来。

兄弟俩的耳膜又开始熟悉另外一种声音。一种像木梆声一样单调,但绝不如木梆声那么脆响的声音——一种持续不断的嗡嗡声。

母亲纺石棉线的声音。

每天晚上,在昏暗的灯光下,在那种持续不断的嗡嗡声中,满屋飘飞着白雪般的石棉的飞絮,哥哥伏在小炕桌上,聚精会神地解数学题或几何题,仿佛社会上发生的一切"轰轰烈烈"的事件都与他毫不相干,他要独自进入一个数学或几何的世界里去似的。而弟弟则缩在墙角,瞪大眼睛编织着该属于成年人的梦——塞满一个个抽屉的钱,宽敞的房子,体面的衣着和人们的真诚的尊敬,借以哄骗自己那颗幼小的心灵。

弟弟当时唯一能够获得安慰的是:哥哥在学校里曾是个门门功课都名列前茅的学生。这一点如一缕烛光照耀在弟弟身上,也照耀在弟弟心里。虽然小小的自珍的蜡烛是持在哥哥手中的,却使弟弟感受到了那微弱的烛光对他的宝贵。因为弟弟连任何一点可以持举自照的光辉也没有。弟弟对哥哥的情感之中,也包含有感激、尊重和崇敬。他总在暗暗地想,"文化大革命"早晚会结束的,那时哥哥一定会考入一所名牌大学。那时他将可以不无自豪地对别人说:"我哥哥……"

有天晚上,他早早就躺下了,母亲以为他睡着了,对哥哥谈起了父亲。

"你不要再恨你父亲了,他已经是死了的人了。他也怪可怜的……"

自从父亲被判刑后,母亲一下子变得至少苍老了十五岁,变成了一个老太婆。连声音也变得苍老了,没有丝毫韵调了。母亲的声音,就如同那纺石棉线的嗡嗡声的一部分。

哥哥一个字也没回答。

"被坏女人缠住的男人都没个好结果……"

"……"

"你在听妈说话么?"

"妈,你别再对我提他!也不要再对弟弟提他!"哥哥的语气中流露着毫不掩饰的憎恨。

纺车疲惫地嗡嗡响了一阵后,他听到了母亲的一声悠长的叹息。这声叹息就像一个因窒闷而昏死过去的人发出的第一声呻吟。

"也许是我将他害到那种地步……"母亲又嗫嚅地说了一句。

他听到了哥哥摔课本的声音。

"你不愿听,妈也得说……妈不定哪天两眼一闭,两腿一蹬,就到阴间去了……不对你说,到了阴间,你父亲的鬼魂会恨我,就像你们恨他……"

啪!又是一响。

纺车疲惫地嗡嗡着。

"妈觉得你已经长大了,才对你说。户口本上写着,妈和你父亲同岁。其实你父亲比我小五岁……那小铺子早先是你姥爷开的,你父亲是铺子里的伙计。后来你姥爷死了,你父亲就娶了我……那一年你父亲十七,我二十二……第二年就生下了你,隔了五年又生下了你弟。生下你弟后,妈作了一场大病。病好后,就再也没对你父亲尽过一个女人的……本分……"

纺车的嗡嗡声忽然急而大起来了。

母亲苍老的、没有丝毫韵调的声音,仿佛从极遥远极幽深的一个洞穴里传来,仿佛带着一股寒潮的冷气,使他感到屋里凉森森的。

"我觉得亏待了你父亲,主动提出要和他离了。他觉得那样又亏待了我,自己良心上过不去……他也舍不得撇下你们,他是真舍不得……那个女人我虽没见过,可我知道你父亲和她的事……我没想到你父亲为了用钱拢住她,会犯下贪污的罪……他当初是真舍不得你们……"

他觉得那股寒潮的冷气直沁到心里,他冷得瑟瑟发抖。他一动也不动地躺着,紧闭着眼睛,整个身体绷得都快抽搐起来了。

嗡……嗡……嗡……

这声音愈来愈大愈来愈快,充满了小小的空间。他觉得母亲正在机械地将她自己,将哥哥,也将他一块儿纺进石棉线。他觉得他的四肢,他的整个身体都像麻花似的扭转着,被一只看不见的巨手抻着,抻着,抻得细细的长长的,又被骤然放松,绕到了纺车轮上……

母亲讲的那些话,从始到终,都没有任何韵调,不带任何感情。她仿佛在尽着一次早晚得尽到的既不是情愿也不是被强迫的义务,那些话像从没拧紧的笼头里滴滴答答淌出来的一股自来水。

听不到哥哥的任何声息。

哥哥似乎不存在了。

那天夜里他做了一个噩梦:父亲将木梆举在他耳畔,不停地敲击着,不停地对他重复着同一句话:"我是真舍不得你们,我是真舍不得你们,我是真舍不得你们……"父亲的头忽然变成了那匹拉脏水车的老马的马头,大张着马嘴,暴露出一排稀疏的参差不齐的马齿,要啃他的脸……

他惊醒后,出了一身冷汗,被子褥子湿漉漉的……

第二天早晨,他第一眼看到哥哥时,觉得哥哥变得陌生了。

一夜之间,哥哥那张本来就缺少青年人所应具有的种种表情的脸上,除了阴郁的缄默——如果缄默也可以算作一种表情的话,就再难寻找出别的什么表情的虚线了。

哥哥也用一种异样的目光看着他,低声问:"立伟你怎么了? 你病

135

了？……"

只有从哥哥的话语中，还能听出哥哥一向对他深深怀有的手足之情。

"我没病……"

"那你的脸色为什么这样难看？"

"我……觉得夜里有点冷……"

"冷？……"

哥哥将一只手放在他额头上。

他并未发烧。

……

那单调的持续不止的使人欲眠的嗡嗡声有一天中断了。当哥哥放下课本，弟弟从那种概念化的幻想中抬起头来时，他们才发现母亲已倒在纺车旁。母亲脸上、头发上和衣服上，落着一层灰色的毛茸茸的石棉絮。

那种嗡嗡之声首先将母亲催眠了，再也没醒……

他们毕竟是爱母亲的，母亲毕竟是他们唯一的相依为命的亲人。他们认为母亲是一个不幸的女人，而不是一个有罪过的女人。他们心中因为母亲的死而充满了悲哀，他们为母亲也为自己默默地流了许多泪，但是他们都没有放声哭。

他们没有请来任何一位邻人帮助料理母亲的后事。他们用温水轻轻地给母亲洗了几遍脸，洗了几遍头发，洗了几遍手，洗了几遍脚。他们给母亲脱去了落满石棉絮的外衣，破旧的衬衣，翻出母亲生前舍不得穿的一套新衣服和干净衬衣，互相配合着给母亲换上了。

当母亲那瘦得可怜的、枯槁的、皮肉松弛的身体赤裸地呈现在他们面前时，他们都不由得慢慢曲下双膝，虔诚地在母亲身体两旁跪下了。

母亲的两只乳房干瘪地塌在条条肋廓清晰可见的胸上，像被婴儿吮扁了的胶皮奶嘴。他忽然产生了一种本能的冲动，他想含住母亲那变成黑色了的乳头，从母亲的乳房中再吸吮到什么，无论是奶汁还是别的什么。

他一下子扑在母亲身上,紧紧抱住了母亲的身体,从心底里叫出了两个字:"妈妈!"

过了许久许久,哥哥才轻轻将他从母亲身上拽起。

给母亲换好衣服后,哥哥跪在炕上给母亲磕了三个头,他也跪在炕上给母亲磕头。磕了多少,自己也不清楚。

兄弟俩将母亲用家中最好的一床被子包住,放在一辆手推车上,推着经过半个城市,推到了远在市郊的火葬场……

不久,哥哥拿起了那被父亲敲过的油光的木梆。这是经过哥哥请求,区民政局批准才获得的权利。哥哥挑起了养活自己也养活弟弟的担子。

一天早晨,哥哥没按时醒。弟弟却醒了,悄悄爬起,悄悄穿好衣服,悄悄溜出了家门。

他要替哥哥赶一次脏水车。

那匹老马刚拐进一条小胡同,一蹄踏在冰上,猝然跪倒。

沉重的车辕压断了他的一条腿。

不负责任的医生,将他的断腿接得过于草率。石膏拆掉后,他成了一个"颠脚"。

又过了不久,哥哥不得不撇下他到北大荒去了。

他从哥哥手里接过了木梆,每天清晨颠着一只脚,敲着梆子,一步一倾地跟随在拉脏水车的老马旁。

每天夜晚,当他熄了灯,孤独地躺在炕上后,想到自己将可能一生都成为那辆脏水车的一部分,他就对人生陷入了绝望。

他开始抽烟了。

二十四元的工资,一半吃到了胃里,一半吸到了肺里。

每次将脏水车赶近下水道总口,他都要蹦到车辕上半坐着,一手紧紧扳住车闸。那是一段很陡的下坡路。冬天,路面的雪被一天往返两次的脏水车轮碾压得很实很滑。路尽头有一排七倒八歪的木栅,越过木栅是十几米高的石垒的断壁。脏水车在木栅前调转,脏水就从那里像瀑布般泻下,与全市下水道的脏水汇在一起,形成一条污秽的浊流,缓缓地淌向远处。脏水结成的黑色的、浑黄的、深褐的或浅紫色的冰,相间相衬地悬挂在石垒的断壁上,如同人工合成的水乳石。

一天,当他又像往常一样蹦上了车辕,控制着脏水车向下滑时,他心里骤然萌生了一个念头,要与脏水车与那匹苟延残喘而又不堪重负的老马一块儿报销。

他放开了紧扳车闸的那只手,闭上了眼睛。他觉得自己好像坐在一辆雪橇上,耳畔风声呼呼……

完全是人的希望生存的本能拯救了他。他猛地睁开眼睛,俯下身去扳车闸,却一头从车辕上栽了下去。

他抬头看见了脏水车怎样疾速地推着那匹老马,撞断木栅,从他眼中隐去了,他也听到了一种破碎的声音……

他站起来,一步步走到了木栅前,但见车箱已摔为几片铁皮,浊流中露出半个马头和一条马腿……

他自己制造的这场惨剧,使他失业了。

于是某些街道干部们觉得有义不容辞的职责动员他"上山下乡"。

他说:"我算病残青年你们不知道吗?"

他们回答:"贫下中农照样会欢迎你的!你如果都'上山下乡'了,对那些泡在城市的青年不是更能起带头作用吗?"

他拒绝起这种带头作用。他并不怕艰苦,只想要与什么东西对抗。他能够对抗的唯"上山下乡"运动而已。

城市,你还记得当年那个闻名全市,绰号"半导体"的颠足青年吗?"半导体"不广播革命歌曲也不广播"最高指示","它"只充满血腥地传布斗殴新闻。"它"对那些以争雄斗狠为常事的流氓,具有不可轻视的威胁性。在一般青年中,"它"是传奇式的可畏的一方悍霸;在普通市民中,"它"造成恐惧。

这颠足的青年,在那个动乱的年代中,终于自以为寻找到了体现自己尊严和回击别人欺辱的方式——暴力手段。

他用一株小榆树制作了一根手杖,不是为了助行,而是当成武器。与人打架时,出其不意地倒挥起手杖,钩住对手的脖子,猛力将对手钩倒,然后用手杖痛打。

他不怕死。不怕打死对手,不怕被对手打死。他是个亡命徒。只有每个月收到哥哥从北大荒寄来的汇款单那一天,理智和人性才归复,像鸟儿归巢。但归复是短暂的。有时延续一整天或几天,有时仅仅是片刻的忏悔,瞬间的灵魂不安,又会被新的挑衅和报复的欲念所燃烧。他所进行的种种挑衅和报复,体现着对生活本身、对整个社会的盲目的挑衅与报复。他在种种挑衅和报复之中,获得心理上精神上的快感,获得超乎正常人的非正常的病态体验。他像一颗火药充足但无定时器的炸弹,随时预备自我爆炸,同时炸死他人。

在哥哥每年探家的日子里,他才是安宁的、温良的、本分的。判若两人。甚至不出门,整日待在家里,变着样给哥哥做好吃的。并且预先警告他的兄弟伙,在那些日子里,不论发生什么事,都不许登门去找他。邻居们惧怕他,谁也不愿多事向他的哥哥讲他什么。

有一年哥哥回家探亲,他却被押在监狱里。

哥哥带着母亲的骨灰盒去探监。

隔着铁栏,哥哥给他跪下了,举着母亲的骨灰盒,盯着他,对他说:"咱们老郭家,在城市里的人,只有你一个了。谁提到了你,就是提到了咱们老郭家。难道父亲给咱们家造成的耻辱你还嫌不够吗? 你今天对着我,也对着死去的母亲发誓,出狱后要改邪归正! 否则,我以后永远不再回到城市里来了……"

望着哥哥,他耳边仿佛又听到了木梆声,又听到了纺车转动的嗡嗡声……

跪着的哥哥,脸上没有苦口婆心的表情,没有哀哀劝导的神情,没有乞求,没有愤怒,没有悲伤。甚至,也没有希望。任何一种表情都没有,一张"空白"的脸。

他完全看得出来,哥哥心里是有准备不再回到这座城市里来了。

一阵痉挛滚过他的心头。

他说:"我什么誓也不发,你两年后再回来一次吧!……"

出狱后,他跟兄弟们绝交了。他放弃了一方"首领"的地位。他知道为此他将可能付出什么样的代价——也许是以生命为代价,偿还那些结下的仇恨。他将手杖剁为三截,烧了。他受到了数次报复。每一次都被打得很惨,身上处处是伤。有次被一刀捅进腹部,切断了小肠。路人将他送进医院,他这条命才活了下来……

这个昔日可怕的报复者,在被冷酷无情甚而欲置之死地的报复中,重新赎回了他自己。

……

今天,他又要实行报复了。

他终于停止磨那把尖刀,用手指拭了拭刀锋,自信它可以毫不费力地捅入人身体的任何部位,才插入刀鞘,别在腰间。之后,他坐在沙发上抽烟。边抽,边环视着屋内。

所有家具,都是他为哥哥做的。由于他在狱中表现较好,出狱后被介绍到家具厂去当临时工,学成了一个出色的木匠,转正了。虽然是最后一批,单独一个,但意味着人们承认他的确是改邪归正了。

生活却依然是孤独的,灵魂却依然是寂寞的,精神却依然是空虚的。内心里摈除了进行报复和提防被报复的刺激,反而更容易骚动了。

他害怕孤独,害怕寂寞,害怕空虚。更准确地说,他害怕孤独、寂寞、空虚,会像三条毒蛇,有一天又将他逼回到兄弟伙之间。他无法熬受每天下班后回到家中,睡觉前没个人说话那段时间,连他的梦境都是孤独的寂寞的空虚的。他是那么地需要与人交谈,那么需要向人倾诉,那么的需要有人对他表示,他活在这个世界上,对那个人是很重要的。

他终于明白,他所需要所渴望的这一切,都能够用两个字包括:哥哥。

他是在思念自己的哥哥。

他要自己的哥哥在自己的生活中!他要每天都看到他唯一的最亲的人!

只有哥哥才是在他感到活得太累了的情况之下,能够随时让他依靠一会儿的人。

他发誓,要与这个社会再进行一次非暴力的较量。要在社会的强大控制下将哥哥争夺到自己身边来。要给哥哥弄到一张城市户口卡。

那一张硬纸片,当时在城市不公开的浮动的价码,是一千五百元至两千元,或许更高些。

那是不在市场进行的买卖。

他开始为各种各样的人做家具,做各种各样的家具。那都是些可能与一张硬纸片有直接或间接关系的人。他每天下班后,胡乱吃点东西,就又开始比在厂里还紧张的劳作。天天干到后半夜。究竟做了多少家具,自己也记不清,但完全可以摆满一个大家具商店是毫无疑问的。大立柜、高低柜、酒柜、床头柜、单人床、双人床、梳妆台、写字台、沙发、茶几、圆桌、方桌、八仙桌、高椅、矮椅、太师椅……从大到小,什么他没做过?

那个区"知青办"专管往病返申请书上盖章的贪得无厌的家伙,费尽心机才被他钓上钩。他首先暗暗打听到那家伙的姓名,然后伺守在"知青办"门口,注意每一个上下班的人,按照别人对他描述的特征,单方面地认识了那张似乎是个正人君子的故作庄重的脸。他曾听人讲过,起码有一个班的下了乡的姑娘,为了在她们的"病返申请书"盖上掌握在这人手中的那颗图章,为这个人而"献身"。

这人是一个掠夺美丽的"海盗"。

容貌不美丽而又确实有病不适应在农村"脱胎换骨"的姑娘,在他那里是不会获得任何同情的。这人不怜悯眼泪,而对容貌美丽的下了乡的姑娘,只要被他看上,就绝不会轻易放过。掌握在他手中的那颗图章,对她们是诱惑力无比的。落入他猎套的姑娘,犹如贪吃的猩猩寻找到的甜蜜的果子。

然而他却没有被一个姑娘控告过。

因为某个姑娘一旦对他进行控告,那么她返城的希望将会永远落空,她付出的将会白白付出。而且意味着她失去的将不仅仅是贞操和名誉。

企图"偷渡"者是没有勇气控告"海盗"船的大副的。

在那个动乱的年代里,"美丽"可悲地成为贬值的通货。它能够交易到的最合算的东西是一张"船"票!

家具厂的颠足的青年木匠,在区"知青办"马路对面的人行道上第一次看到那家伙时,真恨不得奔过马路去,直奔到那家伙跟前,对那家伙大声说:"为了姑娘们!……"然后用尖刀在那家伙脸上画个十字。

但是他已许久身上不带尖刀一类的凶器了。即使带了,他也不会那么做。他必须与那家伙结识,他得利用掌握在那家伙手中的那颗图章。为了哥哥,也为他自己。

他用三个早晨的时间学会了骑自行车。在第四天的傍晚,当那家伙下了班走出"知青办"不远,正欲跨过马路时,他骑着自行车将那家伙撞倒了。

那家伙被撞得不算特别重,但也不算轻。他分寸把握得恰到好处,结果令他颇觉满意。

那家伙从路上爬起后,先是大骂了他一通,接着抓住他的车把不放,装出昏眩欲倒的脑震荡的症状……

这正中他下怀。

一幕动乱年代的卓别林风格的小小喜剧就这样开始。

他惶恐不安地拦了一辆汽车,将那家伙送到了医院。

那家伙非要住院不可,这也正中他下怀,他不逃过失地留下了自己的工作证。

重要"情节"发展自然,增强了他对"结尾"的信心。

第二天他拎着很可观的诸样食品去看望。

第三天如此。

第四天如此。

第五天如此。

次次诚惶诚恐,好像契诃夫笔下那个不幸往将军靴子上啐了口痰的小官吏。

第六天医生强迫"脑震荡"患者出院了。

他租了一辆小汽车,陪送回家。

隔几天,他登门探望。依然是诚惶诚恐,依然拎着很可观的诸样食品。

他像个食品推销员似的,接连不断地往对方家里送食品。木匠手艺就是印钱的机器。

好吃的东西也能治疗"脑震荡后遗症"。

对方的老婆开始对他表示微小的欢迎,对方也不再很明显地厌恶他了。

条件成熟了。

于是有一次,在对方的家里,他环视着他们的家具,用批判的口吻说:"你们家住的房子不错,可惜家具都太老太旧了。"

于是从那天起,一下班,他就买了面包边吃边匆匆往对方家走。

他用最细致的手艺和当时最新颖的样式淘汰了他们家一半的旧家具后,开门见山地提出了他的请求。

"'病返'?……男的女的?……"

他明明说的是为自己的哥哥办理"病返",可对方却好像没听明白似的。

"我哥哥……"

"噢,哥哥……那么是男的啰……"

"男的……"

"哎呀,这事不容易呀! 如今想走'病返'这条路回城的知青太多了呀! ……"

"求求您啦! 今后我就是您家的木工,您什么时候需要我做什么,只要通知我一声,我一定来……"

"这……有了什么机会再说吧! "

"您可千万要记在心上啊! "

怀着莫大的希望,他使他们家的家具全部焕然一新。

以后他又开始给他们的至爱亲朋做各种各样的家具。

当他第二次试探着问及哥哥"病返"的事时,对方搪塞地回答:"我那颗章子,不能随随便便地盖呀! 有个原则问题……"

"您是不想帮忙了?"

"以后再谈好不好? 你可答应我这个大衣柜半月内就做成的呀! ……"

一天,他信步走入一家委托商店,不由得呆住了——他做的好几件家具都摆在那里,标以最高价格……

第二天,他拎着一个纸盒子,出现在对方的办公室。

"你怎么可以到这里来找我? ……"对方有些恼怒。

见办公室没有旁人,他插上了门,将纸盒子小心翼翼地放在办公桌上,神秘地说:"我给您带来些好东西。"

"你怎么可以……为什么不送到我家去?"对方动心地盯住纸盒子。

他不露声色地打开了纸盒盖,里面是一堆血淋淋的东西。

"什么? ……"对方恐惧地后退一步。

"猪心、猪肝、猪肺、猪肚儿、猪腰子、猪舌头、猪耳朵、猪……"

"岂有此理,我从来不吃这些让人恶心的东西! "

"比你还让人恶心吗?"

"你! ……"

"听明白了,我今天要你在这份'病返'申请书上盖章! 如果你不盖,三天之内,我就拎着这个盒子到你家去,送给你老婆,里面装的可不是猪下水了,而是人下水,你的! 我说到做到! 你逃不出我的手心!……"

"……"

"盖章!"他说着从兜里掏出"病返"申请书放在办公桌上。

"你……真是疯了! 你竟敢威胁我……"对方一步跨到桌前,伸手去抓电话。

对方的手抓住了电话听筒,他的一只手也有力地抓住了对方那只手,嘲笑地说:"要往公安局挂电话? 〇九七〇六,这个号码我比你熟悉,要不要我替你拨?……"

对方木然地瞪着他,仿佛被什么超然的力量定住似的,一动也动不了。

"公安局的人大概不会来那么快吧? 在他们到来之前,我想我早已把你肚子里那些肮脏的东西装在这纸盒里了! 干这个我是快手,就用这把刀……"

他从腰间拔出了一柄尖刀,冷笑着抛了一下,接住后,用刀尖在对方腹部郑重其事地比画起来。

他当时太想来真的了!

"别……"对方的脸都变白了。

"盖章!"他低吼一声。

"你……放开我的手……"对方哀求着。

他缓缓地放开了对方那只手。

对方立刻慌乱地拉开抽屉,拿起图章,往印盒里按了一下,在"病返"申请书上盖了一个血红的章印。

他拿起那张纸,很有耐心地等章印干了后,才折起来揣进衣兜。

对方的手还握着那颗图章。

在对方仍发呆的状态下,他用刀尖在对方那富态女人一般的胖胖的手背上划了一下。

那只皮肤保养得很嫩的手背上立刻出现了一道血线,紧接着血流不止。

图章掉在桌子上。

他平静地说:"往印盒里滴。你盖的这印章不太清楚啊!"

"我重盖,我重盖……"对方用带哭腔的语调说,另一只手捂住了出血的那只手。

"往印盒里滴!"

对方一哆嗦,赶紧照办。

他收起刀子,将纸盒盖上,又说:"带回去让你老婆做了尝尝吧,猪下水并不那么令人恶心。"说罢,不慌不忙地朝外走。

他走到门前站住了,转回身,警告对方:"今天这件事要是被第三个人知道了,我饶不了你!"说罢,打开门锁,推门悠然而去。

门外长凳上坐着三个姑娘,其中一个姑娘不无吸引人之处。

他不禁看了那姑娘一眼,心中对她比对另外那两个不好看的姑娘充满了更多的同情……

至少可以体面地布置二十个家庭的做工精细的家具,终于换到手了一张返城卡。

分离多年的兄弟俩终于重新生活在同一个屋顶下了。

那一段日子,虽然也有无尽的忧愁和烦恼,但他还是感到内心充实了许多,生活像是增添了依靠和希望……

当哥哥将打算结婚的想法告诉了他之后,他是多么高兴啊!为哥哥高兴,也为他自己高兴。

他就要有个嫂子了!家中就要有个女人了!女人,女人,没有一个女人,任何一个家庭,都不是完整的家庭!人类是首先创造了"女人"两个字之后,才想到同时应该创造"家庭"两个字的!女人,对男人们来说,意味着温暖、柔情、抚慰、欢乐和幸福。世界上从来就没有过男人的幸福,而只有女人们带给男人们,并为他们不断设计、不断完善、不断增加、不断美化的幸福。他和弟弟都早已经到了不但被别人视为、也被他们自己意识到是一个"男人"的年龄了!

有一个嫂子,对他来说是非常值得欢悦的事。

当他第一次见到那个将成为他嫂子的姑娘时,他真替哥哥对生活充满了感激。

她清秀,短发乌黑,齐整地梳向耳后,使她那张显示出柔和棱角的、典型的北方姑娘的脸,无遮无掩地明朗地展现人前。这张脸略有些消瘦,带着病容倦色。她看去很文静,文静中流露出心底的温良。她那凝睇的双眼和沉郁的眉宇间笼罩着一缕愁云。不过并不损害她的形象,反而使他这位未来的嫂子在他心目中愈加美了。他第一次见到她时,便对她产生了一种亲近感,一种敬爱。

当她第二次来到他家里,为哥哥洗衣服时,忽而抬头看了他一眼,低声对他说:"弟弟,把你的脏衣服也拿来让我一块儿洗了吧!"

由一个年长自己三岁的姑娘口中对自己叫出"弟弟"两个字,使他内心里油然萌生一阵感动。生平第一次有一个女性称他"弟弟"啊!他觉得自己以后不但会有了一位贤淑的好嫂子,还会同时有了一位亦可亲亦可敬的姐姐。这双重的特殊情感的获得,使他后怕地想起了当年自己制造的那场惨剧——幸亏没和那辆脏水车、那匹老马一齐摔下断壁,没入污流。否则这一切幸福的感受怎能体验到?

他怀着无比快乐的心情和哥哥一块修房子,为哥哥嫂子打家具。房子虽小,虽矮,虽缺少光线,但家具是一定要精工细做的。哥哥嫂子的家具,应是最新式最考究的,应是他亲手所做。这是他的意愿。还有那副对联,是他央人为哥哥嫂子写的……

然而昨天,那三个不速之客的突然出现,像复仇三女神蓄谋降临,将哥哥婚礼的喜庆气氛一扫而光,将他已用想象勾勒出了轮廓的一幅非常美好非常和谐的生活图画撕毁了。他仇恨而幻灭地预感到,她——那个他见第一面时就产生了亲近感与敬爱的姑娘，那个叫他一声弟弟就令他内心里产生一阵激动的姑娘，将不再可能成为哥哥的妻子，不再可能成为他的嫂子。在这院子里烧毁的花圈，难道还不足以宣告，没有结束的婚礼不过是一场戏么！

他们追悼什么呢？

一个人不必有很复杂的头脑也会得出判断，她和那三个不速之客间，肯定有某种不可告人的，甚至包含着丑恶因素的关系。这种推断彻底捣毁了她在他心目中已经占有已经巩固的重要地位，使他对她产生了如同对他们一样的仇恨。在花圈带来的无法洗刷的耻辱之上，还要涂一层鲜血造成的惊人色彩！他郭立伟忍受了这个，还有何脸面出入家门？还有何脸面走在这一条胡同中？

他要为自己也为哥哥雪耻。

他昨天跟踪过那三个返城知青，记牢了那个"黄大衣"家的街道和门牌号。

他掐灭了烟，从沙发上站起身，朝门后瞥了一眼——他的手杖从前一向挂在那里，如今墙上只有悬挂过它的钉子还在。

他走到门口，复又站住，转身用一种眷恋的目光打量这小小的失去了真正意义的新房。每一件家具都对他进行着缄默的讽刺。他不能够理解自己的哥哥为什么还要在医院中守着她彻夜不归。她步入他们兄弟俩的生活，不过像一颗有毒的果子掉落在孩子的衣兜里。他心中产生了一个决斗者离家时那种又是刚勇又是苍凉的情绪。或者是他的血溅到那个人身上，或者是那个人的血溅到他自己身上，总之刚才他磨过的匕首要饮血。两种可能，一种结果——他今天不会再回到这个家里了。也许，永远不会再回来了。

难道他当年没与那匹拉脏水车的老马一同摔死，就是为了再蒙受一次奇耻大辱，再进行一次血腥的复仇么？

他几乎要落下泪来。

人的命是很厉害的。他想：我逃脱不了它的摆布，但我可以和它同归于尽！

他猛转身迈出了家门……

他挤上了一辆公共汽车，人很多，彼此紧靠。

一个与他贴身站在前边的女人扭过头，尖声嚷："你怀里揣的什么呀？顶在我腰上！"

"刀！"他瞪着她，恶狠狠地回答。

她哆嗦了一下，胆战心惊地将头转回去，再也没扭过来一次。紧贴着他的肥胖的后背，停止了挤动，变得像块牢牢立着的面板似的。

但周围的几个人却向他转过了脑袋。他的话产生一种效果，他的表情加强了这种效果，他周围一阵胆怯的安静。

下车时，售票员伸着一条胳膊拦他："票……"

他仿佛没听明白，瞪着售票员。

售票员见他那充满杀机的神色，也像那个女人似的哆嗦了一下，立刻缩回手臂。

光明街十七号——他牢牢记在心里的住址。他跨过马路，拐过一个楼角，朝这住址走去。

他在铁道旁的一间小泥房前站住了。

这一带的房子，都很矮很破，离铁道很近，可以说就在路基下。垫枕木的碎石块儿，滚到了每一家每一户的院门前。这是一条不成其为街道的街道，土坯的，木条的，锈铁片对付着围成的小院，仿佛在象征性地保护着那些破屋矮房。

他斜靠着小泥房的土坯围墙，背风划了一根火柴，吸起烟来。他一手夹烟，一手插在袄兜里。带鞘的匕首五寸长，他将露出在兜外的匕首把掩藏在袖子里，一秒钟内他就可以刀出鞘。

小院里的屋门开了一次，从屋内传出一阵响亮的婴儿的啼哭。屋门顷刻关上，婴儿的啼哭被切断了。有什么人在院里劈柴。劈几下，喘息一阵；喘息一阵，又劈几下。

一个背着书包的少女突然出现在他面前，奇怪地问："你找谁呀？"

他看了她一眼，没有回答。

那少女疑惑地打量着他，推开小院的门，走了进去。

"妈，咱家院门外站着一个人，我问他找谁，他不说话，可还守在那儿不走。"

"找你哥的吧？"一个老太太的声音。

"谁知道！不进屋就让他在那儿等着好了……"屋门又开了一次，显然那少女进屋去了。

"这丫头……"老太太嘟哝着。吱呀，慢慢推开院门，问他："你可是找我们志松？"

他一时不知如何回答。

"那是找别人？这一片的人家没有我不熟悉的，你若找不着哇，只要有个姓名，我领你去。"

"我就是找你儿子的！"他本想暂时离开，可竟脱口说出了这句话。说了他也并不后悔。他想：明人不做暗事。

"那还不快进屋？大冷的天，别在外边冻着啊！"老太太没听出他的口气不对头，往小院里推他。

他身不由己地被推进了院子。老太太一边拍打他身上靠的土，一边继续往屋里推他。

那少女从屋里走出来，瞥了他一眼，抿着嘴一笑，蹲下身去，从地上拿起斧子，接替她的母亲劈柴。

他又身不由己地被老太太推进了屋里。

屋内光线很暗。他刚一迈进屋时，不能适应光线的反差，只觉得眼前黑咕隆咚，什么也看不见。他一动也不敢动地站在门口，怕撞在家具上，老太太却抓住他一只手往前拉他。

双眼很快适应了屋里的光线。厨房和正屋子之间没有门，只有门框。

破旧的门帘撩在门旁。屋里有扇窗,却不知为什么用碎砖砌上了,还没有抹上墙泥。屋顶开了一个天窗。天窗被外面的阳光所照,厚厚的窗霜正在溶化,往下滴水。天窗四周吊着几个罐头瓶接水。瓶中所接的水或多或少,水珠滴在瓶内,那声音也就不无区别,奏着单调的音乐。

几分钟之前,他,这个专执一念的复仇者,是绝没有想到,自己居然会迈入这个人家的门槛的。但是这会儿,他鬼使神差地成了"客人"。

"他妈的这么个老太太……"他对自己有点恼火,他神色冷峻地站着,右手仍插在衣兜里,更加谨慎地用衣袖掩藏着匕首。

"我们这个家呀,生人进屋哇,就像落在地窖似的!"老太太自言自语,用衣袖将唯一的一把椅子擦了一遍,对他说:"坐吧,孩子。"

椅面并没有灰尘。老太太不过是用那一分明习惯了的动作,表示待人接物的热情和诚意。

他不坐。他心中暗暗命令自己:"赶快离开!"

"坐呀!"老太太又对他说,并又用衣袖像刚才那样擦了一遍椅子,然后慈祥可亲地瞧着他。

"赶快离开!"他第二次命令自己。但他的意识却违反了理智,在老太太那种母亲般的目光的注视下,他身不由己地坐下了。

一切都是身不由己。

他不安地打量这间狭窄的屋子。家具很破旧,但摆得很齐整。他曾怀着各种复仇的动机,闯入过无数个家庭。他具有着一种特殊的心理反应,凡是跨进那些和他家的状况类同的人家,他心中就会自然而然地产生与这一家人的贴近感。他对生活的观察经验告诉他,谁家有女儿,谁家便干净清洁些。他不禁朝挂在墙上的那少女的书包看了一眼。她是初中生?还是高中生?他妈的什么人都幸运地有个姐姐或妹妹,生活太不公平了!

他这时才发现了床上的孩子。那孩子已将小被蹬开,两条小腿轮番向空中踢,咿咿有声地吮着指头,吮得有滋有味。一个大胖小子。

老太太絮絮叨叨地说:"那不,原是有扇窗子的,街道要盖一个公共厕所,盖得离哪家近了,哪家就闹事。后来就盖在咱们窗前了,那时候志松还没返城呢,家里就我和他妹妹。咱们老实啊,不敢像别人那么闹事,我和他妹就捡了些碎砖头,把窗砌了,街道上过意不去,给开了个天窗,还给了五十元钱。钱,咱们是没要,咱们又不是图的钱。不过想着有个公共厕所,街前街后,左邻右舍方便些……"一边说着,一边从小橱里端出盘瓜子放在桌上,又说:"嗑吧,这是过年那每人一份儿。志松早回来几天,还能多一份儿!"见他不去动,就抓了一把给他。

他只好用左手接过去。

"这小东西啊,一醒了就蹬啊踹啊的,没个消停的时候!"老太太又去给孩子盖小被。

"赶快离开!"他第三次命令自己。

老太太给孩子盖好小被,在炕沿上坐下,双手轻轻按住孩子的两腿,望着他,问:"你和我们志松一个连?……"看来她有不少话,想跟什么人唠叨。

"哦……是……"他哑声回答,觉得嗓子很干,直想逃。他往起站了一下。

"你怎么不嗑爪子呀,是和我们志松一批返城的?"

他不得已又坐了下去。总不能像个贼似的逃掉,得走得体面点。他这么想,便对老太太点了一下头。

"唉……"老太太长叹一声,愁容满面地说,"你们这些孩子啊,可真让当父母的操不完的心啊!你们在北大荒的时候,当父母的昼盼夜盼,盼着你们有一天能返城。这不,你们忽拉一下全回来了,一个个老大不小的,家里没住处,自己没个工作,待业到哪天是头哇?你们好几十万,城里一下子也没那么多现成的工作让你们干呀!听街道的干部们开会时讲,城里还有十多万待业的呢……"

那少女进屋了,打断老太太的话说:"妈你又叨咕,好像我哥返城了,倒给你添了愁根似的！"边说边俯下身去逗弄孩子。

"妈，您瞧他笑呢，他笑呢！你可真好玩啊！不许吮手，不许吮手，不许……"少女喜欢地想将孩子抱起来。

"哎呀烦死了！他又没哭，你抱他干什么！"老母亲推开女儿，望着他这位"客人"继续唠叨："愁不愁死！我们志松还抱回一个孩子，说是和他同连队一个知青的孩子，托他抚养的。他又不是个结了婚的女人，怎么就能代人抚养孩子呢！我听了就有点不相信。这孩子到底是怎么回事儿，我真是犯疑啊！可儿子大了，也不好追三问四的了……"

"妈！……"女儿制止母亲说下去。

"别管我！对你哥一个连队的人说，又不是对外人说。"老太太抬了一下手，那孩子又将小被蹬开。老太太连忙再给孩子盖好小被，仍旧用双手轻轻压住，望着他说："你大概准能知道点底细吧？要是知道，就明明白白地告诉大娘。无论这孩子是怎么回事儿，大娘都不会责怪志松的……我这当妈的，天天给这孩子喂奶喂水，洗屎布洗尿布，心里边却一片糊涂……我……我不好受哇……"老太太扭过脸去。

"妈，瞧您！……"女儿搂着母亲的肩膀，用自己的手去擦母亲脸上的眼泪。

老太太轻轻推着女儿："劈柴去，去！"

"斧头让木柴夹住了！"女儿小声说。

"我帮你拔出来！"他一下站起往外就走。

他走到院里，少女也跟到了院里。他往院外走，少女叫住了他："哎哎，你这个人可真是的！不帮我把斧头拔出来了？"

他犹豫一下，弯腰用双手握住斧柄，连同夹住斧头的那块木柴高高举起，狠狠砸下，几下便将那块木柴劈开了。他扔下斧子，直起了腰。

"看来劈柴你还挺行的呢！"少女对他大加夸奖，发现从他兜里掉到地上的匕首，捡起来欣赏了一会儿，奇怪地问："你身上带着它干什么？我哥哥也有一把，从北大荒带回来的，不过没有鞘。"

他默默从她手中拿过匕首,一言不发,转身便走。

"你的腿,是在北大荒受了伤?"少女低声问,跟在他身后送他。

他还是一言不发。

少女将他送出小院,依着院门又问他:"你叫什么名字啊?我哥哥回来后,要不要告诉他去找你?……"

他完全可以一言不发地就那么走掉了。但连他自己也说不清是为了什么,竟站住,回头望着她,说了这么一句:"不必告诉他,我会再来找他的……"

说罢,颠着脚步走了。

他刚刚拐过这条不成其为街的街口,迎面碰上了他要实行报复的人。

他们像棋盘上互相逼住的两个卒子。

他右手插入了衣兜。

"我想到你可能会来找我的。"王志松直视着他,"我听说过你从前大名鼎鼎的绰号。"

他心中的仇恨,刚才在他完全没有预料到的情况下,似乎被一个老太太唠唠叨叨的话和慈祥亲切的对待平息了许多,由于面对面地遇到王志松,又倏然增强起来。他插在衣兜里的右手紧紧握着匕首柄,踮着脚,一步步向对方走近。

王志松不动,直视着他,毫不畏怯地说:"离我家太近了。"

他站住了。一时不明白王志松这句话的意思。

"也许熟人看到,会跑到我家去告诉我母亲和我妹妹,她们会受到惊吓。"王志松镇定地解释。

孝子之心无论在任何时刻都具有打动人的力量。郭立伟的心弦像被谁的手指轻轻拨动了一下。对方的母亲刚刚还把他当作"客人",唠唠叨叨地跟他说了那么多不见外的话,他不能不考虑对方的话。

"我们到路基那边去!"他低吼了一声。

王志松朝路基望了一眼,点点头,转身踩着碎石蹬上了路基。

"是好样的你别溜!"他紧跟在王志松身后。

一个正常人的蹬坡速度毕竟比一个颠足者的蹬坡速度快得多。王志松听了他的话,等着他跟上来。

他们差不多并肩蹬上路基,同时跨过铁道,走下路基另一侧。

他脚下碎石滚动,差一点使他重重地跌倒。王志松伸出一只手,及时扶了他一下,他才没有滚下路基去。

当他们的双脚都接触到地面后,又开始互相盯视着,对峙着。

一阵长久的沉默。他握刀柄的手出汗了。

他无法忍耐这种沉默,终于爆发般地吼叫起来:"你他妈的动手哇!"

王志松的眉头耸了一下,说:"你打不过我,何况是你找到我头上要打架的。"

王志松的话刚说完,他便凶猛地扑了上来。

他们像在战场上殊死搏斗的敌人似的,立刻扭打在一起。打了半天,难解难分,谁都没占什么便宜。

王志松是在让着他。他完全可以将对方打倒在地,打得对方一时半会儿爬不起来。但他不愿那样。

如果我是他,我也肯定会像他一样,找到一个什么人头上打这一架——这种想法从一开始就盘绕在他头脑中,摆脱不开。他认为自己的报复无可指责,对方来向自己报复也无可指责,他和对方都是在履行什么。这种履行都不是目的,也不能称之为手段,一种行为而已,一种有血性的男人们必然的行动。昨天自己有理,今天对方有理,所以他不忍伤害对方。昨天对方的哥哥表现出甚至可以说是高贵的让步,今天他要向对方表现出同等的让步。

郭立伟一开始并不想动刀。而当他明白自己只靠拳头不可能击倒对方,想动刀的时候,刀早已掉落在雪地上了。对方却没有发现。

他又一次向对方扑去,碎石子被他蹬得滚动了一片,没遭到王志松还击,便绊倒了。他趁机从地上抓起匕首。

他嗖地将匕首拔出鞘,像头凶猛的獒犬似的,直朝王志松刺。

王志松机敏地闪过,顺势擒住了他的腕子,拼力一扭,匕首落地。

这个返城知青被激怒了。

他狠狠一拳朝复仇者当面打去,对方后退数步,还是站立不稳,倒下了。

对方刚欲爬起来,他跃到对方跟前,击出了更猛更狠的第二拳。

第三拳,第四拳,第五拳,第六拳……

他双拳左右开弓,如同一个拳击运动员,将对方的头当成了练拳的沙袋。

对方双手撑在雪地上,又作了一次挣扎,站不起来了。

对方的头慢慢抬起。王志松吃了一惊。

一张鲜血横流的脸!

王志松喘息着,面对自己双拳"创造"的"杰作",像一个孩子面对自己糊涂乱抹成的一幅可怕图画,目瞪口呆,对自己的恐惧超过了对鲜血的恐惧。

我怎么这样狠?!……

他的双拳依然紧握着,却开始不能控制地发抖了。

在那张鲜血横流的脸上,一双不甘屈服的眼睛一眨不眨地瞪着他。

他心间一阵悸颤。

"我不能被你杀死!……"他望着那张脸喊叫道,"我不能被你杀死!我死了,我母亲和我妹妹,还有那孩子,他们怎么办?!他们如何生活下去?!你这个混蛋!……"

那双眼睛仍旧那样地瞪着他。

"你不是要复仇吗?你他妈的捅我一刀吧!我可以站着不动,挨你一刀!但你不能杀死我!……"他继续喊叫,并转过了身去,"你这个混蛋!你他妈的捅啊!你复仇吧!你流了多少血,我用多少血还你!……"

他身后一点声息也没有。他想象着对方正悄悄爬起来,紧握那把匕首,向自己一步步走近。

他一动也未动。

"慢!……"他愤恨地高叫道,"你得让我把我要说的话说出来!那个和你哥哥结婚的姑娘,曾和我在北大荒相爱了整整四年!我的父亲是铁路上的一名扳道工,三年前被火车轧死了。我父亲的单位,为了照顾我们的家庭生活,替我办理了返城手续。可是我没返城,我让她顶替我的名义返城了。因为她当时得了严重的肝病,我怕她会病死在北大荒。离别的时候,我要求她等我三年。三年后,我仍无返城的希望,她可以与别人结婚。她答应了。我们彼此立下了誓言:三年内,谁背叛了我们的爱情,另一方,将在对方的婚礼上送去一架花圈,表明我们爱情的死亡,也是对背叛爱情的一方的惩罚!我为她留在北大荒!我心中只有她一个姑娘,我拒绝过三个姑娘真诚的求爱,我几乎天天做梦都在想她!别人嘲笑我,说我想她快得了精神病。我日日夜夜盼望着有一天能够返城,和她结婚,做一个无比爱自己妻子的丈夫。可是如今我返城了,她竟和你的哥哥结婚了!我们分别才两年多她就变了心!我恨她!……"

他胸膛里一股风暴在呼啸,他还有许多话要说,但他什么话也不想说了。

他期待着背后挨一刀。

却经久没感觉到什么。

"你他妈的捅吧!……"他忍耐不住,猛地转过了身。

对方已不知何时走掉了。

雪地上留下一行脚印,还有那把匕首。

一列载着圆木的火车驰过。

他从地上抓起匕首,发泄地朝火车抛去。匕首扎在圆木上,被火车带走了。

车头喷出的雾气,将他笼罩住……

第五章

七号病房四张床。她的床靠窗。

她对面,是一位老年妇女。斜对面,是一位二十三四岁的姑娘。姑娘对面,是市民政局的一位中年女干部。

那姑娘是七号病房的"三朝元老"。没有什么非住院医治不可的病,不过是将医院作为"避难所"——姑娘自己的说法。

"吵过架后,我就不去上班,住到医院里来了。我爸爸亲自坐小汽车陪我来的。医生在我的诊断书上写的是:情绪受刺激引起精神状态不佳,待观察。我爸爸认识那个医生。我们科长看到诊断书,吓坏了,怕我得精神病。我才不会得精神病呢!他拎着水果和罐头几次到医院来看我,当面向我赔礼道歉,向我爸爸作检讨。我一想,总得给他个台阶下呀,又住了几天,就出院了。出院不几天,工作就调动了。我对他说:'你早给我调工作,我也少住一次院啊!'……"

她一边剥橘子皮,一边洋洋得意地对三个同病房的人讲她的住院史。

她第二次住院,是因为烫了一次发,自觉发型不美,羞于见人,住到医院里来,等头发长些,发卷散些,可以另做发型再出院。医生在她的诊

158

断书上写的是：胃出血。当然还是她爸爸认识的那位医生的高明诊断。

这一次住院，是为了爱情。一个使她厌烦了的小伙子，仍苦苦地追求她。她便又躲避到医院里来了。

"哼，我对他已经腻味透了！他再不识时务，我就让我爸爸找公安局的人把他逮起来！不过我有点不忍心这么做就是了。我和他总算好过，他为我浪费过不少感情，我还是挺讲感情的……"她塞入口中一瓣橘子，作出一种媚态，自信那种样子很可爱很迷人。

护士每天按时给她送来小半杯橙黄色的药汤。不知是医治胃病的，还是滋补感情亏损的。

其实，她住在医院里，也不能够清心寡欲。每天都收到信，每天都寄出信。收到的信，连拆也不拆，就撕碎扔在纸篓里了。而寄出的信，都是每晚趴在床上，用被角掩挡着写的，怕同病房的人看到一个字。

"姑娘，你积点德，早几天出院吧！"那老年妇女，待她将橘子一瓣瓣吃完后，看着她慢声慢语地说。

"你这是什么意思？"姑娘挑起了眉。

"走廊里还躺着一个小学教员呢，就等你出院她才能住进病房啊！"

姑娘生气了，将手中的橘皮朝地上一摔，随后往病床上一躺，拖着腔调说："要积德你自己积德，你自己立刻出院啊！"

那位一向不多说话的民政局的女干部插言道："医院不是旅馆，这点儿常识你都不知道？"

姑娘腾地坐起，刚要反唇相讥，护士走进来，递给她一封信，揶揄道："娟娟，福音书来了，快祷告一番吧！"

姑娘一接信在手，便迫不及待地拆，看了片刻，笑逐颜开，瞥那老年妇女一眼，哼了一声，"啦啦啦，啦啦啦"地唱着飘出了病房。

一会儿，走廊里传来她打电话的声音："妈妈，我是娟娟呀，他到底给我回信啦！不是小李……我为彻底把他蹬了，才避到医院里来的嘛！是小孙……他到底放下架子，给我的回信可真……妈妈我太幸福太快乐了！……"接着一阵咯咯的笑声。

"竟有将女儿宠惯到这种地步的父母！"中年女干部自言自语,摇了摇头。

那老年妇女下了病床,砰的一声将门关上。

徐淑芳两眼呆呆地望着屋顶,嫉妒地想:我要是也能有个地方可以随时躲避命运该多好哇!

那姑娘回到病房,甩掉拖鞋,钻进被子,从床头柜里又拿出个橘子,一边剥一边重看那封给她带来幸福和快乐的厚厚的信。

"我们邻居一个当爸的,儿子返城了,心里高兴,就多喝了几盅酒,结果呢,脑出血死了,这才叫乐极生悲呢!"老年妇女似乎没话找话地对女干部说。

女干部无言一笑。

"你说谁乐极生悲?!"姑娘将被子猛一掀,坐起在床上,怒视老年妇女。

"姑娘,我也没说你呀!我这不是没话说,觉着怪闷的,想找个什么话题说嘛!再说那是真事儿,也不是我胡乱编排的,拐弯抹角挖苦人,我没那本事!……"老年妇女慢言慢语地解释,显然的确不是在挖苦那姑娘。

"你就是说的我!你当我听不出来啊!"姑娘看样子非要大吵一架不可了。

"你呀姑娘,让你到农村去插几年队,到北大荒去呆上八年十年的,你就不会没病装病,也不会像现在这样蛮不讲理了!"老年妇女仍旧慢言慢语地说。

"哼,再搞十次'上山下乡'运动也轮不到我头上。我命好!你白咒我!"姑娘冷笑。

"不是你命好,是你有个好爸爸!"女干部尖刻地讽刺。

徐淑芳闭上了眼睛。

这病房,有了这姑娘,没了平静。

她真是一天也不愿在这种环境里待下去了。

那姑娘的每一句话,每一动作,每一姿态,每一表情乃至每一眼神,都使她无法忍受。就像一个人无法忍受一只扑扑棱棱的蛾子。

她太需要安宁了。不是为了思考或回忆,她什么都不愿思考,什么都不愿回忆。她需要安宁,需要绝对的安宁,乃是企图在安宁之中忘记自己的存在,将麻痹的心灵销蚀在时间里。

那姑娘听了女干部的话,矛头一转,语势压人地说:"别自找没趣啊! 我看你大小是个干部,才敬你三分;你要是再跟我过不去,可别怪我骂你!"

女干部淡淡地说:"老百姓的街谈巷议,你应该汇报给你那位好爸爸听听。"

"你?! ……"一块橘子皮飞来,没打着女干部,打在窗子上,落到徐淑芳脸旁。

她没睁开眼睛。

她闻到了一股清馥的橘香。

几年没吃过橘子了? 八年了? 还是九年了? 她几乎已经忘了世上还有橘子这种好吃的东西……

她深深吸一口气。

护士推开门,站在病房门口,大声说:"主任医生来查房了!"

主任医生,一位戴眼镜的、半秃顶的、五十多岁的瘦小男人,迈着很稳健的步子走入病房,首先在老年妇女的病床前站住,问:"感觉病情好转些了吗?"

"好多了,好多了呀,大夫,让我出院吧!"她请求地说。

"出院? 那可不行。您老至少还得再住半个月。"主任医生将病历夹朝身后一背,不容商量地回答。

"哎呀呀我的好大夫,半个月我可再住不起了啊! 小儿子待业整整三年了,连个临时工作也找不到,大儿子又返城了,也待业。俩儿子都整天满市奔走拉小套呢! 再说,我又不享受公费医疗,俩儿子还挺有孝心的,隔三天五日的总要买点东西来看我,他们靠拉小套才能挣几个钱呀? 我都六十多岁了,治好了病又能再活几年? 大夫你就让我出院吧! ……"

主任医生有耐性地听着,直至她闭上了嘴,忧愁地望着他不再说什么,才回答:"有病就得治啊! 您老别操那么多心了。我的两个女儿,也刚返城,也在待业…… '面包会有的,牛奶会有的,一切都会有的……'"

"还面包牛奶呢,那不到了共产主义了? 我还能活到那时候哇……"老人撇了一下嘴,嘟哝着朝墙壁转过身去。

主任医生对护士说:"病房里空气不好,打开风窗。"望着女干部,又说,"你明天可以出院了。"

她点了一下头。

"刚才这位大娘的话,你都听到了吧? 你们民政局不能救济一下吗?"

徐淑芳立刻睁开了眼睛。

"这……"她沉吟片刻,没把握地说,"像这种情况,全市多极了。比她更困难的情况,我们也了解到不少,可是国家每年批给我们民政局的钱很有限……这是一个社会问题。"

"民政局不就是为了解决这一方面的社会问题而存在的吗?"

"当然……不过……我替这位大娘向局里负责这方面工作的同志说说话吧……"

"我替这位大娘谢谢你。"主任医生严肃地说。

老年妇女缓缓翻过身,望着主任医生说:"大夫,您可真是好人啊!"又望着女干部说,"您也是好人,您们俩都是好人!"

徐淑芳真想也对女干部提出希望民政局"救济"自己一下的请求,但是她的自尊心将这一念头按倒了。她又闭上了眼睛。

主任医生和民政局的女干部相视微微一笑。

主任医生转身瞧着那姑娘,问:“你叫郝娟娟?”

她故作出非常天真非常可爱的模样,眨了一下眼睛,“嗯”了一声,用手心托着一个剥去了皮的橘子递给主任医生:“医生您吃个橘子吧!”

“我从来不吃病人的东西。”主任医生冷淡地说。

“怕传染上病?我可没病,一点病也没有。”她妩媚地笑着,想博得好感。

“你没病住到医院里干什么?”秃顶的主任医生看来对姑娘的妩媚微笑并不欣赏,板着脸说,“你立刻收拾东西,立刻出院,我给你十分钟的时间。”随即对站在身旁的护士吩咐道,“十分钟后,你将走廊里那个小学教员安排在这张床位。”说罢,不再理那姑娘,走到了徐淑芳的病床前。

“伸出手。”他说。

她从被子底下伸出了一只手。不睁眼。

“我要你伸出的是另一只手。”

她将另一只手伸出来,同时将脸转向墙壁。

“转过脸来,睁开眼睛。”

她不得不转过了脸,睁开了眼睛。

医生拿起她的手,看了一会儿,轻轻放下,说:“十分钟后你也出院。”

“医生!”她用凄凉的目光望着医生,哀求道,“医生,我求求您,再允许我住几天吧!”

“不行!医院不是巴黎圣母院。在情场上失去的,还是回到情场上去找回来吧!”主任医生说罢,看了那正在噘着嘴收拾东西的姑娘一眼,朝门外走去。

她明白,在他眼里,她和那姑娘是同属一类了,甚至可能比那姑娘还荒唐。

他在门口站住,半转身体望着她,又说:“自杀不是游戏。割手腕更不是自杀的好方式。我希望你另一只手腕上,别再留下同样的伤疤。”

病房里一阵沉寂。

她屈辱地闭上了眼睛。

"十分钟,我只能再躺在这张病床上十分钟了!离开这病房,我到哪里去?……"

十分钟……还不够考虑这个问题的时间。

命运对它厌弃的人从两个方面进行摆布。社会的沉重十字架加上畸形家庭的铁链。如同浣熊摆布一条鱼。鱼儿即使不死,也定会遍体鳞伤。

她的父亲是出版社的一名普通编辑。她的母亲在她十五岁时病故了。中年的父亲第二次结婚,给女儿的生活带来一位继母和一个异姓的妹妹。继母虽然心地狭隘,性情乖戾,但碍着父亲的关系,也由于她对继母的恭敬和时时处处的谨慎,这个第二次组合的家庭,还能维系着一种不冷不热的气氛。但是在她返城之后不久,父亲去世了。于是笼罩在这个家庭中的那层薄薄的虚假面纱,因父亲的去世而被撕破了。

父亲的死是荒谬的。

出版社编辑部的全体人员在三楼小会议室开会,听"工宣队"负责人传达中央首长关于"反击右倾翻案风"的"重要指示"。会后"工宣队"负责人叫他单独留一下,说要跟他进行谈话。

他就留在了会议室。

"工宣队"负责人却跟开会的人们一块儿离开了,一个半小时内没有再回到会议室来。这位领导上层建筑的工人阶级的代表十分健忘,接了两次电话就将留在会议室的父亲彻底忘掉了。

他就从窗口跳出去了。

他留在会议室一页纸,纸上写着这样几行字:"我反省了一个半小时不知自己有何错误。如果我确犯了什么严重政治错误,希望不要使我的家人受到牵连。"

而"工宣队"负责人谈话的目的,却是要动员他承担起编辑室的领导工作……

许多人替父亲感到遗憾。

只有她一个人在难过之余,想到父亲的死是多么荒谬。

继母因父亲的死,对父亲怀着深深的怨恨。

"这个死鬼!他生来就没那当头头的命,他把我们母女俩坑得好苦哇!"继母一边哇哇大哭,一边拍打着双膝号出类似的话。

继母认为,父亲既死,这个家就从此只剩下了两口人,而不是三口人。

她每天都数次出现在街道待业青年办公室,两个月后也没有被分配到一个工作的机会。她极可悲地落入了"吃闲饭"的人的境地。而继母在父亲死的当天,其实已经哭号着向她宣布,她从这个家庭被"开除"了。

比她小两岁的妹妹,是因为她当年按照"二比一"的政策主动报名到北大荒去,才得以留在城市,分配了工作。但妹妹并不对她怀有半点感激之情。妹妹认为她到北大荒去是她的命,自己留城了是自己的命。她并不希望妹妹感激她,只要妹妹能够给予她一点姐妹之间的暖色,便心满意足了。暖色是没有的。继母脸上没有,妹妹脸上也没有。不是亲人的"亲人",比一般人还难以相处。

她并不诅咒她们。只觉得对不住她们。

妹妹是二级工,每月三十八元的工资,要养三口之家,的确太难为妹妹了。妹妹已经与男朋友相处三年多了,因为双方都没钱,结不成婚。

有天晚上,熄灯之后,睡在吊铺上的她,听到继母和妹妹悄声说话:

"妈,我怀孕了。"

"别胡说八道!"

"真的。"

"……"

"已经好几个月了……没别的办法了,我只能赶快和他结婚了……"

"结婚?你们一没房子二没钱,在大马路上结婚呀!……"继母的话声提高了。

"房子,他倒是能想办法租到一小间,只是钱……"

"别说了!钱、钱、钱!你跟我提钱字有什么用?你挣那点钱,除了养活你妈,还不够别人吃闲饭的呢!我是你妈,我花你的吃你的应该!谁白吃你,你跟谁要钱去!……"继母高声叫嚷起来,似乎非常希望她会羞愧难当,一头从吊铺上栽下来摔死。

妹妹呜呜地哭了。

妹妹的哭声,使她产生无比的怜悯,将继母那番刻毒的话对她的心灵造成的伤害抵消了许多。

她整夜失眠。

第二天吃早饭的时候,她从棉袄内兜掏出一个信封,递给继母,讷讷地说:"妈,这是我带回来的五十块钱,没舍得花,您拿去……家里生活用吧……"

妹妹将筷子啪的一声拍在桌上,没好气地说:"自己兜里明明揣着钱,还天天白吃,真不要脸!"

她拿钱的手僵住了。

继母说:"你在家里白吃几个月了!这五十块钱连你的饭伙钱也不够!"

她呆呆地一句话说不出来,拿钱的手像被一根铁棍猛击了一下,折断般地落在桌上。

继母的手伸过来,将钱从她手中夺去,掖进衣兜了。

钱是王志松托一个探家的同连知青捎给她的,嘱咐她,在他母亲生日那一天,给他母亲买一身新衣服。

她不愿向继母和妹妹解释。

她一口饭没吃离开了家。

外面哗哗地下着大雨。

她在大雨中心事重重地踟蹰,不知不觉又来到了街道待业青年办公室。还没到上班时间,门挂着一把大锁。她站在房檐下等待,房檐水无情地浇在她肩上,身上;大雨一阵阵斜泼到她脸上。

她像一只在倾盆大雨中无处藏身的可怜的斑鸠。

终于等到有人上班了,她才怀着渺茫的希望跟了进去。

"同志,给我介绍一个临时工作吧!什么活都行!我不怕累,不怕脏,不怕苦,挣多少钱都行!只要能挣点钱就行!我不能靠我妹妹养活我呀!何况不是亲妹妹,这你们早就知道了。求求你们了!今天再找不到活干,我就没脸回家了!我……"

她跪下了。

那个人动了恻隐之心。他慌忙将她扶起来,说:"姑娘,你的处境,我们不是不知道。可我们也没办法呀!你看,你看……"说着拉开抽屉,取出夹在一起的厚厚一叠纸,朝她抖着:"这么多条子,有了好一点的工作,能照顾到你头上吗?"

她双手捂住脸,丧失了全部自尊心,放声大哭。

一个女的同情地说:"老王,这姑娘怪可怜的,你是做具体工作的,就为她多费费心吧!"

"你怎么也说这种话?"那人生气了,"活倒是有,卸煤车!那是一个姑娘能干的活吗?她的肝有病,这是最怕累的病,我给她开了介绍信,算是帮她,还是害她?……"

她立刻停止了哭,双手从脸上放下,紧紧抓住那人的一只手,大声说:"我能干!我能干!我真的能干!同志您就发发善心,介绍我去吧!……"

钱……

这个字像一条疯狗在追咬她的灵魂,要把她的灵魂吞吃掉!

继母为了钱而用刻毒的话一天诅咒她数遍。妹妹为了钱而对她白眼相瞪,视如路人。为了钱她给一个男人下跪,为了钱她当着这个男人的面不知羞耻地呜呜哭泣!

为了钱就是专给死人穿寿衣的工作,她也甘愿做!

城市,城市,没有钱,一个人就生存不下去!城市,城市,一个"病返"的女知青,要找到一个临时工作,竟比挖参者想挖到一棵大人参还难!这就是几十万、几百万、几千万知青眷恋着、思念着、人人都盼望着早日返回的城市!它对她怎么如此冷酷啊!要知道它是这样可怕这样没有人情味,她宁肯病死在北大荒,绝不返城!

她对它没了眷恋,没了亲情,她恨它!

那人犹犹豫豫地瞧着她,说:"姑娘,我是真心为你好哇,那么累的活,你……"

"累死了我不怨您!……"她一直抓住那人的手不放。

"好吧!这真不知是积了德还是做了孽!"那人抽回手,开了一封介绍信,盖上图章,看着她摇摇头,违心地交给了她。

她一接过就冲出门去,朝煤车站奔跑。

滂沱大雨将地面的积水敲出千百万水泡。

路上没有一个行人,连那些穿雨衣的撑雨伞的也躲避到了商店里,楼门洞里和阳台下。

只有她一个人在路上奔跑,深水洼浅水洼一概不避。在楼门洞里和阳台下避雨的人们,惊愕地望着她跑过。

铁路三号门那里,有每隔两小时开往煤车站一次的区间车。她不顾一切地在大雨中猛跑。心里只存一个念头,赶上第二趟区间车。赶上了,她今天就有希望干上活;赶不上,就没希望。也许连明天,后天的希望也断送了,那张介绍信将可能成为一张废纸。因为她听说过,干这种活的人们,都是一次就分配好组,一组一干都是十天半个月。后来者是非常不受欢迎的。

她没命地向前跑,向前跑,向前跑……摔倒了,爬起来,继续跑,跑,跑……

却没有赶上第二趟区间车。

当她来到煤车站时,已经快十点了。她的样子,如同刚从沼泽中挣扎出来,浑身泥浆精疲力竭而又慌慌张张。

卸煤小组早已分配完了,负责分配的人早已不知去向。

滂沱大雨中,铁道线上停着二十多节一列煤车。每节车上五个人。一律光着脊梁,腰也不直一下,机械地飞快地挥舞着大板锹。

百多个男人中没有一个人注意到她。

雨鞭暴虐地抽在他们的脊梁和乌黑的煤上。

煤车像一条死了的大蟒蛇,笔直地僵卧在铁道线上。

百多个光着脊梁的男人,像百多只大食肉蚁,忙忙碌碌地活动在"蟒蛇"的身躯上,大板锹便是"它们"的钳嘴。

那是原始的挥耗力量而没有热情的劳动。

介绍信折了几折始终攥在她手里。

她不知所措地望着眼前的场面。

"谁要我?你们谁要我?……"她忽然朝他们大声喊。

还是没有人注意到她。

她跑到煤车跟前,从一节节车皮下走过,仰起脸继续大声朝车上的男人们喊着问:"谁要我?你们谁要我啊?……"

她引起了注意。

那些男人们停止干活,挂着锹柄,居高临下,莫名其妙地瞧着她。一张张淌着雨水和汗水的脸上,呈现着各种各样的表情。湿衣服紧紧地裹着她的身体。女性身体的一切线条,都明晰地勾勒在那些男人们面前。他们用看着一个没穿衣服的女人那种贪婪的、猥亵的、淫邪的目光望着她。

"谁要我?谁要……"

她突然浑身打了一阵哆嗦!

那一双双眼睛,那一束束目光,像一只只无形的粗野的手,仿佛将她身上的湿衣服扒了个精光。她觉得他们不是男人,而是一百多只雄猩猩,就要从每节车上纷纷跳下,将她团团围住,将她的身体撕成碎片,每只手争夺一片去玩耍,去摆弄,去吮咂,去嚼吃!

她恐惧得连连后退,跌倒在铁轨旁的煤堆上。

"你是小媳妇还是大姑娘啊?"

"我想要你呀,可惜现在没工夫!"

"我们合伙凑个价儿怎么样啊?"

"瞧她那么娇弱的身子,能经受得了我们这么多人吗?……"

"哈哈哈哈……"

"哈哈哈哈……"

"哈哈哈哈……"

他们狂笑起来。

她尖叫一声,爬起来就跑。

可怕的笑声,下流的语言,在她身后紧紧追赶着她!

好像他们都跳下了煤车,要将她逮住。

她跑着跑着,眼前一黑,昏倒了……

当她苏醒过来的时候,是在一节卸光了煤的空车皮里。她被抱在一个人怀中,上身靠着那个人的胸膛。几张黑脸俯视着她。

她的第一个思想是:我完了,终于落在他们手中了……

她猛地推开那个抱着她的人,那人的头咚地撞在车板上。

她迅速站起来,躲开了他们。

"你别怕我们。"那人揉着自己的脑袋,也站了起来,望着她说,"我们不是坏人。刚才我见你昏倒了,这附近又没个避雨的地方,我就只好将你抱到这节空车皮上来了。"

"我们真的不是坏人,我们刚才还抻着衣服为你遮雨呢!"

"我们和他们不是一样的人。那些家伙都是劳改队的……"

他们都很年轻。除将她抱到车上来的那人看去二十七八岁外,另外四人都不过才二十岁左右。

他们也光着脊梁。那个二十七八岁的小伙子身体强壮，那四个大孩子般的小青年，简直可以说身体还没长开呢。其中一个，瘦小，胳膊细长，毫无胸肌，一根根肋骨可数，像搓衣板似的头却很大，与身体不成比例。整个人看去，像支故意穿了一颗大山楂的小串糖葫芦。

他问她："你刚才对那些坏家伙说的话是什么意思呀？……"

"我……我卸煤……"

"你？……"那个二十七八岁的小伙子注视着她，摇头。

"你们要我吧！你们要我吧！我也有街道开的介绍信……"她说着，将攥在手心里的介绍信递给了他。

他接过去的是一个湿纸团。

他小心翼翼地展开，钢笔字迹已经模糊，印章也根本无法辨认，像女人涂了口红的薄薄的双唇在上面吻了一下。

"你是从北大荒'病返'的知青？"他又注视她。

她无言点了一下头。

"我也是。"

"你也是？"她感到与一个亲人重逢了！

"一师三团的。"

"我是三师二团的。"

"他们也太狠心了，介绍你来干这种活。"

"不，是我自己哀求他们才……"

"他们才大发慈悲？"他打断她的话，愤愤不平地说，"适合你干的工作是有的，不过轮不到你罢了。另外，对于我们这些'病返'知青，有一条内定原则——三年内不分配正式工作……"

"三年?！可怎么能这样对待我们！"

"为了使我们明白，城市根本没有我们的位置；也为了使那些抱有返城幻想的人看到教训。"

她怔怔地瞧着他，觉得他好像一个巫师，使她清清楚楚地看到了自己以后在城市的艰难处境。

她对自己的将来感到恐惧。

她简直有些恨他,恨他把她的将来那么清楚地指给她看了。

而他说的又分明是真话。

"志松,志松,这一切你都想到了吗? 你知道我落在了什么境地吗? 在这座城市里,如今谁会给我一点帮助啊! ……"她的灵魂,无声地向远在北大荒的爱她的人发出悲怆的呼号。

眼泪渐渐地,不知不觉地,从她那双呆滞的眼中涌了出来,淌在她那没有血色的面颊上。

"我姐姐也在北大荒……"

"我哥哥也在北大荒……"

"他们也动员我到北大荒去,可是我宁肯捡破烂也不去! 我没有父母了,他们都死了。我也没有兄弟姐妹,光杆司令一个。我向他们提出一个条件,如果将把我父母迫害死了的人查出来,法办了,就是比北大荒还艰苦一百倍的地方,我也毫不犹豫地去! 否则,用枪逼着我,我也不离开城市! ……"那个瘦小的"大孩子"发誓般地说。

那个北大荒返城知青,慢慢地将那张湿透了的纸攥成一团,扔到车皮外去了。

"你……"她大吃一惊。为了那张纸,她给人跪下过啊!

他低头沉吟片刻,复抬头望着她说:"你今后就跟我们几个一块儿干吧!"又一一扫视着他的几个伙伴说,"看在我的情分上,大家以后都多照顾她点。"

"没说的,我们听你的!"

"无非是我们每人每天少挣一点儿钱呗!"

"大姐,用你的话说,从今天起,我们要你了!"

他微笑了一下。

他们都微笑了。

她,也微笑了。

那是包含着苦涩的感激的微笑……

"二号,你怎么还躺着不动呀?"不知什么时候,护士站在了她的病床前,用一根手指轻轻捅了她一下。

她迷惑地瞧着护士。

"主任医生不是刚才对你说了嘛,你得立刻出院啊!"护士的脸色有些不高兴。

她缓缓地坐了起来。

"你快点,我还得抓紧时间换被褥单呢!"护士离开之前,又对她说。

她呆呆地看自己左手。手腕上的伤口愈合得很好,细细的一道浅红色的疤线,就像牛皮筋的勒痕。

她想:我再也不干这种蠢事了。徐淑芳,徐淑芳,你永远也不要再产生弄死自己的念头!你一定要倔强地生活下去,看生活到底能将你逼到什么地步!你再不要和自己拼,你要咬紧你的牙关和生活拼,和你的命拼……

她从兜里掏出手绢,用右手将左手那边伤痕包扎上了,仿佛包扎的是什么羞耻的标记。同时她心里在说:"志松,志松,从此以后我要把你忘掉!对不起你的不是我,而是生活!你要恨,就恨生活吧!……"

那老年妇女,似乎躺不住,也坐了起来,望着她说:"你今儿个就出院了,大娘劝你几句吧!要我看啊,你性情还是怪好的。你丈夫呢,对你也怪疼爱的,这病房里,他来看你的次数最多。所以呢,不是我倚老卖老,训导你。我是要教你一些做个好媳妇的章法。小两口过日子,得互相尊重互相让服着点,有了什么你怀疑我,我猜你的事儿,就应该一是一,二是二地解释明白了。千万别整天不三不四地斗嘴玩,朝夕相处,得有个五音六律。商商量量地多和美。你七嘴他八舌地,就难免不惹气生。做到这几点呀,十拿九稳你们小两口能恩恩爱爱,白头到老!……"

女干部扑哧笑了:"大娘,您老原来是位数学教授吧?"

她们说了些什么,她一句也未听进去。她默默地换下病服。默默地收拾着自己的东西。

"娟娟,吃午饭了!"护士第三次来到病房。

"不吃了!不是限我十分钟内出院吗?"姑娘没好气地回答。

"吃吧!我们主任医生就那么个怪脾气,你吃了饭再走,他也不至于夺下你的饭碗,用大棍子把你赶出去呀!"

"哼,让我多住一天我也不住了!"

"你盼的信到手了么!"

"哎,中午有什么好吃的菜?"

"排骨。"

"没情绪。"

"鱼。"

"没情绪。鱼啦肉啦的,吃够了!"

"还有豆芽菜。"

"豆芽菜?那我可得吃一顿!"

"这么爱吃豆芽菜?"

"我体内缺的不是脂肪,而是维生素。维生素能使人皮肤细嫩,脸色白净,这你都不懂?"

"你这么白白嫩嫩的,还怕不能让小伙子们一见动心啊!"

"去你的!快替我买吧!"

"好嘞!几份?"

"两份!两份豆芽菜,二两饭,别的什么菜也别买了啊!"

豆芽菜……

豆芽菜……

豆芽菜……

她忽然扶住桌角,张了张嘴,要吐。

"你怎么了？"女干部关心地问。

"没……什么……"

她坐在床上，双手放在桌子上，将额头贴在手背上。

女干部又问："要不要替你去找医生？"

"不……"她坚决地说出了一个字。

老年妇女也关心地问："姑娘，你……是不是怀着身孕呀？那你今后可要当心自己啊！"

她胃里仿佛有十二把大板锹在翻搅，使她一阵阵地恶心，恨不得一下子将胃里的全部东西都呕吐出来。

豆芽菜！……

为什么今天中午医院里偏偏要吃豆芽菜？为什么在她即将离开医院之前让她听到这三个字？生活，生活，你随时随地都要和我作对吗？

……

"'豆芽菜'，今天中午，该你去给咱们买包子了啊！"

"'豆芽菜'，你怎么还不去？今天中午我们要是吃不上包子，就吃你！"

在那几个和她一块儿卸煤的人中，有一个的外号就叫"豆芽菜"。瘦小，大头的那个。

那一天，他情绪很异常，大家看出他有心事，询问他，他只字不吐。

他还是给大家去买来了几斤包子，还买了一些肠啊肚儿啊之类的，还买了一瓶白酒。

他们虽然在一起干活，在一起吃午饭，但从未在一起喝过酒。起码自从她加入他们之间后，他们没在一起喝过酒。

"你为什么买酒？"他严厉斥问"豆芽菜"。

"我……这几天心里闷得慌，哥们儿一场，就算我求你们陪我喝点……以后，也许想凑在一起喝的时候，还没机会了……""豆芽菜"小声解释。

175

"'喝点'？喝起来你们就不是'喝点'了！都喝得醉醺醺的，下午那三车皮煤靠谁卸？"他从"豆芽菜"手中夺下酒瓶子，要抛到车皮外去。

"别……"她拦住了他，替"豆芽菜"请求，"既然买来了，就让他们喝点吧，我把着酒瓶子还不行吗？"

在卸光了煤的空车皮里，她和他们围坐着喝起酒来。没有什么可以当杯，就都对着瓶嘴喝。虽然酒瓶子控制在她手里，但最后一瓶酒还是被喝光了。

他也喝了。她也喝了。

下午大家带着醉意卸光了三车皮煤。

第二天，"豆芽菜"没来干活。

第三天，"豆芽菜"也没来干活。

第四天，"豆芽菜"来了，光干活，不说话；别人休息，他还干。夺下他的大板锹让他休息，他就呆呆地坐在煤上，两眼发直。

大家逼着他说出到底有什么心事。

他才不得不告诉大家，他已经报名下乡了。

她问："将你父母迫害死的人查出来了？"

"豆芽菜"沉默许久，才古怪地向她笑着回答："已经正法了。"

"那，咱们替他买点什么东西吧？在一块儿干了这么多日子的活，应该有点表示对不对？"她征询地望着大家。

大家纷纷点头。

"豆芽菜"却说："你们的心意我领了，不必替我买什么东西，下乡应该准备的东西，我都准备齐全了。"

下午三点多，卸完了煤。

大家正要分手时，三辆公安局的摩托开来，在铁道旁急急刹住。

大家都感到有些意外，"豆芽菜"却跳下车皮，在两条铁轨之间逃跑。

几名公安人员猛追。

大家怔怔地望着"豆芽菜"逃到了铁路桥上，回头看看，犹豫一下，翻跃桥栏跳了下去。

桥下是一条大马路。他们朝马路跑去。

等他们跑到时,马路上已经围了一圈人,一辆卡车停在人们中间。

她挤入人群,看到了脸朝下卧在马路上的"豆芽菜",看到了鲜血……

那是她生平第一次看到被汽车轧死的人。

她离开了那条马路很远很远,才发觉自己是被他搀着在走。

她两腿发软,一步也走不动了。她不得不扶住路旁的一棵大树,呕吐不止,最后连胆汁都吐出来了……

第二天,她来干活的时候,只见到了他,另外三个伙伴都没来。

他说:"他们再也不会来了。"

她茫然地瞧着他。

他沉默了一会儿,又说:"从今天起,我也不干了。"

她目不转睛地瞧了他许久,失落地转过身,一步步走了。

"等一下。"他叫住她,大步走到她身旁,注视着她说,"一块儿干了半个多月的活,还没问过你的名字,可以告诉我吗?"

她低声将自己的名字告诉了他。

"我叫郭立强。"他说,"这纸条上写着我家的住址,以后有什么需要我帮助你的,就去找我吧!"说罢,将纸条塞到她手里,头也不回地走了。

她挣到了八十多元钱。那一天吃晚饭的时候,她将钱全部交给了继母,自己连一元钱也没留下。

一个星期后,妹妹出嫁了。

当妹妹在两个伴娘的陪伴下,走出家门,就要钻进小汽车里的时候,回头看了一次。

她不知妹妹是回头看她还是看继母,但她却赶紧对妹妹作出祝福的笑脸。

妹妹走到了她跟前。

妹妹突然张开双臂搂抱住她的脖子,将脸贴在她的脸上,很动感情地说："姐,谢谢你帮我的那两笔钱啊!我……太不懂事,性格也不好,我对你说过的那些无情无义的话,你可千万别记在心里呀!……"

说着,妹妹就哭了。

她也哭了。

"哎呀呀,得啦得啦,你自己的喜日子,哭个什么劲呀!你舍不得离开别人,就是舍得离开自己的亲妈是不是?"继母大声说着,分开她们,将妹妹推进了小汽车,随后自己也钻进了小汽车。

她孤零零地站在家门口,望着小汽车开走了。

继母没说让她参加妹妹的婚礼。

从那一天晚上起,家中只剩下了她和继母。

女人天生是女人的伙伴——这句名人的哲言是多么错误!一个正常的女人其实永远希望并需要与一个正常的男人为伴。而一个正常的女人不得不和一个不正常的女人生活在一起,那真是天大的不幸。

继母当然认为自己是正常的,并且至少找出了十条理由认为她是不正常的。继母不需要她。四十八岁的继母仍希望能与一个五十来岁的强壮男人第三次结婚。在没有找到这样一个男人之前便养了一只猫,在养了一只猫之后更加觉得她多余。那只雌猫开始半夜三更将一只雄猫勾引回来,在房前宅后兴奋地鸣叫不休的日子里,这个家在一个女儿出嫁之后,也开始有了一些将做新房的微妙迹象。

她又陷入了待业的忧愁之中,竟丝毫也没注意到继母的情绪和这个家发生的那种微妙变化。

于是继母像一位小学老师点示一个愚钝的小学生似的,用绝非小学老师的不雅的语言点示她:该做一个什么男人的老婆了。

"妈,我现在还待业呢,怎么能考虑嫁人的事啊!"她极为冷淡而烦恼地回答。她从未对继母透露过她与王志松立下三年誓约的事,她猜得到继母对此会说出些多么难听的话。

"正因为你待业,才要给你找个能养活你的人!"继母怫然色变。

一天,她出去找活干失望而归,见一个四十多岁的、面容猥琐的男人坐在家里。

那个男人便是继母替她在这座城市里寻找到的能够养活她的男人。要寻找一个百里挑一的英俊男人并不容易。要寻找一个像那个男人一样獐头鼠目、面容猥琐的男人也得百里挑一。继母替她寻找到这样一个男人并未踏破铁鞋,三千块钱使继母坐在家里就见到了这一座城市的三百余万人口中的这一个男人。在继母和她一样都还没有见到这个"百里挑一"的男人之前,继母已经多次替这个男人向她进行"宣传"了。三千块外继母还收下了一块呢子衣料,算是"宣传费"。继母不是一个出色的宣传者,她从继母口中只知道了那个男人很能挣钱,其他方面一无所知。继母认为替那个男人向她"宣传"了"很能挣钱"这一点,也就是牢牢抓住了向她进行"宣传"的"纲"。"纲"举自然"目"张。

邻居一位好心的大婶,暗地里偷偷将她叫到家中,谆谆告诫她:"孩子呀,你可千万千万不能嫁给你继母替你找的那个男人啊!我知道那个男人的一点底细,他不务正业,品行也不好,因为调戏妇女,被判过两年徒刑。他那些钱也不是好路挣来的。你继母是与做媒的人合计着把你卖给了他呀!做这样的媒,真是缺了八辈子德呀!"

虽然继母对待她还不如对待一只猫,但她心里却从来也没有恨过继母。那一天,听了那一位好心的大婶的话以后,继母在她眼中便不再是一个人了。

她告诉那位大婶,她的心已经留在北大荒了,留给一个和她同连队的本市的小伙子了。

大婶怜悯地瞧着她,连连摇头说:"孩子,这也是个愁哇!他若一辈子返不了城,你们可怎么办呢?"

怎么办?她不知道。她只知道应该等他。不仅仅是等三年,而是应该等一辈子。

……

"淑芳啊,这就是我跟你说的那个老刘呀!你们先聊着,我到小铺去买包火柴。"继母一见她回来了,满脸对那个男人堆下层层笑褶,煞有介事地起身便走。

那男人充满色欲的目光,对她遍体扫描。

那种目光使她想起了第一天去卸煤时,那些雄猩猩般的、对女人的身体感到饥渴的男人们的可怕目光。

今天虽然是在自己的家里,虽然只面对其类之一,她还是感到不寒而栗,打了个哆嗦。

女性本能的起码的自尊使她的脸涨得血红。

她大声说:"妈,您不用去买火柴,我去买吧!"说罢便转身跨出家门。

她在市内到处茫无目的地彳亍了四个多小时才回家。

一回到家里,继母便摔东掼西,辱骂不休。

"二十六七的陈年剩货你还想攀上一个才貌双全的呀?你那是大白天做梦!泡在城里不愿下乡的待业女学生哪趟街没有几个,只要趁钱,缺胳膊少腿的男人也能划拉到手十七八的!你以为你返城回来的倒还算稀罕物啦!有能耐你就自己去找一个稀罕你的,早早滚出这个家!我没来由白养活你给你当妈!……"

她默默爬到低矮的吊铺上,用被子包住头,任凭凌辱的毒汁一阵阵泼向自己,咬破了嘴唇一声不吭……

第二天晚上,她回来时,继母在屋内将门插上了。她敲了几下门,继母非但不给她开门,反而将灯熄了。时间并不算太晚,才八点多钟。

她明知继母存心"整治"她,却除了再敲门,别无奈何。一下也不敢使劲敲,唯恐继母毫无恻隐将她关在门外一夜。

敲了许久,继母总算开了门,还没放她进去,劈头便汹汹地问:"深更半夜地回来,泡哪个野男人去啦?"

她赶紧笑着解释:"妈,我到我们同连队的一个战友家去了。他母亲病了,家中只有一个上中学的小妹妹,我帮着照顾了一天⋯⋯"

没容她说完,继母火冒三丈:"我也病了你知道吗!你住着我的吃着我的喝着我的,还张口闭口虚情假意地管我叫妈,却去为别人的妈尽孝心,你要是有脸皮有志气就别回来住呀!⋯⋯"

她忍气吞声地说:"妈,我不知道您病了。照顾别人的母亲,是我答应过别人的义务⋯⋯"

"义务?你对我就没有义务了吗?!"继母双手叉腰站在门槛内,看样子并不想放她进屋。

她终于忍无可忍,顶撞了一句:"可是你给过我对你尽义务的机会对你尽义务的权利吗?这个家不只是你的,这房子是我父亲单位的!⋯⋯"

"你?!⋯⋯"继母突然放声号哭,"哎呀呀,我的苍天哪,我那死去的人哪!你可把我撇闪得好苦哇!你的魂咋就不把我也带了去呀!⋯⋯"

她怕邻居们听到笑话,赶紧哀求道:"妈,您别哭了,是我不好!您如果还念着我爸爸,看在我死去的爸爸的份儿上,原谅我那句错话吧!只要您把我当一个女儿看待,我一定孝敬您,服侍您到老,到死⋯⋯"

"好哇!你敢当面咒我早死呀?你以为我哭的是你父亲那个死鬼吗?呸!我早把他忘啦!跟他我没过上一天舒心日子!我哭我原先那个人!⋯⋯"说罢,又大哭。哭得兴起,重演故伎,坐在门槛内,边哭边双手拍打膝盖。

在静静的夜晚,那哭号声很瘆人。她的脑袋都要爆炸开了。她不知所措地双手紧紧捂上了耳朵。

邻居们闻声而来,有的劝继母,有的佯装责备她:"淑芳,你怎么能惹你妈生这么大的气呀!"

那位好心的大婶将她扯到一旁,悄声对她说:"孩子,她这是到了更年期呀!你又没工作,你就多忍着吧!快去给她赔个不是算了,啊?⋯⋯"将她轻轻往继母跟前推。

她被推到继母跟前,望着坐在地上要泼要赖哇哇哭号的继母,心中充满了对继母的厌恶和鄙视。

她猛转身跑了。

过了后半夜,她仍徘徊在这座城市死寂的街巷中,像一头受了伤的牝鹿,孤独地蹒跚在夜幕沉沉的大荒原上。无处栖身,兜里没有一分钱。

不知不觉,她走到了"豆芽菜"被轧死的那条马路。

她在"豆芽菜"从铁路桥上跳下来的那个地方站立了很久。几场大雨已将血迹冲涤干净。路灯幽蓝的光将她的影子投在马路上,仿佛"豆芽菜"仍卧在那儿。她丝毫也没有产生恐惧。人在最孤独最绝望的情况下,恐惧就不附身了。她只是又觉得一阵恶心,想呕吐。

她站在那个地方并非是凭吊"豆芽菜"。她并不怎么可怜他,倒是非常可怜那个被他所杀的十三岁的小女孩。他认为杀的是将他父母迫害至死的仇人的女儿。但那个人只不过在揭发批判他父母的群众大会上发过言而已。而那个十三岁的小女孩连见也没见过他的父母,完全无辜地惨死在他刀下。她是在"豆芽菜"死后三天才知道他的名字的——洪亚男,从死刑布告上知道的。父母都是公检法系统的干部。

她站在那个地方是在思忖——像"豆芽菜"那么个死法痛苦不痛苦。

仿佛有一只看不见的手,温柔地牵着她的手,引导她一步步蹬上了铁路路基,一步步走到了桥上。

那只看不见的手仍温柔地牵着她的手,同时有一个温柔的声音在悄悄对她耳语:"跳下去吧,跳下去吧,一点也不痛苦。跳下去吧,跳下去吧,只要往下一跳,一切不能了结的就都了结了……"

"豆芽菜"是在跳下去之后又被一辆从铁路桥下驶过的汽车轧死的。

远远的竟有一辆汽车也朝这里驶来。

那个温柔的声音在继续悄悄对她耳语:"跳哇,跳哇,来,我陪你一块儿再跳一次……"

又有一只手在背后将她推向铁路桥栏。

"跳哇,跳哇,我们手牵着手再来一次。"温柔的悄悄的耳语似乎在耐心地哄劝她。她恍然听出这声音像"豆芽菜"的声音,而她却看到了"豆芽菜"出现在桥下的马路上,不是脸朝下蜷卧着,而是脸朝上仰躺着,对她作出一种怪异的笑。一张模糊的苍白的脸,一种不可理喻的怪异而阴险的笑。她觉得身后也有一个"豆芽菜",一手牵着她的手,一手在向前推她。那看不见而又似乎存在的手,不再温柔,变得如冰一样凉……

她毛骨悚然,尖叫一声:"不! ……"猛地转过身,用力甩了一下那只仿佛被牵住的手。

面前却没有人。

"我怕死,我不死! ……"她在心里对自己说,飞快地从铁路桥上奔跑下去……

就在那一天深夜,生活将她推到了郭家兄弟门前,逼迫她敲他们的家门。

郭立强披着衣服打开了门,在朦胧的月光下看了她半天,竟没认出她来,疑惑地问:"你找谁啊?"

"找你……"她用呆滞的目光望着他。

"是你?"他认出她了,追问,"你从哪儿来? 你出了什么事? ……"

她双唇颤抖着,颤抖着,经久才呜咽地挤出一句话:"我无家可归了! 你要是可怜我,就……娶了我吧! ……"

"姑娘,你也吃了饭再走呗?"

老年妇女端着碗对她说。

"你没饭票了吧? 我给你?"女干部坐在自己的床上,咽下一口饭,瞧着她友好地问。

"吃吧,吃过饭咱俩一块儿走。有车来接我,可以让你搭一段。"那姑娘也对她这么说。

她的头从手臂上缓缓抬起,木然地一一望着她们,望着端在她们手中的碗。

她们竟吃的都是豆芽菜。鹅黄色的豆芽,凉粉似的半透明的长长的芽尾,覆盖在米饭上。

她耳畔响起了小时候和女孩子玩拍手心游戏时唱的顺口溜:

赛、赛、赛,

大米干饭炒豆芽,

好吃不好拿,

拿了变成个癞蛤蟆,

吃了粘你的牙……

在她呆滞的眼中,她们碗里的豆芽菜,仿佛都变成了红色的,仿佛是用血浆炒的。

她们都很爱吃豆芽菜。

她们都吃得津津有味。

她呆呆地瞪着买了两份豆芽菜的姑娘,姑娘食欲很佳地吃着。她恍惚地觉得那张脸隐失了,只见两片涂了口红的嘴唇在动,只听到一阵细细咀嚼的声音。这声音愈来愈响,仿佛有一台巨大的机械正在隆隆轰鸣……

她哇的一声呕吐了。

她们都停止了吃饭,愕然地望着她。

"真讨厌!"姑娘立刻端着碗走到病房外去了。

女干部将碗放在桌子上,走到她跟前轻轻捶她的背,一边问:"我还是去替你把医生找来吧?"

"不……"她又呕吐起来。

她伏在病床上,用一只手紧紧地捂住自己的嘴。

女干部一声不响地走到门旁拿起笤帚,替她打扫地上的肮脏,之后又用拖把拖了一遍。

恶心的感觉终于过去了。她出了一头汗,体虚力弱地直起身,歉意地看着女干部说:"真对不起,将你的鞋都吐脏了,还让你替我……"

女干部宽厚地笑了一下。

女干部出去洗了手回来,见她还那么呆呆地站着,说:"姑娘,一个人想死还不容易吗?有时候要活下去可并不容易。你这么年轻,别急着选择那条很容易的路啊!虽然我不知道你究竟为什么,但我看你还是个好姑娘,才觉得有必要分别时劝你几句,听不听在你自己了!"

她两眼噙着泪,垂头答道:"我听……"

护士又出现在门口,也不走入,伸长胳膊将一个布包朝她一递:"拿去,你爱人昨天送来的。"

她默默将布包接过来,心中明白里面包的是她的衣物。

她低声问:"他,知道我今天要出院么?"

"知道,昨天医院就通知他了。他预先替你办好了出院手续。"小护士说完就走了。

他知道,但不来接我,还把我的衣物都送来了,难道他也不要我了?……

她刚强地努力克制住自己的感情,不使自己哭出来。

她留恋地回头朝自己躺了十几天的那张病床看一眼,脚步缓慢地走了。

她失血很多,虽然输过血,身体还是很虚弱。她脚步飘浮地支撑着走到医院大门口,感到一阵头晕,扶住了铁门。

传达室里走出一个老头,走到她跟前,关心地问:"姑娘,刚出院的?"

她轻轻"嗯"了一声。

"看你这样走不了多远啊,怎么家中也不来个人接你?"

"家……很近……"她喃喃地说。

家?……我的家在哪儿啊?……

他分明不再承认我是他的妻子了……

但是我必须回到他那里去。一定要再见到他一面,向他解释这一切,请求他的宽恕……

志松,志松,你恨我吧!你永远地恨我吧!我不怕被你恨!我什么都不在乎了!

她双手放开铁门,挺起腰,倔强地对那个老头说:"我能走回家去!"

她走到她所熟悉的大院门外,不由得站住了。大门上,双喜字已经被风撕扯得残缺不全,只有"口"还是完整的。几个中午去上学的孩子,背着书包从院里跑出来,看见她,都骤然立定,一双双单纯的眼睛向她投注着颇为严肃的目光,好像几只小鹌鹑围住一只丧失了羽冠的凤鸟在进行研究。

一个孩子突然大唱一句:"这个女人不寻常……"撒腿跑了。

"这个女人不寻常……"其余的孩子也跟着唱起来,一哄而去。

她在郭氏兄弟家门前伫立了许久。要敲开这个门,需要比走进这个院子大得多的勇气。她站在这个门前才感觉到,自己一路都在聚集的勇气竟是多么渺小!这个倾斜的小门对她来说如同一座山,使她怀疑推开它简直是不可能的。

"徐淑芳,你不进入这所小房你再无归宿!"她严厉地警告自己,同时举起了一只手。

"不,你不必敲门!因为你是回到了自己的家!你是一个妻子,你是一个嫂子,无论法律还是道德都无权否认这一点!……"

一个声音理直气壮地鼓励她,是她自己的灵魂在对她说话。

于是她推开门迈了进去,她那样子就像一个主妇从市场上买了东西回到家里那么从容。

可是她却没敢把自尊心带进屋去。

郭氏兄弟,都坐在沙发上,都吸着烟。小小的空间,被罩在烟雾的帐子里。

郭立强第一个站了起来,随后郭立伟也站了起来。两兄弟一言不发地看着她,像看着一个陌生而又危险的来客。

她侧转身,将门推开了一半。烟雾缓缓地向外面爬去。带着寒意的新鲜空气渐渐占领了屋子。

她轻轻关上门,犹豫了一下,走到床边,款款坐下去。将拎着的小布包,放在膝上。这一点暴露了她内心的冲突,证明她根本没有那种回到了自己家里的安定感,而是预备着随时被别人赶出去。她吃力地扮演着一个她并不能胜任的角色,却又那么缺乏自信。

郭立强将吸了一半的烟扔在地上,抬脚踩住,像是将一根钉子踩进了地板,不再挪动那只脚。也仿佛踩住了一只蝎子,唯恐那只脚稍一挪动,蝎子的毒尾会在他脚上狠蜇一下置他死地似的。

"别往地上扔烟。"她用批评的语调说,"弟弟油地板费了多大劲哪!"她的头却低垂着,眼睛瞧的是自己的双手。

"你别叫我弟弟!"郭立伟恨恨地吼了一句。

"立伟!"郭立强大声呵斥,终于开口对她说话了,"凡是属于你的东西,连我给你买的两件衣服在内,都在那个布包里了,不会缺少什么的。"他的语调,平静而冰冷。

她沉默了许久才鼓足最大的勇气抬起头,迎视着他的目光说:"我没打开看,我不想带着它到处流浪。"

"这是我们的家,不是收容所!"郭立伟又吼起来。

"难道这就不是我的家了么?"她抗议地说。

"你!……无耻!"郭立伟挥起了拳头,要揍她。

她眯起眼睛望着他说:"你要当着自己哥哥的面打嫂子么?"

郭立伟恨得说不出话,挥起的拳头在空中发抖。

"立伟,你先出去一下。"郭立强瞪了弟弟一眼。

当弟弟的愤愤地冲出去了。

郭立强沉默许久,说出了一番显然经过反复思考的话:"我今天没去接你出院,就等于告诉你,你不必违心地回到我这里。你可以回到另一个人身边去。我们之间的关系,不过是一场悲喜剧,一场闹剧,如此而已。我是能够忘掉这件事的,你也不必向我作任何解释,更不必觉得有什么对不起我的。从今以后,就算我没认识过你这么个人,你也没认识过我这么个人……至于那张结婚证书,我们应该共同去将它换成一张离婚证书,这是你我都必须履行的手续!……"

"不!……"她叫道,猛地站起来,小布包掉在地上。

"你不什么?"他无动于衷地问。

"不,不,我不离婚!"她向他走来,站在他面前,用充满凄凉的眼睛看着他,摇着头令人哀怜地说,"我已经对不起一个人了,我不能再对不起另一个人,我不能让两个人都恨我。只要有一个人能宽恕我,那么就让另一个人永远地恨我吧!……"

他依然那么无动于衷地问:"于是你就选择了我作为应该宽恕你的人?"

她又向他走近一步,近得感到了他的呼吸,近得能从他的眼睛里看见自己。

她凝视着那双眼睛,低声说:"告诉我真话,你和我结婚,除了对我的同情和怜悯,就一点爱都没有么?"

他紧闭嘴,不回答。

"告诉我……"她微仰着脸,仍凝视着他的眼睛,也凝视他眼中的自己。她仿佛是一个占卦者,仿佛从他那双冷漠的眼睛里能显示出决定她生死吉凶的迹象来。

一个紧张的战栗着的灵魂凝视着一个将对它作出判决的似乎毫无恻隐的灵魂。

他不开口。

她就那么凝视着他,仿佛将永恒地凝视着,永恒地期待着。

"我并不像你想的那么愚蠢。"一个灵魂终于结束了对另一个灵魂长如百年的折磨,敲下了自己的法槌。

他这句话在她听来则是更明确的三个字——也有爱……

苍天救我！她那紧张期待着的灵魂长吁一声，顿时垮倒了。

她再也没有半点力量坚持着站定在他面前，她张开双臂搂抱住他。她浑身瑟瑟发抖紧紧地紧紧地偎在他怀里，紧紧地紧紧地抱住命运判决给她的这个男人，这足以使她鼓起勇气继续生活下去的唯一的宝贵的指望。

他起初木然地站着，任凭她紧紧偎在自己怀里紧紧抱住自己而无动于衷。但他毕竟是爱她的！他那用理性的钢筋和道德的水泥所构筑的自以为坚不可摧的内心工事，在她可怜的浓缩的柔情之下防御了半分钟便彻底瓦解。女性的哀然的悱然的如残烛如幽水的凄凄之情，对于除非有一副魔鬼心肠的男人之外的所有男人是无法抗拒的。

他情不自禁地抚摸她的头发，抚摸她的肩膀。

对于从小就习惯了将自己的感情封闭起来的他，她是他亲手点种在自己心里的一颗种子。他怀着多少憧憬多少希望感受过这颗种子在他心里生根、生长、形成含苞待放的蓓蕾啊！怜情爱意如淡淡的晨雾弥漫在他胸中。

他双手捧住了她的脸。她脸上淌着两行泪水，她死劲咬住下唇。一颗灵魂所承担的一切莫大的委屈所包容的那一切复杂的情感都呈现在这张脸上了。她分明就要无法克制地放声大哭了。

字典中全部与人性有关的字和词仿佛都写在这一张泪涟涟的脸上了！

他的心肠从来没有像此时此刻这般被深深地打动过。

他真想用他的吻拭去她脸上的泪，也拭去只有他才看得见的那些比眼泪更打动他的字和词。

可是突然有一个声音对他愤恨地说："夺来的！她是你夺来的！……"

仿佛有第三个人就站在这小屋里。

他一下子推开了她。

他感到自己脸上一阵灼热。

他仿佛又看到了一架花圈在他和她之间燃烧着,火焰烤着他,也烤着她。

"你走!……"他骤然大喊。

她惊愕而惶恐地看着他。

"孩子!就算我不在乎他多么恨我,我也不能夺走一个孩子的母亲!孩子将诅咒你抛弃了他!你为什么非要回到我身旁来?为什么不愿去做一个母亲?你顶替别人的名义返城,不负任何责任地留给了别人一个孩子,这一切你都欺瞒着我,你太自私你太无耻你太可恶了!你走吧!我不能有你这样一个妻子!我宁肯终身不娶!我不会心安理得地做你丈夫的!……"

他心中的愤怨像突喷的原油冲天而起!

"我没有孩子!我没有!这不是真的!……"她急切地替自己辩白着,他强加给她的一个孩子使她思想迷乱了。

"可是立伟亲眼看见了那个孩子!到现在你还要继续欺骗我愚弄我!……"他怒吼起来。

"不,不是,不是……"除了否认,她简直不晓得应怎样替自己辩白了。

她在他眼中变成了一个竭力表演企图将他进一步拽进泥潭的邪恶女人。

他狠狠打了她一记耳光!

这一记耳光打得她后退数步倒在床上。

他那张一向平静的脸抽搐着,被憎恨扭歪了。

他那样子仿佛要将这间小小的屋子踩塌摧毁,将自己和她一齐埋葬。

她双臂撑着身子,侧过头绝望地盯着他。

经久,她缓缓站了起来,仍盯着他,一声不响,两手开始机械地解自己的衣扣……

外衣掉在地上……

毛衣也掉在地上……

"你?!……"他以为她是疯了。

她发着一股狠劲地将自己的内衣从身上撕破扯下来了,几颗白色的微小的扣子在地板上四处滚动。

"你诬蔑你的妻子,那么你自己来证实我的身体是贞洁的吧,你逼我这样……"她一字一句地说,每个字每句话都沉重得仿佛落地有声,将这小屋子的地板压得塌陷下去。

她展着双臂像中弹一般仰在床上。

"天啊,这都是怎么一回事啊!……"她内心里大声呼喊,闭上了眼睛,泪水刷刷淌下。

她忽然翻了个身,将脸埋在床上,双手抓着床单,全身一阵痉挛,发出了悲切的恸哭。

郭立强猛地转过身去,心中产生了一种近乎迫害者的强烈的罪过感……

也许我是个大混蛋!他忏悔地想……

第六章

那个婴儿,这时刚刚被喂饱了奶,正躺在王志松家炕上安适地熟睡着。他睡得非常香甜,不时地吮着小嘴唇,不时地微笑着。

王大娘在做针线活。志松的妹妹小珍,伏在孩子身旁,不眨眼地瞧着那孩子可爱的睡态。

"妈,您看呀,他睡着了还笑呢!"小珍快活地说。孩子给这少女增添了许多新鲜的乐趣。

母亲没吱声。

"妈,您为啥不喜欢他啊?"小珍爬起身,推了母亲的肩头一下,说,"因为不是您亲孙子,是我哥替别人抚养的,您就不喜欢哪?"

母亲仍没吱声。

小珍搂着母亲的肩膀,撒娇地问:"妈,你怎么又不高兴啦?"

"妈没不高兴……"母亲叹了口气,"快写作业去吧,别跟妈撒娇了,都十五六的姑娘了!"停了手,自言自语,"也不知你哥哥和你淑芳姐的关系咋样了……"

小珍从母亲身边离开,走到桌旁坐下,刚拿起笔来,忍不住扭头对母亲谴责道:"咋样了?不吹才怪呢!还不是因为您,总对我淑芳姐那么不冷不热的！"

母亲又叹了口气,也自责道:"想来想去,是因为妈不好哇！可那时,妈一心希望的是你哥返城啊！家里连个劈硬柴的人都没有,妈这日子过得为难啊！再说,淑芳这姑娘到底能不能成了妈的儿媳妇,妈心里也没个数啊！生怕你哥哥是白白地把返城的机会让给了人家……"

"所以我淑芳姐以前每次一来,您就冷下脸,连句亲热话也没有！现在我哥哥返城了,您身边有个儿子了,又想要个儿媳妇了？晚喽！我哥打着灯笼再也找不到我淑芳姐这么好的媳妇喽！"小珍用十分替哥哥惋惜的语调说。

"你哥哥嘴上不说,心里还不怨妈一辈子啊？"母亲后悔得伤心了,放下手中的针线活,撩起衣襟拭眼角。

"妈,我胡乱说着玩呢,您别当真,我看我淑芳姐是知情知义的人,绝不会因为您以前对她不好,就把我哥哥甩了……"小珍放下笔,又赶紧走过来,坐在母亲身旁劝慰母亲。

这时,街道主任敲了几下门走进来。

"是主任啊,快坐吧,有事儿？"母亲连忙起身让座,随后吩咐小珍,"给你大妈倒杯水。"

"别倒,我不喝。"主任摆摆手,又是诉苦又是自我表功地说,"唉,这些日子啊可把我忙坏了呢！光咱们这一片呀,返城知青就七八十,又是落户哇,又得登记找工作啊,又是挨家挨户地慰问慰问哪,又是……什么什么的！……"

母亲说:"主任,可不是够您辛苦的嘛！当年,您挨家挨户动员他们下去,如今又是挨家挨户登记给他们找工作。这些年您可就是没清闲过呢！"

"嗨！"主任拍了一下炕沿,说,"别提当年了！提当年我心中有愧呀！有些够条件留城的,也叫我给逼走了,这些孩子们如今不定心里多恨我呢！可当年我也是没办法呀,毛主席他老人家一个号召,全国一片红,我们当街道干部的,不积极鞍前马后动员行嘛!你们家志松没背后骂过我呀?……"

"他可没有!"母亲立刻替自己的儿子担保。

"就是骂了,您也不能告诉我呀!"主任笑了,收敛笑容后,目光落在孩子身上,说:"小珍,你出去玩会儿,我和你妈说几句话。"

小珍不高兴地噘起了嘴:"我不!外边挺冷的。我知道你们要说这孩子,这孩子又不是金的银的,难道会是我哥偷来抢来的不成?你们说吧,我堵上耳朵不听就是了呗!反正我不出去挨冻!"

母亲瞪了她一眼,训斥道:"别跟你大妈说话这么没礼貌,快出去!"

小珍哼了一声,不情愿地出去了。

主任这才看着母亲说:"志松他妈,什么事儿呢?是这么回事儿!派出所负责落户口的人哪,今天又把我传去了,说你们家志松的户口哇,还不能落……"

"不能落?"母亲急了,"别人能落,为什么志松不能落?他的返城手续不全?"

"您先别急嘛!"主任离开椅子,坐到炕沿上,和母亲之间隔着那孩子,挺神秘地说:"是因为这孩子呀!人家问志松,他到底结没结过婚,他说没有。那么人家当然就要问这孩子是哪来的啦,他说是替别人抚养的。人家又问孩子叫什么名字呀,他支支吾吾地答不上来,还要以父子关系跟这孩子同时落户!抚养,也得有个什么手续呀,人家再追问这孩子的父母都叫什么名字,在哪儿工作,为什么要他抚养这孩子,他都说不出个四五六来,还嫌人家追问得多了,对人家发脾气。志松这孩子小时候可没什么脾气呀,怎么返城回来变得脾气大极了呢?人家也生气了,说不弄清楚这孩子的来历,连他自己的户口也不给落!"

母亲一时发起怔来。

主任瞅着那孩子,心直口快地说:"我看呀,这孩子八成就是你们志松自己的!您瞧瞧,脸盘多像他,还有那高鼻梁!这几年,'上山下乡'

的知青中,没结婚就生下了孩子的不少,也算不了什么太丢人的事儿。志松要是舍不得这孩子呢,就该对人家客气着点,我再替他通融几句,写个书面儿检讨什么的,也就一块落上了! 志松他要是舍得了这孩子呢,我倒有个主意,不算两全其美吧,也算个好主意。前街老张两口子,结婚五年多了,想要孩子都快想急眼了,却整不出个孩子,我看这孩子长得怪体面的,莫如趁不懂事儿送给了他们。当然不能白给的,五百六百的他们还拿得出。你们家正在困难的关头,也能接济一阵子。再者,志松拖累个孩子,将来找对象都麻烦! ……"

母亲怔怔沉默许久,低声说:"这,我可做不了主,得跟志松商量商量……"

王志松走出铁路局粉刷成米黄色的三层大楼,觉得阳光是那么明媚,天空是那么蔚蓝,每一个行人都是那么可亲可爱。他那颗返城后一直无着无落的心,第一天感到多少安定了些。

他大步走着,舒畅地呼吸着初春潮湿的空气,体验着一个即将有了工作的人那种感激生活的心情。

马路上的雪,这几天开始化了,露出了柏油路面。培在人行道两旁树根下的雪还没化尽,但也在温暖阳光的照耀下往泥土里渗透着。树枝已不再是光秃秃的,开始生长出无数的小芽苞儿。第一场春雨之后,树木就会挂满嫩绿的小叶了。

还是春天比冬天好,他一边走一边这么想。在返城的最初日子里,对于城市的那种种愤怒,像关在笼子里东扑西撞的鸟儿,被打开笼门放飞了。

铁路局的领导对他很不错,挺亲热。他们答应了他的请求,批准他以接班的名义到铁路来工作。几天后,他就可以穿上一身崭新的蓝色的铁路工作服了。终于在这三百多万人口的城市中占据了一个点,而且这么快这么顺利! 他完全没有想到。

"要接父母班的人很多啊,光铁路系统,少说也有两三万！许多当父母的为了早点让返城待业的孩子有个工作,不到五十岁就打报告申请退休哇！能都照顾吗？一下子减少了两三万老工人,增加两三万没有工作经验的年轻人,我们可下不了这个决心啊！不过你例外,因为你父亲是烈士。"

铁路局的领导对他说的这一番话,更加使他感到自己在二十几万返城知青中是很幸运的一个。

那位领导还带领他去参观了铁路工人事迹展览馆。父亲放大了的遗像悬挂在那里。父亲是一名老铁路扳道工,两年多以前父亲用自己的生命避免了一次铁路事故,被火车轧为三段……

"儿子,要孝敬你妈,要疼你妹妹。"

父亲从相框中阴郁地望着他。他仿佛听到了父亲在对他叮嘱。

时间刚过中午,他不饿。也不愿这么早回家去。他想在这座城市里到处走走,到处看看,他不属于这座城市整整十一年了。它对他来说是那么熟悉,可又有许多地方令他感到非常陌生。他有种强烈的欲望,想寻找到什么。寻找什么呢？他一点也不清楚,一点也不明确,但心里确确实实存在着那么一种欲望。也许只是想要在现实中对比一下记忆中长久保留的某些事情而已。

经过市委大楼前,他不由得站住了。他注意到,"文革"中"市革命委员会"的白底红字的牌子,被摘掉了,换上了"文革"前的"市人民委员会"的牌子。还是白底红字,还是那么大小,还是挂在那个地方。两块牌子所不同之处,仅仅在于"革命"和"人民"的区别。但这种区别,却代表了三个不同的历史时期。"文革"前——"文革"中——"文革"后,好比温度计上的"0"。

他想：看来无论是"革命"还是"人民",都最适合用醒目的白底红字来加以显示,都最适合那么大小,都最适合挂在那个固定的地方。他进而又联想到了代表这座城市的天鹅雕塑。它在"文化革命"中被砸毁了,人们将来还会重新雕塑一个,仍是原先那种姿态的,仍是原先那么大小的,也仍在原先那个地方——松花江畔,青年宫前。仿佛想要飞过松花江,飞到太阳岛去似的。

一场历史性的劫难终于是过去了。他站在那里,内心已经没有了当年那种骚动,那种激情;只有一种类乎凭吊的沉思。当年他是一个中学生,如今他已经快三十岁了,早到了该结婚的年龄了。他不想再激动,唯愿能安安稳稳地开始生活。而且他确信,生活本身也肯定早已消耗尽了能使他和他这一代人像当年那么激动起来的力量了。那种巨大的激动,如同运动员注射了超浓度的兴奋剂以后进行的竞赛,一到终点,人就垮了。那是摧毁人的机体也摧毁社会机体的失常态的力量。即使生活本身仍奇异地具有着这种力量,他也不甘再为这种力量所驱使了。他累了。他曾为"革命"两个字怎样地激动过啊!可是那块被换掉的写着"革命"两字的牌子,宣告他不过是参与了一场举国癫狂的政治游戏。写着"人民"两字的牌子仿佛正睥睨着他,用嘲弄的语调在对他说:"老弟,人民万岁,不需要革命!"

去你妈的"革命"吧!他想。老子今生今世再也不会参与那种"革命"了!让没玩过的下一代再陪你们玩吧!如果他们还像我们这一代当年那么真诚得可悲,那么热忱得愚昧,那么激动得白白浪费感情的话!他仿佛觉得自己血管里时至今日仍沉淀着什么非血质的东西。这种东西会不会使人得心肌梗死,他不知道。但这个国家是进行了一次重大的手术才获得了转机,这他完全明白。这一页翻过去了的历史无疑是严峻的危机四伏的,但留给他这个戴过"红卫兵"袖章的人的记忆却是历历在目的被出卖被强奸般的羞耻!

有多少个日日夜夜,在这里,在市委大楼门前,聚集过成千上万的人,为了"革命",以"革命"的名义展开辩论、进行演说、发生冲突乃至武斗。这台阶前的方形石砖地,曾被鲜血染红。

他第一次来到这里,是在老师的带领之下,是他在"无产阶级文化大革命"中的第一次"革命"行动,一次自觉的"革命"行动。

他还记忆犹新,那一天,全校师生都坐在操场上,听"文革领导小组"的人传达什么文件。一位教政治的老师从校园外骑着自行车飞驰而至,一直骑到传达者的桌子前才跳下车,他夺过话筒大声疾呼:"革命的教师们,革命的同学们,有一小撮暴徒无法无天,居然公开在市委大楼前张贴反动标语,写的是:市委不革命,就罢他娘的官!大家想一想啊,市委是在党中央领导下的共产党的市委,共产党是我们的亲爹娘,他们要罢市委他娘的官,不就是要罢党中央的官吗?我们能答应吗?他们正在烧市委大楼啊!十万火急,我们要去捍卫市委呀!革命的教师们,革命的同学们,考验我们每一个人的革命性的时刻到了!⋯⋯"

这位教政治的老师振臂一呼,全校师生立即响应。于是一千七百多人打着一面横幅大标语旗,浩浩荡荡涌上街头,奔往这里。标语旗上写着:誓死捍卫市委。

至今他仍然认为,当时他们一千七百多人那种情绪,那种激动,那种预备以鲜血和身躯去捍卫什么的精神,是十分真诚而又十分真实的。

没有经历过"文化大革命"的人也许会嘲笑这一点,那就让他们去嘲笑吧,他想。某一时期的历史可能本来就是供后人去嘲笑的。那么这一时期的人们又如何能逃脱被嘲笑的命运呢?

一个人有一个人的命,一代人也有一代人的命。一个人的命运摆布这个人,一代人的命运也摆布这一代人。命运和心肺同在。

他忽然有些暗暗惊诧,觉得自己的思想颇有点思想家的意味。命运和⋯⋯心肺⋯⋯不错的联系!我从什么时候起开始爱胡思乱想了呢?他对自己有些不解起来。他反复咀嚼自己的思想,又觉得和迷信的老太太们认命的思想并没什么大区别,也丝毫不比她们深刻。

看来我他妈的永远不可能成为一个思想家,连个平庸的思想家也不可能成为。他不禁自嘲地苦笑了一下。

他的注意力转向了人行道上一株躯干倾斜的老柳树。

当年,他们的队伍就是在走到这株老柳树前时,被军事工程学院"红色造反兵团"的红卫兵们拦截住的,他们那条横幅大标语也被扯掉了。

"十九中的老师和同学们,无产阶级文化大革命是伟大领袖毛主席亲自发动的,为的是将各省、市、地、县的赫鲁晓夫式的人物从党的领导机关中清除出去!你们一不捍卫党中央,二不捍卫毛主席,却要誓死捍卫被一小撮赫鲁晓夫式的野心家、阴谋家所盘踞所把持的市委,你们意欲何为?难道你们要与党中央毛主席的伟大战略部署对抗吗?!……"

一个军工"红色造反兵团"的红卫兵就爬在那株老柳树上,手持话筒慷慨激昂地对他们演说。

那时,红卫兵运动刚刚在这座城市的几所重点大学里兴起,他们那所中学还没有成立任何红卫兵组织。

身穿军装、腰扎武装带的军事工程学院的男女红卫兵们,虽然不戴领章帽徽,但却一个个英姿飒爽,斗志昂扬,豪情勃发。在他们这些中学生们看来,对方真像一批十分年轻的革命家,像电影《青春之歌》里的卢嘉川们,像五四运动时期和一二·九运动时期的革命学生领袖们。敬意从中学生们心底油然而生。

那个演说者的话语是怎样地征服了他们这些中学生啊!

是啊,一不捍卫党中央,二不捍卫毛主席,一千七百多人只打了一条横幅标语,却写的是"誓死捍卫市委",多么荒唐的行动!

而且更主要的是,市委大楼并没有在熊熊燃烧,不过有一条"火烧市委"的竖写标语从楼顶垂下来。

他们感觉到自己受蒙蔽了,上当了,扮演了与"革命"背道而驰的不光彩的角色。

那个爬在树上的演说者以充满革命正义的声音高声疾呼:"革命不分先后!造反不分早晚!受蒙蔽无罪!反戈一击有功!……"

于是他们一千七百多人的一支队伍,就在一阵阵"革命"的口号声中,四散而溃……

那一天,他心里怀着一种真实的羞耻感回到家里,将自己的校徽从衣服上拽下来,扔进了炉子里。

他耻于再佩戴十九中学的校徽。

也就是从那一天起,那位教政治的老师,成了全校学生的罪人。每一个十九中学的学生都认为他是败坏了十九中学声誉的人,不可饶恕。他似乎也知道了这一点,再也没在学校里露过面。全校第一个红卫兵组织宣布成立那一天,传来了他在家中上吊自杀的消息……

也是在这个地方,在一个秋雨潇潇的夜晚,一名大学生以悲愤的语调向人们进行演说:"革命的市民们,革命的群众们,'三结合'的'革命委员会',是在我们的浴血奋战中诞生的!可是,东北的新曙光刚刚升起之际,'革命委员会'竟指使一伙武斗暴徒,向我们,曾为它的诞生浴血奋战过的造反派战士,发动了有预谋有部署的突然袭击,抓走我领袖,捣毁我总部,打死打伤我战友,妄图置我们于死地而后快!兔死狗烹,狼子野心何其毒也!……我们现在以革命的名义,以我们死难战友的妻子、孩子、父母和一切亲人的名义,向全市人民募捐!……"

那个大学生的形象,至今印在他记忆中,难以被时间抹去:戴眼镜,头缠纱布,没穿雨衣,一绺湿发贴在额前。路灯将他的脸映得异常苍白,雨水顺着他的衣裙往下淌。还有两个女大学生,抬着一个大筐箩。也没穿雨衣,在潇潇秋雨中肃穆地站立着。

"为了失去父母的孩子们,为了失去儿女的父母们,为了失去丈夫的妻子们,我们向全市……"

悲愤的声音,在夜空回荡。

一支哀默的队伍从人群中穿过。他们肩上抬着担架,担架上盖着白布,白布下显出僵硬的尸体的轮廓……

一只只手,男人的手,女人的手,老人的手,孩子的手,纷纷伸向那个大筐箩……

拾元的,伍元的,贰元的,壹元的,伍角的,贰角的,壹角的,伍分的,贰分的,壹分的……

在那个夜晚,究竟有多少人,将多少钱投入了那个箢箩?一个永远不被人知的数字。

那时,他已经从红卫兵组织中退出来了,并且不再想加入任何一个红卫兵组织。学生惨打老师这类事,在他心中造成了很大的刺激。他不能忍受这种"革命"的行为,甘愿做一个没有组织的"散兵游勇"。可他还是整天在全市到处奔走。哪里有演说,哪里有辩论,他便出现在哪里,在全市各处留下了许多张或者表示支持,或者表示同情,或者表示抗议的大字报。

那一天,他将兜里仅有的三毛七分钱捐献了。从市委到家,有很远的路,他连乘车钱也没给自己留下。

如今回想起来,他觉得当年自己是多么不可思议啊!

在那个雨夜,在这个地方,无数的男人、女人、老人、孩子、工人、学生,也是多么不可思议啊!

而募捐的大学生如果是骗子呢?不,这种可能根本不存在。那是一个政治的年代,即使欺骗,也更多地是在政治方面。

他忽然产生了一个念头,觉得自己应该开始写写关于"文化大革命"的回忆录。

让历史尽情嘲笑我们这一代吧!他想。不过我们这一代还没完蛋呢!我们还没老呢!我们不是已经又回到城市里来了么?看我们将会怎样继续生活吧!看我们将会再如何表现我们的存在吧!城市,城市,你欠我们的,你骗了我们的,我们都要向你讨回来!

一个在市委门前巡逻的武装警察,走到他身边突然问:"你老站在这里干什么?"

他斜视了对方一眼,大为不敬地回答:"不干什么,就是愿意在这里站着。"

对方用警察们特有的目光审视了他一番,命令道:"走!别在这里站着！"

到处都有人干涉你，这他妈的就是城市！他挑衅地反问："我在这里站着有碍观瞻吗？"

对方瞪着他，警告："叫你快走就快走，别自找没趣！"

他感到受辱了。这小警察看去不过二十来岁，长着个鹰钩鼻子。他真想使劲揪住对方的鼻子，使对方出出洋相，狼狈狼狈。

但他没有这么做。他知道任性地这么做了会惹出什么麻烦。他眯缝起眼睛瞧了对方片刻，用不屑的目光弥补了自己受辱的心理之后，才悻悻地走开。

他想到母校去看看。于是便跑着赶上了一辆公共汽车，乘了三站，怀着放了很长很长的假盼望早点开学的小学生的心情来到了母校。

正是上课时间，校园里一个人也没有，静悄悄的。滑冰场溶化了，如一个人工围造的小湖，水平如镜。他走到冰场外换鞋的木凳前坐下去，出神地注视着"湖"面。十一年没进过母校的大门了，十一年没滑过冰了。

母校——不知是谁创造的这个词，它将学生对于自己读过书的学校那种感情表达得多么准确！

他耳边仿佛听到了冰球两队激烈争战的种种声音：球拍击球的声音，球拍击球拍的声音，冰刀刹冰骤停的声音，呼叫声，呐喊声……

当年，冰场曾给他带来极大的骄傲，使他在女同学面前高贵得像一位闻名遐迩的骑士。

他自矜地微笑了一下，站起来朝教学楼走去。教学楼的窗框全修好了，玻璃也全镶上了。他抬头仰望着，判断和印证着哪几个窗口是保留在他记忆中的窗口——三楼，左数第四个、第五个，还有第八个，对，就是这三个窗口，当年曾用沙袋和耐火砖构筑成工事……

他像个幽灵似的悄悄走入了教学楼，走到了二楼自己当年那个班的教室门外，站在门侧，踮起脚，从门窗向内窥望。

一位陌生的、很年轻的女教师正在讲代数题："那么，我们将 Y 代入公式 X=2Y,于是, X=7, Y=3.5……这道题就解出来了……"

女教师的声音很明朗,口齿清楚。

讲得不错,没那么多废话。他给她下了一个良好的评语。

女教师瞟了一眼手表,说:"还有二十分钟,大家开始作第二和第三道习题。"说着,用一个仿佛习惯了的优雅的动作,将半截粉笔轻轻丢在粉笔盒里,迈下了讲台。

他还希望她讲一道题,她却不再出现在讲台上。

他掏出烟盒,吸着一支烟,不死心地期待着从门窗再窥望到女教师。

他不但认为她课讲得不错,而且还认为她长得挺漂亮,不乏某种女性的风度。

从别的学校调来的?还是刚从师范大学毕业分配来的?在这么一位女教师的班里学习,大概每一个男学生都想争当数学课代表吧?

他有点嫉妒他们。

"你找谁?"

他转过身,见是一位老校工。

"不找谁,随便看看。"他吐出了一缕烟。

"随便看看?这又不是市场,有什么好看的?还吸烟!把烟掐了!你怎么一点学校的规矩都不懂?上过学没有?"老校工一边说,一边不客气地往楼梯口推他。

他掐灭烟,揣进兜里,尴尬地笑着说:"您别推我呀。要是我没认错,您是杨大爷吧?"

老校工已将他推到楼梯口了,听罢他的话,不由得站住,歪着头辨认他那张胡子拉碴的脸。

"我是王志松呀!当年冰球队的,您不记得了?"

"我记得你干吗?"

老校工对他这个当年为母校争得过无数次荣誉的鼎鼎大名的冰球队长竟毫无特殊印象,不免使他大为扫兴。

他搭讪着问:"孙老师还在吗?就是我们初三四班的班主任孙桂珍老师……"

"她调走了。"

"教语文的庞颖老师呢?"

"退休了。"

"教政治的……"他的话问一半又咽回去了——他刚才在市委大楼前还想到这位老师,此刻却忘了这位老师早已死了。

他一时觉得再没什么可继续问的了。

而老校工似乎也正希望他再没什么可继续问的了。

他留恋地回头向自己当年的教室望了一眼,默默走下楼去。

就在那个教室里,有一天,他们那个组织的红卫兵正在开会,对立派的红卫兵突然闯进来,将他们组织中的每一个人,不分男女,或轻或重地都揍了。唯独对他格外开恩,没碰他一指头。在武斗中冰球"明星"享有豁免权。

但他因为被豁免感到羞惭极了,好像自己是一个内奸似的。趁别人不注意的时候,他暗暗拿起一块带钉子的木板,咬咬牙往自己手背狠击一下……

至今疤痕犹在。

"小子们,好好念书吧!"他心里说,"你们他妈的算赶上好运了,不必像老子这么傻,自己用钉子往手背上来一下了!"

他很遗憾没有窥望到坐在自己那座位上的是个男学生还是个女学生,也因为没有再窥望到那位女教师一眼而感到有些惋惜。

他走出教学楼时,郑重地对老校工说:"请代我向全体老师问好!"

老校工十分不耐烦地敷衍他:"行行行,快走吧!快走吧!"

怎么连我王志松也不记得了呢?他十分沮丧。

支撑阳台的水泥柱,一新一旧。

他扶着那根新水泥柱,又忆起了当年发生的一幕:他们学校的一个红卫兵组织,是"捍联总"中学支队的一个据点。制造坦克的军工厂的"炮轰派"要拔掉这个据点,出动两辆坦克开进了校园。也许这仅只是一次威胁行动而已。一个临危不惧的女"捍联总"从阳台上投下一枚燃烧瓶,使一辆坦克起火。两辆坦克撤退时,撞倒了一根水泥柱,碾平了校门旁小小的修理钟表的铺子……

他永远也忘不了,一个少女怎样扑在那修理钟表的老头的尸体上,哭喊着:"爷爷,爷爷,你死得好惨啊!你死了撇下我可怎么办啊!……"

那一天离开学校,直至到北大荒去,他再也没有跨入过学校。

这件事在他头脑中造成的强烈印象太刺激太难以抹去了。正因为这一点,十一年中,他每次探家,从校门前经过,也不愿进入学校看看。学校的牌子白底黑字,但在他看来那上面是有血的。他甚至不愿向别人承认他曾是这所学校的学生。对于曾是这所学校的女"捍联总"们,他一概冷漠待之。这使她们大惑不解,她们不明白他这个当年的"散兵游勇",何以会对"捍联总"抱那么深的派性敌对情绪。

下课铃声突然响了。

他匆匆朝校外走去。

他不愿被如今母校的学生们用猜疑的眼光注视……

在那个被坦克碾平的钟表铺的原址,盖起了一所小房。小房的窗玻璃上写着"染发""理发"四个字,是用红油漆写的。

他看了一眼,立刻转身。

一只手从后边搭在他肩上。

他回头见是同连的返城知青、好朋友严晓东和姚守义。

"没想到我们会在这儿碰见你!"严晓东仿佛和他三年五载没见面,上上下下打量他,似乎要从他身上看出什么明显的变化。

姚守义问:"你到学校里去了吧?"

"没去。去干什么?"他矢口否认。

有什么必要否认呢?他暗问自己,觉得自己的心理太有点古怪了。

205

怕他们瞧出自己在莫名其妙地撒谎,犯什么猜疑,又补充了一句:"我是闲逛才逛到这儿的。"

严晓东意味深长地说:"闲逛可是一门难掌握的艺术啊,我俩也正实践呢!"

姚守义将一块碎砖用鞋尖挑起来,一腿甩到马路对面的人行道上,说:"我俩本想到学校里去看看,可走到这儿,忽然又都觉得怪没意思的,不想进去了!"

严晓东说:"志松,你还记得吗?有年割麦子,咱俩累得半死不活的,躺在麦堆上,我问你在想什么,你回答我:'要是有那么十几天,哪怕几天,可以什么事都不做,那真叫幸福!'如今你的话应验了,我们已经三个半月无所事事了,他妈的我可一点也不觉得幸福!"

姚守义幸灾乐祸地嘿嘿笑道:"幸福?幸福是鞋趿拉,穿惯了的人才觉着那玩意儿舒服!"

严晓东耸了一下肩膀,忽然提议,"咱们三个看电影去吧?"

姚守义不动声色地问:"你身上有多少钱?"

"够买三张电影票的就是!"严晓东掏出钱包,炫耀地在手上掂了掂,"到红少年电影院去看怎么样?"钱包是用牛皮纸叠的。

王志松丝毫没有想看电影的心思,为了不扫严晓东的兴,装出非常乐意的样子问:"演什么啊?"

严晓东道:"管它演什么呢,消磨掉一个半小时的时间呗!我们看电影,让我们的灵魂从肚子里爬出来在黑暗中活动活动嘛!"

"你怎么知道灵魂是在肚子里?"姚守义认真地问。

"灵魂不过就是一口气嘛,不闷在肚子里能在哪儿?在脚后跟上?"严晓东继续掂着钱包,预备展开一场辩论的样子。

姚守义趁他不防,掠过钱包,一本正经地说:"我的灵魂可是个经常借酒浇愁的东西!"打开钱包一看,撇了撇嘴,"连张整块的都没有,还不如我阔呢!"说着,将钱包里的毛票钢镚一把全部抓出来,揣进自己衣兜,随手将钱包塞进身旁的垃圾桶,"穷光蛋的钱包最好是放在这类保险箱里!"

"你干什么你!"严晓东生气地将姚守义推开,胳膊伸进垃圾桶去掏,一边说,"还留着坑小偷呢!"

姚守义抱着膀子,撇嘴瞧着他说:"你小子真是缺德到家了!"

严晓东掏了半天也没能掏出自己的钱包,却掏了一手肮脏,先狠狠踢了垃圾桶一脚,后在树干上反复蹭手。

姚守义哈哈大笑起来。

王志松也忍不住笑了。

他本想告诉他们,他已经有工作了。但看出他们分明并不真正开心,觉得这时候告诉了他们,是再愚蠢不过的,便打消了念头,说:"我不跟你们一块儿去,我已经出来好长时间了。而且,从今天起,我要戒酒了。"

姚守义止住笑,皱着眉问:"向什么人发过誓了吗?"

他摇了摇头,挺严肃地回答:"向我自己发了誓。"

姚守义作戏般地长长舒了口气,在他肩上重重拍一下,嘲讽地说:"那你就大可不必装出这么一副严肃的样子啰!一个人向自己发誓,不过是为自己创造违背誓言的机会而已。"

他坚持地说:"我可是认真的。"

"但你没有同时让你的朋友养成尊重你誓言的习惯啊,这可是你考虑不周了!"姚守义说着,翻起他的衣兜来。四个兜都翻遍了,却只翻出两块多钱,显出有些失望的样子看着他,慢悠悠地说:"现在你维护自己的誓言也来得及,需不需要再还给你五分钱乘车?"

严晓东闻了闻自己那只不幸的手,说:"王志松,你他妈的以后要还我一个钱包啊!那天你充阔佬,把我俩的钱包也搭上了,没这么坑人的!"

姚守义说:"别翻小肠!老娘们才翻小肠。你不是还喝了喜酒么?"

严晓东用吃了大亏的口吻说:"可咱俩不能白替他抬花圈满市游

行吧!"

王志松默默听着而已。

姚守义又说:"得了得了,找个地方喝几两去!"

于是他们左边一个,右边一个,把王志松半拖半架地劫持走了。

他们走到市场区,走过了几家饭店,对那几家饭店有名气的字号和高等的门面望而却步,没有进去。最后来到了一个街角上的小小的饭馆,互相看看,站住了。

"就这里啦!'香得来',牌号起得不错。"姚守义抬头望着小饭馆字体拙劣的牌子,用作出什么重大决策的语调说。

"香得来阿拉肚皮咕咕响!"严晓东率先大摇大摆地走将进去。

"请吧,返城盟友!"姚守义对王志松姿态优雅地说。

王志松只好不欢不快地跟随在严晓东身后。

这三个返城知青伙伴都走入这个小饭馆后,站在门口环视了一番,占据了墙角一个杯盘狼藉的无人的小桌。

小饭馆里十分肮脏,空气污浊。已有六个醉意醺醺的小伙子,仍围着一张桌子高叫怪嚷地猜拳行令。

严晓东看了他们一眼,说:"这里还怪热闹的啊!"

姚守义却瞅着王志松问:"你怎么不高兴? 是不是觉得跟我们到这儿来喝酒辱没了你的身份?"

王志松勉强笑笑,说:"你干吗总挖苦我?"

姚守义说:"你让我瞅着别扭。一块儿喝酒嘛,你那么一副嘴脸多让人觉着扫兴!"将兜里的钱一股脑儿全掏出来,摊在桌子上数,数完了,瞅着那堆毛票钢镚儿,像个阔少似的说,"加上我自己的,一共是四块九毛七,今天咱们全开销了!"

一个二十多岁的穿件油腻工作服的服务员姑娘,斜倚着小柜台,目光从眼角注视着他们。

严晓东大声对她说:"同志,你过来擦擦桌子行不行?"

她拎着抹布,像拎着条黑鱼似的,一扭一晃地走过去,将脏杯子脏碗推到小桌的一端,在半个桌面上胡乱地用抹布滚沾了几下,便一声不响地站到一旁,毫无热情地期待他们点菜。

"一盘花生米,一盘肠,一盘松花蛋,再来六两白酒,要……哪种酒最便宜要哪种吧! 你先算算多少钱?"姚守义越是寒酸,越是要摆出一副腰缠万贯的样子,脸上毫无窘态。

"三块九毛五。"女服务员当即回答。一张敷粉的脸,好像挂了一层霜。严晓东讨好地说:"业务不错啊!"

人家连瞥都没瞥他一眼。

严晓东装出来的那种笑模笑样,一时不知往哪种表情过渡才自然,迷失地留在脸上。

王志松替他觉着难堪,将脸转向了一旁。

姚守义却还要十分郑重地问他:"剩下一块零二分,再添个什么菜?"

女服务员一手托着胳膊肘,一手托着那团能拧出半碗汤水的脏抹布,有点不耐烦。

"呃? 再添个什么菜?"姚守义沉着得让王志松恨不得揍他一顿。

"随便。"王志松压着火,希望那张挂了霜的脸快点离去。

"别添菜了,买两盒烟吧!"严晓东搂过剩下的钱,起身去买烟。王志松看得出来,他是故意如此,使自己脸上的表情有个体面的机会较合理地恢复正常状态。

他买了烟回来后,表情果然改观,搭讪地说:"剩下的钱还够买盘花生米呢!"

姚守义不错过可以嘲弄一下别人的机会,盯着严晓东说:"提醒你一句,那姑娘并不值得你讨好,脸形歪。"

严晓东用一种惭愧的语调回答:"我坐的位置不利,刚才没看出来。"

王志松低声说:"你俩再这么油嘴滑舌的,我可就走了啊!"

姚守义说:"我不反对啊!"看着严晓东问,"你呢?"

"我甚至还表示支持。他那份酒归我了！"姚守义嘲弄的目标转移向王志松，使严晓东挺高兴。

"你们今天存心气我是不是？"王志松又恼又恨地瞪着他俩，瞪了几秒钟，到底还是苦笑起来。

姚守义和严晓东也苦笑了。

一会儿，女服务员将他们要的花生米之类和酒分两次送来，又回到小柜台那里，斜倚歪靠地去继续想她的什么心事。

三个返城知青伙伴同时默默举起了酒杯。

姚守义说："还要保持在北大荒喝酒时的习惯，不举无名之杯，两位谁来句什么？"

严晓东略一思忖，高声道："为'鞋跋拉'！"

"为鞋跋拉？好！'鞋跋拉'包括一切了：工作，房子，老婆……就为我们返城知青的'鞋跋拉'，干……一口！"

王志松一脸阴郁地和他的两个朋友碰了一下杯。

不唯那个想心事的女服务员，就连那六个在划拳行令的小伙子，也都朝他们这边拧过头来。

"这酒够冲的！"姚守义说。

"跟咱们的北大荒酒一比差远了去啦！"严晓东说。

"还不如说为'破鞋'干杯呢！"六个小伙子中，有一个阴阳怪气地说。其余五个，爆发一阵哄笑。

王志松刚触到唇边的酒杯，在这阵哄笑中又缓缓放下了。

严晓东侧转身扫了他们一眼，瞧着王志松和姚守义说："我想劝他们安静点。"

王志松知道他其实是想干什么，冷冷地说："你给我老老实实坐着！"

姚守义也说："算啦，别理他们。"

这时，有一个年轻女子走了进来。

三个返城知青伙伴的目光，不由得都投向了她。从年龄上看，她应该属于他们的同代人。她穿一件咖啡色呢大衣,脖子上搭着一条紫毛线围巾,发式很优雅,长及肩头,恰到好处地烫成几叠波浪,发梢向内收卷,衬着一张白净的眉目文秀的脸。

她的出现,使这小小饭馆里安宁了片刻。

那六个喝醉了酒的小伙子望着她,变成了六只姿态不同的泥人。

那个女服务员,简直是在用一种嫉妒的目光"欢迎"这位顾客。

她见再没有清洁些的位置,便将一只折叠式小圆凳搬到窗前,从呢大衣兜里掏出张报纸展开垫着,而后撩起大衣下摆款款坐定,对女服务员竖起两根细长的手指:"二两面,就放在窗台上吧。"

女服务员懒洋洋地走入后灶,片刻端来一碗面,照她的话放在窗台上,又懒洋洋地退回原处,仍靠着柜台,交臂叉脚,也斜着暗暗打量她。

她从从容容地拉开自己小坤包的拉链,取出一双用白纸包了半截的骨质筷子,似乎不经意地朝王志松瞥了一眼,端起碗,挑起面条文雅地吃着。

他觉得她有点面熟,仿佛在他记忆的深层,朦朦胧胧地存在过她那么一张冷漠而秀丽的脸,却想不起来在什么地方,什么时候曾见过她,并对她保留下了一种似有似无的印象。

她这时又看了他一眼。

他一接触她的目光,马上转移了视线。

他觉得她那目光有些奇特。似乎像个女便衣在注意他的一举一动,也似乎要引起他对她的某种注意。

姚守义盯着他的眼睛问:"秀色可餐是不是?"

"什么?"他装傻充愣。

"一没工作,二没票子,老兄,像咱们这号的,得有点坐怀不乱的修炼啊,别心猿意马!"姚守义挖苦他时,一向不乏好词儿。

"我不是就看了她两眼嘛!"他低声替自己分辩,拿起筷子去夹花生米。

姚守义却将盘子挪到了自己嘴巴底下,对严晓东说:"都是咱俩的,他看着她下酒就可以啦。"

严晓东说:"我也这么认为。"

他狠狠地在桌子底下朝姚守义腿上踢了一脚。

姚守义咧了咧嘴,暗中回敬了他一脚。

严晓东欠起身,将他的酒杯拿过去,说:"反正你是不情愿来的,干脆连酒也别喝了吧,陪我们坐会儿,尽点哥们儿情分。"

他尴尬极了,恼火极了,起身欲走。

严晓东正色道:"坐下!"口气近于命令。

他只好坐下。

"你知道我们两个有多么后悔吗?"严晓东红着眼瞪着他问。

他摇头,不理解这句话从何谈起。

严晓东恨恨地说:"你小子他妈的还摇头,自己做过的缺德事自己连想都不想,真没人味!"

"我没做过对不起朋友的事。"他伸过胳膊,将自己的酒杯又拿在手中,喝了一大口。

"可是你对不起她!对不起徐淑芳!她总归是真心实意地爱过你一场,你那么报复她,缺德不缺德?我们两个没能劝你,反而成了你的帮闲,这种事儿他妈的准叫我们后悔一辈子!什么时候想起来什么时候会后悔!老实告诉你,你小子他妈的在我们俩心目中的形象算彻底玩儿完啦!"

王志松注视着两个朋友,一时怔怔地说不出话。

他心中痛苦地想:淑芳,淑芳,你在哪儿啊?

你还能当得成别人的老婆么?要是还能当成,就当吧!但愿你能获得点幸福!你迟早总归是要当了一个什么男人的老婆。你知道我虽报复了你,我的良心为此多么内疚么?幸亏你没死啊,这是命运可怜你和我!一报还一报,就让咱俩的情账从此一笔勾销吧!……

他又喝了一大口酒。

严晓东还欲说什么,姚守义举杯道:"喝酒,喝酒!志松,你别信晓东的话,没那么严重。"

王志松恶狠狠地说:"以后你们再当着我的面提这件事,我就对你们不客气。"

"再也不提了,再也不提了。"姚守义呷了一口酒,接着说,"男子汉大丈夫,做过的事绝不后悔!谁后悔谁是王八蛋!我返城后做的第一件事,就是报复,所以我理解你。我弟弟对我说:'哥,你得帮我去报复!街头有个坏小子,欺负过我。有次他和另外几个坏小子,把我绑在树上,和一只野猫绑在一起。'我这才知道,他脸上的几道疤是怎么留下的。这他妈的是要影响到他将来找对象的!我问:'以前我探家时你怎么不告诉我?'我弟说:'以前不敢告诉你,怕你找他算账。你走后,他更欺负我!'我说:'如今你不必怕了,你哥返城了!这个仇你哥一定替你报!'晚上,我就让我弟带我去找那个坏小子。我拿了一根大棒,从外面一块块敲碎他家的玻璃,敲得一块都不剩。然后,一脚端开了他家的门。那坏小子结婚了,已经和老婆孩子躺在被窝里了。他一见我弟,立刻明白了,光着膀子坐起来,低声下气地说:'别吓坏了我爱人和我孩子,你们容我穿上衣服,离开我家,随便你们把我怎么样都行。'他老婆从床上扑下来跪在我跟前,只穿着短裤和内衣,抱住我的一条腿,浑身哆哆嗦嗦地说:'你们就饶了他吧!你们就饶了他吧!我知道他以前做过一些坏事,你们要报复,就报复我。要打,打我。我替他挨着。'孩子吓得哇哇哭,抱住那小子的脖子嚷叫:'爸,我怕,我怕呀!'那一时刻,我突然觉得,自己在一个女人和一个孩子面前,是多么凶恶!那天夜里真冷。西北风呼呼地从没有了玻璃的窗口往屋里灌,刮得墙上的画和挂历哗啦哗啦响。那一家三口冻得瑟瑟发抖,那女人的嘴唇都冻紫了。我手里的棒子无论如何也举不起来了,我一转身走了出去。我弟跟出来,问我:'就这么便宜他了?'我甩手给了我弟一耳光……"

三个返城知青,各自注视着自己的酒杯。

严晓东又饮了一口酒,若有所思地说:"某些时候,我们被许多人认为做错了什么事,内心却很坦然。另外一些时候,我们觉得所作所为天经地义,做过之后,良心却会永远不安。他妈的,人为什么要有讲良心的毛病呢?"

王志松拿起酒杯,咕咚一口。

姚守义苦笑了一下,又说:"他妈的不谈良心问题了。好人深谈这个问题,也会怀疑自己不是好人了。咱们谈别的。我今天早晨去知青办,他们问我有什么特长。我一想,就我,初中还没毕业就到北大荒去了,赶了十年大车,城市哪有大车让我赶呀?我他妈的什么特长也没有哇!但又不甘心这么回答,便说:'我唯一比别人做得好的事,是能认出自己写的字。'你们俩知道,我写那笔字,像老蟑爬的,别人还真挺难认。对方回答得也挺高:'回家给你爸爸妈妈重读你写的那些家信吧!大概他们因为看不懂,都给你保留着呢!'……他妈的我逗你俩笑,你俩干吗不笑一笑?"

王志松勉强一笑,仿佛在行善。

严晓东朝姚守义伸出了一只手,板着脸冷淡地说:"给钱。不给钱绝不笑。"

姚守义在严晓东手背上亲昵地拍了一下,同情地说:"卖笑?到这地步了?"

严晓东缩回手,叹口气道:"卖笑要是果真能挣钱,老子何乐而不为呢?"突然举起自己的酒杯,小半杯白酒一饮而尽。之后将酒杯朝桌上啪地一放,对姚守义说:"再给我来二两。"

姚守义就从破棉袄衣兜里往外掏钱,掏出两把毛票和钢镚儿,放在桌上,细数起来。数完,笑了,高兴地说:"咱俩可以每人再添二两,还剩一毛七分钱。"

严晓东耸了一下肩膀,遗憾地说:"要是再能添一盘花生米就更带劲儿了。"

姚守义说:"兴许你的愿望还真能得到满足。"脱下破棉袄,仔仔细细地捏袄边儿,口中喃喃自语,"这里有,这里也有,这里还有……今天我他妈的可发了!"将棉袄底边撕开一条,伸进只手去掏,掏出了一把钢镚儿放在桌上,对严晓东说:"数数,还有呢。"

严晓东欣喜异常,就数。

"我这棉袄破,兜也破。破虽破,可掉不到马路上去。"姚守义说着,又掏出了一把钢镚儿放在桌上。

严晓东接着数,数完,笑道:"全算上,六毛二,够添盘花生米了!"

王志松默默瞧着他俩。

这时,那个穿呢大衣的年轻女人吃完了面条,站起身走过来,问王志松:"你是十九中毕业的吧?"

王志松抬起头,疑惑地看着她。

"十九中当年的冰球队长,没错吧?"她的目光一直大胆地注视在他脸上。

王志松更加疑惑,说:"可我并不认识你。"

"还记得吴茵这个名字吗?"她那语调,仿佛一位极富耐心的医生在启发一个失去了记忆的人。

王志松不由得站了起来。

吴茵——这是保留在他头脑中的为数不多的几个人的名字之一。

哪一个男人能忘记自己中学时代同桌女同学的名字呢?她们对他们来说,意味着"年轮"。

他望着她,努力回忆着她从前俏丽、活泼而任性的模样,想要使自己的记忆与眼前的她达到某种复合,却不能够。

眼睛……

从前她那双眼睛充满富于幻想的青春的神采和魅力。

如今她眼中流露出迷茫和倦意,没有了神采,也没有了魅力。一双与心灵的经络被切断了的眼睛,一双好看的假眼睛。明明在注视着他,却使他感到她并没有看见他。

由少女而少妇,这便是时间的形象的定义。

十一年,才十一年啊,三千九百多天内,从前的一切都改变了。

从一页历史到一双眼睛。

一种惆怅又开始在他心中弥漫。

他犹豫了一下,向她伸出一只手。

她立刻握住了他的手,握得很紧。她的手有些发抖。

人们习惯于把这叫作激动。

你为什么如此激动呢,吴茵?

他暗想。想不明白。

因为他自己并不激动。

他欲抽回手,她却不放开。

他发现两个朋友在朝他挤眉弄眼,他脸红了,几乎是有些不礼貌地抽回了自己的手。

她的脸也红了。看了看严晓东和姚守义,将那只激动的手插进大衣兜。

"来,让咱俩为他们的久别重逢而干杯!"严晓东故作郑重地向姚守义举起了杯。杯中的酒还不够湿嘴唇的。

于是他们碰了一下杯,各作豪饮状。

她又看了他们一眼,从精巧的小坤包里取出钢笔和一个小小的记事本,扯下一页,在上面写了几行字,交给王志松,说:"我在晚报当记者,这是我们报社的地址和电话号码,以后我们常联系好么?"

他点了一下头。

她对他微微一笑,转身欲走。

"记者同志!"姚守义大声叫住她,问,"能不能借我们几块钱啊?"他已喝醉了。

她略一怔,随即拉开小坤包,拿出十元钱放在桌上,一句话不说就走出去了。

王志松拿起那十元钱,要追上去,还给她。

姚守义眼疾手快,将十元钱一把抢在手里,说:"挺大方的,够意思。"

严晓东接着说:"该同志是个好同志。"

他俩相视哈哈大笑。

"你们存心出我的洋相是不是?!"王志松恨不得把桌子掀了。

那两个仍借着醉意尽情大笑。

恼怒之下,他真想走掉。又怕他们醉倒了,无人关照,忍着一肚子气重新落座。

严晓东首先收住笑,说:"借你同学十元钱你就这么生气呀? 至于么? 我们是借,不是讨小钱。有了工作,还她就是!"

邻桌那伙人中,有一个怪声怪调地大叫一句:"好借好还,再借不难呀!"

那伙人便也爆发一阵哄堂大笑。他们中的另一个,摇摇晃晃地起身走过来拿酱油壶。手一抖,酱油撒了严晓东一身,却对他不理不睬,好像他不是个人似的。

严晓东一把抓住他的衣角,问:"你妈没教过你怎么道歉吗?"

那是个穿夹克的青年,连眼睛都喝红了。他扭回头嬉皮笑脸地说:"哥们儿,就你这破棉袄,也值得我向你道歉?"

姚守义霍地站了起来,虎视眈眈地吼道:"破棉袄? 这叫兵团服!一百年后,兴许就是一件历史文物,你他妈的乖乖道歉!"

邻桌那一伙,纷纷站起。

王志松离开座位,费了好大劲才掰开严晓东抓住对方衣角的那只手,在对方肩上拍了一下,宽宏大量地说:"他醉了,别跟他一般见识!"

对方哼了一声,悻悻然回到伙伴中。

王志松又对两个朋友说:"咱们走!"

"不走！"严晓东说，"我还没喝够呢！"又对姚守义说，"再来一瓶酒，点几个像样的菜。"

他是真醉了。

姚守义分明也有七分醉了。他尚未起身，一只肮脏的小手伸到了他眼皮底下——是个讨饭的小男孩。不知何时从外面溜进来的。

姚守义没好气地说："别向我们要，向他们要。我们也快到了和你差不多的地步了！"说着，就将那讨饭的小男孩往邻桌推。

刚才洒了严晓东一身酱油的那个说："哥们儿，太不仗义了吧？你要是把那张'大团结'给了，我们全都连钱包施舍了，怎么样？"掏出钱包，大模大样地放在桌上。

其余的人也都掏出钱包放在桌上。

他们一个个望着姚守义笑。

姚守义瞧瞧那讨饭的小男孩，又瞧瞧严晓东，一时发呆。

"这还犹豫！"严晓东火了，从姚守义手中夺过钱，给了那小男孩，随即站起身，走到邻桌，就要去收桌上的钱包。

他们却都将钱包迅速从桌上拿起，揣进各自衣兜，之后一阵嘻嘻哈哈。

"傻蛋，你上当了！哥们儿跟你闹着玩呢！"

那个"皮夹克"笑得尤其开心。

讨饭的小男孩趁机溜之大吉。

严晓东的脸扭歪了。

王志松还没来得及拉开他，他已一拳将"皮夹克"连人带椅子打翻在地。

那一伙发声喊，同时朝严晓东扑了上去。

"晓东别怕，哥们儿来了！"姚守义像条狼犬，跳过来转眼投入了"战斗"。

王志松起初还不动手，只是拉架。脸上挨了一拳之后，理智全无，由着心中勃起的一股莫名野性大显其争凶斗狠的威风。

小小饭馆,桌倾椅倒,盘飞碗碎。

对方毕竟人多,三个返城知青先后被打翻在地。他们发一声喊,撤出了小饭馆。

三个返城知青刚刚爬起,女服务员引着几名公安警察堵住了门口……

半小时后,三个返城知青被关进了公安分局的拘留所。

严晓东和姚守义的酒劲发作过去了,大惭不已,耷拉着脑袋靠在一起。

王志松无心责备两个朋友,坐在他们对面一声不吭揉着肿了的手腕。

姚守义忽然说:"我他妈的饿了。"

严晓东接着说:"我也他妈的饿了。"

王志松也饿了。

姚守义又对严晓东说:"都他妈的是你惹出来的事!"

严晓东承认:"是啊,是啊。不知道为什么,从返城那一天起,我心里就憋着股火,想跟谁打一架。"

"你可算如愿以偿了。"姚守义挖苦他。

"起码不后悔。终于打了一架,心里痛快多了。只是连累了你俩,觉得抱歉。"严晓东讷讷地说。

王志松终于开口:"你知道你惹这一架对我意味着什么吗?"

两个朋友一齐瞧着他,不做声。

王志松自言自语:"今天我已经有了工作,明天就开始上班。被拘留个三天五天的,单位知道了,还会要我吗?"

一阵长久的沉默。

"你为什么到了这种地方才告诉我们?"严晓东用极低的声音说。

"我有工作了,你们两个还在待业,我怕告诉了你们,使你们心中更忧烦啊!"王志松说罢,又不禁长叹了一口气。

严晓东起身离开姚守义,坐到了王志松身旁,将他的一只手握住了。半天,才挤出一句不着边际的话:"今天星期几?"

王志松明知他是在无话找话,不回答。

姚守义却低声呻吟了起来。

王志松和严晓东瞧着他,以为他装模作样。

姚守义的呻吟越来越响。他双手紧捂肚子,贴着墙壁渐渐躺倒在水泥地上。

王志松和严晓东仍瞧着他,不动也不做声。

姚守义佝偻着身子,不断呻吟着,在冰凉的水泥地上翻滚着。

王志松和严晓东终于觉得他确是真正在经受着某种痛苦,慌了,连忙凑过去,左边一个,右边一个,蹲在他身旁不安地问:

"守义,你怎么了?"

"胃疼还是肚子疼?说话呀!"

"胃里难受……肚子……也疼……疼得……他妈的厉害……"姚守义断断续续地说。

"活该!谁叫你空着肚子喝那么多酒!"王志松恨恨地说着,将他上身扶起,靠在自己怀里。

严晓东解开姚守义的棉袄扣,替他按摩肚子。

"我……我要吐……"姚守义说罢张大了嘴。

"忍住一会儿!"王志松迅速脱下棉袄,接着脱下旧绒衣,铺在地上,说:"往我绒衣上吐。也许我们得在这儿待上几天,得注意环境卫生。"

他刚说完,姚守义哇地吐了。

他轻轻给姚守义捶着背。

姚守义又吐了好些。

严晓东待他吐完了,将绒衣小心地卷起,放在墙角。然后蹲在姚守义跟前,轻声问:"守义,你觉得怎么样了啊?"

"冷,从心里往外冷。"姚守义浑身哆嗦。

王志松将他更紧地搂在怀里。

严晓东也脱下棉袄,抱起姚守义的双腿,将棉袄垫在他屁股底下。

王志松对严晓东吩咐:"把我的棉袄裹在他身上。"

严晓东照办后,问姚守义:"守义,还觉着那么冷不? 把这儿的人喊来? 我真怕你是急性阑尾炎什么的。"

姚守义说:"我的阑尾几年前就在北大荒割掉了。"

王志松说:"拘留所真是个好地方,你俩在这儿变得多懂事多乖啊!"

姚守义说:"志松,再把我搂紧点。他妈的我好像掉在冰窖里了。"

王志松更紧更紧地将姚守义搂在怀里。

严晓东脱去棉袄,上身就只剩一件薄线衣了。

"拘留所里为什么不安上暖气呢?"他嘟哝,见王志松比自己更惨,只穿一件衬衣,便在王志松身边坐下,互相用体温取暖。

这三个返城知识青年,此后谁也不吭一声。在这个没有暖气的拘留所里,耐心地等待着对他们的发落。

两小时后,拘留所里黑暗下来了。

严晓东说:"他妈的,连个灯也没有。"

姚守义说:"冷……"

王志松什么也不说。

他觉得偎在自己怀中的姚守义,像个偎在母亲怀中生病的孩子,对姚守义产生了一种母亲般的怜悯。他也感到很冷很冷,姚守义是从心里往外冷,他是从外往心里冷。此时此刻,他真希望能靠在一个温暖的怀抱里。他便靠在严晓冬的怀里。

严晓东的怀抱却并不温暖。他坐在冰凉的水泥地上,靠着冰凉的墙壁,瑟瑟发抖。

只有姚守义应该说是暖和的,屁股下垫着严晓东的棉袄,身上裹着王志松的棉袄。

221

可他仍说冷。

失去了自由,黑暗,冷,使三个返城知青变得比以往任何时候都理智了,也使他们对发生过的和以后将要发生的任何事情都无所谓了。

他们无所谓地期待着对他们的发落。

除了冷和黑暗,他们心中不再抱怨什么。

走廊里传来了脚步声,越走越近。

三个返城知青就那么坐着,一动未动。

拘留室包着铁皮的门开了,黑暗中一道手电光照射在他们脸上。王志松和严晓东被晃得闭上了眼睛。

姚守义闭着的眼睛却连眼皮都没动一下,他用请求的语调低声说:"志松,替我要杯热水吧。"

"你们出来!"手电灭了。

王志松说:"我们有一个病了。"

"放你们走,你们还啰唆什么!"黑暗中,那个声音非常严厉。

第一个作出反应的竟是姚守义。

"我没病,我们立刻走,立刻走!……"他噌地站了起来。

王志松和严晓东也紧接着站了起来,各自从地上捡起棉袄,一左一右扶着姚守义往外就走。

手电又亮了一下:"你们谁的绒衣,脱在这干什么?"

"我的。"王志松赶快从墙角抓起了自己的旧绒衣。

手电光照射在绒衣上。对方显然产生了什么怀疑。

"这里挺热,所以就脱下来了。"

手电光一挑,照射在他脸上。

他佯装出获得宽恕者的感恩不尽的笑。

"挺热?酒劲烧得吧?"

手电光灭了。

三个返城知青,跟在一位公安警察身后,走在肃静的公安局拘留所的长廊。

严晓东说:"我真他妈的想大笑一场。"

王志松说:"忍住。"

姚守义说:"出去了再笑。"

那位公安警察,头也不回地走在他们前面,走进值班室去了。

他们在值班室外站住了,彼此疑惑地瞧着。

严晓东说:"不是放咱们走么?"

姚守义说:"我也这么理解。"

王志松说:"那咱们走。"

于是他们就继续朝前走。

走到外面,他们同时看见大门口的路灯下站着吴茵。她向他们迎来。

她在他们跟前站住,说:"是我给公安局长打了电话,求他下令放你们。"

姚守义说:"借你那十块钱,等我一有了工作就还你,我守信义。"

王志松说:"我替他还你。"

吴茵说:"你们就用这样的话感激我?"

严晓东说:"感激留着你的同学对你表示吧。"又向王志松说,"我和守义不奉陪了啊?"顺手接过王志松手中的绒衣,扶着姚守义缓缓走了。

两个中学同学面对面站着,一时无言。

王志松心中充满了羞惭。

吴茵主动开口说:"真想不到。"

王志松问:"什么?"

吴茵说:"今天碰见你。"

王志松说:"觉得给你丢脸了吧?"

吴茵说:"不。挺高兴的。"

"以后再对你表示感激行么?"

"我希望现在。"

"那我对你说——谢谢。"

吴茵摇头:"陪我走走行吗?"

他并不愿意。他急着回家,急着要将自己从明天起有了工作这件重要的事告诉母亲和妹妹,还急着看到他的孩子。是的,他已经有了一个孩子,虽然还没有妻子。

但是他没有理由拒绝她。

他总得报答她。为自己,也为严晓东和姚守义。

他不理解她为什么碰见了自己"挺高兴的";不理解她为什么要替他们向公安局长说情;不理解她为什么希望自己陪她"走走"。他如今已对任何事情都没心思去理解了。从明天起好好干他得到了的工作,侍奉老母亲,关心妹妹,将他的孩子抚养成人。这些个信念足够支撑他认真地生活下去了。他这么认为。

所以他只默默对她点了一下头。

他陪着她一路无言地走到了松花江畔。

月光之下,冰封的江面消失在对岸的黑夜中,使他联想到了北大荒的雪原。一盏盏路灯像一双双冷漠的眼睛,发呆地盯着马路。行人寥寥,来去匆匆。

吴茵转过身,靠着一根栏杆,久久地望着他。

在离他们不远的地方,有一对情侣,互相搂抱着,一动也不动,如同雕塑。仿佛在那里就那么个样子站立一个世纪了。

他们不觉得腿酸,大概也不会觉得冷。爱情使男人和女人都变得这么可笑!他想。徐淑芳,徐淑芳,我要忘掉你。我爱过了,而且真心实意地爱过了。对一个男人来说,这足够了。他暗暗对自己说。

他不再看那对情侣,希望他陪她走到这里,"任务"已经完成。

"十一年了。"她终于低声说。

这句话他懂。

"对。"他说。

"十一年来我们第一次见面。"

"对。"

"还记得吗？我曾给你写过情书？"

他记得，初二的事。那时他高傲得很。既不屑于主动讨女同学们的欢心，也将女同学们对他的亲近一概视为轻薄。这就更使某些女同学对他这位冰球队长痴心。她便是其中的一个。他用她写给他的情书叠了几只小狗，放在她的书桌里，那时他太不懂得尊重别人。她虽然受到伤害，可是并不怨恨他。继续给他写情书。他也就经常往她的书桌里放情书叠的小狗。后来他感到这种"游戏"腻烦了，就向班主任老师提出换座。他与另一个女同学同桌的那一天，放学后，她在路上拦住他，眼泪汪汪地恨恨地对他说："你瞧着，到头来你还得和我坐在一起。"从此她找碴与每一个和她同桌的男同学吵架。一个半月后，老师无可奈何，只好又将她和他调在了一张课桌。他在一张纸条上警告她："再给我写情书，小心我揍你！"她在这同一张纸条上写的是："不写也可以，你得对我非常友好。"

作为一个条件，他答应了。每次中学冰球赛，她都获得替他抱着衣物和鞋，坐在换场队员座位上观看的特权。她拥有这种特权直至临近初中毕业。老师认为他们这种"关系"颇不正常，觉得有责任找她严肃地谈一次话。

老师问她："你是不是在追求王志松？"

她诚实而坦白地回答："是的。"

老师又问："难道你不明白中学生谈情说爱是不好的事情吗？"

她反问老师："有什么不好？"

老师指出："影响学习。"

她继续反问："我的学习成绩下降了吗？"

老师无话可说。她的学习成绩从未下降过，哪一门功课在全班都属优秀。

老师最后警告她："总之中学生恋爱是不好的。"

她生气了："可是我们并没有恋爱。"

老师也恼了："那你和他这种关系究竟算怎么回事？"

她理直气壮地说："我不过是想先占有他的感情，为以后再爱打下基础！考试还不能临阵磨枪呢，我有什么错？"

老师居然被她驳得理屈词穷。

老师和她的谈话，被他在教室外全部偷听了。

他在校门口等到她，对她说："吴茵啊吴茵，你何必跟老师争论呢？我答应将来肯定爱你行了吧？可是明天你得对老师去讲清楚，我俩之间，仅仅是你在追求我，我并没对你有过什么特殊的表示。你有责任替我澄清这个事实。"

她竟天真地问："我替你澄清了这个事实，你将来就肯定爱我吗？"

他说："当然真的！"是真在骗她。

"一言为定！"她对他的哄小孩般的假话信以为真。

她当时那副样子快乐极了！

第二天，她果然替他向老师"澄清"了所谓"事实"。

爱情的无私只有在某些少女身上才能够得到令人信服的验证。只要给她们一个爱的希望爱的信念，她们会心甘情愿为所爱的人尽各种各样的"责任"，并浪漫地从中体味着爱的幸福。她们为对方付出的牺牲愈大，愈加感到爱的真实。

向名牌高中输送的保送生吴茵，被在全校宣布取消了保送资格。

直至那一天，她所获得的全部爱的快乐和爱的幸福，不过就是在她所爱的人进行冰球比赛时，忠于职守地替他抱着衣物和鞋。还有，他"回赠"她的十几只情书叠的小狗。

他觉得非常对不起她，非常内疚。

她反而安慰他："我才不在乎取消了保送资格呢！通过考试进入名牌高中，更能使我感到骄傲！"

她因终于为所爱的人作出了重大的牺牲,而感到爱得踏实多了,爱得自信多了。

……

面对当年曾那么痴心地爱过自己的中学女同学,刚从拘留所被放出来的当年的中学生冰球队队长,心中不由得产生了一种往事不堪回首的惭愧感。他忽然对她警觉起来,猜测她也许正是为了当年他欠下她那笔"情债",今天欲向他实行报复。是啊,她有权报复。他想。因为爱他,仅仅因为爱他,她当年被视为全校最"轻浮",思想意识最"复杂"的女生。甚至在她的品行鉴定中,也记载了"违反校规早恋,屡经批评不改"这样一条。而他,却背着她几乎对所有的同学都宣布过:"她纠缠我是她的过错,我对她根本没半点好感!"以此显示自己的高傲,以此维护冰球队队长的"名誉"。使她成为全校男女同学公开嘲弄的对象,使她伤心地不止痛哭过一次。如今,她是记者;他从明天起才是一个铁路扳道工。她认识公安局长,一个电话,就使他和他的两个朋友从拘留所被放了出来。她当然还会认识许多和公安局长一样有权力的人物。而谁还记得他这个十多年前全省中学三连冠的冰球队队长呢?她只消对他说自己当年居然那么痴心那么钟情地爱过他,是一件多么多么荒唐多么多么可笑多么多么傻的事,就能够将他的自尊心整个儿砸进冰封的松花江里去!

他一这么想,便认定了她希望他陪她"走走"的动机,正是为了实行报复。

"当年我很对不起你,我很坏。"他低声说,在她的注视下,觉得无地自容。一列火车从江桥上驰过,为了避开她的注视,他的目光追随火车望向遥远的黑夜。

她却说:"你送给我的那些情书叠的小狗,我仍珍藏着,一共十三只。如果你当初还会叠别的什么小动物,我就有一个动物园了。"

他的心像被一只无形的手紧攥了一下。

十三封情书啊,一个少女的纯真的情愫,一个中学生所能想象得出的表达爱情的形容和比喻,都包括在其中了。

可他竟连一封也没认真看过。

也没对她说过一句哪怕是友好的话。

他不禁收回目光看她,见她依然在目不转睛地注视自己。月光下,她的眼睛是明亮的,却没有热情。

一双大而冷的眼睛。

他的心又像被一只无形的手紧攥了一下。

不知为什么,他有点怕她那样子的笑。姚守义和严晓东就常像她那样子笑,他们那样子笑的时候,是什么都不在乎的时候。他们说他有时候也那样子笑,他有时候也怕自己。

她忽然转过身去。

他迟疑地问:"我可以走了么?"只想快点离开她,回家去。

她说:"你走吧。"并不转身。

他走了。

走了几步,他又站住,回头看她,见她伫立在那儿,犹豫了一下,走了回来。

"我再陪你走走?"

"不用。"

"让我再陪你走走吧。"他几乎是在请求了。同时他心里暗想:我他妈这是图的什么?

她缓缓转过身来,凝视他。

她的眼睛在对他说:"谢谢。"

他们默默沿着江畔向前走,走过那一对雕塑般的情侣身旁。

他们一动不动,还是那个样子,好像还要那个样子在那个地方再站上一个世纪。

他们走过青年宫。它前面的场地被江畔的路灯和它的门灯照耀得如同白昼,显得又空旷又寂寥又冷清。

他说:"这儿好像缺点什么。"

她说:"你忘了?这儿原有一尊天鹅雕塑,'文革'中被砸了。"

他回头朝那对情侣看了一眼,又说:"把那一对摆在这也挺好的。"

她也回头朝那对情侣看了一眼,说:"我倒真想变成一尊雕塑,摆在这儿。不过希望能被雕成中学时代的样子。"

无形的手又攥他的心。

直到这时,他才意识到,他确是欠了她很多很多,比他所能想象到的还多。远非陪她"走走""再走走"所能抵偿的。

他心里很难过。

他们不知不觉地走到了江桥下面。

她站住了,用极低的声音说:"陪我过一次江桥吧。"

江桥在夜色中沉默。

他抬起头望着它,觉得它仿佛是具有生命的,不过此刻睡了。

他和她曾一块儿从它身上走过。一块儿走过去,一块儿跑回来。跑回来是因为走过去后下大雨了。那天是他的生日,她送给他一柄冰球拍,是用她平时积攒下的零钱从体育用品商店买的。他嘲笑她多此一举,声明自己使用惯了学校发的那柄旧冰球拍,根本不会用她送给他的。她就伤心地哭了,他费了不少唇舌才将她哄好。

她说:"那你得陪我过一次江桥。"

他不忍心拒绝。

从江桥上跑下来后,他俩的衣服都淋湿了,躲在桥洞避雨。

她冷得发抖,可是在快活地笑。

她告诉他,那是她第一次过江桥。

"我永远忘不了这一天,是你陪着我一块儿过江桥的。"说这话时,她的表情那么幸福。

她问:"你将来肯定爱我吗?"

他说:"肯定。"

她又问:"什么时候算将来呢?"

他说:"等我们长大了吧。"

"什么时候算长大了呢?"

"二十七八岁的时候。"

"还要等十多年啊。"

"你要爱,就得等。"

"我等。"

"那你等吧。"

"那你现在得吻我一下。"

他轻轻在她脸蛋上吻了一下,同时心中暗想:小丫头,你等不了那么久便会着急慌忙地嫁人的。

那一天,他说的那一切话,不过都是在哄她,像一个大哥哥哄一个小妹妹。

不能白要她一柄冰球拍,总得还赠给她点高兴——他从不占别人的便宜。

人的回忆像打水漂的石头……

他在心中对她说:吴茵吴茵,我当年欠你的,我今天晚上都还你!你如果愿意,我陪你来回在江桥上过一百次!他妈的,我怎么欠下别人那么多啊!却没有一个人对我说曾欠下过我点什么应该抵偿……

他心中产生了一种孩子般的委屈。

"也许我耽误你的时间太久了,你走吧?"

"别把我看得那么自私。"他有些生气地说,挽住她的手臂,和她同步踏上了江桥台阶。

江桥沉默着。

冰封的松花江也沉默着。

江桥仿佛一个巨人的手臂,它搂着一个肌肤洁白的美人儿的身体在熟睡,它的梦境连接着对岸的黑夜。

他们一步步登上了江桥,缓缓走在它的梦境之中,缓缓走向对岸的黑夜。

月亮在他们头顶上伴着他们一齐走。

"我真傻。"她边走边说。

江桥竟也是能产生回音的。她的话声在钢铁的支架间缭绕——"我真傻,我真傻,我真傻……"

"记得吗? '文革'中,我参加了'炮轰派',你参加了'捍联总'。我们两派的大喇叭天天广播最高指示:革命群众没有必要分成势不两立的两大派组织。可我们就是势不两立。每天,你们在教学楼里喊消灭'炮轰派'的狗崽子们。我们就在操场上列队跑步,边跑边喊:锻炼身体,准备夺权! 那时我常想,总有一天,我们会瓦解你们,夺取到政权,在学校建立一个真正的'三结合'革命委员会。我要以革命的名义亲自审问你,迫使你在真正的'革命造反派'面前低下头来。只要你肯低下头来,承认你们是假革命派,我就当众拥抱你,吻你。后来,我们'炮轰派'的据点一〇一厂,也被你们'捍联总'攻陷了。那是真正的战斗哇,你说不是吗? 每一面迎窗的墙壁上都布满了弹洞,我们一共死了十七个人。你还记得杨宏良吗? 就是在咱们学校两次数学竞赛中获得第一名的那个男生,戴眼镜,脸挺白的,秀气得像个女生。他就死在我身边。他从窗下站起来喊了一句:'我们炮轰战士誓死不……'没喊完就倒下去了,子弹正打在他眉心……他死在我怀里。我一点都没怕,掏出手绢替他擦去了脸上的血,替他抚上了眼睛。还将他被打断了的眼镜用血手绢包上,放入胸罩里,想要亲手交给他的爸爸妈妈……然后我就拿起枪朝外射击。子弹打光了,又拿起了杨宏良的枪继续射击。是的,那是真正的战斗。我们每一个人都视死如归,非常英勇……你们终于占领了我们的阵地,我们有的人跳楼了,剩下的人,被迫举起双手,从同一个楼口走出去。两个你们'捍联总'的人,守在楼口两边,手中拿着刀子,往我们每一个走出来的'炮轰派'身上都扎一刀。我是流着眼泪从那个楼口走出来的。他们问我哭什么,说只要我喊一句'炮轰派'完蛋了,就放我。我回答:'我哭,是因为我不能像捍卫巴黎公社的女战士那么英勇地牺牲,作了你们的俘虏,我感到羞耻。'他们就往我身上扎了好几刀,有一刀扎在我左胸上。还好,他们没往我脸上来一刀……"

她站住了,一肩斜靠着桥栏,俯视着江面。

冰封的江面像一个睡美人儿的窈窕的身体。

她嘴角又浮现那么一种使他害怕的冷笑。

"围攻一〇一厂的时候,我已经成了逍遥派,那天没去。"他用自己勉强听得到的声音说,似乎是在替自己辩解什么。

"你很幸运,"她说,"那是一场噩梦。"

月亮也停止了移动,悬在他们头顶上,倾听着她的话,也倾听着他的话。

"再后来'上山下乡'运动开始了,你们都先后报名到北大荒去了,我一个人回到了我父亲的老家——安徽农村。那个村子生活很苦,只有我一个知识青年。我宁肯孤独,也不愿和许多熟悉的人在一起。我想忘掉一切,也希望被一切人忘掉。只有一个人我无法忘掉,那就是你。我几乎每天,每时,每刻都在想你,想你,想你……想着你对我说过,你将来肯定做我的丈夫。我给你写过许多许多封信,却不知应该往何处寄。写一封,放在小箱子里保存起一封。我想,总有一天,你会突然出现在我面前,对我说:'我来做你的丈夫了!'我相信你的话,胜过相信最高指示。我在对你的希望中熬过了两年多孤独的生活。'文化大革命'还在继续,但是对于我,它结束了。我却想错了,有一天,一辆吉普车开进了村里,两个公安人员将我戴上手铐铐走了。他们说我在守卫一〇一厂那一天打死过人,我像一个逃犯似的被从安徽农村押回了我们这座城市。我生平第一次被审讯,被关入了真正的牢房。审讯我的是当年'捍联总'的一个头头,当上了公检法的什么'领导小组'成员。他有一天单独提审我,忽然对我变得客客气气,对我说,我的命运,就掌握在他的手中。我完全相信他的话。我究竟打死过人没有，我自己也不知道，也没有证人。那一天'炮轰派'死了十七个，'捍联总'死了十三个。说不定那十三个人中有一个人是死在我的子弹之下。他说只要我答应和他结婚，他就有权宣布我无罪，还可以在城市替我找一个理想的工作。如果我不答应，那么他有足够的证据判我死罪，至少是无期徒刑。'还要开万人大会公审你。'他说。'还要将你交给那些死去的捍联总烈士的家属，让他们拿你解解恨。'他说。'炮轰派，已经定为反动组织，我们想怎么处置你就怎么处置你。'他说。他说的这些话使我内心害怕极了。就是在那个时刻，我心中还想到你。我想只有你才能救我。我想即使你不能从他手中救出我，我也要再见你一面，告诉你，我爱你是怎样的真心实意。我对你的爱绝不是一个女中学生的轻浮。我请求他给我一段时间，一段自由。我一获得自由，就到处打听你家的住址。终于打听到了，去找，你们家却搬了。又去新的住址找，见到了你母亲和你妹妹。她们拿出你的照片给我看，还拿出徐淑芳的照片给我看。她们告诉我，你和她已经是对象了。真没想到，你会爱上我们班最老实的，中学时代和你接触最少的一个女同学。我原以为，只要找到你的家，就会得到你的通讯地址。一个星期内，你就会收到我的电报。你就会不顾一切地回到城市，至少会在我最最渴望见到你的时候，你能够回到城市来让我见上你一面……我所得到的却是彻底的绝望……我想死，又不忍心使爸爸妈妈遭受打击。我那时才明白，你当年对我说的话，是不认真的，是说着玩的，是骗我的……"

江桥震颤了。

一只独眼从对岸的黑夜之中射过来一束探照灯般的强光。

一列火车接连发出三声长嘶，犹如一头猛兽风驰电掣地冲到江桥上。

一个伤感的梦境破碎了。

一团雾气吞掉了两个身影。

江桥的钢铁骨架仿佛在抖动，仿佛顷刻就要解体。

松花江却依然像个身体窈窕雪白的睡美人似的安眠着。

当一切都重新归于宁静之后,两个身影又在雾气弥漫中渐渐显示出来了。

雾气纱绢一般,从江桥上飘落到松花江上。

月亮没移动。

她仍周身缭绕着雾的纱绢。

他说:"我们往前走……"

她朝对岸的黑夜看了一眼,摇摇头:"不,我害怕了……"

"那,我们往回走。"

"等一会儿,我头有点晕。"

"……"

"我如今怕高处,一站在高处,就想往下跳,好像有只手从背后推我。我倒不是想死,我如今很怕死。我是想飞。我总觉得自己只要从高处往下一跳,就会凌空飞起来。像只鸟似的,自由自在地飞,想飞多高就飞多高,想飞多久就飞多久,想落在什么地方就落在什么地方……"

她说得很天真,她笑得很古怪。

月光下,她的脸色苍白。那双眼睛愈发显得大而空,美而冷。

他也害怕极了。

他害怕再有一列火车开上江桥,再有一团雾气吞掉他们,雾气过后,她"飞"了……

"我们下去……"他抓住她的一只手就往回走。

"如今我们可算长大了是不是?"

"是的。我们长大了。"

"我想回去。"

"我送你回去。"

"我想回到少女的时代。"

"……"

他紧紧抓住她的一只手,像领着一个小女孩似的,领着她匆匆往回走。走下了江桥,走在来的路上。

她忽然站住,使劲从他手中抽出她的手,低声说:"我到家了……"

他便站住了。

他们站在一幢楼前。

她抬起头,又说:"你看,四楼,那个粉红色窗帘的窗口,就是我的家。"

他也便抬头仰望。

"你没忘怎么叠小狗吧?"

"没忘。"

"我还留着那些情书,你要是愿意,哪天我送给你,闲得没事时,你可以叠小狗玩。"

那只无形的手已经把他的心攥碎了。

当他从那个粉红色窗帘的窗口收回目光,她已不知何时悄无声息地隐入楼里去了。

他想:在那粉红色的后面,每天都进行着什么呢?……

吴茵,吴茵,我真对不起你。还有你,淑芳。我更对不起你。还有你们,晓东和守义,我多想给你们一点安慰,可是我顾不上你们了。从明天起,我的时间将不属于你们了。我不能够再陪你们在马路上闲荡,也不能够再陪你们在哪家小酒馆里喝酒了……

哥们儿,工作会有的。迟早会有的,要耐心地等待,等待……他妈的我们已经付出了那么多,就再付出一点耐心吧!

他怀着种种的惆怅种种的失落回到了家中。

母亲躺在炕上,躺在孩子身边。

妹妹坐在凳子上发呆。

他问妹妹:"妈病了?"

妹妹不回答,起身把饭菜给他端上了桌子,神情忧郁地退出了里屋。

他端起饭碗,目光落在孩子身上。他不由得放下了饭碗,走到炕前,双手撑着炕沿,俯身注视孩子的脸。孩子睡得很甜,含着自己的一根指头。

母亲坐了起来,问:"工作的事定下了?"

"定下了,明天就开始上班。"他的目光仍注视在孩子脸上。

"跟妈讲实话,这孩子……究竟……怎么回事?"

"妈,我不骗你了。这孩子,并不是别人委托给我抚养的。我回来那天,在火车站,有一个上海女知青,将这孩子遗弃给一位解放军了。那解放军又将这孩子送到了站长值班室。站长不知如何是好,要让这位解放军把这孩子送到失物招领处去。我想,这孩子是我们北大荒知青的后代,他不应该没有爸爸和妈妈,我就将他抱回来了……"

"那……今后怎么办?"母亲犯愁地望着他。

"我要把这孩子抚养成人。"他坚定地说。

妹妹从外屋走进来了,说:"哥,我喜欢他。我帮你抚养他!我真怕你把他再送人!"

"我谁也不送!"他说着,在那孩子的小脸蛋上,轻轻地吻了一下。

他心里说:"儿子,快长吧……"

第七章

三十支红色小蜡烛,插满一个五斤重的大生日蛋糕。

全家人围桌而坐,预备向姚玉慧祝贺生日。

蛋糕是母亲买的,蜡烛是妹妹插的。

一九七九年过去了。一九八〇年的最初几天也过去了。一年的概念压缩在她返城后一晃而过的日子里,使她切身体会到了"年华如水"这四个字所包含的咄咄逼人的意味。

每人的一生中都有几个年龄界线使人对生命产生一种紧迫感,一种惶惑。二十五岁、三十岁、三十五岁。二十五岁之前我们总以为我们的生活还没有开始,而青春正从我们身旁一天天悄然逝去。当我们不经意地就跨过了这人生的第一个界线后,我们才往往大吃一惊,但那被诗人们赞美为"黄金时代"的年华已永远不再属于我们。我们不免对前面的两个界线望而却步,幻想着要逗留在二十五岁和三十岁之间。二十五岁到三十岁之间的年华,如同白天照射在墙壁上的光影。你看不出它的移动。你一旦发现它确是移动了,白天已经接近黄昏它暗了,马上就要消失,于是你懵懵懂懂地跨过了人生的第二个界线……

三十支小蜡烛,给姚玉慧的生日增添了类似宗教的色彩。望着它们所形成的一小片辉煌,充满在她心间的,不是快乐,而是无边无际的惆怅和茫然。烛光晃在她对面的父亲的脸上,父亲身穿黑色毛衣,虔诚地注视着她。她觉得父亲像个教士,虔诚的表情是故作给她看的。她明白,父亲和母亲一样,因为她已经三十岁了暗暗感到烦恼。她也知道父亲此时此刻坐在她对面,坐在母亲身旁,并非为了使她高兴,不过是为了使母亲高兴。

女儿们的十岁生日能给予父亲们以快乐。

女儿们的二十岁生日能给予父亲们以欣慰。

三十岁了而未嫁的女儿们的生日,能给她们的父亲们带来什么美好的情绪呢?

母亲竟希望女儿的三十岁生日能造成一种欢娱的家庭气氛!

一个三十岁的,没有工作的,对任何男人都毫无吸引力的老姑娘的生日,和这样的一个老姑娘的追悼会没什么区别,同样造不成什么富有诗意的气氛。

弟弟坐在她左边,妹妹坐在她右边。

弟弟送给她一件生日礼物——一条白色的纯毛长围巾。妹妹告诉她,那原本是他买了送给倩倩的,可是他那个瓷洋娃娃不喜欢白色,不要。

当弟弟将它作为生日礼物送给她时,她问清价格,采取一手钱,一手货的方式接受了。钱是向妹妹"借"的。她正缺一条长围巾,省得自己去买了,返城后她最不愿涉足的地方就是商店。一个二十九岁的,不,一个已经三十岁的,没有工作的,对任何男人都毫无吸引力的老姑娘,无所谓喜欢什么颜色或不喜欢什么颜色。

女性选择颜色其实不是用眼而是用心;她内心里没有色彩。

弟弟还装模作样地说:"姐你这是干吗?为什么要给我钱啊?我可是特意给你买的呀,白色象征高洁!"

她听了很生气,反唇相讥:"我比你那个瓷洋娃娃更高洁?"

所以这会儿弟弟多少有点尴尬地躲避着她的目光。

只有妹妹的快乐是由衷的。妹妹分明将给她过生日当成一场游戏。

妹妹比父亲比母亲更爱她。她不愿扫妹妹的兴,也不愿使父亲和母亲在此时此刻感到什么不愉快,于是她就笑,企图用虚假的笑来烘托这场家庭"游戏"的气氛。

母亲见她笑了,母亲也笑了。

父亲见母亲笑了,父亲也笑了。

她明白,父亲和母亲的笑,是向她这个长女的一种牵强的表示——证明他们作为父亲和作为母亲,对于她从今天已经三十岁了这件事,还是满心欢喜的,起码并不忧烦。她太明白了。

她也知道父亲和母亲脸上一边笑心里一边想的是什么。他们准是在想——如果有一个男人以他们未来女婿的身份在座,欢娱气氛才算完美无缺。

他们需要一个女婿比她自己需要一个丈夫的心情迫切得多。

市长家有一个嫁不出去的老姑娘,比普通人家有一个嫁不出去的老姑娘更会引起种种闲言碎语。

她很理解父亲和母亲能够对她作出那种欢喜的微笑是多么不容易。

她忽然觉得自己在这个家庭中很多余,忽然意识到,在她还没有来得及完全由一个"教导员"重新变成一个女人时,她已经无形中给父母造成了很沉重的心理负担。

也许我根本就不应该返城?她想……

妹妹迫不及待地大声嚷:"吹呀!"

她知道应该一支一支吹灭蜡烛。

她吸一大口气,噗地吹去,希望一口就将三十支蜡烛全吹灭。

可怜,只吹灭了四支。

她又深吸一口气,想再来一次就结束这场家庭"游戏"。

"嗨,别那么性急!……"妹妹在她后背上拍了一下。

妹妹希望玩得从从容容,郑重其事。

母亲皱起了眉头。

她赶紧笑。

我可不能使全家人扫兴,她想,我得陪全家人将这场"游戏"进行到底。

"三十年哪,你一口气吹不灭的。"弟弟终于有了一个机会挖苦她。

不知从哪一天起,弟弟好像与她在感情上产生了某种隔阂。大概因为她不喜欢倩倩。不错,她承认自己对那个漂亮的瓷洋娃娃多少存在一点女性的嫉妒心理。嫉妒对方比自己年轻,嫉妒对方有一张对男性们具有吸引力的脸,嫉妒对方是个美人儿,还嫉妒对方时时处处都善于恰到好处地显示自己的美的那种无拘无束的女性本能。而她自己则完全丧失掉了这种本能,刚刚重新开始意识到自己是一个女性。但所有这一切嫉妒并非是她不喜欢倩倩的原因。不,绝对不是。恰恰相反,许多比自己年轻,脸蛋比自己漂亮的姑娘都能够获得她的好感。作为一个女性,她有嫉妒心理,但却从未因此而敌视过谁。

她不喜欢那个瓷洋娃娃是因为那个瓷洋娃娃居然敢对她表示怜悯和同情。

她不能够忍受这一点。

瓷洋娃娃虽不曾对她说过什么怜悯和同情的话,但那种流露出怜悯和同情的目光,常常使她想大声叫嚷:"别用这种目光看我!"

谁怜悯我,谁同情我,谁就等于侮辱我! 这种思想从她返城那一天就在她头脑中深深扎根了。

这乃是她——二十九岁的,不,三十岁的,没有工作的,对任何男人毫无吸引力的老姑娘的尊严。

好几次她想对那个瓷洋娃娃说:"可爱的小鸟儿,你除了可爱之外还趁什么更有意义更有价值的资本? 你怜悯我同情我太不够档次!"

瓷洋娃娃到家中来的次数少了,所以弟弟对她怀着心照不宣的怨恼。

她被弟弟挖苦了一句之后，瞪了弟弟一眼，冷冷地说："你今后再敢挖苦我，你那个瓷洋娃娃来了，我就把她轰出去！"

弟弟倏地站起，要离去，被母亲一把扯住，不得已悻悻坐下。

父亲责备地注视着她。

母亲不满地说："玉慧，从你返城以后，全家人在哪点上对你关心得不够？"

妹妹嚷："得了得了，这又不是谈判桌，蜡都淌到蛋糕上了，姐你还不快吹！……"

她不再说什么，接连吸气猛吹。

当最后一支蜡烛被姚玉慧吹灭时，姚守义在家中穿完了第一百零三支糖葫芦。

家，对孩子们是一座城堡：他们在外受到威胁时就赶快往家里逃。对中年人是一个王国：最最普通的男人或女人在家里可能是颐指气使，说一不二的君主。对老头老太太们是事业，是江山社稷：儿孙满堂使他们感到劳苦功高。

对返城知识青年们，家究竟意味着什么呢？十年前他们哭着闹着喊着叫着毅然决然地不顾一切地离家而去，又究竟为什么十年后他们二十八九甚至三十多岁了，真正到了不应该再恋家的年龄了，反而哭着闹着喊着叫着毅然决然地不顾一切地返回城市扑进家门呢？为什么？究竟为什么呢？

他们毅然决然地返回城市，急急切切地扑进家门，乃是因为他们省悟到从"红卫兵"时代到"上山下乡"运动，他们原来不过是石头。"西西弗斯的石头"。他们被一位巨人滚上山顶，然后从山顶滚下来，然后再被那位巨人滚上山顶，再滚下来……这是西西弗斯的事业。西西弗斯是不知疲倦的，因为那巨人是神。可他们的血肉之躯已再经不起几番滚动，滚动中他们遍体鳞伤。他们最初认为这种不间断的滚动即是他们作为一代人的使命，可后来他们的头脑终于在滚动中产生了怀疑。这是本能的清醒。他们终于向西西弗斯也向他们自己呻吟着发问：这种滚动的目的何在？

西西弗斯不回答。

那位巨人是神，也是一页历史，也是一个时代。

而一代人再也不甘心充满热情地做神的石头。

他们十年前离开家门是为了去寻找他们要寻找的东西，结果他们什么也没寻找到。他们十年后扑进家门是因为寻找累了，心灰意冷。他们扑进家门是预备第二次迈出家门，是预备开始他们人生的第二次寻找。东西南北中，这一次他们预备按照他们自己的意志认定一个去向。即使旧巢毁坏了，燕子也要在那个地方盘旋几圈才飞向别处。这是生物本能。即使家庭分化改组了，做儿子做女儿的也要回到家里看看再考虑自己今后的生活打算。这是人性。

家对返城知识青年们已不再是城堡，因为他们不再是孩子。

家也并非他们的王国，因为他们的家庭地位依然是孩子。

他们原本希望对家庭对父母一尽儿女的义务和责任，现实却使他们成了家庭成了父母的负担和烦愁，过去是如今依然是。城市在他们每一个人的身上都写下了两个看不见的"红字"——待业。

如果说当年的知青教导员对待业感到的不过是茫然和惆怅的话，那么姚守义们对待业感到的则是内心的痛苦和强烈的愤怒了。

幸亏这会儿他跟前放着一大盆山楂。幸亏一个姑娘，不，一个少妇，不，一个年轻的母亲和他面对面坐着，和他一块儿穿糖葫芦。否则，他可能又会去找严晓东，两人一块儿凑点钱，到某个街头巷尾的肮脏小饭馆借酒浇愁。

年轻的母亲有一张女孩般的娃娃脸。孩子的脸却是长得像个小老头，描几道皱纹画上几撇胡子就更像了。

山楂么,是一等的山楂,又红又大,瞧着就使人嘴里酸溜溜的。

女人本身就是耐心,就是力量,就是男人们将许多事情做好的最可靠的保证,是稳定男人情绪的万应灵丹,尤其一个女人不难看是这样;难看的女人另当别论。

姚守义放下第一百零三支糖葫芦,立刻拿起第一百零四根竹签子,并且向年轻的母亲提出倡议:"咱俩把剩下这点山楂都穿完了怎么样?"

剩下那"点"山楂起码还够他和她每人再穿一百零三串的。

她抬起头看了他一眼,笑笑,乐意地说:"行啊,反正我今晚也没什么事儿可干。"

姚守义忽然觉得这个晚上是他返城后心情最佳的一个晚上。

女人居然还能启发一个男人的想象力。

姚守义的头脑本不富于想象,但是将一等的、又红又大的山楂想象成玛瑙、珠宝、玉石球什么的,这种浪漫思维他的头脑还是够用的。在奇妙而有限的想象中,他觉得自己仿佛是一位充满自信的艺匠。穿糖葫芦颇有艺术工作的情趣。他手中那把"文化大革命"中用来刻主席头像的刻刀,也就仿佛成了雕刻家手里的艺术工具,遗憾的是在每个山楂上只能来一刀,使他获得的艺术满足太有限。好在这一刀挺讲究分寸,切口过深过长不行,那样一个完美的整体就变为两个红彤彤的"半球"了,就不好穿了,勉强穿上也不好看了。切口要不深不浅,不长不短。一刀下去,又红又大的一个一等山楂,咧开一张笑口,像没长牙齿的婴儿的笑口。然后呢,用刀尖小心地剔出山楂核,再轻轻将那可爱的笑口合上。六个山楂穿一串,一支体体面面的糖葫芦就完成了一半工序。每穿完一支,他都要自我欣赏几秒钟,才满意地放下。

这个工作是他从今天起才获得的临时工作,是为一家冰棍厂加工。那家冰棍厂夏天做冰棍,冬天做糖葫芦。这事儿原是同院一个无职无业的孤身老头赖以糊口的营生。街道为了照顾那老头,开了介绍信出面替老头与冰棍厂订下长期合同。几天前老头死了。街道主任来到姚守义家,对他母亲说:"每月能挣三十几块钱呢,让守义干吧,我看他挺适合干这活。"母亲自是千恩万谢的。他也不得不赔着笑脸说些"承蒙照顾"的话。至于街道主任根据什么认为他"挺适合干这活",他却百思不得其解。街道主任还诡秘地叮嘱他和母亲:"你们千万别对外院的人讲啊,外院的人家知道了,该说我这个街道主任偏向你们守义了!"这话他信。这条街道上就有二十三个返城待业知青,有活可干的他还是第一个。每月能挣三十几块钱,二十三个返城待业知青哪一个也不会拒绝这种机会。他们在兵团的最初几年,每月也不过才挣三十二块钱。只要是个能挣钱而又合法的机会,哪一个返城待业知青都会一把抓牢不放松的。过后他问母亲街道主任为什么对他姚守义这般恩典?母亲说:"你爸不是从木材加工厂为人家买了一方木柴嘛!"

当他面对两大盆山楂和一大捆竹签子在小板凳上坐下时,他觉得自己的命运和前途都够酸的。转而想,自己毕竟从此和一个单位——一家冰棍厂建立了某种关系,返城后那颗无着无落的心,便安定了许多许多。他甚至认为有必要让父亲再给街道主任从木材加工厂买一方"内部价格"的木柴,然后求她将那份"长期合同"上的死去了的老头的名字,改成他姚守义的名字。

从穿糖葫芦中体味到"艺术工作"的情趣,那是在她开始和他一块儿"共事"之后才渐渐达到的一种境界。

她领着孩子来时,他刚穿了五六支。

"大娘不在家?"声音很低,有些喑哑。

他抬起头,见她一脚门里,一脚门外,正犹豫着进不进屋。黑色短呢上衣,红围巾,灰的卡单裤罩在棉裤外,翻毛皮鞋。他竟丝毫也没看出她是一个返城女知青。要是她不领着一个孩子,他会误以为她是刚念到初一下学期的弟弟的班主任老师来家访。

"收电费去了。"他说罢就又低下头去穿糖葫芦。待业知青的社会地位,使他在任何年轻女性面前都不由得产生羞惭心理。

"那……我等大娘一会儿行么?"

"行。"他觉得她问得好笑。心想:你又不是来到了什么大干部家里,我也不是首长秘书,何必如此!

她解开围巾,在另一只小板凳上坐下,瞧着他穿糖葫芦,那孩子则老老实实地偎靠着她。

他的双手变得笨拙了。

"你工作有着落了?"

"就算有了吧。"

"干什么?"

"就干这个。"

"自己卖?"

"我倒想自己卖,没许可证……"他忽然记起了街道主任的叮嘱,警惕地抬起头看了她一眼:"你问这些干吗?"

"待业知青见了待业知青,不问这些问什么呢?"她长叹一口气。

"你也是待业知青?"他开始对她另眼相看了。

她微微点了一下头。

"你不说,瞧不出来。"

"怕的就是走在马路上让别人瞧出来啊!"她又长叹一口气。

"返城知青就那么卑贱?"他盯着她问,放下了刚拿起的一根竹签子。

她苦笑着说:"我倒没这么想过。其实我是不愿意再穿那身兵团服,统统叫我烧了。一看见兵团服,不论穿在谁身上,就想到了孩子他爸……"

"孩子他爸……不在了?"

"在。在上海。说起来话就长了。我到北大荒那一年才十六,是老大。身下三个弟弟两个妹妹,一个比一个小两岁。我妈也真够可以的,隔两年就给我爸生一个。四十五岁前就生下了我们六个。要不是我爸死得早,我妈兴许还能给我生下几个弟弟妹妹呢!我有时候常想,计划生育早实行十几年就好了,那我不就也是一个被父母娇生惯养的独生女啦?还不早留城参加工作了?还会有返城待业这一天?……"

姚守义觉得她抱怨计划生育实行得晚与返城知青的命运之间没多少必然的联系,打断她的话,很认真地反驳道:"那可不一定。就算你是独生女,当年兴许也会不顾父母的坚决反对,哭着闹着自愿报名上山下乡。知青中这样的还少哇?"

"可我要是个独生女,同样待业,那滋味也大不相同啊!我们姐弟六个,当年'上山下乡'了一半。如今都返城了,都待业。都老大不小的。我妈的头发,从我返城那一天起,眼见着一天一天全白了。不说我妈了,还说我自己吧!到了北大荒两年后,我就结婚了。不结婚也不行了,有了这孩子了。怀着五个月的孩子,允许我们结婚的前几天,我还接受了一场批判教育。我想结婚就结婚吧,扎根就扎根吧,我当初并没指望有返城这一天啊!我是一心一意想在北大荒建立个小家庭。咱们知青一年四季的活多累呀!我还养鸡养鸭养鹅,每年都腌几坛子鸡蛋鸭蛋和鹅蛋,每次探家我往我家带,他往他家带。没见过比我们孩子他爸更好吃懒做的上海知青啦!有滋有味的,我都让给他吃。锄地,割大豆,他躺在家里装病,我一个人锄两垄,割两垄。他每年都要回上海探一次家,一回去就是三四个月。我俩的工资差不多是他一个人花。有时他人在上海,我还要月月往上海给他寄生活费。他家里的日子过得也挺艰难的。我想啊,我们是夫妻,不是外人。夫妻之间什么都不能计较。计较谁花钱多,谁为家庭操劳少,那还叫夫妻吗?他没怎么疼爱过孩子,孩子差不多就是我一个人抚养大的。十年内我没探过几次家。我宁可自己少探家,也要节省下钱给他作往返上海的路费。他倒也算下了十年乡,十年中能有四年是在上海。他总说自己有病,总说自己身体这不好,那不好,不能累着,也不能缺乏营养,还不能心烦生气。他怎么说,我怎么信。我想他是我丈夫,我是他妻子,我不心疼他谁心疼他?我不照顾他谁照顾他呢？那些年我哪儿是个妻子啊，我像是两个孩子的妈。孩子一天天长大了，他一天天胖了，三口之家就苦了我一个。知青们瞧不起我，认为我没出息，甘愿当女仆。老职工和家属们却夸我，都说：'谁能找这么个老婆算是一辈子的大福气啦！'我比听了贬斥我的话心里还难受。没当别人老婆的时候，我想，我将来要找的丈夫，他必须得爱我，疼我，处处关心我体贴我，宝贝着我，将我当妻子又将我当女儿才行！当女儿时没得到的当妻子后我要得到。梦！大返城了，他要回上海。明摆着，我和孩子到上海落不上户口。我苦苦哀求他跟我一块儿回咱们这座城市，他不同意。他说他是上海人，一定得回上海。一辈子落脚在北方城市他生活不习惯。我求别人帮我劝他。劝来劝去，他还是'回上海'三个字，我生气了，说：'以后长年两地分居，谁会像我这么体贴你？那种生活你受得了么？'直到那时我还以为他离开了我就不行呢！还习惯地将他当成个孩子。他却说：'车到山前必有路！'就这么样，火车到了咱们这座城市，我抱着孩子下了车，他留在车上，从车窗口跟我和孩子告别。火车开走了，我抱着孩子追火车，从站台这头追到站台那头，泪流满面自己不知道，心里一下子变得空空荡荡的……"

姚守义没想到她竟会向自己倾诉这么多，倾诉得这么坦率，无遮无掩。

她瞧着一盆山楂发呆，似乎说得累了。她脸上倒也没有什么悲伤，倒也没有什么抱怨，连点委屈的表情也没有，仿佛她心里直至此时依然空荡荡的。

那孩子不知何时悄悄摸了一颗山楂拿在手里，极想吃而不敢吃，见姚守义看他，两眼一眨不眨地瞪着姚守义，拿着山楂的小手怯怯地伸向盆，将一颗在手中攥了多时的山楂又放在了盆内。

姚守义发现孩子的眼睛很像母亲的眼睛，单眼皮，长眼角，眼神儿忽而呆愣，忽而游移。

"吃吧。"他抓起了一把山楂揣进孩子衣兜。

"这怎么行！……"她从孩子兜里掏出那把山楂,放入盆内,说:"你这肯定有数的。"

"那怕什么? 不就是少穿几串嘛!"他接连抓了几把山楂,将孩子的两兜都揣满了。

"快谢谢大大!"她感激地对他微笑了一下。

"谢谢大大!"孩子用细小的声音说,两只小手紧按着左右衣兜,仿佛怕母亲再将山楂掏出。

二十八的返城知青,有生以来第一次被一个孩子当面叫"大大"。他脸红了,有些不好意思起来。

她也脸红了,说:"我还不知咱俩谁年龄大呢,就让孩子叫你'大大'了,你可别见怪啊!"

姚守义憨厚地笑了:"肯定是我大。我今年二十八了,你二十几?"

"我二十六。"她大胆地盯着他的脸:"瞧你不像二十八的样子。"

"你在返城知青中算年龄小的了。"他低下头说。

"带着这孩子,我倒觉着自己比所有的返城知青都大好几岁。"她说完,又沉默起来,依然瞧着盆山楂发呆。

姚守义想:返城知青的命运,大概个个都像山楂吧?

那孩子从兜里摸出一颗山楂,咬了一口,立刻闭上了眼睛,发寒似的浑身打了个哆嗦。

他问:"酸?"

孩子回答:"酸……"

当母亲的斥道:"酸你还吃!"

孩子瞧着那颗咬了一口的山楂,不知如何是好。

他又低声问她:"后来呢?"

她苦笑道:"后来就离了呗。"

"离了? ……"

"嗯。他给我写的第一封信就提出要离婚,我想他一定疯了。借了一笔钱,带着孩子到上海找他。他一见我们母子的面,哭了。我和孩子也哭。我想他肯定会因为写了那封信后悔不及。他哭够了,却说:'既然你来了,咱们就把离婚手续在上海办妥了吧!'

"我说:'我是和儿子千里迢迢看你来的,不是和你离婚来的。'

"他说:'我恳求你和我离了吧!我是上海人啊!我好不容易才回到上海,再也不能离开上海了!你得尊重我一个上海人的生活习惯啊!'

"我问他:'是老婆孩子对你重要,还是上海对你重要?'

"他说:'反正我是无论如何再也不能离开上海的。长期两地分居,还莫如早离早散,重作各自的生活打算。'

"听他的话,好像理全在他那一边了。我的眼泪禁不住又淌出来了,问:'孩子怎么办?难道让孩子没父亲?'

"他说:'你怎么这样死心眼呢?你还年轻,长得也不难看,找一个合适的人再结婚完全来得及。你今后跟谁结婚谁就是孩子的父亲呗!'

"我问:'你有良心吗?'

"他说:'我怎么没有良心啊?没有良心我会觉得对不起你和孩子吗?会一见你和孩子的面就哭吗?'

"我说:'那么证明你是不爱我啦?'

"他说:'事到如今,对你讲实话吧,我从来就没爱过你啊!'

"我说:'你不爱我当初为什么追求我?还跟我结婚?你这不是坑我吗?'

"他说:'是啊是啊,我这个人从小就很自私,还很怕苦。我当初追求你,是因为我心里空虚。我和你结婚,不是不得已嘛!另外呢,我考虑结婚对我也没什么坏处。在北大荒有个人处处体贴我,周周到到地侍候我,也是我当初求之不得的。你看,我有一说一,有二说二,全是大实话。我不是也觉得挺对不起你的吗?我内心里永远永远感激你。咱们早离早散,好离好散,你将会在我心中永远永远留下一个美好的无私的形象,留下一段不能忘怀的回忆。我们今后甚至还可以通信,甚至还可

以互相探望,如同两个真正的战友。夫妻关系完结了,一种特殊的友谊开始了……'

"我就哇哇大哭起来。

"除了哭,我还有什么话可对他说的呢?

"那天晚上,我带着孩子来到了外滩。我真想一横心抱着孩子跳黄浦江。我想:到了这种境地还活个什么劲呢?干脆死了算!可又那么怕死。我就抱着孩子坐在外滩的石凳上,望着黄浦江想啊想啊的,只想是继续活下去还是干脆一死。后来我终于想明白了,觉得自己不能死。更不能让孩子跟我一块儿死。还没到非死不可的境地呢!我不但要活下去,还要努力争取活得像个样!我还没幸福地生活过呢,死了太对不起自己。第二天,我就心平气和地和他办理了离婚手续。第三天,我就买了回来的火车票。他还算是有良心,将我们母子送到了火车上,临开车交给我四百元钱。我只留了二百,为了孩子……"

她脸上依然没有悲伤,没有抱怨,连点委屈的表情也没有,只有一丝苦笑挂在她一边的嘴角上。

她那苦笑使姚守义心里感到异常不好受。

"他妈的混账王八蛋!"他突然冲口而出骂了一句。

她吃惊地抬起头看他。

他却看着那孩子,将孩子一把拉到了跟前。

孩子不明白他要将自己怎么样,畏缩地默默地往母亲那边挣身。

他紧紧抓住孩子的一只手,两眼盯着孩子那张小脸儿,问:"想你爸么?"

"想……"那孩子几乎快哭了。

"听着,"他狠狠地说,"你不必想他!你爸爸是个狗崽子!混账王八蛋!就是这么回事。你长大了要到上海去找到他,狠狠揍他一顿!"

孩子哇地哭了。

母亲抓住孩子另一只手,将孩子拽到怀里,生气地对他抗议道:"你干什么你?！你有什么权力对我的儿子骂他的爸爸！……"她紧紧将孩子搂在怀里,用自己的脸颊去贴孩子的小脸儿,两束愤怒的目光射向他。

姚守义不知所措了。他缓缓站起,背转过身去说:"请原谅……"

她也站起,凛凛地说:"别跟我来这套！像听故事似的听我讲,听我讲完了,就当面侮辱我,还侮辱我的儿子！……你才是个混账王八蛋！狗崽子！"

她扯着儿子的手就往外走。

"你给我站住！"他大吼一句。

她站住了,扭回头,微微眯起眼睛,轻蔑地瞧着他。

"你……我……"他不知说什么好。

那孩子从左右兜里将山楂掏出来,放进山楂盆内。连衣兜布也翻到外面了,仿佛是有意给他看——没带走你一颗山楂。

二十八岁的小伙子突然大发雷霆。他挥舞了一下手臂,又吼起来:"你走吧！难道你他妈的就没看出来,我这心里多为你难过吗？听了不难过的才是混账王八蛋,才是狗崽子！……"

他呼呼地喘着粗气。

她一动也不动,就那样瞧着他。

孩子往外拖她。

她仍然一动也不动。

他们彼此眈眈地盯视着。

不知是什么在他们心间起了作用,彼此盯视的目光渐渐变成了彼此凝视的目光。

凝视是超时间超空间的述说,是两颗心灵直接而无限度的沟通。

孩子不理解地,茫然地分别望着两个大人。

她嘴角终于又浮现了一丝苦笑。她微微晃动了一下头,不好意思地说:"真是的,我们怎么会吵起来呢！"

姚守义固执地嘟哝:"反正他就是一个混账王八蛋,狗崽子……"

"那就随你的便吧,"她宽宥地说:"不过我绝不允许你今后再教我的儿子如何怨恨他的父亲!"

"我教他如何做你的好儿子行么?"他非常认真地问。

她低头看了孩子一眼,很自信地说:"这我自己会。"一只手轻轻地爱抚着孩子的头发。

姚守义的母亲这时候回来了,他赶快又坐下穿糖葫芦。

姚大娘瞅瞅儿子,又瞅瞅她,奇怪地问:"你两个刚才都站着干吗呀?"

姚守义的脸倏地一下子红到了耳后根。

她忍住笑看了他一眼,说:"我正要走,他起身送我。"

"老李家的电费把我算糊涂了。"大娘走进里屋,放下收齐的电费,走出来问:"有事?"

她说:"就是我上次来求过您那件事呀,"将孩子朝大娘跟前轻轻推去,"叫姥姥。"

孩子乖顺地叫了一声"姥姥"。

姚守义敏感地听出,那孩子的声调中,有一种儿童的忧伤,有一种向大人们寻求怜爱的乞望。

他心里好不是滋味。

竹签子将一串山楂穿透了。

大娘呵斥道:"你那是穿糖葫芦哇,还是穿算盘珠子啊?"

"我腻味了!"姚守义嘟哝一句,将那串不成样子的东西朝山楂盆里一丢,站起来走进里屋去了。

里屋比外屋大五六平方米,像低等旅店房间似的,三面都摆着床。一张双人木床靠着正墙,四张单人铁床"更上一层楼",靠着左墙右墙。一张旧桌子受到不公正的排挤,傲踞房间正中。暖瓶、茶壶茶杯、闹钟花瓶烟灰缸,和其他一些零碎,分庭抗礼地占领了大半个桌面。花瓶里的一束塑料花,已不知是何年何月插入其中的,落满灰尘。姚大娘舍不得扔掉，没闲工夫也没那份心思洗净它，它也就那样黑不拉叽死皮赖脸地永远"开放"着。半块玻璃板下，压着一张奖状，上面用隶书字体写着姚守义的名字。那是他有一年在兵团被评为"五好战士"得的。十年来他也就得过这么一张奖状。物以稀为贵。大娘认为一个家庭连份奖状都没有，未免太不成体统，所以对它挺看重。姚守义返城后第一天就发现了它，想从玻璃板下抽出来撕了，结果挨了姚大娘重重的一巴掌。

他说："妈，'五好战士''四好连队'是当年按林彪假突出政治那一套搞的，这份光荣早过时了！"其实他想撕掉它，另有原因。他觉得它是对自己的一种讽刺。

妈却说："我才不管什么真突出政治假突出政治的！反正光荣没有过时的。林彪坏，全国那么多'五好战士'难道也随着变成了不好的战士么？还讲不讲究点辩证法？"

妈的"辩证法"以妈的特权为"理论基础"。姚守义只好任凭自己过了时的光荣经常从玻璃板下向他反射着透明的嘲笑。

他的妹妹当年没去成兵团，不得不到呼兰县农村插队。后来抽到了县里，在一个小小的酱菜厂当工人。几年前这无论对她自己还是对全家人来说，都是可喜可贺的好运气。如今呢，好运气导致了坏结果，她成了吃商品粮的"工人阶级"，便不能够按知青政策返城了。她给姚守义找了一个呼兰县糕点厂的"工人阶级"妹夫，姚守义还没见过妹夫是"长白糕"还是"黑列巴"。妹妹来的信，他返城后给妈念过两封了，有股酱醋味。

他和弟弟睡上下床。床焊得不结实。为了安全，弟弟"压迫"哥哥。初中生每天临睡前，都要偷偷用一块破镜片反复照那张当年被野猫爪子"抚摸"过的脸。这情形使他每天重温自己替弟弟复仇那桩好汉行为，不无忏悔地想到那家的玻璃是否镶上了，那家的老婆孩子那一夜晚是否冻病了，是否被他吓坏了。

对面的双层铁床原先睡的是他的父亲母亲。父亲十几年前被电锯锯掉了右手，上上下下不方便。身体肥胖的母亲不得不像只老猫似的每天小心翼翼地做她所不情愿做的"减肥运动"。

那张双人木床原先是爷爷和奶奶睡的。

他返城后,见父亲母亲已"继承"了那张双人木床,不问心里便明白了。

他从北大荒给爷爷奶奶带回了几棵人参。

他却对父亲母亲说:"爸爸,妈妈,这是我给你们带回来滋补身体的。"

他是很爱爷爷奶奶的,爷爷奶奶也很爱他这个长孙。

人参泡进了白酒瓶子里,父亲却一口也没喝过……

他仰躺在自己的床上,头枕双手,倾听母亲和她在外屋说话。

她向他讲了自己的命运,他却还不知道她的名字。

他并不想知道。她也是一个返城知青,比自己目前所处的境地更艰难,他认为了解了这些就已经等于了解了她的一切,他妈的名字不过就是一个人的符号。

他听到她充满憧憬地说:"我决定了要跟那个老鞋匠学掌鞋。学成了,我就什么也不怕了。城里靠掌鞋谋生的人不少,他说他要到各县里去挣钱。我呢,想跟着他好好学,一年半载的我不在乎。我妈为我操的心不少了,我这个当女儿的不能再让她替我照顾孩子。您老就千万答应替我照顾吧!人人都说您心眼儿好,孩子长久托付给您我不牵挂!无论我跟随他走到哪儿,保证月月按时给您寄钱来。十五块您要嫌少,二十也行啊!……"

他听到母亲为难地说:"我上次是顺口答应了你,可现在……你瞧守义又揽下了这穿糖葫芦的活,我这家里里外外的,全靠我一个人两只手了。有空儿,我也得帮守义穿糖葫芦呀!你没听见他刚才的话么?刚穿了十几支就腻烦了,哪儿是个有长性的呀,今后还不成了我的活?你要外出那么久,你孩子万一病了,我哪去找你呀?有个三长两短的,我担待不起呀……"

"这……大娘您要是推辞,我可就没路走了……"

"不是大娘推辞,大娘讲的全是实情话呀!"

姚守义呼地坐起来,犹豫片刻,大步跨到外屋去,对母亲说:"妈,她这孩子挺乖的,不会淘什么气,就替她看了吧!"

母亲生气了,斥道:"你就会当面做好人! 谁看? 你看还是我看? 我看,指望你穿糖葫芦成么?"

姚守义又红了脸。他对母亲笑笑,说:"妈,我刚才那不是气话嘛?穿糖葫芦挺好玩的,这活我会有长性的,我还要帮你看这孩子呢!"

母亲怔怔地瞅了儿子一阵,一转身走到外面去了。

他歉意地望着她。

她凝视了他几秒钟,拉起孩子的手,渐渐低下头,轻声说:"大娘不情愿就算了,我……再另找人家吧……"说罢,转身领着孩子也往外走。

他呆立着,心中暗生母亲的气。

母亲这时却推开门,费劲儿地将一只大柳条筐拖进屋来,见她母子二人要走,不高兴地说:"怎么? 又不放心把孩子留在我们家啦?"转身对儿子大声说:"这全是你弟小时候你爸给他做的玩具,没舍得烧,我这当妈的一心想留给孙子玩呢,哪承想你到如今连个对象也没混上! 都给我修好了吧!"

他乐了:"我修!"

她也乐了:"那,咱俩以工换工,我替你穿糖葫芦!"

于是,他找出父亲的木工工具,马上开始修那些木玩具。

她呢,就坐在他刚才坐过的那只小板凳上,立刻开始穿糖葫芦。

孩子对玩具比对山楂更感兴趣,一声不吭地蹲在他身边瞧着他修理。

大娘望着她叹了口气,自顾忙着做饭。

车厢分节的木头火车,轮子能转动的木头汽车,翅膀能并拢也能展开的飞机,木马、木枪……玩具不少,都没损坏,只不过有些松散了。他一会儿便全修好了。

修好后,那孩子便独自玩起来。他就坐到她对面,和她一块儿穿糖葫芦。

他一边穿一边说:"你这儿子挺让大人省心。"

她抬头朝儿子看了一眼,说:"我儿子长这么大还没玩过这么多玩具呢,我替儿子谢你了!"

他说:"你我都是返城知青,谢什么呢!"

此后他们都再没说话,一心一意穿糖葫芦。

他切山楂时她就穿,他穿时她就切山楂;一把小刀在他们手中传过来递过去,被他们的手温热了。

他穿得快起来,觉得自己的手不那么笨拙了,灵活多了。

她穿得比他还快,仿佛在和他比赛。

他忽然摇了下头,无声地笑着。

"你笑什么?"她奇怪地问。

"随便笑笑。"他又摇了一下头。

"随便笑笑?笑我吧?"她疑心了。

"不是笑你,是笑我自己。"

"笑你自己?我看我们俩这会儿都没什么可笑的。"

"是没有什么可笑的。"

"那你笑!"

"那我就不笑。"

他收敛了笑容,可心里确是觉得自己有些好笑。

他想起了在兵团时的一件事:一年冬天,男知青排到山上采石头。最初几天小伙子们个个都蛮有干劲的。后来干劲渐渐松懈下来了,泡病号不上山的一天比一天多了。知青排长每天出工前带领大家学语录:"艰苦的工作就像担子,摆在我们面前,看我们敢不敢去承担……敢于承担的,就是好同志……"天天学这段语录也不能重新鼓起大家的干劲。排长无可奈何了,去找连长请示解决问题的办法。连长指示:抽下两个男知青班,配合两个女知青班。排长一听急了,大叫大嚷:"这怎么行! 这怎么行! 姑娘们能抡几下大锤? 到时候完不成任务可别怪我!"连长胸有成竹地说:"你懂个屁! 这叫领导艺术,以后学着点!"两个女知青班上山后,情况果然大有改观。她们掌钎,小伙子们抡锤。小伙子们的干劲,又个个无端地焕发了。还自动比赛,你一气儿抡一百下,他一气儿准比你多抡几十下,仿佛谁都想争个抡大锤的冠军。笑声也有了,歌声也有了,泡病号的也自觉上山了,劳动中友爱精神也大大发扬。结果,提前半个月超额完成任务……

往后,男知青排再接受什么苦的、累的、脏的劳动任务,排长便直言不讳地向连长提出要求:"给我两个班姑娘!"……

如果说当年抡大锤的时候,姚守义并没有意识到一个姑娘给他掌钎和一个小伙子给他掌钎,对于自己是本质上多么不同的事情,那么此时此刻,他觉得自己一个人穿糖葫芦和有她陪着一块穿糖葫芦,他的心境可是太不相同了。近乎"艺术工作"的颇有些高雅的体验,是自然而然地在他心里产生的。

无论在什么时候,无论在什么情况之下,无论一个男人在做的是一件多么乏味的事情,如果有一个并不令他讨厌的女人陪着他一块儿做,这件事就绝不那么乏味了。甚至可能恰恰相反,越是那种简单的,机械的,乏味的,仿佛没完没了的事情,越容易使一个男人和一个女人沉浸在一种忘我的,从容不迫的,内心平和而充满友善的境界。

正是这种感觉,使姚守义弄不明白自己是怎么一回事了。他妈的一个女人使你变得这么有耐性了! 他暗暗嘲笑自己。眼见满满一大盆山楂似乎转瞬间剩半盆了,他不免因为刚才自己穿得太快而后悔,故意穿得慢起来,还对她说:"别急,没人监工,得保证质量。"

她抬头瞧了他一眼,又瞧瞧自己穿好的那近百支糖葫芦,不安地问:"我这些还合乎质量标准么?"

他怕被她窥破内心的"阴谋",掩饰地拿起她穿的一支糖葫芦,装模作样看了看,说:"很好,很好。"

她笑了:"听你那话,我还以为我穿得不行呢!"

她这时的笑不再是苦笑了。

她那笑,使他觉得自己此时此刻的内心活动要比她复杂得多,他因此而感到羞耻。

他不敢再抬头,怕接触到她的目光。她的手,却总在他的视线以内,不是左手,就是右手。他想不注意它们,眼睛又没别的地方好瞧,所以也就不管他妈的她是不是会认为他老在盯着她的手看起来没够了。她的手很小,手背的皮肤很白嫩,手指细长细长的。他不禁忆起连队里有一个绰号叫"棒极啦"的北京知青。那小子看过几本古书,承认是"文革"中抄家时弄到的。来不来就给大家哨一段。哨到女人,照例是大家百听不厌的一套:"沉鱼落雁之容,闭月羞花之貌,唇不施而朱,眉不描而黛,那双玉手,十指尖尖如笋,整个儿棒极啦!"往往在这时刻,便伸出他自己一只指甲老长藏污纳垢的手:"上烟!没烟不讲了!"……

姚守义认为她的两只手就堪称"十指尖尖如笋"了。想到这双小手不久将在大冬天里给人掌鞋,他不免觉得有点心疼。二十八的小伙子胸膛内阵阵涌起令自己难以把持的冲动,想轻轻握住那只手,放在唇边久久地亲吻。这也难怪,二十八岁了,第一回如此近便地欣赏一双女人的手。他猛地意识到,在自己心目中,原来她不唯是一个返城知青,还是一个女人!一个比自己小两岁的业已做了母亲的年轻女人!他记不得是听什么人说过的了——只有做了母亲的女人,才是真正的女人。那么她无疑是一个真正的女人了,一个真正的女人和老子面对面地坐着一块儿穿糖葫芦,他想,难怪我他妈的尽胡思乱想,今天有点不对头!

那双可爱的小手又从盆里抓起了几颗鲜红的山楂。红是红,白是白。

十指尖尖如笋。

一双玉手"把玩"着几颗"红宝石"……

他妈的如果我就亲它们一下又会怎样呢？不行！妈在家。她要是恼了,在妈面前自己太下不来台了!

"玉手"……

真他妈的会形容!他有点恨"棒极啦",也有点恨自己。人家一心一意在帮自己穿糖葫芦,而自己却在肚子里胡思乱想琢磨人家!姚守义你他妈的真不是个玩意儿!他暗暗咒骂自己。

笋是什么样的东西呢?他这个北方人没见识过。听上海知青讲,南方人当菜吃,炒片、炒丝,还做罐头。必定很好看也很好吃。有了正式工作后一定要饱吃它一顿,请着严晓东和王志松一块儿吃,还要买几听笋罐头尝尝……他企图将思想从她的手上转移开……

她突然问:"你瞧着我的手发什么愣呀?"

他故作镇定地反问:"你在兵团没干过什么粗重的活吧?"

"没干过?你怎么知道?"

"瞧你这双手,十指尖尖如笋……"

她咯咯地笑出了声,随将双手翻过来,伸到他面前。

她那双小手布满了手心纹,那么密,那么深,像用精毫毛笔描画出来的。十指根一排厚茧,每个手指肚都有着几道细微的血口子。

他难为情了,觉得刚才自己从"棒极啦"那儿学来的奉承话对这样的一双手是大不敬,是亵渎。

"伸出你的手来!"

他默默地将自己的双手伸出来,也像她一样,手心朝上。

"有什么两样?"

他无言以对。

"脱大坯、和大泥、锄大地,三大累,哪一样粗活重活我都没少干!看手背你能看出一个人来?!"

他有些尴尬地笑着。

她慢慢将自己的双手收回,注视着,自言自语道:"这才不是一双小女孩的手呢!你小瞧我这双手,我可不小瞧我这双手。今后,我就要靠着我这双手谋生路,混个样给世人们看,也给咱们返城知青争口气!"

姚守义听了她这番话,内心里不由得对这个看上去弱小的年轻母亲肃然起敬,更为自己刚才的胡思乱想感到羞耻了。

他妈的十指尖尖……

他盯着她的眼睛,用乐观的语调说:"咱们返城知青就像这盆山楂。山楂不是越好的越酸,越酸的越好么?有一天咱们要是穿成串,再挂上糖浆,绝对变成货真价实的东西了!"

她听他说得有意思,无声地笑了,将他那双手推开去,挺认真地问:"那是不是我们每个人身上也要挨一刀,再从我们心里剔出点什么呢?"

大娘这时已将米淘下了锅,将菜切好了,见那孩子独自玩得入迷,过去蹲下,帮他们一块穿糖葫芦。

有大娘在一旁,两个返城知青不再继续说什么。

三个人一会儿就将剩下的山楂都穿完了。姚守义的父亲这时下班回来了。

大娘起身去炒菜。她围上头巾,叫过孩子,要走。

大娘诚意留她吃饭,姚守义也留,她竟腼腆起来,不肯留下。

姚守义送她走出家门,走出大院。

天黑了。没有风,却很冷,小胡同像一条战壕。远处,胡同口那盏路灯,像一个橙子挂在电线杆上。

她说:"你快回去吧,我又算不上个客人。"

他说:"送你到胡同口。"

她说:"何必呢!"

他说:"不送你一段,我心里觉着不对劲。"

他送她走到胡同口,她站住了,又说:"你快回去吧!"

他说:"要不我把这份穿糖葫芦的活儿让给你吧?你就不必撇下孩子,去跟人家学掌鞋了。"

"那算什么事！都是返城知青，一样的命运，我怎么能从你手里夺饭碗？掌鞋毕竟是门手艺，不像穿糖葫芦，到了夏天就失业了。"

他沉默了一会儿，说："看来我只好祝你早日学成了？"

她微微一笑："到时候你的鞋坏了，我给你修。"说罢弯腰抱起孩子，快步走了。

他站在那儿，忧郁地目送着她。

忽然附近响起一声口哨。他扭头看去，见一个人从一排房子的黑影中向他缓缓踱来，直至踱到他跟前，他才看出是严晓东。

严晓东轻轻在他肩上拍了一下："傻青，坦白交代吧！"

"坦白交代什么？"姚守义莫名其妙。

"哥们儿可全观察到了！"严晓东审问道，"那位是谁？"

"你他妈的别胡说八道！"姚守义有些生气，"她也是个返城知青，我今天刚认识她！"

"你挺有法子嘛！"严晓东用不无佩服的口吻说，"今天刚认识，不久之后便老婆孩子一块儿有了！省事儿也省了一个过程。"

姚守义气得不知说什么好，恨不得揍他。

严晓东又用悲悲戚戚的语调说："哥们儿的出路刚有点希望，又被你未来的老婆孩子断送了！这他妈的就是命。"

姚守义双手捂住两耳，冻得缩起脖子说："你小子到底有正经话没有？没正经话，我可要回家吃饭去了！"

严晓东从棉袄兜里慢悠悠地掏出一张叠起来的晚报递给他："看报。"

"大冷的天，我没穿棉衣没戴帽子，你倒让我站在电线杆子底下看报！滚你的吧！"他转身就走。

"别走！"严晓东一把拽住他的胳膊："看完了报，我自有重要的话对你说！"

"有话到我家去说。"

"我的话不能到你家去说，你爸你妈要是听见了，准不会再把我当成你的朋友看。"

姚守义放下一只捂耳朵的手,狐疑地接过报,问:"看什么,快指!"

严晓东赶紧和他一块儿展开报:"不对,在那一面儿!"

两人将报翻过来,严晓东指着中缝的下方说:"看这启事!"

挂在电线杆上的"橙子"发的亮光太暗,报上的字太小,姚守义根本看不清。

他缩回那只拿报的手又捂上耳朵,不耐烦地说:"到底什么事? 到底跟咱们有关无关? 无关你干脆别说,有关我他妈的就听着!"

"有关! 当然有关! 大大地有关!"严晓东重新折叠起报纸,宝贝似的揣进兜里,这才言归正传:"本市师范学院师资班要招生了! 一年半毕业,分配去向是本市各中学……"

"这他妈的和我有什么关系! 招生要考试,我又考不上! 你有把握考上你就报名吧,我才不去报考给返城知青丢人现眼呢! ……"姚守义没好气地说着转身又要走。

"你敢走!"严晓东火了。

姚守义无可奈何,双手从耳朵上放下来,凑到嘴边哈气,搓。

严晓东摘下自己的帽子,往姚守义头上一扣,接着便脱棉衣。

姚守义嘟哝:"你别脱,脱了我也不穿,我身上不冷。"

严晓东已将棉衣脱下,边往姚守义身上披边说:"你是重点保护对象。今晚冻坏了我没什么,冻坏了你我的一切打算都告吹!"

"别他妈废话,快说!"姚守义紧裹着棉衣催促。

"好,我直话直说。咱俩的老头子,都在木材加工厂。听我老爸讲,厂里过几天要解决几个老工人的子女待业问题,名额太有限,才三四个,已经通过什么后门内定了一个。咱俩呢,是都够条件,都有指望,但也可以说都没指望。这种事儿你比我明白,往往鹬蚌相争,渔翁得利,那咱俩就谁也进不了厂了! ……"

姚守义听得心里竟有些暗暗紧张。

严晓东故意用一种轻松的口吻接着说:"所以,我希望你报考。因为咱俩比起来,你上学时成绩一向比我好,抓紧复习复习,有考取的一线希望。我呢,自己知道自己,一线希望也没有。你考取了,我进厂就少了一个比条件的,估计问题不大,你上学期间,我每月给你十五元,哥们儿绝不至于有了工作,就忘恩负义!这一点你总会相信我吧?……"

严晓东不再说下去,默默期待着姚守义的回答。

他许久不做声。

严晓东又问:"你没听明白?"

"听明白了。"他低声回答。

"那你给哥们儿句痛快话。"

"让我临阵磨枪?"

"临阵磨枪,不快也光。"

"让我拿我的自尊心去撞大运?"

"为了哥们儿,也为了你自己,你该去撞撞你的运气!"

姚守义又不做声了。

"考上了,一年半以后就是中学教员,比在木材加工厂当出料工强多了!……"严晓东分明在敦促他下决心。

"考不上呢?"姚守义用完全缺乏热情的语调反问。

"你必须从今天起一心一意开始复习,下一个考不上誓不为人的决心。果真考不上,你算为哥们儿尽到了交情!我进厂后,月月分一半工资给你!"

"到那时我好意思要你的钱?"

"有什么不好意思的?别忘了咱俩是不分你我的哥们儿。"

"你他妈的……这不是太自私了吗?"

"你小子别说这种话,哥们儿今天是男子汉低头折腰,求你这一遭了!"

姚守义觉得自己仿佛是在和好朋友拼刺刀,并且被刺刀尖逼到了一个高处的边缘。

"严晓东,严晓东,你他妈这小子可真是个好哥们儿!你他妈的这不明明是在逼着我答应么?"他盯着严晓东那张在黑暗之中看不清楚的脸,心里骂着。

严晓东浑身打了个哆嗦,也双手捂住了耳朵,说:"别装哑巴。愿意还是不愿意,干脆一句话。"

姚守义脱下棉衣还给严晓东,用一种很情愿很乐意的虚假口吻说:"我想通了,愿意。"

"够哥们儿!"严晓东像是没听出他的话有多违心,高兴了,又说:"报考的事儿,可别当着你爸你妈卖我!那我没脸到你家去了。"

"绝不卖你。这是我自己情愿的事儿嘛!"

"也不许向别人卖我!天知,地知,你知,我知。"

"好吧。我他妈的就为你做无名义士!"

"够哥们儿!不过话又说回来,我要是有考上的希望,哪怕一点点希望,我也会反过来成全你的!你信吧?"

我他妈的有个屁希望!姚守义心中暗想,嘴上却说:"当然啦!"

"那我走了!"

"你走吧!"

呆呆地望着严晓东走远了,姚守义才怀着一种近乎被出卖了的心情转身回家。

进屋后,母亲嗔怪:"你送到哪儿去了?这么半天!"

他搪塞道:"在胡同口说了几句话。"

一家人都已吃罢了饭。父亲坐在那张双人木床的床沿上吸烟,弟弟占据了那张方桌的一角写作业。

他内心无比烦乱地往自己的床上仰面一躺。

母亲瞪着他说:"还不快吃饭!"

他朝墙翻过身去,嘟哝道:"不吃了!"

"不吃了？你在胡同口跟她说了些什么？一进家门就好像进了监狱似的！"母亲走过来推了他一把："吃去！"

弟弟接嘴说："插妹见插兄，两眼泪汪汪。人家那叫共同语言！"

他猛地坐起，对弟弟吼："再耍这种贫嘴，小心我抽你！"

弟弟立刻噤若寒蝉。

母亲朝他脸上不轻不重地给了一巴掌："你抽个试试！连工作都没有，还想在家里称二爷呀？不吃你就饿着！"一边转身去收拾碗筷，一边叨叨咕咕："没返城，想。返城了，五大三粗的，整天价在眼前晃来晃去，又烦！"

他顶撞母亲："那我明天回北大荒去！"

"你敢！"母亲用手中的一把筷子，使劲儿在饭桌上拍了一下。

好脾气的父亲，受到这会儿不够好的家庭氛围的刺激，终于忍不住也光火了，用那没有了手的棒槌似的腕头在床上狠狠捣了一下，大声说："他不吃就算了，你何苦逼他吃？他要是从今以后顿顿不吃倒好了！"

儿子毕竟二十八了，虽然没有工作，但年龄摆在那儿。所以父亲的呵斥，是冲着母亲去的。从母亲身上反弹到儿子身上，使当儿子的更加觉得难以消受。

姚守义从兜里掏出烟盒来。他想抽根烟，压压心中的烦恼。只剩一根了，他将烟盒攥成一团，朝墙角扔去。

他刚将烟叼在嘴上，父亲问道："你哪儿来钱买的烟？"

"昨天我妈给了我一块零花钱。"姚守义不由得从嘴上拿下了烟。

"好嘛，你没工作，还断不了零花钱！什么牌的？"父亲盯着他问。

"'前门'……"

"不次嘛！你知道我抽的是什么烟？'经济'，一毛二一盒，处理的！"

姚守义低下头去，闷不做声。他想：可不能顶撞父亲！父亲一只手挣钱养活一家四口，不容易！

"从今天起，你把烟给我戒了！"父亲的语调非常严厉。

"是……"他讷讷地回答了一个字。

母亲从外屋探进身替他说情:"打下乡的第二年就开始抽上了,你当老子的一句话他就能戒掉哇?那么容易你怎么不戒?待业,孩子心里就够窝屈的了,再从今以后不许抽根烟,还不窝屈出什么病来呀!……"

不待母亲话说完,父亲又冲母亲喝道:"闭嘴!我让他戒烟自有我的道理!"

母亲的身子立刻闪回去了。

他将那支烟丢在地上,一边狠狠用脚尖去碾,一边发誓道:"爸,你别对我妈发火,我从今以后戒烟就是了!"

父亲的脸转向他,换了一种稍温和些的口气说:"守义,我不是舍不得给你几个抽烟的钱。今天,厂领导找我谈了,厂里要解决几个老工人子女的待业问题,我和晓东他爸都是第一批要考虑照顾的对象。进了木材加工厂,还是把烟戒了好。我在厂里是从来不抽烟的。我怕你烟瘾太大,受不住厂里安全制度的约束,因为抽烟闯下什么大祸!你明白么?"

姚守义默默地点了一下头。

父亲接着说:"劳动局只给了四个招工指标,内定了一个,还剩三个。可算我在内,有五个老工人提出申请。你爸是既不想托人情,也不想送礼走后门,全凭领导定。我寻思,八成没多大问题。因为我比别的老工人多一个条件,因工致残,领导可能会首先考虑照顾到我……"

姚守义问:"晓东他父亲呢?"

"论条件,也够。他母亲多年生病,他父亲的工资比我低一级。可现实情况摆着,只有三个名额。少一个比条件的,兴许有可能。但这种事比评工资还重要,谁让谁?你今晚就写个简历,明天我交给厂领导。"

他鼓起勇气说:"爸,我不想到木材加工厂去当工人。"

父亲瞪起眼睛严厉地问:"那你想干什么?总在家里穿糖葫芦?"

"我要报考师范学院的师资进修班。"他振作精神准备应付父亲的恼怒。

父亲果然脸色顿变，没有了手的棒槌似的秃腕，又使劲在床上捣了一下，霍地站起身来，吼道："你小子返城待业，还心比天高！你是瞧不起在木材厂当工人的是不是？可你现时还靠你爸这个木材厂的工人养活你！错过了这次机会，你小子可别后悔！"

他尽量用平静的语调说："爸，我不后悔。我报考的主意已定。"

"好，好！你考，你考！你考不上，你从此再别进我这家门！"父亲气得脸腮抽搐。

"爸，你别发火，我不是瞧不起当工人的，我……"他想要替自己辩解，却不知如何辩解才好。

父亲近来脾气十分暴躁。他知道，不是因为别的什么事，完全是因为他待业而烦愁的。

母亲慌慌地奔进了屋，责备他："你考的什么师范呀?！十来年你连念过的中学课本都没再摸过一次，你不是纺线虫跟着蜜蜂嗡嗡，瞎凑那份热闹嘛！听你爸的话，快写简历！"说着一步跨到方桌前，将弟弟推开了："写吧，写呀！"

"我不写。我一定得报考。"他固执地说。

"不写就给我滚！别叫老子瞧着你来气！"父亲连连跺脚。

他很理解父亲的心情。他觉得自己惹父亲生这么大的气，很对不起父亲。同时又觉得那么委屈，想哭。

他噙着泪，一声不吭地从自己的床上拿起棉衣棉帽，往外就走。

"守义你给我回来！"母亲扑向他，拽住了他拿在手里的棉衣。

"妈，你让我出去走走吧！我不远走，一会儿就回来。"眼泪从他眼中淌了下来。

母亲不由得松开了手。

他戴上帽子，一边穿棉衣，一边走了出去。

像个幽灵似的，他在这座城市的这条"战壕"中踟蹰而行。

"放开我！"突然他听到一声怒吼。

他站住了。朝前望，不见人。转身回看，也不见人。

他妈的出鬼了！他以为自己的神经得了毛病，呆愣片刻，又继续往前走。

去哪儿呢？这么晚了，也没个去处。只有一个明确的意识：离开家，离开这条"战壕"，离得远远的。走到这座城市的任何一个地方，靠着楼角或者电线杆子什么的，忘掉一切烦恼，安安静静地抽根烟。

他的手不由自主地去摸衣兜，同时想到了自己刚刚向父亲发誓——从今天起再也不抽烟了。

发誓归发誓，戒了烟怎么能活下去？

还是母亲更体谅自己，强迫他戒烟，他非得精神病不可！

"放开我！"又是一声，像抗议，充满了愤怒。

这声音就发自附近。

他第二次站住，有些悚然地向两边缓缓转动着头，瞪目观察，终于发现，就在身旁，在一家歪斜的矮门前，在黑暗中隐着一个瘦小的身影。

他知道，那是个疯子，也算是一个返城知青。

他见过那疯子几次，也听说过关于那疯子的一些事。几年前，为了达到返城的目的，吞了一块铅。吞的方法很是聪明——用尼龙丝将铅块拴住，牢系在一颗牙齿上，然后吞下就到团卫生院拍片子，说胃疼。X光片上有暗影，竟骗过了医生，以为是癌，给开了返城必须的诊断书。在团里办妥了返城手续，没想到兵团总部又下达了一个文件，团里的手续是一级手续，还要经过师部和兵团总部复查。三道手续齐全，才能返城。结果在师部医院里，就被认真负责的医生识破了"阴谋"，返城目的终成泡影，还被在全团批判了一遭。仍不死心，用一根筷子插入耳穴，自己狠命一掌，穿聋了耳朵。聋了白聋，又受一次批判。其实那批判不过是走形式了。双耳已聋，人家批判他些什么，听不见的。于是接下来便装疯，连里也就任他疯去。再后来那疯就由似乎伪装的而相当逼真，人们终于觉得有些疯得不成体统，送他去医院检查神经，却果然是疯了。疯了，三级手续也就畅通无阻,被捆着绑着,护送回了城市,护送到了家里。自那以后,这条胡同就有了他这一个真实的疯子。

黢黢的黑暗中,姚守义看不清那疯子的脸,唯见那疯子的两眼,炯炯闪光,分明正眈眈地瞪视着自己。好像他正预备猝不及防地猛扑到自己身上,双手抃自己的脖子,或者紧紧抱住他,咬他的喉管。总之,他觉得那疯子在黑暗中炯炯闪光的眼里,似乎正向他投射出仇视,有种琢磨着怎样才能置他于死地的险恶的用心。

若是在白天,他并不至于害怕。可是在夜晚,在那疯子连吼了两次"放开我"之后,面对着那疯子的两眼在黑暗中投向自己的两束仇视而险恶的目光,他心里不由得发憷。

疯子在嘿嘿地笑。

那不像是一个人的笑。笑得那么鬼气森森,仿佛在说:看你往哪儿跑!

疯子笑得他汗毛都竖了起来。

人有时怕疯子是甚于怕鬼的。

他防范地注视着疯子的一举一动,倒退着走。他不敢转过身去走,唯恐疯子从背后悄悄扑上来抃住他的脖子或咬他的喉管。

疯子却一动未动。

只是那双黑暗中疯子的眼睛,仍眈眈地钳视在他身上,而且似乎离得愈远了,愈加炯炯闪光,愈加鬼气森森。

他就那么倒退着一直走到了胡同口,终于摆脱了那双疯子的眼睛的钳视。不知不觉,出了身冷汗。

挂在胡同口电线杆子上那盏昏黄的电灯,突然间熄灭了。

"放开我!"胡同里又传来了疯子的一声吼叫。狭窄的胡同对疯子不是一条"战壕",倒像是一支什么乐器,通过细长的音管,将疯子的吼叫变调后传扬到夜空上,在夜空形成一种奇特的回旋。

"放开我……"

"放开我……"

余音在姚守义耳畔缭绕。

他不禁打了一个寒战。

他抬起头去看那盏电灯,以为它坏了。发现四周楼房和平房的窗子都黑了,才明白全市停电了。

星星也跟往日夜晚不太一样,也仿佛一颗颗都多少沾了点鬼气似的,从高处不怀好意地睥睨着他。

他怀疑自己是在做梦。更准确地说,他希望自己是在做梦。希望这个使他觉得一切都不怀好意的夜晚和以前的十一年,不过是一场做起来挺长挺累但又没多大意思的、完完全全能够回忆得清楚的梦。希望一觉醒来,是躺在自己的而不是父亲和母亲的家里。左边是老婆,右边是孩子。看看表,离天亮还早,搂着老婆再睡过去,就是搂着孩子再睡过去也是满美好的。

远处,马路上有汽车往来。路灯全灭了,车灯显得更加雪亮,如同一些个看不清形状的飞蹿着的怪兽的巨眼。

这一点告诉他不是梦。还有他身上那件仅剩两颗纽扣的兵团战士的棉衣,也告诉他不是梦。

这个夜晚不是梦。那十一年也不是梦。连是连在一块儿的,却都不是梦。没有工作。没有老婆。没有孩子。虽然正是应该有工作有老婆有孩子的好年龄,却他妈的一样也没有!

"放开我!……"

疯子还在胡同里像哨兵喝问口令似的吼叫,声调有些发抖。大概那疯子冷了吧?还是也和他一样害怕?

好冷的夜晚啊!

他又浑身哆嗦了一下。

他真可怜那疯子,也有点鄙视那疯子。为什么非要作践自己不可呢?就是一辈子不许他离开北大荒,他姚守义也不会吞铅块,也不会用筷子戳穿自己的双耳！这他妈的太没出息了！北大荒毕竟他妈的不是地狱呀！

就是返城淘厕所也干——这是当年某些知青的想法，这是一种心理变态的想法。基于这种变态的想法，返城到后来对于某些知青已经不是动机，甚至也不是目的了。它简直他妈的就演变成了一种信念，一种追求，一种理想了！仿佛只要返城了，他们一生之中最最主要最最重要的事情，不，事业，便算完成了！而返城后的命运，那时他们是根本不去想的。

哥们儿，不知你们如今是否称心如意了？他竟有些幸灾乐祸地想。

我姚守义返城，可不是为了淘厕所！

忽然他又想到，听人说一手推车大粪卖到农村去能值四五十块！他妈的怎么早就没想到呢？四五十块！他妈的干吗不淘大粪？！他进而想到，可能就在这天晚上，可能就在此时此刻，除了他姚守义不知会有多少返城待业知青也在动城市里的公共厕所的念头！四五十块！这他妈的简直就是一个光辉灿烂的念头！这一带附近有五六个公共厕所，一个厕所淘两车，全淘遍了就是十几车！六七百块啊！一笔巨款！

天无绝人之路！

现在需要的是行动！必要时今晚就开始！他甚至想到，应不应该在附近所有公共厕所里都用粉笔预先写下一行声明——此厕所淘大粪权已归姚守义所有。

公共厕所刺激了他的膀胱。他早就憋着泡尿呢，于是像瞎子探路似的，摸着厕所的板墙一步步走了进去。

六七百块啊！

他仿佛觉得自己衣兜里已鼓鼓地装着六七百块钱了。

他感到这个厕所对他简直比他的家还亲切！

他真想喊他妈的一句——公共厕所万岁！

突然又来电了。

胡同口电线杆子上的那盏路灯亮了,厕所里的灯也亮了,几幢楼房和几排平房的灯全亮了。四周光明了一些。

厕所里,灯下钉着一块牌子,上面歪歪扭扭地写着两行毛笔字——此公厕属前进人民公社东风大队幸福二小队专淘,盗粪者罚款伍拾元!!!

三个肥胖的惊叹号表明了警告的严厉性。

他注视着那块牌子,好半天撒不出尿来……

第二天,当父亲上班了,弟弟上学了之后,姚守义才起床。

他踩着鞋后跟下了地,也不先洗脸,也不先吃饭,弯腰将头钻到床底下,拖出一只积满尘土的不大的柳条箱来。

他打开箱盖,里面是一堆破棉絮。他就翻起棉絮来,突然一只老鼠蹿出,逃向床底,吓了他一大跳。

母亲已将昨晚穿的糖葫芦装进两个水桶里,进得屋来,欲待他吃罢早饭吩咐他给冰棍厂送去,见他翻东找西的样子,没好气地说:"哎呀我的祖宗,你倒是在干吗呀你?!"

"找书。"他又往床底下钻。

这个家,表面看还算干净,还算规矩。床底下可就是另一个世界了:空瓶子破罐子缺口的坛子,掉跟的鞋,椅子的腿,漏了没法修的痰盂,外加一捆麻袋片,几块派不上什么大用场的木板……他记得这些没用的东西他下乡前就存在,这么多年了母亲分明还一样也没舍得扔掉,就是不见他要寻找的书。

"书?什么书呀?"母亲好生奇怪。

"就是我上中学时学过的那些课本!"他努力使身子也钻进床底下去,竟将双层的铁床拱动了一下。

母亲顿脚大声叫道:"早就当废纸卖了!你要拱倒床呀!"

他绝望地从床底下退出身子,站起来瞪着母亲说:"妈,你什么破烂都舍不得扔舍不得卖,怎么单单把我的课本都给卖了呢?我当年不是嘱咐你要给我保留着嘛！"

"当年,当年,当年你还说要扎根北大荒呢！谁承想你又返城了,快三十岁了,还要再回头看中学课本?快洗脸吃饭,吃了饭把糖葫芦送去,领两桶山楂回来！"母亲叨叨着,转身走到外屋去扫地。

他低头瞧着打开的破柳条箱发呆。

一片棉絮微微在动,他弯腰小心地掀开那片棉絮,见是几只还没长毛的粉红色的耗子崽,活像几截刚被剁下来的、还带着神经的,女人的保养得很娇嫩的手指头。

他觉得一阵恶心,赶快又用那片肮脏的棉絮切断了自己的视线。

他突然对母亲大为恼火。什么破东烂西都留着,偏偏只把他的中学课本给卖了！他上学的时候,成绩虽然不过在班里属中等,爱护课本却是全班公认的。有一次老师还表扬过他,拿起他的课本,高举着对全班同学说:"看看人家姚守义的课本,都到期末了,还跟新的差不多。这才是念书,不是啃书！"

此后他便习惯了将自己每个学期的课本都保留起来,像一个人保留自己的立功奖状;下乡前他特意放在那柳条箱里的。

却被母亲给卖了,一册都没剩！

"还不快到外屋来洗脸吃饭！"母亲催促他。

"妈,破棉花套子你放进柳条箱留着干什么?！"他狠狠踢了柳条箱一脚。柳条箱和破棉花套是同样货色,被踢凹了一处。

"破棉花套子也比你那些课本有用！"母亲在外屋用教导的口吻大声说:"居家过日子,破东烂西值万贯！那是我当妈的一片心,给你留的！"

"给我留着干什么?给我续棉袄,还是给我续被褥?"他又踢了柳条筐一脚,又踢凹了一处。

"唉……"母亲在外屋叹了口气,不无伤感地说:"我不是指望着你早点抱上孙子嘛！那棉套洗洗弹弹,给小孩续个屁股垫什么的不是挺好的！"

听了母亲的话,他觉得那破柳条箱里,那片肮脏的棉絮之下所盖着的,不是几只粉红色的、女人娇嫩的手指头般的耗子崽,而是一个赤裸裸的、正在蠕动着小腿小胳膊的婴孩。

难道我姚守义要是有了儿子就用这类破烂东西作襁褓?

他这一怒真非同小可!

他用脚尖将柳条箱盖挑起扣上,复加一脚,恶狠狠跺将下去,那玩意儿就报销了。

母亲听到这番大响动,奔进里屋,骇然道:"我的小祖宗! 你要败家呀!"

"我就是要败败这个家,谁让你把我的课本都给卖了!"当儿子的内心里那种种忧烦愁怨,此时都变成气恼,嚣张地对自己的母亲大发作起来。

姚守义他是有点歇斯底里了! 他一步跨到床头,双手握住上下床的支铁,使足劲往后一拉,就将双层铁床从靠墙壁的地方拉开了两尺多。床下那个对母亲说来很重要的"仓库"的"门"仿佛被敞开了。

他无法控制住自己了,他要由着性子为了他的中学课本对母亲实行报复。他的胸膛像一只高压锅,而他那些中学课本不过是米粒。虽然是米粒,但它堵塞了高压锅的喷气阀,所以他觉得自己的胸膛顷刻就要爆炸了。

他挤到那两尺多宽的墙壁与床之间的夹缝中去,弯下腰抓起一只还带有什么商标的空瓶子,高高举起,狠狠摔下。

啪的一声,瓶子粉碎。

母亲尖叫道:"你疯啦?!"

"我叫你留着!"又一只空瓶子被摔碎。

紧接着,一只破罐子碎了,一只破坛子碎了,第三只空瓶子碎了……

"我叫你留着!"他一边机械地抓起,摔碎,一边机械地重复着这句话。

"我叫你留着!"——啪!

"我叫你留着!"——啦!

"我叫你留着!"——啪!

转眼间,瓶子、罐子、坛子的碎片遍布满地。

母亲懵懂了。母亲呆呆地瞧着对自己一向很孝顺的儿子,不晓得他为什么对那些空瓶子破罐子之类发这么大火。

生了锈的破暖瓶壳被摔到了墙上,撞扁了掉在地上。

破鞋——棉的、单的、皮的、布的、塑料的,一只接一只,手榴弹似的,接二连三从里屋飞到外屋。

"守义你是疯了呀! ……"母亲的眼神中充满了不安,脸色都变白了。

儿子却分明进入了一种机械运动的亢奋状态。

他脸色发红,出汗了,双手捧起了一只不小的坛子。

"别……"母亲慌忙上前制止。

迟了。

一声重响,坛子碎成几片,满坛子的咸菜撒在各种碎片之间。咸菜水溅到了他身上,脸上。也溅到了母亲身上,脸上。十几个咸萝卜疙瘩,朝三面的床底下滚去。

他顿时清醒了。

母亲惊骇至极地望着他。

他看着自己由性子一顿发作的结果,缓缓地将脸扭向了一旁。

母亲撩起衣襟,默默地拭着脸上的咸菜水。

母亲慢慢弯下腰,用手去抓咸菜,抓起了,一时又不知该放何处。

母亲无声地哭了。

母亲的眼泪使儿子感到了无比的羞愧。

他望着母亲的满头白发,懊悔不及。

他走到外屋,拿了一个小盆进来,蹲下身,也去捡咸菜。

母子俩都默默地捡着。

他知道,母亲腌这一大坛子咸菜肯定费了不少事。放在床底下,是目前舍不得吃,留待开春以后,缺菜的月份内,全家人顿顿下饭吃的。

母亲的眼泪滴落在自己的手背上,也滴落在他的手背上,滴落在小盆里。

咸的东西混合在咸的东西之中。

再也抓不起来了,再也捧不起来了;一大坛子咸菜,变成了小半盆。

"给我,我去洗洗……"母亲侧转着脸说,并不看他。

他将小盆无言地递给了母亲。

母亲一手接过小盆,另手解开一颗斜襟扣襻,从衣内兜掏出卷钱,也不点数,仍侧转着脸,塞给他后,低声说:"妈兜里就这些钱了,你拿去买几盒烟吧,别再当着你爸的面抽了。"

他低头一看,全是毛票。

他发现母亲手上在流血,无疑是刚才捧咸菜被碎瓶片划破的。

"我说过我要戒烟!"他将那卷钱替母亲塞进衣兜,从母亲手中拿过小盆,放在桌上,拉开抽屉,翻出一截白布条,为母亲缠手上的伤口。

他不知母亲是在用怎样的目光瞧自己,是宽容? 还是谴责?

他没勇气抬头看母亲一眼。

母亲仍在默默流泪,泪水一滴又一滴滴落在他手上。

他替母亲包扎好了手,仍没勇气抬头,也没勇气从母亲面前离开,低垂着头,一动不动地站着。

他真想说:"妈你打我吧!"

真想说,却不知为什么说不出口。

母亲轻轻抓起了他的一只手,那卷钱又塞在他手中了。

"妈知道你返城后因为待业心里憋屈得慌啊! 烟要是能解你心里的忧烦,你就买去吧……"

他猛地抬起了头:"妈,我不,我……"

他从母亲眼中看到的是充满怜悯的目光。

他再也无法克制自己,抱住母亲的身体,将脸埋在母亲肩上,像个受了许多许多委屈的孩子似的,呜呜哭了。

"这么大的人了,快给我闭嘴!"母亲推开了他,"还不赶紧打扫打扫地上,来个人成什么样子!"说着,拿起小盆,到外屋去淘洗咸菜。

他刚拿起笤帚要打扫,严晓东来了。

"你们家这是怎么啦?"严晓东诧异地问,站在里屋门外,进不得屋。

"守义他帮着我搞卫生呢,那些破东烂西的,早就该摔巴摔巴扔了,留着没用,还占地方……"

母亲替儿子搪塞着。

"有你们家这么搞卫生的?"严晓东大为怀疑,一双眼睛粘在姚守义身上,要从他身上看出什么破绽。

姚守义装作只顾打扫的样子,低着头,不让好朋友看到自己的脸。

严晓东也不再问什么,从外屋墙角拎起垃圾桶,帮着姚守义打扫。

所有那些碎片,装了满满一桶。

姚守义拎起桶去倒,严晓东说:"挺沉,我和你一块儿拎。"

他也不拒绝,两个好朋友合拎着桶一块儿出去了。一气儿拎出胡同,拎到垃圾站,倒了之后,他正要拎起空桶,严晓东一脚踏在桶底上,瞪着他:"说,怎么回事?"

"什么怎么回事呀?"他佯装不懂。

"都是你摔的?!"严晓东逼问。

他默不作声。

"趁大爷不在家,对大娘发火?!"

"我妈把我的中学课本全卖了……"姚守义嗫嚅地回答。

"卖了你就对大娘发火?!居然还摔起东西来了,你要反教呀?我替大娘教训你!……"严晓东说着,一把从姚守义头上扯下帽子,往姚守义头上使劲抽打了一下。

"你自己还有脸哭！"又是一下。

严晓东是真生气了。他无论如何不能容忍自己的好朋友欺负老母亲的行为。

"我没哭……"他抬起一只胳膊护着头。

"那这会儿就叫你哭！"严晓东手下无情地用帽子往好朋友头上抽了第三下。

他疼了，也急了，朝后跳开一步，大声说："你小子他妈的别过分，别仗着你是哥们儿就横三竖四的！我为课本发火，归根到底还不是为了你才跟我妈发火！"

严晓东眯起眼睛盯了他半天，冷言冷语地说："原来如此，你昨晚嘴上乐意，其实心里并不乐意，是不？"

他见好朋友误解了自己的意思，连忙辩白："我要那样，是王八蛋！"

严晓东却认真起来，说："告诉你守义，我昨晚对你说的话，一半真，一半假。求你替我严晓东着想是假，鼓动你报考是真！我父亲昨晚让我写份简历和家庭情况，我压根儿没写！哥们儿是觉着你还有几分可能，希望你比哥们儿出息点，并没安小心眼儿！也绝不会与你争着比着进木材加工厂！你听明白了！"说罢，将帽子朝姚守义怀里一扔，扭身便走。

姚守义接住帽子，戴在头上后，叫了一句："晓东！……"

严晓东头也不回地走远了。

姚守义望了他的背影很久，叹口气，拎起空桶怏怏地回家去。

回到家中，发现自己的床上放着五盒"大前门"，几册中学课本。

他将烟一盒一盒并排着压在褥子底下，拿起几册中学课本翻了翻，想：晓东晓东，冲着你对哥们儿的一片真心实意，我也要豁出去撞撞大运！

母亲拿着一封电报跟进里屋，递给他："你出去这会儿工夫送来的，哪儿来的？"

他拆开电报看了一眼，坐在了床上，一声不吭。

"是你妹来的吧？"母亲猜测地问，期待着他的回答。

他点了点头。

"出了什么事儿？你怎么不说话呀？急死个人！"

"她后天要回来探家，让接站。"

"探家？是就她自己，还是三口一块儿回来呀？"

"三口一块儿回来。"

"这可怎么好，这可怎么好……"母亲旋转身子，环视着屋里的三张床，自言自语："往哪儿睡呢？往哪儿睡呢？一个个都是大姑娘大小子的了……"

一张本市晚报，在无数返城待业知青心中唤起了各种各样的幻想。

姚守义去报考那一天，报考表已经在一个半小时之前发光了，据说发了一千五百份。可是，仍有数千名没获得报考表的人不肯离去。他们几乎都是返城待业知识青年，他们从三楼走廊东头的招考办公室门前排到长长的走廊西头，顺着楼梯排下二楼，再从二楼走廊西头排到东头，排下一楼，排出楼外，围着一幢大楼绕了两圈，排向一条甬路，从甬路排向操场……似乎有头无尾。

招考办的人几次走出来，在走廊里大声宣布："同志们，同志们，不要再排了！报考表已经发完了呀，你们就是排到今天夜里，排到明天早晨也白排啊！……"

没一个人走。

"只招收一百五十名啊！一百五十名你们听清楚了没有？可是我们印了整整一千五百份报考表，不算少了呀！十比一的录取名额呀，大家散了吧，散了吧！……"

还是没一个人走。

男的，女的，年龄都在二十六七岁至三十几岁之间。从他们身上都能一眼便看出知青的特征，或者是衣服，或者是裤子，或者是鞋，或者是帽。他们都在以耐久的沉默,期待的表情,恳求的目光,希望感动某一位上帝,发给他们一份报考表。他们更多的人,其实并无准备,也无自信,和姚守义一样,不过想碰碰自己的运气。这是在他们返城之后,社会第一次公开赐给他们每个人的权力和机会,谁不想碰碰自己的运气呢?虽然,在教育界,中学教师们牢骚满腹:工资低、待遇低、操心、吃粉笔末子,有时还要受学生们的气,"臭老九"的帽子还未彻底摘掉……但作为一种工作,对返城待业知识青年们来说,却是命中的"上上签"!他们渴望获得一份报考表的情形,使人联想到解放前灾荒年间大户人家施舍的粥棚前的万千饥民!

一九七九,一九八〇,这是十几万、几十万、几百万、两千多万返城待业知识青年的命运和前途堕入彻底渺茫的时期,是整整一代人沦落街头的时期。哪一座城市有返城知识青年存在,哪一座城市便笼罩着积怨、愤怒和骚乱不安。

"即使考上了的,毕业后也只发大专文凭。上学期间,没助学金,没宿舍,走读;而且毕业后的分配去向,是条件很差,教学质量很落后的学校……"

那个"招考办"的四十多岁的、秃顶的男人,一次次从办公室走出来,嗓子已经劝说哑了,已经不知道再继续劝说些什么话才好了。他的每一句话都在力图表明,这里没有能够被感动一下的上帝,期待下去是愚不可及的毫无意义的。

而他们,返城待业知识青年们,却固执地、坚决地,苦心孤诣地幻想着今天一定要感动谁,感动什么。

这是两种根本无法相互谅解,相互妥协,相互调和的信念和目的之间的冲突。

"我对你们讲了几次,讲得明明白白,难道是对牛弹琴吗?"秃顶男人的涵养终于崩溃。

一双双眼睛向他投射出了敌意的目光。

"出言谨慎点啊,我们可是还没开始发火呢!"

一个声音平淡地说。

这句话潜在的威胁足以使一位将军打个哆嗦。

秃顶男人品味出了这句话的分量。

楼内楼外,两千多名期待者倘若开始发火了,情形会怎样,他那并不迟钝的头脑是完全可以想象得到的。

他立刻换了一副笑脸,用道歉的语调说:"大家别生气,大家千万别生气,我刚才那句话用词不当,实在错误,非常错误,我向大家赔礼,赔礼……"一边说,一边连连鞠躬。

他不是将军,所以那句话在他身上起到的效果,也就大大超过一个哆嗦。

在他的腰又一次躬下去又一次直起来时,一个小伙子走到他跟前,挺礼貌地问:"我们原谅您了。您是招考办负责人?"

"多谢,多谢,不是,不是……"

"那么您就进办公室去喝杯茶,抽根烟好了。"

"我不会抽烟……"

"太遗憾了!抽根烟在这种时候绝对必要,您看我不是正在抽吗?"

小伙子向他举起了夹着半截烟的那只手。

差不多所有的小伙子都在吸烟,走廊里烟雾弥漫。

这种烟雾在镇定着比他缺乏涵养的众多人的情绪。

更浓的烟雾从楼梯像一片制造舞台效果的冷气似的弥漫上来。

二楼和一楼的期待者们,所期待的已经不仅仅是报考表,同时也在期待着三楼发生点什么事。

楼外,甬路上和聚集在操场上的期待者们,也正期待着楼内发生点什么事。

似乎哪怕发生点什么事,他们今天也不算白来了。

那个小伙子,从兜里掏出半盒烟,慷慨地塞到秃顶男人手里,一边向办公室推他,一边诱导地说:"不会抽,学吧!第一口有点呛,第二口有点迷糊,三口四口之后,你就不会再打算出来劝我们了!……不过,麻烦您把负责人请出来……"

"这……"

秃顶男人,就如此这般地被推进了办公室。

并没有谁觉得好笑。

待业是一种特殊的训练,它能僵化人面部的笑肌,使人变得严肃。

几分钟后,一位剪短发的,五十余岁的微胖的女人从办公室走了出来。

她不是待业者,可脸上的表情比待业知青们更严肃。这倒并不能说明别的,只说明她不乐意露面。

他们看到了这一点,也理解。

"我就是负责人。"她从容不迫地说,双手叠放在衣服最下边一颗纽扣的位置,声音很亮,一位善于应付局面的女人。

"我想,我们刚才那位同志,已经向你们讲明白了,我没必要重复他的话。作为我个人,很同情你们,我要对你们说的,只有这句话。"

还是刚才那个小伙子走上前去,依然用那么一种非常之礼貌的口吻问:"亲爱的大婶,对您的同情,我们表示十二万分的、最最由衷的、最最真诚的感激。"

"亲爱的大婶"微微皱了一下眉头。

"请问,印了一千五百份报考表是不是?"

"是的。"

"那为什么只发了半数多,就告诉我们全发完了呢?"

"你有什么根据?"

小伙子指了一下自己的衣袖:"我是八百二十七号,却没得到报考表。"

他衣袖上果然用白粉笔写着"827"。

他转身指着另一个人的衣袖："看,八百二十八……"

依次指下去："八百二十九、八百三十、八百……"

这个情况分明是她完全没有料到的。她默默思忖着应该怎样回答才有利于自己,也有利于既成事实。

"你家里大概没有知青吧?"一个姑娘挑衅地发问。

她用目光寻找说这句话的人,寻找到了那姑娘,沉着地回答:"有。我的独生女儿。"

她们彼此盯视着。

"你女儿显然早就得到一张报考表了吧?"

"我女儿在北大荒被荒火烧死了……"为了向他们证明她不是在扯谎,她随即补充道:"我女儿是三师十四团二十八连的,叫郝秀娟……"

沉默。

一阵长久的沉默。

投射到她身上的,种种不信任的、不满的、敌对的目光,渐渐发生了质的变化。

姑娘讷讷地说:"请原谅。"

"没什么。"她将脸转向了大家:"你们还有什么要求我回答的问题吗?"

他们又能要求这个女人,这位母亲回答什么呢?

她明明什么也不能给予他们。

那个小伙子,内疚地说:"我刚才对您的称呼,有点,有点……"他忽然从双手上扯下线手套,将一双手举给她看:"我认识您女儿,我们在一个连队……"

一双被火烧伤过留下了难看的疤痕的手。

她看了他那双手一眼,宽容地回答:"不必解释,我都理解。"

这时,办公室的门开了,那个秃顶的男人又走了出来,拿着几张报考表,觉得自己功比天高似的大声说:"我从废纸堆里又寻找到了这几张,现在我来分发……"

无数只手伸向那几张报考表。

他的话尚未说完,已手中空空。

许多人互相争抢,走廊里顿时大乱。

更多的人抢到的是半张,或者是一角,一条……

二楼和一楼的期待者们,以为三楼终于又开始发报考表了。既然三楼先行混乱起来,他们还遵守的什么秩序呢? 于是他们洪峰似的从楼梯涨上了三楼,于是这整幢大楼仿佛顷刻颤动起来。混乱之声传到楼外,使楼外的期待者们,一个个如同进攻冬宫的阿芙乐尔巡洋舰的英勇水兵,一往无前地直朝楼内冲去……

混乱两小时后才平息,归功于三卡车武装警察。没有发生正面冲突,当这所大学的校园里重新恢复了宁静之后,只不过在那幢楼的外墙上留下了一条用报纸写的标语——还我报考表!

它被警察中队长不以为然地撕掉了。

他对几个部下说:"完事了,我们可以撤了。"

然而他想错了。

他太不了解返城待业知青们了。

他们认为自己有理由要求获得的东西,而最终竟没获得,并且受到了驱赶,他们绝不甘罢休。

何况他们认为自己有理由要求获得的东西是太多太多了。岂止一张纸! 那张纸不过是一种象征,象征着他们失去的一切。他们总是要以某一种形式向社会表示出他们的索还心理的。不是在今天,便是在明天。返城后,他们还从未像这一天这么人数众多地聚集在一起过。这是情绪的聚集。

遗憾的是,警察中队长的头脑里并没有产生这个绝非无关紧要的念头……

第八章

"今天下午,返城待业知青们在师范学院聚集闹事,你们市委领导们听说了没有?"

在姚玉慧家中,吃晚饭的时候,她的母亲向她的父亲这样问道。

"哦?……"父亲端着饭碗一怔,立刻追问:"多少人?"

"两千多人。"母亲一边回答,一边夹了一筷子豆芽拌在饭里。

父亲缓缓放下了碗,又问:"知道为什么吗?"

"什么也不因为,就是要闹点事儿呗!"母亲说着,又夹了一些豆芽拌在饭里,细嚼慢咽。

父亲额头上现出了三道深深的皱纹。

弟弟和妹妹不在家,晚饭桌上缺少了许多话题。三个人从一开始端起饭碗就各自埋头吃饭,没交谈什么。也许母亲仅仅是因为不习惯这种饭桌上的沉默,才随口引起了一个话题。

显然,这个话题给父亲带来的并不是轻松愉快。

母亲看了父亲一眼,奇怪地问:"你怎么不吃了? 菜不对口味? 我吃着这豆芽阿姨炒得不错!"

父亲仿佛没听见母亲的话,额头上的皱纹更加深了。

姚玉慧觉得很有必要对母亲的话加以纠正,说:"爸爸,妈妈刚才讲的不符合事实。不是他们想要闹点事,实在是事出有因。"

母亲吃完了那碗饭,正欲盛汤,刚伸手去拿瓷勺,听她这么说,将手缩回来了,瞧着她问:"因为你也是返城知青,就要替他们辩护吗?"

父亲对母亲作了一个阻止的手势,然后注视着她,期待她接着说下去。

她知道自己再说什么,定会使母亲更加不高兴。

但她还是想说。

于是她说:"印了一千五百张报考表,结果只发了半数多一点,其余的不知发到何处去了。返城待业知青们对此提出质疑……"

"这有什么可提出质疑的?"母亲打断她的话,与她进行辩论似的说:"招考对象,包括返城知青,但不限于返城知青! 以什么形式发,发给哪些符合年龄条件的人不一样? 再说,就是一千五百张报考表全部都发给了你们返城知青,不还是只录取一百五十名吗? 能解决二十多万返城知青的就业问题吗? ……"

姚玉慧不愿同母亲展开辩论,不做声了。冷静想一想,她觉得母亲的话并非完全没有道理。一百五十对于二十多万说来,无疑是个微不足道的数字。

"这很不一样。"始终沉思默想着的父亲终于开口了:"返城知识青年们,应该有更多的机会获得各种途径的就业机会。你是教育厅的干部,有义务向教育厅反映这件事,请教育厅派人调查这件事,有什么错误,要严肃纠正!"

"怎么? 这意味着市长同志对我们省教育厅的指示吗?"母亲顿时沉下了脸。

"我是市长,当然管不了省教育厅。既然这次招考是省教育厅进行的,引起了全市那么多返城待业知青的不满,我这个市长,总还有向省教育厅提意见的一点权力吧?"父亲不动声色地说。

母亲一下子站了起来："那就请你这位市长同志郑重其事地提书面意见,明天派你的秘书送到省教育厅来!"

"完全可以。"父亲的语气也强硬了。

"你!……"母亲难以承受地瞪着父亲,一时说不出话,突然推开椅子,两眼盈泪地离开了。

桌旁只剩下了父女俩。姚玉慧内疚地望着坐在对面的父亲。她非常后悔,觉得父母之间的不快,完全是由于自己的话引起的。父亲则对于母亲的离去无动于衷,站起身若有所思地踱来踱去。

父亲终于止步,向她侧转身,盯着她问:"你怎么比你母亲知道得还具体?"

她诚实地回答:"我今天到师范学院去了。"

"去干什么?"父亲追问。

她犹豫片刻,依然诚实地回答:"我也想报考。"

"你有这样的想法,为什么不和我,或者和你母亲商议一下呢?"

"我不愿和你们商议。"

一句更加诚实的话。

她想:无论父亲听了我的话多么不高兴,我今晚都要对父亲说实话。绝不用半句假话欺骗他!她早就盼望着能有一个机会,向父亲敞开心扉地长谈一次了。返城后,她常常感到,自己给这个家庭带来了种种不协调的因素。起初她以为这是由于自己过于敏感。后来经过细心观察得出了明确的结论——不是。妹妹有一次无意识地对她说:"姐,自从你返城后,咱们家饭桌旁的笑谈少了,母亲无忧无虑的时候少了,爸爸吹黑管的时候少了,倩倩来的次数少了,哥哥待在家里的时候少了。我呢,向爸爸妈妈撒娇的时候少了。怕惹爸爸妈妈烦!"妹妹的话更进一步证实了她得出的结论。

她在北大荒的时候,确信全家人中,母亲是最爱她的。因为母亲给她写的信最多,每一封信都很长,从工作到生活,从身体到个人问题,甚至包括女性的生理卫生常识,方方面面,周周到到,每一封信中都充满了一位有知识有文化的母亲对自己女儿的深爱。那时她常想,要是有整整一年的时间能天天待在母亲身边多好!母亲肯定会将自己当成一个小女孩去爱的。兴许还会引起妹妹的嫉妒呢!如今终于返城了,终于生活在母亲身边了,她所切身感受到的,却根本不是那么回事!从她踏进家门的那一时刻起,她认为母亲就是将她当成一个难以嫁出去的老姑娘看待的,而不是什么小女孩!关于小女孩的一切一切的想象,原来不过是她自己编织的美好而天真的童话!她顶不能忍受的,就是母亲不失时机地用"个人问题"折磨她。是的,她简直认为,谁与她谈她的个人问题,谁就等于是在无情地折磨她。好比有一个人经常用手指甲刮玻璃,发出刺耳的声音使她难以忍受一样,形成了某种条件反射。以至于这个人只消伸出手指,作刮什么的微小动作,她就要立刻捂上耳朵。她明白,如果她在一年之内不能找到一个被女人们统称为"丈夫"的男人,母亲就会觉得她是这个家庭之中一个不成体统的成员。两年之内也不能,母亲就会觉得她不但不成体统,而且有碍观瞻了。三年之内还不能,母亲就会觉得她的存在简直是家庭的羞耻而厌弃她的。不,我绝不会在家里生活三年之久的!她常这么想。她已暗暗下了决心,一有工作,就离开家庭。她宁肯去住任何单位的女工集体宿舍,不管条件多么低劣!她不明白,儿子难娶,母亲们心里会觉得负疚;女儿难嫁,母亲们心里会感到烦愁。这乃是所有母亲们的通病,这乃是母亲们对自己女儿们特殊的责任感的质变,是母爱对儿子与对女儿们不同的演化。有时她真想高声对母亲嚷叫:"我的'个人'问题,与你有何相干?没有男人爱我,难道是我的罪过?!"

弟弟原本也是非常爱她的。记得有一年春节前,她写信告诉家里,因为种种缘故,不能探家了。弟弟回信中写道:"我一定去北大荒,和你一块儿过春节!"她要再回一封信,打消弟弟的念头。可信还没写,弟弟一天下午突然出现在她面前了。那时弟弟还没转业,弟弟一见面就对她说:"姐,我只有半个月的假。全家人中我最想念的就是你!所以我宁愿不在家里过春节,也要到北大荒来和你一块儿过春节!我早就想知道我的姐姐在北大荒是怎样生活的了!如今我终于可以亲眼见到了。往后我一有机会,还要到北大荒来看你!……"弟弟给她带来了许多衣物、好吃的东西和营养品,使她又激动又感动地搂抱着弟弟哭了……

可是返城不久,她便狠狠打了弟弟一记耳光。就是那一记耳光,伤了姐弟之间的感情。她却并不后悔,因为弟弟侮辱了她。

那天,她在家里烦闷得闲待不住,就离开家,到公园去看冰雕,接着去看电影。电影没看完,又离开影院到江边去独自徘徊了许久。

回到家中,刚走入自己的房间,躺到床上,弟弟就推开了她的房门,连门也不敲一下。

弟弟手指夹着香烟,身子斜靠门框,望着她,似乎有什么话欲对她说,又希望她能够看出这一点,主动找个话题与他交谈。

她当时却不愿与任何人交谈任何话题。她觉得身体很疲惫,更准确地说,是精神很疲惫。

她扭头看了弟弟一眼,皱起眉说:"别在我屋里抽烟,我讨厌烟味!"

她这句话,实际上等于对弟弟下了逐客令,虽然她并没有这个本意。

弟弟倒也未表示出明显的不悦。恰恰相反,弟弟竟认为她那句话也算是一个话题,走至她跟前,笑道:"姐你干吗对我这么反感呢?"

她说:"我反感的是烟味!"

弟弟说:"你自己明明也抽烟嘛!我有好几次发现你背着爸爸妈妈偷偷抽烟了!"

她不愿再多说什么,就翻过身去,闭上眼睛佯装睡觉。

弟弟绕到了床这边,继续站在她跟前说:"姐你怎么忘了,我昨天不是叮嘱过你,今天我的一些朋友要到家里来认识认识你,和你谈谈吗?你也答应了。可是今天人家都来了,你却不在家,让我的朋友们白等了你两个多小时!……"

她不睁开眼睛,也不说话,希望弟弟立刻离开她的房间,使她心里感到安静一会儿。

弟弟却接着说:"姐,你知道社会上有些人如何议论你们返城知青么? 说你们是狂热的一代、缺少文化知识的一代、自作自受的一代! 说你们的命运并不值得同情,是历史对一代红卫兵的惩罚! 说许多入了党,当过领导者的女知青,是'卖身党员','卖身干部',是用肉体换取政治资本的女性,找老婆都不能找你们这样……"

不待弟弟说完,她猛地跃起,狠狠扇了弟弟一记耳光!

弟弟捂着脸,吃惊地看着她。

她愤怒得胸脯大起大伏,一指房门,喝道:"你给我出去! 你今后再对我说这类话,我就把你当仇人! ……"

弟弟的手仍捂在脸上,向房门退去。退至门口,站住了,大声说:"姐,我记着你这一记耳光,爸爸妈妈也没打过我耳光! 难道你不明白我为什么要安排我的朋友们和你认识和你交谈吗? 就是要让他们了解你! 让他们知道他们耳闻的那些话不对! 我姚明辉的姐姐就不是那样的女知青! 可你打我! ……"

从那一天起,一个多星期内,弟弟不跟她说话。

她并未向弟弟赔礼认错。弟弟说的那些话应该还以一记耳光! 虽然弟弟的愿望是良好的,但那些话已像盆脏水泼到她心里去了,不是良好的愿望所能冲刷干净的。

只有妹妹对她的爱一如从前。没增添什么新内容,也没减少什么旧内容。因为全家人中似乎只有妹妹尚未觉得应该对她这个姐姐尽什么义务。无论是替她物色能做姐夫的男人,还是为她而企图向别人证明什么。也只有妹妹对她的爱使她感到更亲近更自然。既不必惭愧,也不必报偿。但却不属于她所真正需要真正渴求的感情。

感情——在这方面她还能产生什么奢望呢? 唯愿有一个人能够理解她而已! 还会有谁呢? 还寄托于谁呢? ……

她目不转睛地望着父亲,心里在暗暗说:爸爸,您今晚与我认真交谈一次吧!放下您的一切工作!我多么希望您能真正理解您这个已过了三十岁生日,还没有工作,也没有希望嫁出去的女儿啊!……

父亲走到了她身旁,低头凝视着她,问:"为什么不愿和我们商议?"

为什么?究竟为什么呢?因为她觉得自己在城市这个巨大的棋盘上,不过是一个还没刻上字的棋子而已。她将是什么?她无法预想到。不错,她可以成为走"田"的"象",走"日"的"马",走直线的"车",隔子飞跃的"炮",但这样她就得依靠父母的手去移动自己!只有作"卒",作"兵",她才是她自己。十一年之中,虽然很难,虽然也受人摆布过,但生活的道路,毕竟是自己走过来的!由普通知青,而班长,而排长,而副指导员,而指导员,而教导员。她不愿丢了自己,成为握在父母手中一个举棋不定的棋子。一个当过教导员的女儿的自尊心,无法接受如此被动的现实!

她刚愎地回答父亲:"因为我已经三十岁了。"

"三十岁就不再是女儿了?"

"是女儿。但也是一个女人了。"

"你得到报考表了?"

她点了点头,随即又摇了摇头。

她今天到师范学院去得非常早,所以侥幸获得了一张报考表。往校外骑自行车时,在一条甬路上,有一个人低头走在她前边。她不断按铃,那人却不让路。不知是耳聋,还是装听不见。结果她撞倒了那人,自己也随车摔倒在雪地上。两人爬起后都欲发火,却同时认出了对方。那人是姚守义。

她对他并无好感。在徐淑芳的婚礼上,他给她留下了一个"帮凶"的印象。她顶憎恶协同别人作恶的人。

所以她理直气壮地问:"在你听来,自行车铃声是音乐吧?"

他一边拍打身上的雪,一边说:"对不起,我没听到任何声音,这座城市对我像他妈的一片大沙漠！"

她的心为之一动，因为她也颇有同感。

她扶起自行车，推着走了几步，忍不住站下，回头又问："你也来报考？"

"碰碰运气。"

"得到报考表了？"

"运气被别人抢去了！"

"有把握考上吗？"

"什么意思？取笑我？"他怒目而视了，大声说："我不信这么多返城待业知青都是有把握考上的！你取笑我也就是取笑他们大家！"他抬起手臂，朝聚集在操场上的人群一指。

"你误会了……"她想解释。

"我和你有什么误会？你过去是教导员，如今是市长的女儿！我过去是臭知青，如今还是臭知青！等你当了什么科长处长的时候，老子说不定仍是个无业游民呢！没工夫和你闲扯淡，分道扬镳吧！"

他转身往另一条甬路大步走去。

"站住！"她猛喝一声。

他扭头看着她，用嘲讽的语调说："教导员同志要开始教导人了么？别忘了老子现在是党政军三不管！"

她推着自行车走到他跟前，从兜里掏出折得方方正正的报考表，塞在他那件兵团黄棉袄的两颗纽扣之间。他那件破而脏的黄棉袄也只剩下两颗纽扣了。

他低头看了一眼，又抬头看她，冷笑着说："市长的女儿在好善乐施吗？"

"机会均等，生活才算公平！"她一说完，就跨上了自行车……

"为什么又点头，又摇头？"父亲不解地问。

"得到了报考表，但给别人了。"她低声回答，轻轻叹了口气。

父亲说:"既然已经给别人了,也就不必沮丧懊悔。你不要因待业而烦恼,我和你妈妈不是都对你保证过么? 会为你安排一个理想的工作的。你不是缺少机会,而是缺少耐心!"

她在心里对父亲说:"爸爸,我明白这一点。我太明白了! 与任何一个返城知青相比,我都是拥有最多机会的人。你和妈妈为我创造的种种机会! 机会多了,人就没有了失去机会的遗憾,同时也就没有了自己捕捉到并把握住机会的感奋和自信! 我可以自己捕捉到的机会在哪儿呢? 在哪儿啊! ……"

父亲也是这么不理解她。

她想哭。

"爸爸,我是不是不应该返城? 三十岁了,还让你们为我分心!"她仰起脸望着父亲,是在问父亲,也是在问自己。

"别这么想,爸爸妈妈对你有责任。你妈妈考虑的不过只是你的就业问题。我是一市之长,要考虑二十几万返城知青的就业问题啊! 二十几万……"

父亲也叹起气来。

她有些怜悯父亲了。她知道,仅仅就这二十几万返城待业知青,也足以使父亲感到市长不好当了。

她侧着头,将脸贴在父亲手背上,又喃喃地说:"爸爸,今天晚上都是我不好,让您和妈妈产生不快了。可是我真希望您作为我的父亲,作为市长,不但能理解我,也能理解所有的返城待业知青,我们一个个都生活得太累了……"

父亲的手一动不动地放在她肩上。

父亲说:"我们的国家也累了啊,我们的党也累了啊,十年动乱是过去了,把我们的党和国家搞得精疲力竭。可紧接着,党和国家又开始向历史还债了! 历史的债,是无法拖欠的。拖欠得越久,越是难以还清。市委已经召开过两次会议专门研究返城待业知青的安排问题了。不是两千,不是两万,而是二十多万,加上近几年没考上大学的初中生高中生,三十来万啊!哪一个常委也提不出良好的方案……"

父亲原来也是这么需要理解!

她那欲对父亲彻底敞开的心扉,关闭上了。

父亲的手从她肩上放下了,说:"我还有些工作,去替我向你妈妈赔个礼!"

她极想留住父亲,恳求父亲再陪她坐一会儿,再与她谈些什么,但又不忍侵占父亲的时间。

父亲连看都没再看她一眼,匆匆离去了。

饭厅里只剩下了她一个人。

这个家此时真是静极了。全家人都各有各的事,除她而外。

眼泪从她眼角淌了下来。

她仍坐着不动。饭厅也罢,她自己的房间也罢,都是一样的寂寞,一样的无聊,一样的无所事事。妹妹借来的那本《简·爱》,她已再不愿去翻了,许多段她都能背下来,"简"也安慰不了她了。

阿姨悄悄走了进来,撤去盘子碗,一边抹桌子,一边说:"你妈妈让你到她房间里去一下。"

她转脸拭去眼泪,缓慢地站起身,很不情愿地来到了母亲的房间。

母亲坐在一只沙发上,她走过去坐在另一只沙发上。她看了母亲一眼,看出母亲刚才分明也哭过。是因为父亲当着她这个女儿的面对母亲的抢白?还是因为她这个女儿当着父亲的面对母亲的顶撞?

她低下了头。

母亲用向下级交代工作的语调说:"玉慧,我要和你谈的是你的工作问题,你要认真听着。"

从前她自己也曾用这种语调跟许多人谈过话。那些人不但认真听,有时还要用笔记。

"为了你的工作妈妈已经分了不少心。你父亲是一市之长,不便出面去办,对你的责任全落在妈妈身上了。可是真办起来,也并不那么简单……"

母亲的口吻中包含着委屈。

我并不愿依靠你们。她想,仅仅为了今后不再听到这类话,我也不愿依靠你们。

母亲接着说:"你在兵团,不是一名普通知青,是一位教导员。相当于处级,和妈妈一样的级别。可是对于你们返城知青,兵团的职务是不予承认的。如果妈妈破例按你在兵团的职务为你安排工作,不是不可以,但肯定会引起闲话,名不正言不顺的,你自己今后也不好处理种种关系。如果给你安排一个一般的工作呢,那太容易太简单了,可妈妈又会觉得内疚,觉得并没有对你尽到一位母亲的责任……"

原来母亲因为她这个女儿曾是一位教导员,内心里竟产生了如此的苦衷,这又是她完全没想到的!看来教导员的职务和老姑娘的年龄一样,对于母亲都成了精神上的心理上的负担。她不唯不应该是一个老姑娘,甚至也不应该曾是一位教导员了!

"你在认真听么?"

她点了一下头,表示听得很认真。

"所以呢,妈妈想,你应该具有一种什么学历,一个文凭;哪怕大专文凭也好。所以呢,妈妈就为你要了一张报考表……"

妈妈长妈妈短的,把她当成了一个小女孩,全没当成一位曾是教导员的女儿看待,但却对她曾是教导员这一点那么重视!

她突然想哈哈大笑。

母亲起身走到桌前,从抽屉里取出一张表格递给了她,复又坐下。

她一看,正是一张师范学院师资培训班的报考表。

"你还不知道,这个师资班,是专为解决一批干部子女的就业问题才招考的。将来的分配去向,也不是什么中学。同样都是返城知青,对干部子女么,应该优先考虑。他们的父母们,在十年动乱中挨过整,他们又和许多平民百姓的子女一块儿受过苦,不优先考虑他们,优先考虑哪些人呢?总不能让他们返城后,仍和许多平民百姓的子女一样待业吧?这也是落实干部政策的一个方面啊!……"

她呆呆瞧着那张报考表出神。

"据我估计,今后的社会趋势,学历和文凭是相当重要的。有没有学历和文凭,将会成为提拔干部的一条重要原则。你们这一批干部子女的名单,早已交到招考单位去了。一百五十名,不多不少。所以你们注定是要考上的,不论成绩如何。两年后,你们有了文凭,社会上的返城知青待业问题,也不像目前这么严重了,各个单位各个部门的新老干部,也需要调整需要充实了,你们的安排去向,也就更不成其为问题了……"

当年的知青教导员,听了自己母亲的这番点拨,愈加发呆发愣。母亲不愧是多年的干部处处长,眼光远大,为她铺就了一条将来通往领导岗位的道路。两年后,她自己也当上某个局干部处的处长,想必是不无可能的。但是,她一点儿也不感到欣慰。

母亲见她那种淡漠的样子,问:"你怎么不说话?不愿意?……上学期间对你们并没有什么特别的要求,你可以照样解决个人问题……"

她仿佛又听到了手指甲刮玻璃的声音。

她努力控制住自己的情绪,看着母亲问:"既然是这样性质的一个师资培训班,为什么还要在报上公开登招考启事?"

母亲反问:"不公开登启事,那不成秘密培训班了么?"

她心中可怜起今天亲眼看到的那许许多多返城待业知青来,包括像姚守义那样只不过想碰碰运气而已的人。他们全都被蒙在鼓里,不自觉地扮演着可悲的陪衬角色。而真正的主角们,除了她自己,是绝不会再有第二个今天也出现在那种大场面之中的。可母亲还说他们聚众"闹事"!警察们还前往驱赶他们!在他们之中,可能就有不少是她那个营的战士。她仿佛又看到了他们那一张张脸和一双双眼睛。为了获得一张报考表,他们期待了三四个小时之久!他们谁不是对考上这个"师资培训班"满怀着莫大的希望或侥幸的幻想？他们的脸上尽是渴望！他们的眼中尽是恳求！她也想到了姚守义,重新咀嚼和品味着他说的那些冷言冷语。也许,因为她"恩赐"给了他一张报考表,此时此刻,他心里仍在感激着她。而他一旦知道,她所"恩赐"的,不过是一张毫无意义的废纸,他会作何想法呢？今天那两千多名报考者,一旦全都了解了这个"师资培训班"的内幕,他们又会作何想法呢？他们是很容易重新聚集到一起的一代人。如果他们由于受了欺骗由于愤怒而重新聚集起来了,这座城市,就休想安定了！

母亲是无法猜测到她心里正在想些什么的。

母亲不慌不忙地又说起来:"当然,妈妈还是希望你能考得好一些,起码应该争取及格。分数太低,判卷的人是会笑话的。传出去,也不太光彩。所以呢,妈妈给你找了一位家庭教师,在这十来天内,帮你温习温习初中课程……"母亲的口吻中,流露出对她这位女儿居功表德的意味。

在没有了解到这个"师资培训班"的内幕之前,她也像姚守义一样,将它看成一次机会。她也怀着种侥幸心理,怀着种幻想,要碰碰自己的运气,并决定开始埋头温习中学课程。考不上,也毕竟算自己为自己作出了努力。

但此时此刻,她对这个"师资培训班"愤恨极了！

她一声不响地站起来,默默盯视着母亲。

"玉慧,你心里到底是怎么想的,说话呀！"母亲急了。

她想大声喊:"不！……"望着母亲那种十分迫切的样子,她张了张嘴,没喊出来。

母亲毕竟是在为她这个女儿尽着自己的责任。何况"师资培训班"绝非是母亲策划的,母亲还没有那么大的权力。母亲只不过是像她这样的一百五十名特殊的返城待业知青们的母亲中的一个罢了。

门铃响了。

母亲站了起来,肯定地说:"他来了,就是我为你找的那个家庭教师！"

阿姨去开了门,引到房间里一个年轻人。

她不由得上下打量着他,见他一身灰色。灰色的布料中式袄罩,灰色的布料长裤,袄罩比外裤新,因而颜色深些。使他整个人看上去,好像一刷子灰色从领口直刷到裤角,由深而浅;黑皮鞋久未打油,黑围脖末端脱线,黑框眼镜,黑重的眉毛,分明来此之前刚刮过脸,瘦削的脸颊发青。浓密的头发早就该理了,看那不经常梳的样子,不是因为舍不得。

他手中拿着帽子,矜持地站在门口。

母亲不疏不近地介绍道:"这就是小张。"

"张复毅。"他看了她一眼,不卑不亢地说,随即将脸转向别处。虽然他尽量显出很大方的样子,姚玉慧还是觉得他的神态有些拘谨,甚至有些不自然。似乎他不是来做家庭教师的,而是不太情愿地来相对象的。

别担心,她有点玩世不恭地想,我是个独身主义者!

"这就是我女儿。"母亲又说,还作了一个无比郑重的介绍的手势。

她觉得母亲的神态中也有某种不自然的成分。大概是因为有一个尽管当过教导员但却需要补习中学课程的女儿而感到羞惭吧。

她存心连头也不对他点一下,只是漠然地望着他。

"玉慧,你们今天先随便聊聊,明天开始吧!……"母亲一边说,一边走到桌前,从眼镜盒里取出眼镜,戴上后,又拿起了一张报纸,走回来,款款坐在沙发上,就看报。

"请到我的房间。"她对他说,走在前边,引他走进了自己的房间。

"请随便坐。"她仍不看他,径直走到窗前,背对他望着窗外。

外面漆黑,什么也看不见。玻璃一层水雾。她心不在焉地用手指往窗上写字。写出的竟是"北大荒"三个字,连她自己也觉得奇怪。仿佛有一种神秘的意识无时无刻不在提醒她,使她不能够忘记自己生活过十一年的那片广袤的土地。"北大荒"三个字,渐渐被顺着笔画流淌的水雾模糊了。她不由得将额头紧贴在窗上,感到了一股凉意直沁心肺。

有好一会儿工夫,她把那个张复毅忘了。她想象着自己是在一条清凉的幽静的小河中游泳,就是营部前面那条弯弯曲曲的小河。只有北大荒的小河,才那么清凉!那么幽静!

"可以在你的房间里抽烟么?"他问,那口吻就好像问一个卖菜的——"让挑么?"

她转过身,见他仍站着,反问:"你为什么不坐?虽然我是主人,你是客人,但你是老师,我是学生啊!"她的语调中流露着明显的嘲弄。多半是自嘲,也在嘲弄他。由于他的到来,使她和母亲之间的可能是一场非常严峻的冲突没有发生。为此她想对他说几句感激的话,又想说几句使他大扫其兴的话。她认为严肃的冲突不应避免!

他不动声色地回答:"你让老师坐在地板上么?"

她的房间里只有一把椅子,摆在床边,睡觉时放衣服。椅背上还搭着她换下来的一件衬衣。除了那把椅子,再没有为客人预备的坐物。母亲曾说过,要给她的房间里添置一套沙发,嫌家具店里的沙发样式不好看,没买,决定雇人做。

她脸红了,走到椅子跟前,扯下衬衣塞到枕头底下,搬起椅子,放在离他一米远的地方。

他将椅子搬到门旁,正襟危坐,像个严肃的守门人。

"你可以抽烟,还可以往地板上弹烟灰。"她坐在床上,以研究的目光注视他。

"不胜感激。"他掏出烟,从容不迫地抽了起来,还将手绢铺在双膝上,往手绢上弹烟灰。

她站起身,说:"我给你去取个烟灰缸。"

"多此一举。"他说,"我的烟灰,我要带走。"

这句话无论怎么品味,都不够友善。

"是我母亲……迫使你来的么?"

"没有人能够迫使我做不情愿的事情。"他的话中隐含着一种傲慢无礼。

"那么,是情愿的啰?"

"是。"

"我使你大扫其兴了吧?"

"什么意思?"

"市长的女儿并不如花似玉,而且早已失去了妙龄芳华。"

她怀疑他的"情愿",是有某种不可告人的企图为动机的。母亲和他串通一气,以帮她复习功课为借口,实则是在导演他"凤求凰"也说不定。可他又为什么显得那么高傲呢? 是演技? 还是性格? 她冷笑着,暗想:活该扫你一大兴。

他对她的话无动于衷,用平静的语调反问:"一元一次方程的几种解法,你还记得不?"

"忘了。"

"因式分解呢?"

"忘了。"

"最大公约数和最小公倍数的求法呢?"

"忘了。"

他耸了一下肩膀,依然用那种平静的语调说:"我来之前,想的是市长女儿起码还应该记得初一的课程,却并没有想到市长女儿的年龄和容貌。现在我不得不坦率承认,我很失望。"

她反唇相讥:"而我知道,在年轻漂亮的姑娘们面前,男人们总是努力掩饰起自己对她们的失望的。"

"谢谢教给我一条生活经验。那么你还记得什么?"

"同性相斥,异性相吸。"

"这真使我感到安慰。看来你在中学时代对物理比对数学感兴趣。"

这时,从弟弟的房间传来了弟弟的朗诵之声:

你是音乐,为什么悲哀地听音乐?

甜蜜不忌甜蜜,欢笑爱欢笑,

为什么你不愉快地接受喜悦?

要不然,你就高兴地接受苦恼?

……

弟弟的声音使人听出来,他在明显地装腔作势。不知他何时回来的。

"停!你要朗诵,不要大喊大叫!要有抑扬顿挫,要表达出情感!要像我这样朗诵……你是音乐,为什么……像含着眼泪轻轻地诉说……为什么?……"

倩倩的声音,一点也不能算是"轻轻地诉说",听来使人想象得到她在比弟弟更加装腔作势。

"你别打击我的情绪好不好?连于导演都说我有朗诵天才!"

"他那是奉承,因为你是市长的儿子!"

当姐姐的冲出房间,在走廊高喝:"你们都给我停止喊叫!家里不是话剧团的排演厅!"

她走入房间,见他蹲在地上,用一小片纸认真仔细地拾烟灰。

她双臂抱到胸前,低头看着他,几乎是用恨恨的语调问:"带回去做药引子吗?"

他将撮起的烟灰放进手绢,像放入金沙一般,然后站起,又坐在椅子上,不动声色地说:"市长家的地板应该一尘不染。"

她离开他,又走到窗前,靠窗台站着,仍将双臂交叉在胸前,望着他说:"无论我考得如何,即使交白卷,也必定是一百五十名被录取者中的一个,这一点你知道吗?"

他怔住了,一时不能理解她的话。

"所谓'师资培训班',不过是在目前情况之下,为返城知青中的一百五十名像我这样的干部子女提供的理想就业途径,这一点你显然也不知道了?"

"真的?"

她点了一下头。

他慢慢从椅子上站了起来。

他又问:"真的?"

她又点了一下头。

他猛转身朝外走去。

他走到门口,回过头说:"我一定要让全市返城待业知青中所有的报考者都知道这件事的真相!"

"你不能这样做……"

"我一定要这样做!"他说罢,走出了房间。

弟弟也送倩倩从房间走出来,见他那种匆匆而愤愤的样子,绅士风度十足地向他鞠了一躬,故作歉意地说:"对不起,我的朗诵打扰你给我姐姐复习功课了!"

他站住,用嘲讽的语调问:"那么刚才是你在大喊大叫啰?"

"难道你连起码的欣赏水平都没有?"

"那是因为你连起码的朗诵水平也没有。朗诵和喊叫是有本质区别的。听着……"

于是他镇定地朗诵起来:

假如我的爱只是家门的孩子,

那荣华一去,它就将失去爸爸,

它将被时间任意处理,

随同恶草,或随同好花被掐下,

不,它建立在远离偶然的所在,

面对含笑的富贵,它不会凋残。

在使人愤懑的摆布之下,它也不会倒下!

……

他朗诵完，又说："莎士比亚的诗不是为后人练嗓门而写的。"

弟弟冷笑道："怎么，你还想再兼任我的朗诵辅导教师吗？"

他平静地回答："如果你母亲向我提出这样的请求，我可以考虑。"

倩倩涨红了脸，插嘴道："我们根本不喜欢你朗诵的这首诗！"

他不屑地看了那瓷洋娃娃一眼，一字一句地回答："好诗总是被少数人所喜爱。"

当姐姐的，站在自己的房间里，像俄罗斯大剧院包厢里的贵妇似的，无动于衷地观看敞开的房门这小小舞台上进行的话剧。

她头疼得快要裂开了！

她无法忍受这一切一切！

大生日蛋糕、三十支小蜡烛、褐色的细高跟的皮靴、大杂院的婚礼、婚礼上的花圈、徐淑芳手腕动脉流出的鲜血、"师资培训班"、这个叫张复毅的家庭辅导教师、莎士比亚的诗……

她想大声哀求："给我安静！……"

"话剧"仍在演下去。

弟弟："我提醒你，比你更狂妄自大的人，在我们家里也比你更懂得点礼貌。"

他："非常遗憾，我来之前，忘了把礼貌戴在头上，却把高傲揣在兜里了。"

弟弟终于失掉了绅士风度，怒吼起来："你他妈的立刻从我们家滚出去！……"

"多谢你使我领教了市长家的礼貌家风。"他将一只手插进衣兜，仿佛在攥着他那完整无损的高傲，一转身从容不迫地下楼而去。

求求你们让我安静吧……她心里哀求着。

在这个夜晚，在这个时候，临时工郭立强，也在为考取"师资培训班"

而复习功课。不过他复习的不是初中课程,而是高中课程。虽然招考启示注明,各科考题绝不超过初中范围,他还是要求自己以考大学的准备和信心踏入考场。

天气确是一天比一天转暖了。城市像一匹乏透的马,在冬春交季的最后日子里打滚。等它一跃而起,抖尽残雪,就会变成可人的春姑娘。一年之计在于春,春天是好季节,普遍的人们都在以好心境期待它。

它带给郭立强的却是失业的警告。春天一到,他就得重新加入二十余万返城待业大军的行列。他的"合同"至四月为止。

必须考取"师资培训班"——这是最后防线。

他的机会是二十块钱买到的,外加一块半新的"上海"牌手表。

报考那一天,他没有得到报考表。他是最后一批被治安警察们赶出师范学院的报考者之一,师范学院的铁栅大门随即被关上。两名治安警察一左一右伫立门内,都以一手握着悬在腰际的警棍。

报考者们一个个悻悻然散去。

他站在一棵大树下,仰望着参差的树枝,好像从澡堂子里出来的人发现衣服全被偷走了一样不知所措。

一个报考者大声问他:"哥们儿,从树上找着报考表了?"

他没心思开玩笑,也不愿看对方一眼,低下头默默走了。

"等等。"对方追上他,和他并肩走着,试探地问:"一张报考表对你非常重要?"

"你无法想象有多重要。"此刻他希望向一个人诉说,否则,他觉得自己的心理是太难以平衡了。

"我卖给你一张怎么样?"对方站住了。

"卖?……"他也不由得站住了。

"一手交钱,一手交货。"对方的手从兜里抽出来了,向他展示了一张报考表。

"多少钱?"他的心怦怦激跳,恨不得一把就将那张报考表抢过来。

对方向他伸出一只五指分开的手。

"五块？"

"五块买运气？难道刚才你没看见几个返城的老姑娘为一张报考表如何抢作一团？"

"五……十块？……"

对方点了一下头,用友好至极的语调说:"我得到这张报考表也不容易,三更半夜就来守在报考处门外了。我并不想考,想考也考不上。不过是动了点脑筋,估计到了一张报考表的价格。你别朝我瞪眼睛,这是城市把我逼得这么无耻。"

"我只有二十块。"

"我这是转卖运气,二十块您太占便宜了!"对方折起了那张报考表,欲揣进兜里。

"你卖给我!"他抓住了对方那只手腕子。

"哥们儿,你要是打算抢,就抢抢看。抢不去,我还是那个价——五十块!"对方虎视眈眈地瞪着他。

他不打算抢,也明知抢到并不容易,不得不放开了对方的手腕。

"二十块就想买好运,太抠门儿了吧?"对方嘟哝着,将报考表奇货可居地揣进兜里。

"可是我只带了二十块!"他恨恨地说。

"记住这个教训吧。要买好运,兜里就该多带点钱。"对方几乎是完全站在同情他的立场上说话,还叹了一口气,好像为他感到非常遗憾非常惋惜似的。

"我把棉袄脱给你!"

"像你这样的棉袄,我们家有四件:我哥哥一件,我一件,我弟弟一件,我妹妹一件。我们家是兵团战士之家,如今是待业者之家。"对方在他肩上重重地拍了一下,接着说:"哥们儿,别把我想得太坏。作这种交易,心不得安宁。这勾当一个人只能干一次,所以我得卖个好价。"说完,有所不忍地转身而去。

他也跟着跑下去了。

他默默地跟随在人家身后。他觉得自己像一条狗，脖子上拴着无形的铁链，一端攥在人家的手中。

他的命运在人家衣兜里，他自己衣兜里则只有二十块钱。人家说得不无道理——好运二百块、两千块也不算索价过高。

"师资进修班"——未来的中学教师。对他来说，不可能再有比这更好些的命运了！

他默默地，身不由己地跟随着人家走。

假如对方说："你跪下，我给你这张报考表！"

他是会毫不迟疑地跪下的。

可对方不是一个无赖。对方不要他跪下，也不要他的黄棉袄，对方只要他多给三十块钱。他能体谅一个家庭有四个待业知青，那是一种什么样的生活境地。他可怜自己，也可怜对方。

他只有违反理智地，不甘心地，默默地，身不由己地，狗一样地跟随着对方。

如果真是一条狗就好了，他想。扑上去，用牙齿和爪子撕破对方的衣兜，叼住那张报考表就跑！

走至三孔桥，对方不从桥上过，从桥旁的陡坡跑下去了。

"你为什么跟着我？"对方在桥洞中站住，回转身，防范地瞪着他。

他说："你刚才还给了我最后一线希望。"

"真打算抢？"

"是。"

"好吧。被你抢去，我认了。"

"我抢来了，也要给你二十元。"

"一言为定？"

"一言为定。"

"那你抢吧。"

"我真抱歉。"

"别不好意思,这样对我们都更公平。"

于是,他们便在桥洞中角斗起来。这两个返城待业知青,为了一张实际上毫无价值的报考表,变得像狮子般凶猛。他们都尽量避免在角斗中打伤了对方,也都不甘失败,所以这场角斗就很持久。他们都没有什么角斗的本领,所以这场角斗就没有什么精彩可言。他们都不喊叫,都很文明。不抓头发,不拚脖子,不踢,不咬,不施计谋,不下毒手。甚至也都不急于取胜,唯希望在持久的角斗中消耗尽对方的体力而已。这是两个人的文明的生存斗争方式。一会儿这一个将那一个按在地上,一会儿那一个又将这一个压在身下。翻滚在一块儿后,谁都没能够站起来过。郭立强有好几次就要将自己的一只手伸进对方装报考表的衣兜了,对方每次都是在这时将他翻压在身下,重占上风。地上的冻土被他们的大头鞋跟蹬起了一层,他们呼哧呼哧地喘粗气。

当他又一次将对方压在身下后,一辆卡车从桥上驶过,一阵黄土落下,眯了对方的眼。他趁机将报考表抢到了手。

他迅速跃起,跳到一旁,将报考表从领口塞入贴身的衬衣中了,然后紧了一格皮带,防止它掉出来。当他确信万无一失,也不可能再被对方夺走后,才从地上捡起自己的帽子,用帽子拍打身上的土。

他一边拍打,一边看了对方一眼,见对方仍一动不动地仰躺在地上,满脸是土,双眼还紧紧地闭着。

对方的一只手,缓缓地向一个衣兜摸去,又向另一个衣兜摸去。那只手,连同那条手臂,软弱无力地从身体上滑下,伸展着。

他看见那只手紧紧地抓了一把土。

他觉得自己是一个强盗。

他立刻走过去扶起对方,用手拍打对方身上的土,然后捡起对方的帽子,替对方戴在头上。

对方请求道:"你给我吹吹眼睛。"

他就给对方吹眼睛。

眼泪从对方眼中淌了出来。

"好点么?"

"好点了。"

对方擦眼泪,那张脸立刻变得很肮脏。

他从兜里掏出了二十块钱,低声说:"真对不起你。"

"没什么。"对方推开了他的手:"我说过,被你抢去,我认了。"

对方说完,转身就走。走了两步,站住,从地上捡起什么,回头望着他,又说:"你的表,接住。"将表抛给了他。

他接住表,呆呆地望着对方走出了桥洞。

表,一块半新的"上海"表。他刚才竟忘了自己还有一块表。

"等等!"

对方又站住,转身望着他。

他走到对方跟前,羞惭地说:"我刚才忘了我还有块表,真的。"边说边将表和二十块钱放入对方衣兜,拔腿便走。

走出很远,他听到对方喊:"哥们儿,祝你交好运,榜上题名。"

他回头看了一眼,对方还站在原处。

又一辆卡车从桥上驶过。

他心中十分感激刚才他和对方翻滚在一起时从桥上开过的那辆卡车的司机……

而在这个夜晚,这个时候,他感激的是从他手中得到了二十块钱和一块半新的"上海"牌手表的那二十余万返城待业知青中的一个。

对方给予他的可是一个命运的转机。

两年后他就可以成为一名中学教师了!

他对生活不再有过高的要求,他相信自己能够成为一名好教师。语文、数学、物理、化学,不论教哪一科他都能够胜任。政治除外。

他很后悔没有问那个给予他这种命运的待业知青伙伴的姓名和住址。这时他想：如果我那块表不是一块半新的"上海"牌的，而是一块崭新的，"欧米茄"牌的，或者"罗马"牌的，带日历的，那才公平啊！……

无家可归的徐淑芳一直"客居"在他家里。

对于同院的邻居们说来，他和她究竟以一种什么关系相处，是个难猜的谜。他们怀着种种好奇，想从她脸上破译谜底，但她却很少迈出他家的门。他们偶尔在院子里看见她，她便立刻低下头，像自惭形秽的麻风病人一样逃进屋去。他们想从他脸上获得信息，满足好奇心。可他脸上既没有新婚后的和美表情，也没有蒙受奇耻大辱的可怕阴云。他一如既往，对所有的邻居都很礼貌，很客气，见面一如既往地称呼他们"大爷""大叔""大娘""大婶"……只有从郭立伟脸上，他们才获得一点反馈。这个当弟弟和当小叔子的，常常以一种警告的目光回敬邻居们好奇的目光。那种目光的含意是——谁若敢议论我们家，我就对谁不客气！于是好奇的邻居们得出结论——她——依然是他们家的人。但邻居们总还不免觉得，在那兄弟俩歪斜的家门内，经历了婚礼那一天的花圈事件之后，居然还能进行着正常的、安静的、平和的生活，简直是不可思议的。

在那扇歪斜的家门内，处境最尴尬，最难堪，内心世界最复杂的，并不是郭立强，也不是他的弟弟郭立伟，而是既合法又不被承认的新娘子和嫂子徐淑芳。一张结婚证书，以我们共和国的庄严法律的名义，将她和这兄弟俩组合在一个家庭之中。而那架在婚礼上被烧毁的花圈，以一个，不，它代表二十余万返城待业知青的情绪和心理，无声地发出道德的呐喊，全部诋毁了那张结婚证书的法律力量。普遍的良心是普遍的道德的基础。这个古老而无懈可击的逻辑，时常使她独自悲哀地暗想：不仅仅是一个王志松，二十余万返城待业知青都会谴责我，唾弃我，包括他。他虽然在重新收留她之后待她以礼，但他内心深处肯定是极其蔑视她的，毫无疑问他已收回了对她的爱情。对于爱情，礼貌是比仇恨更加彻底的决裂。没有人启发她，她全凭一个女人的本能悟到了这一点，这是女人无师自通的箴言。它用看不见的文字刻在女人的心上，没一个女人对此是"文盲"。

兄弟俩都上班后，她独自"留守"在他们的家中，尽一个名副其实的"看家婆"的种种义务。她常怔坐床边一两个小时之久，陷入无解的沉思默想和无边的忧情苦绪。而在他们下班之前，她给他们做好饭，烧好洗脸水。吃过饭，兄弟俩都从不在里屋多耽留一分钟。一道门槛，隔成她和他们的两个领地。

一天早晨，她梳头时，头发一缕缕地脱落了。她有生以来第一次从镜中看到了自己青白的头皮，所剩无几的稀疏的余发，像伪装草率而拙劣的尼姑的头。她被自己那种样子吓住了，手中拿着木梳呆若顽石。镜中的她那双惊愕的眼渐渐盈满泪水，镜外的她却在心里对自己说：徐淑芳徐淑芳你不要哭！即使你变成了一个怪物你也不要哭！你要刚强你要刚强……

他恰恰在那一时刻走进屋里，仿佛从她身上发出了一道无形的闪电，将他击得倒退了一步。她立刻弯下腰，捡自己落在地上的缕缕头发。捡完了，她已没有力量站起身来，也没有力量抬起头来。她竟手中抓着自己的落发瘫坐在地上了……

当她的意识从一种麻木的状态中挣扎出来时，他们早已离开了家……

那天晚上，当他们回到家里，见她头戴一顶旧的单军帽，那是弟弟的，不知她从哪里翻着的。

这几天，郭立强开始复习功课，每天晚上才不得不进入里屋。他和她，一个坐在床边，一个坐在桌前。一个悄无声息地两眼瞪着某处发呆。一个聚精会神地看书，演算，吸烟。他将闹钟定了时，到十点，铃声一响，他便立刻走到外屋去，不再进来。

昨天晚上，他刚走到外屋去，又要进里屋来取放在桌上的烟。

她却已经将里屋门插上了。

并不是为了防范。不,绝不是!防范他?她连这样想也没有想过,何况她是没有任何理由防范他的,因为法律已经宣告了她是属于他的女人,她自己对于这一点也是认可了的。何况这是他的家,她没有任何理由阻止他随时进里屋。

她立刻给他开了门。

他走进来后,说:"你完全没有必要这样做。"

"我……"她像严重侵犯了别人的权力似的,一时不知如何回答。

他从桌上拿起烟便走。走到门口,转身望着她又说:"我明天一定去找他,一定让他来接走你……"

"不!……"她叫喊起来。仿佛一个孩子听到大人威吓地说,要让魔鬼将自己带到一个什么十分可怕的地方去。虽然他的话中毫无威吓的成分……

此刻,她仍像前几天晚上一样,呆呆地坐在床边,凝视着鞋尖。这双猪皮皮鞋还是在婚礼那天开始穿的,穿后一次也没打过油,已经很肮脏了,还沾有她的血滴。

她心里却在暗暗祈祷那闹钟的铃坏了。她感到无比孤独,仿佛是坐在一条小小的木舟上,木舟漂荡在被暗夜笼罩的汪洋大海中。有他在眼前,她似乎感到那种咄咄逼人的从四面向她压迫而来的孤独减少了许多许多。虽然他每天晚上一走入里屋,便坐到桌前去,直至离开不看她一眼,不跟她说一句话。她还是觉得他的存在对她意味着可以朦胧望到的彼岸。

她祈祷那闹钟的铃坏了。

它的弦上得很足,走动之声清晰有力,到十点,铃准响。

那时"木舟"上又只剩她自己,"彼岸"也将随之消失。

她简直已无法忍受晚上十点以后的孤独。

真正置身在一条小小的木舟上,飘荡在被暗夜笼罩的汪洋大海中的人,是多么希望和另外一个人为伴啊!哪怕是仇人!仇人的存在所造成的威胁也比那样一种孤独所造成的恐惧小些。

何况他不是仇人,他是她的"岸"。虽然朦胧,但存在着,代表着陆地。他是她所能望到的唯一地平线。

她祈祷闹钟的铃坏了。

她不祈祷自己脱落的头发重新生长出来,却一遍又一遍暗暗祈祷闹钟的铃坏了。

它的弦又上得多么足啊!它的走动之声又多么清晰有力啊!

嚓、嚓、嚓……

这声音冷酷无情。

一到十点,它准响。

她诅咒那有节奏的"嚓嚓"声。

她祈祷闹钟的铃坏了。

她不禁抬头看了他一眼,见他将头伏在手臂上,夹在指间的一截烟还燃着。她以为他不过是那么休息一会儿,见他许久都一动也不动,才断定他是那么睡着了。这几天内他明显地消瘦了。她从内心里对他涌起了一种怜悯之情,和一种深深的羞愧。她没有给他的生活带来任何一点慰藉,连一个女人能够带给一个男人的起码的慰藉也没带给他。她只不过是他的一种负担,也许仅仅是一种道义上的负担。这想法如同老鼠嗑木箱一样啃咬她的心。

她慢慢站起来,轻轻走到他身旁,从他手指间抽出了那截烟,捻灭在烟灰缸里。她俯视着他的头,他的头发浓密而蓬乱。他的脖子很粗壮,由于头微垂着,显示出有韧力的曲线。她想:他真是一个男人啊!一个男人有着这样的脖子,是绝不会在生活面前轻易低下头来的。

她又俯视着他夹过烟的那只手。那只手又大,又厚,虎口的肌肉凸起。虽然放松着,却使她感到,在睡梦中用力一握,也肯定会将什么坚硬的东西握碎。

这只手曾爱抚过她。一个女人被这样的一只手所爱抚过,便永远也不会忘记有着这样一只手的那个男人。当这只手以前握住她的手时,她便从内心里产生要求被爱的强烈渴望。当这只手轻轻抚摸她的脸颊时,她每次都不能够不闭上眼睛,不能够不像孩子似的偎在他怀里。尽管在那一时刻,她心中也无法忘掉"王志松"这个名字。但自己对自己良心的谴责不过成为渴望爱抚的心理要求的变奏序曲。是的,她那时所渴望所要求的,不是去爱,而是被爱,仅仅是被爱。也许由于他有恩于她,也许由于他是那种不肯过多流露温情的男人,也许还由于其他许多她弄不明白的原因,使她内心里筑起了一道无形的屏障,阻隔了她对他的感情。这种感情仿佛被篱笆围住的羊儿,仿佛永远只能在一个极有限的范围内活动。

但是此刻,她内心里忽然萌发了一种微微的波动。她极想抱住他的头,亲吻他的头发,亲吻他的脖子,亲吻他的手。女性的心从被爱的摇篮中觉醒了,恰恰当她不再被爱的时候觉醒了。她一旦觉醒她便不再满足仅仅被爱。她忽然觉得自己是那么需要去爱。那么需要强烈地爱一个男人。这种冲动萌发得那么突然!使她的心理毫无准备,那道无形的屏障一下子便被突破。咄咄逼人的仿佛从四面包围着她的孤独,压迫得她的心灵无依无傍。它带着一股深厚的柔情一股猛烈的激情一种急切的全部给予的愿望,要主动地报答地偿还地不顾一切地贴紧跟前这个男人的心!它使她整个人像马上就要燃烧起来一样!

她情不自禁地伸出一只手,想要抚摸他的头发,他的脖子,他的手。

这时,闹钟的铃突然急促地响了。

他猛地抬起头,有些惊异地瞧着她。

她立刻下意识地缩回了那只手,慌乱地放在胸前,接着放在桌子上,随后藏在衣角下,并用另一只手隔着衣服紧紧握住了那只偷了东西似的手。

她嗫嚅地说:"我……见你睡着了……还夹着烟,就……替你把烟掐了……"她感到自己的脸像靠近了烧红的火炉,被烤得灼热起来。

他不再瞧着她,止住闹钟铃,合上课本,站起身来。

她悄悄退回床前,又如先前一样坐下去,同时垂下头。

他转过身时,问:"你为什么不同意我去找他? 难道我们的关系……可以这样长久维持吗?"

她不回答。

他又说:"我等待着你回答呢!"

"不……"她依旧低垂着头。

"为什么不? 更痛苦的不是我,也不是他,而是……你自己……"

"你不必去找他,让我自己去找他吧!"她缓缓抬起头,用一种恳求恩准的目光望着他。

"我担心他会伤害你。"

"他不会的。"

"那你明天就该去找他。"

"明天,我……做不到……"她又垂下了头。

他注视了她一会儿,不再说什么,大步走到外屋去了。

她顿时又感到那种咄咄逼人的孤独从四面向她包围过来。仿佛别人看不到的冰凉的水,渐渐没及她的双腿,没及她的胸,就要使她陷于灭顶之灾,她感到窒息得有些喘不过气来。她再也坐不住了,她站起来,走到桌前,在他刚刚坐过的那把椅子上坐了下去。桌上摆着一面小圆镜。她瞧着镜子,慢慢从头上摘下了那顶旧的单军帽。

苍白而憔悴的脸,稀少得可怜的头发,一个伪装得又草率又拙劣的病尼姑的形象。

她目光呆滞地瞪着"她"。

命运,命运,你把我变成了这么丑的样子,我也绝不向你屈服!王志松,王志松,总有一天,我会具有勇气去找你,当面对你说,我无过!……

她心里一边这样想着,一边轻轻拿起小闹钟,将上铃弦的旋钮拧了下来,揣进兜里。思忖片刻,又站起身走到窗前,轻轻打开了小风窗,从窗口扔到外面去了。

外屋,兄弟俩在说话,她注意倾听着。

"哥,从明天起,你别去上班了。"

"那怎么行! 临时工,三天不上班就除名。"

"要不我替你去干? 我跟厂里说说,领导会同意的。"

"你的腿不好,怎么能干得了那么重的活!"

"再有几天你就要参加考试了呀!"

"不行!"

"哥,你一定要听我的! 你一定要争取考第一。这不是全国高考,捣鬼的名堂多了! 考第二第三,别人把你顶替下来,你也没处讲理去! ⋯⋯"

"别说了,快睡觉吧!"

她走到外屋去,对他说:"你应该听立伟的话,明天开始,让我顶替你去上班吧!"

"你? ⋯⋯"他看了她一眼,摇摇头,坚决地说:"不行! ⋯⋯"

她比他更加坚决地说:"如果你不同意,明天我就离开你的家!"

"去找他? 你早该如此!"

"不去找他,去流浪! 去讨饭!"

这时,外面传来宣传车的广播声:

"全市公民请注意,全市公民请注意,市公安局颁布特殊治安令,从明日起,晚十点以后,行人必须随身携带工作证件。对可疑者,公安人员有权进行盘查或者拘留⋯⋯"

广播声由远而近,又由近而远:

"各街道委员会,各派出所,要对返城待业知识青年实行认真严肃的注册登记,各影院,剧院,广场及其他公共场所,严禁返城待业知识青年以任何理由举行任何形式的聚会⋯⋯"

郭立伟从吊铺上探下头对哥哥说:"昨天中午有三个返城待业知青,

拎着一个手提包闯进了市劳动局局长办公室,把手提包朝局长的办公桌上一放,从里面取出一个炸药包,逼着局长亲自给他们开介绍信介绍工作,否则他们就要点炸药包……"

"结果呢?……"郭立强低声问。

"局长给他们开了介绍信。他们得意洋洋地离开劳动局,在马路上被公安人员铐上手铐逮捕了……炸药包是假的……"

啪哒!

三个人都吓了一大跳。

是风将里屋的小风窗关上了……

肉体承受不了的,心灵能够支撑着;心灵承受不了的,肉体却无法分担。这种时候,沉重的劳动,对人意味着变相的解脱。两种负荷加于一人,人就分不清哪一种负荷属于肉体方面的,哪一种负荷属于心灵方面的。这是文明的现代人拯救自己的古老而原始的方式,人类至今还想不出比这种方式良好却又比这种方式更有效的另一方式。

四十八公斤重的木箱压在徐淑芳背上,她那虚弱的身体没走出几步就被压倒了,幸而没被压伤。她爬起来,去抱那木箱,抱不动。几双脚在木箱四周站住了:穿翻毛皮鞋的,穿大头鞋的,穿棉胶鞋的。

她因为自己被压倒了而感到无比羞耻,没有勇气抬起头来。

一只手在她肩上拍了一下,她感到了那只手的宽大和分量。她执拗地又抱那木箱。它像有一个底座深埋在地下,纹丝不动。

那只手抓住她的腕子,毫不费力地将她拉起来,轻轻扯到了一旁。

一个高大魁梧的男人怜悯地瞧着她,摇了摇头。

"帮我放到背上吧……"她苦苦地请求。在北大荒,她曾扛着一百五十斤重的装满麦种的麻袋上过四级跳板啊!力气,生活曾给予她几乎等同男子的力气。如今生活又把这样的力气从她身上收回去了。就像一个大人捉弄一个孩子,在孩子被骗下深坑后,却将梯子从坑中撤走了。生命所给予人的一切都是有限量的。人在孩提时代就失去了的，可能一辈子都失去了。人在青春年华付出太多的，以后在这方面就贫乏了。如果她早已懂得这个生命的哲学，她当年就不会被一种近乎自我摧残的劳动热情所促使而不惜以耗损血肉之躯去获得表扬了，可她当年不懂。"徐淑芳劳动积极肯干。"一句这样的口头表扬，会使她心甘情愿在某种最沉重的劳动中活活累死。生命总是在人不懂的时候收回它给予人的宝贵的一切。

那高大魁梧的男人弯下腰，用一只手抓住捆绑在木箱上的麻绳，拎起便走，像拎一只空木箱。

另外三个男人，一言不发地离开了她。

她呆呆望着那个拎走木箱的男人的背影，一动也不动。更准确地说，是想动而不能动。羞耻感像一根无形的钉子，从她头顶穿下，将她牢牢地钉在那个地方了。那一时刻，她是多么自卑，因为自己是一个女人而自卑。如果可能，她愿求助于某种神明或巫术，将她立刻由一个女人变成一个男人。哪怕变成世界上最丑的男人，她也感激不尽。只要能使她变成一个有力气的男人就行！力气，力气，她宁愿用一个女人内心的全部柔情和在别的女人们看来是最美好的一切一切，换取能扛起四十八公斤重量的力气。

那个高大魁梧的男人，从仓库里走出，迎着她一直大步走过来，走到她跟前才站住，低声说："我瞧不起他！"

"谁？……"她机械地问。

"你丈夫！我绝不会让自己的老婆顶替自己来干这种活！如果我有老婆的话！"

"不许你侮辱他！"她本能地维护"丈夫"的人格，大声说："是我非要来，他才不得不同意，过几天他要参加考试，他得复习好多功课……"

"所以我才瞧不起他！他自私透顶！他不配做一个丈夫！你回去告诉他，虽然我跟他交情不错，可我从今天起开始瞧不起他！"他满腔怒火地说罢,撇下她在那儿,一转身就走。

她怔了片刻,赶紧追随在他身后,边走边说:"其实我能干……"

他站住,转过身,看了她一会儿,吼道:"你能干个屁!"吼罢,又大步朝前走。

她呆呆地站在那里,不知如何是好。

几个男人扛着木箱从她身旁走过。他们扛着四十八公斤重的木箱,走起路来轻轻松松的。一个个还故意在她面前显出力大无穷的样子,一边走,一边你撞我一下,我踢你一脚,像耍坛子的杂技演员一样,将木箱从左肩移到右肩,从右肩移到左肩,尽情炫耀男人们的力气。其中一个,扛着木箱一边从她身旁扭扭搭搭地走过,一边学着她的语调说了一句:"其实我能干……"

另一个立刻接了一句:"你能干个屁!"

于是他们爆发出一阵哈哈大笑。

她由羞耻而愤怒了。她跑着追上那个高大魁梧的男人,在他前边倒退着走,同时盯着他的脸,咬牙切齿地说:"你再敢侮辱我和……我丈夫一句,我就跟你拼了!"

他又吃惊地站住了。她转身朝货车跑去。

两个男人,一左一右,守在一节货车车厢门两侧。

她跑过去后,一句话也不说,在他们面前将自己的后背弯成了一个平面。

半天她也没感到有重量压在背上。

她缓缓直起了腰,见他们各自靠着一侧车门框,都将两臂交抱胸前,居高临下望着她皮笑肉不笑。几个男人站在她四周,一个个的神态,像期待着她要什么把戏。

在她身旁,一把铁锹靠着车皮。

她突然抓起那把铁锹,抡过头顶朝站在货车上的一个男人砍去!那男人急忙一闪,锹头擦着他的肩膀,当地一声砍在包着铁皮的车门框上,迸出几颗火星。锹头断了,掉在地上。那男人朝车门框瞥了一眼,上面留下了一道几乎被砍透的痕迹。

她双手仍紧握锹把,胸脯剧烈地起伏着,以一种打算拼命的目光瞪着车上的两个男人。

他们对视一眼,同时默默去搬一个木箱。

她第二次在一些男人的观看之下,弯平了一个年轻女人的后背。

车上的两个男人,存心将木箱搬起得很高,企图报复地重重地压在她背上,将她压趴在几个男人面前。幸亏那个高大魁梧的男人这时走来并看出了他们的企图,当木箱还没有压在她背上之前,伸出一只手用力在箱底托了一下。否则,她是一定会被压趴在地的。

和她如今的体重差不多相等的重量,仿佛一块由千斤锤锻成的铸铁,压在她的后背上了。这一次,她竟挺住了。她反臂用双手扳住木箱两角,腰弯得更低了,她的身体被压得像一把曲尺。她觉得,木箱中装的不是机床的笨重部件,而是铅水,从她的后背上,浇注到了她的两腿中,并且立刻凝固了,使她的两腿不能朝前移动半寸。

足足有两分钟的时间,她背负着那木箱,一动不动。

那个高大魁梧的男人不安地说:"实在不行就快甩下吧,别逞强。"

她觉得一股股血液涌到脸上,凝聚在脸上,停止了流动。她一阵头晕目眩。

水泥地面倾斜了。

货车开走了。

她在心中对自己叫喊:"徐淑芳,徐淑芳,你不能被压倒,你朝前走啊你!……"

她的两腿却还是迈不出去,它们开始发抖了,它们的支撑力达到了极限。

她恨不得从自己胸前立刻再生长出两条腿,支撑住自己马上就要被压垮了的弯平了的身体。

她恨不得自己变成一匹牲口，或者一张四腿带轮子的桌子！

她觉得她必须从口中喊叫出某种声音来，以减轻压在背上的实际无法减轻的重量。

"下定决心，不怕牺牲，排除万难，去争取胜利！……"多么奇怪啊，此时此刻，竟真有一个声音，在对她念这段"最高指示"。像是她自己的声音，又像是一个完全陌生的声音；像是有一张嘴贴她耳朵念着，又像是从极遥远的地方时有时无地飘过来的。那是一种絮絮叨叨的，老太婆的呓语般的声音。其实她什么声音也没听到，那声音纯粹是在她的幻觉之中产生的。那是肉体在重压下发出的无声的呻吟，是绝望了的意识在崩溃前发出的可怜的寻救的呼号，而绝不会产生所谓的精神力量。"精神力量"变成物质力量的奇迹，只有人在迷信这种转化的情况下才会发生。就像只有迷信鬼神的人才会看到鬼神一样。当年她就是念叨着那段"最高指示"，扛着一百五十斤重的装满麦种的麻袋踏上四级跳板的。当年她本身具有着这样的力气，当年她口中不论念叨着什么都不会被压倒。

人的意识是有记忆的。它在绝望的濒临崩溃的时刻，当年储存在它记忆中的某种讯号发出了条件反射。

她的意识一旦本能地捕捉到了那种似"最高指示"而非"最高指示"，似自己的而非自己的，飘忽不定的，又远又近的，老太婆的呓语般的声音，就像饥饿的婴儿寻找到了可以裹吮的东西一样，迷乱地亢奋起来。母亲的乳头，橡皮奶嘴，自己的手指，对饥饿的婴儿在一定的时刻起同样作用。意识的亢奋虽然不是"精神力量"，但它的亢奋在某种情况下可以带动人的运动神经中枢也亢奋起来，带动人的每一块肌肉也亢奋起来，带动人的整个身体也亢奋起来。

她感觉到那种声音确实给予了她一些力量。

水泥地面仍是倾斜的。

货车仍在从她身旁开走。

她的身体仍弯得像一把曲尺。

她仍觉得一股股血液涌到脸上,凝聚在脸上,停止了流动。

但她终于迈出了一条腿。接着,迈出了另一条腿。

在几个男人无比惊讶的目光的注视下,她背负着四十八公斤重的木箱,像一台被遥控的机械一般,朝仓库极其缓慢地运动而去。

四十八公斤的重压一脱离了她的身体,她就赶快跑出仓库,跑回到货车那里。她不敢休息一会儿,也不敢站一下,喘口气。她害怕自己身体这种奇迹般的状态松懈下来。她一弯下腰,就连声说:"快,快,快……"第二个木箱一压到她背上,她的两腿就迅速朝前运动。她是完完全全坠入了一种亢奋的,机械的,奇迹般的状态之中。似"最高指示"而非"最高指示",似自己的而非自己的,飘忽不定的,又远又近的,老太婆的呓语般的声音,始终萦绕在她耳边。她一次比一次运动得更快了。

休息的时候,那个高大魁梧的男人找不到徐淑芳了。

仓库旁的小屋里非常暖和,炉火很旺,将炉体烧红了。炉盖上放着一个粗铁丝架,摆着她的和他们的饭盆,散发出混杂在一起的诱人食欲的香味。男人们打开各自的饭盒盖后,并不急于吃饭,他们一边尽情嗅着那种混杂的香味,一边烤火,喝茶,抽烟。

那个高大魁梧的男人,见屋里没有她,又到外面去寻找,甚至爬上了那节货车车厢找,却还是找不着她。

他回到小屋里,向众人:"你们谁看见那个女的在哪儿啦?"

众人都说没看见。

"奇怪,能到哪去呢?"他自言自语地嘟哝,突然大发脾气,吼道:"你们都给我去找!找不到,谁他妈的也别给我回来!"

他是他们的头儿,又是他们中最高大魁梧的一个。他们见他真发脾气了,不免有几分怕他。他们都乖乖地离开了小屋,四处找她。

最终还是他自己将她找到了。原来她躲在仓库里,躲在几排木箱后,蜷缩在一堆没使用过的纱线之中。她的双膝曲收在胸前,她的脸被纱线掩埋着,她的两条手臂一上一下,瘫软地伸展着。她那样子像一只伸展着翅膀死去了的小鸟,然而她的全身却在瑟瑟发抖。不是因为冷,她并不感到冷,是因为她全身的肌肉都在痉挛地颤动。她的身体经过了三个多小时的亢奋的沉重的耗损之后,此刻是半死不活了。她是再也没有丝毫力气了,纵然她身下的纱线着起熊熊火焰,她也站不起来了。那种荒谬的亢奋状态彻底过去了,耳边那种怪诞的声音逝去了,她的意识完全消散了,她的肉体完全松懈了。只有从她还呼吸着这一点,可以认为她仍活着,连她的呼吸也是痉挛的,一阵急促,一阵微弱。

他蹲下身去,轻轻推她,不安地问:"哎,你怎么了?"

她还是那样子蜷缩在纱线堆中,没有作出任何反应。

"你为什么不到屋里去,屋里暖和啊!"

"……"

"你总得吃午饭啊!"

"……"

"你是不是在发高烧啊?"

"……"

他不知所措地慢慢站了起来,依然瞧着她。

他突然开口骂道:"郭立强,我操你祖宗!"

她的头转动了,露出了掩埋在纱线中的脸。

她声音微弱但很恼怒地说:"你……滚!……"

他见她开口说话了,又蹲下身去,像大人哄小孩似的说:"跟我到屋里去吧,啊?屋里可暖和了,还有一张床。吃饱了饭,躺在床上休息,不比你躺在这儿舒服吗?"

"你……走吧!我……现在骨头都……散了……一会儿就到屋里去……求求你……让我一个人……在这里躺一会儿……"她说着,又将脸埋进了纱线中。

他无可奈何了。他脱下棉袄盖在她身上,站起来摇头叹气地离开了仓库。

二十多分钟后,她披着他的棉袄,走进了那小屋。

她见他们已经将炉子围住了,用目光寻视着,想找一个离火炉不远,又和他们保持一定距离的地方坐下。

那个高大魁梧的男人,从炉旁站了起来,走到她跟前,将她推到了自己坐的地方。

她一声不响地在他坐过的两块摞起来的砖头上坐了下去。

他默默地替她将饭盒从炉盖上取下来,放在她膝上。

她感到饿极了,也不怕烫手,打开饭盒盖,抓起一个包子就咬。这只手里的还没吃完,另一只手又抓起了另一个。三口五口,一个包子就不见了。她简直不像一个女人在吃东西,像一个饿鬼饕餮。她吃得两手是油,满下巴也是油。油从双手和下巴滴淌在她的衣服上。她那样子,恨不得要将嘴嚼的过程省略,将胃从胸腔内掏出来,将包子一个接一个塞入胃中。饭盒里顷刻就剩两个包子了,她的胃似乎还空着一大半。

她忽然有所觉察,停止吞咽,抬起头来,见男人们一个个都拿着饭盒,目瞪口呆地瞧着她,像瞧着一头饥饿的母狮子在吃鲜血淋淋的肉,担心她没饱,接着会把他们也一个个都吃掉似的。

她不由得侧转身子,两手往衣服上擦了擦,比较斯文地吃掉了饭盒里剩下的两个包子。

"真够吓人的!"

"你问她饱了么?没饱,我舍出一条胳膊给她吃!"

"你?除了皮就是筋,有啥吃头?"

"就你有吃头?"

"那当然!肥的在腰上,瘦的在腿上,她想吃哪儿吃哪儿好啦,我一不怕苦,二不怕死。"

他们拿她开心取乐。

只有那个高大魁梧的男人在闷头吸烟。

她不理他们,起身从炉上拎起水壶,倒了半饭盒开水,重新坐下一边吃一边喝。

这时她才感到身上有些冷了。衬衣完全被汗湿透了,毛衣也湿了,棉袄里子也湿了。她被烤得冒着蒸气,但湿衬衣却是冰凉地贴在身上。如果没有他们在,她真想将衣服全部脱下来,让炉火烤暖自己的身体。

她从头上摘下了棉帽子,却连那顶旧的单军帽也一起带下来了。

"嘿呀!从尼姑庵还俗没多少日子吧?"

他们中的一个油腔滑调地说。

于是他们全体哈哈大笑。

她仍不理他们,赶紧戴上单帽,将棉帽里子翻出来,拿在手中贴近炉体烤着。

她的沉默,她的容忍,助长了那些男人们对她的放肆。而且她越是沉默,他们越觉得不满足。她越是容忍,他们越觉得快活。他们是习惯了将拿女人逗笑开心当成正常娱乐的。他们是些没有幽默感,只有庸俗,没有羞耻感,只会竞赛下流的男人。

他们开始讲起种种下流话来。这种话,由一个人口中说出第一句,就像打呵欠似的,引得其他几个人也产生了连锁反应。粗俗的,没接受过文明教育的男人,在这方面个个都有举一反三的天才。某个女人在场,对他们发挥这方面的天才是鼓舞。下流话一句接一句从他们口中说出,像螃蟹吐沫,越吐越多。他们一个比一个更无耻。他们的话一句比一句更不堪入耳。他们的话对任何一个女人都无异于变相奸污。他们仿佛获得着一种又满足又不满足的快感。

她这时才明白,为什么在她今天早晨来干活之前,郭立强仍那么坚决地阻止她。

她猛地站了起来,将饭盒里的剩水朝他们泼过去。他们被烫得失声叫喊,一个个慌乱地跳起来,向后躲避。

她抓起一切随手能够抓到的东西,砖头,木墩,蜂窝煤,向他们接连不断地狠狠砸过去。她的发泄,比起她当年的教导员姚玉慧在市场管理所的发泄,要猛烈得多。如果"金嗓子"刘大文在场,一定会为她鼓掌并高呼"乌拉"的。她转眼由一只兔子真的变成了一头母狮,她那种积聚在胸的要和自己的命运一拼的勇气,此刻全部表现出来了。仿佛她若将他们一个个打死,便也战胜了自己的命运似的。

几十块蜂窝煤朝他们砸光了,碎落满地。

那个高大魁梧的男人却一动不动地坐着,看着她尽情发泄。

她从墙角操起一把拖货的搭钩,像古代士兵挺着长矛一样向他们冲去。

他们狼狈地纷纷逃出了屋子。

她失去了进攻的目标,挺着"长矛"在屋里打转。

突然她举起"长矛",向吊在半空的烟筒狠狠砸去。烟筒分节了,在半空晃来荡去。

顿时满屋青烟。

她还要将炉子踹翻。

这时,那个高大魁梧的男人,才从身后抱住了她。

"放开我!你放开我!……"她喊叫着,挣扎着。

他说:"你疯了!"将她抱得更紧。

她扔掉"长矛",低下头便咬他的手。用她全部的愤怒,全身的力量咬他的手。那一时刻,她觉得咬的不是一个男人的手,而是一块坚硬无比的石头,而是她的命。她要将它咬碎。由于用着发狠的力量,以至于她紧紧闭上了眼睛,身子都绷得发抖了。

他不做声。使劲攥着那只手。

终于,她觉得自己的牙齿咬进了"石头"。它不那么坚硬了,碎了。

她放松牙齿,睁开了眼睛,看见了一只流血的大手在痛苦地抽搐着,咬痕那么深那么深。她几乎从他手上咬下一块皮肉来。

"放开我,放开我呀,我这是怎么了啊!……"她哭了。

他放开她,向她伸出了另一只手,低声说:"还想咬,你再咬吧!"

她一下子蹲在地上,双手捂着脸,呜呜哭着。

她已经哭过不少次了。

今天,她第一次感到,哭给她带来了一种痛快。

这是她返城后唯一感到痛快的一件事。

"你必须忍受,"他一边接烟筒一边说:"他们就是那样! 要么,你用什么东西把耳朵堵上;要么,你明天别来干。"

他将烟筒接好,朝窗外看了一眼,走到她跟前,俯视着她,又说:"这仅仅是开始。以后,他们可能还会对你动手动脚。你还想继续干下去,就必须忍受。在你之前,也曾有几个女人来干过。她们不像你,她们不在乎。这给她们带来了好处,她们愿干就干点,一点不干也无所谓。这儿的活累,很少有女人来这儿干活。他们都愿意替来这儿干活的女人多出把力气,但那个女人得对他们作出让步。他们认为这是公平合理的,所以他们不感到羞耻……"

她不哭了。她的双手慢慢从脸上放下了。他站起来了,她瞪着他。

她说:"我不需要谁替我多出力气,我绝不会比他们干得少。我明天还来干,我要随身带把刀,谁敢再对我说一个脏字,我就和谁拼命!"

"现在你应该理解,我骂你丈夫是有道理的了吧?"

"你敢再骂他,我也和你拼命!"

……

下午上班后,那些男人们在她面前一个个变得规矩多了。再没有一个人敢对她说一句非礼的话,也再没有一个人敢以哪怕是极微小的轻薄举动冒犯她。

人的尊严,像人类的和平一样,捍卫它,它才存在。而某些女人们在捍卫自己尊严的时候,尤其某些弱女人们在捍卫自己尊严的时候,所表现出的不怕一切不顾一切不惜一切的勇猛,是足以令男人们感到惭愧的。尊严是她们在没有做母亲之前的孩子,不能够捍卫自己尊严的女人也必定不能够成为一个好母亲。

那些男人们的目光,甚至都不敢与她的目光对视一下。她的眼睛里仍闪耀着一种母狮般的凶猛。他们教会了她如何捍卫自己的尊严,她纠正了他们对于女人的错误认识。

对于她来说,下午的时间要比上午的时间长得多。但是她已不再将四十八公斤重的木箱放在眼里了。正如她不再将那些男人们放在眼里。她想,原来生活中能将人压倒的东西并不很多。

中间休息了一会儿,她走进小屋去喝水,他们竟都不敢进屋。

她喝罢水,一转身,愣住了。

郭立强出现在她眼前。

他说:"跟我回去。"

她说:"不!"

"你怎么能扛得动四十八公斤的木箱!"

"不是扛,是背。"

"背也一样!"

"我已经背了七十多箱,并没被压垮。"

"我不能让你来顶替我干这么重的活!我是个男人!"

"我需要干重活,我是个女人。"

"难道你需要虐待自己?!"

"我需要解救自己。"

他不说话了。

他默默地望着她。

她也默默地望着他。

他又说:"用这种方式解救自己是愚蠢的。"

她回答:"我在这里比在你的家里感到自己……更是一个人。"

"你胡说!"他恼怒了。

"不是胡说,"她望着他摇摇头,苦笑了一下,"是实话。"

"你心里恨我？"

"我从来也没有恨过你，我永远感激你。"

"你究竟要我怎么办？"

"录取后，让我顶替你在这里的名额。"

"我问的不是这件事！"

"……"

"你究竟要我怎么办？"

"我没有权力再对你要求什么了！"

他又不说话了。

他朝窗外看了一眼，几颗脑袋立刻缩到窗台下。

她却说："我该干活去了！"就朝门外走。

当她从他身边走过时，他一把抓住她的胳膊，凝视着她的眼睛。

他说："你哭过。"

她说："沙土眯眼了。"

他说："别恨我，我真不知道该怎么办才好。"

她说："我也是。"又苦笑了一下，掰开他的手指，走出去了。

他在屋里呆呆站了一会儿，也走出去了。

他看见她背着沉重的木箱，身子弯成九十度，缓慢地走过来。

她经过他身边时，吃力地抬起头，看了他一眼，作出一种近乎天真的微笑。

那微笑的含意好像是——你瞧，压不倒我！

她那一笑使他肝肠寸断。

他不忍心再看到她"表演"第二次，一转身大步走了。

"你给我站住！"

他听到了一个人的怒喝。

他站住了，扭回头——是那个高大魁梧的男人。

"你小子不是人！呸！"对方狠狠朝地上吐了一口。

他无法解释,也根本不想解释什么。

他心中暗暗发誓:郭立强,郭立强,你一定要考上!你一定要考第一!为了你自己,为了弟弟,也为了她……

他说:"告诉他们,谁敢欺负她,我找谁算账!"

他猛转身离开了货车场……

第九章

"想不到你这个人还会出现在我家里。"

"我那天离开你家的时候，并没有声明我再也不来了。"

"我的房间里开始预备烟灰缸了。"

"我戒烟了。"

"某个姑娘向你提出了这样的要求？"

"是的。"

"打算跟她结婚了？"

"不。"

"因为她不够漂亮？"

"因为她太漂亮了。"

"男人都非常愿意将一个漂亮姑娘的话当成圣旨吗？"

"如果她还是个医生，去看病的男人是会乐于接受她的忠告的。"

姚玉慧观察地望着她的家庭辅导教师的脸，见他的气色果然不佳。他的第二次光临，使她十分不解。她对他身上表现出的那种高傲很反感。那种高傲不是演技，也不能算性格，而是气质。因为是气质，因为是从骨头里表现出来的，所以她很反感。第一天她就断定了他是一个干部子弟。

她刚才那些话不过为了测试她的判断。他的回答使她更加确信自己的判断。还是第一次有人在她——一位市长的女儿面前,不肯稍加掩饰干部子弟们所特有的那种高傲。如果说她对他开始感到了某种兴趣的话,正是因为这一点。

她在心里说:"我尊敬的教师,即使你那种高傲是像呼吸一样天生的本能,在一位市长家里你也应该掩饰着点才对。"同时暗想:难道母亲将一位省长的公子请来做我的家庭辅导教师了?

她觉得他骨头里的那种玩意儿在她面前表现出来是异常可笑的。

她又说:"你并没有遗忘在我家里什么东西,包括烟灰。"

他严肃地说:"我是来帮你补习功课的。"

"我那天不是告诉你,无论我的成绩如何,我注定会被录取吗?"

"我那天不是也告诉你,我一定要让全市返城待业知青中所有的报考者都知道考试的真相吗?"

"你已经那样做了?"

"是的。"

听了他的回答后,她许久没有做声。当她拥有某种幸运的机会时,她因为它不光明正大而感到可耻。但此刻当他告诉她,她可能已失去了这种幸运的机会时,她又不免替自己感到无限惋惜。毕竟是在二十余万返城待业知青中只有一百五十个人才能获得的幸运机会!而且完全不必同谁去进行竞争。而且是关系到自己将来甚至可能一生前途的机会。许多人一生的道路,往往可能正是由于一次机会的得失所决定。当过营教导员的她,比别人更明白这一点。因为她曾以一个教导员的权力给予过某些人良好的机会,也剥夺过某些人良好的机会。而她返城后第一次获得的、幸运的、良好的、重要的、不必进行竞争也不必做出巨大努力的机会,被母亲替她聘请的这位从骨头里表现出高傲的家庭辅导教师,以公理的名义剥夺了。

这是她生平第一次被别人剥夺了重要的机会。她不唯感到惋惜,同时也感到恼火了。她可以出于自尊而毫不遗憾地放弃这样的机会,求得一种带有原则性的自我完成,却难以容忍别人从她手中剥夺走这样的机会。因为这种剥夺如同法官宣判她退还自己不应得到的财产一样,意味着耻辱。

于是她冷冷地问:"那你还来帮我补习什么功课?"

他说:"因此我才更应该来帮你补习功课。我衷心希望你能凭分数被录取。"

"谢谢,我早已决定不报考了。"

"是现在才决定的吧?"

他的话剥下了包在她自尊心外面的最后一层锡纸。这最后一层锡纸只有自己剥时自尊心才是完整的。可是竟被他那么无动于衷又似乎那么毫不经意地剥掉了!

"你是我的什么人?你有什么权力以这种态度对我说话?"她的语气和目光同时严厉起来。

"我是你的家庭教师。我想我对你的态度是认真负责的。"他相当平静。

"你走吧!我不需要你!无论我的决心是早已下定的还是现在才下定的,总之我不报考了!因此我对'教师培训班'像对你一样不感兴趣了!"她说着,急步走去打开了房门。

"我没有想到过你对我感不感兴趣的问题。"他坐着不动。

她大声说:"请出去!"

"我真没料到你会这样对待我。"他仍然相当平静,望着她摇了摇头,"我还以为一个当过教导员的人,会将进行机会均等的竞争看成公平合理的事呢,原来你并没有进行这种竞争的自豪感和勇气!"

"你到我家里来,就是为了当面嘲讽我吗?"

"我是为了来帮你补习功课。"

"你究竟要达到什么目的?"

"衷心希望你在机会均等的竞争中,凭分数被录取。"

她沉默片刻,冷笑道:"然后你就有资本到处宣扬,市长的女儿是在你的帮助下才考上'师资培训班'的?非常抱歉,我不给你这样的资本!"终于也说出尖刻的语言对他反唇相讥,她的恼怒稍释。

他站了起来,目光咄咄地盯着她说:"在我心目中你不是什么市长的女儿,你也是一个返城待业知青!"

他说罢,解开了衣扣,双手将衣襟敞开。

她看到他的旧绒衣上印着"屯垦戍边"四个字。

这四个字,将她对他的心理距离拉近了。在几分钟之内,她注视着他没有说一句话。而她的目光却发生了多层次的变化。她开始以一种特殊的,与几分钟前完全不同的目光看待他了。

她终于低声问:"你也是?"并且徐徐将敞开的门关上了。

"不过比你早离开北大荒三年,也没当过教导员。"他迎视着她的目光,一只手一颗一颗地扣上了衣扣。

她双手背在身后,朝墙上一靠,又问:"几师几团?"

"一师二团。"他站着回答。

"我在三师七团。"她仍注视着他,接着说:"我们当年离得很远。"

他说:"现在好像我们离得也不近。"

"对不起,我刚才太不礼貌了。"她用歉意的语调说。既然她和他是兵团战友,既然他并没把她看成一位市长的女儿,而是看成一个返城待业知青,她也就不再将他看成家庭辅导教师了。兵团战友,仅凭这四个字,两个北大荒返城知青就可以互相产生信任,重新寻找到许多许多共同的语言。它是一代人的"口令"。

"我可没什么值得向你表示歉意的。"他和解地坐了下去。

"你的无礼,是骨头里的。"她仍以尖刻的话回答他。不过已不再是反唇相讥的口吻,而是玩笑的口吻了。她在有意进一步缩短他们之间的距离。能在自己家里见到一位兵团战友,她感到高兴起来,补习功课成了并不重要的事,重要的是她面对着一个肯定会和自己有许多共同语言的人。共同语言是内心世界的大气层,它和人需要吃饭一样重要。

听了她那句开玩笑的话,他第一次微笑了,说:"你的确是看到我的骨头里去了。"

她走到床前,坐在床边,情绪彻底改变,心里完全放松地说:"现在可以认为我们离得近些了吧?"

她内心的高兴简直是无法形容的。这个家像一只体面的笼子,早已使她感到寂寞难耐了。什么"教师培训班",见它的鬼!还有他说的什么"机会均等的竞争",也见鬼去吧!她此刻只想和一个有共同语言的人随便聊点什么。城市将二十余万这样的人同她隔开了。长此下去,她认为自己很快就会由一个老姑娘变成一个阴郁的干瘪的老太婆了。她一经了解到他原来也是二十余万之一,便觉得他身上带有着自己非常需要呼吸到的负离子。

"不,还要更近些。"他站起来,将方桌搬到床前,放在他和她之间。随后将椅子挪到桌旁,端坐下去。这样,他和她就面对面地坐在桌子两侧了。

"好方式。"她说,起身去从床头柜里取出了高级奶糖、橘子、苹果、瓜子,放在桌上。

他看了她一眼,奇怪地问:"把这些东西放在桌上干什么?"

"边吃边聊。"她剥开了一个橘子。

"聊什么?"他更加奇怪了。

她忽然想起了北大荒知青当年对厌烦了的各种讨论会进行消极抵制的一种说法,笑道:"乱谈及其他。"

不料他却皱起眉头说:"教导员同志,我没有这样的时间,你也不应该有这样的时间。离考试只五天了,收起你这些好吃的东西,把你的课本放到桌上,现在我就开始帮你补习功课。"

她将剥好的橘子慢慢放下了。

他见她迟疑不决地看着自己,又说:"我对待任何一件事情都是很认真的。"

她说:"我比你更具有这种性格。但你这不明明是帮我仓促地对待命运吗?"

"是的。"他丝毫也不想否认这一点。

"然后叫我到考场上去受折磨?"

"我相信百分之八十的报考者都绝不会比你补习得更有把握。"他严肃地说:"一代人都在对付命运,不只你自己。"

"莫如说你相信我的运气好。"

"现在也没有时间讨论运气。"

"让我考虑考虑。"她缓缓坐了下去。

"给你五分钟的时间。"他从腕上撸下手表,轻轻放在桌上,注视着,又说:"你还是决定不报考,我便告辞。你刚才问过我的目的究竟是什么,现在我可以回答你,当我能为一个返城待业知青做什么的时候,我就要认真去做。无论对谁都一样。"

她两手捧着面颊,一会儿瞧瞧那只手表,一会儿瞧瞧他。秒针走了一圈,又走了一圈。他脸上的表情愈来愈严肃。

她不禁自言自语:"难道我们返城待业知青注定了不可能有从容一点的时间为自己的命运做准备吗?"

"以后生活更不可能再给这一代人从容的时间做这种准备。"他的目光始终盯在表上,好像五分钟一到,就会拿起手表匆匆走掉。

"命运……真是比什么都可怕的东西……"

"连拿破仑也害怕命运。"

"真的?"

"真的。"

"那么一个老姑娘害怕命运就没什么值得羞愧的了!"

"但任何一个等待好运从天而降的人也都极可悲。好运从来都有限,有限的东西从来都需要去竞争,竞争到的才是真正属于自己的。当然可能对你例外,因为你是市长的女儿,好运也许会接二连三向你招手,所以你若不愿去进行竞争我完全能够理解。"

"别挖苦我了! 你说我考……还是不考? 把握的确很小。"

"我不想替你做出决定。要不你扔钢镚儿吧!"

"扔钢镚儿? 我没跟你开玩笑!"

"我也没跟你开玩笑……五分钟到了!"他拿起手表,戴上后,站了起来。

她还是没有做出决定。

"看来我应该走了。"他不无失望地说,离开桌子,朝房门走去。

她一动不动。

他已经走到了门前,回过头说:"向你表示歉意,我剥夺了你本来唾手可得的一次重要机会!"说着推开了房门。

"别走!"她突然站了起来,将桌上那些好吃的东西全部推落到床上,然后趴在床上,将枕头搬到一旁,将许多册中学课本双手捧着放到了桌上。

她端正地坐着,望着他,像一个注意力集中的学生在课堂上望着老师。她那样子竟很有些激动。

他,由衷地笑了,迅速走回到桌前,重新坐在椅子上。

她庄重地问:"你满意了?"

他回答:"教导员同志,你应该自己对自己感到满意。你为自己做出了值得做出的决定。"

"不是你激我,我肯定会做出相反的决定。"

"那么我也有理由对我那些带有挖苦意味的话感到满意了。"

她笑了。

他也笑了。

他开始翻那些她妹妹为她找全的中学课本。边翻边说:"我们的教导员同志大可不必为政治下功夫了,我相信你差不多可以得满分。历史,暂且也把它放在一旁,但是你自己一定要看看,起码应该记住古代历史年代表,近代历史中一些重大事件发生和结束的时间,著名历史人物的简况和他们在历史上起的作用……"

"历史我有把握及格。"

"你的话太使我受鼓舞了!地理呢?"

"看一遍可以考个六七十分吧。"

"语文呢?"

"中学时我的语文成绩还不错,靠基础也能及格。"

他将政治、历史、地理、语文课本一册册摞起来放在一旁,压上一只手,看着她说:"你知道我现在想什么吗?"

她摇了摇头。

"我真想亲你一下,你使我对你满怀信心。"

虽然他是在开玩笑,她的脸还是倏地红了。如果他当真亲她一下,她知道自己绝不会有什么不高兴的表示。第一次有一个和她年龄相差无几的男人跟她开这么随便的玩笑。她内心里却莫名其妙地产生了一种愉快。他那句玩笑甚至使她对他感到亲近起来,也使她感到补习功课这件过分正经的事增添了几分情趣。归根到底还是让"教师培训班"见鬼去吧!现在有一个和我同样经历的男人就坐在我对面,他敢于随便跟我开玩笑,他已经一点也不使我讨厌了,恰恰相反,他使我心里产生了从来也没有产生过的愉快,它如同闷热夏天的微风。对我来说,这足够在此时此刻使我感到满足的了。为了回报他对我的恩赐,我也应该装出几分认真的学生的样子。她心里这么想着,就将双手压在一起,连同手臂平放在桌子上,目不转睛地,表情异常肃穆地瞧着他。

他却有些窘迫起来,说:"教导员同志,让我们彼此都放松一点嘛!"

她的脸又红了一阵,笑道:"没问题,只要你自己别太严肃。"

"我要帮你补习的,只剩下了代数、几何、物理、化学四科。我为你抄写了这四科的公式和定理表。你应该把它们用揿钉揿在墙上,随时看,随时记。记住了这些表上的公式和定理,考试时就要靠你运用的灵活性了。"他一边说,一边从椅背上拿起他的书包,取出四张表交给她。

他们就这样开始补习了。

他首先帮她补习的是代数,从初二的课程开始补习起。他为此向她解释出一番道理,说这种补习法叫作"承上启下"。毫无疑问,他到她的家里来之前,对于如何帮助她补习,是动脑筋考虑过的。她也猜测到了他的良苦用心——他认为自己断送了她的一次机会,理所当然应该再帮助她获得同样的机会,作为对给她造成的损失的一种补偿。

而她对他的认真讲解,其实并没听进去多少,她只不过是在看着他的表情,神态,手势,听着他的声音而已。他的表情并不丰富,他的神态未免严肃,他也不过多地做手势,他的声音……很一般的男人的声音,平板,没有抑扬顿挫。如果不是他,而是另外的一个男人如此一本正经地,不厌其烦地,不停地对她讲解那些枯燥无味的代数公式,她不反感地制止继续讲下去,也会公然将头伏在桌上打瞌睡的。中学时她恰恰对代数、几何、物理、化学这四门主科缺乏兴趣。

但是此刻非常奇怪的是,她竟希望他一直不停地讲下去,讲下去,讲下去。她明明什么也没听懂,却频频点头,点头,点头,虚假地表现出有所领悟的样子。她心里为他感到难过。因为她看出来了她那种有所领悟的样子,使他备受鼓舞。他一点都没有想到他简直是在对牛弹琴,完完全全地是在浪费唇舌。他的热情越讲越高涨,他的声音开始变哑了。

"停一下……"她站了起来。

"没讲明白?"他似乎有几分愧意。

"非常明白。明白极了。有条有理……你可以当一位优秀的教师。"

"真的?"

"真的。我给你泡一杯茶吧!"她离开桌子,泡了一杯茶,轻轻放在他面前。

她又说:"如果抽一根烟对你的身体后果不那么严重的话,我去给你取一根来?"

"你真是个好学生!"他微笑了。

她便离开自己的房间,去到客厅里取烟。她并没有马上取了烟就回来,她拿着一支烟和火柴盒在客厅里的沙发上坐下了,她内心里矛盾极了!

老老实实地告诉他,我什么也没有听明白,越听越糊涂,我的脑子已经糊涂成一锅粥了? 那么他会如何呢? 她完全想象得出来,他将是一副多么失望,多么沮丧,多么扫兴的样子! 他肯定会恼恨自己讲得不得要领,他肯定还要从头讲起。

她不忍心告诉他实话。

继续欺骗下去? 今天,明天,后天,除了令她讨厌的代数,还有令她更加讨厌的几何、物理、化学……

被欺骗的是他。

感到受折磨的是她自己。

对这么一位用尽义务的热情和坚定不移的信念征服了她的家庭辅导教师,她真不知如何是好了! 而且,她很怕她告诉了他实话之后,失望、沮丧和扫兴,会像三条鞭子一样将他从她家里抽出去。那么她自己的自尊心也会从代数公式和定理组合成的梳妆台上掉下来摔个粉碎。

难道生活就是这样的吗? 就是常常不得不欺骗别人并欺骗自己吗? 欺骗违反她做人的原则。而这个原则在被生活多次拆拆卸卸玩弄过后,如同被小孩子玩得丢失了许多的积木,已经快搭不成个什么形体了。

演下去,演下去,就是一场戏,也只有继续演下去,这对他和她并不能造成什么重大的损失。他浪费的不过是唇舌,她为此给他泡了一杯"龙井",等价的报偿。她自己浪费的不过是时间,时间目前对于她没有什么特殊的意义,五天之内和五天之后她仍是三十岁,浪费十几个小时并不能使她这个老姑娘明显地变得更老。

我怎么会变得玩世不恭起来了？从哪一天起这种病毒侵入到我的体内了？

她故做一副高高兴兴的样子回到了自己的房间。

他吸着那支烟后，用一种对自己和对她都格外满意的语调说："你看，我们进展的速度够快的，如果从第一册开始补习，就绝不会这么快了。"

她附和道："那是当然，那是当然。'承上启下'效果好。"

"都懂了？"

"都懂了，都懂了。你一讲，我就都懂了。"

"要不要把某些重点再讲一遍？"

"不要不要。你走后我自己再看看课本。"

"代数几何是最需要独立思考的，我们开始往下进行吧！"

"好……吧……"

他一口接一口将烟加紧吸完，又开始讲起来。

她仍像先前那样，两条手臂连成"一"字，平放在桌上，一只手压着另一只手，身子坐得端端正正的，目不转睛地瞧着他的脸。

他的情绪比刚才有增无减，愈加饱满。他也瞧着她，他们脸对着脸，眼睛瞧着眼睛。在她眼中，房间里只有他，其他的任何东西都不存在了。她似乎刚刚发现，他是个很英俊的男人。长方脸，前额棱角分明，好像是用斧头砍出来的一般。五官端正，眉毛很黑，但并不粗，高鼻梁，双唇丰厚，看去极富有弹性；一双眼睛优美得像女性的眼睛，投射出的却是典型的男人的目光，那种目光盯着谁看，谁如果不低下头去，就难以躲避，那是一种根本不在乎也似乎根本不曾想到对方会不会感到羞赧的目光。

更准确地说，她不是在瞧着，而是在欣赏。她第一次可以这么近地，脸对着脸地，长久地，目不转睛地，毫无顾忌地欣赏一张男人的脸，并且是一张有可欣赏之处的男人的脸。她仿佛第一次才懂得男人对于女人的吸引力原来意味着什么,这一点在某种时刻比一条最简单的数学公式更容易使一个女人领悟,她那颗老姑娘的心动乱了,她听不到他的声音了,她的灵魂又发生了一种战栗。这种战栗她曾体验过一次,在北大荒,在一个静悄悄的雪夜,在营长家里……它发生时是可怕的,比肉体发生痉挛更可怕。它好比火山的喷发,间隔越久越猛烈!她觉得有一股强大无比的冲击力要摧毁她的整个内心世界了。

她闭上了眼睛,她不能够继续瞧着那张脸了,她近乎绝望地把持着自己一动不动。

"兵团战友们,我们今天到此结束吧,因为我们的教导员同志已经有点精力不集中了!"

切断的视觉将他的脸用一块闪耀许多小星星的黑布蒙上了。他的声音却闯进了她内心世界的殿堂,像主人长驱直入。

"们"——仅仅一个字,一个他无意之下带出的字,就将她从那种眩迷状态中猛地撼醒了。

原来在他眼中,她是一个人,又不是一个人。她是"他们",代表着许许多多,代表着那些需要补习中学文化的,待业的,预备考"教师培训班"的他的无计其数的兵团战友。

"当我能为一个返城待业知青做什么的时候,我就要认真去做,无论对谁都一样。"

他刚才说过的这句话,在她耳边又响了起来。

无论对谁都一样,无论对谁都一样……

无论对他原先认识的或者不认识的,无论对一个男的或者一个女的……都一样……

他那种热情,他那种信心,他那种认真的态度,他那种责任感,他所付出的时间、精力……都只不过是为他自己曾经隶属过的一个群体所尽的义务!

他在瞧着她也是在瞧着他们!

他在对她讲也是在对他们讲！

而她，而她，却始终错误地可笑地认为他是在为她尽着一种义务！只为她一个人尽着一种义务……

在他眼中她是存在也不存在的……

如果他不是面对着她，而是面对着录音机，她相信他仍然会以那么一种热情，那么一种信心，那么一种认真的态度，那么一种责任感，尽他认为自己应该尽的义务！

在一个多小时内，她以为她全部占有了他，起码在精神上、情绪上和心理上，结果是恰恰相反。而她还一直陪着他像演戏一样演完了这一幕！她根本不是角色！是道具，是象征，是舞台上主角借以抒发某种热情的一棵假树什么的！

她那老姑娘的过分敏感的心仿佛被人踩了一脚。

她又一次体验到的那种强有力的眩迷成了只有她自己暗知的又一次羞耻的记载！

她一下子伏在桌上哭了起来。

"你……"他大吃一惊，不由得站了起来，茫然不知所措而又万分莫名其妙地瞧着她。

这时，她的妹妹走了进来。

当妹妹的见状在门口迟疑了一下，随即走到了她跟前，轻轻推她的肩头，诧异地问："姐，你怎么了？"

她羞于回答什么，羞于抬起头。想不哭，不能够。

"你胆敢欺负我姐姐?!"当妹妹的对姐姐的家庭辅导教师发火。

"我并没有欺负她呀！"他觉得很有必要替自己辩白一番，却又一时不知怎样才能辩白得清。

"你没欺负她？那她为什么哭?!"

"我确实没有欺负她，我……"

当妹妹的哪里肯相信他，拍了一下桌子，挑起眉毛瞪着他大声道：

"你有什么了不起的？你不就是个工农兵学员吗？冒牌大学生！请你给我姐姐补习补习功课，是抬举你！你这家伙却不识抬举，把我姐姐欺负哭了！你如果没有像训斥小学生一样训斥她,她会哭么?! 你今天必须向她赔礼道歉！"

"你必须首先向我赔礼道歉！因为你侮辱了我！"他生气了,一只手握成了拳头。

"嚯,你还想在我家里动手打人呀？你敢！"

"小妹！……"她不能再不抬头了。

她掏出手绢背转身擦了擦眼睛和脸,难为情地："我也不知道自己因为什么就哭起来了……"转过身又对他说："你可别笑话我。"接着对妹妹说："向他赔礼道歉吧！"

"他真没欺负你呀？"当妹妹的还是解除不了狐疑。

"别废话了！"她狠狠瞪了妹妹一眼。

"那……为了你我才对他发火的,你替我赔礼道歉吧！"当妹妹的说完,调皮地一笑,跑出房间去了。

她已完全从面对面地,目不转睛地瞧着他时那种自幻的涅槃中挣扎出来了,同时她也就感觉到了尴尬的气氛开始渐渐弥漫在他们之间,她的目光没有勇气再与他的目光接触。先前她有意扭转成功的那种彼此都很随便,彼此都很放松的心理环境又遭到了她自己的破坏。她对自己恼恨透了。唯恐他的目光窥视到她内心里,她掩饰地去收拾床上那些吃的东西。

他说："我该走了。"

她说："你再多坐一会吧,讲了这么半天,头脑肯定够累的了！"说话时,也不转身看他。

他大概也觉得就这么走了不太好,便慢慢在椅子上坐了下去。

她将那些吃的东西都收进了床头柜,确信自己的神情恢复了常态,这才斜坐在床边,低声说："我替我妹妹向你赔礼道歉。"仍不看他,看自己的手。

他却始终在看着她,满腹狐疑地说:"我实在猜不到你为什么哭。"

"你永远也不可能猜到。"她站起身要去换茶,还是回避着他的目光。

小妹又闯进屋来,匆匆忙忙地大声对她说:"姐,一会儿我的同学乔欣欣来了,你告诉她我看电影去了,叫她别等我了。"对姐姐做了一个莫测高深的怪相,也不理睬他,视而不见地就往外走。

"站住!"他一步跨到她跟前,伸出一只胳膊,像警察拦住一个违反交通规则的行人似的,拦住了她的去路。

"要逼我向您赔礼道歉?"她不屑地侧目睥睨着他。

"再说一遍,你的同学叫什么名字?"

"乔欣欣。"

"男的女的?"

当妹妹的瞥了姐姐一眼,仿佛在问:你的家庭辅导教师怎么了?他有什么权力问我这个?随后用挑衅的语调说:"要审问出一个少年犯罪团伙吗?我会比我姐姐更令您失望的。"

"回答我!男的女的?"他那只伸出的手抓住了她的肩头。

"我不逃跑。"她一动也不动,笑模笑样地说:"女的。使你感到遗憾了么?"一副非常乐于接受这审问的样子。

"多大年纪?"

"二十。美妙的年龄是吧?"

"她跟谁生活在一起?"

"爸爸妈妈。不过她早就想跟她的男朋友生活在一起了。可惜他们都没有工作,还不能结婚。"

"少废话!是亲母亲吗?"

"大概是。"

"到底是不是?"

"反正据我所知,她不是私生女儿,她父亲也没离过婚。"

他那只抓在她肩上的手,失望地放松了,垂落了。无比沮丧的阴云笼罩了他的脸。

"想不到别人的幸福会使您如此难过,否则我肯定会对您撒谎的,就说她有个后妈,天天虐待她,一心要折磨死她……"

"住口!"

"审讯结束了?"

"出去吧!"

她抻了抻被他抓皱的肩部衣服,脸上浮现出并没有获得满足的表情,脚步缓慢地朝外走去,走到门口又回过头诚心诚意地对他说:"不过她爸爸要是什么时候打算离婚,并且打算再给她寻找一个后妈的话,我将及时向您汇报。"完全是一种安慰人的语调。

"混蛋!"他大吼一声。

那少女吓了一哆嗦,赶快逃了出去,楼梯上传来一阵噔噔的脚步声和一阵爆发的咯咯的大笑。

他猛地朝房门转过身去,像是要冲出去将那由于大大取笑了他一番而开心的少女捉回来狠狠揍一顿。

姚玉慧立刻去将房门关上了。她靠在墙上,他站在房间正中,他们今天刚刚见面时的情形也是这样。那时他们之间隔着什么,她还不知道他"也是",现在她知道了。同样的距离,不同的目光。她望着的是一个使她感到特殊的、具有吸引力的、想亲近而又那么不易亲近的男人;他却似乎在望着一片雾。

他脸上呈现出悲伤的表情,他的头渐渐低了下去,垂在胸前,他的两只手紧紧抓住衣边,他那样子像哀悼谁。她看得出来,她妹妹对他的取笑,严重亵渎了他内心的某种感情。她想,那感情肯定是对他非常圣洁的。她怜悯他。

"能讲吗?如果我配听的话。"

"……"

"讲讲,你的心情也许会轻松些……"

他渐渐抬起头,凝视着她,用极低的声音回答:"没人理解……"

"我妹妹不能理解的,我能理解。"

"难道你没听出来我的北京口音?"

"第一天就听出来了,不过在此之前我不愿主动询问你什么。"

"大学毕业后,我本可以分配回北京的,是我自己主动要求留在了这座城市,尽管我并不喜欢这座城市。"

"为了……爱情?"

"不,为了寻找妹妹。"

"亲妹妹?"

他摇头。

"表妹?"

他又摇头。

她一时不知还应不应该询问下去了,期待地沉默着。

他终于反问:"你空虚过吗?"在椅子上坐了下去。她看得出来,他已经不能不向一个人敞开心扉了。某种感情正在他内心翻涌。

她坦率地回答:"像我这样的一个女人,怎么可能没空虚过呢?"

"你是什么样的女人?"

"当过知青教导员的女人。"她苦笑了一下。

"我指的是另一种空虚,它足以造成人的灵魂死一般的寂寞,这也许是唯有我们知识青年们才会产生的空虚。我们被称作知识青年,可我们身边没有文学,没有艺术,没有一本值得我们翻阅的书,甚至,连可以引起我们兴趣的消遣和娱乐也没有。只有各种政治学习材料和《毛主席语录》。生活像一块海绵,它将我们的种种热情和愿望都吸收了,可它还是它本身的颜色。"

"我曾亲手把这块海绵放入各种政治运动的颜料缸里,捞出来后叫别人承认它是丰富多彩的。"她不禁又苦笑了一下。

他看她一眼,接着说:"我们连队是个新建点,离最近的连队四十多里,我是知青排长。我们太无聊了。打扑克是被禁止的,因为有的知青赌香烟。下象棋也不行。连长和指导员来到大宿舍时,发现哪两个知青下象棋,没有一次不批评:'有这时间为什么不学毛著?'后来我们捉到了一只小鹰养在大宿舍里。白天,我们常把老职工家的小猫小狗偷偷抱到大宿舍,促使鹰与猫狗相斗,我们从中获得一种低下而可怜的乐趣。夜晚,我们打着手电,四处扒房沿,掏麻雀。我们最开心的事,就是躺在被窝里,趴在枕头上,观看雏鹰贪婪凶残地吞食羽毛未丰的麻雀。

"有一天,鹰不见了,被一个知青释放了。这个知青叫林凡,他是我们之中年龄最小的一个,也是我们之中最瘦弱的一个。他的脸很清秀,像南方少女。他的父亲是这座城市一位颇有名气的话剧编剧。他好像没有兄弟姐妹。关于他的母亲,他从未向任何人说起过,也没人问过他。他不是那种用一句话就可以概括性格的青年。他明智,他灵敏,他观察细微,他思考周密,但他一点也不善辩。他被人揶揄和讥讽时,甚至有点拙口笨舌,他还很忧郁。

"起初,大家都不太喜欢他。因为他离群索居,不和任何人交朋友。每天晚上,大宿舍里吵吵闹闹乱成一团的时候,他总是悄无声息地呆坐在最靠墙角的铺位,幽思冥想。他从不愿引人注意,也从不愿侃侃而谈。但当别人的什么话题使他发生了兴趣,他会从旁突然插入一两句。而这一两句,往往使大家陷入沉默,品味良久。他说过之后,又会独自进入他那种幽思冥想的境界。好像只有他自己的心灵,才是他愿意与之交谈的良友。在这种时候,大家便会觉得他身上具有某种不能不引起注意的魅力。

"一次,全排开会讨论民主问题,谁都发过言了,唯有他独坐一隅,一言不发。我指名要他也发言,他才慢言慢语地说:'民主对主观武断的人是极不舒服的训练。'他就说了这么一句话,而且语调非常平淡。但这句话的效果相当强烈,全排的人都将目光集中到了我身上。我认为,他

这句话明明是冲着我这位排长来的,瞪着他严厉地问:'你是在含沙射影地攻击我么?'

"他反问:'你懂含沙射影这个典故么?'

"我不懂。大家也不懂。

"我和大家只有怔怔地望着他而已。

"于是他就向大家讲述,什么什么湖中,有一种叫作蜮的怪物……

"大家听得津津有味。

"当时,我突然意识到,权力在知识面前,哪怕极威严的权力在极一般的知识面前,对于缺乏知识的头脑,也会产生动摇。

"我大声宣布:'散会!'从此暗暗记恨他,总想寻找机会报复他。而他,却显然并没有意识到已经得罪了我。

"从那一天开始,我怨恨起我的父母和所有的亲人来。因为在我小的时候,他们对我的种种溺爱和娇惯,其实是在有意无意地培养我对权力的崇拜,却没有给予我一点可以充实和丰富头脑或心灵的东西。比如知识,比如文学,比如艺术。社会后来也没有给予我这一切对人极其有益的东西。

"我至今仍记得一件小时候的事:袜带太紧,勒疼了我的腿,我便号啕大哭,满地打滚。阿姨赶紧哄我,问我为什么哭,我就是不回答。爸爸妈妈也从各自的房间跑出来问我,我仍不回答,哭得更响,闹得更凶。家人一个个都围着我,束手无策,慌慌乱乱。我一边哭,一边从指缝偷瞧着他们,心中暗暗得意。我在支配他们,我的哭闹对他们具有无比的威力。这种意识在我幼小的心灵中产生无比的快感。最终还是三姐聪明,放松了我的袜带。爸爸妈妈脸上都急出汗了。妈妈说:'我儿子真凶,闹得全家人心惶惶,围着他团团转!'爸爸说:'将门出虎子嘛!'我造成的一场风波,得到的却是赞赏之词,使我更加暗暗得意。

"在我家的客厅里曾挂过一幅字,隶书体写的是:'读史使人明智。读诗使人灵秀。数学使人周密。哲学使人深刻。伦理学使人庄重。逻辑修辞之学使人善辩。凡有所学,皆成性格。'我的父亲非常珍惜这幅字,因为它是一位老书法家在他生日赠送给他的。但是很遗憾,他并未从这幅字画上获得什么良好的性格。也没对我,他唯一的儿子的性格进行过什么良好的培养。他所珍惜的不过是书法,虽然他对书法也一窍不通。

"接着说林凡吧! 大家收工回来后,发现那只鹰不见了,分头到处寻找。林凡当众承认,鹰被他放了。他对那种弱肉强食的'游戏',早就表示出毫不掩饰的厌恶了。每当那时,他便在一片兴奋的叫嚷声中,独自离开大宿舍,直至'游戏'结束才回来。他剥夺了大家唯一的乐趣,大家都很恼火。有几个知青甚至想揍他,我存心不加制止。

"'你们打我吧!'他环视着大家,从容而平静地说:'你们的头脑太空旷,你们的心灵太空虚了! 我常常替你们难过,难道你们自己就一点都不? 那究竟能给你们带来一种什么满足呢? 你们也许有一天会把一个狼崽子弄到大宿舍,把谁家的小孩偷来给狼吃! 我瞧不起你们! 鹰是禽类中刚勇而坚强的象征,你们为什么偏偏要欣赏它的凶残呢? 难道你们谁都没有读过高尔基的那篇寓言小说——《鹰和蛇》么? ……'

"接着,他用他那种特殊的,平缓中流露出淡淡忧郁的语调,低声朗诵起高尔基的这一篇寓言小说来。

"他的记忆力是那么惊人,我在大学里读到了《鹰和蛇》之后,才知道他当时朗诵得一字不差! 然而当时并非在显示什么。他仅仅是要把他自己,也把大家带入到一种境界,使大家的心灵和他的心灵一块儿得到片刻的升华,一块儿感受文学的美。

"他朗诵完许久,大家仍肃然地静默着。

"我说:'林凡,看来你读过许多文学书,你是我们之中最幸运的一个。不过生活也太不公平了! 不公平的,就是应该打倒的!'

"他愕然了,问:'打倒我么? 排长?'

"我说:'我们先不急于打倒你,你对我们还挺重要。要打倒头脑的空旷,打倒心灵的空虚,打倒精神上的无聊和庸俗! 从今天起,你必须每

天都给我们讲点什么,随你的便,但不讲不行！'

"他听完我的话,笑了。

"从那一天起,林凡成了我们大家所共有的,谁也无法查收,谁也无法禁读的一本书,一本《一千零一夜》……"

他讲述到这里,停止了,问她:"能再给我一支烟么？"

她马上走出房间,到客厅里去取了一支烟回来,无言地递给他。他由于内心激动,划了三次火柴,都将火柴划断了,最后还是她替他划着了火柴,点着了烟。

虽然她始终在认真听。但听到这时,也没有弄明白那使他内心如此激动的真正原因。并根本无法预料他接下来所要讲给她听的事情。她不想问,不想干扰他的情绪。他深信不疑,他如此激动,必然是有原因的。她退回到墙边,像先前那样靠墙站着,望着他,静静地期待他继续讲下去。

他吸了差不多半截烟,才接着说:"书,是一代人对一代人精神上的遗言,是时代的生命,是记载人类文明的阶梯。可惜我们大家当时只有林凡这一本'书'。他把我们大家寂寞无聊的空虚的时刻,变成我们精神上获得巨大享受的时刻。我们相信,我们是'读'不完他的。他是我们大家的'船',带领我们从空虚的心灵天地驶向广阔无垠的生活海洋……

"我们大家都开始真心实意地爱护他,劳动中重活绝不让他干。我自己尤其真心实意地爱护他,像爱护一个亲弟弟。因为,我内心对他的记恨与嫉妒,已转变成对他的崇敬。

"一天,我替他收到了一封电报。简短的一行电文,传告了一个噩讯——父因肝癌病故。

"我将电报交给他,他一看过,立刻就哭了,哭得那么悲伤,那么绝望。

"那天晚上,在连队前的小河边,我找到了他,安慰他。他向我讲述了他的不幸身世:在他十一岁那年,他的父亲和母亲离婚后,和话剧团的一位女演员结婚了。按照法律的判决,他由父亲抚养,他的妹妹由母亲抚养。从此,他再没有见到过母亲和妹妹一面。母亲调动了工作,带着妹妹不知搬到何处去了。父亲是知道母亲和妹妹的下落的,但不肯告诉他,怕他经常去找母亲,会在感情上失去他。继母虽然对他挺好,但却不能使他忘记亲生母亲和亲妹妹,书便成了他心灵的唯一安慰。他的父亲有近千册藏书,他下乡前,几乎遍读了父亲的那些书……

"我今天仍记得林凡对我说过的一番话。他说:'对于少年人,书是父母。对于青年,书是情人。对于老年,书是儿女。书是一切能读书的人的朋友。'

"而他后来是我们大家的朋友。

"我当时对他充满了同情。

"他还告诉我:他到北大荒的前一天,再三向父亲哀求,父亲才答应,负责通知他的妹妹在火车站和他见一面。

"第二天,直到列车开动,他才发现一个少女冲进火车站,在站台上追随着火车,一边奔跑一边呼喊:'哥哥!哥哥!……'

"他无法知道那是否就是他的妹妹。那一天,有那么多妹妹去送自己下乡的哥哥。他没看清那少女的面容,只记得那少女穿一件浅绿色的连衣裙。

"他一边流泪一边对我说:'我并不恨父亲。虽然在父亲和母亲离婚的最初时期,我心里暗暗恨过父亲。但我长大后,怨恨就渐渐消淡了。我开始理解我的父亲了,他同我继母之间的爱,对他是无比重要的,也是他们各自都无法战胜的。我的父亲不是一个对爱情不严肃的男人。恰恰相反,他不能忍受夫妻关系之外的所谓浪漫爱情。他同我母亲的离异,对他也是一种很大的痛苦,并且一直承担着良心的深重谴责。我相信,父亲对继母的爱,是他一生中最真实最强烈的爱。不是所有的男人都能用良心的力量战胜这种爱情的。这种爱情实际上是不可能被真正战胜的,它只不过可能被一个男人或一个女人埋葬在心里而已。而当他们离开这个世界的时候,它也将是他们最痛苦最巨大的遗憾。它导致悲剧,但不是罪孽。但父亲却那么不理解长大了的我。良心上的深重的自责,使他那么害怕失去我对他的感情,所以他长期对我封锁母亲和妹妹的音讯。他虽然是剧作家,在生活中竟不明白,一个父亲对儿子的爱,无论如何也不能包容和取代母子之情,兄妹之情。在这一点上,我的父亲犯了一个多么可怕的错误! 我极其尊重和爱我的母亲。这种尊重和爱,随着我的年龄的增长,也愈来愈增长。在父亲提出和她离婚时,母亲没有哭闹过,没有诅咒过,尽管她爱父亲。在她看来,对一个女人,有高于爱情之上的原则,那就是一个女人的自尊。她以惊人的刚强,表现出惊人的从容和高尚的理解,那么平和地面对家庭生活中的突变。我为自己有这样一位母亲而感到骄傲。可是现在父亲死了,我再向谁去询问母亲的下落呢? ……'他忽然紧抱住我失声痛哭起来……

"噩耗没有中断他对我们讲他的'一千零一夜'……

"那天夜里,我陪他回到大宿舍后,他还为我们讲了希腊神话故事'阿尔刻提斯的爱'……

"以后,他讲的故事,都带有更浓的感伤,忧郁和悲剧色彩了。我们仿佛经他介绍认识了许多朋友,都是些悲剧式的高尚的人物。

"那一年冬季,连里派我带两个班上山伐木。只有一个林凡,只有一本'一千零一夜',每个人都需要他。他究竟应该和留连队的知青在一起呢,还是应该和上山伐木的知青在一起呢? 大家发生了激烈的争执。大家在饥渴的情况下,曾彼此真诚地推让过一个馒头,或一壶水。但当时为了和林凡在一起,都失去了推让的精神。最后,只有听凭天意来决定——抓阄。结果是,林凡属于上山伐木的知青。不是天意如此,是我在抓阄中施了诡计。我带着林凡和两个班的知青离开连队那一天,留在连里的知青纷纷叮嘱我:'排长,你们可要好好照顾林凡啊! '

"在寂静的大山林中,在结束了一天的伐木劳动之后,在帐篷里,在火炉旁,林凡给我们讲永远也不会讲完的'一千零一夜'。而帐篷外,北风怒号,山林呼啸。

"一天,一棵被伐倒的大树砸倒了另一棵大树,林凡被压在了那另一棵大树下。

"我们一片慌恐地将他从大树下抢救出来。他靠在我怀里,嘴角淌出鲜血,喃喃地说:'真对不起,我还有那么多那么多要讲给大家听的……我觉得我活不成了。你们把我的尸体送回连队,埋在连队前那条小河岸边吧!如果你们思念起了我,就到那条小河边去。小河的流淌声,就是我在继续给你们讲……'他吃力地仰起脸,两眼凝视着我,又说:'排长,在我的箱子里,有一个白桦树皮做的灯罩。我请求你,帮我寻找到我的妹妹,替我转交给她。她的小名叫欣欣。大名是不是也叫欣欣,我不知道。是不是改姓了我母亲的姓,我也不知道。排长,够难找的,拜托了……她今年应该是十五岁了……'

"当他那双忧郁而明净的眼睛闭上时,我们的哭声响遍了山林……

"以后,我每次从北大荒回北京探家,途经这座北方城市,都要停留几天,寻找林凡的母亲和妹妹,却一直没找到。

"世上有种东西,是不能随便转托的——那就是一个人的遗嘱。白桦树皮灯罩一直保留在我身边。它是用极薄的,带有美丽纹络的白桦树皮做成的。它是那么质朴,又是那么典雅,宛如一件工艺品。两年后我被连队推荐到这座城市的工学院读书,我将白桦树皮灯罩从北大荒带到了这座城市。我开始如饥似渴地读各种书。凡是我能想办法搞到手的书,我都不肯没有认真阅读就放过。除了读书和学习,我其余的时间,几乎都用在寻找林凡的母亲和妹妹这件事情上,却还是没有找到她们。几年来,这座城市处在动乱之中,无数的人下放了,迁移了,无数的单位实际上不存在了。没有地址,没有单位,没有姓名,只有'欣欣'两个字,我要在这座对我来说并不熟悉的,三百多万人口的动乱的城市中寻找到她们,就像在大森林中寻找两棵没有特殊标记的树木一样难。我见到过无数个小名叫'欣欣'的二十岁的姑娘。她们都不是林凡的妹妹。我曾在大马路上尾随过容貌酷似林凡的姑娘,我为此被公安局带走过,讯问过,遭到了种种怀疑和侮辱。

"毕业的时候,我做出了决定,放弃分配回北京的机会,留在了这座城市里工作。我向白桦树皮灯罩发誓,一定要寻找到林凡的妹妹。将它当面交到她手里。我感到,我要寻找的,不仅是林凡的妹妹,也仿佛是我自己的妹妹,也仿佛是我们许许多多北大荒知青的妹妹。这件事情,成了我生活中非常重要的一件事情,成了我无论如何要实现的一件事情。简直可以说,成了我始终在独自进行着的事业。我觉得我好像中了巫术。白桦树皮灯罩,也许它将成为我命运的一部分。白桦树皮灯罩,在某些人看来,可能一钱不值,但我甘愿为它继续付出很多很多。只要林凡的妹妹还活在这个世上,不管她仍生存在这座城市里,还是迁到别的城市去了,哪怕在天涯海角,总有一天,我也要亲手把它交到她手中……"

他不再讲下去了。

她始终一动不动地靠墙站着。

她望着他。

他也望着她。

她望着他的目光中充满了柔情。

他望着她的目光似一片迷雾。

门又被推开了,走进来的是她的母亲。

母亲看看他,又看看她,猜疑地问:"你们站着一个,坐着一个,这是干什么?"

他没动,没说话,也没看她的母亲一眼。

她回答:"他在考我数学公式。妈妈你现在最好别打扰我们。"

"哦,是吗?那好,那好,你们进行吧!"母亲高兴地转身出去了。

他站起来,说:"我早该走了。"

她不说话,仍望着他。

他又说:"那是一个非常美丽的白桦树皮灯罩。"

她这才说了一句话:"我完全想象得出。它会是多么美丽。"

他走到门前,她伸出一只手替他轻轻推开了门。

"你明天还会来给我补习功课吗?"

"是。"

"以后我帮你找。"

"谢谢。"

他走了……

她靠墙站了好一会儿,才关上门,踱到床边。她先是坐在床边出神,呆呆地坐了很久,仰躺下去了。

她看了一眼手表,已经四点半了。她觉得自己在近三个小时内一无所获。是的。一无所获。一条代数公式或者定理也没有弄明白,没有记住。他走出房间时,她真想叫回他,告诉他这一点。并且还要告诉他,明天大可不必再来帮她补习了,她对那些数学公式或定理毫无兴趣。但她太不忍心使他扫兴而去了。

归根到底,我不能成为称职的中学数学教师。机会均等,不错,他说得很不错。这是很公平的社会学的理论。但是为了维护这个理论,她不是已经决定放弃机会了么?他却又激励她去竞争!

竞争——让人一听就肌肉紧张的词!她心理上极端排斥这个词,如同病人从心理上排斥苦涩的草药汤。为什么要去竞争?这明明不是一种健身运动!为什么?到底为什么?一个三十岁的、其貌不扬的、没希望被什么人爱上的老姑娘,竞争到了博士学位又怎么样?仅仅为了一个就业的机会便用那些数学公式和定理折磨自己的头脑么?她可是完全不必如此跟自己过不去的呀!

她开始认为不是他在给予自己什么帮助,而是自己在为他作着一种无谓的可笑的牺牲罢了!

又是为了什么?

为了博得他对自己的某种好感?

可他瞧着她时的目光像瞧着一大群人!

她觉得自己真可怜。

白桦树皮灯罩——他走了。只给她留下了一个并不属于她的白桦树皮灯罩,留在她心里了。

她真嫉妒那个叫"欣欣"的二十岁的姑娘。她想,大概我这辈子也不会被一个人像他那样一门心思去寻找。如果我知道有一个人在这样寻找我,我立刻就死了也对生活感激不尽了。她想,老姑娘对生活是多余的,好比狗尾草对花园是多余的! 由于自己这想法对生活带有亵渎,她感到心里很解气。

母亲不知何时走入房间,坐在床边,俯身关切地问她:"玉慧,你怎么了?"

"没怎么,累了,躺会儿。"她敷衍地回答。

"是不是病了?"

"想病一场。"

"你觉得他这个人怎么样?"

"什么怎么样?"

"人品,长相,各方面。"

她明白了,母亲果然醉翁之意不在酒!

她懒得回答,也懒得发脾气。

"他的家庭倒是和我们的家庭很般配。你还不知道吧? 他父亲是位将军呢! ……"

她一下子跃了起来,使母亲吃了一惊。

"他有癌症,不定哪天就会死! 这一点你还不知道吧?"

"真的?! ……"母亲又吃一惊,随即问:"他亲口对你讲的么? 不太可能呀? 瞧他身体不错嘛! ……你别轻信,他肯定是在考验你。既然考验你,证明他对你……"

她打断母亲的话,大声嚷道:"我今天下午已经被证明和反证明搅得够受的了！"从衣架上取下衣服,拎着往外就走。

她一边穿衣服,一边下了楼,走到了外面。

一旦有了工作,就离开这个家！到工厂里去当学徒工也认了！她产生了一种报复的念头。仿佛到工厂里去当学徒工,不是对自己前途的轻率决定,而是对母亲的惩罚。

"城市不需要歌唱家……"她想起了刘大文说过的这句话。

当然更不需要像我这样的老姑娘！

她刚出大门,一个人从高墙下闪出来,叫了她一声:"教导员……"

她站住,回头一看,是刘大文。

"金嗓子"压低他的男低音,吞吞吐吐地说:"教导员,我想,想……向你借点钱……"

她的双手伸进了呢大衣兜。

教导员兜里没有一分钱。

"要不,你把那些烟……还给我也行……还是让我到夜市上去卖吧……"

烟,都快被父亲吸光了。

教导员早已把这桩"买卖"忘了……

第十章

这一天终于到来了!

这是郭立强要"义无反顾"地与所有报考者争冠夺魁之日!他盼望着它的到来如同充满信心的演员盼望着第一次登台演出的日子。生活还从来没有向他提供过能够允许他充分显示出自己是一个强者的机会,从来没有。他暗暗在心中发了一个重誓——不考第一,毋宁死!

这几天弟弟没在家住。厂里活紧,需要加班,弟弟住到厂里去了。

徐淑芳今天很早就悄悄爬起来,为他包了一顿饺子,是用精白粉包的。精白粉还是他和她"结婚"前,弟弟求人从饭店买的。他不明白,中国的女人们,尤其做了妻子的女人们,为什么都习惯于沿袭包饺子的传统,以表达她们对自己的丈夫及对某件事的重视?正因为他还不是她的丈夫,她还不是他的妻子,他更加体会她的一片深意,不忍强加阻止。

饺子下锅后,他将他所有的初中课本和高中课本,捧到厨房,一册册塞入炉膛。

"你……怎么烧了?……"她惊讶而赔着小心问。

"我命中注定,只能参加这一次……平凡的考试。它们对于我再也没有什么用了。"他淡淡地回答。

课本在炉膛内变成火焰。火焰映照着他的脸。他默默向待业和做临时工的日子告别。

是的，待业的日子将从此结束，做临时工的日子也将从此结束。他确信不疑！他想：我郭立强今天迈出家门后，就绝不再与那种日子握一次手！他并不觉得感奋。以完全有信心考取清华或北大这样的名牌大学的扎扎实实的准备，去参加什么"教师培训班"的考试，这根本不值得感奋！相反，他的心情倒是非常感伤，他也是在向以往深埋在心中的理想告别，为它焚书志哀。别了，你光辉夺目的每一座高等学府！从此，我将永远只能从你的大门外一望你庄严而神秘的尊容！

她已将饺子从锅里捞出，盛在盘子里了，他还沉思着蹲在炉前，手中拿着最后一册课本。

"进屋吃去吧……"她端着盘子，轻声低头瞧着他说。

他将最后一册课本塞入炉膛，站起来，跟在她身后走进里屋。

一大盘饺子放在桌上。每一个都包得很好看，如同一个模子压出来的。

他在桌旁坐下了。

她在床边坐下了。

当他存在时，她仿佛认定了自己永远只能坐在床边，没有权利坐在别处。而且总是那么一种姿态，微微垂着头，双手轻轻撑着床沿，两眼呆滞地瞧着自己的鞋尖，一种半坐半立的卑微的姿态。

他不禁望了她一眼。他第一次发现，她的眉毛一高一低，以前，他认为这不过是她脸上的一种特殊的表情。此刻才看出，不是表情，是天生的。左眉高、右眉低。

"左眉高，右眉低，身为女子难做妻。"他不由得想起了母亲生前常说的这句话。母亲也是左眉高，右眉低，难道这真是一种命相么？

他不信什么命相之说。

但他内心一时间对她充满了怜悯。不，不是怜悯，不完全是怜悯，也是怜……爱。他知道自己是很爱她的,她是他第一个亲昵过的姑娘。他曾拥抱过她,吻过她。他曾幸福地发过誓,将自己的心和她的心用命运这根挣不断的绳子牢牢拴在一起。他也清楚地知道,她实际上是一个多么好的姑娘,值得一个好男人去爱。他忘不了她和他在一起卸煤的那些日子,一个男人对于一个和自己一块儿出卖过体力的姑娘的认识,基本上是不会错误的。一个被命运驱赶到出卖巨大体力的生存线上的姑娘,怎么可能是一个坏姑娘?凭她的容貌,她完全可以不出卖体力而出卖别的,那她将可以整日吃喝玩乐甚至挥霍无度。一个像她那样容貌秀丽的姑娘,只要肯丢掉廉耻,城市对她是极其慷慨大方的。寻找享乐比寻找职业容易得多,只要漂亮就够了。城市历来如此。

可她如今还像一个女佣人一样栖身在他家低矮的屋顶下。

仅仅这一点就足以说明她是一个好姑娘。

他眼前又浮现出了她背负着四十八公斤重的木箱时的情形。她说她是为了自己,难道不也是为了他今天更有信心地去参加考试么?他既为她温柔隐忍的性格中刚强固执的另一面所感动,也十分惊异于她病弱的身体何以还存在着那样一种压不倒的力量。

他想:郭立强你明天再也不能容许她去替你干那种不是女人所能干的活了!无论如何不容许!你要让她像一位客人一样在你家里住上一些日子。你要真心实意地像对待一位客人一样对待她。不,不止要像对待一位客人一样对待她,还要像对待病人一样对待她,关怀她。你要给她买奶粉,麦乳精,能够补养身体的药品,四处借钱也买!你要使她的身体康复,你要使她的脸颊丰满,你要使她苍白的面容上现出红晕,你要使她的眼睛明亮,你要使她原先柔而且黑的头发重新生长出来!你要使她变得令每一个男人都不能不爱!然后,你就去找那个送花圈的人。你要这样对他说:"还给你,你的爱。在她流落街头的时候,我替你保存了她!"要像命运之神还给别人一件无价珠宝一样……然后,你就忘掉她。

忘掉她?……你能够么?你?忘掉你第一次的爱情!经历过这样

一次爱情,你还能够再对别的姑娘产生爱情吗?你?你的心上已经深深刻下了她的名字!

他瞧着她,想得发呆了。

她慢慢抬起头看了他一眼,起身走到外屋去了。一会儿,双手端进来一碗饺子汤,轻轻放在他面前后,退到床边,又那样子坐下了。

可是,她爱他么?她仍旧爱那个对她进行那么无情的报复的人么?还有那个孩子究竟是不是她的呢?如果是,她肯定希望和她的孩子生活在一起。

他不由自主地张口问:"你爱……"他将未出口的话咽下去了。她缓缓抬起头,用不解的表情问:什么?

"你爱吃饺子吗?"

她点了一下头。

"我们一块儿吃。"

她摇了一下头。

"为什么不一块儿吃?"

"我是特意为你包的,不是为我们两个人包的。"

"你不吃我也不吃。"

她低下了头去,说:"等你走了我再吃。"

她连和我在一起吃饭都不肯了!他难过地想。她仍爱那个人,并不爱我,也许从来都没爱过我。我这个白痴!他又不禁想到,就连以前他拥抱她,吻她,向她表达自己最温存的爱心时,她的神情也是忧郁的,她的目光也是忧郁的,她的微笑也是忧郁的,她的一切情感回报都是忧郁的!也许在那样的时刻,占据她心的也还是那个人!而他竟以为要么她天生是个忧郁的姑娘,要么是后来命运彻底将她改变成一个忧郁的姑娘了!郭立强你这个白痴!你多么可悲!

她说:"你趁热吃吧!可能要考一上午呢,不吃饱,会影响你考试的。"却并没有抬头。

"我不饿,我走了。"他站了起来。

"那怎么行!"她也立刻站了起来,几乎是在用恳求的目光望着他。

"吃不下去。"他说。是真话。即便山珍海味摆在桌子上,他此刻也吃不下去。

"这……我没想到你并不爱吃饺子……你坐下等着,我立刻去给你擀点面条,或者给你抻点片汤?……"她那样子好像做了一件对他很抱歉的事情。

"不必。"他说着穿衣服。

"可时间太早啊!"她拽住他的衣服。

他轻轻推开她,穿好衣服后才说:"我走着去,清醒清醒头脑。"

他拿起帽子的时候,又说:"你都带到班上去吧。干活注意安全,你没有必要和那些男人们比力气。"

她却说:"我真的没想到你并不爱吃饺子,我……"她那样子都快急哭了。

"我很爱吃饺子,不过现在什么我也吃不下去。"她那目光使他深为感动,他在心里对她说:"天地作证,我爱你!"

她站到门口,充满委屈地望着他,不让他走。

他只好放下帽子,重新在桌前坐下,慢慢拿起筷子,为她吃了几个饺子。

她这才默默地从门口闪开身子。

他从她身旁走到了外屋,转身看了她一眼。他真希望她无论从法律上还是从道义上都是他的妻子啊!他真希望她这时扑向他,依偎在他胸前,喃喃地对他说一句:"去吧,别辜负了我!"

她也在望着他,却什么都不说。

他怀着极其怅然的心情离开了家……

考场并不在师范学院,而在第一中学。它是本市的重点中学,附设高中。今天是星期日，所以它的教室才肯借给早已超过了中学生和高中生年龄的另一代人做考场。他们迈入它的大门时，无一不产生迈入命运之门的心情。他们之中，有些人和郭立强一样，十几年前曾是它的学生，如果这十几年内的历史正常，他们早已从某些高等学府毕业了。一中的升学率，在全省是名列前茅的。他们这些返城待业知青的心情尤为复杂，恰似浪子归家，无颜面祖。

郭立强还没有来到一中，走在它那条街道上时，便发现自己来得并不算早了。虽然离报考表上印明的开考时间还有五十多分钟，但他已从人行道上匆匆来往的行人中发现了不少返城知青向一中走去。他一眼就能从他们的衣着看出他们是不是返城知青。他们身上至少还保留一件"兵团战士"的标志：破旧的、颜色非黄非绿、样式非军非民的棉大衣，或者同样"不落俗套"的棉袄，羊剪绒厚厚的棉帽子或者笨重的大头鞋——这些组合成为当年比插队知青荣耀得多的"兵团服"。他们还来不及将自己重新改变成为城市青年。即便他们从头到脚去掉了"兵团战士"的标志，他相信他也还是能够从他们的气质上辨别出他们来。他们具有一种特殊的气质，这种气质尤其在"兵团男士"的身上更突出。那是一种像军人比军人散荡，像学生比学生粗野，像流浪汉比流浪汉强横无羁，像山里居民比山里居民目空一切，像行帮比行帮文明讲理，像当年的"红卫兵"比"红卫兵"深沉冷静的气质。那是时代落在他们身上的短期内抖落不掉的一层结晶体。那是"时代原子病"在他们身上留下的"后遗症"。它的"临床特征"是——蔑视任何政治方面的权威、爆发式的愤怒、哈姆莱特型的忧郁、唐·吉诃德的挑战精神和牛虻的尖刻、毕巧林的玩世不恭。它从他们身上大大削弱的是保尔·柯察金的热烈和激情。虽然这种"鸡尾酒"般的气质在他自己身上平常表现得并不显著。但一旦他和他们聚合在一起的时候，就有一种无形的力量强烈的冲动促使他，使他不能够不和他们变成一样的人，仿佛他们聚集起来豪饮了同一种酒。

当他走到一中校门外的时候,从铁栅围墙看到,校园里已有七八百人了。

他在校门外站了一会儿。他望着校牌,心里默默地说:"母校,郭立强回来了!"他曾连续三年夺得初中数、理、化三科竞赛前三名。母校应该对郭立强这个名字有印象,他认为自己不无资格这样想。

这是一条穿过闹市区的街道。一中马路对面的几幢灰色老旧楼房,商店不多,住户不少。众多的返城知青还不到八点就聚集在一中校园里,使那些住户的男女老少产生了种种猜测和推断。他们纷纷走出家门,站在一幢幢楼前,隔着马路向一中观望。临近开考时间只有半个多小时了,还在各条街道上向一中走来的返城知青加快了脚步,有的甚至跑了起来。几条附近的街道上都有显眼的"兵团服"们在向这一条街道汇聚而来。这反常的情形引起了行人的关注和好奇。许多走着的或骑自行车的人,甚至改变了方向,尾随他们来到一中,要瞧个究竟。不一会儿,校园里的"兵团服"由七八百增加到了一千多。校园外尾随而来或经过时站住的观望者,堵塞了人行道。他们互相询问,这些返城知青聚集在这里想干什么?集会?请愿?游行示威?将采取什么过激行动?曾留意过晚报上那条"招生启事"的人告诉他们——返城知青不过是要在这里参加一次考试。他们却仍不相信,他们仿佛从空气中嗅到了一种辣味,他们认为今天这里肯定将发生比一场考试具有更大新闻性的事件。

在校园里那一千多人中,有的有报考表,有的无报考表,不过是怀着更渺茫的侥幸心理而来。不能参加考试,能接近考场,感受一种考试的心理,对他们也是一种变相的满足。还只有为数不多的人了解到了这场考试的幕后背景。他们都认为他们今天对大家的命运具有义不容辞的责任感。他们早已在一起商讨过改变这场考试性质的策略,一种正义感使他们一个个面容严峻。

有将近一百个人聚集在校园的一角。他们年龄都很小,有的十七八,有的刚刚二十多,他们是待业青年,是城市每年照例都要从高考中淘汰下来的待业青年,他们本能地聚集在一起,离那一千人远远的,他们似乎有点怕"兵团服"们,他们已感觉到了,今天不像是他们能够交好运的日子。

忽然,从教学楼里走出了一个人,站在楼前台阶上,举起一只手臂大声喊:"各教室已经打开了,大家可以进入教室了!"

他的喊声一落,一千多人便潮水一般向教学楼里拥去,顷刻将他吞没了。

那一百多"小字辈",也纷纷跑来,随潮而入。

楼前台阶渐渐清净了,刚才从教学楼里走出来的那个人,又像大潮过后的一块礁石似的出现了。

他望着仍犹豫不决地站在操场上的几百人,用手遥遥一指,喊道:"你们还站在那里干什么?"

"没有报考表也允许参加考试吗?"那几百人中的一个也喊着反问。

站在楼前台阶上的那个人以拥有无上权力的庄严声音回答:"凡是想要参加这场考试的人,都有资格考试!"

于是那几百人也喜出望外地跑进了教学楼。

那个给予他们这一次机会的人是谁?又是谁赋予他这种权力?他的这种权力生效吗?没有一个人想这个问题。没有一个人提出这个问题。也没有一个人对他说一句感激的话。

当楼前台阶上只剩下他自己时,他扫视着空荡荡的校园,确信再没有一个人还留在教学楼外了,才转身走入。

在一个教室里。有一个十八九岁的青年,站在一张课桌旁,对坐在靠外边的座位上的一个"兵团服"讪讪地说:"这是我的座位。"

那个"兵团服"是姚守义。

他冷冷地说:"凭什么你认为这座位是你的?"

"你瞧,我的报考表上印着这个教室这排这个号的座位。"

姚守义将一只手慢腾腾地伸进一边衣兜,也想出示自己的报考表。

他的手却伸进兜里再没有抽出来,他的衣兜里什么也没有。他匆匆忙忙地离家,连报考表都没带。他知道自己完全没有必要再将另一只手伸进另一边衣兜。因为衣服破了,另一边的衣兜已经是形式上的存在了,被他粗针大线地缝在棉袄上了。

"你倒是把座位让给我呀!"那面嫩齿稚,正处在变嗓音时期的小青年有些急了。

"让给你?十几年前这个座位就是我的。那时候你大概还没背上书包呢!你叫这课桌一声,看它答应你么?"其实他一天也没在一中读过书,纯粹耍无赖。

这时,有一个"兵团服"走入教室里,迈上讲台,大声说:"安静!大家都请安静!"他看了那个小青年一眼,问:"你有没有座位?"

"有……"

"有你为什么不坐下?!"

"这个座位……就是我的,他不肯让给我……"

那个"兵团服"从讲台上大步跨了下来,走到小青年跟前,从他手中拿过报考表看了一眼,说:"不错,这个座位是你的。"

姚守义抬头盯着他,问:"是他的又怎么样?你把我赶出考场?"

他用一只手在姚守义肩上拍了一下,以一种公正的语调说:"完全没那个意思,不过我们应该承认事实。"接着,又对那小青年说:"这个矛盾不难解决,你服从我是唯一的办法。"随后便轻轻推着那小青年离开了那个座位,一直将小青年推出教室门外。

他自己则站在教室内,对那懵懵懂懂的小青年说:"回家去吧,你以后还有各种各样的机会参加各种各样的考试,一代人要对另一代人发扬风格。现在正是我们需要你们发扬风格的时候。"

他的这番话说得正正经经。

教室里响起一阵笑声。

那被推到了教室外的小青年敢怒而不敢言,忿忿地嘟哝了一句什么,不得不走掉了。

一个"兵团服"观看完这一幕后,从走廊进到教室那里,对那个不知是谁授权他主持考场的"兵团服"说:"本人完全拥护你的话,并且要实践之。"说罢,扫视了教室一遍,目光落在了另外一个"小字辈"考生身上。对方紧张地将脊背靠在座椅上,还用一只手抓住了课桌角。

"实践者"照直走过去,走到那个"小字辈"身旁,叉开两腿站定,拍拍他的肩,大声说:"向刚才那个榜样学习学习吧?"

对方不说话,不动。

"这么一点风格都没有,把他赶出去!"

"别赶他,要靠他自觉。榜样的力量是无穷的嘛!"

"小弟弟,听话,否则大哥哥大姐姐们会不高兴的。"

周围七言八语。

那个企图"顽抗到底"的"小字辈"终于在威胁和哄劝声中坐不住了,他猛地站起来,悻悻地瞪着周围的"兵团服"们,也一言不发地离开了教室。

前后两幕,都被聚在教室门口的"兵团服"们"欣赏"到了。于是又有几个争先恐后地拥入了教室。他们的目光在教室里交叉寻找着目标,一经确定,便迫不及待地欲走过去取而代之。

本考场主持人,严肃地向他们做了一个制止的手势,接着以一位大哲学家的口吻说:"阿基米德的杠杆是不朽的。我们失去的是一个坚固的支点!我们需要的也是一个坚固的支点。谁在我们备感沉沦和失落的时候与我们争夺,谁就不明白'人道'这两个字的内涵。"他站立在讲台上那种具有无上权力的威仪,他那种布道者的语调,与他身上那件破旧不堪的"兵团服"效果很难统一,倒可以说相映成趣。因为他是在代表着"兵团服"们发表庄重的"宣言",故而他们却不觉得可笑。他们用一阵长时间的肃静帮助他加强"宣言"的庄重效果。

在这一阵长时间的肃静中,"小字辈"们一个个识趣地从座位上站了起来，违心地悄然地纷纷退离这个考场。他们大多数并未理解他的"宣言"，也不是被他那种布道者的语调所打动，产生了什么恻隐之心。恰恰相反，他们不过是被他似乎具有着的无上权力：被众多"兵团服"们造成的长久而令他们颇为不安的肃静所压迫，所威逼，才极不情愿地放弃了他们自己今天的权利。

"兵团服"们用掌声欢送。与其说是感激的表示，毋宁说是揶揄。

站在走廊里，没有座位的那些"兵团服"们，认为应该积极主动地将这个教室的考场主持人关于"人道"的高尚理论宣传到所有的教室去，大大加以"实践"。于是他们满怀"实践"的热情，立刻分散开来，拥进一楼、二楼、三楼的各个教室。于是走廊里的人的成分发生了变化，最后全是非"兵团服"了。

这时，一辆小面包车驶进了一中校园，真正的主考者们姗姗来迟。校园外围观的人们已经散去。真正的主考者们见校园内空空荡荡杳无一人，不免都有几分奇怪。他们一个个一边看手表一边快步往教学楼里走。

他们刚刚进入教学楼，开考的预备铃响了。他们的出现，使那些被从各个教室驱逐出来的"小字辈"如获得救星。"小字辈"们包围住他们，向他们大诉委屈。有的甚至哭泣起来。

真正的主考者们面面相觑，半信半疑。他们立刻分头赴往自己应该主持的考场。他们一个个面容愠怒，神色庄严。因为他们是真正的主持者。他们每一位身后跟随着几个或十几个预备"杀回马枪"的"小字辈"。

一位表情凛凛可畏的真正的考场主持者，大步疾行地走到了他所负担的那个教室门外。由于他的表情是那么凛凛可畏，跟随在他身后的"小字辈"们也便一个个精神抖擞，变得似乎都勇敢起来。

这不是刚才有人发表"宣言"的那个教室，但与那个教室里的情形没什么区别。两扇门大敞大开，一个"兵团服"坐在讲桌的一角吸烟，窗台上也坐着几个，好几张课椅男女相间挤坐着三个人。

他跨入教室后,大声说道:"岂有此理!"

教室里所有的目光都集中在他身上。

坐在讲桌一角的那个"兵团服",看了他一眼,说:"您来啦?"口气好像早已期待着他了。说完"您来啦",屁股并未离开讲桌,照旧吸烟,直至半截烟吸得快烧手指了,才有点舍不得地将粉笔盒当了烟缸。然后从容不迫地踱下讲台,面对面地站在离他仅一步远的地方,开口慢吞吞地说道:"生活中岂有此理的事原本不少哇,叫您有点不愉快了是不是?"

真正的考场主持者感到当众受了大侮大辱,气得只张了一下嘴却说不出话来。

"您带来的是什么?"那个"兵团服"斜眼瞧着夹在他腋下的大公文袋:"一定是考卷啰?很好,很好,您真是雪里送炭!"说着,就从他腋下抽过去公文袋,大模大样地撕开了,取出一份考卷看起来,一边自言自语:"考题还不少呢,不过印得可太不清楚了!"

真正的考场主持者口中终于挤出了一句抗议的话:"你,你怎么敢夺取我的权力!"

"别激动,别激动,您别那么激动!"夺权者将取出的考卷又装进了公文袋,然后将公文袋夹在自己的腋下,盯着被夺权者的脸恭敬地说:"本人愿为您代劳。区区小事,何足挂齿?您带来了考卷,您的使命已经完成了。我看您现在还是到市场上去给家里买点菜去吧!"

真正的考场主持者脸色顿紫。他与夺权者怒目相视了片刻,一转身跨出了教室。那些站立在教室门口对重新获得参加考试的权力满怀希望的"小字辈",只好一个个又失望地追随他离去。他并不知道自己应该到何处去,他不过是盲目地怒气冲冲地在走廊里来回"散步"而已,"小字辈"们也就盲目地在走廊里来回追随。

这个教室里的全体"兵团服"们,开始对他们那个公然采取了夺权行动的伙伴不满了,他们纷纷大声质问:

"喂,你小子这是干什么?!"

"谁给你这种权力了？"

"你想把这场考试搅黄是不是？"

"把那个人请回来！"

"对！请回来！请回来！你小子要向人家乖乖承认错误！"

那个夺权者并不尴尬。他镇定地站立在讲台上，冷静地注视着大家，默默听着那些质问。突然，他一拳头狠狠擂在讲台上，大吼道："你们他妈的乱嚷嚷什么！"

一石落地，鸦雀无声。

他又大吼道："我们全他妈的被捉弄了你们知不知道?!"

他的伙伴们自然是什么都不知道的，他们疑惑地望着他。

他又沉默了片刻之后，大声说："我，原是一师二团十三连副连长，共产党员，我的名字叫姜波。现在我以我的人格和一个共产党员的名义，向你们披露这场考试的真相。你们一定都知道，这场考试只录取一百五十人。但你们却一定都不知道，一百五十人的名单早已内定了！无论他们的成绩如何！而你们，包括我自己，都成了被愚弄的陪考者，无论按成绩我们应不应该被录取！……"

一片哗然！一片诅咒之声。一片怒骂之声。一教室狂暴了的狮子。连那些看去温文娴雅的女"兵团服"，也一个个义愤填膺，拍案而起了。

没有一个人怀疑他的话。在这种时候，在发生了刚才那"夺权"的一幕之后，他们根本不会再去怀疑他们的一个伙伴。他的表情和他那番光明磊落，简单明白的话，取得了他们的彻底信任。

他对这一点分明也非常自信。他举起了一只手，教室里顷刻又归复了肃静。

他说："为了维护对我们并不公平的机会，和我们今天每一个人都同样怀抱着的极其微小的希望，由我和另外九个人，你们的十个返城待业知青伙伴，预先组成了一个录取工作监督委员会。它将与招考单位协商，保证确立一条分数面前人人平等的原则。如果你们承认它，并支持它，请你们举起自己的手!"

几十只手臂同时举了起来。

他满意地望着大家,从讲桌上拿起公文袋,走下讲台,开始发考卷……

此时此刻,每一个教室里,都有一名录取工作监督委员会的义务成员,发表过了类似的、简短演说。但是,演说的结果竟那么不同,是监督委员会义务成员们始料不及的。

有姚守义在座的那个教室里,诅咒、怒骂和义愤简直要掀起了屋顶,根本没法平息。

他始终呆坐着。既不诅咒,也不怒骂,甚至连点义愤也不表示出来。

他虽然身在考场,却心不在焉。

他的心被人家拐走了,带到不知什么地方去了。就是被那个曾和他一块儿穿过无数串糖葫芦的、成了年轻母亲的返城待业知青带走的。

昨天晚上,她到他家里来向他的母亲告别。母亲不在家,买豆腐去了,弟弟看电影去了,父亲陪着妹妹一家三口看冰灯去了。

她一手拎着旅行包,一手领着孩子。

她神情有些凄楚地对他说:"孩子从今天晚上起就少不了给你们家添麻烦了!"说着,松开孩子的手,将孩子推到了他跟前:"叫叔叔,噢,不对,叫大大!"

那孩子便仰起小脸,用一种小动物般的乞怜的目光望着他,叫了一声"大大"。

他说:"你这么忍心撇下孩子就走了?"

她低头看了孩子一眼,回答:"我儿子明白我的难处。"

"马上就要走?"

她点了一下头:"火车票都买好了,师傅在火车站等我。我们先到北安去,北安有个做皮鞋的小工厂,师傅的一个亲戚在那小工厂里当个小领导,也许会雇下师傅教手艺。"

他感到对她有些依依不舍起来。这些日子里他一直希望能再跟她一块儿穿许多许多糖葫芦，她却一直没有来过。今天总算又见到她了，她却马上要走了，而且可能要离开这座城市很久很久。他为她今后四处流浪的生活而忧郁。他心里有一个愿望不知如何表达，这愿望从那天晚上他和她一块儿穿糖葫芦就产生了。这愿望多少带有点浪漫色彩，要实现却得付出一些必要的时间和精力。没有时间和精力的付出，浪漫色彩必将大大减少。可是我们的二十八岁的返城待业知青，偏偏在绝不应该幻想到任何浪漫事情方面去的阶段，那么无可奈何地产生了追求浪漫的愿望。

这个愿望便是——他非常非常想要对她表示亲昵。

可是她却马上就要撇在他家里一个孩子，拎着旅行包离开这座城市闯荡去了！

一个小伙子对一个年轻女人产生的想要浪漫浪漫的愿望，不像一个孩子产生的想吃一根冰棍的愿望那么容易丢开或者转移。这个愿望本身与爱情并无牵连，它还远远达不到那么高的档次，更没有使他想到怎样搂着她睡觉等等等等那么具体。因为他还并没有充分的精力和充足的时间一门心思全想在她身上。

他仅只是想要对她表示亲昵，表示他怪同情她的，挺喜欢她的，还愿意再和她围着一大盆上好的、鲜红鲜红的山楂，对面而坐，穿许多许多许多许多糖葫芦，在这种能使他体验某种接近艺术工作的情趣中，时不时地，似乎不经意地用他的手碰一下她的手。不过如此！一个平庸的其实也谈不上有什么浪漫色彩的想象有限的愿望而已。

他妈的就连这么一个愿望也眼瞅着如烟似云了。

他又憋气又说不出有多么烦恼！

"我还不知道你叫什么名字呢！"他无比遗憾地瞧着她那张挺招人喜欢的娃娃脸。

"是么？现在告诉你也不晚。我叫曲秀娟。歌曲的曲，秀丽的秀，女口月组成的那个娟字。别人告诉我,女人的小嘴像月牙,名字中有这个娟字才恰如其分。"

他不禁去注意她的嘴。

她在苦涩地微笑着。他觉得她的小嘴真是有几分像弯弯的月牙似的。

"我有几句重要的话想对你说。"他伸出舌尖舔了舔自己的嘴唇。

"那你快说。"她看了一眼手表。

"不能当孩子的面说。"

"那我们到屋里去说。"

她便放下旅行包,跟在他身后走入了里屋。

"你看,"他从枕头底下翻出了几册中学生课本让她看:"我明天要去参加本市的'教师培训班'的考试。"

"这话有什么不能当孩子的面说?"她又看了一眼手表,问:"有把握考取吗?"

"我?没问题。手拿把掐。两年后,我就是一位中学教师了!"

"我为你高兴。"

"将来你的孩子上中学了,就考我当教师的那所中学!我要当他的班主任,一定好好教他,一定培养他考上一所重点大学!"

连他自己都被自己的信口开河搞得昏头涨脑了。

她当然也难免有些涨脑昏头。

她垂下眼睛,颇为感动地说:"但愿能有那么一天吧,到了那一天你让我给你跪下磕头我都肯。"

她是相信他说的话的。他把考试说得那么轻松,还能考不上么?她觉得儿子的将来有了指望和依靠。她不禁地走到里外屋的门口看起儿子来。

儿子仍老老实实地站在外屋,一步也没有挪动。

她转身望着他,他在她眼中被一环善良的高尚的光圈所照耀。她用一种由衷的微笑告诉他——你是个好人。

他完全理解了她的目光。

"我该走了!"她说,就往外屋迈脚。

"别……"他不能自持地抓住了她的一只手。

"你用不着为我担什么心。"她说,"生活早已把我折腾出来了!"同时往回抽自己被抓住的那只手。

他突然用双臂紧紧地抱住了她。这动作那么急促,以至于她在几秒钟内没有反应过来。而他,不顾一切地就去亲她那两片红润的小月牙似的嘴唇。

她这时才开始反抗,使劲将头朝后仰。他的嘴唇没能如愿以偿地亲着她的嘴唇,只来得及在她的下颏上触了一下。没想到她还有股蛮劲,很快便从他的搂抱之中挣脱了身,接着甩手就扇了他一耳光。

这一耳光扇得他脸上火辣辣的,不由倒退一步。

"你……你有什么了不起?!"他恼羞成怒了,大声说,"你将来不就是个修鞋的吗?那个混账王八蛋地地道道的狗崽子你倒为他心甘情愿,我比那小子好一百倍!我,我就不行吗?!……"

啪!他另一边脸上又挨了一耳光。

"你比他还坏!"她咬牙切齿地说,"你装得倒像个善良的好人似的,没想到你爸你妈会有你这么个儿子!"

那孩子一动不动地站在原地,瞪大眼睛望着他和母亲。

她看了看儿子,又看了看旅行包,犹豫了一下,拎起了旅行包。

"如果你胆敢亏待我的儿子,我将来跟你的仇恨没解!还要到法院去告你!"

她留下这么一句话,恨恨地走了。

当母亲要迈出门的时候,那孩子哇的一声哭了,但仍然站着不动地方,只是哭,并没有跑出门去追赶母亲。

他发了一会儿傻,赶紧蹲下身去哄那孩子,却无论用什么办法也哄不好。孩子分明有些怕他,直哭得他心乱如麻,直哭到他家的人都回来了……

今天早晨他走出家门,走在小胡同里时,胡同里那疯子迎面像个鬼魂似的游荡了过来。到他跟前,挡住他的去路,先是阴怖怖地笑视着他,突然说:"你小心点!……"

他从来也没有招惹过那疯子,不知那疯子为何也仇恨起他来……

他坐在座位上,心里始终在苦苦地想着一个问题:自己究竟是一个好人还是一个坏人。却难以得出结论。自己对自己连这么一个起码的结论都得不出来,使他心里暗暗难过。

周围仍是一片诅咒,一片怒骂,一片义愤,一片大吵大嚷。

他忽然觉得自己今天居然还来参加这场考试,是一件很荒唐很滑稽的事。这场考试的真相也很荒唐很滑稽。周围的一切诅咒,一切怒骂,一切义愤,一切大吵大嚷都很荒唐很滑稽。包括昨天他想亲她的月牙似的嘴唇以及她为此扇了他两记火辣辣的耳光,全他妈的是又荒唐又滑稽的事。

那个本教室的义务考场主持者,终于在混乱之中将考卷发下去了,这会儿站在讲台上,用手掌连连拍桌子,扯着嗓子大声喊:"安静!安静!下面宣布考试纪律,第一,不许互相抄袭。第二,不许交头接耳,传递纸条。第三……"他最初仿佛具有的那种无上的权力,在混乱中消亡殆尽了,他已经无法控制住教室里的局面了。他的嗓子哑了,不再能用那种布道者的语调讲话了,他那种充满自信的威仪也完全丧失了。

在姚守义看来,他尤其荒唐尤其滑稽。

他内心里有一种冲动在怂恿他也做出点更荒唐更滑稽的事情,既然一切一切全他妈的如此荒唐如此滑稽!

他站了起来。他大步走上讲台,把那个丧失权力和威仪的人从讲台上推了下去。他这个行动,竟渐渐使教室里安静下来了。

"你想干什么?"被他推下讲台的那个"兵团服"一时不明白他意欲

何为。

他回答:"我想接管你的权力。"

"好,好!随你接管,随你接管!"对方心悦诚服地走向他的座位,如卸重负地坐了下去。

他清了清嗓子,不慌不忙地说:"诸位兵团同仁,现在让我给你们背一段'最高指示':

　　考试可以交头接耳,冒名顶替,你答不好,我抄你的,抄下来也算好的。交头接耳,冒名顶替过去不公开,现在让他公开。我不会,你写了,我抄一遍也可以。

本监考官遵照'最高指示'重新宣布考试纪律:可以交头接耳,可以互相研究。还可以抽烟,可以随时上厕所。不许随地吐痰。考试时间不限,什么时候答完,本监考官都耐心等待!"

他最后的那句话被一阵掌声盖过。

"完全拥护!"

"坚决支持!"

"誓死捍卫新监考官!"

站在讲台上的姚守义耸了一下肩膀。他第一次被众多的人当面如此拥戴,他多少有点感到自豪了。他想:原来这就是群众!我的话对他们有利,他们就马上安静了,似乎一个个都变得不那么荒唐不那么滑稽了,而且还满腔热忱地要"誓死捍卫"我!

其实他大错特错了!考试这件事,此刻对他们来说,已经不那么主要了。他们完全被某种情绪互相影响着,扇动着,鼓舞着。这是一种渴望获得发泄的情绪。它已笼罩着整个教室,在空间回旋流动!他看不见它,因此不能真正感觉到它的存在。他们也看不见它,因此连他们自己也不能意识到他们正在这种情绪中失去他们的理智。它像热病,使发高烧的人感到的恰恰是彻骨的寒冷。表象之下掩盖着即将推向更高潮的荒唐的滑稽的本质。他们为他鼓掌,是因为他使他们的某种情绪得到了满足。

"我提议,伟大领袖为我们留下了这条伟大的'最高指示',让我们敬祝他老人家万寿无疆! 全、体、起、立! ……"

一个声音高叫着。

一阵噼里啪啦椅子响,全教室的人不分男女都肃立了起来。一时间"万寿无疆! 万寿无疆! "的敬祝声震动教室。

> 远飞的大雁,
>
> 请你捎个信儿到北京,
>
> 兵团战士想念毛主席,
>
> 毛主席……

一个不太标准的女中音唱起了这首大家在兵团时期经常唱的歌。

> 远飞的大雁,
>
> 请你捎个信儿到北京……

于是大家全都唱了起来。歌声不仅震动教室,而且响彻整个教学楼。

"大雁已经飞到南方去了,让飞机捎个信儿到北京吧!"

一只纸叠的飞机从教室的一个角落飞到了讲台前。它是用考卷叠的。

于是大家一边反复唱,一边都用考卷叠起飞机来。于是一只只飞机满教室飞来飞去。

只有一个人仍坐在最后一排靠墙角的座位上。

这个人是郭立强。

他已看过一遍考卷,那上面的题他用半个多小时就可以准确无误地全部答完。不过他明白,他在这个教室里是无法做到了。他打算到另一个教室或者到走廊里去答卷。他站起来推开同桌的人往教室外走。他内心里告诫着自己,不能同其他人一样胡闹。他今天不是来发泄什么的,他是来竞争第一名的。这个信念一直支撑着他,使他的心理和情绪不致狂乱。

他走到讲台前时,一把揪住姚守义的衣领,盯着姚守义的脸说:"你知道你这样做会断送了多少人唯一的一次机会?对今天这个教室里发生的事情你将负责任的!"

他早就认出了姚守义。

姚守义也认出了他。

"是你呀新郎!"姚守义正对参加了今天这样一场考试感到开心极了呢!他见郭立强仍一手拿着考卷,觉得对方在如此令人开心的情况之下愈发显得荒唐,滑稽,不可思议。哪一个"兵团服"在返城后待业的苦闷中错过像今天这般聚在一起大开其心的机会,不是木瓜就是傻蛋!

他对郭立强嬉笑道:"今天是返城待业知青的狂欢节,我们的黄历上写着'不许动武',我可不在这里跟你打架!"

郭立强狠狠一推,将他推倒在讲台上。

郭立强的一只脚刚迈出教室,一只胳膊从外面将他拦住了。

他不由得缩回了那只脚。

那是一只穿在公安警察服衣袖里的胳膊。

几百名公安警察包围了这所重点中学,包围了一代人企图为他们自己而占有而做主的不过初中水平的考场。校门外把守着公安警察。教学楼楼口把守着公安警察。从一楼到三楼的走廊两侧排列着公安警察。每一个教室门外肃立着公安警察……

城市的卫士们要教育返城待业知识青年们如何做一个安分守己的公民了……

徐淑芳一上午都在六神无主的情况下用脊背负运四十八公斤重的木箱。午休时,她仍坐立不安。她打开饭盒盖,怔怔地看着一饭盒饺子,虽然饿极了,却一个也不想吃。早晨郭立强离家后,她也没吃。自己包的饺子,她还不知是咸是淡。她的心始终无着无落地悬挂着什么似的。他一定能考好!即使考不了第一,也会在一百五十人中名列前几名。只要他能考上,哪怕是一百五十名被录取者中成绩排在最后的一名,她也会非常非常为他高兴,和她自己考上了一样高兴。连她自己也不可理解,她为什么把这个人的命运看得比世上的一切,甚至比自己的命运还重要? 我是不是爱他呢? 她曾向自己这样暗暗发问过。今天又向自己这样暗暗发问,然而她不能够明确回答自己。她只知道自己如今有时候那么需要被一个人爱,那么需要去爱一个人。却不知道他爱不爱自己,自己爱不爱他。即使在她决定了和他结婚的时候,她也还是并不知道自己究竟爱不爱他。决定? 不,她从来不曾决定过任何事情。她只不过是听凭命运的安排和摆布,包括她到这里来和这些粗俗的男人们一块儿干这种沉重的活,难道是她的决定而不是命运的安排和摆布吗?

爱,她想,这到底是什么? 它不过是一个美好的诱人的字而已。不,世界上根本不存在什么爱,只存在恋人。只存在被这个字赐予幸福或者被这个字造成痛苦的男人和女人。她和郭立强从来都不是恋人。她是在自己陷入没有饭吃,没有地方住,没有临时活干的绝境时去找他的。因为她相信他是一个好人,因为她相信他富有同情心,因为她相信他不会乘人之危欺负她。而他,则是在到了应该结婚的年龄,需要有一个妻子的时候,才愿意做她的丈夫的。她和他完全是被命运推到一起的,不是被对方吸引到一起的。她这么认为。在他曾对她表示过温情的那些时刻,她也没有产生过灵魂的战栗,情感的燃烧,肉体的渴望……她只是觉得那是必然的事情,却从来也没有感觉到那是令人迷醉令人丧失理智令人魂销意乱的事情。

王志松也没有带给过她这样的时刻。

在她到北大荒的第三年秋天,在割大豆的时候,有一个人从大豆地的那一头接应她。两人相会,她割下最后一把豆棵,慢慢直起发酸的腰,才知道帮她的原来是他。他们虽然是同一天离开城市,坐在同一节车厢里,同一个日期到达同一个连队的同班同学,三年来却并没有什么特殊的接触。怕引起专门散布飞短流长的人们的无端议论和破坏她惯于独处的娴静性格,甚至使她有意避免与任何一个男知青接触。正如她在中学时代从未与任何一个男同学建立过任何感情,以至于连里很少有人知道她和王志松是同班同学。

他对她说:"收工后在岔路口等我,我有话跟你说。"说完转身就走了。

收工后,在岔路口,她停下来等他。

她不知道他有什么话要跟她说,她的天性也没有启发她产生任何猜想。

"你怎么不走了?"几个姑娘问她。

"我等王志松。他叫我在这儿等他,有话跟我说。"她还这样回答她们。

"那我们先走了。"

"你们先走吧。"

"要不要替你打一盆热水?"

"不要。我们大概说不了多一会儿话。"

连队里的烧水炉太小,热水总是不够大家用的。她希望他能长话短说。

他终于不慌不忙地最后走过来了。

他对她说的话比她希望的还要简短。

他站在她面前,瞧着她的脸,一边摆弄着手中的镰刀一边说:"我觉得我喜欢上你了!从今天起,我们之间的关系,就应该是一种特殊的关系了！你听明白了？"

她听明白了，又似乎根本没有听明白什么。她一时不知应该怎样回答他，她的头脑来不及对他的话进行任何思考。

"还有，从今天起，你不许再和其他人建立这种特殊的关系了！也听明白了么？"

"……"

"你为什么不说话？"

"我……"

"你不回答，点一下头也行！"

她怔愣愣地望着他，他的表情比令她惧怕的连长还严肃十倍。

她不由得点了一下头。

他舒了一口气，高兴地笑了，伸出一只手，在她头上抚摸了一下，像一个大人在高兴的时候抚摸一个他所喜欢的孩子的头。

"那我们走吧！回去晚了连盆热水都打不到啦！"

于是她跟着他匆匆往连队走，头脑里还是来不及对在这几分钟内发生的事进行什么思考。

她没有打到一盆热水。

下午继续割大豆。

他又接应她……

她就这样成了"属于"他的一个姑娘。

她更加有意避免与别的小伙子接触。

因为她对他点了头。

她认为一个有道德的姑娘必须遵守自己的诺言，即使是无声的诺言。

她和他这种"特殊"的关系，的的确确给他带来过一些欢乐、愉快和安慰。有一个小伙子把她视为"他的"人，她也的的确确为此而感到过一个像她那种年龄像她那种性格的姑娘隐藏在内心里的幸福和骄傲。

最初他们仅只偷偷地幽会。在北大荒可以避开人们的观察偷偷幽会的地方很多:小河遥远的无人涉足的上游,白桦林的深处,被明媚阳光沐浴着的山顶,开满各种野花的大草甸子。

他们幽会的时候,并没有太怎么亲昵过。彼此握着一只手互相偎靠在一起,脉脉含情地面对面地注视着,相互都不无羞涩的轻轻的生怕冒犯了对方似的抚摸,温柔的而不是热烈的拥抱,频频的而不是长久的、慰藉多于激动的文文雅雅的亲吻……这一切都使两颗没有多少诗才的心灵深深感受到一种无比美妙无比陶醉无比舒畅的诗意,这一切就足以使他们感到无比的满足无比的幸福了。还有仿佛专供他们两个人欣赏的四周大自然的迷人景色:夕阳坠落的庄严时刻,他们观望天边绚丽多彩的晚霞;暴雨来临前,他们躲在用树枝编成的"帷盖"下,仰视乌云在天穹上如何疾涌迅驰;夜幕笼罩后,他们细数倒映在小河里的星星,并争论月亮在河面上的位置究竟移动了没有。而预先约好,星期天到山上去采木耳、蘑菇、"猴头",是令他们最欢乐的事。他们早早就避开人们的眼目,在山顶上会合,首先俯瞰一阵山下的麦浪,小河的九曲八弯和晨雾在白桦林中如薄纱一般的飘渺浓淡……

他们幽会的时候,他的话并不多,倒是常常要求甚至请求她:"对我说话吧!"

"说什么呀?"每当这种时刻,她更加不知对他说什么好了。

"说情话呗,难道你连句情话都不会说,还得我教你吗?"他竟会生起气来。

她便羞红了脸,低下头去,感到非常自卑,非常内疚,非常抱歉,也就变成了一个想说话而说不出话来的哑巴。

"说呀!真是笨得够受的!"

"我……爱你……"

"又是这一句!你老是这一句!概念化,简直是陈词滥调嘛!"他毫不掩饰对她那种绝望和无可奈何的样子,开始唉声叹气。

她的头就会垂得更低,心里瞧不起自己,对自己感到不可救药,替自己感到十分难过,吧哒吧哒地掉下眼泪来。

"得啦得啦,别哭了!随便说点别的什么话都行!"

他便宽宏大量地饶恕了她,降低自己的要求。

"指导员从团里开会回来了。他说,明年我们连的耕种面积要扩大一百垧……"

"别说这个!……"如果他是躺在草地上,就会猛地坐起来,狠狠地瞪着她,看去是恼火透顶了。

她呢,就会双手捂上脸,低声哭起来。

然后他感到自责了,向她认错,哄她,替她擦眼泪。

再然后,他进一步降低自己的要求,不勉强她说什么话了,希望她唱一支歌给他听。

于是她眼中噙着滚动的泪水开口轻轻为他唱歌。唱毛主席诗词歌曲《蝶恋花》,《咏梅》,唱"北风吹,雪花飘,年来到",唱"花篮的花儿香",唱"月亮在莲花朵般的云朵里穿行,晚风吹来一阵阵快乐的歌声。我们坐在高高的谷堆旁边,听妈妈讲那过去的事情"……她平时很少像别的姑娘们那样自哼自唱。她认为自己的嗓音不好听,所以她会唱的歌少得可怜,其实她的嗓音并不像她自己认为的那样。而他,欣赏要求也并不高,只要她别唱"语录歌"或"东方红""大海航行靠舵手"就行。连队里的高音大喇叭,早、午、晚三遍播放的全是这类歌曲,翻来覆去,覆去翻来;不只是他,许多人的神经都受不了啦。

她唱歌的时候,他就会静静地躺在她身边,仰望着天空,手里拿着一茎小草,一段一段地掐着。要不就握着她的一只手,用自己的另一只手抚摸着,或放在嘴唇上温柔地吻着,吻着。

有一天傍晚,也是在小河的上游(他们最喜欢也最经常幽会的地方),她有几分羞怯地对他说:"我想给你唱支歌,听吗?"她第一次主动要为他唱歌,而且还"想",使他万分惊奇,连连回答:"听,听!……"

她注视着缓缓流淌的澄澈的河水,轻轻地,柔曼地唱了起来:

在这里,我听到了大海在歌唱。

在这里,我闻到了豆蔻花香。

我曾到过遥远的南洋,

遇见一位马来亚的姑娘。

我和她并肩坐在椰子树下,

我向她讲起了我的童年。

她瞪着大而黑的眼睛,

痴痴地呆呆地望着我。

我们俩爱情像海样深,

她为我贡献了她的青春。

……

在这里,阳光照射着海面,

好像她的灵魂在向我微笑。

在这里,海风吹动着海浪,

好像她的灵魂在向我呼号。

……

这歌,是女宿舍的一个姑娘有天哼唱的,别的姑娘们被它感伤而抒情的浪漫曲调深深打动了,围住那姑娘,逼着她将歌词唱出来,她无论众姑娘怎么央求也不肯。后来她们都生气了,说今后谁都不再理她了。她这才违心地将歌词写在一张纸上交给大家,同时要求大家发誓,万一连里追查起来,保证不出卖她。不久,每一个姑娘都会唱了。

她唱完,看了他一眼,见他仰面躺在草地上,在默默地流泪。

她俯身瞧着他的脸,柔声低问:"你怎么了你? ……"

他忽然伸出双臂将她紧紧抱住,使她倾伏在他身上了。他将脸贴在她的胸脯上,如同一个孩子似的哭了,一边哭一边喃喃地说着:"就应该是这样,就应该是这样,就应该是这样……"

"你让我透不过气来了,你的话是什么意思啊? 你希望怎么样呢? 别哭别哭,啊?"

"我希望你今后为我唱许多这样的歌!"

"可是,我……我只会唱一首这样的歌呀!"

"那你就老为我唱它吧,我永远永远也不会听够了的!"

一首歌竟使他那么受感动,而且是她唱给他听的!

她也情不自禁地哭了。

随后他们彼此充满温情地拥抱着,不断地亲吻着,轻轻替对方擦拭眼泪……

在她几乎丝毫没有觉察下,他的一只手伸进了她的胸衣,抚摸到了一个像她那样的姑娘时刻不忘防守着的"禁区"……

她惊叫了一声,一下子挣脱了他的拥抱。随即迅速离开了他的身体,站了起来,一边恐惧地望着他,一边连连后退,她想移身逃跑。她浑身瑟瑟战栗,双手紧紧护在胸前,那样子像是一只被什么猛兽吓坏了的可怜的小动物。

他面红耳赤,无地自容。他猛地翻了一个身,将他那张比秋后的柞叶还要红十倍的脸深深埋在青草中,一只拳头一下接一下擂着草地,身体却如死了一般,一动也不动。

她不忍心就这样撇下他跑掉。

她又战栗地,怀着几分本能的防范心理,一步步轻轻走回到他身边,双膝跪了下去,两只手同时抚摸着他的肩,抚摸着他的头,喃喃地说:"你别这样啊你,我没有生你的气呀。我害怕极了,你再也别这样了好吗? 我会被你吓昏的呀……"

许久许久,他才将头从青草中抬了起来,他泪流满面,脸上沾了许多泥土,他发誓般地望着她说:"我再也不了,我……再也不让你害怕了!……"

这些,便是她在北大荒的全部爱情罗曼史中,她认为是最最隐秘的,最最不可告人的,"柏拉图"式的(尽管她并不知道柏拉图),纯情诗章一般的片断,也便是镇压在她灵魂上,使她的灵魂快被压得比纸板还薄了的道德和良心的十字架……就为这些,他更加认为她是"属于"他的姑娘。她自己也这么认为……

"你干吗瞧着饭盒发呆呀?"那个高大魁梧的男人奇怪地问她。

回想被打断了,她的灵魂又推开了她的心扉,躲进去张望着冷漠的现实。

她的思想重新集中在郭立强身上了。

他没有吃一口早饭就去参加考试……

她直到现在还认为这完全是她的过错。不,简直是她对他犯下的一次罪过!

"我下午不干了!"她盖上饭盒盖后立刻站了起来。她将饭盒塞进小布兜里,顾不上避讳那些男人们直眉瞪眼的目光,当着他们的面急急慌慌脱下肮脏的帆布工作服,换上了她自己的衣服。

"家里……有什么事了?"那个高大魁梧的男人又问。

"回家做饭。"她说着,拎起小布包就匆匆走了出去。

她快步走出货车场,穿过一条马路,走到一个公共汽车站等车。若是在平时,她是舍不得花一毛钱乘车的。

可这时她心里着急的只有一件事,就是尽快回到"家"里,越快越好,赶在他之前回去,好好做一顿饭菜,让他一进门就能吃上。

他一定饿坏了!

等车的人很多,车却久久不来。盼来了一辆,未停就开过去了,引起了人们的一顿抱怨和斥骂。

一圈人围着一根水泥电线杆看什么。

她听到一个人说:"这帮返城待业知青,不知又要搞什么名堂!"

"返城待业知青"几个字将她吸引过去了,原来是一张写在白纸上的

"告示":

告返城待业知识青年们

为了帮助我们的一位"兵团战友"走上他完全有资格走上的工作岗位,凡兵团原师、团宣传队队员,有自愿尽力者,请携带乐器,于三月二十八日上午十时,在江北会合。

是用毛笔字写的,秀逸的隶书体,可见书写者对这件事的态度是相当认真的。

在兵团她连连队的宣传队也没参加过,但她还是想把日期记下来。也许这几天内会碰到某些认识的"兵团战友",告诉他们,由他们再告诉更多的人。将要被帮助的会是个什么样的人?男的女的?她并未去想。

她摸了摸衣兜,没带笔,便向身旁的人借了一支钢笔,将日期写在一只手背上。思忖了一下,怕钢笔字容易被从手上擦掉或模糊不清,又问周围的人谁有圆珠笔。

"我有!"一个少女说,从衣兜里抽出圆珠笔递给了她,接着说:"我猜你也准是从兵团回来的?"

"你怎么猜到了?"她很奇怪。因为她身上从头到脚已经没有一件"兵团知青"的标志了。她离开自己的家时是秋天,全套"兵团服"都没带走,想必早已被继母当破烂卖掉了。

那少女说:"你不是从兵团回来的,能这么关心'兵团战友'的事吗?"

少女的话说得她微微苦笑起来。

她刚用圆珠笔将日期写在另一只手背上,终于又开来了一辆公共汽车。

她还了那少女的笔,不顾一切地争抢着往车上挤。好容易挤上了车,车门却将她装着饭盒的小布包夹在外面了。

她请售票员为她开一下车门。

售票员问:"包里装的什么?"

"饭盒。"

"那你免了吧!"

"饭盒里是饺子!"

"饺子不也是面捏的吗?我还以为你那包里是金条呢!"

车开走了。

她被挤得后背紧贴车门站着,一手抓住小布包的一角不放松。

"一中今天发生的事儿知道了吗?"

"不知道哇,发生什么事儿了?"

"嘿,本市今天的头号新闻你都不知道?返城待业知青和公安警察们干起来了,闹了两三个小时才平息!"

"谁愿闹什么事就闹他们的去吧,我可没兴趣关心这类新闻!"

两个工人背朝他并肩挤着在说话。她极其注意地听着,他们却不说下去,说起别的来了。他们的话使她心中忐忑不安。

她忍不住问:"警察抓人了吗?"

"把好些警察都给打了,不抓还留着他们?抓走了二三十呢!"知道这件事的那个工人,用掌握着第一手材料的不无炫耀的口吻说。

像一台搅拌机在她心里开始运转,她的整个心被搅拌得乱极了,她失口急切地问道:"被抓走的人里有姓郭的吗?"

那个人很费劲地扭转了脖子,回头瞧她一眼,似乎猜测到了她的什么人一定与这件事有关,大声回答:"这你就得到公安局去打听了!"那种口气使她听不出是对她的同情还是对她的挖苦。

车上虽然拥挤,但许多人都努力转身,扭头,各种年龄的形形色色的目光投射到她身上。

她并没有感到难堪,对他们的目光她也视而不见。更准确地说,他们在她眼中是不存在的,没有意义的。她的心只为一个人的命运担忧,只为郭立强的命运担忧。从今天早晨他走出家门后,她的心就一直在为他的命运所担忧。尽管他对参加这次考试那么充满信心,她还是早有一种忐忑不安的预感。现在这种预感应验了,不但应验了,而且愈加强大。如同一把无形的大铁钳,牢牢地钳住了她的心,随时可能稍一用力便将她的心夹扁,将她心里的血液夹干,就像食品按压器按压橙子汁一样。

他也被警察抓走了么?他也被警察抓走了么?他也被警察抓走了么?……

不会,不会,不会……

一定!一定!!一定!!!……

三种声音同时在她耳边魔语似的一秒钟也不停地辩着吵着嚷着叫着!

她心里混乱,头也晕了。

公共汽车靠站了。车门刚一打开,她就跳了下去。

小布包落在地上,饭盒从包里掉出来,盒盖摔开了,饺子滚了一地。

"哎,票!你的票!问你哪!装什么傻!"

售票员从车窗口探出一截身子朝她喊。

她却什么也没听见,低头瞧着地上的饺子发呆。起大早包的,一心一意为他包的。他只吃了几个,她自己一个也没吃。

"为了逃一张汽车票,值得吗?算了,看在你那些饺子的份上,饶过你了!要不,哼!……"

售票员轻蔑地说了这番话。

汽车开走了。

她从地上捡起小布包,将饭盒装在包里后,发现自己提前好几站下了车。

有几个行人站住,脸上带着取笑的表情望着她。

她实在没有勇气在那几个行人的注视下,还在这一站继续等待下辆车。

她低垂着头,像一个刚刚因为某种嫌疑被警察当众进行审问之后才释放了的人,狼狈地、惶惶地走了。

她越走越快,越接近"家"心里越紧张越不安。她跑起来了,仿佛在追赶什么人,仿佛在被什么人追赶。

她跑进院子里时,已经气喘吁吁了。

一个小孩推开家门,正要从家里出来,见她气喘吁吁,紧紧张张地跑入院子,又缩进了门。

她一直跑到郭家门前才猛地站住——门上悬挂着锁。

难道他没回来?

难道他果然被公安局抓走了?!

她觉得钳住她心的那把无形的钳子,被两只有力的手握住,无情地狠夹了一下。

她被定身法定住了似的,目光呆滞地盯着那把锁。

她怀着最后一线希望,蹲下身去,掀开了门槛旁铺地的一块砖——钥匙没有被人动过。她离家时怎样放的,还是怎样放在砖下。

他果然没回来!

他果然被公安局抓走了!

这想法像触电一样将她击得周身麻木,她几乎没有力量站起来了。

从刚才那个孩子家里走出一个老太太,站在自家门前,望了她一会儿,问:"立强他……家里的,你没带钥匙进不了家了吧?"

谁谁"他家里的",这是这个院子的老人们,对晚辈的妻子们的一种习惯称呼法。可是这句话,此时此刻,对她不唯是一种尖刻的讽刺,简直是一种严重的伤害。

是的,她是他的妻子,又根本不曾是他的妻子,她无非就是他"家里的"。是他家里的什么呢?

在他现在已被公安局抓走之后,她还是他"家里的"么?又可以算是他"家里的"什么呢?

今天她连算他"家里的"那种不清不楚,不明不白,情不通,理不顺的资格都丧失了。

然而她知道那老太太的话并没有讽刺她伤害她的意思。

她慢慢拿起钥匙,扶着门缓缓地站了起来,回头看了那老太太一眼,苦苦一笑,也不回答句话,打开锁,悄无声息地走进了"家"里。

"家"中的一切仍是她离开时的样子,干干净净,整整洁洁,空空寂寂。

地中间放着洗衣盆,洗衣盆里泡着在他走后她寻找出来的他的几件脏衣服,她原准备今天一吃过晚饭就开始洗的。

桌上那只小闹钟还在"嚓嚓嚓"很正常地走着。她后来又将闹铃的旋钮从外面找回来装上了,因为自从它"哑"了之后,那几天他坐在桌前看一会儿书,便看一眼表,她又那么不忍心分散他的精力。

她站在洗衣盆旁,旋转着身子,用目光四处寻找,仿佛他会藏在这屋里的什么地方,故意跟她开一个大玩笑似的。

"立强……"她叫了一声。

明知他绝不会跟她开什么玩笑,明知这屋里没地方可藏他那么一个大活人,明知在这屋里他根本不存在。

"立强……"她又叫了一声。

有一只耗子在地板底下跑过。

她慢慢地走到了她在这个屋里的老地方——床前。

她徐徐地坐了下去,依旧是她每次坐在那里的那种姿态,仿佛她永远只会以一种姿态坐在那里。

她暗暗想到,她是必须离开他的家了!有他在这个家里,她总归还可以算是他"家里的"人。如今他也不在这个家里了,她继续生活在这个家里的起码的依据性也没有了。她无法想象她和他的弟弟如何在这个家里相处,他至今仍那么鄙视她,憎恨她,厌恶她。

于是她开始收拾她的东西。属于她的东西很少:几件衣服,鞋,毛巾、牙膏、牙刷、木梳,还有那个饭盒。她将这些东西都包在一块旧头巾里,系成一个小包裹。

她拎着它,最后一次留恋地环视了一遍这个屋子。她在这里获得过一些难以忘怀的温暖,也忍受过一些难以忘怀的羞辱。截然不同的两种难以忘怀的心灵的烙印,使她将永远永远铭记住这里,至死都会想起它!

去向何处?她不知道。

她想她必须做的,一离开这里就要去做的第一件事,应该是到公安局探问他的下落,到他被关押的地方看他,告诉他,她这一辈子都忘不了他;告诉他,她会经常来看望他;告诉他,无论货车场的活多么累,她一定会坚持干下去,坚持干到他被放出来那一天,将他的名额归还给他。还要,请他宽恕她,为了她给他造成的一场耻辱宽恕她……

她拎着小包裹走到外屋,又想到了什么,放下小包裹,用炉钩挑起炉盖看了看,见炉内她早上离开时用煤压住的火又着得红彤彤的,便端起脸盆,将盆里的水徐徐倾倒在炉内,将火彻底熄灭了。

粉细的煤灰与水汽从炉中升起,转眼在案板上,锅盖上,缸盖上,橱架上落了一层。她便拿起抹布去擦。抹布擦脏,觉得该擦的地方还未擦净。搓洗了一遍抹布,又一处处细心地重擦。总算觉得擦净了,这才将盆里的脏水倒进脏水桶,换了盆清水,洗净抹布,抖开后搭在绳上。

她见脏水桶满了,便拎到外面,两手轮换着拎,一直拎到街口,倒进下水道。

回来后,她倚靠着里外屋的门框歇了一会儿,心想自己是该走了,眼睛却望着里屋地中间的洗衣盆。

应该把想替他洗的衣服洗完。

仿佛有一个声音在命令她,那声音具有使她无法违抗的威严,那是良心的声音。

她掀开水缸盖,见缸里剩下的水根本不够洗那盆衣服。

她顺从那个声音,毫不犹豫地拎起两只水桶第二次走到外面,取下挂在门旁铁钉上的扁担去挑水。

水站在另一条街。正是中午大人们午休,能抽出工夫挑水的时间,二十几只水桶在冰坡上排了一溜。

终于轮到她接水了。她接满两桶水,挑起来没走几步,脚下一滑,摔倒在冰坡上,两桶水全泼光了,湿了她的棉衣、棉裤和棉鞋。

她爬起来后,只好重新又排队。

她接连挑了两担水。水缸满了,她遍身冻了一层银甲,一举手一投足,便发出一阵冰片断裂的声响。

炉火已被她熄灭了,她那身结冰的棉衣棉裤无法烘烤,也无法烧一锅热水,她索性不管自己,用冷水洗那盆衣服。刚刚挑回来的冷水,像敲碎冰层冒出的河水一样,没洗一会儿,她的双手就被冰得通红,十指麻木了。

她将双手放在口边哈暖了点,接着又洗。仅一件衣袖,她就打了一遍肥皂又打了一遍肥皂,反反复复在搓衣板上搓起来没个完。她总怀疑没洗干净,她想,一定要为他洗得干干净净,干干净净。可惜不能等衣服干了后,亲手替他熨平,叠好了。想到这一点她心中不禁有些难过。

她总算觉得第一件衣服是洗干净了。当她拎着那件衣服直起腰拧水时,像一个石头人似的僵住了——他站在她面前!

她两眼直愣愣地望着他,嘴唇哆哆嗦嗦地,想说话,却一个字也说不出来。

他也像一个石头人似的,一动不动,两眼也直愣愣地望着她。他脸上没有任何一种表情,他仿佛是一尊酷似他的雕像,是一尊他的石头的复制品。

她以为是自己的幻觉,终于从哆哆嗦嗦的双唇中挤出了一个字:"你……"

"我白去考了!"石头似的他也开口说话了。

不是幻觉……

不是！

湿衣服从她手中落进盆里了。

她突然又坐下在小凳上，继续洗那件早已洗干净了的衣服，在洗衣板上使劲地搓、搓、搓，似乎要将那件衣服搓烂为止。她的手指在洗衣板上搓破了，她完全不知，因为她完全没觉到疼。同时，她的眼泪，那再也控制不住的眼泪，如同泉水一样从她的两眼中涌出来，一串串地滴落在她手上、衣服上、盆里。

她无声地哭着。

她再也没有抬起她的头来。

而他，则一步步走到床前，走到那张本来应该是他们从"结婚"那一天起共眠，而却从那一天起一直是她的"客榻"的床前，直挺挺地站立了一会儿，被一颗子弹从身后击中了心脏似的，向前一倾，扑倒在床上了，将他的脸掩在双手中……

夜深沉。万籁俱寂。

只有小闹钟发出正常的弦条很足的走动声。

黑暗在某种情况之下是一首心灵的摇篮曲。受了伤的动物隐伏到树丛深处去舔伤口，遭到打击的心灵在黑暗中孤寂地结着血痂。这时人会感到黑暗像一位慈祥的老保姆，她无需对你开口说话，她仿佛就坐在你对面或你的床边，用她那双充满怜爱的眼睛望着你，于是你像一个孩子似的丝毫也不觉得羞耻地在她的注视下哭泣，同时你心灵中的一切悲哀和绝望随着你的眼泪淌走了。这也就是为什么许多男人和许多女人，包括那些最刚强的男人和最坚毅的女人，在深夜里在黑暗中常常独自默默流泪或低声哭泣的真正原因。

屋里却并非黑暗到伸手不见五指的程度。窗帘是蓝色的薄塑料布的，它将月光也滤成柔和的淡淡的蓝色，云雾一般溶漫在屋里。

郭立强一直在那张床上躺到这时。没吃晚饭，没喝一口水，没吸一支烟，没说过一句话，没睡，也没醒着。头脑里没想什么，又有无尽的思

想的碎片像鹅毛大雪在头脑中纷飞；那是一种服了安眠药但还是难以
安眠的状态。

她将炉火重新烧起来,屋里渐渐使人感到热了之后,他才脱去了衣
服。但还是不感到饿,不感到渴,不想吸烟,不想说话,不想睡,也不想醒
着,他觉得自己明明是躺在床上,又觉得自己仿佛是飘升在屋顶上,看着
躺在床上的自己。自从返城之后,他还没有体验过这样的时刻。今天以
前那些日子里的时时刻刻,都像塞满了糠皮的枕头一样塞满了烦恼、愤
恨、忧愁焦虑、希望和幻想。而今天这只枕头破了,他仿佛正把这样的一
只枕头枕在脑下。他的头脑也像这样的一只枕头般空空如也,彻底地破
灭也是彻底地了结。他的全部思想全部神经由于一个最后的希望的破
灭,以及为这个希望所付出的一切彻底了结而彻底松懈彻底瘫痪彻底崩
溃,奄奄一息。

门,轻轻开了。她赤着双脚走了进来,走到床边,屏息敛气地站立着,
像一个幻影飘入淡蓝色的梦中。

他凭直觉感到了。他不睁开眼睛,不动。希望她以为他睡着了,走
开去。他不需要她的怜悯和安慰,不需要任何人的怜悯和安慰。别人的
怜悯和安慰对他的心灵不过是水,而他的心灵不是白菜花,不是水仙,它
是一个具有生命的胎儿,需要的是血液,他自己的血液。每个强硬的人
都应该是他自己心灵的母体,他愿做一个无比强硬的人。如果她此时此
刻对他说出一句怜悯的或安慰的话,他会无法忍受,会觉得受到了侮辱,
甚至会从床上跳跃起来。粗鲁地咒骂她,将她驱赶开。

然而她没有说话。不动,也不离去。在淡蓝色的幽光下,她久久地
注视着他的脸。

他听到了一阵窸窸窣窣的声音。他不知她在做什么,他还是不睁开
眼睛。

他觉得她轻轻掀开了他的被子,她一声不响地躺在了他的身旁！她
那赤裸的身体紧贴着他的身体,她的一只手,抚摸着他的肩膀,抚摸着他

的胳膊,抚摸着他的一只手,随后,握住了他那只手。她那温暖的、柔软而战栗着的身体,更紧地依偎向他的身体。

他感到一股强大的电弧倏然间通过了他的全身。他从那种不是醒着也不是睡着的状态中堕入了一种不是死了也不是活着的无底的深渊。他的血液如同岩浆一般在他的血管里炽热地急速地奔流着。她的呼吸并不急促,却似一阵阵飓风将要裹卷着他把他扬向空中!

他不睁开眼睛。不说话。不动。

淡蓝色的幽光笼罩着他们。他以为是一个梦,又明知不是一个梦。他以为她是一个虚幻的魂灵,又明知她不是什么魂灵。她是一个活生生的赤裸裸的温暖的柔软的女人的身体。他能够感觉到她真真实实的存在。他可以抚摸到她,可以拥抱住她。他无比强烈地渴望这样!

一片火焰在他闭着的两眼中燃烧。

一只只大黑蝴蝶在他封闭的视觉中飞舞。

他不睁开眼睛。不说话。不动。

那片火焰将他的心也燃烧起来了。

她的手慢慢放开了他的手。

她的眼泪滴在他的肩头上。

她的身体离开了他的身体。

淡蓝色的幽光笼罩着他们。

她也不说话。不动。静静地躺在他身旁,不再战栗。

他们仿佛是两个布娃娃被“玩家家”的孩子并放在一起了。

许久许久,他们沉默着,静静地躺着,感觉到对方的存在,又似乎感觉不到对方的存在。

终于,她又轻轻掀开被子,无声无息地坐了起来,无声无息地下了床,却仍站在床边,注视着他的脸。

淡蓝色的幽光朦朦胧胧地映衬着她那赤裸的身体。

她徐徐地转过了身去,像个幻影似的,无声无息地弯下腰拾她的衣服……

突然,他伸出一只手抓住了她的胳膊,抓得那么紧那么紧!

那个"玩家家"的孩子不是个只喜爱布娃娃的孩子,它是命运。它以击溃人的理性为骄傲,它以征服人的灵魂为天职,它欲将一个男人与一个女人拆开或结合;宇宙中过去,现在,今后永远没有足以抗拒它的力量,它是任性的。

他和她终于拥抱在一起了。拥抱得那么紧,那么紧,那么紧。他们亲吻着,亲吻着,亲吻着。他们彼此爱抚着,爱抚着,爱抚着。他们的灵魂和他们的肉体同时彼此占有。

命运在完成了它的天职之后,将余下的人类最值得因为是人而幸福的时刻慷慨地留给了他们,带着善意的微笑离开时,顺手带走了他们的理性作为战利品。

那是完全没有任何行为机制的时刻;那是炽烈的冲动与迷眩的柔情交织在一起的时刻;那是男人和女人完全主动摧毁各自的羞怯这道"情感防线"的时刻;那是男人和女人任凭爱彻底占有他们,充满他们的时刻;那是人感到自己是一个人的时刻。他们的爱,那一时刻无边无际,无边无际。他们的爱中包溶着深深的深深的恩爱!

让他们彼此温柔的抚摸更加温柔吧!

让他们长久的亲吻更加长久吧!

让他们紧密的拥抱更加紧密吧!

让他们炽烈的冲动更加炽烈,燃烧的情感更加燃烧,彼此满足的肉体更加满足吧!

让爱这个字所给正常人的全部的无与伦比的一切亲昵感受都让他们尽情地去感受吧!

这一切本不是人的原罪而是人不分高低尊卑共同的权力!

呵,这两个灵魂啊!

淡蓝色的幽光笼罩着他们……

当淡蓝色的月光在时间的流动中变化成淡蓝色的日光时,他从淡蓝色的梦境里渐渐醒来了。

她枕着他的一只手臂,她自己的一只手臂搂着他的脖子,她的头靠着他肌肉凸起的肩。他瞧着她那几乎脱落光了从前的柔发的头,心里一阵难过,眼眶里有些湿了。她微微闭着眼睛,呼吸均匀而轻畅。她的脸此时此刻是那么安宁,由于呈现着甜蜜的安宁而使他感到那么秀丽娴雅。他看得出来,她已经醒了,却不愿睁开眼睛。她的脸色这会儿变得愈加苍白,嘴唇却是变得愈加鲜红了。她双眉舒展,睫毛显得更长了。他情不自禁又将她紧紧地紧紧地搂抱在怀中!

他想:我要给她买奶粉、麦乳精、滋补药品,让她天天吃饺子和蛋黄龙须面!无论为她借多少钱,欠多少债,我也要给她买!我要重新为她振作起我的精神重新为她鼓起我的勇气奋起我的刚强!我要为她到处去出卖我的体力!我还不应该绝望,我还没到绝望的地步,我还有充分的体力!因为我内心里一直是爱她的,因为我需要她现在非常需要她,因为我需要她的温存需要她的柔情需要她的爱抚需要白天看到她那贤淑的微笑需要夜晚紧紧搂抱住她那柔软的使我迷眩的肉体!因为我已无法再离开她失去她!她本来早就该是我的妻子!

至于那架花圈,它已经被烧毁了,不存在了!让道德和良心审判我谴责我咒骂我吧!我不在乎我不后悔我不惧怕一切人对我的鄙视!如果将她和那一切放在同一架天平上,不,郭立强不需要天平!即使那一切的重量将她高高地压起在空中,我还是要跳起来飞起来将她抱下搂在我的怀里!

他这样想着,不由得轻轻拿起她的一只手放在唇上痴情地吻着。

梦境?不,不是梦境;是一个笼罩在淡蓝色光辉之中的现实。

她已成为他的女人。

他已成为她的男人。

他不由得将头偎在了她的怀里,将他的脸紧贴着她那丰满柔软的乳峰,像追赶太阳而精疲力竭的巨人靠着泰山。

让我们大声地虔诚地感激生活吧!感激生活仍为一代返城待业知青保留了那么多好女人!她们与他们共同度过了多少不正常的年代和不寻常的岁月!她们和他们共同告别城市走向那遥远的广袤的神秘的荒原。她们与他们共同从那个地方经历了人生的种种艰难跋涉返回到城市。她们现在又与他们共同沦落到城市生活最卑下最少幸福最少欢乐的底层。青春妙龄的光彩已从她们的眼睛里和面容上消失,但她们为他们无私地珍留着女性的一切美好的残迹,随时准备在他们最需要的时候更加无私地奉献给他们,就像古希腊的圣徒向心目中的神明奉献祭品。她们乃是属于他们这一代的女人!她们仍愿做他们这一代的女人!如果没有她们在他们悲观绝望苦闷烦愁的时候,向他们的心灵注入无限的柔情,带给他们的生活一些温存的慰藉,他们的命运将会是什么?他们——这些被西西弗斯无意义地在历史的山坡上滚动了十一年的石头,也许会变成一片沉默的无形无状的碎石堆集在历史的山脚下了!

她们是他们的宝石花!

她睁开了双目,看了他一眼,又微微闭上了。她一只手臂搂着他的肩,另一只手臂搂着他的头,同时用手充满爱意地抚摸着他的脸颊,喃喃地说:"你这个男子汉啊,真像个孩子。"

他说:"我真想是个孩子。我真想是你的一个孩子!"

男人无一不是在女人的怀中长大的。所以即使某些刚强铁汉将他们的头偎在一个他们所爱的柔弱的少女怀中,也是丝毫不足为怪的。伟大的统帅和勇猛的强盗,高贵的王公骑士和平凡的劳工苦力,在这一点上是没有任何区别的。浪漫诗人的叹诵和睿智的哲学家的理论,对这一点所作的是同样本质的解释。它是人类以永不枯竭的激情和圣洁的冲动将永生永世赞唱下去的千年万载的长诗!

她的嘴唇触在他的一只耳朵上,悄声说:"让我起来做早饭吧!"

他仿佛没听见她说的话,他的头仍一动不动偎在她怀里。

她又说了一遍:"让我起来做早饭吧。你昨天一天没吃饭,我要给你做顿好吃的饭。你想吃什么呢?"

他这才自言自语似的说:"什么都不想吃。抱住你我不饿,不渴,不怕。"

"不怕? 不怕什么?"

"不怕待业,不怕没钱,不怕一切打击。就怕……失去你……"

她不知为何沉默了,她那只抚摸着他的手停止了抚摸,她那条搂着他的胳膊慢慢放开了。

他还是那么偎在她怀里。

"咱们今天可是起得太晚了!"她从被子里伸出一只手,握住灯绳,拉亮了灯。

淡蓝色的幽光被灯光逼射到塑料布窗帘上去了。

他说:"对没有工作的人时间没有早晚。"

"你忘了我要去货车场上班啦?"

"我再也不让你为我去干那种活!从今天起我要你在家休养,我要天天为你买好吃的做好吃的,像侍候养病的人一样侍候你!今天我要一步不出门,一整天陪你待在家里……"

他的话使她那颗女性的心幸福得快要发出喊叫声了!她感动得流泪了,又开始抚摸他,并且喃喃地说:"我……真没想到……你还爱我……"

他回答:"我也真没想到你还爱我!"他抓住抚摸着他的那只手,又要痴情地亲吻它,却在灯光下发现了她记在手背上的那些已模糊不清的字。

于是他没有亲吻她的手,很奇怪地问:"这个日期是什么意思? 为什么记在手上?"

她便解释她在公共汽车站看到了一张怎样的"通告",以及她为什么要记下这个日期。

他不由得欠起了身,望着立柜顶上。立柜顶上平放着一架装在破旧盒子里的坏了的扬琴。在兵团时,他也从没当过宣传队队员,但他学会了演奏它,而且演奏得不错。大返城的日子里,它被扔在大宿舍的一个角落,没有谁想要它。他便将它带回了城市,却一次也没有心思和情趣再摆弄它。

"我要把它修好!"他说:"千万提醒我别忘了你记的日子!"说完,他匆匆穿衣服,好像他今天有了一件无比重要的事必须立刻开始做。

他一穿好衣服,便从立柜顶上取下了琴盒,将它放在桌上,轻轻打开了盒盖。

它断了好几根弦,弦码也丢了好几个。有一处显然被什么东西砸了一下,深深地塌陷了,要从里面撑起来分明不是件容易的事。他想,这可得给弟弟打个电话,让弟弟抽时间回家一次,细木工修补起它来一定比他有些更巧妙的办法。他紧了紧剩下的那几根弦,结果又紧断了一根,使他对自己懊恼得几乎想扇自己的耳光。他在琴盒里寻找击棒,将手探入破了的琴盒衬布里去摸了个遍,一无所获。他到厨房里取了两根筷子又走进来,双手分持着,在所剩无几的琴弦上敲了起来,它发出一阵用音符表达的痛苦的呻吟。

她也已穿好了内衣,两腿还盖着被子,端坐在床上,出神地望着他。此刻,完全不同的两种想法,使他们都从深深的任他们自由潜泳的爱河中浮出水面了。

"你听,它修修还能行!"他那样子,完全像一个摆弄玩具的孩子,语调中充满了喜悦。

她是他的妻子了!这件事曾使他充满了忧郁烦恼的生活中,更增添了多少忧郁烦恼啊!而在昨天夜里,她报偿了他。让忧郁和烦恼都他妈的见鬼去吧!她是他的女人了!他有资格乐观地对待生活了!让"师资培训班"也见他妈的鬼去吧!他在同一天里得到的比他失去的美好得多重要得多幸福得多!怎能相比?无法相比!产生相比较的念头都他妈的是一种罪过。

他已对她说,有了她,每天能够看见她,抱住她,亲吻她,爱抚她,他就不怕待业,不怕没钱,不怕一切打击,天不怕地不怕,什么都不怕了!在此之前他完全不曾料到一个男人如果爱一个女人并且拥有了这个女人的爱,会成为一个什么都不怕的人。他觉得他已经成为了一个这样的男人!他不但不再怕自己的命运,而且还从内心里产生了一种强烈的要去帮助别人改变命运的热情。因为他觉得在相同的命运下,他远比别人幸运得多也幸福得多。

"连对死也不感到可怕!"他一边用筷子敲打着破扬琴,一边自言自语。

"什么?为什么你想到死?"她低声问。

他停止了对那架破扬琴的折磨,转身望着她说:"有了你,我才不想死呢!你使我连对死也不感到可怕了,你知道么?"

她默默点了一下头,微微一笑,表示相信他的话,理解他话中的无限深情。

而他,竟没看出,她那微笑,又流露着了某种苦涩的内涵。

"难道你就不想请我替你演奏一曲吗?"他用鼓励她的语调问。

"你从来也没告诉过我你还会演奏乐器,你都令我刮目相看了!"她的话像是说得很认真,也像是说得很随便,有点崇拜的意味,也不无揶揄的成分。她又那么微微一笑,他还是没看出她那笑流露着某种苦涩的内涵。

"虽然你没有请求,就算是我已经答应了你的请求吧!为你演奏——《快乐的炊事员》,杂技配乐!"

于是他转过身去,又忍心地折磨那不幸的破扬琴。

难登大"俗"之堂的一曲终了,他复转身郑郑重重地向她鞠躬谢——没幕可谢。

她端端正正地坐在床上,为他鼓掌。

眼前的幸福使他身上表现出了在少年时代就早已失去的孩子的顽皮气。

"感谢您的欣赏,本想再露一招……"他看了看破扬琴,非常遗憾地摇头叹气。

他又说:"大音乐家都是靠好乐器出名的!"

她用怀疑的语调轻声问:"你能修好?"

"能,夫人。不需要什么特殊的工具,但一定得需要钱。"

"需要多少钱?"

"至少十几块吧,换弦,买弦码,击棒。乐器也是见钱眼开的东西啊!为它花钱,它才肯发出美妙的声音。"

"把我的棉大衣拿过来。"

"乐于效劳,夫人!"

他走到外屋去,像仆人似的,双手捧着她的棉衣,恭恭敬敬地送到了她面前。

她并没笑,从棉衣内兜取出了一卷钱递给他。

"哪来的?"他惊诧极了。

"我把我那双皮鞋,那件毛衣,还有那件没穿过的外衣……卖了。"

"卖了?!……那你穿什么?"

"我不是每天都穿着衣服去上班的吗?"

"你……为什么连商量都不跟我商量?!"他生气了。

"别生气,"她请求道,又用责备的语调说:"在昨天夜里之前,你连一句话都不愿主动跟我讲。"

卖掉的都是他们结婚前他为她买的。几天来,她就是用那些钱买米,买柴买菜,买油盐酱醋什么的。唯恐分散他参加考试前复习功课的心思,她隐瞒着他。

"我没生气,"他说:"我难过。哪一个丈夫像我,妻子没有一双皮鞋,一件毛衣,一件新外衣……"

她说:"哪一个丈夫像你,因为爱他的妻子,不怕待业,不怕没钱,不怕一切打击,天不怕地不怕,什么都不怕? 你是一个使妻子感到最幸福的丈夫。拿去用吧,差不多够修好它了……"

"你真是我的好妻子,我们是在为别人修它啊!"

"别夸奖我。有一天我们实在生存不下去的时候,贴一张同样内容的'通告',也会有许多人为我们尽力而为的,对吗?"

"对。"

"我们是不是应该相信这一点?"

"应该相信。"

"那么把钱接过去吧!"

"淑芳,我向你发誓:如果我今后不能使你过上幸福的生活,我不配是一个男人!"他终于将钱接过去了。

"你到外屋去待五分钟,我要起床了。"虽然她昨夜已由一个姑娘变成了一个女人,已将一个女人所能奉献给一个男人的一切都毫无保留地奉献给他了,但她还是不习惯被一个男人注视着在白天展示自己的身体。羞涩这种本能的"情感防御",在白天,在他面前,又将一个女人变成一个姑娘了。

他顺从地走到外屋去了……

当郭立强从乐器商店买了琴弦等物回到家里时,门锁着。他以为徐淑芳又去上班了,有些生气她的任性,也有些后悔临走没态度坚决地再对她进行阻止。

昨天她为他洗出来的那几件衣服已经干了,她为他叠好,整整齐齐地放在床上枕旁。屋子收拾得干干净净,地板拖过了,连窗玻璃门玻璃上的水雾痕迹也擦去了。

他闻到一股香味,走到厨房,掀开锅盖一看,锅里熵着她为他做的午饭:两个馒头,一盘肉丝炒土豆片,还有一碗面条。

他想起了她早晨对他说过的那句话:"我要给你做顿好吃的饭。"

锅台上,烤着劈得很细的引火的木柴,煤箱里的煤倒满了,炉膛底的煤灰掏尽了,水缸里的水也快溢出了;一切家务活她都做了,他没什么可做的了。他本想今天陪她在家里待上一整天,尽量使她感到一些快乐,弥补他许多日子以来对她的冷漠,这个愿望却落空了。

他便动手修那架破扬琴。他要赶快修好它,然后到货车场将她替换回来。若不是她这些天顶替他去上班,他也许连货车场那份临时工作也丢掉了。

他忽然发现闹钟下压着一张写满字的纸,以为她有什么忘记叮嘱他的话写在上面,立刻拿起来看。没看完,脸就白了。

那张纸上这样写着:

我走了。我实在没有勇气当面向你告别,千万别恨我,千万原谅我。我万万没有想到原来你爱我爱到那样深。我也万万没有想到从昨夜至今晨我会对你产生那么深那么深的爱。我终于体验到了什么叫爱,为什么男人和女人对爱的要求常常那么强烈那么痴心。我也体验到了我们之间的爱绝不是一般的爱,它是恩爱。虽然我对你无恩无索,而你对我的恩与你的爱一样深,将永远地铭记在我心里。

但是我却不能做你的妻子,不能成为你的女人,不能不离开你,不能够和你生活在一起。我们的婚礼上那架花圈它总在我心里燃烧。

我本想在你最绝望的时候将我的肉体奉献给你,用女人最圣洁的一切安抚你的心灵和肉体,报答你为我损失的一切和曾经给予我的一切。实际上我昨夜奉献出的与我获得到的一样多。不!我获得到的比我奉献出的还要多,多得多。你无法知道我为此多么感激你。你对我的恩增加了难以报答的一份!我的爱永远永远是你对我的爱的奴仆。是命运使它们成为两个星座中的星星!

我实际上没有报答你,又必须去偿还我当年欠他的债。那已经不是感情上的债,而是良心上的债。良心上的债不偿还,人是没法有真正的欢乐和幸福可言的。让我就去做道德法庭上的忏悔者吧!别为我担心,他也是个好人。他不会再伤害我,他会原谅我,会收留我。

关于那孩子,我无需再向你解释什么。因为我已向你证明,你是我的第一个男人!

你千万别去找我。找到我,我也不会再跟你回到这个家。

你要记住你今晨对我说的话,不怕失业,不怕没钱,不怕一切打击,天不怕地不怕,什么都不怕。那么你也应该不怕我们的分离,不是因为怕它,而是因为不怕它,要和它硬碰硬。

我请求你,今后我们无论在什么情况之下偶然见到了,不要注意我,不要跟我说话,要避开我。我偶然见到了你,也会避开你。如果我们不这样,如果我们面对面地站在一起了,我的心会当场碎的!

修好你的琴,别忘了那一天的日期——三月二十八日下午两点,江北。

彻底忘掉我吧,如果你能做到……

徐淑芳即日

字迹十分潦草,看得出她是在内心充满痛苦充满矛盾之下匆匆写的。

那张纸从他手中飘落地上了。

终究是梦境!终究是一个淡淡的幽蓝色的梦!

它所创造的似幻觉又不是幻觉,不是幻觉又太似幻觉的,使他归复了童心失去了一个男人的理智一个男人的庄重的,欢悦的亲昵的眩迷的陶醉的诗一般的家庭牧歌一般的每秒每分都在增长的从未体验过从未享受过的幸福的馨香,还弥漫在这小小的空间里,而她却留下一张纸便离开了他,永远!

他对她深厚而炽热的情感强烈而崇高的冲动不过是一个淡淡的幽蓝色的梦中之梦!

他觉得整个房间旋转起来,越转越快,他的双腿站立不稳,他的身子摇晃了,失去了重心,他下意识地伸出一只手去扶桌角。那只手扶住了桌角,却像根稻草似的毫无支撑力。

他的身体倾倒下去了。照射进房间里的上午的耀眼阳光,又变成了淡淡的幽蓝色,它还要像负心少女娇媚的微笑一样对他施展催眠术般的欺骗……

这时,徐淑芳正在王志松家住的那条铁路路基下不成其为街的街口徘徊。如果他从家里到什么地方去,或者从什么地方回家,她就能看见他,她要在那里一直等待他出现。等到黑天,再从黑天等到白天,她也要等。她不能够没有单独见到他之前便迈进他家的门槛。不是没有这种勇气,而是不愿那样。她必须使他知道一点,她对他没有什么罪过。她要毫无愧色地要他将她心甘情愿地带进他的家。

她终于看到从她并不陌生的那个小院里走出了一个人。像是他,她又怀疑不是他,因为那个人穿着一套蓝色的铁路工作服。

她仿佛戴上了一副浅墨镜,初春三月的和暖阳光下的一切,都变成了淡淡的幽蓝色的。

那种淡淡的幽蓝色啊,对于她,从今以后,将是世界上一切绚丽多彩的颜色之中最最美好的能够浸染到她心灵里的颜色!

她心中暗暗说:别了,你激动过我感动过我使我的灵魂那么战栗使我的肉体那么冲动的淡淡的幽蓝色。

同样深度同样感受同样体验的爱,只有从同一个人身上才能获得,两个好人也不能够替代。正如果酒是果酒,白酒是白酒,甘蔗是甘蔗,冰糖是冰糖。她来找他不是被爱驱使,而是被良心鞭赶。

当那个人渐渐走近,她才判断出,正是他。

她从容地迎着他走去。

他走路时还像她记忆中那样,低着头,迈着大步,似乎一边走一边心事重重地思考着什么严峻的事。

当她走到离他四五步,叫了他一声:"王志松!"

他这才抬起头来。

"你……"他双脚生了根似的,牢牢地僵立在她面前。

"我。"她十分镇定地回答。

"你为什么叫住我?"

"我来还你的良心债。"她忽然觉得对他十分陌生了,并非由于他穿上了一套崭新的蓝色的铁路工作服,还因为她一时理不清的别的某些变化。眼睛看不出来的,心灵却观察到了,心灵从来都比视觉更细微更敏感。

"良心?我们谁都不欠谁的了。我送了你结婚礼物,你丈夫请我喝了喜酒,我和姚守义严晓东还补了份子钱。"

"花圈烧了,我人还没死。我来做你的妻子。"

"是被驱逐出来的吧?"

"如果是被驱逐出来的,我绝不会找你。现在你回答吧,要我,还是不要?"在他听来,她最后两句话的意思是——无论你怎样回答,我们的账都算一笔勾销了。

对于她如此直截了当的问话,他一时不知应该怎样回答。

他觉得她已完全不是当年在兵团时连公众都承认是"属于"他的那个徐淑芳了。她过去从来也没用这么一种硬邦邦的口气对他说过话,也从来没有用这么一种硬邦邦的口气对任何人说过话。他觉得她身上少了某种东西,多了某种东西。

记得在兵团的时候,每当他感到不顺心的时候,常常无缘无故地对她发脾气。而她总是那么温顺地有时甚至是可怜地容忍着。

有一次,她在井台边洗衣服,他因为她在团里看病时忘了给他买回一双海绵底球鞋,当着不少男女知青对她大发了一通火。她却一句也不与他争吵,低着头默默洗衣服。他发够了火,脱下自己的脏外衣扔进她的盆里,大声说:"先把我这件洗出来,我等着穿!"她便放下正洗着的一件衣服,一边落泪,一边先洗起他那件衣服来。

黄昏后,他约她陪他到小河边散散步,她照旧陪他去了,并且丝毫没有因为白天受委屈而对他流露出什么不愉快的神色。他要她为他唱那支她已不知为他唱了多少遍的"在这里……"她照旧唱。

她从什么时候开始学会了用那么一种硬邦邦的口气说出那么一些冷冰冰的话?

但她今天毕竟是主动来找他了,还对他说"我来还你的良心债","我来做你的妻子。"

于是他彻底宽恕了她。同时在她面前,在她镇定的注视下,又一次产生了对她的罪过感。

"你……为什么早不来找我?"

"直到今天,我才觉得自己能够平静地看着你,能够平静地跟你说话了。"

"你……现在不恨我?"

"这话应该我问你。"

"你……那么说你原谅我了?"

"这话也应该我问你。"

他本想对她说:"不,我不要你做我的妻子了!我不想改变命运已对我们决定了的安排。"但他说不出想说的话,因为他还爱她。多少日子以来,他希望从记忆中抹去她的影子,从心中摈除她以前占据的位置,却办不到。多少日子里他一直在猜测着她的生活,幸福?还是不幸?后悔了？还是陶醉在新婚燕尔中？

"你……变了。"

"我自己知道。"

"他……对你好吗？"

"你为什么不问问我顶替你返城后是怎么熬过来的？"

"……"

他避开了她的目光。现在他不必详问便可以想象到,城市在她返城后的那些日子里,曾怎样地像她那没人味的后妈一样冷落过她,抛弃过她,欺负过她,凌辱过她,虐待过她,逼迫她做出了违反她良心的抉择。如果他早能想象到这些就好了！为什么应该想象到的却没有想象到？这是他欠她的良心债。彼此偿还,彼此抵消吧！

他又说:"我已经有正式工作了。"

她苦笑了一下:"我很高兴,你能够养活我了。"

她脸上却一点高兴的表情也没有。

他们的心都想要向对方靠拢一些,但他们互相都感到那么陌生了,而且都无法掩饰这一点。

"我妈妈和我妹妹常念叨起你,我一直对她们隐瞒着你的……情况。"

"你的意思是我应该因此而感谢你吗？"

"不,我的意思是,她们见了你心情会很快乐的……"

"你为什么不问问我的心情怎样？"

"我们别……彼此再伤对方了！走！跟我回家吧！我请求你了！"

"不必请求。因为我是主动来做你的妻子的,应该请求的是我。"

"别用这么冷冰冰的语调跟我说话了！我们不是互相都原谅了吗？我们和好吧！像当年在兵团时一样！……跟我回家吧！……"

"像当年在兵团时一样……"她又苦笑了一下,平淡地说:"那么好吧,你带着过去曾'属于'你的姑娘,现在又重新'属于'你的女人回家吧！"

"你是真心这么决定的？"

"我是凭良心这么决定的。"

男人啊男人，他们对女人的理解有时是那么深刻，深刻得远远超过了女人们本身所可能具有的深度；他们对女人的理解有时又是那么肤浅，肤浅得像一年级的小学生对"女人"两个字的理解一样。他竟没有听出来，她的回答，和他的问话之间，隔着怎样的一道堑壕。真心与良心，这是两个星系。前者中旋转着的是普遍的人性的行星，后者中旋转着的是普遍的道德的行星。

"那么你跟我回家吧！"

"我正期待着你说这句话。"

于是，他在前，她在后，一同向他家走去。

他回头看了她一眼，又说："你和他的关系，你就不要出面了，一切由我办理。"

她回答道："你无法办理。"

"为什么？"

"离婚手续需要夫妻双方同时办理，这是我结了一次婚才学到的一点法律常识。"

这回轮到他苦笑了。

没走多远，她忽然说："你站一下。"

他站住了，转身疑惑地望着她，见她表情异常严肃，以为她将要在这种时刻向他提出什么条件。城市既然将她变得在他看来陌生了，也完全有可能将她变得世俗了。如果她真提出目前一般姑娘们斤斤计较的什么条件，哪怕是他不难办到的，他也准备只用一句话回答她："滚回那个人家里去吧！"

她两眼望着他，平静地说："我要告诉你，在昨天夜里之前，我的身体没有允许一个男人占有过。我和他虽然在法律上结了婚，但你在我们的婚礼上送去的'结婚礼物',使我和他一直没有像一对夫妻那样共同生活过一天。我曾盼望你去找我,把我从那种似夫妻又不是夫妻的尴尬生活中拽出来,但是我白白盼望了许多日子。我也欠他的良心债,比欠你的良心债还要多。我要报答他,凭的是真心,不是良心。所以我昨天夜里主动把我自己的身体给予了他……我已报答了他,所以今天才来偿还你。同样用身体。我只有身体,没有别的……"

听了她这番自白性的话,痛苦的、内疚的、负罪的、忏悔的、乞求宽恕的和愿受惩罚的几种表情,同时呈现在他脸上,凝固在他脸上。他那张脸仿佛顿时苍老了百岁!

他呆呆愣愣地瞪着她。

"你不后悔在我需要你拽我一把的时候你却在仇恨我吗?"

"淑芳……"他的声音发抖。

"将一个和别的男人发生过肉体关系的女人作为妻子,你不会觉得是一种耻辱吗?"

城市!城市!你将我当年所爱的温柔的单纯的软弱的容易羞涩的一个姑娘改变成了什么样啊!从前她听到别人说出她刚才说的那一类话便会面红耳赤,垂首低眉地扭身走开。而今天她两眼望着他,面对面地,语调平静得近于刻板地对他讲她和另一个男人的肉体关系!他几乎要大声喊叫:不,不!这不是我当年所爱的姑娘!不是,不是!你到底是谁?!

"你将来不会后悔不会厌弃我吗?"她的语调仍然那么平静。

他却并没有大声喊叫起来。

他那倔强的双唇微动了一下,只从口中推挤出一个字:"不!……"

他们对视片刻,又向前走。她的脚步加快了一些,开始和他并肩走着。

"大娘的身体好吗?"她低声问。此时,她的语调才变得温柔了。那正是他所熟悉的当年听了感到亲近的语调。

"还好。"

"小妹今年毕业后准备考大学吗？"

"她自己信心不足，我鼓励她考。"

她还关心着他老母亲的身体！她还记得他的妹妹今年毕业！他觉得鼻子有些酸。他想：她还是我当年所爱的姑娘！还是！还是！城市城市，你改变不了我王志松所爱的姑娘！你改变不了我们"兵团服"所爱的那些好姑娘！改变不了！你可以使她们长期待业，你可以使她们遭到种种歧视，你可以像没人味的后妈一样冷落她们，抛弃她们，欺负她们，凌辱她们，虐待她们，逼迫她们违反她们的良心，但你改变不了她们！正如你改变不了我们一样，我们和她们，我们和她们，终将有一天征服你！我们征服过北大荒的荒原，我们也一定能征服你！终将有一天你不得不承认，我们并非是你毫无前途毫无出息了的长子长女！

他们走到了他家的小院外。他推开院门，将身体闪在一旁。此刻他的目光中具有了亲近，他望着她说："家里刚吃完午饭，一定还挺乱的呢！我上中班，家里午饭吃得早。妈妈肯定会再为你自己单独做一顿的。"

她迟疑了一下，一只脚缓缓地迈进了院里。这个小院，对她曾是很亲切很熟悉的，如今它有了明显的变化，院门重修过了，不再像从前那样倾吊着，一角接地，开也费劲关也费劲了。劈好的木柴，整整齐齐地在院里垛得很高。与邻院之间可算有也可算无的七歪八斜的隔栅，用木板条补钉过了，锯齐了，每一根木板条的上端还都锯成了等腰三角形，显得挺美观。小院干干净净，严严紧紧。

一个返城知青回到一个家庭，给许多家庭带来的某些烦恼和变化是一样多的。

她忽然将那只踏入小院的脚缩了回来，并且退后一步。

"进啊，我妈妈和妹妹见到你会高兴的，不会说别的。"

"不……"她又退后一步。

413

他迷惑不解地瞧着她。

"不,不,这不对,这不对,不是这么回事……"她自言自语地说着些使他更加不解的话。

"你怎么了? 你究竟是什么意思?"

"不是这么回事!"她像从一个怪梦中惊醒了似的,叫嚷一声,转身就想跑。

可他的两手同时牢牢地抓住了她的双肩,他的眼睛盯着她的眼睛,低声然而语气咄咄逼人地说:"你捉弄我是不是?!"

"放开我……"她乞求着,扭动着身子想挣脱他的两手。

他的两只手仿佛焊在她的双肩上了。

"你捉弄我是不是?!"他又说了一遍,语气更加咄咄逼人。他的目光如同两根铁钉,好像要钉进她的眼睛里。

她又扭动身体,还是没有挣脱他的两手。

"我爱他!"

"你撒谎!"

"我爱他! 我现在爱的是他! 我心里爱的是他! ……"

"我杀了你!"

"杀吧。我爱他……"

"你! ……"他猛烈地摇晃她的身体,将她的身体狠狠往门框上撞。

她口中重复着"我爱他"三个字,再不说别的话。

他终于放开了她,喘息着,恨恨地看着她,一字一句地问:"那你为什么还要来找我? 还要对我说来做我的妻子!"

"你要杀我就杀死我吧!"她说,"我的心告诉我,我即使做了你的妻子,也绝不等于还了你的债! 我的心将还是属于他! 我对你将是一个灵魂不忠的妻子! 我不能欺骗自己,也不愿欺骗你,我以为对我的心,我能做得了主,可实际上我不能,根本不能,不能……"她的话说得又激动又坦白。她是把自己的心掏出来捧在手上展示给他看也展示给自己看了。

女人啊女人,有几个女人对自己的心能倒行逆施地做得了主呢——当一种荒山野藤般的爱情在她们心里深深扎根的时候? 又有多少女人不敢正视自己的心,在这种时候还要对自己进行欺骗并且一直欺骗到死呢? 她们在刚强的时候也是软弱的,她们向命运抗争的方式也往往是将自己当成祭物去牺牲的。

他吼道:"你滚!……"

她此刻才明白,她来找他,与其说是要偿还他的良心债,毋宁说是要惩罚自己良心上的失落。结果反而又一次当面更严重地损害了他。

她无比悔恨地慢慢走了。

"站住!"

她站住了。

"你到院里来,我还有最后的几句话对你说。"

她迟疑了一下,走进了小院,呆呆地望着他。

他的两只手又牢牢地抓住了她的双肩,他粗鲁地将她的身体推得紧靠在小仓房的泥墙上。

从屋里,传出了响亮而带有杂音的收音机播放的黄梅戏曲:

树上的鸟儿成双对,

绿水青山带笑颜……

他的目光又像两根钉子似的咄咄地逼视着她的眼睛。

"当年我那么爱过你,你也爱过我,我有权再吻你一次,不要你还什么良心债!"

她不说话。

他没吻她,却问:"还记得当年你怎样被我吓哭过吗?"

她点点头。

"现在你还怕我吗?"

她摇摇头。

他心中突然又萌生了一种强烈的报复的欲念。因为她又一次严重地伤害了他,因为她变得不再是当年他所爱的那个温柔的单纯的软弱的容易羞涩的姑娘了! 当年他的手刚刚伸入她的内衣,她便吓得失声叫起,浑身战栗,转身欲逃,像一只可怜的小动物; 可是如今她将她的肉体奉献给了另一个男人,还要当面告诉他!

他冷笑起来,一只手放开了她的肩,开始解她的衣扣,一颗,两颗,三颗……

"你也应该有勇气回去告诉他,我今天怎样对待了你。你不是用那么平静的语调告诉了我,你昨天夜里怎样将你的身体奉献给了他吗?"

他解开了她全部的衣扣。

屋里,收音机的声音小了一瞬,又大了起来:

> 槐树槐树听我说,
>
> ……
>
> 董永我……

她一动也不动。她闭上了眼睛,泪水渐渐地从她眼角淌了出来……

过了许久,他并没有侵犯她。

她睁开眼睛,见他背对着她站在与邻居的隔栅旁,一手抓着隔栅的一根木条。

她说:"我不是一个坏女人,你也不是一个坏男人。"

啪! 被他抓着的那根木条折断了。

"原谅我,"他哑着声音说:"只求你……再为我唱一次歌吧,唱'在这里'……唱完你就走吧!"

她紧咬着自己的下唇,久久地望着他。她想要满足他这个请求,却不敢张口唱,怕自己一张口就会哭出来。

她扣上衣扣,终于控制住了自己内心里的风暴,低声唱了起来:

在这里,我听到了大海在歌唱。

在这里,我闻到了豆蔻花儿香。

我曾到过遥远的南洋,

遇见一位马来亚的姑娘。

我和她并肩坐在椰子树下,

我向她讲起了我的童年。

她瞪着大而黑的眼睛,

痴痴地呆呆地望着我。

……

他站在隔栅旁,手中攥着那截折断的木条,一动不动地听着她的声音渐唱渐弱,渐微渐远。

他不由得缓缓向她转过身去——她人已见不到了,她的歌声却仍在院子外面继续:

在这里,阳光照射着海面,

好像她的灵魂在向我微笑。

在这里,海风吹动着海浪,

好像她的灵魂在向我呼号。

……

徐淑芳回到家里,见郭立强正坐在桌前发呆,那架破扬琴,仍放在桌上。

现在,家这个字,对于她可以去掉引号了。

她几乎是冲进家门的。

她人还在外屋时,就朝里屋激动地大声呼叫:"立强!……"

她真希望他没有看她留给他的那封信啊！

他扭头望了她足有两分钟，又将头扭过去了，不对她说话。

她明白，他是看过那封信了。

她不知所措地走到床边坐下去。她为他叠好的衣服仍放在床上，他分明连动也没动一下。

他对她的态度又将她确定在她在这个屋里先前的位置了，那同时也是她的心理位置。

一阵长久的沉默。

他终于开口说："你何必再跑回来看我一次呢？你的信将一切都解释明白了。我今后一定照你信上对我的请求去做，我能做到。"

"我错了，"她低声说："我差一点彻底毁了我自己，毁了他，也毁了我们的爱情。我心里真是后怕极了！我以为我能够离开你，我真傻！我离开了你，心却留在我们的家里！你在认真听我的话么？我爱你！我的心不能够再像爱你一样地爱另外一个男人了！我已经当面这样告诉他了！在我心目中从此以后世界上只有一个男人，那就是你！我要永远永远做你的好妻子，我们要永远永远不分离。我对你的爱，也将使我不怕待业，不怕没钱，不怕一切打击，天不怕地不怕。什么都不怕！我们要永远永远深深地深深地爱着，我要像好孩子一样听你的话，我要顺从你的意愿，天天吃你给我买的奶粉，麦乳精，滋补药品，不管你为我借多少钱欠多少债我都不责备你！我要为你养好身体！我还要为你长出头发！我还要为你生个孩子！我要做一个好母亲！等我的身体休养好了我要再去干临时工，我们都挣钱，我们一块还债！借了多少钱欠了多少债我们也一定能还清！我还要做一个好嫂子。我要使我们这个小家温温暖暖和和睦睦。我要把我的命和你的命牢牢地系在一起！我们的结婚证呢？找出来给我，要由我来珍藏着它……"

他这时已站起来了。他走到了她跟前，三十一岁的男人一句话也没说就跪下了。他抱住她的双腿，将他的脸埋在她的膝间，哭了。他从十几岁起就没有哭过了。他以为自己无论多么伤心多么难过都不会哭了，永远不会哭了。可是现在他哭得像个孩子，哭得羞于对她抬起头来。

她则像一个年轻的母亲抚慰自己受尽了委屈的孩子似的，爱怜地抚摸着他的头发。抚摸着，抚摸着……

一阵警车的啸叫声由远而近，急速地驶到了这条小街上。

"好孩子，起来吧，啊？"她轻声说。

他站了起来，难为情地转过身去。

她也从床边站了起来，走到他对面，踮起脚在他眉心吻了一下，用手替他拭眼泪。

"琴弦什么的买来了？"

"买来了。"

"那你快修它吧！"

"现在我才能够坐下来修它了！你没有回来之前，我守着它发了几个小时的呆。"

她内疚地微微一笑，又踮起脚在他眉心吻了一下。

忽然有人敲门。

他们赶紧分开。

他说："准是弟弟回来了！"

她说："弟弟才不会敲门呢！"

他说："也许是找错了人家的人。"

她笑道："我可希望不是找错了人家的人，是我们的一位客人。我们家连位客人都没来过！"急忙走去开了门。

门外站着两名公安人员。

"姓郭？"

"对。"

"郭立强在家吗？"

"在。"

他们未经允许便迈进了门。

"你是郭立强？"

"是。"

"这张报考表是你的吧？"

"是我的。"

"知道掉在什么地方了吗？"

"……"

"在考场上你打昏了一名公安人员，不否认吗？"

"……"

"那么跟我们走吧！"

"……"

其中一个公安人员向他亮出了手铐："伸出双手。"

"我不戴那东西，我不会逃跑。"

"愿不愿戴是你的事，戴不戴是我们的事。"

他被戴上了手铐。

她直至此时才对眼前发生的事做出反应。她扑到他身上，用双臂紧紧抱住他，焦急地大声说："立强，你快告诉他们，你没打过公安人员！他们一定搞错了！你不会打人的！我相信你不会动手打人！快告诉他们呀……"

他低头瞧着她的脸，诚实地说："我打了。"

昨天，公安人员与"兵团服"们在各个考场上冲突起来后，姚守义被一名公安人员使劲往教室外拖，姚守义双手抓住门框不放，那公安人员就用警棍打姚守义的双手。这情形使他愤怒了。他跨过去，给了那公安人员一拳，一拳击在对方太阳穴，对方像个射击场上的人形靶似的倒下去了。姚守义趁机溜掉了……

两名公安人员轻轻拽开她，一边一个夹持着他，将他带走了。

他临出门回头对她说："记住，打个电话给立伟，叫他回家一次，把琴修好。到了那个日子，你带着琴替我去会合，也许他们正需要一架扬琴……"

第十一章

"师资培训班"考场事件纪实

黑色的钢笔,握在一个女人的手中,在一页稿纸上写出了上面一行秀丽的字。

女人的手很白皙。

那支钢笔,笔杆挺粗,已失去了光泽,变得乌旧。完全裸露的笔头有如古兵器方天戟,笔尖磨秃了,磨短了,磨斜了,写字只能侧着笔尖才流利。它是拧帽的,笔胆也无钢套。吸墨水时,捏一下,两分钟才能胀起来。它是一支老式的国产"友谊"钢笔,中国五十年代文化用品的遗物。六十年代中期,在文化用品商店还可以见到,价格是一块三毛七分,但已很少有人请售货员拿出来看看了。人类心理在任何方面总是趋向于追求更新的东西,所以如今它差不多绝迹了。我们人类保护濒于绝迹的动物那种感情非常仁慈伟大,但淘汰旧产品的"喜新厌旧"原则毫不动摇。

晚报记者吴茵使用这样一支钢笔已经十几年了。

她盯着自己在稿纸上写出的那一行字,眼前又浮现出了她在考场上目睹的种种情形。报社并没有委托她写关于这场考试的任何报道,是她自己想去,所以她去了。所以她此刻头脑中重叠着一层层思考,急欲很快就写出来,很快就能见报,让许许多多的人都清楚关于这场考试的幕后真相以及返城待业知青们与公安警察们发生冲突的种种历史的和现实的原因。她认为,如果自己不写,自己便是一个对现实缺乏责任感的不称职的记者。

她曾亮出记者证,问一个被从考场上"请"出来的十八九岁的少女:"你有何感想?"

那少女耸了一下肩膀,无所谓地回答:"我对他们怪同情的。虽然他们将我'请'出来了,但对我的态度还算不失礼貌。我才不在乎能不能参加这场考试呢!即使被录取我也不会去上什么'师资培训班'的。我今年还要考大学呢!去年高考我只差三分落榜,完全是由于临场紧张才答错了一道大题。我今天来参加考试,不过就是想多体验一次考场气氛。我今年是有把握考上重点大学的!就算今年还考不上,明年我仍要继续考……"

那少女显然觉得被一位记者采访是件很荣耀的事,毫不腼腆,随随便便直直率率地回答了一大番话。

像所有的记者一样,她喜欢这样的采访对象。那少女使记者这行职业变得轻松愉快。

同情——这就是同一代人中,这就是一个年龄界线内的共和国的儿女们对另一个年龄界线内的共和国的儿女们最"温良恭俭让"的态度了。除了同情,还能再要求我们共和国的小青年们给予老青年们一些什么呢?

那少女说"我对他们怪同情的"这句话时,语气是郑重的,表情是由衷的。

她相信那少女说的是真话。

可我们共和国的长子长女们,需要的不是他们小弟弟小妹妹们的同情,需要的是职业,是改变待业命运的机会。哪怕是只有百分之一千分之一竞争可能的机会,对他们也是宝贵的。一切这样的机会,对他们都意味着"机不可失,时不再来"。而他们对"竞争"两个字,又都是多么缺乏准备啊!他们是被一页历史中时代的惯力旋转得头晕目眩,滚动得精疲力竭了。他们就是在这种状态下不得不为了存在互相进行竞争的。他们像古西班牙斗牛场上斗牛士胯下的马,虽然与蛮牛较量的是斗牛士不是他们胯下的马,但最易受伤最易牺牲的却是它们。人类历史上曾记载过这种野蛮的娱乐:当斗牛士胯下的马被牛角挑开肚腹倒下后,斗牛士立刻换乘另一匹马,而那匹倒下的马则被拖入后场,如果它还没死(它们往往不会当时死掉了),于是就有所谓的兽医将它们的肠子塞入肚腹,用我们今天缝麻袋的那种针线迅速缝合伤口。匆忙中它们的肠子难以塞入肚腹,便用大剪刀毫不心慈手软地剪断。然后用冷水泼尽它们身上的血渍。然后向它们的身体注入大剂量的吗啡,然后重新给它们披上漂亮的色彩美丽鲜艳的披挂,然后就有另一名斗牛场上的投标手再跨到它们背上,用踢马刺促使它们又精神抖擞地冲上斗牛场……

当时,她看到坐在每一个教室里的那一排排穿着像杂牌军的返城待业知青们,心中便很自然地产生了这种不美好的联想。关于古西班牙斗牛场面的情形,还是她在中学时代从一本名叫《血染黄沙》的小说中读到的。作者有意用十分冷漠的文字加以描写,不但那些场面,连同那些文字本身,都曾使她感到惊心动魄。那时她怎么也想不到,后来她自己亲身参加了比古西班牙斗牛场上的情形有过之而无不及的现代中国的"红卫兵"的浴血奋战。她的身体上因此而留下了两处刀疤。值得庆幸的是缝合它们的不是兽医的手,也不是缝麻袋那种针线……

她正欲对那少女再发问,那少女却被女伴扯走了。她听到了她们一边走一边说的话:

"真倒霉,今天白来了,还耽误了看一场电影呢!"

"也不算白来,瞧瞧那些'兵团服'们聚集在一起的种种表演,怪有意思的。"

"哎,你怎么和那个戴眼镜的小书生眉来眼去的?"

"他扔给我一个纸条,上面写着要和我交朋友!"

"考场上暗送秋波,你也浪漫到顶峰啦! 早就认识?"

"今天刚认识。我在那个纸条上写的是:你大概还没长出'立世牙'吧? 谈情说爱你妈不打你……"

"哈哈哈哈……"

她们的手臂互相搂着对方肩膀,边走边笑,笑得开心极了……

她还看到,当一名公安警察出现在一个教室门口时,有一个"兵团服"大声说:"欢迎警察叔叔前来保卫我们的考场!"

于是那个教室里的"兵团服"猛鼓其掌!

同时有人从座位上站起,带头高呼口号:

"欢迎欢迎! 热烈欢迎!"

又一个"兵团服"也从座位上站起,走到那名公安警察面前,揖了一个九十度的大躬,故意用一种温文尔雅的语调说:"向您唱个肥喏! 请进来,请入座。"

那名公安警察冷冷地瞧着他,带着白手套的双手摆弄着警棍。

"警察叔叔今天如果不是和我们一样来参加考试的,就该穿便衣呀!"

"你们来了多少? 没预先估计一下,你们一个要对付我们几个吗?"

"提醒您一句,我们可是受过军训,学过格斗的!"

公安警察的出现,使"兵团服"们产生了一种近乎"同仇敌忾"的心理和情绪。他们都面无惧色,相反,他们似乎更加亢奋了。他们因为上当受骗而欲大大发泄一番的意念,有了具体发泄的明确的目标。

那个故作温文尔雅的"兵团服"掏出扁而皱的烟盒,取出一支弯曲了的烟敬给那名公安警察,一副点头哈腰的样子,用谄媚的语调说:"请赏脸吸一支? '迎春'牌的,大众档次,不至于玷污了您的嘴唇吧?"

那名公安警察挥落了他的烟,喝道:"老实点!"同时用警棍向他当胸捣去。

他一把抓住警棍,并将它夺了过去,像公园里淘气的猴子从观看者过分大意伸入笼子的手腕上夺下了一只手表似的,饶有兴趣地欣赏起来,并问:"这是什么玩意儿?捶衣服用的,还是捣蒜汁用的?"

那名公安警察恼怒了,重新夺回"武器",使出擒拿本领,将那个"兵团服"重重地摔倒在地。那个"兵团服"的头砰的一声磕在讲台角上,双手抱头半天没爬起来。

一个声音高叫:"敢打我'兵团战友'者,绝无好下场!"

紧接着另一个声音也高叫:"以牙还牙,以眼还眼!"

"他妈的,让那小子低头认罪!"

于是所有的男"兵团服"们纷纷离开座位,扑向那名公安警察,将他逼到了墙角,一顿拳脚相加。

女"兵团服"们则一齐上前劝阻,叫嚷着,呼吁着:

"别打他,别打他!……"

"正义在我们一边,要和他们讲道理!"

那名公安警察一边挥舞警棍进行被迫自卫,一边吹响了警哨……

冲突就这样开始了,这样发生了。

而另一个教室里,正传出一个女"兵团服"慷慨激昂的演说:"如果历史像台历一样可以随手重翻,如果现在不是八十年代而是六十年代,如果这里不是什么'师资培训班'的考场而是高考考场,我们之中将会有多少人已从北大毕业,已从清华毕业,已从复旦、南开、航空学院、军事工程学院这一类全国一流的大学毕业了?我们之中又将会有多少人已经成为硕士、博士、研究员、工程师!可是在我们失掉了人生一切进取机会的今天,在这名曰考场的地方,欺骗却仍在进行!我们已经天真地虔诚地奉陪张铁生之流演过同样主题的戏剧了!今天我们罢演了!导演在哪里?编剧在哪里?请他们出来吧!让他们亲手为我们卸妆!我们的脸并不是什么低劣的戏剧油彩都可以任人往上乱涂乱抹的！……"

"我们呢？我们六九届真正上过几天学？我们真正学到过什么文化知识？现在却来考我们根本没学过的课程！我们不要'知识青年'这个称呼！把这个称呼扔到历史的公共厕所里去吧！……"

一个男"兵团服"激昂慷慨的大声疾呼打断了那个女"兵团服"滔滔演说的慷慨激昂……

这一切浮现在眼前的情形和回荡在耳畔的声音，并没有使晚报女记者头脑中重叠着的那一层层思想混乱交织。相反，像暴雨前翻涌的雷云，更能显示出天空的本质。她不是只会摆弄线团的小猫。在她这一行中，她起码是一个熟练的抽丝女工。她的经历教会了她怎样思考，她的职业引导她怎样分析。

握在她手中那支被时代所淘汰的钢笔，在标题下写出了第一行字：

历史与现实有着惊人的相似之处。

引用这句名言作为她这篇"纪实"的首语，她自认为含意是深刻的，对写好这篇"纪实"有了更大的信心。思想的闸门一经提起，笔下的词句源源流淌。

为了突出那句名言，她另起一行继续写：

所谓返城待业知青大闹考场事件，昨天和今天在全市引起了……

她停笔思考起来：广泛、充分、严峻、不容置疑、令人震惊……许多词在她头脑里闪现，都令她觉得不够准确，都被她一一用冷静的思考从头脑里抹去了。

最后她选择了"种种"两个抽象而具有囊括性的字。对！种种！

她接着写:

……引起了种种关注和震动。有人说,这一事件证明,当年"红卫兵"的遗风,还没有从一代人身上肃清! 促使笔者写此篇"纪实"的职业责任之一,正是要从道义上驳斥此类说法。一个人不能两次涉过同一条河。因为当你第二次涉过一条河时,第一次没你双腿的河水早已流向远方。一条河永远是它本身,也从来都不是它本身……

她越写越快:

一代人也不会在社会的大舞台上第二次扮演同一类角色。因为当他们第二次登台时,历史这位编剧早已把他们第一次扮演过的角色取消了。社会的舞台永远是它本身,也从来都不是它本身。昨天,出现在一中考场上的,不再是当年叱咤政治风云的"红卫兵",而是目前沦落于生活最底层的待业者。他们的愤怒不是"红卫兵"的呐喊,而是待业者的冲动。三十七名返城待业知青的被拘捕也绝不是这一事件的结束,也许正是序幕……

写到这里,她放下笔,轻轻舒了一口气。她将坐酸了的身子靠在椅背上,一手拿起那页写满了字的稿纸,默读起来。默读完一遍后,她放下稿纸,又拿起笔,将"所谓"两个字勾掉了。"所谓"两个字显然对昨天的"大闹考场事件"带有彻底否认的意思,而这一点是不可否认的。"正是要从道义……"虽然她认为"道义"两个字是有力的,但犹豫了一阵,还是将"义"字改成了"理"字。"道理"——温和一些。主编是个温和的老头儿,老夫子。所以晚报上几乎从来就没出现过什么稍欠温和的文章或词句。"一代人也不会……"似乎有些绝对,社会学家的语气。会不会,谁知道呢? "七八年来一次",谁又敢断言说"不会"? 于是她将"会"字改成了"愿"字。"不愿"——完全准确。她自己不愿,他们也不愿。她了解他们,如同了解自己一样,因为她和他们是同代人。在社会的舞台上同台演过同类角色,而且当年比他们演的还英勇悲壮些。后来,她也和他们有过同样的经历。所不同的是,他们是一批接一批地去经历,她是独自一人去经历……

她又默读了一遍,觉得没什么再可改之处了,便点着了一支烟。在报社和其他地方,她从不吸烟。在家里,却经常吸烟。大概只有她的丈夫知道她是个吸烟的女人。

她一手夹着烟,一手拿着那支钢笔,在手中转动着。

笔帽破裂了,用胶布粘着。她有不少笔,丈夫在她的生日,为了讨她欢心,给她买了一支相当高级的金笔,她一次也没用过。丈夫以为她过于珍视那支笔,舍不得用,受宠若惊。其实她对它和对丈夫那张扁平的脸同样不感兴趣。报社几乎每年发一支笔。钢笔,圆珠笔,软木笔,吸墨毛笔,一大把,全插在笔筒里。笔筒就放在桌上,那些笔她也没用过。

她只用手中这支笔。

这支笔是她偷来的。

她瞧着它,心中不禁想:世界上究竟会有几个人像我一样对一支自己偷来的笔爱不释手呢? 又会有几个女人像我一样去偷一个男人价值一块三毛七分的钢笔呢? 她当初偷它时,它就是一支旧笔了。正因为在他手中由新而旧了,她才偷它,而不偷他别的什么。不过那时她还不是个女人,是个女中学生;他还不是个男人,是个男中学生。

他这支钢笔上一堂课还使用着,下课后放在文具盒里,再上课时却不翼而飞了。全班大哗,使教那堂历史课的老师到底也没讲明白秦始皇修万里长城的功过。因为他们班级是全校的优秀班级,一个学生居然在教室里丢了一支钢笔,而且丢得那么不可思议,便成了全班的耻辱。班主任老师开座谈会、分析会、调查会,与可疑的同学个别谈心,都没能使她主动承认自己的偷窃行为。老师丝毫没怀疑她,哪一个同学都没怀疑她,他也没怀疑她这个"同桌"。直至老师要召开全体家长会议,在欲请每个同学的家长协助"破案"的情况下,她才不得不向老师"坦白"交代。

"可是为什么?究竟为什么你要偷他这么一支旧钢笔呢?你自己有好几支笔呀!"她的偷盗行为简直令老师感到匪夷所思。在教员室里,班主任老师当着其他几位老师的面"审问"她。她还曾因"拾金不昧"受过表扬呢!

"我爱他。"她惭愧地回答,却并不觉得羞耻。

其他几位老师,仿佛听她说了一句"我要杀他"似的,一位位大惊失色,对她这个全班全校学习成绩一贯最优秀的女学生侧目而视。

那时老师早已知道她"爱"他,并且因为她犯了"爱"他这种十分严重的错误,找她谈过几次话了。

但老师对她更加匪夷所思了。

"我知道,你爱他。你爱他,或者不妨让我们这么理解,你以为你爱他。反正都一样,对于一个女中学生,都是荒唐的,莫名其妙的!不过你可不可以向我们解释一下,你爱他,为什么偷他的笔呢?难道你更爱他的一支旧钢笔不成?"

四十多岁正处在更年期的女班主任老师认为,一个女中学生是根本不可能"爱"上一个男中学生的!这种古怪的感情不过是一种变态的友谊。与蚕蛹不是蚕,也就根本不可能吐丝同理。

"要毕业了,我们马上要分开了,我希望得到他的一件东西珍藏着。"她这么说的时候,忧伤得快要哭了。

她也是全校性格最坚强的女学生,老师们还从未见她哭过。

"是这样,那你为什么不请求他送给你呢?他送给你的不比你从他那里偷走的更值得珍藏吗?"班主任老师似乎有些被感动了,同时也对教育她改正"爱"上他这个严重的错误彻底灰心绝望。无疑是一个十分严重的错误！比偷一支旧钢笔严重多了！但面前这个女学生已经不可救药地"爱"了,作为一个教育工作者对她也实实在在是束手无策,无可奈何了。

"他不会送给我的……"她哭了。

班主任老师知道"爱"这个字折磨过不少女人的心,而且她自己也曾身受其害,却想不到竟会使一个十八岁的女中学生为之"忘乎所以"！她恻隐了,甚至认为一个女中学生犯了一个女人常犯的错误,似乎情有可原了。

"好啦,别哭了。我不批评你了,但你得向全班承认错误。偷,不管是什么原因,毕竟是不良的行为！"

"我不！"

"那么,你将钢笔还给王志松,随便你以什么方式还给他都行。"老师宽容地妥协了。

"我不！"

"你这也不,那也不,既然如此,我就只好向全班同学讲明这件事了！"老师有些生气了。

"那我就死！当场从教室窗口跳出去！"她叫嚷着。

班主任老师呆呆地凝视着自己的女学生。

其他几位老师面面相觑。

几分钟内,教员室里一片死寂;所有的老师都一言不发地望着她,一位位噤若寒蝉。

她那班级的教室在三楼,楼外水泥铺地,摔死一个跳窗而出的女学生想必是不成什么问题的。老师们相信她这个女学生是会怎么说便怎么做的,她的任性在全校也是被老师和同学们公认的。

良久,班主任老师从椅子上站起来,一只手在她头上抚摸着,瞧着她那张泪眼汪汪的脸说:"你呀……你将来是会不幸的！好吧,我向你保证,除了今天在教员室里的这几位老师,再也不会有别的人知道这件事！"

一件"失窃案"不了了之。

至今，连王志松也不知道，他的笔是被她偷去的。

后来，她带着这支笔到修配钢笔的小店去，让专门往笔上刻字的师傅为她在这支笔上刻几个字。

"刻几个什么字？"

她说还没想好。

"学海无涯苦作舟？怎么样？"

她摇头。

"妙手著文章呢？"

她摇头。

"笔随心意？这句挺好的！字也少，我给你刻梅花篆体的！"

她还摇头。

"那你就回家去自己想吧，想好了再来！"刻字师傅只好将笔还给她。

她也就只好接过笔一边低头思索一边走出了小店。

走在半路上，她忽然转身往回跑，一口气跑进小店里，兴冲冲地说："我想好了！"

"哦？……"刻字师傅作出一副洗耳恭听的样子。

"四个字！"

"哪四个字？"

"永不丢失！"

"我还以为你想出了一句绝妙好词呢！"刻字师傅嘲笑起她这个过分爱动脑筋，脑筋却并不怎么聪明的少女来。

"我就要刻这四个字！不要梅花篆体，要隶书体！再刻上一行小字——送给吴茵珍存。"

"姑娘，"刻字师傅有些糊涂了："永不丢失……这四个字……送给别人不怎么贴切呀！好像你是送给自己的意思嘛！"

"你别管这么许多，照我的话刻就是了！"

……

这支笔，他用了几年，她不知道，她可是用了十几年了！笔杆被她的手磨去光泽了，乌旧了，但刻在上面的那几行字却依然清楚，毫未模糊。

她却到底丢失了他。

几天前她又偶然在这座城市里找到了他，她却成了另一个男人的妻子！纵然他还像她一样，心里牢记着当年对她的许诺，现在对她说"我来做你的丈夫了！"也……太晚了，太晚了！

一位领袖犯的错误，可以在他生前或死后由他自己或由别人纠正过来。

一个党犯的错误，可以在一次全党的中央代表会议或政治局会议上纠正过来。

一页历史犯的错误，可以在历史的下一页纠正过来。

命运在爱情方面对人犯的错误，无论对一个男人或一个女人犯的错误，却是那么难以纠正！即使他们有纠正的愿望有纠正的勇气，社会往往也要迫使他们向命运就范；将错就错，一错到底，一错到死。某些拯救万众大军的统帅，某些拯救一个民族的英雄，某些拯救一个国家的元首，却也在自己命运的爱情方面无力自救，一败涂地，抱憾终生。

她手中仍缓缓转动着那支笔，两眼仍呆滞地瞧着那支笔，心想：命运，命运，你摆布人生为什么那样专横、冷酷！我恨你！如果你是看得见的有形的，我一定要不惜任何代价不惜用任何手段弄到一颗手榴弹，一见到你就死死地抱住你，毫不犹豫地拉响手榴弹，将我自己炸个粉身碎骨，也将你炸得千片万块，与你同归于尽！

烟烧疼了她的手指。

她将烟捻灭在烟灰缸里，看了一眼摆在桌上的手表——九点三十五了。

她本欲连夜赶写完这篇"纪实",思路却再也不能集中了。他像铭刻在她心上的一个音符,无论何时,一想到他,就忆起了少女时代一首首真挚而感伤的恋歌。

丈夫的鼾声忽微忽响。她回头看了一眼,见丈夫那雄海狗一般脂肪肥厚的胖大身体,在被子里蜷曲成S形,睡得正酣。

她知道自己今夜又要失眠了。她服下三片安眠药片,熄了灯,尽量不发出一点声音地脱衣躺在床上。她唯恐碰醒了他,被他纠缠。

丈夫却在这时睡眼惺忪地起床解手,解手回来爬上床,嘟哝一句什么,将她搂了过去。

他的手像女人的手那么柔软细腻。因为他每天洗几遍手,擦几遍护肤霜。这双手成千上万次地抚摸过她的头发,脸,她整个身体的每一部位每一寸皮肤。他是早已将她摸熟了,如同赌徒摸熟了骨牌,算命的瞎子摸熟了命签。却没有一次抚摸,激起过她哪怕一丝一缕的情欲。没有,一次也没有,从来没有,绝对没有,永远也不会有。但他是她的丈夫,拥有愿怎样抚摸她就怎样抚摸她,愿怎样亲昵她就怎样亲昵她的权利。法律维护他这种权利,法律从不干涉一个丈夫怎样爱自己的妻子。法律只有当一个丈夫不爱自己的妻子的时候,才开庭对爱情进行神圣的审判。

而他是永远不会不爱她的。

他内心里知道她不爱他,知道得清清楚楚。但他不在乎,不烦恼,不生气。他自有他对爱的一套男人的哲学。她爱不爱他,这并不重要,重要的是,他有权搂抱她,吻她;有权愿怎样抚摸她就怎样抚摸她;有权愿怎样亲昵她就怎样亲昵她;有权从她身上得到色情的满足和性欲的发泄;有权跪在她面前,装出因为知道她不爱他而异常痛苦的模样,从中获得一种表演乐趣;有权在她的生日给她写一封卑俗诲淫的情书,连同给她买的生日礼物双手奉献给她,以表明他在做了她的丈夫后对她的爱有增无减,地久天长;有权……他既然对她拥有如此这般种种受法律保护的权利,使他感到在爱情方面是一个无限幸福的男人了。她爱不爱他,便是微不足道的了。

按常人的眼光看来,他是一位挺不错的丈夫。四十岁不到,已官登副局长。一九八〇年,本市四十岁不到的副局长唯他一人。他生活作风"严肃",从不招花惹草。他很被上级赏识,即将由副局长而局长。他待人彬彬有礼,对下属从不摆架子。他"关心群众",常常亲批"补助某某同志××元"的条子。他善于社交,人缘四通八达。他在各种场合都获得普遍的好感和普遍的尊重。这样的一位丈夫,在本市绝不比养在富雅人家的波斯猫多。

但是她,一个每天同他在一张饭桌上吃饭,在一张床上睡觉,在同一个水龙头下洗手洗脸的女人,以她是他妻子的充分了解,以她是一个记者的敏锐观察,与常人对他的评价恰恰相反。常人看到的是外表的他,她看到的是灵魂深处的他;常人认识的他没做过什么坏事或做过些什么"好"事,而只有她明白,他想做什么坏事和为什么没做,他为什么做那些"好"事和怎样做的。

他从不招花惹草是因为他还没有碰到过一个比她更能撩他情欲的女人。一个年轻漂亮的身为女记者的妻子,使他在虚荣心方面和在性欲方面获得的极大满足是相等的。他被上级赏识是因为他虽无真正的工作能力和领导才干,但却善于见风使舵,巴结钻营。他待人彬彬有礼对下属从不摆架子是因为他早已企望着局长厅长的高职,预先为将来的官运亨通铺垫基础。他"关心群众"是因为觉得有必要更多地收买人心。他以许多精力周旋于交际场上是因为他要为自己编织一张庞大的社会关系网。他曾产生过诬陷另一位副局长有不正当的男女关系问题的念头,后来探听到那位副局长是有靠山的才打消了这个念头,反而与那位副局长过从甚密,渐渐变成了知交。他春节期间到商业局职工医院探望住院的职工们所带的种种食品,是别人求助于他走什么"后门"时送给他吃不完的……

他希望她能早日为他生一个儿子。

她千方百计使他的希望落空,以此作为内心里对他实行的一种报复。他不是男人。他不过是一头狡诈,虚伪,蔑视爱情却离不开色情,性欲旺盛而不愿节制的雄性动物,一头具有雄性动物的种种似乎沾点人情味本能的雄性动物。她一想到她生下的孩子将不可避免地受他的遗传基因的影响,长大了将可能像他一样,就不寒而栗,对女人生育这件人类崇高的伟大的事情感到可怕,产生强烈的逆反心理。

而他却以为她是因为怕生过孩子之后影响自己的体态美。

"晚生几年也好,也好。"他表示理解并表示赞同地说,"生过孩子的女人容易发胖。我的小天鹅,为我永远保持你那优美的体态吧! 我可是还没受用够啊! 你不生都行,以后咱们领养一个嘛!"说着就搂抱她,亲她。

她的天性本是非常喜爱孩子的,她又多想自己生一个孩子啊!

现在,他的两条胳膊又紧紧地搂抱着她。他的双手又贪婪地遍体抚摸着她。他那雄海狗一般脂肪肥厚的胖大身躯,如同一堆几乎将她掩埋的肥肉。她觉得他像水蛭一样,吸在她身上,是靠着吸她美好身体里的血液而生存的。

在这种状态下,他才睡得酣甜,她却靠安眠药麻痹头脑和神经。

去年某天夜里的一幕"夫妻戏",又像电影似的浮现在她眼前……

"地震啦!"

这幢楼的走廊内突然有人大喊。

当时他也正这么搂抱着她似睡非睡。

他猛地推开她,霍然从床上跃起,也没穿鞋,也不披件衣服,赤背裸腿,像只被人追捕的大耗子,几秒钟内就蹿出了家门。

顷刻,整幢楼骚乱了。这幢楼的骚乱波及了附近的几幢楼。半条街都随之骚乱起来了。

她躺在床上,一动也没动。她平静地想着"死"这个字,平静地准备投入死神的怀抱。死神的怀抱也要比那头雄海狗的怀抱干净些! 她甚至感到庆幸,终于可以摆脱那头成为她丈夫的雄性动物了!

让整幢大楼成为我的坟墓吧!这么死很壮观。报社的领导和同志们会为她的死感到惋惜,感到难过。他们会为她开追悼会,将一些对她表示怀念不忘的,对她的工作和品格公正评价的语言写在悼词上。也许还会有人为她的死落泪。

这么死挺理想,她对自己说。她只能死在某种不幸事件中,比如火灾,地震,车祸,煤气中毒……死于车祸和煤气中毒也不行,人们会最终弄明白她原来是自杀。她不愿在死后成为一些人们津津乐道的闲谈资料,否则她早就让一辆什么汽车撞死自己或让煤气熏死自己了。

她似乎感觉到了房屋在摇晃,灯也在摇晃。

她闭上了眼睛,静静地期待着那现实与永恒之间神秘的一瞬……

地震却没发生,不过一场虚惊;闹地震将人们闹得神经过敏了。

丈夫又回到房间里来了。浑身冻得发青,哆哆嗦嗦。他几乎是扑到了床上,迅速钻进被窝,立刻就紧紧搂抱住了她,一边连连亲她一边说:"我的小天鹅,快暖暖我的身子,快暖暖我的身子!别怕,别怕,不过是一场虚惊!谢天谢地,我这不是又紧紧搂抱着你了吗?我比刚才搂抱着你时更加感到无限幸福了!我……"他也比刚才更加肆意地抚摸着她,从容不迫地将他那脂肪肥厚的雄海狗般的肥大躯体压到了她身上……

不过是一场虚惊……

她的身体麻木地听任他的摆布和蹂躏。

她的心里却对他厌恶和憎恨到极点。那一时刻,她手能伸到的某处如果有一把刀,她会毫不犹豫地伸手抓来,一刀杀了他!……

此刻,他的情欲平息了,性欲又一次得到满足和宣泄了,渐渐发出了鼾声。

他会一觉睡到天亮的。

服下去的三片安眠药片,还是没有起到对她的催眠作用。

她伸手从床头柜上拿起烟盒,仰躺着吸着了一支烟。

他的一只手臂仍搂在她胸上。不,那不是人的一只手臂,那仿佛是章鱼的八条触足!

她狠狠将烟头朝他手臂上一按。

他"哎哟"一声惊叫,一下子从床上坐了起来,瞪着她嚷:"你的烟烫着我了!"

"是吗?"她连瞧都没瞧他一眼,毫无表情地说:"那你就离我远点吧。"

"你怎么还不睡?"

"我想事。"

他复躺下去,离她远了些,一会儿便鼾声大作……

第十二章

　　市长家。全家人仍聚在客厅争论着"返城待业知青大闹考场事件"的是与非。由于这个家庭是市长的家庭,本市发生的任何重大事件,都会在这个家庭内部造成特殊的震动,引起每一个家庭成员的特殊关注。这是一个有争论传统的家庭。除了返城后的长女姚玉慧对这种家庭传统还不习惯,不适应,做妻子的,做儿子的,做小女儿的,全认为他们有责任有义务以各自对重大事件的鲜明态度和立场,施加影响于市长,也是丈夫和父亲。谁的影响无论直接或间接促使市长在犹豫不决时下了某种决心,做出了某种决定,谁便会感到是一种胜利,一种骄傲。小女儿婷婷在这方面表现得尤为踊跃,却一次也没有对做市长的父亲起到过半点影响。某个家庭成员自以为自己的态度和立场对丈夫或对父亲起到了影响作用的时候,其实不过是市长本人思想果断的时候。他自己也喜欢与家人讨论某些不属于机密的事情,尤其是一些发生在本市的重大事情。他认为每一个家庭成员都是他了解社会的"特派员"。虽然他们各带偏见,但他却从不拒绝听取他们的"汇报"和见解。他将丘吉尔作为自己的楷模,因为这位已故的英国首相曾与一个少年认真严肃地讨论过关于第二次世界大战的问题。

可是今天晚上这个家庭的情况有些异常,客厅里气氛沉闷,往日无所顾忌的民主被市长脸上的怒容吓跑了。弟弟站在窗前,背朝家人,撩开窗帘的一角望着外面的黑夜,其实是怕父亲的眼睛再盯住自己的脸。他俨然以大政治家的权威语调刚刚发表了一通"以狠惩乱"的宏论,没发表完,被父亲狠瞪一眼,识趣地结束在一个逗号上。

他忽然转身又说:"这好比大人管教小孩子。小孩子淘气了,大人批评:'下次不许淘气啦,淘气的孩子不是好孩子呀!'结果呢,小孩子下次还淘气。大人轻轻打了他一巴掌,小孩子明白了大人不过是吓唬他,哭闹起来,大人只好又哄他,塞给他糖果。再下次呢,小孩子仍淘气。因为他知道淘淘气大人也不至于把他怎么样。要是他第一次淘气的时候,大人就板起脸,瞪起眼睛,狠狠一巴掌打过去,小孩子一定会牢记这次教训,绝不敢第二次淘气了!"说完,两眼望着父亲。

"那二十几万返城待业知青不是淘气的小孩子。"父亲连看也不看他,在客厅的墨绿色地毯上来回踱步。一中发生的事,对于他这位本市市长来说,并不是可以轻松进行的家庭讨论的话题。这件事清楚地表明了本市二十几万返城待业知青目前的心理状态和明天或者后天可能采取的行为意向。它使他感到的沉重压力,不是他的妻子和儿女们所能理解和分担的。市委已经召开了两次常委会议,专题讨论解决返城待业知青们的就业措施。但两次常委会都没有形成哪怕是一项务虚性的决议或方案。二十几万,一支庞大的待业大军。这不是在几天内可以解决的问题,也不是在几个月内可以解决的问题,甚至也不是一两年内可以解决的问题,也许需要几年的时间。可那二十几万需要明天或后天就有工作!他们大多数人的生活状况无法使他们再等待下去,等待一两年甚至几年。说服他们等待,请求他们等待,强迫他们等待,警告他们必须等待,镇压他们由于艰难的等待而爆发的愤怒情绪,都将无济于事。偿还历史不容拖缓的债务,对一个国家,对一座城市,同样是咄咄逼人的严峻现实!而当处长的妻子,无忧无虑像蜜蜂寻蜜一样每天都在替自己寻找快乐的小女儿、自以为是天下第一美男子、一心想进入市话剧团当演员的儿子,怎么会真正理解他市长头脑里进行的种种思考?也许只有长女玉慧能够多少理解一些?他看了她一眼。

她和妹妹坐在同一张长沙发上。一人紧靠一端,中间隔着还可以坐下两个人的距离。

她正望着父亲。她的目光在对父亲说:"是的爸爸。我理解您,所以我一言不发。"

小妹婷婷当即反驳哥哥道:"你的话好像在拿你自己和妈妈作比方。因为你小的时候就是那么一个小孩子,妈妈对你就是那么一个大人。妈妈可是从来也没有对你狠狠一巴掌打过去的!"

母亲坐在姚玉慧和小妹对面的单人沙发上,低垂着头,似乎在反省什么。儿女们谁也不知道,他们不在家里的时候,父亲对母亲大发了一顿脾气。

父亲停止了踱步,站在母亲面前,说:"你今晚脸色不太好,去睡吧。"

他这会儿对她感到有些歉意。所谓"师资培训班"的真相,她并没有隐瞒他,预先对他讲过。他虽然也当面表示了反对,但并没有采取任何组织手段预先加以阻止。因为他认为即使真相大白之日,犯错误该作检讨的,也不是他这位市长,更不是他的妻子,而是省教育厅的领导者和批准那件事的某位省委领导者。如果招考和录取工作顺利,长女将来的工作也有了理想的着落,他这位做父亲的也了结了一桩心事。何况他当时还认为,那件事的做法虽然不光明,但在目前情况下,似乎也只有采取些策略。返城待业知青中,一批当年因父亲成了"走资派",而被驱赶到农村去接受思想改造的干部子女的就业问题,也不是件可以忽视的小事。这个问题能够先一步得到解决,未尝不可。他没有预料到招考之事会酿成一中的一场强烈风波……

当妻子的抬起头,低声说:"时间不早了,都睡吧。责任有省教育厅的头头和省里的某位领导担着,你这位市长又何必如此坐立不安呢?"

"责任？什么责任？让谁负责任？"当儿子的对母亲的话很不以为然,大声说,"难道让省教育厅的领导和省委的某位领导负一中事件的责任吗？一百五十名干部子女,当年被迫同一些普通老百姓的子女一块儿到农村去接受什么再教育,一块儿睡大炕,锄大地,这对他们公道吗？如今他们比二十几万返城待业知青早一点获得就业机会,有什么了不得的？如果我是市长……"

"住口！"当父亲的严厉地呵斥道,"就凭你能说出这些话,你永远当不了市长！当市长的儿子是你这一辈子最大的出息！"

受到呵斥的儿子,又退到窗前去了。

当母亲的却在喃喃自语:"究竟是什么人把真相透露出去的呢？……"

弟弟对父亲的呵斥心中不服,一手放在窗台上,一手插在裤兜里,望着母亲冷笑道:"妈妈,您何必费心呢？我相信他是一定会被公安局查出来的！也许此刻公安局的警车就正向他家开去。如果我有权,对这个人一定要重判！惩一儆百！"

"判几年？以什么罪名？"姚玉慧终于开口了,她不动声色地用平静的语调发问,语调中包含着抢白的意味。

"蓄意煽动罪！判他十年二十年！"弟弟将受到父亲呵斥后的羞恼,全塞在这两句话的每一个字中了。

姚玉慧猛地从沙发上站立了起来,宣告似的大声说:"爸爸,妈妈,我走了！"

"都这么晚了,你还要到哪儿去呀！"母亲的目光中表达着请求——好女儿,别将家庭气氛搞得势不两立,剑拔弩张……

"到公安局自首！泄露真相的是我,不劳公安局的警车开到市长家门前！"

"你？！……你对谁泄露过？……他？……"

弟弟妹妹不禁对视了一眼,都明白了母亲问的"他"是谁。

"原来如此！我真想不到……"母亲盯着她的目光,由请求而变成了无法宽容的谴责。

"那家伙真可恨！妈，您别生我姐姐的气。姐姐肯定是因为对他缺乏戒心才……"妹妹用主持公道的口吻替她辩护。

她却打断妹妹的话，并不希望获得什么谅解："不，我明确告诉他的！"

母亲仍盯着她，不住摇头，目光那么冷峻。仿佛识破她已不再是自己的女儿，而是一个冒充自己女儿的骗子！

一辆警车鸣叫着从附近的某一条街道驶过。渐远渐逝的警笛声，似乎提醒市长一家人，一中事件没有结束。

弟弟仍像刚才那样站在窗前，缓慢而无情地说："姐姐，你不但断送了自己的机会，也断送了他人的机会。一百四十九名本市的干部子女们将永远诅咒和怀恨你的！"

"一百五十名。应该加上你自己！你不是立场鲜明地站在他们一边的吗？"当姐姐的眯起眼睛凝视着弟弟，嘴角浮现出了冷笑，她也以弟弟那种缓慢而无情的语调说："被他们所诅咒和怀恨，并不能使我感到可怕！被二十多万诅咒和怀恨，才是我不能宽恕自己的罪过！在开庭宣判这一事件时，我将与你那一百四十九名当庭辩论。还有你，我的母亲……"她抬起手臂，面对面地指着母亲："我要揭发和控告你，参与了对一代人的亵渎和欺骗！"

母亲的一只手啪地在茶几上使劲拍了一下，气得面色青白，说不出话来。

这时父亲又出现了。他站在客厅和隔室的门口，一言不发，用从未有过的恼怒到极点的目光，一一扫视着妻子和儿女们。

客厅里一瞬间静得如同真空世界。

妹妹畏缩在沙发一端，怯怯地瞧着父亲。

母亲避开了父亲的目光。

只有她不避父亲的目光。

父女之间在肃静中对视了几分钟。

她想:"爸爸,从你口中说出一个使我难以接受的字,我就立刻转身离开这个家!"

父亲却只是低声道:"坐下。"

她又慢慢地坐在沙发一端了。

父亲又指着弟弟低声道:"出去。"

父亲的声音虽然很低,但妻子儿女谁都听出那是真正体现他威严的声音。

弟弟垂下头很快离开了客厅。

"你们都给我离开客厅!"父亲突然低吼了一声,从客厅与隔室的门口消失了。

妻子和女儿们谁都坐着没动,谁也不离开客厅。直至此时此刻,她们才感受到,一中事件,对身为市长的丈夫和父亲所造成的压力,比她们所想到的要巨大得多,严峻得多。

隔室传来了父亲拨电话的声音。

"我找曹局……"

显然,对方不待他的话说完,简单回答后,立刻就放了。

又拨。

"我是市长!对不起什么?!他在哪儿?!局里?……"

隔室安宁了几秒钟,再次响起拨电话声。拨得那么急促,好像本市市长的家在这深更半夜被一伙暴徒包围了。

"我是市长!……"开口就道出自己在本市的地位,无疑是怕对方不够重视这次深更半夜的电话。

"立刻找你们局长来接电话!什么?不在?他哪儿去啦?做盗贼去了吗?!大声点儿!带着刑警队抓人去了?抓什么人?还要再抓多少?!立刻通知他,停止这一行动!这座城市没有他不会到处都在杀人放火!……"

电话听筒重重地放下了。

烦乱的一刻不停的踱步声。

客厅里,还是那么肃静。母亲和两个女儿仍坐在她们刚才坐着的地方,谁也不看谁。

"公民们,公民们,我们是本市公安局的治安宣传车。我们再次向你们宣传本市公安局颁发的特殊治安令:第一……"

这声音由远而近,越来越近,越来越响。

隔室的踱步声停止了。

紫绒帐幔哗地被扯到一旁去了,不仅在这座城市,而且在这个家庭也拥有至高权力的那个男人,又出现在隔室与客厅之间。他的出现,使一声不响地坐在客厅里的妻子和两个女儿都显得神色不安。公安局宣传车的广播声对他此刻的暴躁情绪等于火上浇油!

她们一个接一个将脸转向他,默默瞧着他。

他望着窗外。紫绒窗帘将客厅与黑夜隔开了,广播声却不是它所能隔开的。

"警告某些对社会治安进行挑战的人,公安机关的神圣社会使命是威严的,将对你们进行无情的严厉打击!聚众闹事者的下场,必将是……"

宣传车从院墙后的那条马路上驶过去了。

代表城市卫士者们的那个凌厉的女性的声音,像一位铁腕女王在对她的臣民们发表王室诏书。

这声音也仿佛在向全市人民宣告——城市时时刻刻面临着某种威胁。它的敌人是存在着的、危险的、蔑视它的、正预备着对它采取什么对抗行动的。

这声音如同刚才驶过的警车的凄厉鸣叫一般,渐远,渐逝,终于使市长家客厅里的人完全听不到了。

但这声音扰醒了另外一些人们的睡眠。

许多大街小巷的,许多家庭的返城待业知青,从被窝里翻起身,注意聆听。

他们都听清楚了，听明白了。正因为听明白了，某种敌意在他们心中扩散着，增长着，裂变着。

城市和她的长子长女们反目了。

扭曲的爱情能够使一个男人对一个女人由爱而仇；扭曲的历史能够使一代人对一座城市由亲而恨。爱情和历史都是最应该小心避免被扭曲的，而又都是最经常遭到扭曲的。人扭曲了它们，它们报复人。几千年了。

一九八〇年，在这座城市里，一代人与历史十几年前的冲突，十几年后难以避免地潜在地酝酿着了。

咪……导唻咪……

悦耳的音乐门铃声响起来了。

他们听到了开门声。

"你？……从来没有一个人在这么晚的时候还到我们家里……做客……"

"我也从来没有在这么晚的时候还到谁家里做客……告诉你姐姐，我要见她一面。"

姚玉慧立刻就从声音和那种高傲的语气听出来者是谁了。

她又从沙发上站了起来。

妹妹分明也听出来者是谁了，目光首先朝母亲瞥去，随后不安地转移到她脸上，充满疑团地瞧着她。

弟弟出现在客厅门口，两手抱着胳膊，表情极为冷淡地对她说："他来了，要见你一面。"

她正欲离开客厅，母亲的眼睛看住她问："谁？干什么的？"

妹妹朝她挤眼睛，意思是——别说是他！

弟弟却望着母亲，挖苦地替她回答："您为我姐姐请的那位家庭辅导教师。"

母亲怫然变色，一下子站了起来，大声道："我不许你再见他！"

她刚欲反驳一句什么，父亲却已对母亲开口道："激动什么？值得那么激动吗？他又不是杀人犯。"

她感激地朝父亲看了一眼，匆匆走出客厅。

弟弟在她离开客厅后又走进客厅。她听到弟弟在客厅里说了句话："妈，也许我还要预先作好充分的思想准备，将来称他姐夫吧？"

"你给我住口！"父亲的吼声，"你们今天晚上都怎么啦？为什么都不去睡觉？"

他站立在门口。她听到的话，他显然也全都听到了，但是并不以为然。

她走到他跟前时，他注视着她，低声说："我明天上午就要离开这座城市了，火车票已经买了。犹豫了很久，还是决定来向你当面告别。见你家的窗子全都亮着，就进来了。"

"探家？"

"不。是调回北京去工作。一切进京手续都是爸爸妈妈一手替我办的。他们就我这么一个儿子，老年人的心情完全可以理解。"他说罢，向她伸出了一只手。

她的目光从他脸上瞧到他手上，半天都没用自己的手去握。

她觉得生活真像一个对人充满恶意同时具有人所破除不了的法力的女巫。完全不可预测地，犹如从宇宙中坠落的一块陨石，根本不考虑她甘愿接受或不愿接受，就独断专行地将他推入到她的内心世界里了。而她开始像一口被遗忘的深井含住了月影一般似乎"拥有"了他时，生活这个女巫又将他从她的内心世界里拽走了，丝毫也不在乎她感到突然或不感到突然。就像母亲从陌生人家拽走自己的孩子一样！也许那冷傲骄横的女巫仅仅对她这个老姑娘充满恶意，处处和她过不去？

"我不该来打扰你吧？"他那只伸出的手期待了半天，终于缓缓放下了。

"不,你等一下!"她一转身冲进了她的房间。片刻便又出来了,披着她的大衣,一边穿一边说:"我们出去走走吧!"

"这么晚了,你母亲你弟弟也许会对你更加不满的!其实,我只是想来与你告别一下……"

她却不听他说完,已经往楼下走了。

走在楼梯上时,他还继续说:"不与你告别就离开这座城市,我觉得我就太……轻视人的感情了……"

她什么话也没有回答。

感情……

难道他能够理解,她内心里对他已经产生了一种……特殊的感情吗?不,他不能理解,他不会知道。他不需要一个三十岁的,其貌不扬的老姑娘对他的感情。山本不需要云的缱绻,是云从天空降到了半山腰。何况老姑娘们都不如云那么迷人,也极少会如云那么缱绻。老姑娘们都是使人感到空气沉闷的低布的乌云,她们多情的结果无非是阴雨连绵。她知道自己正是这样一个老姑娘。

不,他不需要她对他的感情,所以也就谈不上轻视或者珍视。

你用错了词汇。她想,你所说的感情,其实是指礼貌而言,我的家庭辅导教师!不被你轻视的,不过是礼礼貌貌的礼貌。当然啰,你是真心实意地来进行礼礼貌貌的礼貌的告别。那么也让我真心实意,在你离开这座城市前的这一个夜晚,礼礼貌貌地对你表示礼貌的送别吧!

礼貌是人的高雅外衣,稍有教养的人都喜欢穿它。

让我们都穿着它,在这座城市乍暖还寒的深夜散散步吧,我的家庭辅导教师……

当他们走到大院门前,把守大门的警卫认出了她,才替他们打开门,并提醒她道:"早点回来,就要到宵禁时间了。"

她仿佛没听见似的走了出去。

他在高墙下站住,抬头望着说:"你看……"

她也抬头望着,问:"看什么?"

"你们家的窗子全黑了。"

"这是市长家起码的自由。"

"我的意思是,你家的人都睡了。"

"难道因为我送你这位将要离别的⋯⋯客人,他们也应该彻夜不眠吗?"

"你⋯⋯为什么对我这样说话?"

"跟你学会了不少东西,我的辅导教师,包括像现在这样说话。"

"你⋯⋯因为我,受到了你母亲的指责是吧?"

"是的。"她说,随即补充道,"不过我并不是为了你,正像你帮我补习功课一样,是为了某种⋯⋯道义⋯⋯"

"你⋯⋯不会怨恨我吧?"

"为什么?"

"我心里总觉得有点⋯⋯对不住你。也对不住许许多多的返城待业知青。我本以为,结果会对他们公正点,却没有想到,促成了一起事件⋯⋯谁也没有在这场考试中获得任何机会,却有三十几个人被公安局关押起来了⋯⋯而我这种时候离开这座城市⋯⋯"

"我们不谈这件事可以吗?"

他负疚地瞧着她,微微点了一下头。

于是他们沿着高墙并肩缓缓地,默默地往前走。走出小街口,走到了一条笔直的竖马路上。马路上一个行人也没有了,此刻的城市是那么寂寥。

马路两侧,每一根水泥灯柱旁,都有一棵剪过了枝桠的街树相伴。路灯将水泥灯柱和街树的影子投在马路上,一组,一组,一组⋯⋯两个影子一组,倾斜地朝前排列。街树剪过了枝桠的粗壮影子,像人的手臂,揽着,牵着,或拥抱着水泥灯柱的影子。此刻的城市仿佛是它们相亲相爱的时候,它们没有语言,可是它们分明是在彼此倾诉着什么。

她想：也许它们根本无需彼此倾诉和表白什么，就相信它们的爱是长久的吧？在这座城市里，有哪一个男人和女人之间的爱，会比它们相爱相伴的时间更长久呢？从这座城市有了这条马路，就有了它们。多少相爱相伴的男人和女人由年轻而老了，由老而死了。它们却仍存在着，并且还将长久地继续存在下去，相爱相伴下去。夏季，街树用它的绿荫，为路灯遮阳遮雨。冬季，路灯用它的光和热，为街树驱除黑暗驱除寒冷。而雪后，当人们欣赏着街树美丽的雪挂时，水泥灯柱也会感到自豪吧？那些街树的根须，在深深的土地下，该是早已将水泥灯柱的基部紧紧缠绕住了吧？

路灯也将他们的影子投在马路上，也像那一组组街树和水泥灯柱的影子一样，倾斜着，长长的。不过他们的影子之间的距离，是真正的距离，没有任何牵连。

她忽然感到自己的内心里也像此刻的城市那么寂寥，多层次的寂寥。如荒野一般的寂寥被如冷雾一般的寂寥沉重地笼罩着，如冷雾一般的寂寥之上覆盖着如三尺大雪般的寂寥，三尺大雪般的寂寥又被什么样的寂寥包围着……层层的寂寥在她内心里形成一个寂寥的宇宙。

"你在想什么？"

"没什么可想的。"她张开嘴，深深地吸了一口气，长长地吐了一口气。

他站住，想再次劝她回家去，但见她继续沿着马路朝前走，犹豫了一下，只好跟上她。

防洪纪念塔矗立在这条马路的尽头，像城市的一座碑，使这条马路仿佛通往墓地的路。城市的全部灯光到那里为止了，江彼岸才是真正的夜。令人望而却步的深远的黑暗中，有几点光亮在闪烁。不知是极遥远的小村人家的窗口，还是镶在夜的地平线上的星星。

"你为什么没有去参加那场考试？"

"你怎么知道？"

"因为我去了。我一个教室一个教室地寻找你,找遍了所有的教室……"

"可想而知你也发表了某种演说?"

"莫如说我觉得自己有责任披露这场考试的真相。你没去我非常失望……"

"那么希望我发现你有演说才华?我并非预料到那一天要出事而明哲保身。我是因为实在没有勇气步入考场。那几天内的补习,对我一无所获,什么也没弄明白。"

"这……这怎么可能?这不可能!你听得很认真啊!而且你总说,懂了,懂了,明白了,明白了……"

"其实我什么也没懂,什么也没明白。"

"那你为什么要装得懂了明白了,你为什么要当面骗我啊!"他又站住了,叫嚷起来。

她也站住了,凝视着他,低声说:"这一点是你永远也不会懂不会明白的。"

"可我现在有权要求你告诉我!"

她凝视了他许久,终于微微苦笑了:"一个人为什么要对任何事情都懂都明白呢?留给自己的记忆一些也许永远都不懂永远都不明白的事,岂不是会使生活增添一些奥秘色彩吗?"

"你这是替自己进行诡辩!"他第二次叫嚷起来。

"就算是吧。听一个人替自己进行诡辩没意思吗?你一次也没有替自己进行过诡辩?"她目光仍凝视着他,嘴角仍浮现着那种苦笑。

"你!……"他气愤地转过身去。

"我们这是干吗?深更半夜的,我可不是从家里出来存心跟你争吵的!为什么要争吵?有什么值得争吵的?因为我在你离开这座城市之前告诉了你实话?……陪我走到江边去站一会儿好吗?就算我这个学生对你这位老师的请求……第一次也肯定是最后一次……"她说完,站到了他面前。

听了她的话,望着她对自己的那种凝视,他气愤全消了,也不由得默默笑了。

他们彼此又接近了,又肩并着肩继续缓缓朝前走。

一组组街树和水泥灯柱的亲密的影子接受着他们的检阅。

路灯将他们的身影和他们之间毫无牵连的距离投映在马路这卷底片上。

"你为什么没被公安局抓走?"

"被抓走了,当天又被释放了。唯一被释放的一个。"

"为什么对你就特别开恩?"

"我沾了我父亲的光。我向他们承认,我是'录取监督委员会'的发起人和组织者,我对这一事件有不可推卸的责任。我希望他们请求他们将别人都释放,我一个人承担一切后果。可他们还是只把我一个人释放了,并且因为让我挨了几警棍向我赔礼道歉……生活有时候把宽容强加给你正如把罪过强加给你一样,你不接受也得接受,你无可奈何。我算一个什么样的人呢?始乱之……终逃之……"他的话中,有替自己辩护的成分,也有羞愧和负疚的成分。

"你别这样想。谁也不会因为你离开了这座城市便蔑视你的。起码我不会……"她低声安慰他,不留神走在一块冰上,身子突然向后一倒,同时叫了一声。

他及时伸出一条手臂挽了她一下,使她没有摔倒。

"小心点,前边还会有冰。"他说,扶着她的手臂没有立刻收回去。而当他的手臂从她肩上放下时,他的手不经意地触到了她的手,她的手就轻轻握住了他的手。不,那不能算是"握",仅仅是她的手指轻轻钩住了他的手指。这使她内心里对自己产生了一阵惊悸和惶恐。只要他对她这一举动,作出会使她极端敏感的,哪怕是同样"不经意"的具有一丝一毫排斥性的反应,她那惴惴不安的自尊,就会顷刻土崩瓦解。她就再也

451

不能够有勇气看他一眼,对他说一句话,同他向前多走一步了。然而她又不甘心放开被自己的手指轻轻钩住的那几根男人的手指,不是几根,只是两根,小指和无名指。指尖触恋着指尖。轻轻地,藕断丝连地,仿佛她同他一样是"不经意"地,随时可能因为多迈出一步而"不经意"地分开的触恋。

他并没有作出任何反应,似乎对她这大胆而细微的举动全无知觉。

马路上,触恋着的手指,终于将他们的身影接在一起了。就像被锯过的街树上余存的一条细小枝梢的若有若无的微影,似是而非地连着水泥灯柱的影子。一小股风掠过,也会使它颤颤抖抖地离开水泥灯柱的影子。

他们就这样默默无言地走到了这条马路的尽头。当他们同时踏上防洪纪念塔的几层台阶后,她的手终于轻轻握住了他的手。这仿佛也是不经意的"不经意"的手。"蓄谋已久"的心,有一种鬼使神差的,无法抗拒的力量,促使着她的手握住她的手。心呢,它是完全放弃了自尊。它需要什么?它就需要握住他的手!即使因此而受到轻视,它也要握住他的手!你太无礼了!她想。不是谴责自己的心,而是谴责他。你那么一意孤行地闯入我的心里,你又要那么仓仓促促地走了!我的心有权向你要求偿还损失!它已经损失了那么多!

于是她的手将他的手握得更紧了。

他问:"你手冷吧?你手真凉!"

她说:"有点冷。"

他反而将她的手紧紧握住,并揣进了自己的衣兜里。

他们投在江畔广场上的身影,亲密地连在一起了。

他的衣兜里很温暖,他的手更温暖。她低头瞧着他们的身影,被它们的亲密感动得要哭。

它们亲密地走向江边。

他们站立在江堤上。

江面的雪已经完全化尽了,靠近江堤的坚冰也开始溶化了。白天在阳光下溶化,夜晚再次冻结。这种每一天都进行的重复过程,起到了如同磨镜石的作用,使靠近江堤的坚冰,变得如银镜般光洁可鉴。江堤上的路灯,映在这带状的无限长的银镜中,恍如幻景,奇特而美丽。一阵阵江风从对岸吹过来,他们的身体不由靠得更紧密了。

她内心里获得到一种实现了理想般的满足。

这是她理想之中的一个梦。

和一个男人,一个能够并且使她甘愿的占领了她心的男人,手握着手,亲密地站在一起。无论是站在这里,还是站在别的什么地方;无论是在这样城市酣睡了的时刻,还是在别的什么时刻,都是她理想之中的时刻,都是她理想之中的地方。

这不过是我理想之中的一个梦。她对自己的心说。

而心回答:是的。一个梦。要不了多一会儿寒冷就会把你从这个梦中冻醒。

"这儿风太大,你冷了吧?"

"不……"

"你穿得一点儿也不厚,我们上去吧!"

"不……"

她的手唯恐被握住它的那只手放开,地上的影子唯恐被它们的主人分开。

"你还记得白桦树皮灯罩吗?"

"记得。你找到……她了吗?"

"找到了。"

"你终于找到了,我真替你高兴。"

"可是白桦树皮灯罩我要带回北京去,永远保留在我自己的身边。"

"这……为什么?"

"因为……她已经不是我们的妹妹了……她不要它,不要白桦树皮灯罩……"

"……"

"这也是使我离开这座城市的原因之一。"

"……"

"那是一幢刚落成不久的新楼,我在这座城市终于找到那位叫'欣欣'的姑娘的住址……我按了三遍门铃,门才打开。她出现在我面前时,我真没想到,她会是那么漂亮的一个姑娘……不,一个少妇。她已经结婚了,可能就在几天前结的婚……"

"结婚并不是过错……"

"很对。结婚并不是过错。谁都不会认为自己的妹妹结婚是一种过错,除了精神病患者。她打量了我一番,把我让到屋里,不待我开口,就喋喋不休地说:'请这边走,先从阳台上看起吧,这阳台够大的吧?我们还可以负责替你安装玻璃。这是小屋,十二平方米。隔壁是大屋,十七平方米。如今新盖的宿舍楼房,大屋不过十四平方米,至多也不会超过十五平方米。我们这间大屋却十七平方米!设计不太细致,让我们占了便宜!不信你可以了解了解。有上下水,有煤气管道,有壁橱,还有浴室,每星期按时供应两次热水。我们在正阳街还有一套单元楼房,也是两居室,以前我和我母亲住在那里。我们想用两处住房调换一套。当然,条件不能低于四居室。这些我们都写明在换房启事上了……'

"我打断她的话,说:'我不是换房的。'

"'不是换房子……的?那你是什么人?到我家里来干什么?'她又开始上下打量我,产生了某种疑心。目光是警惕的,好像我可能是一个贼或是一个骗子。

"我问:'你有一个哥哥曾在北大荒吗?'

"她犹犹豫豫地点了一下头。

"我又问:'你哥哥叫林凡吗?'

"她又点了一下头。

"你可以想象,当时我在她面前显得多么激动！我情不自禁地抓住她的一只手,注视着她的脸,从她脸上寻找着和林凡的面貌相同的特征。她的脸,在我眼中变成了林凡那张文静的南方少女一般清秀的脸。毫无疑问,在我面前的正是林凡的妹妹！我激动得几乎说不出话来。从前我是一个很容易激动的人,后来生活使我变得不再那么容易激动了……"

"我在和你的接触中看出了这一点。"

"可当时我激动得真想哭！我在心里说:'林凡,林凡,我的好兄弟,我终于找到了你的妹妹！我没有辜负你死前对我的委托！我找到了我们的妹妹啊！'真的,即使我是找到了我自己日夜都在想念的,失散了多年的妹妹,也不过就激动到那么一种程度！不料她叫起来:'你干什么你?！我根本不认识你,你出去！'并且猛地从我手中挣出了她的手。

"我窘迫极了,心里却一点也没有怪她。因为她说得对,她根本不认识我。"

"我进一步问她:'你和你哥哥年纪都很小的时候,你父亲和你母亲离婚了,对不对？你跟你母亲生活,你哥哥跟随你父亲生活,从此你和你哥哥再没见过面,对不对？你父亲是一位编剧,你母亲是大学里的一位图书管理员,对不对？'

"从她的表情我看得出来,我问的每一句话,都更加证实她是林凡的妹妹。

"她呆呆地看了我一会儿,说:'都对。那又怎么样？和你有什么关系吗？你到我家里来,究竟为什么事？'

"我说:'我和你哥哥当年在北大荒是一个连队的！你哥哥有一次上山伐木,不幸被大树砸死了,他死前,托付我交给你一个灯罩……'

"一缕哀伤的表情呈现在她那张漂亮的,对婚后幸福生活心满意足的脸上,但很快这缕哀伤的表情就从她那张漂亮的脸上消失了。当时她那张脸上的表情平静得使我无比惊讶！

"她淡漠地问:'灯……罩？'

"我说:'是的。一个白桦树皮灯罩。'急忙扯下包裹着白桦树皮灯罩的旧报纸,将我曾拎着去寻找过无数个叫'欣欣'的姑娘的白桦树皮灯罩,郑重地双手捧着,像捧着一颗宝石叫她观赏。

"这时,她的丈夫手中夹着烟,穿着睡衣从卧室——就是她说的那个十七平米的大房间里走了出来。我一眼就看出,那个丈夫是在我们这类家庭长大的人。我能够认出他们,正像别人在十几年前能认出我一样。

"那个丈夫瞅瞅我,又瞅瞅她,不耐烦地对她说:'你跟他在啰唆些什么?什么白桦树皮灯罩?莫名其妙!'

"很显然,他因为我按了三遍门铃打扰了他和新婚妻子的午睡,对我这个陌生人十分讨厌。

"她退到丈夫身边,双手轻轻抓住丈夫的胳膊,低声说:'他受我哥哥的委托,送来这个灯罩……'目光瞅着我双手捧着的白桦树皮灯罩,像瞅着一个会给他们的新婚幸福带来某种灾难的不祥之物。

"那个丈夫也朝我手捧着的白桦树皮灯罩看了一眼,说:'你太不懂点起码的为人之道了吧?给一对新婚夫妻送死人的遗物,你不觉得这种做法太缺德吗?难道你没看见贴在我们门上的喜字吗?'

"我解释:'我看见了。可我送来的是她亲哥哥……'

"那做丈夫的打断了我的话:'但是你明明知道我妻子的父母十几年前离婚了!我妻子已经不姓林,她姓严,改随了她母亲的姓!讲吧,你到底想图点什么要来对我们纠缠不休?……'他说着,推开了卧室的门:'我们根本不需要什么白桦树皮灯罩!'

"我看到了一间布置得舒适而阔绰的卧室。一切都是崭新的,考究的。一盏落地灯正对着我的视线,灯罩是西方样式的,红纱的,像他妻子身上穿的那件毛衣一样艳红,一样显得富贵。

"我当时一句话也说不出来了。

"她的丈夫跨到房间门前,又打开了房间的门,意思是赶我出去。

"我只能出去。

"我在房间门口转身看了她一眼,说:'如果你因为没有收下这个白桦树皮灯罩而后悔了,你可以去找我。'并告诉了她我的住址。我真希望她在我迈出门之前能叫住我,可她没有。她紧紧依偎在丈夫身旁,眼睁睁地望着我离开了她的家,任何表示也没有……"

"也没有去找过你?"

"找过。两天后。她说,她非常感谢我对她哥哥死前的委托,尽到了一个知青战友的义务。她说,她早已把过去的事情忘记了,也不愿再去回想什么了,所以她不能收下那个白桦树皮灯罩。她说,她家里没有合适的地方可以摆放这样一个白桦树皮灯罩。为了表示对我的感激,她当面给了我五十元钱……"

"你呢?"

"我对她说:'请收起你的钱。我要寻找的并不是你,我找错了。那一天打扰了你和你丈夫的午睡,很对不起!'说完,我也像她丈夫那一天对待我一样,推开宿舍门,将她'请'了出去……"

寒风从江对岸一阵阵地吹过来。

他们许久都没有再说一句话。

她那只始终揣在他衣兜里的手,从他的手中轻轻抽出,由被握着而握住了他的手。

她能体会到他的心情。她想对他说几句安慰的话,却不知该说什么话好。

她的手指表达着对他的安慰,不停地抚摸着他的手。

"我一回到北京,就要结婚了。"

她的手停止了抚摸。

"我的未婚妻,在我大学毕业前已经等了我三年了。为了白桦树皮灯罩,她又等了我两年多。而且和我分开在两个城市里。她是个好姑娘,我很爱她,也很想她……"

她的手缓缓地从他衣兜里抽出来了。

457

他不由得看了她一眼。

她低声说:"都出汗了……"

她这时才觉得身上很冷,很冷,颤抖了一下。

他看了看手表,说:"我们该分手了。"

她说:"该分手了。"

"我送你回家吧?"

"不……我离家才十几分钟的路。你走吧?"

"那你……"

"我看着你走。"

"这何必!"

"我曾是你的学生啊,学生对老师总是……或多或少有点感情的。"

他以为她在打趣他,笑了,说:"你言过其实了! 我不过帮你补习了几天功课而已。你刚才自己也承认,一无所获。"

"不,今天我有收获。"她语调十分认真地说。说完,又苦笑了。

"那让我们正式握手告别吧!"他向她伸出了手。

她注视着他,摇摇头:"免了最后这种礼礼貌貌的礼貌吧! 我们刚才已经握了很久,我的手都出汗了。"

"那么,再见!"他又笑了。

"再见!"

他从她脸上也看到了笑容,才转身大步走了。他却没有看出来,她那是苦笑。

她翻起大衣领,背身抵挡着从江对岸吹来的寒风,一动不动地站在江畔,凝望着他的身影越走越远,越走越远。直至他的身影从江桥下走过,消失在远处,她仍一动不动地站在那里,凝望着……

啊吧啦咕,啊吧啦咕,

我和任何人都没来往,没来往,

命啊,我的星辰,

你引我走向何方? 走向何方?

啊!……

我看这世界像沙漠,

我和任何人都没来往。

……

从他消失的地方,远远地传来了一阵歌声。那种嗓子像敲击破铁罐子发出的声音。与其说是在唱莫如说是在吼叫。听得出来,是一个嗓子处在变音阶段,先天五音不全的青年。这类青年都有相似的"艺名"——"马路红"或"夜里红""嗷天狼""震山虎"什么的。

一个不知是属于哪一派"红"也不知是"狼"还是"虎"的青年骑着自行车从江桥下出现了。他没戴帽子,双手捂着耳朵,低着头,也不看前边的路,两条长腿飞快地蹬着自行车,高歌猛进。

不被双手控制方向的自行车,像耍龙似的在路上左扭右拐,好几次差点冲上人行道。

"停!……"猝然一声断喝,从马路对面楼房的阴影中闪出了两个肩枪的武装巡逻人员,跨到马路中间挡住了他的自行车。

他吓得险些连人带车摔倒。

他那捂住耳朵的双手赶紧放下,扶住车把,将自行车偏向人行道,刹住后,屁股不离车座,一条长腿踏地,惴惴不安地问:"我,我怎么了?"

"干什么的?"

"工人。下夜班回家。"

"工作证!"

"没带在身上。"

"特殊治安条例天天宣传,听到过没有?"

"什么条例? 没人对我宣传啊!"

"那只好给你单独补一课了,下车!"

"我……我到底怎么了? 不就是在马路上大声唱歌了么? 不让唱我不……"

"别啰唆了! 车扣我这儿,你跟他走!"

她在马路对面望着这一幕,不由得将手伸入大衣兜,却猛想到自己还没有工作……

这时,她听到另一个武装治安巡逻警察对那"夜里红"之类的小伙子命令道:"骑上你的自行车吧,好好驮着我。"

"夜里红"十分不情愿地嘟哝:"马路上不是不许骑自行车带人吗? 要是再碰上个交通警察怎么办? 罚款是你掏钱还是我掏钱?"

那个武装治安巡逻警察道:"交通警察管不着咱俩这一段,再说他们早下班了!"

"往哪儿驮您呀?"

"公安局。"

"驮到了就让我回家呀?"

"弄清楚你小子到底是不是工人再说吧!"

于是,"夜里红"无可奈何地重新骑上自行车,驮着那个武装治安巡逻警察,朝他的"命"他的"星辰"今夜将他引向的地方骑去,也不再唱"啊吧啦咕"了。

她本想趁留在原处的那个武装治安巡逻警察没注意到自己,赶快往家走,不料刚一转身,对方却发现她了。

"哎,站住!"

她只好站住。

对方大步跨过马路,走到她跟前,上下打量了她一番,开始盘问:

"到哪儿去?"

"回家。"

"从哪儿来?"

"家里。"

"深更半夜在江边溜达什么？"

"送……一位朋友。"

"朋友,这么说还有一位啰？哪儿去啦？"

"已经走了。"

"已经走了？男的女的？"

"男的。"

"我想也准是个男的嘛！他是哪个单位的？"

"省教育厅的。"

"干什么的？"

"这……具体什么工作我也不知道。"

"不知道？你不说是你朋友吗？"

"认识不久的朋友。"

对方的怀疑显然越来越大了,继续盘问：

"那么你是干什么的？"

"什么也不干。"

"什么叫什么也不干？"

"待业。"

"噢……返城待业知青？"

"对。"

"跟我走吧！"

"为什么？"

"因为我对你产生了某种怀疑。"

对方格外强调地说出"某种"两个字,她终于明白对方怀疑她什么了。如同刚才那个大号"命"和"星辰"的小伙子被称作"夜里红"之类,人们将对方所怀疑的"某种"女人称作"夜来香"。她虽然也像那一次在市场管理所感到受了严重的侮辱,但却没有像那一次一样被激怒,只不过觉得可笑。对方的责任心还让她有几分肃然起敬。

要想脱身，看来不像那一次在市场管理所一样打出"市长的女儿"这一块金字招牌，怕是有点不那么容易了。

于是她笑问道："如果站在你面前的是市长的女儿，你也一定要带她到公安局去吗？"

"市长的女儿也一样对待！"对方严厉起来。

"那我就毫无办法了，只有跟你到公安局去了！不过你能不能先陪我回家去通知家人呢？我家离这儿不远，十几分钟就走到，要不我一夜不归，我父亲，也就是市长同志，会整夜四处打电话找我的。"她用缓而慢之的语调说。

"你是市长的女儿？"对方又开始从头到脚从脚到头审视起她来，怀疑更大了。不，简直不再是怀疑，而是肯定地认为，她起码是一个竟敢对一位武装巡逻警察冒充市长女儿的骗子！

"你是市长的女儿？好，好，好极啦！你今夜算是碰着了我这个最讲'认真'二字的人啦！走吧，女士，我就陪您先回家通知您的市长父亲同志吧，免得他整夜四处打电话找您又四处找不到您！"

"真过意不去，给您添麻烦了。"她彬彬有礼地说。

"女士，前边带路了！"对方恶声恶气地嘲讽她。

"不客气。跟着我，别走丢了您！"于是她就"前边带路"。

她一边走心里一边想：他可别身上没带着工作证也碰上了这么一位城市的卫士。

像卷烟厂的工人们身上都不免带有烟草味，酱油厂的工人们身上都不免带有酱油味一样，当年的知青教导员，一旦沦为返城待业知青，也不知不觉地变得玩世不恭起来。

她走到铁门前，警卫立刻给她开了门。她却并不马上走进院里，转身去看那个武装治安巡逻警察。

他已站住不走了。

她对他招手:"来呀,来呀,进来呀!"

警卫隔着铁门也朝那个武装治安巡逻警察看了一眼,问她:"要……到你们家去?你们全家都睡了啊!"

她笑了一下,说:"我并不认识他,他要送我回家。"

警卫面露难色,向她解释道:"我们守卫人员可是有守卫条例的呀!你是市长的女儿,更应该自觉遵守。不认识的人,不能随便带入院内。何况已经这么晚了,他还是携枪者,更不能进来!不信你到传达室去看看守卫条例,上边清清楚楚地写着这一条。我们警卫人员得对领导同志的安全负责啊!"解释了这么一番后,又隔着铁门对外面那个武装治安巡逻警察挥了挥手,大声说:"走吧,走吧,你把她送到这儿,就算送到家了!"说完,锁上大门,从监视孔里警惕地向外望着。

那个武装治安巡逻警察呆呆地站在铁门外。

她隔着铁门对他说:"我想出,出不去了。您想进,进不来了。真是抱歉!多谢您一直把我送到这儿啊!告诉我您的姓名,明天我往公安局给您写封表扬信吧?"

"用不着!"那个武装治安巡逻警察猛转身走了。

"再见!"她对他的背影大嚷一句。

她心里别提有多痛快!因为她这个当年的知青教导员觉得以这种方式替那三十几名因一中事件被抓走的返城待业知青向公安机关的一员进行了一次小小的报复。

"无论如何,报复是必要的!……"她又想到了"简"说过的这句话。她的报复行为有了思想依据,使她心里不但痛快,而且舒畅。

二十余万返城待业知识青年的存在,的的确确在这座城市中造成了一种不安定感。二十余万、返城、待业、青年,如果将社会对他们的统称进行词组分解,就会使任何一个人更加确信他们在这座城市中造成的不安定感是客观的,现实的,并非哪一个患多疑症的头脑产生的幻想。"二十余万"这个数字加上"待业"这个对任何人都很严峻的词,再加上

"返城"这种具有特殊历史背景的身份,最后都与"青年"这两个血气方刚的字(虽然这两个字对他们来说未免嫩了一点)排列组合在一起,其引申意就包含着——骚乱。

而骚乱的对应词便是——治安。

所以返城待业知青们与治安警察们的冲突,完全可以说是——自然而然的。

社会因素造成的某种冲突,往往都是具有内在规律的。

市长的女儿,当年知青教导员对一名治安警察的小小的报复,不过是两节五号电池所产生的微弱火花而已……

第十三章

市委第三次常委扩大会议记录

市委一九八〇年三月二十七日召开常委扩大会议,讨论返城待业知识青年就业、"一中事件"的妥善处理及如何消除其影响的问题。市委书记因病缺席。会议由市委副书记、市长姚克泯同志主持。

姚:关于返城待业知青就业问题,我们已经召开两次常委会,专题进行讨论和研究,可是没有形成任何决议或草案,也没有提出什么具体的措施或设想。我感到,我们有的同志对这个问题缺乏足够的重视。认为这是一个历史遗留问题,是一个全国性的社会问题,因而要靠中央拿出一个对全国各大城市都行之有效的办法。这是消极的态度。我们这座城市有二十多万返城待业知识青年。全国有一千九百多万,加上十几年来由于其他社会和历史因素产生的城市待业者,将是几千万。中央在短期内不会拿出办法来! 还是要靠我们这些城市领导者根据每一座城市的不同情况和不同条件,拿出具体的解决办法! 解决一个返城待业知青的就业问题,要像解决我们党和国家面临的一个困难一样! 我们需要这样的态度!

借此机会,给大家讲讲列宁夫人克鲁普斯卡雅的一件平凡小事。她曾在十月革命后,从事过苏维埃教育工作。一天,有位青年女教师拿了一幅中学生作的图画给她看。图画很简单,一个三角形中间一个圆。她问女教师,画的是什么?女教师摇头说,完全不能理解,所以才将这幅画拿来给克鲁普斯卡雅看。克鲁普斯卡雅又问,你要求学生们画的是什么?女教师回答:"给自己留下最美好印象的事物。"克鲁普斯卡雅将那幅画看了许久,思考了许久,坦率承认,自己也完全不能理解,建议:"既然这个学生如此画了,一定不无道理。要真正理解只有一个办法,问问这个学生。"女教师回答,这个学生不知何故,已经好几天没上学了。女教师的回答,引起了克鲁普斯卡雅的关心,她亲自陪同女教师,前去进行家访。

那个学生的父亲十月革命中牺牲了。他和母亲住在别人家黑暗而肮脏的天棚上。母亲靠做洗衣妇供养儿子上学。母亲病倒了,儿子弃学边当临时小工边服侍母亲。原来他画的三角形是天棚的窗,圆是太阳。学生告诉老师:每天太阳出现日光照进天棚,给他留下了他认为最美好的印象……

克鲁普斯卡雅非常难过。回去后立即给苏维埃政权写信,讲述了这个学生的情况。信中写道:"有一位这样的母亲和一个这样的儿子,丈夫与父亲为苏维埃献出生命,他们却老鼠般生活在别人又黑暗又肮脏的天棚,患病的母亲得不到医治,应该努力学习的儿子弃学。只不过我们没更多的机会接触到他们,看到他们的处境。我们既然亲身接触到了一位这样的母亲和一个这样的儿子,亲眼看到了他们的处境,我们苏维埃政权就有责任帮助他们解决困难。并应进一步想到,可能还有这样的母亲和这样的儿子,需要我们去特别加以关注。尽管我们苏维埃政权面临重重困难,但我们应想方设法去做。苏维埃有责任使一个少年的眼睛看到并使他的心灵感受到,在我们的生活中,我们进行着的事业中,有比太阳出现在小小的窗口,阳光照射进黑暗的天棚更美好的事。否则,将是我们苏维埃政权的耻辱……"

苏维埃极端重视克鲁普斯卡雅的这封信,不久由克鲁普斯卡雅负责,成立了"关心人民生活委员会"。

当德国法西斯向年轻的苏维埃社会主义共和国发动疯狂进攻时,那位老母亲,将已经长大的儿子送往前线。那位老母亲说:"我的丈夫为苏维埃而死,现在,我让我唯一的儿子去保卫苏维埃。因为苏维埃是我们自己的!在我病倒的时候,它把我送往医院。我们住在别人黑暗的天棚里的时候,它分配给我们连做梦都没想到过会住进去的房间。现在它需要保卫,我向它奉献出我最亲的人,我唯一的儿子……"

同志们,这就是革命和人民之间的关系。丧失了这种关系的革命,是无法进行到底的革命,是可悲的革命!一九七六年,我们的党和国家也经历了一场"十月革命"。我们有种种责任使人民感受到,这场革命结束了他们的灾难,带给了他们美好和幸福。我们已经努力做了许多事情,但是我们没有任何理由认为,我们做了许多事情,很了不起,人民除了感激我们,再不应有别的企望!每一场革命,都必须向前一页历史偿还债务。这是革命的规律之一。我们不能面对历史的债务束手无策。返城待业知青的就业问题,就是一笔沉重而又严峻的历史债务。这笔债务如今压在我们头上了。我提醒同志们,过去他们连着千家万户,也就是连着人民。如今他们仍然连着千家万户……

李:刚才市长同志的发言,很深刻,很令人感动,很……

姚:对不起,打断你一下,请省略一些空洞的词句,谈实质性问题吧!

李:这……那么让别的常委同志先发言吧!

孙:前几天我与民政局局长谈过,民政局可以拨出一万元,分配到各区,各街道委员会,对于生活处境极其困难的返城待业知青给予暂时周济。

姚:这也不失为一个措施。

曹：一万元,平均每个返城待业知青还吃不上一支冰棍呢!……

姚：为什么要搞平均主义?

曹：别用这种批判的口吻跟我说话。我是觉得一万元微不足道!
……

克鲁普斯卡雅致苏维埃的信是令常委们大受感动的,但对二十余万返城待业知青的就业问题还是一通纸上谈兵,二十余万——常委们不是上帝。

第十四章

刘大文注视着妻的脸。

通常情况下,他每天晚上总是比妻入睡得早,第二天也总是比妻醒得早。一睁开眼睛后,他总忍不住要去注视妻的脸,这成了他无法改变的习惯。妻是他的幸福。这种幸福即使在他对命运感到最绝望,对人生对前途感到最悲观的时候,也还能同时感到自己是最绝望最悲观的人们之中最幸福的一个人。只要他有了一个每月能挣四五十块钱的工作,临时的也行,挣多点更好。再有一间小小的屋子,小小的,有门有窗的就成。那么倘若别人问他:"世界上谁最幸福?"他便会毫不犹豫地回答:"我。我刘大文!"

小学老师教他认识了并会写了"幸福"两个字,却仅仅使他对这两个字的含意得到极其肤浅的答案——满足,快乐。他的中学老师认为没有必要再向自己的学生对"幸福"两个字作任何解释,认为这两个字跟"不幸"一样明白。所以他常常想到他的小学老师、中学老师,怀疑他们从来都没有幸福过。

刘大文啊刘大文,这个傻哥们儿!他竟然买了本《新华字典》,要从字典上获得"幸福"两个字的全部含意。

至今他还清楚地记得,那本字典是商务印书馆出版,新华书店发行,牡丹江印刷厂印刷。统一书号 16017·14,定价一元。一九七一年六月修订第一版,一九七一年十月本市第十三次印刷。扉页修订说明中,有这样的词句:"我们将它奉献给认真读马、列的书,努力学习毛主席著作,积极参加阶级斗争、生产斗争、科学实验三大革命运动的广大工农兵群众。并热烈欢迎广大工农兵、革命干部和革命师生对字典提出宝贵意见。"

在四百七十六页,他查到了"幸"这个字,同时也就查到了"幸福"这个词,却没有任何解释。字典的编者们好像也和他的小学老师和中学老师一样,认为"幸福"这个词是明白得无需任何解释的。他大失所望,又查与"幸福"这个词关系紧密的"爱"字。查到了,第二页,解释得似乎还像那么回事:对人或事物有深挚的感情。但接着看下去却使他不但更加失望而且简直恼火透顶——在阶级社会中爱是有阶级性的。拥军爱民,爱祖国,爱劳动,阶级友爱,这些才是无产阶级之爱的内容。

妻是出身于资产阶级家庭的。

"脱胎换骨"多年,连个团徽都没戴上。

他们结婚的第一天夜晚,当他第一次将她紧紧拥抱在怀里,第一次真正感到从此以后她将是他的女人,禁不住无休止地亲吻她时,她的脸竟扭向一旁,轻轻地内疚地推开他说:"大文我对不起你,我有一件事一直欺骗你,不向你坦白我心里不安……"

"什么事?"他不由得放开她,想到了每一个丈夫听了妻子这种话都一定会猜测的方面。

"我坦白,你能原谅我吗?"

"别说。我知道了……我……原谅你……"

"不,你不知道!我一定要告诉你,我再也不能对你继续欺骗下去了!因为你这么爱我!我……我……我不是团员……"

难怪!难怪团组织委员一次次问她团组织关系怎么还没转来!

他静静地躺在妻身旁发了半天愣,心里简直恨透了他妈的写在或印在一切书一切纸张上的"阶级"这个词。这个词他妈的把他和妻的爱也给搞得像过团组织生活那么正经那么严肃了。

妻以为他生气了,缩进被子里直哭……

想起这件事他对那本字典火冒三丈,毫不惋惜地扔进炕洞里烧了。

然后他还觉得不顺气,给出版社写了一封信,大不敬大不恭地质询:"该字典为什么连对'幸福'这个常用词都不加任何解释?请问,当我望着我老婆的时候,我觉得我对她的爱超过了对生活中一切的爱,失去了她我就无法活下去,我的这种感受用幸福这个词形容犯不犯语法修辞错误?……"

其实他既不希望也不需要他们复信就"幸福"对他解释什么。他只是觉得那本字典的修订者们仿佛存心轻蔑他作为一个人所真实感受到的美好情愫,因此他也要对那本字典的修订者们表示他的轻蔑。

没想到复信还很快。不是直接寄给他的,先寄到了团政治部,由团政治部转到了营里,由营里转到了连党支部。

指导员派人把他叫到连部,拍着桌子对他大加训斥:"我说刘大文,你们家祖上不知哪辈子积了点德,让你弄到个好老婆,你就烧包哇?你他妈的烧的什么包?!你照镜子瞧瞧自己那副模样,马脸驴唇的,你配有那么个好老婆吗?要我看是七仙女嫁给董永……不是,是嫁给你这个……你这个他妈的……反正是老天瞎眼配错了对!我真想揍你一顿!你再烧包你那小日子要过不长!……"

指导员一向对他很不错,视他为连队不可无一不可有二的人物,闲散活常忘不了亲自摊派给他。他也对指导员衔恩怀德,从没背后议论过指导员什么。他被骂得丈二和尚摸不着头脑,拉不下脸顶撞,直至指导员将他狗血喷头地骂了个够,气咻咻地抽起烟来不理睬他了,他才懵懵懂懂地问:"指导员,我什么地方得罪您了?"

指导员狠狠瞪他一眼,仍没好气地说:"你他妈的要是得罪了我,我至于跟你发这么大火吗？”说罢，拉开办公桌抽屉，取出一个大信封，朝桌上一扔：“你自己看！”

他疑惑地拿起，见上面印着××出版社字样，笑了：“指导员您肯定张冠李戴，我可从来没往什么出版社投过稿。我没那文才，也没那雅兴！”

“张冠李戴？还王五姚六呢！是我弄错了，你骂我！”

他是个无心人，早把字典那回事儿忘了！他当时本不认真，写封信去无非是顺顺气，他那股气也是自找着生的。婚后，他对爱情，对幸福，对夫妻，对女人这些很耐琢磨的词，自有他本人的独到见解，差不多形成一套完整的思想体系。理论基础与马克思主义毫不相关，尽是他的“小女孩”使他那并不比别人睿智的头脑产生许多自以为富有哲学意味的胡思乱想。总之，他是沉湎在爱河里，迷眩在爱河里，陶醉在爱河里，爱得没了谱，幸福得没了边儿，不容别人发表半句与他那套“思想体系”相左的言论，包括字典。

他从信封中抽出信纸一看，原来是他寄给××出版社那封“求教信”的影印件。他这才意识到有些不妙，傻眼了。

指导员又说：“还有复信呢，你小子看看吧！”

复信是批判性的。措辞庄严地向他解释什么是“幸福”——一辈子全心全意为人民服务，就是最大的幸福。能见到我们心中最红最红的红太阳，就是最大的幸福。加入我们光荣的中国共产党，就是最大的幸福。时时刻刻战斗在阶级斗争、路线斗争、思想斗争的风口浪尖上，也是最大的幸福！而一个女人使你感到的那种所谓“幸福”是渺小的，可怜的，庸俗透顶的！关于“爱”和“幸福”的资产阶级腐朽不堪的思想意识，充斥在你的信中，也显然充斥在你的头脑中……

他们竟敢将他对妻子的爱，将他和妻子互相给予的幸福，说成是“渺小的，可怜的，庸俗透顶的”！他脸气青了，要把那封信撕碎。

指导员眼疾手快，一把将信夺过去，慢条斯理地说：“别撕。撕了你小子也罪证确凿,没看出来这是影印件?人家批你批得有根有据!难道你爱你老婆胜过爱我们心中最红最红的红太阳?既然人家批了你,还向团政治部把你告了,连里就得对你采取点行动是不是?团里就得回复人家一个处理结果是不是?你瞪双牛眼傻瞧着我干什么?活该!谁让你烧包!再给你小子一封信看看吧!……"

指导员又拉开抽屉,拿出第二封信给他看。信封印着本团番号,他朝第二封信瞥了一眼,梗着脖子说:"不看!"心想:我刘大文不过因为太爱我的妻子而感到无比幸福,判不了我死罪,随便他妈的怎么处置吧,一百多斤交给你们了!

指导员又火了:"叫你看你就得给我看!"

他无奈抽出第二封信。

信是这样写的:

赵指导员:

念刘大文曾为我团宣传队争得过荣誉,也曾是一个全团喜爱的宣传队员,且出身良好,资产阶级的思想意识绝不至于在他头脑中扎根太深,只要他能在你的直接教育帮助下承认错误,可从轻发落,免于任何处分。他不过是被一时的胜利("胜利"二字写上后又划掉,更正为"幸福"二字)冲昏头脑,开次批评帮助会便可以了。并且,据我了解,他的头脑常常有某种不正常的状态发生。

……

落款是团长的名字。团长分明在庇护他,虽然对他的头脑进行污蔑。

"看明白了?"指导员问。

他哭笑不得地回答:"看明白了。"

"还有什么说的?"

"没什么说的。"

"心悦诚服？"

"心悦诚服。"

"回去吧，准备准备，下午开你的批判会。"

也就是他刘大文，换了别人，此事未必能这么简单地"蒙混过关"。还幸亏团长对他有情有义的，还幸亏他出身良好，从团长到指导员，都在庇护他。这般想来，他似乎应该感到庆幸才对。

但他终归有些闷闷不乐，也实在气愤得很。他气愤的是复信者分明在摆出一本正经的面孔装孙子！要不他老婆准是个猪八戒他二姨似的母夜叉，使他根本没体会过爱一个女人同时被一个女人所爱是怎么回事！倒跟他刘大文大谈什么"全心全意为人民服务"和"最红最红的红太阳"！真他妈的扯淡！

妻见他神色不对，有几分不安地问："你怎么啦？指导员把你找去有什么事啊？"

"下午要开我的批判会！"

"开你的……批判会？！"妻大吃一惊的程度不亚于听他说下午要枪毙他，张着的嘴半天合不拢，呆呆地瞧着他，表情许久才恢复正常，笑道："今后再不许开这种玩笑吓唬我啊！我可胆小着呢！"

"没跟你开玩笑。"

"真的？！"

"真的。"

"究竟为什么？！"

"这……"他不知从何解释，一时也解释不清。

"快告诉我呀！"妻急了，一下子抱住他。

"看你急的！别急，没什么大不了的！你可不许去参加呀！"他不愿妻听到××出版社批判他的那封信，烦恼地推开妻，往炕上一躺，开始思考应该怎样作自我批评。指导员让他"准备准备"，他不能毫无准备，到时候说不出什么,让指导员当场为难啊!

"我去!我给你壮胆儿。反正我相信你犯不了什么大错误!"妻勇气十足。说完,坐在炕沿儿了,两眼一眨不眨地瞧着他,仿佛在用那种充满柔情的目光给予他某种勇气。

最经受不住激烈的批判会斗争会场面的妻,却要参加对他的批判会,给他壮胆儿!

多好的妻子!他想:为了这样的妻子,受一次批判值得……

批判会在知青们下午上工前召开。

他们集合在礼堂,还以为某个连干部动员义务劳动,搞环境卫生呢!

指导员出现后,问连队文书:"怎么一个老职工都没参加?"

文书回答:"您不是一再叮嘱我,不必通知老职工们参加吗?"

"胡说!我叮嘱你务必通知老职工们也参加,你听错了!这怎么能叫全连批判会呢?"

文书委屈地嘟哝:"那我挨家挨户把他们叫来……"

指导员狠狠瞪她一眼:"听错就听错了!还挨家挨户叫什么?多此一举!"

刘大文听出了名堂,为了限制他"错误"的扩散,也为了给自己今后向上级交代寻找托词,指导员"狡猾狡猾"的。

知青们听指导员说要开的是批判会,交头接耳,互相询问。

"哎,要批判谁呀,我怎么一点风声没听到?"

"我也蒙在鼓里呢!"

"批判看麦场的老职工吴春明!"

"你怎么知道?"

"什么事儿我能不知道?他借看麦场之机,棉袄里子拆道缝,天天往家带黄豆,一次带三四斤!"

"那,他怎么不到场?"

"瞧着吧,过会儿就得押进来!"

"安静!"指导员大声说:"今天开的是刘大文同志的批判会。刘大文,你前边来进行检讨吧!"

刘大文这时才站起来往前边走。

知青们一听说要开他们人人喜爱的"金嗓子"的批判会,顿时炸了锅,一个个向指导员提出质问:

"慢!大文犯了什么错误?先向我们宣布宣布再批判他也不迟嘛!"

"大文你回来!到前边去干什么?"

"刘大文搞腐化了还是盗窃公物了?!"

"指导员,不讲个一清二楚,我们解散了啊?"

指导员本想匆匆走过场,没想到大家比"最讲认真二字"的共产党员还认真,眼瞅着这场批判会要开不成。

万般无奈,指导员只好越俎代庖,替刘大文三言两语简短交代了一下"幸福事件"的始末。

大家不听犹可,越听越糊涂,越不能理解,越替他们的"金嗓子"愤愤不平!

"大文爱自己的老婆,关别人屁事!"

"我要有那么个老婆,我也感到无限幸福!"

"这纯粹他妈的是出于嫉妒心理!"

"大文你回来坐下!看他妈的谁敢批判你!"

指导员本是一番良苦用心,却惹起众怒。

他吼了起来:"你们都冲着我乱吵吵什么?这关我屁事!文书,跑步回连部,把出版社和团长的信都给我取来!"

一会儿,文书把那两封信取来,交给指导员。

指导员先宣读刘大文那封犯有"思想意识错误"的信,接着宣读出版社批判性的复信,最后宣读了团长那封信。

三封信读罢,大家渐渐静了下来,一时鸦雀无声。大家都觉得复信中的振振有词的批判,不能说毫无道理。如果当场点起他们之中的任何一个,问:"是你最爱最爱的女人给予你的幸福大? 还是你见到了'最红最红的红太阳'感到的幸福大?"得到的回答肯定是后者。

但大家又都感到刘大文爱他自己的老婆,哪怕爱到如醉如痴爱到神志昏迷爱到"头脑不正常"爱到疯狂的程度,毕竟算不得什么错误,更算不得什么罪过! 一个人爱自己老婆的深情都受到限制,他妈的总是有点不对劲!

"幸福是一种感觉。"他们不由得都联想到了他们的"金嗓子"说过的这句至理名言。

感觉是一个人自己的官能,而且常常是一个人自己做不了自己的主的事儿。刘大文爱他老婆感觉到的那种"幸福",如果他自己认为是超过一切幸福的幸福,那就让他去那么幸福呗! 干吗因为人家说了真话而批判人家,干吗非逼着人家说假话呢! 他们都暗自这么想,都同情他们的"金嗓子",男知青女知青无一例外。不过男知青全抬着头,望着刘大文这么想。女知青全低着头,瞧着鞋尖这么想。

指导员见秩序和气氛好歹算接近开批判会的状态了,对刘大文说:"开始吧! 挑实质性的讲几句。"

他听出了指导员的话是对他的暗示。

他看到了妻。

她为了给他"壮胆儿",居然坐第一排! 妻是唯一抬头望着他的女知青,她的眸子里闪耀着异特的光彩,亮晶晶的。

他也从妻的眼睛里看出来妻在用目光鼓励他。鼓励他说假话? 还是鼓励他说真话? 这他就看不出来了。那一片刻,他经过"准备"的那些自我批判的词句,像浮云被行空的大风刮走一样,头脑中如白纸一张。我不能! 他暗暗对自己凶狠地说,我不能当着她的面,看着她的眼睛,承认自己因为无比爱她所感到的那种幸福是"渺小的,可怜的,庸俗透顶的"! 我也不能撒谎说我在世界上最爱的并不是她!

他不再看着妻,面对大家,梗着脖子发誓般地道:"我最爱……"

指导员情知有变,厉声打断他的话:"你最爱什么人?!"

指导员两眼牢牢地盯着他的脸,差不多是在无声地向他请求!

"我最爱我的妻子!……"

所有女知青的头一下全都抬了起来。

气氛极其肃穆!

"你!……"指导员的鼻子几乎被气歪了。

"我最爱我的妻子同时也最爱我们心中'最红最红的红太阳'……"

指导员憋在胸中的一口气,得救似的长长呼了出来,但仍觉得他这话还是多少有点不像话。

"大文呀,两个'最',到底哪个'最'更'最'呀?总得分个先后吧?"指导员循循善诱地"启发"他:"自我批评嘛,首先对自己的错误认识要端正,啊?"

"我最爱我们心中……'最红最红的红太阳'同时也最爱我的妻子!"他终于明智了一点,将两个"最"的顺序颠倒过来又说了一遍。

"好!就要你这么一句话!犯了错误不要紧,改正了有了正确的认识依然是好同志嘛!散会!"

大家却不想散会!

"散会啦?不行!"

"我们不让刘大文蒙混过关!"

"说把我们集合起来就集合起来,说把我们解散就把我们解散呀?我们又不是一群羊!"

"刘大文你别走!"

指导员愣住了。

刘大文也大惑不解,大家平日里都是他的朋友,怎么在这种时刻偏偏要跟他过不去?

妻忐忑不安,站起来,转身望着大家,用哀切的目光乞求大家对她的丈夫"网开一面"。

"哄什么？"指导员突然又吼起来："谁想对刘大文的错误进行批判，到前边来，自由发言！"

"我们不批判他！"

"我们要他唱歌！"

"他侵占了我们的午休时间！"

"我们有权要求赔偿！"

"对！得两口子一块儿唱！"

"唱杨白劳给喜儿扎红头绳那一段！"

指导员瞧瞧他，又瞧她，摊开双手说："没法子，你们将功折罪吧！"说着，在前排坐下，一边卷烟，一边也期待着欣赏"杨白劳"给"喜儿"扎红头绳。

一条不知哪个姑娘的红绸小手绢，从后边传到前边，传到了指导员手里。

指导员瞧了瞧手表，起身将红绸小手绢递给他时，低声说："扎一回就得了，大家散了还能睡个把钟头。"

> 卖豆腐挣下几个钱，
>
> 扯了二尺红头绳，
>
> 我给我喜儿扎起来。
>
> ……

于是他就给她扎了一回红头绳。

大家还不肯散，不满足，不饶不依。

她只好又对他唱了一段"爹爹爹爹你死得惨"。

"批判会"散了，他和妻一边往家走，妻仍在一边哼唱：

> 乡亲们啊乡亲们，

我死也不进

黄家的门!

……

一回到家里,妻就踮起脚尖,双手捧住他的头,在他满脸印下了起码五十来个吻。

"得了得了,你别像小鸟儿似的啄我的脸啦!今天咱俩算出足了洋相!"

妻不容他推开她。她显得那样幸福,那样快乐!她继续像只小鸡儿似的在他脸上不分鼻子眼睛地"啄"了一气儿……

然后她娇柔地偎在他怀里,悄声说:"你这么爱我,我真没想到!你这么爱我,我真没想到!……"

"什么?!你没想到?!……"他大叫起来。

"别叫!"妻用一只小手捂住他嘴:"大文大文,我的大傻孩子!可你无论多么爱我,也没有必要想让全世界的人都知道都嫉妒你呀!……"

……

这天晚上,许多男女知青来到了他们的小家中。不是为听他唱歌而来的,也不是为听她唱歌而来的。他们要在这个充满爱意柔情的幸福的小家庭中,谈谈各自对于"爱"和"幸福"的看法。

有人认为他是一个"爱情至上"主义者。

他为此感到很高兴,很骄傲。能够成为一个什么"者",而且是有"主义"的,而且是崇拜爱情的,十分合他的心意。

有人却非要驳倒他那套"爱情至上"的"思想体系"不可,说:"大文,你小子别有了一个好老婆就变得这么狂!'生命诚可贵,爱情价更高,若为真理死,二者皆可抛'!我们中学课本上的诗。可见爱情的价值是在真理之下的!我们的中学语文老师是这么讲解的吧?爱情博士,多多请教了!"

天可怜见的这些个实际上头脑中并没有多少知识可喜的知识青年们！他们都不知道裴多斐的这首诗，原意是"若为自由故，两者皆可抛！"

爱是靠自由生存的，所以这首诗才流传经久！

而被我们的某些翻译家别有居心地译为"若为真理死"，并选入中学课本，实在是为了对我们共和国的这一代灌输"政治教育"而非人性教育的需要。所以他们后来才深信不疑——"马克思主义的道理千条万绪，归根到底就是一句话——造反有理！"并且在"文革"中轻抛爱情也轻抛生命！

"我们的语文老师都把我们教傻了！"他一边回答一边伸手去抓桌上的烟盒。"爱情至上"主义者一激动起来更想吸烟，这一点使和他的妻子一块儿占领了炕的姑娘们颇觉遗憾。她们认为一个"爱情至上"主义者理应为了爱情而戒掉吸烟的坏毛病。

"大文，别吸了，你的嗓子！"妻向他提出请求式的忠告。

"我们的语文老师都把我们教傻了！"他又大声说了一遍，激动得不顾妻的忠告，吸着了那支烟。

男知青们都很有风格地站在地上。他一边在他们中间穿来绕去，像穿"梅花桩"似的，一边严肃地反驳"论敌"："生命诚可贵，一个人只有一个命。生命对于人，当然是最宝贵的，对吧？爱情价更高，更！听清楚了没有？更高！不必多解释吧？比生命更宝贵！一个人只有一个命……"

"这句话你说过一遍了！"

"但我还要强调一遍！一个人只有一个命，男人女人都一样。如果他的命中缺少爱情，缺少真正的，使他感到无比幸福的爱情，甚至，完全没有过什么爱情！哥们儿，那这个人的命不是太悲惨了吗？生下来了，长大了，然后，老了，死了……不知道什么叫作爱情，就那么死了……"

"你小子别卖关子！下边那句，下边那句！"

"若为真理死，二者皆可……抛……"

"哈哈哈哈……"

"你们笑什么？我不和你们讨论了！"

"别找台阶下，你没词儿啦！"

"没词儿啦？你怎么知道我没词儿啦？咱们就论其中的一个字——抛……什么意思？"

他不穿"梅花桩"了，站在他们中间，旋转着身子，一一扫视大家："抛……什么意思？……"

"抛弃了呗！"

"扔了，不要啦！"

"男子汉大丈夫，满不在乎！"

……

"全是胡说八道！你的命，你不要了，满不在乎，行！你可以这么理解那个'抛'字！比你的命'价更高'的爱情呢？更具体点，一个非常非常爱你，你也非常非常爱她的女人，也像一双旧袜子似的，随手一扔？满不在乎？你他妈的还有点人味儿没有?！'抛'——你们大家仔细琢磨琢磨，为了真理，宝贵的生命，比生命'价更高'的爱情，都得……舍出去！舍！舍不得的舍！这意味着作出最巨大最痛苦的牺牲，是非常非常舍不得的奉献。可是为了真理，没法子！真理对一个人有什么用？对你，对你，对你，有什么用？真理的价值不在于对某个人有什么用，而在于对历史，对人类有用。所以，那些具有牺牲精神的人，为了真理，把生命，把爱情，奉献出来了。所以，我们把他们叫作英雄！'若为真理死，两者皆可抛'。'抛'——琢磨琢磨吧！让人要掉泪！这首诗恰恰证明爱情是至高无上的，当不得不为真理而舍出爱情，而奉献出爱情的时候，是人类作出的巨大牺牲！最痛苦的牺牲！比牺牲生命还崇高伟大的牺牲！我再强调一遍，一个人只有一个命，一个人失去了爱情，他的命实际上也就枯萎了！可你们他妈的还说什么扔了、不要了、满不在乎！……"

他的"演讲"博得一阵掌声，虽不能算掌声雷动，也可谓"经久不息"。

坐在炕上的姑娘们尤为感动。因为她们每一个都认为自己便是"爱"最准确的代词,不免一个个也都觉得颇有点"至上"起来。

"大文,行啊!有内秀啊!有口才啊!"

"嫂夫人也发表发表高见嘛!"

尽管她是全连女知青中年龄很小的几个中的一个,但所有的男知青一律尊称她"嫂夫人"。

她羞红了脸,垂下头,轻声说:"我没听明白他胡诌八扯了些什么。反正……反正帕里斯把厄里斯的金苹果给了阿佛洛狄忒是有道理的。"

几个背朝着姑娘们的男知青,像听到口令的士兵们一样,一齐朝火炕转过身,对坐在姑娘们中的"嫂夫人"瞠目而视,姑娘们则一个个面面相觑。

连刘大文自己也"友邦惊诧"了!

"什么?什么这个斯那个斯的金苹果?"屋里沉静了片刻,才有一个小伙子如坠五里雾中地发问。

她抬头看大家一眼,愈羞红了脸,立刻又垂下头去,用更轻微的声音说:"我不讲。讲了,你们准该认为我故意显示自己了。"

"没的事儿!"

"快讲!今天嫂夫人你一定得讲!"

"不讲明白,我们不出你家!"

小伙子们一齐向她发动"进攻"。

姑娘们这个推她一把那个推她一把怂恿她。

连刘大文最后也开口道:"既然你已经显示了一句,就别扫大家的兴嘛!"

她终于妥协。仍垂着头,像讲给自己听一样,慢声细语地讲起来:"这是希腊神话里的故事:一个国王结婚,邀请了所有的神参加婚礼,独独忘了邀请纷争之神厄里斯,她不高兴,在宴席上扔下个金苹果,送给最美丽的女神。天后赫拉、智慧女神雅典娜和爱神阿佛洛狄忒争着要,叫一个王子帕里斯评判。三位女神都答应给王子最好的报酬。天后答应给他小亚细亚的统治权。智慧女神雅典娜同时也是战神,她答应给他武功。爱神答应给他世界上最美丽的女人。于是王子把金苹果判给了爱神,爱神使王子得到了世界上最美丽的女人海伦。所以,我认为爱情是比权力和其他什么的……更……"她沉吟了几秒钟,想不出最能表达自己意思的词句,只得用"更好"两个字结束。

大家又是一阵沉静。

她复抬头望大家一眼,难为情地说:"我不会讲故事。小时候家里书多,倒是看了一些书……"

她说着又低下头去,脸色羞红得叫大家有点可怜。她今天在大家面前的确感到十分羞涩。她属于那种将美好的爱情视为甘果的女性,只愿与丈夫在一起细细地品尝,幸福地体味,而不愿像炫耀珠宝一样得意示人,使人羡慕或嫉妒。可她的"大傻孩子"恰恰与她相反,他希望全世界的人都知道他们相爱到何种程度!他们相爱得多么幸福!

她心里真有点嗔怪他了。

"嫂夫人别太谦虚,谦虚过分就是虚伪嘛!"一个小伙子突然打破沉静,一本正经地说:"嫂夫人刚才讲的故事,使本人受益匪浅!本人成诗一首,献给各位男同胞,请各位批评指正!"干咳几下,高声大嗓作咏叹状:

武功诚可贵,

权力价更高,

若为爱情故,

二者皆可抛!

小伙子姑娘们纷纷鼓掌,夸赞好诗。那一位得意洋洋,俨然以天下第二位男性"爱情至上"主义者自居起来。

又一个小伙子愤愤地叫道："人的命他妈的太不公平！爱情的幸福，全叫大文一人独包独揽了！得匀给咱们哪怕是那么一丁点吧？我提议，为了祝愿大文和咱们嫂夫人在天永作比翼鸟，在地永作连理枝，一辈子相亲相爱，咱们大家……"

"干一杯？没酒哇！"

"一边去！酒鬼！咱们大家，不分男女，一律平等，每人亲咱们嫂夫人一下，可要文文明明的，不许胡来！"

这个提议立刻被大家一致鼓掌通过。

刘大文欲干涉，围坐在妻身旁的几个姑娘们，已经开始行动。

这个亲她一下："祝愿你们更加幸福！"

那个亲她一下："祝愿你们的爱情永远甜蜜！"

第三个亲她一下："祝愿你们的爱情早结佳果，生个像你一样美丽的小女孩！"

第四个亲她一下，不知为什么，哭了。

那个姑娘的哭，使这种特殊的祝愿仪式，显得非常庄重，圣洁，甚至令人感动。

刘大文对大家不忍横加干涉了，妻也不忍抗拒大家的好意了。

姑娘们一个个都亲过了她。她有几分勉强地被她们推下炕，低垂着头站在小伙子们面前。

仿佛她是一件圣物，小伙子们一个个瞧着她，谁也不敢上前轻轻碰她一下，更不敢亲她，似乎那样做就等于亵渎了圣物，冒犯了神明。

提议的那个小伙子瞧了刘大文一眼，说："大文，别不高兴啊？我们可是虔虔诚诚地祝愿你们！"说完，走到她跟前，又对她说："嫂夫人，请接受我的祝愿。我祝愿你们，一辈子都爱得这么叫别人……嫉妒！"

她听了这话，缓缓抬起了头。那个小伙子迅速在她眉心轻轻亲了一下，立即退到一旁。

她一个个地瞧着他们。

他们的表情都是那么虔诚之至。

她没再低下她的头。

小伙子们以第一个人为榜样,依次亲她。

他们都亲过她后,又是先前那么一阵沉静。

她扑向刘大文,偎在他怀里哭了。

大家愕然,惶然,以为他们的好意被误解,使他们的"嫂夫人"觉得受了凌辱,不知所措地望着刘大文。

只有刘大文理解妻的心情,知道她为什么哭。

他感动地对大家说:"我刘大文谢谢大家的祝愿! 我们俩都谢谢大家的祝愿! ……"

他自己也低头在妻的头发上轻轻吻了一下,一只手轻轻抚摸着妻的肩。

沉静持续着。

每个小伙子和每个姑娘的心里,似乎也在那种沉静中感受到了爱,感受到了某种美好的幸福。

"金嗓子"低声唱了一首鄂伦春族民歌:

> 威参拉哥哥,我有点小米,给你做点小米饭吧,那依呀!
>
> 韦丽艳姐姐,我来不是为吃你的小米饭,而是来找你的好意,那依呀!
>
> 威参拉哥哥,我有点树鸡肉,给你做点树鸡肉吧,那依呀!
>
> 韦丽艳姐姐,我来不是为吃你的树鸡肉,而是向你求婚来的,那依呀!
>
> 威参拉哥哥,我有点飞龙肉,给你做点飞龙肉吧,那依呀!
>
> 韦丽艳姐姐,我来不是为吃你的飞龙肉,而是为了和你过幸福生活来的,那哈依呀!
>
> 你果真有这个心意,咱们就往大兴安岭奔驰吧,那依呀!

咱们快备上马鞍,咱们快跨上猎马,咱们一块儿向大兴安

岭奔驰吧!那依呀!那依呀!那哈依呀!

……

小伙子们和姑娘们,就在他那情深意厚的低低的歌声中,一个接一个悄悄地离开了他们的家……

他双手捧住妻的脸,说:"你就是我的海伦!从今以后,我要叫你'小女孩',好么?"

她莞尔一笑,说:"只许在家里。"

"有件事,你必须答应我。"

"我答应,你说吧!"

"从今天起,每天晚上,我要给小女孩洗脚。"

"你胡说些什么呀!这可不行,不行!我不答应……"她的脸又倏地羞红了,扭过身要离开他。

他拉住她的一只手,扳过她的身子,重又拥抱住她,凝视着她的脸说:"为什么不行?你使我感到自己是最幸福的人,你给我洗衣服,给我补衣服,每天给我做饭,我心里烦闷的时候你安慰我,你使我心里有了一座美丽的小花园。我也要用我的爱,在你心中建造一座同样美丽的小花园。你每天晚上,都把洗脚水端到我脚下,我为什么不能给我的小女孩洗脚呢?我真是不知道怎样爱你才……"

她的手捂住了他的嘴:"别说了,就让我做你的小女孩吧……"

当他像给一个孩子洗脚一样,给妻洗完了一只脚后,他捧着妻那只像她的小手一样秀美的脚,不由得痴情地吻了起来。

妻双手撑在炕沿上,将羞红的脸转向一旁,低垂着头,默默无声地承受他那痴情的爱……

也许,刘大文对妻的这种痴情的爱,是被某些"男子汉大丈夫"们所耻笑的。但于他,却是一个男人对一个女人的最自然的爱。他不属于那

一类胸怀大志,好高骛远,为某种属于男人们的生活目标去奋斗不止,不达目的死而有憾的男人。他更接近那种被称作"凡夫俗子"类型的男人。他对"权力"二字从来没有产生过丝毫兴趣。如果他有这种兴趣,他可以凭他的好人缘,凭各级领导对他的好印象,在兵团总部宣传队解散后,留下来当个什么参谋干事的,以后混成个股长之类的小官。他不是党员,他入党并不难。但他总觉得像自己这么个人,距离一个党员的条件太远了。他的头脑中也从来没有进行过有关名利方面的思维活动。不错,他梦想当歌唱家。但这种梦想却与名利无关,乃是因为他爱唱歌而已。因为他比谁对自己都更加了解,唱歌是他唯一能为这个社会做得比别人好一点的事情,因为他希望更多的人能听到他的歌声,也还因为这种梦想的实现能给妻带来欣慰。所以沈阳军区歌舞团、省歌舞团、市歌舞团三番五次来人来函调他,被兵团各级主管文艺工作的领导一次又一次卡住不放,他也并不因此对那些领导们心怀怨恨。沈阳军区歌舞团一位亲自前来调他的老歌唱家,当面听他唱了几首歌之后,找到师长激动地说:"像刘大文这样的年龄,这么好的嗓子,有资格进中央歌舞团。他的音域实在太宽广了,经过一番专业训练,不但能唱出纯厚的低音,也能唱中音。请您让我把他带走吧,我一定要将他培养成为一名全国优秀的歌唱家!"

师长问:"他的嗓子果然这么好?"

老歌唱家回答:"我不但是一位歌唱家,还是一位共产党员!我和他无亲无故,我以党性保证,绝无半句谎话!"

师长断然地说:"那我更不能让你把他带走了!"

老歌唱家不死心,"官司"打到兵团总部。

司令员亲笔在调令上批了一句:"还我知青。"

老歌唱家愤慨了,对兵团司令员说:"断送一个青年的音乐才华,你们这是犯罪!"

兵团司令员火了:"调走我生产建设兵团一个知识青年,就是动摇了我一批知识青年屯垦戍边的思想,你又该当何罪!"

老歌唱家怫然离开了兵团总部,又回到师里,找到刘大文,对他说:"今天你就跟我走!户口,不要了!粮食关系,不要了!档案,不要了!我养活你,我把你当成我的一个孩子!"

刘大文虽然感动极了,却没跟老歌唱家到沈阳军区歌舞团去。

没有户口,没有粮食关系,没有档案,那不成了一个城市中的"黑人"了?他宁愿当一辈子有户口、有粮食关系、有档案的北大荒知青,而不愿成为城市中的一个"黑人"。尽管老歌唱家说他有资格进中央歌舞团,他却不以当一名兵团战士们所喜爱的宣传队员为耻。我刘大文本就是一个兵团战士,几十万北大荒知识青年中普普通通的一个,他当时这么想。更主要的是,当时他正与他的"小女孩"在情书中恋爱,鱼雁频繁。他不能为了穿上一套沈阳军区歌舞团的军装而撇弃她,军人的妻子必须是"红五类",虽然军装是他所向往的。

"歌唱家"三个字,对他来说"家"没有特殊意义,歌唱才是本质。从师里回到老连队,他也依然不觉为耻。在连队还是可以唱歌,为知青伙伴们唱。他们需要他的歌声,爱听他唱,他就心满意足了。

正因为他属于"凡夫俗子"之类,正因为他对生活所求甚少,企望很低,他在爱情方面也从没产生过什么浪漫的幻想。他曾现实地在头脑中为自己描绘的妻子的形象是:其貌不扬(因为他总觉得自己不扬其貌),脾气粗暴急躁(连里的一些知青们给他用扑克算过命,结论出入不大,认为像他这种好性情的男人,老婆必定如此那般,不由他不有几分相信),黑(因为他自己黑)笨(因为他自己太灵巧,缝被子,补衣服,细针密线使姑娘们都叹为观止,居然还会织毛衣!),心眼并不坏,所谓刀子嘴豆腐心(因为一个人的命相中总会有点安慰)……

命运女神却似乎偏要使那些用扑克牌为他算过命的知青伙伴"前功尽弃",恩赐给他一个无与伦比的美丽妻子。如同一个人并不迫切地期待命运哪一天随手抛给他一个有也行没有也就算了的玻璃球,万万料想不到接住的却是一颗使珍珠翡翠黯然失色的无价宝玉!他始而被这种幸运搞得晕头转向,继而被这种幸运带来的幸福陶醉得神迷心荡。他是一下子掉进爱的大洋中了!

一个正常的男人只能对他所认为是美丽的女性产生真正的爱并获得真正的爱。这样的爱一旦产生同时获得,那么在他心目中世界上只有一个最美丽的女人。

刘大文对妻的爱就是这样的爱。

她的美丽是典型的南方女性的美丽。皮肤白嫩,脸儿婉雅,修眉俊目,贝齿红唇,身姿娉婷。她成长于艺术之家。父母对独生女儿既爱且严,从不许她的性情稍有放纵。这培养了她时时处处循规蹈矩,庄重娴静的性格:生气时嗔而不怒,悲伤时哀而不娇,高兴时喜而不狂,快活时戏而不谑。这是所谓"书香门第"家教遗风的"成就",是一种几乎被"史无前例"的时代彻底淘汰了的中国女性的古典式的性格美。也许因为她身上所具有的这种种内在的和外在的美,都属凤毛麟角,与那个时代常常用"飒爽英姿""黑里透红的脸庞""像小伙子一般强壮的身体"等等来形容的"无产阶级的女性美"大相径庭,才使刘大文感到妻的美丽是无与伦比的。那么他就要用无与伦比的爱情去爱她!他只是全心全意地去爱着而已。至于人们如何看待他对妻的爱,如何议论他对妻的爱,如何评价他对妻的爱,他是根本他妈的不去管的。而如果有人敢于嘲笑他对妻的爱,只要让他知道了,那个人就是他不共戴天的敌人……

刘大文仍在注视着妻的脸。

他们已经将妹妹妹夫的新房还给它的主人了。让妹妹和妹夫在"爱情之巷"的夜晚彼此相亲相爱,在妹夫工厂仓库旁的一个什么小破屋里每个月几次(还得妹妹请假)去品尝爱情的"禁果",他于心不忍,妻也于心不忍。所以他们终于还是住进了他家的煤棚。分开一对新婚夫妻对他们来说是罪过。住进煤棚有住进煤棚的方便之处,烧煤方便,煤堆在

"床"下,也不必怀着忧烦的心情去看电影了。

妹妹和妹夫帮他们将煤棚透风露天的地方用破棉花破麻袋片塞上了,还从里面在这些地方抹了遍泥。煤棚无窗。"床"是用木板搭的,木板都不太厚,四口人一躺上忽悠忽悠的,像"席梦思"。倒也不必担心压垮了,"床"下有两吨煤。煤是产生热的东西,睡在"床"上心中颇觉温暖。

煤棚里也确实很温暖。因为它小,严密,炉子支在"床"头。门一关上,它像个匣子。虽然季节已经到了三月底四月初,但不生炉火这个匣子里还是够阴冷的。尤其夜晚不能让炉火灭了,否则他们一家四口都会被冻醒。

父亲母亲舍不得两个小孙女受委屈,要她们每天晚上跟爷爷奶奶一块儿睡。但她们跟爸爸妈妈一块儿睡惯了,无论爷爷奶奶怎么哄她们对她们许下什么愿,她们就是不肯每天晚上跟爷爷奶奶一块儿睡。小姑和姑夫也舍不得她们受委屈,她们照样不领小姑和姑父的情。白天,母亲带着她们在小姑和姑父的新房度过。晚上,她们跟随母亲回到这个匣子里。她们那幼小的心灵似乎明白,度过白天的是小姑和姑父的家,这个匣子才是她们和爸爸妈妈的"家"。所以她们从搬进来住那一天起就对这个匣子挺有感情,尽管它更像匣子不像家,但这是她们的,孩子比大人更不能没有属于自己的东西。

两天前的夜里,炉火灭了。妻半夜冷醒,将棉袄、棉大衣、棉裤,全压在他和两个孩子身上。结果她自己那天上午就开始发高烧,至今未退。

昨天夜里熄灯后,他发现妻在咬着被角哭。他以为她又丢了钱。可再一想,也没钱可丢了。他将妻搂在怀里,劝她不必太为眼前的处境伤心。

妻说:"外婆死了……"

父亲在"文革"中死了。不久,母亲又在"干校"中死了。如今,外婆也死了。妻在上海没有更亲的亲人了,他为妻感到一阵难过。

"外婆……哪天……?"

"前天,表妹来信告诉我的……"

"她为什么不来一封信通知你?你的那些表姐表妹们不是知道外婆最喜欢也最想念你吗?……"

他心里很生妻那些表姐表妹们的气。

"二表姐来信通知过我,说外婆整天躺在病床上念叨我的小名……"

"那你为什么不让我看这封信?你为什么不赶回上海一次!……"

"我……我怕你看了信,心里……着急……再说,我们处在这种情况,我……我也撇不下你和孩子回上海,一天也……撇不下……还得……向妹妹妹夫伸手……"

妻偎在他怀里,哭得上气不接下气。她遏制着哭声,怕哭醒了两个熟睡的女儿。她的额头紧紧抵着他的胸膛,不停地摇晃着,仿佛这样能帮助她遏制自己的哭声,仿佛这样能帮助她减轻内心的巨大悲伤。她哭成了个泪人儿,泪水全洒在他的胸膛上。

他除了更紧更紧地将妻搂在怀里,不知还能用其他的什么方式解除一点妻的悲伤。

他在心里默默地对她说:"眉,眉,我的小女孩,我的可怜的好小女孩啊!我刘大文真是对不起你啊!将你带进了这样一种命里……"

在劝妻服退烧药的时候,他加了三片安眠药,那是他让妹妹为他自己开的。返城后的许多个夜晚,他靠安眠药才能入睡。

"五片?不是每次服两片吗?"妻泪眼涟涟地瞧着他放在她手心上的药。

他骗妻道:"这是我让小妹给你另开的速效退烧药,就是一次服五片。"

妻像个听话的孩子似的服下去了,妻从未怀疑过他的任何一句话……

此刻,妻的脸朝着他,侧枕着枕头,睡得很熟。

唯恐炉火再灭了,他夜里起来撬了两次炉子,加了两次煤。他们的匣子里很温暖。

妻的额上布满着一层细密的汗珠，一只手放在枕上，贴着脸颊，另一只手，伸出在被子外，像一只用白玉雕成的手。妻的脸也像用白玉雕成的，睫毛显得那么长，双唇显得那么红润。电灯就吊在他们的头上，他怕灯光使妻的眼睛受到照射而醒来，轻轻拉了一下灯绳，匣子里又是一片漆黑，外面却已天色曙亮。

两个女儿酣睡在他和妻之间，一个的小手握着另一个的小手。好像她们生怕睡着了之后被分开，以后谁也再见不到谁了似的。

他轻轻起身，将两个女儿移进自己的被窝，然后掀开妻的被角，在妻身旁躺下了。他拿起妻的一只手，放在自己胸上，抚摸着，抚摸着；又放在唇上，吻着，吻着。

他觉得妻的手也是世界上所有女人的手中最美的。那么秀小，真是像十四五岁的少女的手。十指细细的，指端尖尖的。他并不知道，这只手曾能够多么娴熟多么灵巧地弹拨琵琶、筝、竖琴、月琴，并因此获得过全上海市少年儿童弹拨乐器表演一等奖。如果他知道，他会像崇拜妻的美丽一样，对这只手充满了崇拜之情的。妻从来也不向他讲她自己过去的任何一件值得骄傲和自豪的事。兵团宣传队没有竖琴，没有筝，倒是有一把月琴和一把琵琶。可是兵团政委认为月琴和琵琶是"资产阶级"才欣赏的乐器，弹拨出的音调肯定与兵团战士的风貌格格不入。所以她也只是用她的手摸过那把月琴和那把琵琶，一下也没敢弹拨……

他握着妻的这只手，将脸贴在妻的胸上，心中在对妻说："我的小女孩，我的好小女孩，你安安静静暖暖和和地睡吧，一切都会过去的，悲伤会过去的，忧愁会过去的。一切都会有的，工作会有的，钱会有的，像点样子的住处也会有的。到那时，我要使你心里的那座小花园充满明媚的阳光，百花开放！而现在，我要无声地为你唱一支摇篮曲。睡吧，睡吧，我的小女孩，你也该好好睡上一觉了！希望你做一个美好的梦。梦见我们都有了工作，梦见我们有了一个小小的房子是我们的家，梦见我在城市的舞台上唱歌,你和我们的女儿们坐在台下,望着我听我唱,而我呢,望着你们唱……"

他一动也不动地,就那样握着妻的一只手,将脸贴在妻的胸上,静静地躺着。此时此刻,他真不想起来,不想离开妻。他头昏沉沉的,昨夜几乎根本没有安睡过片刻。妻在安眠药的作用下睡熟后,他心中还一直在为妻的外婆的去世难过,觉得自己是那么对不起妻。妻经常跟他讲,她小时候外婆多么疼爱她……

他终于还是起来了。他也看到了徐淑芳看到的那个"通告"。不知是一位他认识的还是不认识的返城待业知青需要当年的兵团宣传队员们的帮助? 今天就是徐淑芳记在手背上的那个日子。他收到了一封短信,"要求"他务必前往。即便没有收到这封短信,他也会去的。能够给哪一位返城待业知青一点哪怕是微不足道的帮助,他刘大文也会视为自己义不容辞的事。

他先将两个酣睡中的女儿一次一个用被子裹着抱到父母屋里,对老父亲和老母亲说:"爸,妈,我一会儿要出去办点事儿,孩子们醒了,让她们在这屋里玩吧,千万别让她们去闹醒小眉。昨晚她服了三片安眠药,让她好好睡一觉……"

随后,他回到小煤棚,尽量不发出响声地拨红了炉底,加了满满一炉膛煤。

他在"床"前跪了下去,又久久地注视着妻的脸……

他在妻的唇上吻了一下,站起身,从墙角凑合着钉成的架子上拿下手提包,取出当年发的军上衣,套在又脏又破的黄棉袄外。军上衣是沈阳军区批发给兵团宣传队员们的演出服,他平时舍不得穿,还挺新的。

他推开小煤棚的门走了出去。门的上半部钉着一条麻袋,他将麻袋掀开一角,门上现出了一道缝,勉强可以伸进一只手,他伸进一只手从里面将门插上了。抽出手时,手被钉子划破了。

又温暖又安静的小匣子。我的小女孩你可以在里面好好地睡一觉了,绝不会有谁来打扰你的!

烟筒冒出的青烟,呛得他流出了眼泪。烟筒探出在门上头,他抬头瞧了一眼,见出烟口结满了霜。连日来气候忽暖忽冷,家家户户的铁烟筒口内都像套了一个银环。他想,抽时间得敲敲霜壳清清烟灰了。炉子白天黑夜地烧了一个多月,烟筒里一定已经积了不少灰。

他没忘了背上那个专门从事"投机倒把"活动的书包,也没忘了往书包里塞进十几盒烟。仍是带过滤嘴的"凤凰"和"牡丹"。还有四五条没出手呢! 不卖出手,他就赔了。本钱是向同连队的一个返城待业知青借的,也不是那个人自己的钱,是替他向他不认识的第三者代借的。时间太久了,再不还他没脸见那个人了。原价卖出,他也是赔了。因为他买进时,每盒就比原价高一毛五分钱。他不知道,靠倒卖香烟赚钱的人,从来不是一盒一盒地在自由市场上出手。他们有他们的种种"路子",他们一箱一箱地倒卖也不会犯事儿……

他想先到自由市场碰碰运气。能出手几盒,算自己今天运气好。一盒也卖不出手,无非浪费两个小时,时间对返城待业知青不值钱。

运气不好。离开自由市场时,书包里从家中带出来几盒烟,还是几盒烟。

对不好的运气他习惯了,不觉得多么失望多么沮丧,他匆匆向该去汇合的地点大步走。

守卫在江桥对岸桥头的一个年轻警卫战士,觉得今天情形异常。十几分钟内,已经有十来个返城待业知青过桥了。现在又有十来个正在桥上走着。他们的衣着也异常:上身一律半新的草绿军装,裤子和鞋可就很不统一了,而且很破旧,男的女的都这样。他们为什么一律穿着半新的没有领章的军上衣? 他们为什么都带着一件破旧的乐器? 他们为什么在几乎同样的时间内离开对面的城市,到附近没有人家的僻静的江这边来? 而且都是那样脚步匆匆? 难道他们有什么集体的行动吗? 他们到江这边来究竟想干什么?

一连串的问号在这个年轻警卫战士头脑中闪过。他联想到了全市皆知,余波未平的"一中事件",联想到了公安机关颁发的"特殊治安条例"。是对公安机关的一次报复行动? 被拘捕的几十名返城待业知青不是还未被释放么?

突然的爆炸、桥毁、人亡……

又一起重大恶性破坏案件……

年轻警卫战士高度警惕起来。

可疑者中的一个,拎着破旧的提琴盒走近了桥头。一边走,一边两眼顾盼,四面张望。

"请站一下。"年轻的警卫战士走出岗亭,拦住了那个比他大七八岁的可疑者。

"干吗?"对方迷惑地问,仍四面张望。

"装的什么?"

"看不出来吗? 这是提琴盒! 提琴盒里还能装什么?!"

"打开看看。"

"要检查?"

"是的。"

"你凭什么检查我?!"

"守卫江桥是我的职责。"

"拒绝你的检查是我的人身权利,我的提琴盒里又没藏定时炸弹!"

"遵照公安机关最近颁发的'特殊治安条例',我有权对可疑的人进行检查!"

"又是他妈的'特殊治安条例'! 老子今天偏不让你检查,你能把老子怎么样?"

"那我就拘捕你!"

"你他妈的敢! 你穿上了一套治安服有什么了不起? 老子在珍宝岛冒着枪林弹雨抬担架的时候,你可能还钻你爸的裤裆玩呢!"对方说着就要从年轻警卫战士面前通过。

"站住！"年轻警卫战士从肩上取下了带刺刀的枪,刺刀逼着对方的胸膛。

这时那十来个返城知青也都走到了桥头。

"怎么回事？"发问的是一个满脸络腮胡子的返城知青。

"他要检查我的提琴盒！"

"妈的,这不是存心找咱们的碴吗！"

"别骂！让他检查检查吧,你这琴盒里不是没装着炸弹吗？"

"要是装着炸弹我早跟这小子同归于尽了！"

"既然没装着炸弹,别怕人家检查嘛！"

络腮胡子从那个不肯接受检查的返城知青手中夺过提琴盒,朝年轻警卫战士一递:"请吧！"

年轻警卫战士这才把枪又背到肩上,接过提琴盒,蹲下身去,打开盒盖进行检查。

提琴盒里,除了一把旧提琴外,别无他物。

年轻警卫战士盖上琴盒,站起身,将琴盒还给那个络腮胡子,不声不响地让开了路。

他们一块儿通过桥头时,那个不肯被检查的返城知青,恶狠狠地瞪了年轻警卫战士一眼。

年轻警卫战士以眼还眼。

比这十来个返城知青先过了桥的那些返城知青,站在铁道路基下的树丛中喊:"哎！都到这里来集合！"

于是后过桥的这十来个返城知青便往路基下的树丛中走去,他们集合一起,消失在树丛深处。

年轻警卫战士头脑中的种种可疑问号,一个也没得到解答。他思忖了一会儿,拿起了岗亭中的电话筒……

那些返城知青们,穿过树丛,在一片空旷的野地前站住了。他们之中,有的互相认识,有的并不认识。他们还都不知道为谁而来,也还都不知道谁是这次"行动"的发起人。他们来的动机,和刘大文一样,和想来而没来成的郭立强一样。

两个互相认识的聊着:

"还记得吗? 当年咱们在佳木斯兵团总部结束了全兵团文艺大会演之后,又参加了全省的文艺大会演,把省、市歌舞团都给震了一家伙! 啊? 咱们走在人行道上的时候,那精神劲儿! 一个个多帅! 小伙儿英俊,姑娘漂亮! 啊?"

"记得! 当然记得!"

站在他们旁边的一个忍不住插了话:"全兵团文艺大会演我参加了,全省文艺大会演我也参加了! 咱们不但把省、市歌舞团给震了一家伙,还把西哈努克亲王和夫人给震了一家伙哪! ……"

刘大文虽不认识他们,可知道他们不是在吹牛。他们一提起当年,使他心中也一阵激动。

他忘不了:一队小汽车从马路上徐徐驶过,其中一辆突然靠向人行道缓缓停住,下车的是正在这座城市进行参观访问的西哈努克亲王和夫人。

西哈努克亲王和夫人通过翻译问他们都是什么部门的。当得知他们是北大荒的兵团战士时,通过翻译对他说:"我们看到你们真高兴! 你们一个个都是这么年轻,这么有朝气! 走在一起这么引人注目! 祝愿你们永远这么年轻,永远这么有朝气! 看到你们这样的年轻人使我感到非常高兴! ……"

那时他常因自己不够英俊而有点自卑,却相信自己会长久地年轻,长久地保持朝气。因为朝气是从他内心里向外焕发着的……

可如今他觉得自己的心老了! 才三十来岁!

"好汉不提当年勇啊!"又一个插了话。

"是啊,好汉不提当年勇! 不提了! 如今要是那位亲王和他的夫人再看到我们这一小撮,不知还会不会停住小车,下来对我们说——'看到你们真高兴!'……"

"不把小汽车赶紧加速开过去,以为我们是伙暴徒才怪呢!你们看那一位,满脸的络腮胡子,像不像个冒充子弟兵的强盗头儿?难怪守桥的警卫要检查琴盒!"

那个说"好汉不提当年勇"的问刘大文:"咱们到底是为谁来呀?这时候也该露露庐山真面目了呀!"

"不知道。"刘大文摇了摇头,又说:"为谁来还不都是应该的。"

"有理。"

这时,那个络腮胡子拍了两下手,对大家说:"诸位兵团战友,感谢大家今天的光临!你们看到的'通告',是本人写的,本人一张张到处贴的。不过我首先声明,今天需要大家伸出帮助之手的,并非本人,而是另一个人,现在,就请大家认识认识这个人!谁是刘大文?刘大文来了没有?……"

"是……我就是刘大文……"

刘大文听了络腮胡子的话,才明白众人今天是为自己而来的。他糊涂了,这些人他一个也不认识,包括那个络腮胡子。而且他不知络腮胡子把这么多他并不认识的人用"通告"纠集在一起,想给予他什么样的帮助?想如何帮助他?

他看着络腮胡子,嗫嚅地说:"我……我不认识你呀!你写给我的信里预先也没讲明……"

"过去不认识,今天认识了嘛!"络腮胡子将他从众人中拽出来,推着他,使他面朝着众人。

络腮胡子又开口道:"他,这个刘大文,就是当年咱们兵团的'金嗓子'!可是如今咱们的'金嗓子'落到了在自由市场倒卖香烟的地步!因为我自己也在自由市场上……做点小买卖,所以看到了他几次,还亲眼看到了市场管理所的人是怎样把我们的'金嗓子'带走的!……"

络腮胡子的话还没说完,好几个人走上前围住了刘大文。

这个拍拍他的肩:"嗨! 大文,闹了半天我是为你而来的呀? 小子! 不认识我啦? 当年兵团文艺大会演的时候,咱们天天在一张饭桌上吃饭。我是二师的宣传队长周海涛哇! "

那个当胸给了他一拳头:"队长,连我都不认识啦? 我是咱们师敲扬琴的曲小安呀! 可惜没有扬琴,我只带了把笛子来……"

"哎,小袁好吗? 我问的是袁眉! "一个姑娘急切地抓住他的胳膊问。

"她……挺好的,挺好的……"

"你们有小孩了吧? "

"有了,有了,两个女儿。"

"你们怎么胆大妄为,敢生两个呀? "

"没法子,双胞胎,又不能掐死一个! "

大家笑了起来。

姑娘也笑道:"你可是变化太大了呀! 老多啦! 你够有福的啊! 当年我们小袁被多少人追求呀! 连我当年那位男朋友还想甩了我追求她呢,我一怒之下跟那个小子吹了! 谁能想到小袁被你给勾到你们那远山穷连去啦! 你可是别欺负她呀,她是个好人儿……"

刘大文看看这个,又瞅瞅那个,在头脑中努力回忆着,却回忆不起他们当年一个个的模样。他的的确确是认不出他们了,正如没有络腮胡子那番介绍,他们和他站在一起也认不出他了。老了! 都老了! 虽然都才三十来岁,可那一张张脸上都过早地出现了饱经风霜的皱纹,都带有着连笑也不能掩盖的忧郁烦愁。他暗想:我们这一代的青春真他妈的短! 比他妈的小孩出麻疹的日子还短! ……

"嗨! ……"络腮胡子拍了几下巴掌,又大声道:"先别叙友情,今天不是叙友情的日子! "

大家便不再交谈,静下来望着他。

"至于我自己,一不会拉什么,二不会弹什么,一天宣传队员也没当过！当年我是个拖拉机手。不过我感谢当过宣传队员的知青朋友。没有你们,那些年我们的生活不知会变得多寂寞！你们也不必问我的姓名,叫我'大胡子'吧……"

那个姑娘嫌他啰唆,打断道:"让我们大家干什么? 怎么干? 你开门见山,直来直去吧! 我们今天全听你的就是啦! "

"好,开门见山,直来直去! 我的想法是这样的: 我们为刘大文举办个人演唱会。地点——江畔,青年宫前的广场,第一不影响交通,第二听众集中。宗旨——让许许多多的人知道我们返城待业知青中有个'金嗓子',让许许多多的人公认刘大文的嗓子的的确确不愧是'金嗓子',以引起各文艺单位的关注,直到哪一天哪一个文艺单位招收了我们的'金嗓子'为止! 一句话,我们要齐心协力,同舟共济,把我们的'金嗓子'推上城市的舞台! 为此,有劳诸位,给咱们的'金嗓子'伴奏,排练一套正正规规的独唱节目! ……"

"好! 这个想法太伟大啦! "

"我奉陪到底! "

"我也奉陪到底! "

"要是治安警察们干预怎么办? "

"我们又不是聚众闹事,是唱歌,凭什么干预我们,难道怕鱼刺卡喉咙就不吃鱼了吗? "

"这……这能行吗? ……"刘大文显得表情不安起来。

"大文,我们为的是你,你可不许打退堂鼓啊? 我们二十多万返城待业知青中,也该出个歌唱家! "

"对,你登上城市舞台演唱那一天,我们也感到骄傲嘛! "

"我……我是……大家为我……我过意不去! ……"

"没什么过意不去的! '金嗓子'不是你刘大文,是别人,我们照样心甘情愿! 反正我们都在待业,时间,大大的有! "

这时,徐淑芳正拎着扬琴盒,从江对岸踏上江桥台阶。扬琴盒大,她拎了好长一段路,两臂累酸,索性扛在肩上。

"是看到通知去汇合的吧?我帮你拎可以吗?"

她听身后有人对她说话,在江桥台阶上站住,转身一看,僵立不动。

对她说话的人是姚守义。

"是你?……"姚守义也万万没想到会碰上她。

她不回答一个字。

"我知道,你恨我们。你……肯定有你的苦衷。我们是……做得太损了!过后我们都对自己非常悔恨!今天既然碰上你了,我当面向你……请罪……"姚守义十分尴尬。

她紧闭着嘴。

"你……在我的记忆里,你好像从来没摆弄过什么乐器呀!怎么今天也来了?……"

"我替我丈夫送琴。"她终于开口,"丈夫"两个字咬得格外重。

"噢……"姚守义听出,她的话里包含着对他的蔑视。

因为他是王志松的朋友,所以当年在连队时,他和她的关系也很友好,她常替他和严晓东洗衣服拆被子。他希望能够恢复过去的友好关系,起码希望消除她心中对他的怨恨。

他又搭讪地问:"他……我是说……你丈夫,怎么自己不来?"

"他被公安局带走了。"徐淑芳见他那种虔诚悔过的样子,不忍对他太冷漠,缓和了语气。

"……因为'一中事件'?……"

她从肩上放下扬琴盒,忧郁地回答:"他们说他打昏了一名治安警察,他自己也承认。"

姚守义不禁低头沉默起来。

过了一会儿,他抬头瞧着她说:"他是为了我。我跑了,他反而……"

"他是比你们三个都好的人。"

姚守义叹了口气,又说:"小徐,你放心,他们大概不至于因此而判他刑的。我们也绝不会不管他和那三十几个被拘捕的伙伴们！这事不算完，绝不算完，你等着看好了！"

"……"

"我替你把琴盒交给他们怎么样？我也是正要去汇合的……"

她犹豫片刻，点一下头，转身下桥走了。

姚守义望着她走远，拎起了扬琴盒……

他没注意到，有一个不寻常的人，跟随他身后踏上了江桥。即使他注意到了，也绝不会看出那个人有什么不寻常之处。他对徐淑芳说的话，以及那个由她扛到桥阶上，又由他拎过江桥的扬琴盒，使那个不寻常的人认为很不寻常。同时认为如果不跟踪他，将可能犯无法弥补的过失。

另有许多不寻常的人出现在桥下，桥上。过往江桥的寻常的人们，和姚守义一样，是一点也看不出他们有什么不寻常之处的。

姚守义在对面桥头也被那个具有高度警惕性的年轻守桥警卫战士拦住了，要他打开扬琴盒。

他吸取了"一中事件"的教训，乖乖地打开扬琴盒，诚惶诚恐地接受检查。

当他拎着扬琴盒走下桥头，循着一阵音乐声走入树丛中，一架望远镜拿在一双手中，隐蔽在岗亭里，对着传来音乐的地方瞭望。那个年轻的守桥警卫战士，不但具有高度警惕性，而且机智。他持枪肃立在岗亭外，用自己的身体挡住岗亭里的人……

姚守义带给那些当年兵团文艺宣传队队员们的，还有一张节目单，是他在青年宫的售票处买的，他预想到了它可能会对他们有点用。他们如获至宝，那种兴奋的情绪是他所没预想到的。

节目单上金字印着——著名歌唱家郭桐告别舞台专场独唱音乐会。

时间——本日上午十点三十分。

地点——青年宫。

"好嘞，咱们今天就来个各摆擂台，分庭抗礼吧！"他们中的一个冲动地叫道。

"人家准备充分,咱们毫无准备,不打无准备之仗嘛!"另一个表示反对。

"有什么准备不准备的!节目单上的歌,没有一首是咱们不熟悉的!"第三个支持第一个。

络腮胡子开口道:"还是由大文自己定吧!"

"大文,拼啦!人家是著名歌唱家,你是返城待业知青,这才叫硬碰硬!我们为你吹喇叭抬轿子的也来情绪!"

"对,对!'金嗓子'嘛,还怕碰?要的就是硬碰硬!"

"机不可失,时不再来呀!"

好几个人怂恿他,鼓励他。

刘大文从别人手中接过节目单,看着,想着……

他从节目单上看到了妻那张美丽的脸。

他揣在衣兜里的一只手,慢慢握了起来,似乎握住了什么温柔的东西……

节目单上的歌,他都唱过。第一首便是他很喜欢唱也唱得很好的《乌苏里船歌》。男低音唱这歌,会使歌词更加感情深厚,歌曲更加悠远抒曼。

他抬起头望着络腮胡子,破釜沉舟地说:"我……拼了!"

"好!那咱们废话少说,现在就——打过长江去,将革命进行到底!"络腮胡子举起一条手臂,用力朝下一劈。

于是他们怀着挑战的心理,怀着抗争的勇气,怀着坚定不移的信念,穿过树丛,要回到江对面去,要回到城市去向生活展开较量!

当他们走上桥头后,有几个衣着寻常的不寻常的人,站在桥头两侧一一审视着他们通过。

"你,站住!"

姚守义被一个人拦住了。他一看对方的脸,心里什么都明白了。

"认出我来了吗?"

"认出来了。"

"知道为什么叫你站住吗？"

"知道。"

"知道就好。我找了你几天了！"

"让我把扬琴给他们行不？求求你了！"

"去吧，不许跑！"

"多谢！"姚守义拎着扬琴盒赶上那些不知姓名的伙伴们，将扬琴盒交给其中的一个，苦笑着说："真不巧，我碰见个……熟人，不能奉陪了……"说完，故作轻松地转身吹着口哨往回走……

十点半，青年宫内，华丽的大幕徐徐拉开，穿着黑色曳地长裙的女报幕员，从舞台一侧莲步娉婷地走至舞台中央，一时间五色追光投照在舞台上……

青年宫外，广场上，二十几个身着草绿半新军装的返城知青，也列成了两排。扬琴没有架子，放在两块从江边搬来的长方形的轻灰凝铸的巨砖上。拉破二胡，破大提琴的，也端坐在同样的巨砖上。

许多人开始围观他们，像围观走江湖卖艺的。

"大爷大娘们，大叔大婶们，大哥大嫂们，弟弟妹妹们，公民们！今天，我们北大荒返城待业知青中的一个伙伴，要为你们，为城市，献唱几首歌，表达我们对城市的……"络腮胡子充当了他们的报幕员。他不知道应该对城市表达什么，也就不浪费脑细胞去思索那个足以表达"什么"的什么鸟词了。他干脆结束了有头无尾的"开场白"，退回队列，对站在身旁的刘大文低声说："你是主角，我们不过是配角，成败在此一举，全看你啦！"

刘大文跨出了队列，望着围观他们的人群。

围观者不算太多，也不算太少，百余人。

虽然他们的目光像在观看变戏法的，耍猴子耍狗熊或耍把式卖假药的，他还是激动了起来。如同当年全兵团文艺大会演时他第一次走上真

正的舞台那般激动！他终于有机会在这座城市里面对着这么多人唱歌
了！没有背后那些他不认识的和多年前认识但早已忘记了姓名的返城
待业知青伙伴们，就是有了今天这样的机会，他也没有此刻这样的勇气。

刘大文啊刘大文，你为什么不唱了？你敞开你的"金嗓子"大声唱
啊！唱啊！你不是早就期待着梦想着这样的一天这样的时刻吗？那你
就唱啊！

可是他背对着他的伙伴们，不转身向他们作任何"可以了"的表示。

他们不知他是怎么了，都暗暗着急了，也暗暗慌了。他可千万别让
他自己和大家都成了被耍笑的一群猴子啊！

络腮胡子突然果断地大吼一声："开始！"

他们八仙过海，各显神通，努力将他们的演奏技巧提高到艺术的顶
峰，努力使那些不美好的破旧的乐器发出美好的声音。

刘大文开口了！完全可以被称为金质的歌声从"金嗓子"冲荡而出！

　　啊嘟赫尼那……
　　啊嘟赫尼那……
　　啊嘟赫尼那赫尼那赫赫尼那赫赫雷，给根……
　　乌苏里江来长又长，
　　蓝蓝的江水起波浪，
　　赫哲人撒下千张网，
　　船儿满江鱼满舱。
　　……

与此同时，青年宫内，站在舞台中央的老歌唱家，也唱着这首当年使
他一举成名的歌。老歌唱家对这首歌有着特殊感情。它是他的帆，艺
术道路上的帆，人生道路上的帆。所以他将它列为他要唱的第一首歌。
每一个人都有自己的帆。有的人一生也没有扬起过他的帆；有的人刚

一扬起他的帆就被风撕破了,不得不一辈子泊在某一个死湾;有的人的帆,将他带往名利场,他的帆不过变成了别在他缎带上的一枚徽章,随着时间的流逝而失去光泽;而有的人的帆,却将引他行洋过海,驶完他生命的不朽的全程!

每一个听众都怀着崇敬的心情望着舞台上的老歌唱家,庆幸自己能够听到他最后一次在舞台上唱这首歌,同时在想着奋斗、成功、荣誉和声望等等等等与人生有关的词。

青年宫外,歌声继续。

一位是著名的老歌唱家,一个是返城待业知青。他们按照同样的节目单的顺序,面对不同的一些人,唱着同一首歌。一个要降落他的帆,一个要扬起他的帆! 不,"歌唱家"的桂冠并不是他的帆! 他的帆是她! 是他的"好小女孩"! 她才真正是他的帆! 失去了她他就会桨损舟沉! 他的歌声,不过是风! 不过是鼓满她吹送她的风! 使她将他们的小舟引向一片平静的美好的湖光水色……

白桦林里人儿笑,
笑开了满山的红杜鹃,
紧摇桨来稳掌舵,
金色的晚霞照船帆。
……

白桦林,白桦林,白桦林啊……
他眼前出现了北大荒的白桦林,美丽的白桦林,神秘的白桦林,童话境界一般的白桦林,清晨的白桦林,黄昏的白桦林,浓雾缭绕的白桦林,明媚阳光透照的白桦林,秋雨潇潇季节的白桦林,洁雪飘飘时的白桦林……
他的"小女孩"在他梦幻般的白桦林中笑啊,笑啊,笑啊,笑啊……

笑得那么天真,那么快活,那么可爱,从这一棵白桦旋转着绕到那一棵白桦,又从那一棵白桦旋转着绕到另一棵白桦……她像一个白桦林中的美丽的小精灵,像一棵最美丽的小白桦变成的少女……

青年宫剧场里,爆发了热烈的掌声。老歌唱家在掌声中频频向台下鞠躬谢幕……

青年宫外的广场上,静得出奇!围观者们这时已有几百人,他们用异特的目光望着这些返城知青。面对着毫无反应的人们,"金嗓子"心中一片茫然了,唱歌的那种激情也顿时低落。

"大文,棒极了!就这么来!……"络腮胡子在他背后小声说,声音有些颤抖。

几枚钢币抛到了他脚旁。接着,又是几枚。他低头望着地上那几枚钢币,一阵酸楚。

钢币在他眼中渐渐模糊了。

络腮胡子跨出队列,弯腰捡那些钢币时仰脸看看他,又对他说:"别介意!别忘了你现在正是和人家硬碰硬拼的时候!不是两眼含泪的时候!"

络腮胡子将钢币一一从地上捡起后,托在一只手掌上,走向人群,不卑不亢地说:"我们不是为了钱,哪位的,请哪位收回去。"

外围的某些人们,这时已注意到,有十几辆治安警察们的摩托,不知何时停在广场边上。

一批"蓝警服"在人群外围走动。

谨小慎微的人悄悄离去。

一个"蓝警服"口中一边说着:"闪开,闪开!"一边穿过人墙出现在场地中间。

刘大文默默地望着他,脸上没有表现出惊愕,心里也没有产生不安。

他身后的伙伴们互相传递着眼色,也都对这个"蓝警服"的突然出现面不改色,无动于衷。

"嘿,原来是你呀!""蓝警服"走到了刘大文跟前,说:"马路红,不记得我啦? 你可真成马路红了! 难怪我往歌舞团打电话找你,人家说根本没有这么个人呢!"

"金嗓子"的伴奏者们又互相传递眼色。他们随时准备奋不顾身地保卫他们的"金嗓子",准备用他们手中那些破旧的乐器当武器。

刘大文仍默默地望着对方。

"你唱得真是不错! 真的,真是不错! 我不认为自己被你骗了! 告诉我真实姓名吧,我现在不是在代表公安部门跟你说话。"

"刘大文……"

"我叫孙兆光。互通真实姓名,才算真正认识。"对方向他伸出了一只手。

他也伸出了一只手。

两只手迅速握一下,立即松开。

"蓝警服"转向人们大声说:"都要安安静静地听,不许起哄。不许无理取闹!"说罢,攀上一根水泥灯柱底座,朝人墙外挥一下手臂:"你们都走吧,这儿没什么事,不过是唱歌,治安由我维持!"

一阵摩托车声驶远了……

轰! ……轰! ……轰! ……

江上游,传来一阵阵炮声。按季节,春天已经来了,但坚冰仍封锁着江面,那是大炮轰击坚冰的声音。坚冰轰破,江水涌出冰面,载着上游的冰排,奔流而下。上游江水和冰排的压力,造成下游冰面坍塌,于是这条江就彻底解冻了。每年大炮轰江都吸引不少人到江边观看那场面。

"轰江了!"

"是轰江了!"

刘大文又开口唱了。

人们的目光又渐渐集中在这些返城知青身上。他们不是为了钱,那他们究竟是为了什么? 人们不理解。他们使人们想起了"文革"时期的毛泽东思想文艺宣传队。对于这样的街头文艺形式，人们已经久违了。所不同的是，眼前这些当年肯定都戴过"红卫兵"袖章的返城知青们，唱的不再是"老子英雄儿好汉"或"造反有理，造反到底"了。

而且那个唱歌的嗓子多好哇！

人们开始为刘大文唱的第二首歌鼓掌了。

当他又唱完一首歌后，一个卖汽水的十六、七岁的少女手中拿着一瓶汽水钻透人墙，走到他跟前，腼腆地说："喝吧，润润嗓子。我不收你钱，我哥哥在兵团的时候也当过文艺宣传队员……被冻死了……"

刘大文的目光注视在那少女脸上。在这么多听他唱歌的人中，他觉得那少女是唯一不用看热闹的眼神看待他和他背后的伙伴们的。

"小妹妹，我现在不能喝。喝了，反而会唱不出来了……"他低头瞧了一眼拿在一只手中的节目单，回头对络腮胡子说："我不想再照节目单唱下去了！"

"为什么？"络腮胡子诧异了："就这么唱下去，效果很好！懂吗？"

"可是这节目单上的一些歌不适合男低音唱。"

"那……你想唱什么？"

"我想唱几首外国歌曲，不知道合适不合适……"

"你自己想唱什么就唱什么吧，现在不是七〇年，是八〇年了，只要别唱什么黄色的反动的！"

络腮胡子虽不会什么乐器，但也没干站着，只要是他也会唱的歌，他就用口哨加入伴奏。他口哨还吹得真不赖。

除了节目单上的一些歌的确不适合男低音唱这个原因而外，更主要的原因是，刘大文很想唱几首妻教他唱会的歌。妻教他唱会了许多外国歌曲，他只在北大荒的那个小家中，为连队的知青们唱过那些歌曲，还从来也没有面对几百人唱过一首跟妻学会的歌曲。这是他心中长久以来的一个凤愿，今天他要实现它！他真希望他的嗓音再浑厚一百倍！再宽广一百倍！传得很远很远，让妻也能够听到。她此时此刻在干什么呢？

是在妹妹妹夫的新房里给两个女儿剪纸人呢？还是仍熟睡在那个温暖的"小匣子"里呢？

他望着人们说："下面我要唱的是一首外国歌曲,歌唱一座山谷。我们北大荒没有山谷,只有广袤的荒原。我们的一些知青伙伴,被埋在那里的土地上了,永远被遗留在那里了,永远也不能再回到城市里来了。我为他们唱,如果你们中有谁是他们的父母和兄弟姐妹,我也是为你们唱的……"

人们肃穆起来。

"金嗓子"将他对那些被埋在北大荒土地上的知青伙伴们的哀思、怀念和挚爱,全部倾注在这首歌的每一个字中了。

他深情地唱道：

> 西班牙有个山谷叫雅拉玛,
> 人们都在怀念着它,
> 多少同志倒在山下,
> 雅拉玛开遍了鲜花。
> ……
> 西班牙有个山谷叫雅拉玛,
> 人们都在怀念着它。
> ……

他眼前出现了银色的暴风雪,荒原的大火,森林的大火,泛滥的洪水,凿山采石时的塌方,深深的沼泽,凶残的狼群……

他一边唱着,心中一边在默默地说："我的小女孩,我在唱你教会我唱的歌,你听到了吗？我为那些被冻死的,被烧死的,被淹死的,被炸死的,被砸死的,被瘟疫夺走了生命的我们的知青伙伴们唱！你们死去了的,你们也听到了吗？我刘大文在城市里为你们而唱,愿我的歌声传到

511

北大荒去,传到埋葬你们的那些地方去……"

> 多少同志倒在山下,
> 雅拉玛开遍了鲜花。
> ……

那个卖汽水的少女哭了。

人们静默片刻,忽然有些骚乱。青年宫的门打开了。

他知道,他第一次在城市里,面对这么多人歌唱的最后时刻到了,身后的伙伴们带给他的今天这一次"机会"该结束了。他忽然很想替背后的伙伴们向人们说些什么,唱些什么。

他要替伙伴们说的那些话是不必进行思考的,他理解他们,知道他们会希望他怎么说。

"城市,是我们的母亲。我们,是这座城市的儿女。我们在北大荒的十一年中,曾日日夜夜地思念她!最后,我为我们返城待业知青们,向我们的城市母亲唱一首歌!……"

他不是说出而是呼喊出了这番话!

母亲,白发苍苍为他们这一代操碎了心的母亲!当年欢送走他们这一代如今似乎不再爱他们这一代的城市母亲!请相信他们是对母亲充满深厚感情的一代吧!

城市母亲,城市母亲!"金嗓子"要用他的歌声打动你!

"金嗓子"他流泪了。

> 当年我的母亲,
> 整夜没合上眼睛,
> 当我告别城市,
> 她送我一条手巾。

无论我走到哪里，

总难忘母亲的面容，

无论我走到哪里，

更难忘她忧郁的眼睛。

拿起这条手巾，

不由想起母亲，

这条母亲的手巾，

勾起童年的回忆。

我们怎能忘记，

母亲宽厚的爱情，

我们怎能忘记，

母亲忧郁的眼睛。

……

在他唱着的时候，江上游遥远的地方，又传来了几声大炮轰江的回响，却似乎没有人听到。

刘大文啊刘大文，你是当之无愧的"金嗓子"！你的歌声飞扬过了几条街道，回荡在整个江畔公园！听到它的人，何止是你眼前的几百！你不知道有多少男人、女人、老人、孩子、少年、青年，在街道上走着的、在马路上骑着自行车的、在江畔散着步的……都听到了你的歌声！他们的心弦都被你那浑厚的宽广的金质般的充满深情的歌声拨动了！你也不知道有多少行走着的人站住了，有多少骑着自行车的将自行车靠向马路边停住了，有多少在江畔散着步的朝这里走来！

母亲——这是人类所创造的全世界共通的语汇，这是每一个人的生命的摇篮。这座城市的人们，在街道马路和公园里，听到过有的青年大唱"啊吧啦咕"，听到过有的青年阴阳怪气地哼哼"阿哥阿妹情意长"，听到过有的青年流里流气地呻吟"姐儿姐儿让我亲亲你的手"……

但是人们头一次在这条母亲江边,听到一个浑厚的宽广的金质般的充满深情的声音,真挚而虔诚地歌唱着母亲!人们怎能不侧耳倾听!

松花江啊,这条母亲江,"她"也听到了你的歌声!从"她"被炮弹炸裂的"伤口",今年的第一股江水,自几十里外的上游,贴着冰面缓缓地涌流了过来。

青年宫内的演出散场了。

刚刚有幸欣赏了老歌唱家告别舞台的专场歌唱演出之后的一些人们,拥聚在青年宫前,继续欣赏一个返城待业知青的"公演"。

专场演出的主持人,早已获悉外面的"情报"。为了使告别舞台的老歌唱家今天本来就很复杂的心绪不致被一伙返城知青搅得更复杂,引导他从侧门离开了剧场。

> 我们怎能忘记,
> 母亲宽厚的爱情,
> 我们怎能忘记,
> 母亲忧郁的眼睛。
> ……

老歌唱家一走出侧门,就听到了这歌声。

他站住,问:"什么人在唱?"

"一伙返城知青在那儿哗众取宠,这是我们预先没想到的情况,您多担待!"主持人深怀不安。

"唱歌是人类的普遍自由,我担待其何?"老歌唱家矜持地笑笑,坐进了他的小汽车里。

小汽车不停地鸣着喇叭,在散场的人流中缓缓行驶。尊重他和崇拜他的人们,满怀敬意地闪向两旁,对他的小汽车礼让。

老歌唱家在小汽车内频频向这些人们摆手,表示回敬。

刘大文的歌声却追随着他,也追随着尊重他和崇拜他的人们。那歌声分明是向他的艺术荣誉和人们的崇拜心理挑战。

刘大文他们是离不开那里了。"哗众取宠"的这一伙返城知青,被更多的人包围了,被掌声挽留住了。他不得不重唱最后那首歌。一个人的"金嗓子"只要有一次当众歌唱的机会,不识音符的人也能够听出那嗓子绝不是一面铜锣或破鼓。

老音乐家当然不是不识音符的人。

"停!"他在司机肩上拍了一下。

司机停住车,回头看他一眼,问:"什么东西忘在剧场了?"

他仿佛没听见司机的话。

他在想:什么人的嗓音这么浑厚这么宽广?而且,会唱这首歌的返城知青,绝不会与音乐缘浅。他认为本市绝不会有一个嗓音这么好的人,他曾期待过这么一位年轻人的出现,但是后来渐渐失望了。难道今天奇迹发生?在我向舞台告别之日,音乐之神又送来一位比我当年声誉鹊起时更年轻的歌唱家?他凭自己多年的歌唱经验听得出来,唱歌人的年龄绝不会超过三十五岁!

"开回去!"他坚决地对司机说。

司机不知他究竟将什么贵重的东西忘在剧场了,见他神色颇为严肃,不愿多问,调转车头,往回开。

"开到正门去!"他又说了一句。

司机不免奇怪,既然是遗忘了东西嘛,从哪个门进剧场找回来还不一样?干吗偏偏要从正门进呢?你老了,不能再登台演唱了,这也是自然规律。不顺心,别冲我来呀!

从青年宫到环市公共汽车站,有条千米长的小街。剧场里走出来的一大半人,并没停留在青年宫门前,他们直奔环城公共汽车站,这条小街就可谓"人流如潮"了。司机想抄段近路,所以也加入了这股"潮流"。他在这股"潮流"中调转头,已非易事,逆"潮"而驶,则更维艰。

崇拜心理,是人非常需要具有的一种心理。老歌唱家的这众多崇拜者们,一个个并不是聋子,听不到刘大文的歌声,也不是对歌唱缺少起码欣赏水平的一些人,完全听不出那声声灌耳的金质般的歌喉。不,他们听到了,也听出了那歌喉是多么浑厚多么宽广!但他们都不愿表示出对这歌声的欣赏或注意。他们中许多人是手持红底金字的请柬进入剧场的,他们觉得这是一种殊荣,也标明他们在这座城市的艺术生活中所占据的层次。他们刚刚为"阳春白雪"而热情饱满地大鼓其掌,岂有再对剧场门外广场中心的"下里巴人"驻足侧耳之理?那不是对老歌唱家的大大不恭大大不敬么?那不是等于降低了他们的欣赏层次么?所以他们对刘大文的歌声听到了也装作根本没听到。心里暗暗惊讶也故意彼此皱眉摇头,彼此表示着"阳春白雪"的高层次欣赏者们对"下里巴人"的无可忍之而忍之的轻蔑,虚伪地维护着红底金字的请柬所带给他们的殊荣。

可是老歌唱家的小汽车在他们虔诚礼让的注目下竟调转了车头,朝回开去!这令他们始而大惑不解,继而不解大悟——老歌唱家对"下里巴人"公然进行的场内外分庭抗礼的艺术挑衅愤怒了!对一位誉满全市的老歌唱家,对他告别舞台的最后一场歌唱演出,如此这般的艺术挑衅行为实乃冒犯!是可忍,孰不可忍?于是他们也义愤起来!于是许多人站住,向后转,跟随在老歌唱家的小汽车后,往回走。他们都觉得自己有义不容辞的艺术良心和道义,做老歌唱家的坚强后盾,代表本市最高的欣赏层次,去向"下里巴人"大兴问罪之师。

小汽车在广场上的人群外围停住,老歌唱家从容地下了车。

于是就有几个他的崇拜者,在他前面替他"开辟"道路。

"让一让,请让一让,请为歌唱家郭桐郭老让一让路!"

"对不起,这位是老歌唱家郭桐,劳驾啦!"

"闪开,闪开,这位是老歌唱家郭桐……"

"这位是老歌唱家郭桐……"

"请为郭桐同志礼让一下……"

郭桐——一个几乎在本市家喻户晓的名字。他唱的"乌苏里船歌","大顶子山高又高"等赫哲族民歌,使他成为当年全国著名的歌唱家之一。他是当年的"金嗓子",一声"赫尼那",曾倾倒过多少听众!

里三层外三层的人墙恰似斧落环断,为"郭桐"这个名字断而复合。

刘大文的歌声戛然而止。这个返城待业知青心中明白眼前的人物是谁。

当年的"金嗓子"和待业的"金嗓子"四目相对。刘大文觉得对方的目光仿佛是从云端俯视着自己。他不卑不亢,以沉默回答沉默。他背后的伙伴们一个个手持破旧乐品,从轻灰巨砖上站了起来。

人群顿时肃之敬之。好像在他们看来,对峙着的双方不是两个歌唱的人,是两头狮子,随时会扑斗到一起去似的。

老歌唱家首先开口问道:"你叫什么名字?"

"刘大文。"

老歌唱家觉得这名字有些熟悉,像曾在他记忆中保留过又被时间的风吹走了的一片叶子。但他一时想不起来为什么这片叶子曾在他的记忆中保留。

"你在哪个单位工作?"

"待业。"

"靠野唱养家糊口?"

"不为柴米油盐。"

"那……又是为了什么?"

"人人都有唱歌的权利。高兴了,就唱。"

"不过我看你的样子并不见得怎么高兴。"

"不高兴时,也唱。"

"知道今天青年宫里举行我告别舞台的专场独唱演出会?"

"知道。"

"那么你是知之才为之了？"

"正是这样。"

"你以年轻的歌喉向我苍老的声音挑战，不太公道吧？"

"我认为我的嗓子比你年轻时的嗓子还要好。你像我这样年龄的时候，已经多次出国演唱了，而我却待业，公道在哪里？"

老歌唱家缄口片刻，笑了："的确太不公道。我欣赏你的直率。"

"你的意思是，不欣赏我的嗓子啰？"

"你刚才已经对你自己的嗓子作了并不算过分的评价，我不想再重复你的话。我只想当着公众声明，我承认你说出了一个事实。"

轮到刘大文缄口不言了。许久。

老歌唱家从容地微笑着，走到他跟前。

"我比欣赏你的直率性格，更欣赏你的嗓子。"

刘大文双唇颤抖了半天，才从口中挤出两个连自己也勉强能听到的字："谢谢……"

"我不过说了句由衷的话，何谈谢字呢？"

"你今天在公众面前给我的，我用衣襟也兜不下……我……我刘大文……今天知足了！……"

刘大文热泪又一次夺眶而出！

是的，今天，此时此刻，他心中知足了。

"我当年可不像你这么知足啊！"老歌唱家朗声笑道："取消我一次出国机会，我会罢演三场的！"

人群中，也发出了一阵笑声。

"千金易得，知音难寻啊！"

"这小伙子今天算是没白唱。"

"不是金刚钻，人家今天也不敢到这儿来揽瓷器活！"

"天生的弯弯肚子才吞镰刀头嘛！"

……

老歌唱家又说："我要和你好好谈谈。现在就跟我走,坐我的车,到省歌舞团去。中午饿不着你,我管你饭。"说罢,挽住刘大文的一条手臂,缓步向人群外走去。

刘大文抬起另一条手臂,擦去了脸上的泪水。

人群又闪开了路,表示对他们共同的礼让。

刘大文看到了那辆小汽车。他心情激动得无法形容,以为自己是在做梦,但周围的公众向他证明,他不是在做梦。

"我的小女孩,我的好小女孩,也许,我今天将能带给你一个使你万分欣慰的消息啊!而你,一定会回报我一千个吻……"他在心中对他的"小女孩"说着。他恨不得一步就与老歌唱家跨到小汽车旁,一分钟后就坐着小汽车到了省歌舞团,两分钟后就带着一个美好的福音回到了"家"里,三分钟后就已经躺在他们的那个虽然黑暗但很温暖的"小匣子"中的"席梦思"上,拥抱着他的"小女孩",享受着她将要回报给他的一千个温柔而甜蜜的亲吻……

当他们走到小汽车旁时,当司机(他万没料到老歌唱家几乎遗失了的是一个年轻的同行)替他们打开车门时,"金嗓子"忽然想到了什么,他从老歌唱家的挽持中抽出手臂,慢慢地转过了身。

他们——他的那些过去从不相识的,或虽曾有过一面之缘,但已多年失去来往,互不联系的,与他一样返城待业的伙伴们,一个个仍站在那里望着他。

他心中严厉地谴责自己,怎么能忘记了他们!他张了张嘴,想要对他们说几句话,却一个字也说不出来!他的喉咙被一块海绵似的东西堵住了,那团海绵仿佛在五味缸中浸泡过。

刘大文啊刘大文,难道你连一句感激的话都不会说了么?那么你就对他们说一句诙谐的话吧!你平时不是挺善于打趣逗哏的么?哪怕像"再见"这样普通的话都行!你总得对他们说一句话呀!你不能对他们一句话都不说就坐进小汽车一走了之呀!

然而他望着他们,张了张嘴,又张了张嘴,张了几次嘴,仍然是一个字也说不出来!他的内心世界里感情的大海涌起叠叠波涛,在他思想的礁石上撞得粉碎,溅起阵阵浪花!将他的语言像卷走海滩上的贝壳或石子一样,卷到他的心海深处沉底了!

他恨不得扯开衣服扒开胸膛让他们看一看他内心里是怎样的一番情形怎样的一种状态!

他硬是说不出一个字来!他绝望了。

心海中的浪花溅湿了他的眼睛。

"金嗓子"深深地深深地向伙伴们弯下了腰——他恭恭敬敬地给伙伴们鞠了一个九十度的大躬。

"金嗓子"向他的伙伴们连鞠三躬,却始终没说出来一个字……

小汽车开走了。

人们渐渐散去了。

广场上空荡寂寥了。

他们,那些"伴奏者"们,依然站在那里,还有那些轻灰巨砖陪着他们。

"这场戏算是结束了,但愿有个好尾声。"络腮胡子自言自语。

谁也没回答他什么。

他一一看着大家,又说:"我们这些配角也该散了!把它们搬回原处吧!"他踢了踢一块轻灰巨砖。

他们默默从命,将那些轻灰巨砖搬回江边。

络腮胡子拍了拍手上砖灰,向大家伸出了一只手:"哥们儿,后会有期了!"

大家一一同他握手。

他们都一一握过了手,还不散去,好像在期待着络腮胡子下达一句更加明确的"口令"——"解散!"才肯分别似的。

络腮胡子没有下达这样的"口令"。他问大家:

"你们说咱们的'金嗓子'会有个好尾声么？"

还是无人回答他什么。

但他从大家的目光中看出了这样的意思——咱们今天太值了！好运气已经向咱们的"金嗓子"招手了！……

忽然，这些返城待业知青们，不约而同地搂抱在一起了！就像夺得世界足球赛冠军金杯的运动员们那样，十几个搂抱在一起了，他们的头也聚在一起，头抵着头，久久未抬……

那些轻灰巨砖听到他们中有谁哭了……

城市，城市，你将他们二十余万分开了！但是，只要他们想聚在一起，他们就会十几个，几十个，乃至成百上千，更多更多地聚在一起！

"我想起来了，八年前全省文艺大会演期间，我就听你唱过歌，唱的是歌剧《白毛女》中杨白劳的选段，对不对？后来，为了把你调到省歌舞团，我曾亲笔给你们兵团总部写过信。不过我那时太天真了，我还一边参加演出一边继续接受改造，那封信当然也如泥牛入海，有去无回！……"老歌唱家又朗声大笑了。他指指团长办公室里的沙发，对刘大文说："坐嘛！我耽误不了你多长时间，要跟你谈的，不过三言两语而已。第一，从今天起，不，从现在起，你就是省歌舞团的歌唱演员了！也不是一般的歌唱演员，是主要歌唱演员，是台柱子。听明白了？"

刘大文听明白了。因为听明白了，才觉得"明白"中混合着太多的不"明白"。半小时前，他还是一个返城待业知青。此时此刻他真可谓"摇身一变"，成了省歌舞团的"台柱子"！"明白"得近乎荒谬。不"明白"得不想"明白"过来。这情形好比一个男子苦恋着一个对其冷若冰霜的女人，而当这男子的心绝望到和那女人一样冷若冰霜的时候，她突然出现在他面前，信誓旦旦地对他说："我整个儿的心都在爱着你，非你不嫁，听明白了？"然后就张开双臂拥抱他，然后就含情脉脉地长吻他……

老歌唱家见他似明白非明白，郑重地说："你别以为我在跟你开玩笑！我不是爱开这种玩笑的人。一切手续都由我安排人来办,你不必分心。我放你五天假,五天后,你找我报到,开始参加排练。你要练好三到五首歌,排练时间只有半个月了,半个月后,随团进京,为庆祝'五一'劳动节向首都人民汇报演出,听明白了?"

"听明白了。"

"我怎么瞧你好像什么都没听明白?"

"听明白了。"

"重复一遍。"老歌唱家越看刘大文那种样子,越觉得有严肃认真的必要。

"从今天起,不,从现在起,我就是本团的歌唱演员了。还是主要歌唱演员,还是台柱子。我不应该以为您在跟我开玩笑,您不是爱开这种玩笑的人。一切手续,都由您安排人来办,我不必分心。您放我五天假。五天后,我找您报到,开始参加排练。我要练好三到五首歌。排练时间只有半个月了,半个月后,随团进京,为庆祝'五一'劳动节向首都人民汇报演出……"

老歌唱家盯着刘大文的脸瞅了半天,迷惑地问:"你怎么了?"

"我怎么了?"刘大文也迷惑地反问。

"你的记忆力简直使我吃惊!"

"这使您对我的印象不佳了么?"

"那倒不是！但是为什么……"老歌唱家不知为什么自己会说出"为什么"三个字。这场谈话中根本不存在任何应提出质询的"为什么"。面前这个即将成为省歌舞团台柱子的返城待业知青,忽然使他觉得有什么不对头的地方。他没能"但是"下去,却补充道:"对了,你来找我报到的时候,要带给我一份身体健康证明。"他认为补充这一点很重要。

"是。带给您一份身体健康证明。"

"你的头脑没得过什么病吧? 比如精神方面,没受过什么打击或刺激吧?"

"这方面的健康证明,我可以开出十张来,报到的时候带给您。"

"噢,不必,不必十张,一张足矣。你还有什么想要对我提出的问题吗?"

"有人对我说城市不需要歌唱家。"

"什么人?什么人说这种话?"

"我们街道的待业知青办公室负责人。"

"你把他当成一个聋子就是了。"

"我返城之后不久,到这里来过一次,某位好像也是个头头的人对我说,一座城市有一位真正的歌唱家就不算少了。我要唱一首歌给他听,他说他没工夫听……"

"我会调查出他是谁,并且当面告诉他,他的话是屁话。他肯定有工夫听。"

"如果我今天没有勇气在青年宫剧场外……与您分庭抗礼呢?"

"那……可能将是你的遗憾。"

"如果您今天没听到我的歌声呢?"

"那……可能还是你的遗憾。"

"如果您今天虽然听到了我的歌声,却根本不屑于见识一下我这个无礼的小人物是谁,或者虽然见识了我,却当众挖苦我讽刺我呢?"

"那……那可就实在太遗憾了!是你的遗憾,也是我的遗憾,是省歌舞团的遗憾。"

老歌唱家挽着刘大文的手臂踱出了办公室,一边往饭厅走一边说:"至于健康证明,那就免了吧!"

他抽出手臂说:"我不能在这儿吃!"

"为什么?"

"我想早点回到家里把我的幸运告诉她。"

"谁?"

"我妻子!"

"是这样,理解,我很理解。你稍等一下!"老歌唱家转身离去。一会儿回来了,重新挽着他的手臂,将他送出大楼。

楼前停着那辆刘大文坐过的小汽车。

老歌唱家替他打开了车门……

一千个吻!当然应该是一千个吻!我的"小女孩"我的至亲至爱的最好的"好小女孩",我的命也是你的命!我们的命早已连在一起成为一个命了!让我们感激别人的同时,也感激我们的命吧!他那只习惯于插在衣兜里的右手,又仿佛轻轻握住了什么温柔的纤秀的小东西……

他真想叫司机停住车,跳下车往"家"跑。他觉得小汽车的速度还没他跑得快。

在离"家"三条街的横马路上,车被红灯拦住了。

"我下车!"他钻出车,撩开长腿往家跑!

他一直跑进院子,跑到"家"门前,见"家"门大敞大开,"家"里一片凌乱,他的"小女孩"不在他们的"小匣子"里。

他想她准是在妹妹妹夫的屋里哄两个孩子玩呢!不过太不应该将"家"门大敞大开:虽然他们的"小匣子"里没什么会丢失的东西,但温暖却是宝贵的。

他关上"家"门,返身疾步走到父母和妹妹妹夫住的屋里,一脚门内,一脚门外,便兴冲冲地叫了一声:"小眉!"

妹妹妹夫住的外屋没人。

父亲母亲住的里屋也没人。

他有点奇怪了。走出屋,在院里高叫:"小眉!小眉!……"

她一向是不带着孩子们到邻居家串门的呀!父亲母亲又到哪儿去了呢?

一位邻居大婶闻声从自家走出来,见是他,急切地说:"大文呀大文,你可闯了祸啦!你那小爱人她煤气中毒了呀!俩孩子都在我家,你赶快去医院吧!可能是静安医院!"

"煤气中毒？"他一时对这四个字没有反应过来。

"天哪！别犯傻了！还问什么劲呀！"

他的第一个反应是那女人所看不见的，他插在衣兜里的右手一下子握紧了……

在静安医院抢救室外，他看到他的老父亲和老母亲抱头痛哭。

"妈，爸，小眉她在哪儿？在哪儿？……"他不要她一千个吻了，他要马上看到她怎么样了，他要向她低头认罪：不该在头一天晚上骗她服下三片安眠药，不该往炉子里加煤，不该将她封闭在他们的"小匣子"里，应该早就想到敲打烟筒……

老母亲泪如洗面，望着他，捶胸顿足地说："我的儿呀儿呀，是你……你把她……害死了呀！……"

"不！她在哪儿？在哪儿?!……"他要往抢救室里冲。

一个护士从抢救室出来，用背靠住抢救室的门，阻挡他冲进去，司空见惯地说："你们别在这儿哭了好不好？你们已经影响里边做手术了！人死如灯灭，哭有什么用？她已送到停尸房去了……"

他身体摇晃了一下，像棵被从根部锯断的树似的倒下去了……

两天之后，在火葬场，十几个返城知青几乎占领了整个候化室。他们有男有女，是来向袁眉的遗体告别的。他们一个个如同守护神围在她的遗体四周，从中午至下午，没有一个人说过一句话，都在默默地瞧着她那张美丽的脸。十几个死者越过她的编号被输入了地狱之门。

她仰躺在窄长的轮床上，雪白的布单从颏下罩至脚下。她的脸经过了一番淡妆，显得更加秀丽婉雅了。她似乎并没死，似乎仍在睡着。

刘大文站立在她的轮床边，目光没有一刻离开过她那张美丽的脸。他握着她的手，也没有一刻放开过。她那只象牙雕成般的娟秀的小手，仿佛已被他的手握"活"了；不那么凉了，也不那么僵硬了。

又有一个死者越过她的编号被放到了输送带上，一个面容青黄枯槁的老太婆。短小的想必也是干瘪的身躯，被花团锦簇的绸缎被子严密地包裹着。将她放到输送带上的分明是她的两个儿子,他们那样子也分明是在不得已而尽着人之子的最后义务。

输送带是用节节钢辊组成的。它的中间部位闪闪发光,那是"物体"与金属摩擦的结果。而它的两侧,钢辊与钢辊的焊接处,呈现着肮脏机床所常见的一层污渍。

输送带运转了。老太婆的遗体像一件"流水线"上的产品,缓缓地被输往最后一道"工序"。

除了刘大文的目光依然凝视在妻那张显得愈加美丽的脸上,其他返城知青们都又一次默默地看着这一机械作业的过程。包裹着老太婆身躯的缎被,在"地狱之窗"卡住了一下,然而输送带并没有停止运转,那缎被和它所包裹的身躯,卡得卷了起来,如同弹棉机上的棉花由于机械故障堆积成了棉球。可能是操纵机械者发现这一小小"故障"后及时按了某一个按钮,"地狱之窗"迅速抬起,那花团锦簇的"棉球"一下子滚落在托尸板上,他们听到了一声闷响。托尸板——这钢的大手,凭着一根机械的神经,一"感觉"到托住了什么,转眼就将那花团似锦的"东西"连同自己塞到焚尸炉膛里去了。熊熊火焰顿时从炉口喷出……

当那阵火焰渐渐熄落之后,有一个工作人员小心翼翼地对这些返城知青说:"我们……快下班了……"

他们谁也不回答什么,也不动。

那个工作人员,向另外两个工作人员使眼色,他们便走过来欲从轮床上抬起袁眉的身体。

三只有力的手同时将他们狠狠推开了。

他们愣愣地望着这些返城知青们。

一个悲哀的声音低低地说:"嫂夫人,让我们像当年那样……每个人……都……亲你一下吧……"

说话者首先哭了。

这些返城知青们,一个个两眼含着满眶悲泪,依次在那张无比美丽的脸上轻轻吻了一下。

几双手轻轻地轻轻地将她从轮床上抬起,轻轻地轻轻地将她放到了输送带上。

输送带又运转起来了。刘大文还握着妻的那只手不放,他跟随着妻的身体,移动在输送带一侧。

她的面容进入了"地狱之窗"。

刘大文握住她的那只手不放。

输送带运转着。

她的身体一半在"窗口"内,一半在"窗口"外,微微地颤抖起来,就好像她知道外婆的死那一天夜里在他怀中哭时那样颤抖着。

"嫂夫人!……"

"嫂夫人……"

"嫂夫人……"

返城知青们一个个失声恸哭。

刘大文不忍视妻的身体的那种颤抖,他心疼她,放开了她的手……

返城知青们立刻都扑向输送带,用他们的双手拼命朝后扳住输送带的节节钢辊……

输送带运转着,扭伤了他们许多人的手指……

一声微小的人体低落的响声……

输送带停止了运转……

姑娘们几乎同时伏在输送带的钢辊上……

几个小伙子的拳头一下又一下地砸在钢辊上……

哭声一片……

火……

"地狱之门"的火……

"金嗓子"美丽的"小女孩"顷刻变成了碳化物……

那一天夜里,"金嗓子"独自一个人睡在他们——不,他的温暖而黑暗的"小匣子"里。

炉盖开着,外面的烟筒被一团破麻袋片堵塞着。他服了安眠药,怀中搂着妻的骨灰盒……

他在昏晕状态中听到了两个女儿的哭嚷声:

"妈妈!妈妈来……"

"我要跟妈妈睡……"

"我也要跟妈妈睡……"

他听着,听着,听着……

两行眼泪从他那闭着的双眼中渐渐溢了出来。

"我要跟妈妈睡……"

"我也要跟妈妈睡……"

他从昏晕状态中挣扎了起来,跌下"床",爬到"小匣子"门口,推开了门……

五天后,一个穿着破旧得很不体面的兵团战士棉衣的人,怀中抱着一个美丽的小女孩,出现在四月的阳光温暖的大上海街头。

他抱着那个美丽的小女孩边走边问,在大上海街头走了许久,最后站立在一幢小小的花园洋房的美观的铁栅门外。门旁挂着一块牌子,上写:××区少年之家。

他问看门的老头:"李凤林是不是住在这里?"

老头打量了他一番,回答道:"他已经不在了。"

"他什么时候回来?"

"我说得很明白,他已经不在了。"

"……"

"喏,你没有看到那块牌子吗?他写下了遗书,将这幢花园洋房和十几万存款,捐献给区少年之家了……"

"……"

七天后,一辆小车开进了刘大文家住的胡同。

老歌唱家站在"小匣子"门外,一见开门的正是刘大文,劈头便问:"年轻人,你开我的玩笑吗?"

刘大文的双唇动了动,说:"对不起……"

"金嗓子"发出的是嘶哑的声音。

"你……你的嗓子?!……"

"她死了……"

第十五章

四月标志着这座北方城市的苏醒。树木在春天的裙边慢饮着冬天馈赠给它们的琼浆玉液,醉意微微之中解了银铠甲,披上绿斗篷。

从松花江上开始听得到轮船的汽笛声了。隔江望去,对岸已不再是荒僻的地方,太阳岛树丛的初绿赏心悦目。江畔公园的游人日渐增多。清晨,老人们在江边练太极拳或练气功。傍晚,一对对一双双二十来岁的情侣们的倩影,在江边徜徉过来又翩漫过去。星期天,有工作且有兴致的人们,则乘舟过江,去踏彼岸之春。

邓丽君的歌声从台湾跨越海峡传到了大陆,又从广州、上海、北京沿着铁路线以八十公里的时速传到这座城市。虽然还没达到风靡的全盛阶段,但已显示出方兴未艾的走红势头。"美酒加咖啡""月亮代表我的心"之类歌曲,随着"家庭四化"这一民间口号的提出,给本市最先拥有录音机的人们带来了时髦的欣赏。某些热衷于赶时代之"潮流"而又有家庭之经济基础的小青年们,拎着一台"夏普"或"三洋",里面装上一盘"邓丽君",将音量放到极大,在江畔招摇过市,仿佛他们是二十世纪八十年代中国的拿破仑似的。

在北京,《中国青年报》正展开讨论当代中国青年可不可以跳"迪斯科",留"披肩发",穿"牛仔裤",描眉抹唇究竟算不算"资产阶级生活方式"的严肃问题。文坛"歌德与缺德"之争风波未平,影坛又因《望乡》唇枪舌剑。"参考影片"票价高达七元八元及至十元以上。录像机和后来被称为"精神污染"的录像带,正从各海关源源地被奉送到或被带回到某些权贵之家。

而在A市,市委又作出决议,恢复了一批老干部的名誉和职务。

一支由建筑工人组成的维修大军,对全市"文革"中耗资几千万元所挖之深"洞",继续耗费人力物力进行不得已的维修和填埋。

一家电影院的广告上写着:今日上映外国影片《××××》,深刻揭露资本主义社会矛盾,其中也有不少"黄色"镜头,欢迎广大观众批判。

售票窗口前,小青年们恨不得挤破脑袋。

"特殊治安条例"没有宣布撤销,但城市的气氛已不像一个多月前那么紧张了。

"一中事件"仍是欲了未了之事件。

二十余万返城待业知青仍在待业。

这一切值得一提或根本不值一提的城市的事情和事件,似乎都在季节的白绿色彩过渡的美好日子里,失去了本色。

王志松已经参加工作近三个月了。今天是他发工资的日子。他在上衣兜里装着五十九块钱。他返城后衣兜里第一次有过这么大数目一笔钱。他的基本工资是三十八块,比在北大荒多了一块。这个月他一天也没休息,还加了许多天夜班,所以多开了二十一块。他很高兴地走在回家的路上。

他那身新工作服洗了两次,半新了。穿着半新的工作服,上衣兜里装着五十九块钱,腋下夹着饭盒,他觉得自己是这座城市的一位顶天立地的公民了。一个二十九岁的人有了这样一种自我意识,才会觉得二十九岁是想做某些事还都不算晚的年龄。

路过新华书店,他犹豫了一下,走了进去。他听人说,书店里可以买到一本家庭育儿知识方面的书,他早就想买一本了。要让宁宁健健康康地成长,要让宁宁从小受到良好的家庭教育。宁宁——这是他给儿子起的名字,他挺喜欢自己给儿子起的这个名字。小时候叫宁宁,长大了叫王宁。一定要去掉一个"宁"字。不知道为什么,他不喜欢那些叫重复双字的人名——"豆豆"啦、"倩倩"啦、"果果"啦、"红红"啦。不喜欢叫这类名字的小伙子,也不喜欢叫这类名字的姑娘。他认为叫这类名字的人,似乎都是些永远长不大,永远都在装小孩也希望永远被当成小孩去宠惯的人。他讨厌这类人。王宁——他唯愿儿子未来的命运中多一点安宁,性格中也多一点安宁,别像自己那么易怒。想到了儿子,他的好心情又变得有些忧郁起来。自己的户口落下了,儿子的户口至今还没落下,负责落户口的人不承认那孩子是他的儿子,还向他大谈什么婚姻法。儿子,放心!他默默地对自己说,爸爸一定要给你在这座城市落下户口!过几天我还要去找负责落户口那小子,他妈的他再跟我别着劲儿,再跟我大谈什么婚姻法,爸爸就揍扁了他!……

他不但买了《家庭育儿大全》,还买了《怎样奶孩子》《小儿疾病常识》《小儿口吃怎么办?》《怎样保护孩子的听觉和视力》《儿童心理学》《儿童性格的培养和教育》《父母如何为孩子做良好的榜样》等十来本小册子。

售书员是个二十多岁的姑娘,一边给他捆扎那一捆书,一边和他说话。

"男孩女孩啊?"

"男孩。"

"几岁了?"

"还不到一岁。"

"我看你准能当个好爸爸。"

"学着当。"

"男孩比女孩淘气吧?"

"现在还看不出来。"

"你为他这么认真地当爸爸,他长大了要是惹你生气,那可就够你寒心了。"姑娘爱开玩笑。

"我儿子绝不会让我寒心的!"姑娘怪可爱的,她的玩笑不可爱。

姑娘见他变得那么严肃,脸红了,一声不响地赶紧将书捆好交给他。

他拎起书,有点过意不去地说:"谢谢。"

"不用谢,我高兴替做了父母的人选这些书。"姑娘微微笑了一下。

"我的儿子,他将来绝不会让我寒心的。"

"我相信。"姑娘回答得很郑重。因为他那样子,似乎她如果不郑重,不回答"我相信"三个字,他就不走,甚至可能和她吵一架。

"谢谢。"他那张严肃的脸上,终于也浮现出了微笑。

"不过……别太娇惯他了。现在的独生子女们,都有点被父母娇惯坏了。"

"他要是越长大越调皮,我就揍他。"

"那可不好!孩子他妈妈也会跟你闹矛盾的……"

他拎着书发了一会儿呆,竟没听见姑娘这句之后又跟他闲扯了些别的。

"你还要买别的书吗?"

"啊,不,不……"

他因为自己的失神而有点发窘起来,又对姑娘掩饰地笑笑,转身走了。

他乘了一段公共汽车,在自由市场下了车。公共汽车的站牌上写着,这一站是"农贸市场"。可是老百姓们都习惯把这个地方叫作"自由市场"。中国的老百姓,普遍对"自由"的要求很低很低。中国的老百姓在这方面是没得说的,大大的良民,好老百姓。但凡够得上好的百姓,大抵对"自由"都不那么"得寸进尺",给点就行。

他到这里来是想买两条开江鱼。母亲近来一直卧床不起,病体恹恹。

他每天上白班,加夜班,没时间陪母亲去医院看看病。妹妹陪母亲到医院去看了两次病,也没诊断出个什么结果,只开回了几包安神补心的草药。他问母亲想什么吃不? 母亲说就想吃开江鱼。在他的记忆中,松花江每年开一次江,母亲却有二十多年没喝过一口开江鱼炖的鱼汤了。规规矩矩的好老百姓们,差不多也都有这么多年头没吃过开江鱼了。也不知道二十多年来松花江里的鱼都哪儿去了。报上解释,因为工业污染。可是自从开放了这个"自由市场",江里的鱼似乎又多了起来。开江的鱼能见到,封江的鱼也能见到,而且都很肥大。"自由"对老百姓归根结底还是有些好处的。尽管标价贵得令人咋舌,但久违了的鱼儿毕竟又和老百姓有点缘分了。

卖鱼的摊床不少,但他一问价,便不敢滞留。他是个孝子,只要母亲想吃的东西,花多少钱他也舍得买,他是唯恐买回家去的鱼太肥大了,母亲反而难以下咽。花十几块钱买回家一条两斤重的开江鱼,母亲肯定要埋怨他的。买巴掌大小的鱼,他又觉得一片孝心没尽到。他要买两条不大不小的。不小的鱼不少,不大的鱼不多,不大的也都不怎么新鲜了。他有所不甘地沿着卖鱼的摊床,在一阵阵卖开江鱼的招徕声中往前走。春天使这里的"自由"景象更加繁荣了,与冬季相比,只缺少了一样——"金嗓子"叫卖香烟的声音。

从这个"自由"的地方的东头走到西头,王志松还是没有买到两条既足以尽到自己的孝心又不至于受母亲埋怨的"身材适中"的鱼。

在市场牌门外的一小块空地上,疏疏散散地围着一圈人,分明在观看耍什么把式的。树叶虽然是绿了,但傍晚的天气并不暖和。"自由市场"上的许多守摊人,还穿着棉袄呢。那耍把式的,却只穿件背心,噼噼啪啪地拍着胸肌并不发达的胸膛,用一种江湖口气喝吼:"嗨! 诸位听了! 光说不练假把式,光练不说真把式,又练又说好把式! 诸位,小子没有别的能耐,只会一着本领,叫作'吸水击掌'! 这一着,武林失传。在下三生有幸,受高师指点,苦练多年,九路掌法,才略通一二,愿向诸位当场表演！……"

王志松看得分明，也听得分明，那位"在下"不是别人，正是他许久未见的好友严晓东。

"喂，先说说你师父哪门哪派，叫什么名字？"有人大声发问。从那种语调听得出来，是惯于在别人的狼狈之中获得心理满足的街头混子。

王志松知道，严晓东的"吸水击掌"，是从姚守义那儿学的。当年在连队里，姚守义曾因会这一着，某一时期成了知青们心目中一个神神道道的人物。不少知青想拜他为师，跟他学。他却扎起"气功大师"的架子，"凡人"不传，只看在好朋友的情分上，教会了严晓东。王志松至今不知那一着是真是假。姚守义也不传他，认为他会泄露"天机"。他想，既有可能被泄露的"天机"，足见是假。他暗暗替严晓东捏了两把汗。这要像变戏法似的被当众戳穿，那太丢人献丑了！他猜不出严晓东在这个"自由"的地方当众表演这一手到底是为了什么。

严晓东当然不是到这个"自由"的地方来"自由自由"的，他纯粹是为了挣钱才奔着"自由"而来的。他带来了家中的一把破椅子，一条旧的白布褥单，一个旧脸盆，一个理发箱。理发推子和木梳之类，是连队知青的公物。多年来，他在连队一直是义务理发员，理得还不错。大返城时，知青们连许多私物都顾不上要了，哪还顾得上理发箱！他就义不容辞地将理发箱带回来了。可是接连三天，在这个"自由"的地方没有一个人愿以头相许，所以他的严记露天理发店三天没开张。他心中不免十二分的沮丧，但又不甘心，所以他今天突然心血来潮，要为自己闯闯招牌。

他听了那个人的问话，不慌不忙地道："在下恩师，行不更名，坐不改姓。只因遁迹武林多年，隐居民间，不愿披名扬姓。在下岂能不记恩师教诲，将恩师的姓名告诉你？"

他的"恩师"姚守义，这会儿正同三十几名在"一中事件"中遭到拘捕的返城待业知青，被迫进行劳动呢！

"诸位，大家看清了，在下就要开始献技了！如果我是假把式，哪位看破了,当场点穿我! 我在地上爬三圈,学狗叫!"严晓东说罢,从容不迫地把一张报纸用香皂粘在身后的水泥墙上,然后将旧脸盆端到离墙四五米远处,平伸双手在人们面前走了一圈,手心朝上,使人们都看到他的手心是干的。然后,来了个很不到家的"骑马蹲裆式",双臂舒展,手心朝下,对着旧脸盆里的半盆水运起气来。他这一番做作煞有介事,倒也吸引得围观者们目不转睛。

但见他,运足一口"丹田"之气,身体下蹲,双手依然掌心朝下,于旧脸盆二尺许止,做捂盖状,渐而做抱球状,做摩擦状,做聚敛状。

猛可地,他怪叫一声"气来也!"腾地跃到水泥墙前,啪! 啪! 啪! 朝报纸上连击三掌!

报纸还是报纸,上面连个水滴也没出现!

围观者们哈哈大笑起来。

就在这笑声之间,他又朝报纸上连补了三掌,口中发出三声威武雄壮的喝吼:"嗨! 嗨! 嗨!"

笑声顿止——报纸上出现了三个清清楚楚的水淋淋的掌印!

他收了架势,长长地从容不迫地吁出那一口"丹田"之气,将报纸从墙上揭下来,四指捏着两角,从众人面前一一走过,展示给大家看。

一阵掌声。

他四指一松,那张报纸飘落在地上。他又手心朝上伸出双手展示给大家看,并说道:"诸位,请看我这双掌,究竟是一样还是不一样?"

他一掌干,一掌湿。

于是这着"吸水击掌",获得了几声喝彩。

他脸上不无得意之色:"诸位,在下方才已有言在先,九路掌法,在下只练得一二而已。若是练到精通,站在井台之上,击井井水翻花! 每一掌出去,都有千斤之力! 在下向诸位献技,不过一时兴之所至。在下不是跑江湖靠卖艺混饭吃的,在下是本市规规矩矩的一位公民。诸位看到了,我这里有椅子一把,脸盆一个,还有这个——理发箱。在下是个理发的。哪位若是明天要当新郎,后天要出国,大后天作什么报告,或者是科长以上干部,您别坐我这把椅子,坐下了我也不给您理。我这是只理发,不洗,不吹,不刮脸。您啊,还是请到'北来顺'或者'迎宾楼'那样的高级理发店去理吧!哪位小学生、中学生,您放学回家了,经过我这儿,您那头发长了,再不理老师要批评您啦,到理发店去,没有俩小时轮不到您那颗头。您兜里正好带着一毛五分钱,您就请坐到我这把椅子上,我认真地给您推,仔细地给您剪。十分钟,您可以走人了!您要是位工人,您下班打这儿路过,您也请坐我这把椅子,耽误不了您多大一会儿工夫。晚回家十分钟,进了门,您爱人一见您,乐了。因为您变年轻了嘛!星期天,您再刮刮胡子,两口子带着孩子到江边到公园一遛,或者到孩子他奶奶家姥姥家,多和睦的一天!免得您好容易盼来了个星期天,在理发店就干泡去两个多小时!目前是二十世纪八十年代,时间的观念是极其宝贵的!哪位说啦,我身上没有一毛五,临出门身上只带着一毛钱。一毛钱?您也请坐!我照样认真地给您理,仔细地给您剪!您只带了五分钱?五分就五分,您也请坐了!您一分没带?没带就没带,您也请坐了!咱们算交个朋友,下次您再光临……"

人们见他不再露什么"吸水击掌"一类的"气功",而大扯起"生意经"来,纷纷离去。

王志松朝自己的好朋友走了过去。他见严晓东一套一套地说得口干舌燥,又是心疼,又是惊讶不已。好朋友在连队时可从来没这么能说会道过呀!

严晓东见人们纷纷走散,留又无法留住,"吸水击掌"也白表演了,更加沮丧。一抬头,见到王志松站在跟前,不由一愣。

王志松说:"给我理理吧!"他头发还真够长的。

严晓东仿佛遇见了救星,大喜过望,说:"诸位慢走!诸位要是信不过我的理发水平,求你们再留片刻,看我给这位工人师傅理得如何!"

他这一说,还果然有人不走了。

"师傅您请坐!"严晓东殷勤之至地对王志松说。瞧那样子,谁也不会想到他和"工人师傅"是好朋友。

王志松在他那把破椅子上坐下,严晓东抖了抖旧白布褥单,围在好朋友脖子上,从理发箱内取出了推子。

"您要理个什么发式?"

"随便。"

严晓东对好朋友的头研究地瞧了片刻,征询地说:"我看师傅您这头型,理个运动式怪精神的!现在天也暖和了,洗起头来也方便,您的意思呢?"

"好,就理个运动式吧!"王志松他是豁出自己一颗头,在今天这关键的时刻周全好朋友。别说运动式,就是严晓东认为当众给他理个秃头对他最合适,他也心甘情愿。

严晓东理发的水平,确实不比一般理发店里的一般师傅的理发水平低。十多分钟,他就为好朋友理了一个"运动式"。不知他是因为"买卖"终于开张,多少有点激动和兴奋,还是因为心急或推子拧得过紧,拔了好朋友几次头发。他自己心里有数,王志松心里也有数。王志松虽然头发被拔得够疼的,却连眉梢也没敢动一下。

严晓东拿了块没框的方镜,为王志松前后左右地照了一遭,问他有什么不满意的。

王志松当然是满口回答:"满意,满意。"

严晓东往他脖子上擦了些粉,替他用毛巾抚尽头茬,"释放"了他。

王志松给了严晓东一毛五分钱。严晓东装出"按劳取酬"的样子,一手接了,揣进衣兜。

两个好朋友在那一毛五分钱一给一接的瞬间,默默望了一眼,各自都看出了对方心里挺不是滋味,却都不能说句什么。

严晓东将那块白布褥单和那条毛巾抖了几下,继续招徕生意:"还有哪位再愿意将头续上?别不好意思嘛!露天看电影和露天理发有什么区别啊？节省的是您的宝贵时间嘛！我这也算'新生事物'，需要大家的热情扶持啊！"

于是有一个看样子下了班，刚从"自由市场"里转出来还没回家的中年工人，大大咧咧地说："我这头续上！我看你理得还可以，我这头也不值钱，一毛五就一毛五了！"说着便走向严晓东，在他的椅子上坐下去。

王志松见好朋友的"生意"又续上了，只好离去，走到市场牌门下，吸着烟等待。见到好朋友一面不容易了。

严晓东的"生意"在好朋友的周全之下，虽然总算"开了张"，却不怎么兴隆。但他已经很心满意足了。总共处理了六个头，算上王志松的一毛五分钱，衣兜里已经塞了九毛钱。

他处理完了最后一颗头，将推子什么的往椅子上一放，朝王志松奔了过去。

王志松默默递给他一支烟。

他贪婪地吸了一大口，问："怎么样？"

"什么怎么样？"王志松反问。

"你的工作。"

"还行。修车。脏点，累点。我们这样的，能有个工作干就不错了！"

"别说这话！哥们儿之中，你是幸运的！"

"我知道。我爸爸的一条命换了我这种幸运。"

严晓东将一只手轻轻放在他肩上，凝视着他的眼睛说："好好干吧！有了工作的，不管干什么，都应该想到我们这些还没工作的！我们拜托你们为我们全体返城待业知青闯牌子了！你们干得好，我们脸上也光彩，将来分配工作也容易些！"

严晓东这一番话，使王志松心里更加不是滋味，他点了一下头。

两个朋友边说边走。

"你那'吸水击掌'，到底是怎么回事？"

严晓东神秘地一笑,抓住王志松一只手,往自己耳后摸了一下。

王志松摸了一手湿。他恍然大悟,难怪严晓东那镇住众人的三掌,都是从耳根后击出去的。

"水?"

"是水早干了。头油。"

"理发就理发,何必当众露这么一手?被点穿了多难堪!"

"我是不得已。不露这么一手,那些人能围着我看吗?今天也挣不到九毛钱!我要在那地方站稳脚跟,像今天这么露一手有好处,免得以后受欺负,会气功,谁敢欺负?如今不像在连队了,大家东一个西一个,得靠自己给自己撑腰眼了!……"严晓东说着,将一毛五分钱塞在王志松手中。

"干吗?"

"剃你的脑袋还能收钱?"

"你劳动所得,收下!"

两人争执了一番,晓东又接过了钱。

"守义怎么样?好久没见他了!有点想他。"

"他被拘捕了。"

"啊?!……"

"因为'一中事件',你还不知道?"

"一中事件"王志松是知道的。但姚守义被拘捕,却太使他意外了。

他的心情沉重起来,低下头,脚步也慢了。

严晓东有意扭转话题,问:"你拎了一捆什么书?"

"都是有关儿童保育的。"王志松郁郁地回答。

严晓东也就明白他为什么要买这些书了。边走边握了一下好朋友的手,说:"志松,你好好当那孩子的父亲吧!将来,我和守义有了工作,都会当他的好叔叔!"

王志松一声不响地走了一会儿,忽然又问:"小孩拉绿屎屎是怎么回事？"

"这……"严晓东给问住了，老老实实地承认："这我也不知道。你买的这些书里没写着？"

"买时我都翻了翻，好像哪一本里也没写着。儿子已经拉了两天绿屁屁了！"王志松叹了口气。

"问你妈啊，你妈准知道。"

"问了，我妈说是着了凉，可我总有点不放心……"

严晓东却猛地叫起来："糟糕，我的理发箱！"

两人只顾说话，忘了这码事儿。他们同时站住，同时转身——身后跟随着五六个半大孩子，有的替严晓东搬着椅子，有的替严晓东端着脸盆(盆里的水居然没倒掉)，有的替严晓东拎着理发箱。

"你们……"严晓东大惑不解。

"师父，你们只管说着走着吧！您的东西一样也丢不了……"

"师父，从今以后我们就是您的徒弟啦！"

"师父，我们可是对您无限敬仰无限崇拜啊！您可不能不收下我们！"

"师父，反正您想收我们这些徒弟也得收，不想收也得收，从今以后我们认您这个师父认定了！……"

那些半大孩子们，统统的称严晓东为"师父"。

"你们……都想跟我学剃头？"

"不！我们都要跟师父学气功，学'吸水击掌'！"那些"徒儿们"异口同声。

严晓东看看王志松，哭笑不得……

王志松回到家里，见母亲仍病卧炕上，从被子底下伸出一只手，轻轻拍儿子。

儿子甜蜜地酣睡着。

母亲对他摆了摆那只手，说："这小毛头啊，玩了好半天。你可是没见到我一逗他,他嘻嘻嘎嘎那个笑劲儿呢!"

他问:"还拉绿厔厔吗?"

母亲回答:"不拉绿厔厔了。我不是告诉你了吗,就是着了点凉,他那双小腿一醒来就闲不住,一转脸就把被子蹬了!"

他坐在炕边儿,看着母亲说:"妈,你好点了没有?"

母亲说:"好是好了点,就是一阵阵还心跳得慌,妈这是老毛病了。你别怕,妈不替你把这孩子拉扯大几岁,不会两眼一闭就死了!"

母亲的话,使他心里难过极了。

他笑着说:"妈,我今天开工资了! 开了五十九块!"

"开了那么多?"母亲也高兴地笑了。

"这个月活儿紧,下个月还要加班加点,兴许还能开这么多!"

"你干那活累,中午自己在食堂买点好菜吃,别舍不得花钱。"

"妈,我今天忘了给你买鱼了……"

"唉,你问妈想吃什么,妈也不过就那么顺嘴一说。别买,挺贵的!"

"妈,我明天一定给你买回两条来! 妈,你看我买了这些书,都是有关怎么样才能抚养好孩子的书,花了五块多,你不埋怨我吧?"

"妈不埋怨你。该买,该买啊! 你既然有心把这孩子抚养大,就得学着当好个爸爸呀! 咱们不能让这没亲妈没亲爸的孩子受半点委屈。"

"妈,我今天碰见晓东了,他还待业呢! 我给了他十块钱,又托他给守义十块钱。守义因为返城待业知青在一中闹那件事,被公安局抓去了……我让晓东替我买点什么看看他……"

"晓东和守义是你亲兄弟一样的朋友,你该帮他们点。再说,你们过去钱上从来不分你我。如今你有了工作,更不能忘了过去的情分……只是,只是守义他是个好孩子呀,怎么就给公安局抓去了呢? 他妈他爸可是该多着急上火啊! 唉,你们这些孩子啊,做父母的上辈子欠下了你们什么债,这辈子要为你们操碎了一颗心呢? ……"

母亲说着,就流泪了。

王志松将剩下的工资从衣兜里掏出来,放在母亲那只手里。他瞧着母亲那张满是皱纹的脸,心中说:妈,我们这些当儿子的真对不起你们……

第十六章

"吴茵,你的信!"

吴茵刚走入报社便被收发室的老张头叫住。他从窗口塞出一大捆信件,照例说上一句:"全报社就数你的信件多。"

这是一个没有争议的事实。

她请了三天"病假"。只要她有几天没来上班,寄给她的信件准会积一大捆。

信是一个人的社会关系的广告,对记者说来,是职业能力的证言。有不少同事羡慕她每天都收到许多信。

她笑笑,接过那捆信,抱着往楼上走。

"小吴,病好了么?"

她回头一看,是记者部主任。

"好了。"

"没好的话,就再休息几天,身体是革命的本钱嘛!你年轻有为,前程似锦,可要珍惜身体啰!"

主任一边并肩和她上楼,一边用关怀备至的语调说。她听不出他的话是真情还是假意。自从她被定为报社领导班子接班人后,主任似乎认为自己时时都有被她取而代之的危险,对她的态度总有点亲近得使她感到不自在,言谈之中难免流露几分虚伪。她却根本没想过要当什么"接班人",也从来没产生过取代他这位部主任的念头。她生活里缺少的不是这些,她不希图这些,她内心真正渴求什么,别人是无法知道的。

"小病。感冒,发了两天烧。"她用微微一笑回报主任的关怀。其实她既没感冒,也没发烧。自从见了王志松一面后,她的心像一块风化石,从冷峭的矽岩上滚落下来,碎了。三天中她多少次徘徊在王志松家住的那条小街的街头街尾,为的是再见到他一面。没见到。她还不知他已参加工作了。更不知他近来连日加班,常常深夜回家。昨天她从四点钟一直在他家街头徘徊到七点钟,怀着极度失望的心情离去。丈夫问她为什么下班这么晚?她说因为在报社赶篇稿子。

她和主任刚刚走上三楼,到报社来实习的女大学生小于从一间办公室出来,一眼瞧见她,"呀"了一声。

主任进入了他的办公室,小于还在大诧不已地瞧着她,搞得她莫名其妙,以为自己身上有什么不成体统的地方。

"太来派啦!吴姐,你这件风衣从哪儿买的?"小于绕着她前瞧后瞧,左瞧右瞧。

"这是件旧风衣啊,都穿了一年了!"她被瞧得有些不好意思。

"嘿,没治啦!新的旧的,穿在你身上都那么来派!吴姐,你不但是一个好记者,还可以当一个服装模特儿呢!我要是有你这么好的体型啊,宁可去当服装模特儿,不当记者!当服装模特儿多来情绪!"小于对她的风衣和她的体型简直崇拜得五体投地。

"你呀,别像个傻丫头似的,尽说这些话!社里正考虑你毕业后要你呢!"她低声告诫小于。

"要我,也不过是想让我当编辑。不会让我当一名女记者。女记者嘛,都应该是你这样的,漂亮,有吸引力,有风度,有……"

那"丫头"不识好歹,只管喋喋不休。她经不住人当面奉承,转身走入了她的办公室。

"嚯,小吴来了! 三天不见,风度有增无减啊!"

"主编老头子昨天还让我们去看望看望你呢!"

"大概老头子又有什么重要采访任务需当面布置给你了!"

"有什么可以先向我们透露透露的新闻吗?"

"你问得怪! 她是生了三天病,又不是去采访了三天!"

"小吴不出门,便知天下事嘛! 咱们专门去采访都采访不到的新闻,她坐在家里就会唾手可得!"

记者部唯独她这么一名女记者,而且比同事们至少都年轻十岁。在他们眼中,她是一位记者明星。他们和她相处得都不错,并且希望她能早日取代那位谨小慎微,闻"风"而动的部主任。她三天不来上班,他们就会觉得记者部死气沉沉。她五天不来上班,他们就会觉得自己老了好几岁。年轻漂亮的女性,是凡有男人的地方的阳光。往常,她也要跟他们开几句玩笑,今天她没有和他们开玩笑的心情。

她默默走到自己的办公桌前,轻轻放下那捆信件,双手托腮,神态郁郁地凝思冥想。

"小吴,我看你不像生病的样子嘛。三天没上班,是不是跟你丈夫怄气了啊?"在她面前常以老大哥自居的老孙,走过来隔着桌子坐在了她对面。望着她的那种目光,好像要向她证明,真正关心她者非老孙莫属。

她苦笑了一下,对这位"老大哥"摇了摇头。她希望他走开,他却不走开,目光盯在她脸上,似乎要从她脸上研究出她何以那么忧忧郁郁的原因。她不愿被他这么进行研究,便解开了捆信件的绳子,拆开一封信看。

"老大哥"这才放弃了对她进行研究的特权,识趣地站起身坐回到自己的办公桌前去了。

"你的话说得就让人不愉快。人家小吴两口子,那是恩爱夫妻,比翼伉俪,像你和你老婆似的? 三天不怄气,五天气'爆'了!"另一位"叔叔"

辈的同事教训"老大哥"。

她的目光注视在信纸上,她的心在咀嚼着同事们的话,包括记者部主任的话。

领导班子的"接班人",未来的记者部主任乃至副主编,年轻的女人,漂亮的女人,有风度有魅力的女人,有能力的社会关系广泛的女记者,恩爱夫妻,比翼伉俪……这些加在一起,便造成了一个别人心目中的"吴茵"。而这个"吴茵"是她自己吗? 这些给她带来过半点幸福吗? 不错,在"他"从自己的生活里消失了的漫长的浑浑噩噩的十一年中,她曾靠所谓"事业"两个字支撑着自己荒漠的人生大厦,它像阿拉伯古道上的废墟,可别人认为它价值无穷。它是将人的情感压榨干净之后制作的生活的木乃伊,而别人却羡慕甚至是嫉妒她的生活。她每天都在被一个男人合法地蹂躏合法地强奸,而别人却认为那个男人是她的好丈夫! 她心里恨不得想一刀杀了他,而当别人在她面前谈起他的时候,她又不得不将对他的切齿仇恨掩饰起来,用虚假的微笑维护虚假的现实。她的"丈夫"占有了她,毁灭了她,造成她内心里深渊般的痛苦,而别人却认为她每一个小时都可能是浸泡在得意和快乐之中的。甚至认为那头雄海狗般的男人在某些方面也促进了她种种"事业"上的成绩!

她是全记者部在省报上发表文章最多的人。可是别人在公认她对现实的敏锐感知的时候,也曾这样窃窃私议——"她丈夫与省报主编熟得很哪!"

她的几篇"调查报告"在《人民日报》《中国青年报》《工人日报》发表后,人们称赞她"问题抓得及时","调查周密","文笔老练"的时候,也曾当面含蓄地问她:"听说调查线索都是你丈夫向你提供的? 你当记者的找这么一位社会关系四通八达,比我们干记者这一行的人知道的事情还多的丈夫,可算是独具慧眼啊!"

她被定为报社领导班子的"接班人",有人就捕风捉影,推测内幕——某某市委副书记对报社领导们夸奖过她,而她的丈夫是这位某某市委副书记家中的常客……

而那个雄海狗般的男人心里明明白白清清楚楚这一切的一切都与他毫不相干,却从未在别人面前说过一次澄清的话。某些场合,甚至还要表示出一个做丈夫的矜持的默认。有些议论,居然是他亲口向人散布的,以此证明他是一个多么有"能力"的丈夫。他的妻子的"能力"不过是借助了他的"能力"才成为"能力"。

他连她的"事业"也要蹂躏也要强奸也要占有也要毁灭!他要在她的生活的每一内容每一方面都深深打上他的私人印记。他在许许多多男人和女人的心目中却是一个好丈夫!多少男人因为不具备他那样的"能力"而自愧弗如?!多少女人因为她们的丈夫不如他而轻蔑自己的丈夫,眼红她的好命?!

拿在手中的那封信,她连谁写来的,写些什么都没看明白,就放到一边去了。

她又拿起第二封信拆开看。主编几天前交给她的一项采访任务,已经完成草稿,可能主编正在期待着过目,但她却不愿抄写,不愿拿起笔。她这会儿心全散了,什么事情也做不下去。不,整个心全系在一个人身上了,那就是王志松!全部思想都集中在一方面了,那就是她想再见到他。三天内她有多少次想要到他家中去找他,但走近他家时,又失去了迈入他家门内的勇气。如果见到了徐淑芳呢? 不,她不想在他家里见到他!虽然她那么想见他一面,却不想在他家里见到他! 女人的心啊,再善良的女人的心,在爱情方面,也是包含着嫉妒的!

被欺骗被断送了的爱,使她心中产生了一种对他的仇恨! 是的,她恨他!如果世界上根本不曾存在过他,如果她少女时期那般纯真那般热烈那般痛苦的爱不曾萌发过,如果他当年不曾对她说:"等你长大了,我一定做你的丈夫!"那么她现在也许会像许多女人一样,将一种虚假的现实当成幸福,将一种没有爱的爱当作和大家一样享受着的爱……

可是真的曾经有过,假的就当不成真的了。真的没有死,根仍扎在她的心里,深深的,仍吸收着她的心血。假的没有根,从来没活过,却像藻类一样,严严密密地覆盖着她心中爱的池塘,隔绝了阳光,隔绝了空气。使它幽暗,冰冷,也不能倒映出什么影像,如死一般寂寥又莫如是死,而别人看到的却是绿色!

电话铃响起来了。"叔叔"辈的同事去接电话,然后对"老大哥"说:"你爱人打来的。"故意将"爱人"两个字说出过分强调的重音。

于是"老大哥"在电话里跟他的爱人就买国产电视机还是买进口电视机的问题争吵起来。

她在"老大哥"论证"外国的月亮未必一定比中国的圆"的充满民族情感的演说结束前,匆匆看完了第二封信。

写信的人她不认识。是一个小商店的副经理,希望调到某个较大一些的商店当第一把手。她的"丈夫"有权力决定这件事,并且"易如反掌"——信中这么写的。

信中还写道——我今年已经是五十三岁的人了,在这个小商店工作二十年了。再过几年该退休了。退休前若能调到某个较大一些的商店当第一把手,好歹熬个正科级,这辈子于愿足矣!您的丈夫是局里人事大权在手的副局长,我一直无幸与他相识,恐怕贸然登门相求,他也未必肯成全我。所以斗胆给您写此信,请您在您丈夫面前替我述述苦衷,我想他对您的话大概是会照办的。事成之后,我再登门重谢……

她将这封信撕为碎片扔进了纸篓。为什么要给我写信?认为女人一定比男人更具有恻隐之心?五十三岁……正科级……可是有谁来同情过我理解过我?性+权力+官场上的奉迎和倾轧,是构成她"丈夫"的那头雄海狗般的物体的总和!他不但占有着她的肉体,还像灰尘一样污染她生活的全部空间?哪怕她在什么地方留下一个指印,他的灰尘便会落满那个指印,使它显示出来,而有人会指着它说:"看,这就是吴茵!她靠她的丈夫让我们注意到她!"

那封被她撕碎了的信使她心中长久压抑的悲愤达到了顶点。她努力克制着不突然发作起来。

她开始分检那一捆信件。把她认为是首要的放在一边。如果再看到一封和第二封同样内容的信，她想她是会摔茶杯摔墨水瓶什么的。

一个信封上的字体引起了她的注意，那是一个普通的民用信封。粗硬的笔画写着"吴茵同学收"五个字。"吴茵"写得格外大。落款只有"本市"两个字，后面是更粗更硬的一道省略的横线。

这是他的字体！是王志松的字体！十一年没见过他写的一个字了！但她还是一眼就能识别出那确确实实是他的字体。这封信是他写来的！她的手有些发抖，慢慢拿起了这封信。她的目光像瞧着一个昼思夜想的人的照片一样瞧着信上的字体。除了他，还有谁会在信封上写"吴茵同学收"？

同学？……十一年前是同学，十一年后仍然是同学……对于许多人来说，"同学"两个字，意味着友情。可是对她来说，这两个字是一块墓碑，上面刻着别人看不到的墓志铭——"爱情埋葬于此"。

她觉得手中的信很重，很重，也很轻，很轻。

在她见到他的那个寒冷的夜晚，在江桥上，她曾想用一个女人所能想出的最恶毒的语言诅咒她这个"同学"。她曾想一记又一记扇她这个"同学"的耳光！她曾想趁他不留神，抱住他翻过桥栏，从高高的江桥摔死在松花江的坚冰上！可是当时看到他那种失魂落魄的，无所依托的弃儿般的返城知青的灰颓样子，她可怜他了，她心软了，她不忍诅咒他更不忍扇他耳光了……

他会在信里写些什么呢？

忏悔？……

她要他的忏悔有什么用呢？像老头服"哮喘定"一样靠服他的忏悔获得一点心理平衡？

她将那封信对着窗子举起，上午的明亮的阳光几乎照透了薄薄的白纸信封。看得出来，信封里只有一页信纸。

他究竟会在那一页信纸上写些什么呢？只有一页信纸，一页……一页信纸上又能够写下多少字呢？就算是每一个标点符号都是忏悔性的吧，能够补偿她所失去的和正在经受着的吗？

她的手放下了。她将那封信搁在了一旁。让你的忏悔永远地在一个纸的坟墓中安息吧！我的好"同学"！她心中默默地说。

她开始拆其他的信，看其他的信。但是她连一封信也没有看完，就又拿起了他写来的那封信。它对她发出诱惑的呼叫：吴茵，吴茵，难道你不需要？难道你不需要？……

她再也无法冷淡它。她急切地撕开了信封。即使她明知是炸弹，她也会心甘情愿地粉身碎骨。凡是来自他那里的，都是她所需要的。炸弹和忏悔，对她都一样。她需要仅仅是一种回报。两个多月内他重又占据了她的全部思想，三天内为了能见到他一面，她在他家住的那条小街的街头街尾白白期望了总共十几个小时！再加上十一年中她心灵所经历的苦难……他再想不到给予她一点点回报，她某一天就可能等不及偶然的不幸事件发生，从那个挂着粉红色窗帘的四层楼的窗口跳下去了！……

他的信比她想象的还要短——

吴茵同学：

　　请你务必将随此信寄去的"通告"在晚报上帮忙登出。我预先代表所有的北大荒返城知青感谢你。只有你能够给予我们这种帮助，相信你会尽力而为。

信纸的下半页写的就是"通告"——

　　兹定于四月二十八日，召集北大荒返城知青的首次聚会。地点——江畔。时间——上午九时。召集人——原黑龙江生产建设兵团一师二团七连战士王志松。

信纸从正中对折。扯开,就一半是信,一半是"通告"了。两半纸上的字数差不多少。

不是炸弹,不是忏悔,却比炸弹还令她失望。

她的目光一会儿注视着上半页信纸,一会儿注视着下半页信纸。上半页,与其说是一封信,莫如说是一道"命令"。下半页,等于五六百块钱,想要登在晚报上的话。难怪她没有拆开这封信时,觉得它很重,也很轻。她的好"同学"太缺少常识,显然不知道,如果晚报白登什么通告或广告,那么报社收到的通告或广告将可能比稿件还要多,而报社的编辑和记者们每个月也就无分文奖金可发了。

"只有你能够给予我们这种帮助,相信你会尽力而为。"这两句话中的每两个字都像是一双眼睛,他的眼睛,他在请求她,也是在"命令"她。或者反过来说,他在"命令"她,也是在请求她。请求或"命令",对她全一样,因为都是他向她发出的。

我一定要为他做到此事,她想。十一年,我一直盼望着为他再做到一件什么事。他今天给了我机会!这是他给予我的最好的回报!不管此事对他多么重要或根本没什么特殊的意义,我都一定要为他做到!因为他在需要这种帮助的时候想到了我,仍相信我会"尽力而为"……

我一定要为他做到!

她猛地站起,撕下"通告",在同事们疑惑目光的注视下,走出办公室,向主编的房间走去。

在主编的房间门外,她犹豫了。

她冷静下来了,知道这事她未见得能办到。

务必……只有你……相信你……

她还是推开了主编房间的门。

主编正审稿。

"赵老师……"她在门口轻轻叫了一声。

坐在转椅上的老主编半转过身,见是她,放下手中的稿子,不苟言笑地问:"病好了?"

"好了。"她走过去,在主编办公桌横头的一把硬椅上端端坐下。

"我正在看你前几天写的那篇关于重工业企业体制改革的调查报告,言简意赅,没有八股气。好,下星期见报。发头版头条。"老主编也向来不说废话。

她谦虚地低下头。她对面前这位领导和长者非常尊敬。因为也许只有这位长者心中最明白,她的一切工作成绩,与她"丈夫"的"能力"丝毫无关。并对她的工作成绩给予最无私的肯定,由衷地器重着她。

"至于……这篇稿子……"老主编又从桌上拿起了另一篇稿,含蓄地说:"不发为好。当然,这并非否认你所进行的调查和你评论所具有的价值。"

她缓缓抬起了头,见拿在老主编手中的是那篇关于"一中事件"的采访纪实。

主编放下那篇被"毙掉"的稿子,又说:"给你两个星期的时间,查阅一下资料,写一篇有关'迪斯科'和'牛仔裤'的知识性文章。是知识性的。比如,为什么叫'迪斯科'?为什么叫'牛仔裤'?为什么在西方流行?不要让小青年们认为我们是在批判,也不要让上边认为我们是在推波助澜。宗旨是,善意的引导。这样的文章你不是没写过,也写得很不错。今后……还少不了要写……"

她明白主编的要求,点一下头。

主编的转椅转了四十五度左右,不再看着她,继续审阅稿件。

她仍坐着不动。

"入党申请书,为什么还没交?"主编的目光并未离开稿件。

"这……最近太……忙……没时间……"

转椅又旋转了四十五度左右,主编的脸又朝着她了。

"记住,对这个问题,你再也不许作同样的回答!"主编的目光那么严肃,从镜框上边盯着她的眼睛。

"记住了。"她不由得又垂下了头。

"告诉我,你究竟想不想入党?"

"这……"

"回答这样的问题不必迟疑。想入。或者……不想入。是不是一个党员和是不是一个好记者,两回事。"

"我也这么认为。"

"可是你还没有正面回答我的问题。"

"我想我没有资格入党。"她复抬起头,迎视着主编的目光。

"这也还是不能算正面回答。"

"我参加过文革中那次死了很多人的武斗。"

"你是头头?"

"不。"

"你是策划者?"

"不。"

"当时你多大?"

"十七岁。"

"十八岁的人才享受公民权,那么可以说你当时还是个女孩子。"

"可当时没人把我们当孩子。"

她想到了自己身上是怎样被扎了两刀。

在她结婚的那一天夜晚,那头雄海狗般的男人,不知为什么,对她身上的那两处伤疤发生了野兽般的兴趣。他怀着病态的情欲欣赏她的伤疤,抚玩她的伤疤,像狗一样舔她的伤疤,像基督徒吻耶稣身体上的钉眼一样吻她的伤疤,简直对她的伤疤顶礼膜拜。"我感激那次大型武斗,"他虔诚地说,"否则你怎么会成为我的妻子!"他恨不得要将她的伤疤再次弄出鲜血来。他没参加那次武斗。他没参加过一次武斗。"文化大革命"没有在他身上造成哪怕是头发丝那么细的一道擦痕。那一天,那个夜晚,那个时刻她所蒙受的奇耻大辱,是比武斗最后那一天举着双手,流着眼泪,因为不能像巴黎公社的女战士一样英勇牺牲而感到的奇耻大辱更甚一百倍一千倍一万倍的……

"你当时为什么要去参加那次武斗呢?"老主编语调阴沉地说:"你今天还能坐在我面前,真应该感谢那次武斗只用了轻武器,没有用上飞机、坦克和大炮。"

"为了捍卫毛主席的无产阶级革命路线。"她仿佛感到身上那两处伤疤隐隐作痛。

"当举国上下都为它玩命的时候,它是不存在的。"转椅又旋转了四十五度左右。老主编重新拿起稿件之前,侧头看了她一眼,又说:"我这个民主党派人士,却希望你早日加入共产党,你不觉得奇怪吗?"

她低声回答:"不。我知道您关心我。"同时她暗想:党票根本不能抵偿我失去的一切!还给我失去的一切,我宁愿永远不加入!

"你找我有什么事吧?"

"我……"

"有事就说,我不喜欢吞吞吐吐的人。"

"赵老师,您不是需要一个购买内部书籍的书证吗?我替您办了一个。"

"噢?好。得谢谢你。"老主编又朝她转过身,显得非常高兴。

"您不是还想收藏一幅书画院叶老的字画吗?我也已经代您向他提过了。他爽口应允,说一定给您认认真真地写一幅。"

"噢?知我者,吴茵也!"一向不苟言笑的老主编喜出望外,破例对她开起玩笑来。

书画院的叶老,是位独创一派的老书法家,在书法界名比山高。七十八岁了,性格愈加乖张。什么官员领导之类求字,一概不予理睬。主编也是书法爱好者,对老先生的书法倾慕久矣,早就想获得一幅老先生的墨迹。但耽于素无交往,放不下主编的架子去叩门乞赐。而且即使肯放下主编的架子去了,也很有可能遭到那性格乖张的老先生的冷语拒绝。

她说的全是谎话。她没有为主编办什么内部书籍购买证,更没有替主编去求索过什么字幅。主编是位忠厚长者,竟轻信了她的话。当面欺骗一位忠厚年长并很关心自己的领导,她内疚极了。这类办事的手段,是她"丈夫"所精通的,在她还是第一次。

她鼓起说了两句谎话之后剩余不多的勇气,又开口道:"赵老师,我有件小事,您看……是不是能帮忙呢?……"

老主编发出了第三声"噢",与前两声意味迥然不同。他用一种特殊的目光注视着她,仿佛已经上了她的什么圈套似的。她脸红了,觉得无地自容。

她惴惴地从衣兜里掏出那写在半页信纸上的"通告",默默展开,恭敬地双手递给主编。

老主编认认真真地看了一会儿,抬头问她:"什么性质的聚会?"

"没什么,就是想凑在一起玩玩吧?"

"你怎么知道?"

"召集人是我的中学同学。"

"所以就想通过你这个内线关系,在晚报上登载?"

"这,他们付钱……"

"钱是小事!'一中事件'风波未平,再在晚报上登载此类通告,促成几百名返城待业知青的聚会,一旦引起什么严重后果,再酿成一次什么事件,我们这个晚报还办不办下去了?"

主编并未发火,但语气是严厉的。

"我保证他们不会闹事……"她明知没有余地了,却仍想进一步争取老主编同意。

"别说了,不能发!"转椅猛地转过去了。老主编的手啪的一声将那半页纸拍在桌角,拿起一份稿件便看,不再理她。

她僵坐了许久,才慢慢伸出一只手,拿着那半页纸起身默默离去。

当她走到门前时,老主编忽然转过身说:"先别走。"她满怀希望地回头瞧着他。

不料老主编说:"听着。购书证,我不要了。字幅,我也不要了。"他的目光,好像在对她说另一句话——真没想到你会把我这个老头子当小孩哄!

她明白,她今天为了她的"同学"付出了什么样的代价!

羞耻感如沉重的一掌将她击出了主编办公室。她晕头转向地回到了自己的办公室。她的神色使同事们一个个暗暗吃惊。

"小吴,你……老头子训你了吧? 因为什么? ……""叔叔辈的"赶紧站起来,把自己的椅子往她面前一摆,充满义气地说:"坐下,说说。不平则鸣,你要是果真受了委屈,我们都替你到老头子面前去辩白!"

"老大哥"拿笔的那只手在空中比画了个惊叹号,优哉游哉地吐出一口烟,慢条斯理地说:"不至于吧? 果而如此,倒是本报内部头条新闻了! 吴小妹是不是一贯受宠,半句教诲之言都难以承担了呢?"

"老头子不同意在报上发这条'通告'。可我是受人重托,我……我不能不办成这件事! 求求你们大家替我出个主意吧! ……"她将手中那半页纸递给了"叔叔辈的"。

"叔叔辈的"看过后,沉吟良久,做了一个爱莫能助的表示。

"老大哥"从"叔叔辈的"手中拿过那半页纸,看完也说:"我若是主编,我也绝不能同意在本报发这么一条'通告'! 重托之事,理当尽力而为,你已经找过主编了,也算尽力而为了。何必过分认真呢?"

"我一定要办成!"她顶撞了"老大哥"一句。

"那……还有省报嘛! 你吴小妹能力不是大得很嘛? 可以再到省报去找找关系嘛! ""老大哥"的话,听来是个主意,实则含着挖苦。他说着将那半页纸传给了另一个人。

"你！……"她气得说不出话来。

"老大哥"背过身去，不再以"老大哥"自居，默默吞云吐雾，以这种态度宣布了"事不关己，高高挂起"的立场。

那半页纸从第三个人手中传到第四个人手中，又传到第五个人手中。大家都看过了，都像"叔叔辈的"一样表示爱莫能助。都认为她已经算是尽力而为了，都劝她不必过分认真。

"叔叔辈的"在她肩上轻轻拍了一下，又说："老头子不同意是有道理的，你冷静想想吧！你是记者，跟返城知青们搅到一块儿去干什么呀？他们如今个个都是火药筒，聚在一起不闹事才怪呢……"

她双手捂上耳朵突然大叫一声："够了！……"

他们不禁面面相觑，谁也无法理解为什么办成或办不成这件事对她显得那么重要。

她缓缓放下双手，突然站起来，从一个人手中夺回那半页纸，往外就走。

"叔叔辈的"似乎猜到了她的打算，一步跨到她面前，沉下脸问："小吴你干什么去？"

"我要到印刷厂去！我豁出犯错误，不当这个记者了！从报社被开除我也心甘情愿！……"

"你疯了！……"

"让她去，让她去。她如今连老头子都不放在眼里了，还会把我们的劝告当成一回事？让她去嘛！……""老大哥"冷冷地对"叔叔辈的"说。

"你这是怂恿她犯严重的错误！""叔叔辈的"火了。"我们明知她想到印刷厂去干什么，却任凭她一意孤行，她犯了错误我们也逃脱不了责任！"

"一人做事一人担，你滚开！"她又冲着"叔叔辈的"嚷叫起来。

"滚开"二字大伤"叔叔辈"的自尊，他瞧着她愣了一下，从她面前退开了，尴尬地微笑着低声说："我不拦你了，你去吧，你去吧，滚开……"连连摇头,看样子寒心到了极点。

她心中一切一切的怨恨哀愁,此刻是全部转变成一股怒火了!她就是要不计后果,一意孤行。仿佛只有这样做一次,她的心理才会重新获得一种相对的平衡。否则,她无法再多活一天!

她正欲往外走,门开了,高而且瘦的老主编站在门外,盯着她一个字一个字地说:"你太放肆了!"

空气一时像凝固了。

电话息事宁人地响起了一段单调的音乐。

"老大哥"拿起听筒,放在耳朵上还不足十秒钟就又放下了,拿在手中对她说:"找你。"

她没有反应过来。

"老大哥"耸了一下肩,将听筒轻轻放在桌上。

"叔叔辈的"将她往桌前推了一下。

她机械地拿起听筒,听筒中清楚地传来了那个永远都会使她的心激动的声音:"喂,吴茵?我是王志松……"

"是我……"为了能见到他一面,她请了三天"病假"。此时此刻,才从电话里听到了他的声音。他重新回到了这座城市,却仍像运行在属于她的星系之外的一颗星。

"喂,我没别的事,我告诉你,那个'通告'不发了!我也不知自己是怎么了,忽然产生了那么一个荒唐的念头……"

不发了!……不过是他头脑中忽然产生出的一个荒唐的念头……

可是她为了实现他这个"荒唐的念头"已付出了惨重的代价……

"喂,喂……你怎么不说话啊?……"

说什么?对你,我的好"同学"……

她的手无力地垂落下来了,听筒从她手中掉在桌上。

"吴茵……喂……"他的声音还在从听筒中传出来,微小,但听得很清楚。

"老大哥"替她将电话挂断了。

她慢慢地坐在"老大哥"的椅子上,再也无法控制自己的情感,忽然伏在桌子上放声大哭……

这一天,她下班走出报社大楼时,在楼门前看到了他。

"吴茵!……"

她向别处转过了脸,装作没有看到他,没有听到他的声音,加快了脚步。

他跑了几步赶上她,一边和她并肩往前走,一边向她解释:"我猜想到这件事可能会使你很为难,所以我才给你挂电话。最近我心里非常想念当年那些知青伙伴,你无法理解我多么希望每天都能见到他们,希望有一个什么机会能和他们重新聚在一起……"

他非常想念当年那些知青伙伴……

他希望每天都能见到他们……

希望有一个什么机会能和他们重新聚在一起……

她在心中诅咒着自己:吴茵,吴茵,你在他的生活中从来没有过位置!十一年前是这样,十一年中是这样,十一年后的今天仍是这样!你多爱他,你就多恨他吧!如果你对他还恨不起来,你爱他的感情就太下贱太不值钱了!……

泪水任性地从她眼中涌出来。

前面一辆公共汽车还没开走,她连看也不看他一眼,跑过去挤上了那辆公共汽车……

她怀着一颗被严厉警告和受巨大委屈的心回到家里。在家门前,许久没掏出钥匙开门。对任何人,家庭都是最后驿站。每一扇家门都关闭着一个人的命运,幸福的或不幸的。她的家是二十世纪八十年代达到现代化生活水平的小小宫堡。她似乎是这里的"女王"实则是这里的女奴。"丈夫"似乎是她恭顺的臣仆,实则是她荒淫的君主。在价值八百余元的高级"席梦思"床上,"女王"是恭顺的臣仆随心所欲的玩偶。荒淫的君主色情无度地享用着女奴美好的肉体。每天进行的是猥亵与被猥亵,蹂躏与被蹂躏,强奸与被强奸的悲惨剧目。然而在她的家门上贴着三面小红旗,分别写的是"卫生之家""文明之家""模范夫妻之家"。

这是她每天都必须像鸟儿投林一样的归宿。除了这个挂着粉色窗帘,铺着红色地毯,刷着橘黄色墙壁,摆着新式家具,连光线也足以撩拨性欲的舒适的娼馆般的"家",她别无居所。

她不得不打开这扇"家"门。

她刚刚进到屋里,那个坐在沙发上的雄海狗般的男人一下子跃起,扑过来紧紧搂住她,在她脸颊上印了一个黏糊糊的吻。

她神情麻木地闭上了眼睛,任凭他紧紧将她搂抱在比胖女人脂肪还肥厚的怀抱中。

"我的小猫咪,你可算回来了!为了你我今天下午没去上班你知道么?"他说着,挽住她一条手臂,带她走进小餐厅——圆桌上摆着几盘拼出花样的冷菜,一瓶茅台,一瓶中国红,三瓶青岛啤酒。

"热菜我要等着我的小猫咪回来现炒啊!你看我都为你准备了什么山珍海味!"他仍挽住她手臂,又带她走入厨房——一盘盘菜早已切好,在案子上摆了一溜。

"这新鲜对虾,是从国际旅行社搞的。海参,开江鲫鱼,半小时前还活蹦乱跳的!这个,屠宰厂送来的肥牛尾!上午刚宰的牛的牛尾!我电话里跟他们说了,不是刚宰的牛的牛尾不要,不肥也不要,否则他们怎么送来的,怎么拿回去!……"

她挣脱了他。那条剥了皮的肥牛尾,在她看来宛如一条大蛔虫,她觉得一阵恶心,转身离开了厨房。

"我的记者夫人,调查调查,今天全市有多少人能不花一分钱搞到这些东西?今后中国的时代进入了商品时代,没有这点预见,我周某也不会脱下蓝警服转到商业局当副局长!不是夸口,本市如果只有十个鸡蛋,我周某吐出一个'要'字,起码得有我周某一个。如果只有一个鸡蛋,那我周某谦让了,应该是市长的! 我周某的社会关系能把一个局长的权力扩大十倍! ……"

他一边洋洋得意地说着,一边跟在她身后也离开厨房,走入客厅。

这是一个四室一厅的单元。在本市,两口之家,即便是局长,也难分配到这样的住房。

她木然地站在客厅里,真想马上冲出这个家! 天快黑了,又能到哪儿去呢? 无论到哪儿去,最终还得回到家里,睡在那张价值八百余元的高级席梦思床上,以她的肉体向这个合法占有她的男人付房费! 政治将她这个当年热血沸腾,为夺取"无产阶级文化大革命"的最后胜利身留两处刀疤的"红卫兵"出卖给了这头雄海狗。

"噢,我的小猫咪,你怎么不高兴啊? 你应该高高兴兴才对嘛! 你忘了今天是什么日子? 今天是你的生日啊! 让我的小猫咪欣赏一段音乐吧! ……"

于是邓丽君的软绵绵的以娇代情的催眠曲般的歌声响了起来:

来年春天花满地,
我和你还会再度相聚,
鲜花一朵送给你,
一切都顺利……

她这才发现,桌上放着一台组合式录音机。

"夏普,日本原装,六喇叭,立体声的。我的小猫咪,这是我送给你的生日礼物呀! 托人从国外带回来的,笑笑啊!"

前程万里,春风得意,
人生何处没分离,

相聚更甜蜜……

她转身走入卧室。

他也跟到卧室。

"我的小猫咪,你今天到底是怎么了?你们主编老头子批评你啦?肯定是!岂有此理,不看僧面还得看佛面呢!上个月我才批准赞助你们报社工会两千块钱作为活动经费!"他说着抓起了床头柜上的电话就拨号。

"你干吗?"

"往你们主编老头子家里打电话,质问他给我的小猫咪什么气受了?"

"放下!"她猛举起小挎包朝电话机砸过去,砸在他手上,将听筒从他手中砸落了,被电话线吊着晃荡。

他并不去管电话,反而走到她跟前,又将她搂在他那比胖女人的脂肪还肥厚的热烘烘的怀中,贴腮厮鬓地对她说:"噢,我的小猫咪,别这个样子啊!别令我扫兴嘛!让我来哄哄我的小猫咪好吗?"

"小猫咪""小天鹅""小松鼠""小美人儿""小心肝儿""小宝贝儿"……

他愿意叫她什么,就可以叫她什么,这是他的权利。

他享受"丈夫"的权利的淫念,是任何一个正常的男人都无以复加,任何一个正常的女人都难以想象的。

"生日"……

今天根本不是她的生日!他对她的生日是何日毫无兴趣!

今天是他当年由"捍联总"的一个小头目摇身一变当上"接管公检法革命委员会"核心小组成员审讯她的日子!他感激这个日子如同感激"捍联总"和"炮轰派"双方都死了十几个人的那次大型武斗!他占有了她之后每年都不忘纪念这个日子。每年都要在这个日子里以某种方式在家中庆祝一番。她明白他每年在这个日子里煞费苦心伪装的快乐之下掩盖的恶毒意图是什么——提醒她不要忘记她的命运永远操纵在他手中！他永远都随时能够以杀人罪将她投入监狱,使她这个女记者沦为阶下囚！

她用力挣脱了他的搂抱:"别缠我,我要洗澡!"

"噢,我的小猫咪真爱清洁,每天都要洗澡!好吧,我一向是服从我的小猫咪的命令的!"他居心叵测地笑笑,退出了卧室。

浴室,每天下班回到家里后,只有在这个小小的空间,只有洗澡的时候,她才能逃避被他玩弄!

她机械地脱去了内衣,呆呆地凝视着镜子里自己牙雕般的裸体。多么丰满的乳房!多么婀娜的腰肢!多么优雅的双臂!多么修长而迷人的腿!多么光润而白皙的肌肤!如果没有那两处伤疤,真可以说白璧无瑕!它象征着女性的美丽,象征着女性的成熟的生命。它本应属于另一个男人。她从少女时代就渴望有一天将自己这成熟了的美丽的肉体奉献给她用整个心苦恋着的那个男人。现在这成熟了的美丽的肉体完全是一头性欲极强的雄海狗的玩偶了,但她的灵魂还没被它所占有。政治只对扭转历史负有使命,对一段荒谬的历史造成的一个女性的命运悲剧却那么缺乏道义!

卫生架上放着剪刀。是她今天早晨修剪头发时放在卫生架上的。

她握起了剪刀。

让我亲手毁灭了我这成熟的美丽的肉体吧!她想。像用剪刀剪碎一株馥香的花一样!让那头雄海狗像动物园里的野兽一样吞食我鲜血淋漓的肉体的碎块吧!

可是我还没有被我所爱的人爱过一次啊!爱与被爱溶在同一时刻的那种生命本源的幸福体验我还从未获得过一次!在我没有将我这成熟的美丽的肉体奉献给我所爱的人之前,我不能死。我不甘心。我苦恋着的灵魂是足以刷洗我的肉体的!他绝不会因为它被一头雄性动物尽情玩弄过而轻蔑它!……

她慢慢放下了剪刀。

浴室的门突然开了。"丈夫"拿着照相机对裸体的她连连拍了十几下。然后,他倚门而立,神魂飘荡,心猿意马地欣赏着她,迷醉地说:"太美了,太美了,我的小猫咪,你真是太美了! 我早就想拍几张你的裸体照了! 今天总算如愿以偿!……"

她表情麻木地望着他……

当她洗完澡,在卧室里穿衣服时,"丈夫"又跟进了卧室,抱着肩膀,笑嘻嘻地瞧着她问:"我的小猫咪,你就没发现今天咱们的卧室有了点小小变化么?"

她早已发现那"小小变化"——床两面的墙壁上增添了半截绿色绸布墙围。

她一声不响地穿好了衣服。

"我的小猫咪,现在我该请你入座了。今天绝不会有客人来,我们可以互敬互斟,开怀畅饮啰?"他说着,拉她的手。

"我不饿。你自己吃吧!"她甩开他的手,躺到了床上。

"你真要扫我的兴?"

她闭上眼睛。

他转身走出卧室。一会儿,他两手端着两杯葡萄酒又走了进来。坐在床上说:"小猫咪,我为你忙了大半天,你总该陪我喝一杯酒吧?"

她今天很想醉得人事不省。

她猛地坐起,接过一杯酒,一饮而尽。

酒味有些异样。她顿觉一颗心怦怦激跳,血管里的血液仿佛在燃烧。她的肉体中仿佛又诞生了一个灵魂。这个灵魂是那么亢奋那么野烈那么疯狂,迫使她要做什么事情。

"你! 酒里……放了什么?!"她惊恐地瞪着他。

"别怕,我的小猫咪!"他十分得意地笑道,"我不会在酒里放毒药的! 我哪能舍得毒死我的小猫咪呢? 我爱你还爱不够啊! 我不过在酒里放了一点印度春药,从外国人那儿搞来的! 开放的时代嘛,我们也该向外国人学学如何做爱是不是？……"

酒杯从她手中无声地落到了地毯上。

他也将另一杯酒一饮而尽。

他更加得意地笑着，拉开了那绿色绸布墙围。

床两面的半截墙壁上镶满了一块块方镜……

第二天，当她醒来时，"丈夫"已经上班去了。她全身软弱无力，那种感觉像一个在大海中沉浮了数天数夜刚被冲到沙滩上、半截身体还浸在海水中的人一样。

红色的床头灯仍亮着，绿色的绸布墙围还没拉拢。镶在墙壁上的一块块方镜，宛如一块块无比光洁的红色漆砖。梦幻般的红辉笼罩着床笫。她支撑着坐了起来，于是那些方镜中出现了自己无数的裸体的影像，全被红辉笼罩着，仿佛她遍身涂了一层透明的脂红。她肌肤白皙的裸体在梦幻般的红辉映照之下，更加楚楚动人。一块块方镜中是无数摄人心魄的油画，组成一种奇异魅力。

她突然抓起床头灯朝那些方镜砸去！一块、两块、三块……顷刻之间，她带着股猛烈的仇恨砸碎了所有的方镜！如梦如幻的红辉消失了。镜片纷纷飞落满床。碎琼乱玉闪闪烁烁，而墙上那些残破的方镜，将她的裸体分割成了许多光线幽暗的部分。

她继续砸！直至将床头灯的灯柱砸断才罢休。

她又想起了昨天浴室里那一幕。她内心的仇恨有增无减！她匆匆穿上衣服，赤足走出卧室，像寻找一件可能会被"丈夫"用来杀死她的凶器一样，急切地各处寻找着，终于寻找到了那架照相机。她双手将它高高举起，狠狠朝地上摔去。照相机落在地毯上，没坏。她掀开地毯，又摔。照相机在水泥地上散了，胶片滚到了沙发底下。她挪开沙发，拿起胶片，又赤足走到厨房，点燃煤气，将它烧了……她心中产生了一种可怕的希望。希望有一天自己的身体也这样瞬间在火焰中化成灰烬……

她看了看桌上那个造型美观的小座钟——九点二十五了。虽然太迟了,但她必须去上班。昨天在报社发生了那一切之后,她今天不能再请"病假"了。

卧室里电话响了。她赶紧去拿起电话。

电话是记者部主任打来的。

"小吴,你是不是又病了啊? 家里有电话,病了也该打个电话请一下假嘛! 还没病到连电话都拿不起来的地步吧?"

"我……昨天夜里赶写篇稿子,刚醒……"

"夜里赶写稿子是记者的常事,却没有过一个记者以此为借口第二天不上班也不请假呀! 我们报社还没订出这一条呢! 马上到报社来吧,今天有挺重要的事情等待你这位'记者明星'干呢!"

她想编几句谎言解释,主任已放下了电话。

主任显然知道主编昨天如何对她产生了恼怒,说那些话的语调中暴露出掩饰不住的高兴。

她慌乱乱地穿上袜子、鞋、外衣。临出家门,却找不到钥匙。

为什么要锁门? 为什么要替那头雄海狗锁"家"门? 但愿今天有一个贼将这"家"偷盗一空才好!

她恨恨地想着,走出了家门……

"带照相机了么?"主任一见她,劈面就问。

照相机……照相机被她摔毁了。她盛怒之下,忘记了那架照相机是报社的,进口的日本美能达相机,价值两千余元。

"我……没带……"

"我在电话里不是明明白白地告诉你今天有挺重要的事吗?"

"可我以为只是什么采访……"

"采访就不需要带照相机了? 当了多年记者,连这种职业习惯都没养成?"主任终于有了一个机会当面暗示她,她要对他"取而代之"还为时太早,也还嫩得很呢!

她无话可说。

"先去找架照相机吧! 找到了立刻来见我,我在这儿坐等!"

她默默转身离开主任办公室,在编辑部借到了一架私人的"傻瓜"相机。

"记者明星就拎着这么个相机拍新闻照? 你自己不觉得丢身份,也太有失我们报社的体面了吧?"

昨天给主编留下了极恶劣的印象,今天她没有勇气再冒犯主任了。她隐忍着,一言不发。

"听着,下午两点,在商业局职工俱乐部,商业局工会和我们报社工会,为了给大龄男女青年创造社交机会,举行联谊舞会。你是咱们报社负责文娱活动的工会委员,你今天当然不能不参加。舞会经费是由商业局工会出的。你的具体任务是,为商业局工会主席拍几张特写照片,几天后要选一张登在报上。还要对人家进行现场采访,写一篇令人家满意的文章。明天上午就得交稿……"

主任不知道,商业局工会主席也正是她那位当副局长的"丈夫"。

她冷冷地:"照片我不能拍。文章我也不能写。"

"为什么?"主任板起了脸。

"我不愿采访……丈夫!"其实她想说的最后两个字是——畜生!

"原来如此! 这我还真没想到! 不过那更应该由你采访了。妻子采访丈夫的文章,丈夫保证会非常满意啰! ……"

"我不! ……"

"你近来怎么对每位领导都是这么一种无礼的态度啊? 这并不至于给你造成什么不好的影响,断送你将来可能成为报社接班人的前途嘛! 你顾虑得太多吧? 这是我交给你的任务! 再说文章可以化名嘛! ……"

"我……你不尊重我!"

"你这是什么口气?! 别忘了你是在跟记者部主任说话! 就这么定

了。有意见你可以找主编老头子去提！"主任怫然变色,起身离开了办公室。

她手中拎着那架"傻瓜"相机,呆呆地站着。

真是一次"美好"的活动！她想。在大龄男女青年的爱情与婚姻问题成为社会问题,刚刚开始引起社会各方面重视的时候,商业局工会主席为全市的领导干部率先作出了榜样！而且是与晚报工会联合举行这样一次必将大受表彰的社会活动！晚报对商业局工会主席的个人宣传无形中成了义务。那头雄海狗又可以到处作报告,介绍经验,成为本市领导干部中具有远见卓识的新闻人物了。又可以如愿以偿地捞取到升官提职的资本了！难怪他慷而慨地批给报社工会两千元赞助性的活动经费！主任却要她对他进行采访,为他拍照,还要特写！照片与文章同时见报,一般人用两千元也休想做到这一点！他的投机方式何等高明！

她完全想象得出他在舞会上将是怎样一种得意、矜持、周旋自如的样子！而她今天的"任务"却是要围着他转！

不！绝不！

她跨到了主任的办公桌前,抓起电话,想给占据着自己心灵的那个人打电话。拿起电话听筒才想到,她没有他的电话号码。但她昨天却看出了他穿的是一身铁路工作服,上面印着"机检"两个字。

她给铁路局总机打电话。因为她一开口就亮出了记者的招牌,总机还算认真对待,几经转线,十五分钟后,她才从话筒中听到了王志松的声音。

"今天下午两点之前,你必须在商业局职工俱乐部门前等我！"完全是命令的口气。我为你付出了那么多失去了那么多,我今天有权命令你！她想。

"什么事啊？为什么要在那个地方等你！"

"我要你和我一块儿参加一次舞会！"

"可是……为了跳舞……我怎么好请假？"

"那是你的事！"

"我……我不会跳舞啊！"

"我教你！"

"……"他分明在犹豫。

"这是我最后一次想要见到你！"她一说完就放下了电话。她的手却仍握着听筒，失神地站立着。

"打完了么？打完了我要打？"

她慢慢转过身，见主任不知何时进来的，坐在她身后的一把椅子上。

"你可以带两三个人入场，但不能太多。"主任用和好的口吻对她说。

她昂然地走出了主任办公室……

已经两点过五分了。

她站在商业局职工俱乐部门口，等待他快半个小时了。她有种预感，认为他肯定不会为了和她一块儿参加一次舞会而请半天假。但她仍怀着微渺的希望注视着从远处急急忙忙向这里走来的每一个男人。好几次她将别人错认是他，要迎上去。

他果真不来，我就绝不再活到明天！让他的良心永受谴责吧！她这样想着。

当她断定他不会来了的时候，她一步步从台阶上踏下，茫然地走了。

这场舞会与我无关了！她继续想。让记者部主任把我恨得咬牙切齿吧！让报社几天后为我吴茵举行追悼会吧！家里此刻无人。煤气是新换的。不留遗言。我对这个世界无话可说。让人们去怀疑我是自杀吧！但他们不会寻找到什么根据……

"吴茵，我来了！"

他突然出现在她面前。

"从我那里到这里太远，乘车也不方便……"

他有点气喘吁吁，脸上淌着汗水。他摘下单帽一边擦汗一边歉意地说："你没生我的气吧？你肯定等得不耐烦了吧？你瞧，我在班上也没衣服可换，就穿着这身脏工作服来了……"

刹那间她泪水夺眶而出。

"你真生气了？"他不安地问。

"你救了我一命。"她凝视着他，低声说。

"我知道我欠你的永远也偿还不清，今天就是一路上冒着枪林弹雨我也会来的！"他垂下头，摆弄着手中的单帽。

听了他的话她真想放声大哭！他能说出这样的话，她觉得他什么都不欠她的了。

他抬起头，又想对她说什么。

"什么都别说了！"她拉起他的一只手，转身向俱乐部跑去。

入门后，她才掏出手绢擦去脸上的泪痕，用请求的目光望着他，凄然一笑，语气庄重地说："我要你挽着我的手臂。"

他看了看自己满是油污的袖子，有些犹豫。

"我要你挽着我的手臂！"她又说了一遍，同时向他伸出了一只手臂。

他不再犹豫，挽着她手臂，同她双双步入舞场。

那个身为副局长兼工会主席的雄海狗般的男人正双手交叉放在突鼓的肚子上，站在立式麦克风前发表演说："我们每一个身为领导干部的人，都要切实关心这个社会问题，都要为切实解决这个社会问题多做有益的事情！我个人所起到的，不过是一个小小的带头……"他一眼望见了他们，愣了几秒钟。

许多人的目光也投注到她和王志松身上。

某些经常出现在各种舞会上并与她跳过舞的男人，一入场后就在寻找她了，互相询问她为什么没来，并且都因失去了一次与她跳舞的机会而暗觉扫兴。她也常出现在各种舞会上。她跳得相当好，舞姿高雅，优美，轻盈。她爱跳舞。只有在跳舞的时候她才会暂时忘记了自己的可悲命运，才感受到美和魅力带给一个年轻女人的欢欣。

舞场布置得极其堂皇。五颜六色的彩灯忽明忽暗,闪耀得令人心旌摇动。拉花悬垂,红光紫辉变幻莫测。喷洒过了香水,馥香四溢。四周的茶座上,摆着烟、糖果、汽水、可乐……男的个个衣冠楚楚,女的个个穿着时髦,或浓妆艳抹,或轻描淡施。

她只向全场扫视了一遍,立刻就看出,十之七八都是本市的官宦子女,真正希望获得社交机会的普通大龄男女青年今天没有入场券。

王志松生平第一次出现在这种场合。他不禁有些自惭形秽,显得十分局促。他那身满是油污的工作服,使他比一个身着戏装的人还惹人注意。他头发蓬乱,脸上汗迹可见。

他本能地想放开她的手臂,但她握住了他的手,用只有他一个人才能听得到的声音说:"今天我只跟你一个人跳舞,把你的帽子揣兜里!"

他一边将帽子往兜里揣,一边说:"我在电话中告诉你了,我从来也没跳过舞。"投射到他身上的各种各样的目光,使他大为窘迫,如芒刺背。

"我也在电话中告诉你了,我教你!"

"舞会开始!"那个做"丈夫"的男人以这句话结束了他的演说。

于是音乐骤起。从省市歌舞团请来的十几名乐队队员,一律身着银灰色西装,演奏得分外卖力。因为他们兜里都预先揣了一笔数目可观的酬金。

要场面,要气氛,要形式,要影响,她知道得很清楚,这些就是她那在别人眼中有"能力"的"丈夫"主持每一件事情的"风格"。只要不是花他自己的钱,他绝不吝啬。

一对对舞伴翩翩起舞。

"别紧张,要放松,随意跟着我的舞步!"她鼓励他,带着他旋入了舞场中央。

他开始显得很笨拙,步子混乱,多次踩疼了她的脚,每一次她都对他说:"别在意!"多次撞在别人身上,每一次她都替他向被撞的人微笑着道歉。

"你好像在搂着一只刺猬跳。"

"我怕弄脏了你的衣服。"

"我的衣服早就被你的工作服弄脏了!"

他这才发现,她那件质料高级的乳白色西服上,已经处处油污了。

她主动地紧偎着他的身体。

当年的冰球队长不是笨蛋,跳舞也不比冰球场上激烈的比赛需要更灵敏的反应。一会儿他就跳得自如了,舞步从容了,舞姿潇洒了。他开始带着她旋转了。既然她快活,他不在乎弄脏她的衣服了。从中学时代到如今,十一年再加上三年——十四年了!他从她眼睛里看得出来,她对他的爱还是那么痴情那么深!他们眼睛望着眼睛,他心里感动极了。

我要比这舞场上的每一个男人都跳得好!他想。他一这么想,别人在他眼中就不存在了,仿佛这舞场上只有他和她!他们像一对仙鹤飘逸欲飞!

他们更加成为许多人注意的特别的一对舞伴了。连那些在跳着的一对对一双双的舞伴,也都失礼地忽略了对方。男人的目光都被她吸引了。他们盼望着音乐赶快停止,下一场成为她的舞伴。女性的目光都被他吸引了。她们想不明白她那么有风度有魅力的女人,为什么将一个穿着脏工作服的野小子带入舞场,而且和他跳得如醉如痴?

她的"丈夫"独坐一隅,一边吸烟,一边毫无表情地"欣赏"着他们。

一曲终了,她轻轻牵着他的一只手走向一张茶座。他们坐下后,她发现了"丈夫"那暗探般的目光,她不理睬那雄海狗的监视。

"你抽烟吗?"

"不。"

"吃块糖吧?"

"行。"

他将手伸向糖盘去拿糖,她抓住了他那只手,说:"我替你挑一块!"

另一只手在糖盘中拨了几下,拿起了一块糖。

"酒心巧克力!"她这才放开了他那只手,替他剥开糖纸,将糖用糖纸托着塞向他口中。

在这样的场合,在众目睽睽之下,她公开对他表示的亲昵,把他弄得难为情极了。他从她的眼睛里看出了,当众这么做,对她是一种满足,一种幸福。

他张口从她手中含住了那块酒心巧克力。

"爱吃这种糖么?"

"第一次吃。"

她看了看糖纸,说:"茅台型的,品出来了?"

"我没喝过茅台酒。"

"今天下午你是属于我的!音乐一起,你就要陪我跳!"

她双眸中闪耀着异彩。

他默默地点了一下头。

舞会的主持者,狠狠将半截烟掐灭在烟灰缸里。他虽然听不到他们在说些什么,但他们那种亲昵的样子,已使他感到自己在公众眼中成了小丑。

一个油头油脑的小伙子走到他们跟前,故作温文尔雅地对她鞠了一躬,用装出来的彬彬有礼的腔调说:"下一轮我能有幸成为您的舞伴吗?"

她的眼睛仍凝视着他的脸,根本不想看一眼说话的是个什么样的人,干干脆脆地回答:"我没有换舞伴的习惯。今天我只跟这位跳。"

自以为风流倜傥的小伙子尴尬地走开了。

十四年了!她眼睛凝视着他,心里在想:第一次我和他之间真正存在着亲爱!

音乐又响起来了。

他不再因自己一身肮脏的工作服而感到羞耻了。他恢复了男子汉的精神。别人怎样看我,他妈的与我何干? 他想。让他们看看我王志松是如何跳的吧! 虽然我刚刚学会,但我要比每一个男人都跳得好! 为了今天下午让她高兴! 让她快乐!

舞曲的节奏比第一轮欢快! 他虽然不知道那些被请来的乐队队员喝了一通汽水或可乐之后,更加卖力演奏的是"华尔兹",但那音乐使他不由自主地兴奋了。他觉得自己仿佛在音乐之中变成了一匹骏马,一只雄鹰,一股旋风! 而她则轻得如同一根白色的羽毛,几乎被他旋得飘了起来!

这里的许多人,其实是在为那些坐在茶座上的欣赏者们而跳的。他则是为了她一个人而跳的! 周围的一切都与他毫不相干! 他对她怀着深深的感动,深深的忏悔,和强烈的激情报答的愿望,一心一意地跳着,跳着,跳着。

怎么可能有人比他跳得更潇洒更自由?

二曲终了。他发现实际上乐队等于只为他们两个人进行演奏。和他们同时跳起来的一对对一双双舞伴,在他们忘情欢舞时先后退离,或坐着或站在四周观看着他们。他跳的并非华尔兹。他只是伴随着音乐激狂放任地跳着而已。她也只是在他那种忘乎一切的情绪的感染之下,如鸟如云不拘舞步地飞荡飘旋而已。许多自以为是的人却在窃窃私议,一会儿断定他们跳的是墨西哥舞,一会儿断定他们跳的是吉卜赛舞。他们跳得究竟怎样,连他们自己也不知道,也不愿知道。他们是在"信天游",他们欢快,他们那个时刻都升入了无忧无虑的境界,他们都觉得这种欢快是对方给予自己的,他们心中都深深地感激着对方,他们是那么满足于内心的感激和欢快交织着的这一时刻!

某些认识她也认识她"丈夫"的人,都不免在心中暗想,今天可能将发生什么大煞风景的事情。因为被冷落在一边的"丈夫",脸上的表情和周围的欢乐气氛反差太大了。他脸上仿佛带着锡纸面具。

她是跳得有些累了。她没有想到他会跳得如此激情奔放! 她微微喘息着,两颊绯红,偎靠着他旁若无人地走向一个茶座。她看到了主编、主任和报社里的几位同事,就坐在那一排茶座,都在望着她。主编神色冷峻,主任嘴角浮现着意味深奥的微笑,几位同事大惑不解,表情都有点匪夷所思。

他谁也不认识,谁也不想认识,谁也不看。挽扶着她一边向茶座走去,一边高傲地想:人们,你们吃惊吧!我王志松就要从这个舞场开始征服我的命运也征服城市!北大荒返城知青是绝不甘被城市所压迫的!

他挽扶着她落座后,开了一瓶可乐,自己喝了一半,将剩下的半瓶递给了她。

这在他并无任何特殊的心意。

但那个坐在他们对面的"丈夫",将还有着几支烟的烟盒握扁了。

她喝光了他递给她的半瓶可乐。

小于走到了他们跟前,大声说:"吴姐,你简直成了今天的舞后了!你们跳得真是够……野的啊!"

她忽然想到了什么,从座位上拿起挎包,取出照相机朝小于一递:"会照吧?替我俩照几张相!"

小于接过照相机,大声地说:"'傻瓜'呀,白玩!黑白卷还是彩卷?"

"彩卷。"

"照几张?"

"照完为止!"

她掏出手绢擦汗。看了他一眼,又替他擦汗。

他的脸又红了,他也看出了她今天的兴奋和快乐之中似乎有什么不对劲的地方。

照相机的闪光灯一闪,小于抢下了她替他擦汗的镜头。

整个舞厅不寻常地寂静着。

"那个女的是谁呀?"

"晚报的记者吴茵嘛! 本市的记者明星!"

"那个男的呢? 她丈夫?"

"不认识。喏。她丈夫在那儿坐着呢!"

"那丈夫够有涵养的啊!"

"妻子是个漂亮女人嘛,丈夫不学得有点涵养怎么办? 上帝一向是这么安排的!"

"不过也太放荡不羁了吧?"

"现代女性,引导妇女新潮流嘛!"

两个靠肩而立的中年男子,远远地望着他们低声评论。

小于捧着照相机,在他们前后左右选择理想的角度,闪光灯连连闪耀。

"留一半,等我们跳舞时拍!"她提醒了一句。

舞会的主持者站了起来,朝乐队做个预备开始的手势,随即走到他们跟前,两眼盯着她说:"这一轮赏我个脸可以吗?"

她迎视着他,冷冷地回答:"期待着能和你跳舞的女人不少,你何不去满足她们的愿望?"

音乐又响。

她拉着他的手站了起来。

他那肥胖的身躯挡在他们面前,不走开。

闪光灯又是一闪,小于连这种情形也不失时机地摄入了镜头。

"别照了! 你这像什么样子!"主编低声呵斥小于,也站了起来,走到三人身旁,用不可抗拒的语调说:"这一轮我陪你跳。"

她正视着主编,沉默有顷,终于屈服地向老头子伸出了一只手臂。

她虽然在陪着主编跳,但跳得毫无情绪,脸一直向他侧转着,目光一直在注视着他。

"你知道你今天给自己造成了什么影响吗?!"老主编一边跳,一边严厉地斥责她。

她没回答。不知她是根本没听见老主编在跟她说话，还是听到了不愿回答。她的脸还是向他侧转着，她的目光还是在注视着他。

而他，也在注视着她。他心中在痛恨着自己对她犯下的种种罪过。

"刚才和你跳了两轮舞的那个女人很有魅力是不是？"她的"丈夫"平静地问他。

他这才转移视线，看对方一眼，同样平静地回答："是的。"

"在所有这些女人中她最漂亮是不是？"

"是的。"

"你迷恋上了她是不是？"

他听出了对方每一句话中都包含着冷讽热嘲。

他以反击的口吻回答："是的！"

"用句西式的话说，她还很性感是不是？"

"你再说一句这类话，我揍你！"他握紧了双拳。

对方注意到了这一点，不以为然地一笑，又问："你和她是什么关系？如此维护她？"

"我和她是中学同桌三年的同学！"

"是吗？那太失敬了！不过我和她的关系可能比你和她的关系还稍微亲近那么一点点。我已经和她同床共枕十一年了，所以我说她很性感是大实话啊！……"

对方微笑得那么悠然自得。

他面红耳赤，说不出一个字来。

对方仍微笑着问："你大概没有入场券吧？"

"……"

"是自己出去呢，还是让工作人员把你请出去？"

他愣愣地瞧着对方，突然转身向外冲去！

"志松！……"

她高叫一声，推开老主编，也向外跑去。

一对对一双双舞伴都停止了跳舞。

乐队队员们也停止了演奏。只有一个吹小号的,不明白发生了什么事,仍在气足腮鼓地大吹不已……

他冲到外面,在人行道上向前猛跑,猛跑,直到一步也跑不动了,才抱住一棵街树站下。

他将额头抵在树干上,拼命咬住自己的嘴唇不哭出声音来。

过了许久许久,他才渐渐冷静。他放开那棵树,慢慢抬起头,发现她站在身旁,几个行人好奇地站在人行道上,似乎期待着瞧一场什么热闹。

他不理那些人。

她也不理那些人。

他们默默地互相望着。

城市使许多人互不相识,这是任何城市与任何农村的共同区别。汽车在马路上轧死了一个人,城市里的人会无动于衷地围观马路上的死者和鲜血。一个老汉老死了,农村里的人会怀着感情谈论起他生前做过什么好事,即便他生前并不是一个十分好的人。这也是城市与农村的区别。

那几个好奇的人看出他和她之间不会发生什么值得一瞧的事,也就漠然地走开了。

他凝视着她的眼睛说:"吴茵,我坑了你!"

她摇摇头回答:"归根到底坑了我的不是你。一只大手把我们的青春从我们的生活中抹去了,像抚乱一盘棋似的,把我们整整一代人的爱情抚乱了!"

"你还爱我吗?"

"至死爱着你!"

"那么我要履行我当年对你发过的誓言!"

"晚了!"

"不晚!"他冲动地用两手抓住了她的双肩。

"我不能伤害徐淑芳,她是我们中学时代最老实善良的女同学……"

"听着,我和她之间,一切都已经结束了!我现在才想明白,我和她也是……被一只大手抚乱之后撞在一起的两个棋子,所以命运又把我们分开了!"

他的话使她那仿佛被厚厚的藻类严密覆盖的心的池塘中,产生了一阵搅动,一线希望之光,照射进她那幽暗的冰冷的内心世界。

她的灵魂被这一线希望之光映耀得迷眩了!十一年啊!灵魂被囚禁在幽暗冰冷的命运牢笼中整整十一年了啊!

"你为什么不说话?!"他摇晃着她的肩。

泪水一下子从她眼中涌了出来。

女性的泪水并非她们软弱的证明。幸亏她们都有爱流泪的本能,她们才忍受了多少刚强男子也不堪忍受的命运的悲惨摆布!

"我……我也许会因当年参加了那次武斗被投入监狱……"

"我等你!我会常去探监!……"

她突然抱住他放声大哭,边哭边说:"那你救我吧!我再也忍受不下去了!……"

又有几个行人站住,瞧着他们,似乎觉得这情形也算值得一看的街头小剧……

她晚上九点半多才回到家里。

满屋烟雾。"丈夫"还坐在沙发上吸烟。照相机的部件还散在地上。卧室里,碎镜片仍遍布床上。损坏了的台灯再也不能发出笼罩床笫的爱悦情调的红光。墙壁上各种形状的残镜,从不同的角度映出不同局部的静物;整个卧室如同一场地震后的镜子店。

"丈夫"看了她一眼,满腔恼怒忍而不发地问:"为什么连门都不锁?"

她挑衅地回答:"希望有一个小偷将这个肮脏的地方偷窃得一空如洗!"

"丈夫"冷笑道:"你这是'红卫兵'的遗风吗?"

她也冷笑道:"记住,今天才真正是我的生日!这就叫不破不立。破字当头,立在其中!"

"你要破什么? 又要立什么?"

"我要破我的墓穴! 立我的新生!"

"茵,你坐下。我可以原谅你今天使我当众出丑的做法。让我们好好谈一谈行不?"

"不! 从今天起,我永远不会和你坐在一起了! 难道你从没看出来过? 十一年中我每一天每一时刻都想杀死你!"

"茵,自从我们结婚后……"

"住口! 你应该说自从我被你霸占后!"

"一个男人为了得到一个女人完全可以不择手段! 爱就必须霸占,霸占就是爱。有什么两样? 不过我们先不谈这个,我想问个明白,我对你百依百顺,究竟哪件事错了,值得你发这么大的脾气?"

"你那套虚伪的'温良恭俭让'再也不会使我不加反抗了!"

"当年若不是我庇护了你,你可能现在还是个犯人,会有今天吗? 你太忘恩负义了吧?"

"监狱对我已不那么可怕。我明天或者后天就会去自首!"

"谁给了你这种勇气?"

"你在舞场上已见到了那个人!"

"我看过你珍藏的那些情书。"

"你的卑鄙无耻一点也不使我吃惊!"

"十四年了,还旧情难忘?"

"再过十四年,我也始终不渝!"

他掐灭烟,冷冷地看了她足有三分钟,表情忽然一变,宽宏大量地笑了,随即从沙发上站起来,走到她跟前,用一只手臂搂住她的肩,婉言劝道:"茵,你这又是何必呢? 一日夫妻百日恩,我们已经共同生活十一年了,就算没有爱,也总该多少有了点情吧? 那个臭工人有什么值得你一片痴心苦恋不休的? 还是刚才那句话,我原谅你! 原谅你今天在家里在舞场上的一切所作所为,我还把你当成我的小猫咪,小心肝儿、小宝贝!快去打扫一下卧室吧,啊?哪个男人或哪个女人没有过一段旧情?哪个男人或哪个女人没埋葬过一段旧情呢?再说,他当年对你……"他像一位神父在为挽救一个女人即将堕入地狱的灵魂而说教着。

她用一只手抓住了他放在她肩上的那只手。

他以为他的说教达到了目的,暗自欣喜地将他那胖脸向她的脸贴去。

她突然转身,退后一步,却紧紧抓住他那只手不放,用另一只手猛扇他的耳光!一记,两记,三记……

十一年了!今天她终于为自己实行了复仇!

他挣出被她紧紧抓住的那只手后,躲到了墙角。他那胖脸紫红紫红,交叉地留下了她的指印。

她咄咄地逼视着他,凛然冷笑。

"我真没想到你会这么恨我,"他伪装着可怜而难过的样子,挤出两滴眼泪,悲哀地说:"你恨我,我也还是爱你。我去打扫卧室,你消消气……"

他抹着眼泪走入卧室。

她趁机脱掉外衣,卷成个"枕头",放在沙发一端,想了想,走到浴室里拿出那把剪刀,塞在"枕头"下,蜷身躺在沙发上。

他走出了卧室,双膝跪倒沙发前,一副动人心肠的表情:"茵,我求求你,我不能没有你……"

她一下子抽出剪刀朝他举了起来。

他像只袋鼠似的朝后蹦了一米多远。

在这一个夜晚,她第一次意识到,当自己敢于拿出决斗的勇气的时候,真正畏惧的一方是那头始终把她当成可爱的尤物百般玩弄的雄海狗。

在这个夜晚,她第一次不受那头雄海狗色情的摆布和淫邪的蹂躏。

因为她"枕"下有一把剪刀,还因为她苦恋了整整十四年的那个人以爱和良心的双重虔诚向她发誓:"我等你!我会常去探监!"

她觉得压迫她虚伪地生活着的罪恶的十字架不再使她感到沉重得喘不过气来了。可以当作纸剪的"红字"去高傲而轻蔑地对待了。

在这个夜晚,她第一次不靠安眠药的作用而能安安静静地入睡了。十一年了啊!

在这个夜晚,省报和市晚报的印刷厂里,印刷机正在以每小时数万份的速度赶印第二天的报纸。

两报都以头版头条大号黑体字刊登醒目标题——《铲除"文革"隐患,省市委同时作出清查"三种人"的重要决议》。

在这一个夜晚,在这一个"家"中,当年为捍卫"无产阶级革命路线"洒过鲜血,身上留下了两处伤疤的英勇不屈的"炮轰派"女战士,与由当年的"捍联总"小头目而变为"接管公检法核心领导小组成员"而变为商业局副局长兼工会主席的政客之间,重新拉开了势不两立的战幕。

她因为根本不去想这些而在沙发上睡得安安静静,并在梦中感激地歌唱着爱情的不死的新芽。

他因为本能地想到了这些而在价值八百余元的"席梦思"床上辗转反侧,一支接一支地猛吸着烟。海狗在水中是靠听觉导向的。"席梦思"床上的这头雄海狗却嗅觉格外灵敏。省市委作出的关于清查"三种人"的决议,还没有形成真正的决议之前他就有所洞知了。今天他亲自主持的舞会,是一种自卫性的措施。全市第一个对大龄男女青年的爱情与婚姻问题作出解决实践的领导干部——这个政治资本应该说是捞取得很及时也很有光彩的。一个人对社会做的一件"好事",足以抵消一个人犯下的一桩罪恶。在他的政治计划中,还有做另外几件"好事"的聪明的设想。都做成了,他的桩桩罪恶也许就会都被抵消了,所谓"以功代过"。即使清查到他头上,不过"认识检讨"一番而已。何况还有他那庞大的密纺紧织的,纵横交错的关系网,到了他可能会失势的时候,必定红烟护其左,紫气舒其右,保他过关。但是今天他的"亮相"在公众心目中并不光彩,他的"小猫咪"使他成了一个"绿色"的丑角。他心里对她恨得咬牙切齿,恨不得从床上起来用一根绳子趁她熟睡之际把她活活勒死。今天她竟在沙发上和衣睡得那么安宁,这更使他对她恨到了痛苦的程度。用一根绳子勒死她也不能解他心头之恨!她的肉体十一年来是他股掌之上的玩物,给过他无限的色情和性欲方面的满足,他爱这个美好的肉体像青蛙虫爱香嫩的花心。但是在这个晚上,在这个时刻,他真想把他的"小猫咪"撕开吃掉!连骨头都嚼碎!

　　一般人们不过以为他是"文革"中"捍联总"的一个小头目,而"捍联总"在本省和本市"文革"史册上的全称是——"捍卫东北新曙光联合总指挥部"——是被十年动乱中的所谓"无产阶级司令部"确认的"革命组织"。很少有人知道,他实际上是这个"革命组织"中的影子内阁,幕后高参,二线"领袖"。当年围攻"炮匪"的那场大型武斗,他是主要策划者之一。围攻方案是他精心拟定的,枪支弹药是他指使人砸了市卫戍区军械仓库搞到的。他的那张社会关系网的链形经纬,是由他当年的"捍联总战友"们一环套一环构成的,他们占据着本省本市的某些重要部门的重要职务。这头雄海狗当年是个顺我者昌,逆我者亡的蒙面人。只要他赖以存在并官运亨通的关系网的链形经纬上的一环断裂,那么他和当年的"捍联总战友"们操纵本省本市"政治小气候"的那种势力,便会土崩瓦解。清查"三种人"的运动是他预见到了的,他却没想到开始得这么突然。他们还没来得及筹谋出全面的对策,他们简直都有点猝不及防。那还在印刷中的"决议"的内容甚至某些关键性的措辞,他在从舞场上将那个穿着一身肮脏的蓝色铁路工作服的"野小子"驱逐出去之后,就有某个"网"上人物向他密告了。他在思考着他和他整个这张网的存亡危夷的严峻问题。对躺在沙发上的他的"小猫咪",除了恨,一时再没有别的情绪。必须千方百计哄她骗她向她发誓向她让步向她作某种妥协,使她不至于揭发他,甚至要争取到她的庇护。因为她一反戈,他做的许多事便成纸中之火了。等到他度过了"清查"这一关,看他再将如何细细地摆布她!当然,他是绝不会弄死她也绝不会丢掉她的。她毕竟是一个可爱的美妙的他还百玩不厌的尤物!

他下了床,拿起薄被和枕头,从卧室里悄悄走了出来,轻轻将薄被盖在她身上。

她的神经在睡眠状态中也保持着防范和戒备。她醒了,见他在眼前,又抽出了剪刀!

"我……我……给你送枕头和被子……我怕你睡得不舒服,夜里冷……"

她一言不发,仇视地瞪着他,以剪刀相向。他看出来了,只要他再向她接近一点,剪刀一定刺进他的心口。

"气还没消?你不愿和我睡到床上去,那么我就陪你睡在这儿……"他装出一副卑微的忠心耿耿的奴仆的样子说,说完真躺在地毯上了。

她将枕头摔在他脸上,将被子掀在地上,坐起来,低声但却毫不回心转意地说:"滚开!否则就拼个你死我活!……"

他怔怔地瞧着她,从地毯上慢慢爬起来,抱着被子,夹着枕头,狼狈地回到卧室去了……

第二天是星期日。

早晨的灿烂阳光透过粉红色窗帘照进来的时候,她醒了。烟雾从卧室内弥漫到了客厅里,与被窗帘过滤了的水彩般的阳光互溶成淡淡的紫雾。

她起身后并没拉开窗帘,也没推开窗子放放空气。从昨天,连这个"家"里的空气也是与她不相干的了!她不能忍耐污浊的空气。但她宁肯到外面去"吐故纳新"。她为自己做的一件小事如果同时也使那头雄海狗获益,她也宁肯与他共受危害也绝不做!

昨天她虽然回来得很晚,但并非始终和王志松在一起。他的母亲一直病着,他四点多钟就跟她分手了。以后的五个多小时,她是独自坐在江边的一张长椅上,望着滔滔的江水度过的。

他昨天告诉她,他已写信通知了本连的所有男女返城知青,今天在江边聚合,包括徐淑芳在内。他太想念他们了,至今为止,据他了解,他仍是他们之中唯一有了工作的人。他要拿出一个月的工资,让大家聚在一起痛痛快快地玩一天。他请求她也去。她因为他通知了徐淑芳,因为她不属于北大荒返城知青,除了他和徐淑芳,她不认识他的那些知青伙伴,本不愿去。但他的请求那么恳切,她不忍拒绝,答应了。她已不再嫉妒徐淑芳,而且同情她,想念她了。中学时,她们的关系是友好的。徐淑芳是不认为她轻浮的极少数的几个女同学之一。

她在浴室里洗了脸,梳理了头发,对着镜子注视着自己,觉得脸色太苍白了。她怕他看到自己这种脸色心中难过,淡淡地化妆了一番。镜中的面容,显得端庄文雅,神色焕发了。她希望自己今天格外有魅力地出现在他面前。她要为她苦恋了整整十四年的人而变得更美。

时间还太早。她不愿在这个空气污浊的家里多待一分钟,穿上外衣毫不留盼地走出了家门。如果可能,她但愿今晚不必再回到这个舒适的墓穴来。

"我等着你!我会常去探监!……"

她不禁又想到了他昨天对她说的这句话。这句话今天使她内心仍像昨天当面听到一样感动万分。从此她的命运她的美将有了如愿以偿的归宿和依附了。让穿着政治法衣的法官们审判她吧!如果他们的审判也代表着历史授予他们的公正的权力,如果真有充分的证据证明她在那场大型武斗中枪杀了某个人,她一定低头认罪伏法,绝不替自己辩护半句,也不需要辩护律师。因为最有资格充当她的辩护律师的不是人而是历史。如果历史在法律审判她的时候保持缄默,那么她除了认罪伏法还有什么话说?她将在法庭上向死者及死者的家属表示忏悔,同时她也一定要在法庭上申明一句,不是替自己辩护,而是申明,仅仅一句——"当年我是以为自己像巴黎公社的女战士捍卫公社一样,在捍卫着无产阶级的革命路线！"在法庭上她绝不表示羞惭！某种罪过使人忏悔，但绝不能使人感到羞惭！让历史在她面前感到羞惭吧！它不仅欺骗了她愚弄了她，不仅在她美好的肉体上留下两处永难平复的伤疤，而且使她沦为一头雄海狗的玩物十一年之久！

这样的历史是可耻的历史！

她一边走，一边想着。

江畔的租船亭前排着不少人。她怕他来时，游船已被租光，就以记者的身份，编了个理由，优先替他租下了八条游船。他昨天说全连的知青伙伴都到齐的话，三十二个人。正好四个人一条船。几个排在后面的人当她拿着船票离开时对她横眉竖目，一个流里流气的小伙子低声骂了她一句什么。她却没生气，能预先为他租下了船，她感到非常高兴。

爱情乃是人生诸事业中最重要的事业，是其他事业的阶梯；其他事业皆攀此阶梯而达到某种高度。这一事业的成败，可使有天才的人成为伟人，也可使有天才的人成为庸人。那些有天才的人无一不深刻理解这一点。黑格尔成为哲学伟人，马克思成为革命导师，谁能否认他们在爱情方面的幸福对他的事业所起到的任何因素都无法代替的作用？而康德和安徒生如果也曾获得过幸福的爱情的话，他们在各自的事业方面能够达到的高度，将必定比今人所承认的高度更高十倍。

从昨天起她心中就只存在一种至高无上的事业了——她要做她从少女时代就一片痴情爱恋着的那个男人的妻子！任什么力量再也不能阻止她完成这一事业了。她相信自己只有在完成了这一事业之后，在成为一个有爱情的女人之后，才能成为一名更优秀的记者……

她想起了不久前她曾采访过一位刚刚死去了丈夫的三十四岁的女建筑师。她希望对方能够说出一句铿锵有力的话。

她启发对方："你的丈夫虽然永远离开了你，但你周围还有你的同事，你还有你的事业，你的生活渐渐还会充实起来，你将更加热爱你的事业，你心中还装着四化……"

她万没料到对方顿时表示出了非常强烈的愤怒:"我的丈夫死了!丈夫! 我跟他共同生活了整整十一年(和她与那头雄海狗共同生活的时间相等)! 我爱他,现在我失去了他! 可是你,还有其他的一些人,却在对我大谈什么同事之间的友谊,事业心,四化! 这一切能代替我的丈夫吗? 能吗? 你还是个女人! ……"对方打开了房门,毫不客气地对她说:"请出去吧,记者同志! 我不愿故作刚强! 我不愿虚伪地表示崇高! 我失去的是丈夫不是一双靴子! ……"

那是她第一次采访失败。她羞于对任何人讲起这次采访中遭到的驱逐。

现在她才明白,那位三十四岁的女建筑师,当时为什么会对她表示出那么强烈的愤怒。

在我们九百六十万平方公里的土地上,究竟有多少家庭是以爱情为最基本的建筑材料构成的? 在我们这个十亿人口的大国,究竟有多少夫妻彼此相爱到难分难离的程度? 又究竟有多少彼此倾心相爱的男人和女人由于社会的"原则"和命运的乖蹇不能成为夫妻? 又究竟有多少感情淡漠的男人和女人由于社会的"原则"的威慑和对乖蹇命运的屈服而甘亦不甘、怨亦不怨地浮度终生? 爱情的诗意被社会的"原则"统治了几千年啊! 政治的,阶级的,"革命"利益的乃至所谓"党性"立场的种种内容,都被像老太太絮褥子一样总嫌不够厚实地絮进爱情的美丽荷包中。于是在我们这个社会主义共和国诞生的时候,年轻女性做半百将军的妻子是"革命"需要。五十年代知识女性嫁给目不识丁的工人或农民,是"与工农相结合"的楷模。六十年代被政治热忱统治了精神世界的姑娘追求"学习毛著标兵"之类是光荣的选择。七十年代她们倾慕"反潮流英雄"成了时髦。八十年代她们嫁给金钱,嫁给地位,嫁给某种虚荣,嫁到九百六十万平方公里以外去,实在是符合惯性定律的。

人道,人性,爱,当某一天我们将这些字用金液书写在我们共和国的法典和旗帜之上的时候,我们的人民才能自觉地迈入一个真正文明的时代并享受到真正的文明。因为这些字乃是人类全部语言中最美好的语言,全部词汇中最美好的词汇。人,在一切物质之中,在一切物质之上,那么人道,人性,爱,也必在人类的一切原则之上!科学、文化、艺术、制止战争的战争,人类的一切伟大的建设与合理的摧毁,难道不是为了更普遍的人们更普遍地获得人道、人性和爱的乐园吗?人道乃是人类尊重生命的道德,人性乃是人类尊重人的情感的悟性。爱乃是人的其他任何事业都无法取代的幸福。歪曲人道的哲学是伪哲学。阉割人性的理论是谬论。不管是用政治的、阶级的或革命的冠冕堂皇的词句注解爱情或贬低爱情的说教,尽是胡诌八扯!

她坐在一张长椅上,头脑中产生了这些连自己也认为过分偏激的思想。苦恋了十四年的一颗女人的心啊!被一头雄海狗囚禁了十一年的一个女人的灵魂啊!她企望着获得真正的如愿以偿的爱情像爬行在沙漠中奄奄待毙的人渴望获得一滴水啊!一个二十八岁的做一个她所仇恨的男人的“妻子”的女人,她企望着爱情的到来是如同被全托在一个冷酷的幼儿园里的孩子企望妈妈一样啊!人们,你们谁也无权谴责她的思想大逆不道!

天空格外晴朗,阳光和煦暖人,没有风,江岸的柳树新芽碧绿,垂丝不摇不动。四月里难得有这样的好天气。松花江过了春汛,变得温柔了,姗姗地流向远方。江面无浪,均匀细碎的鳞波,在明媚的日照下如抖动的蓝绸般闪耀着水光。江面也比前些日子开阔了,但对岸的种种景物却可以望得清楚。已经有许多游船划行在江中了,有的顺流而下,有的斜渡对岸。漫步在江畔的换了春装的男女青年,一个个显得都那么神采奕奕。

无论每一个人的命运如何,无论每一个家庭的状况如何,生活本身永远是美好的,城市本身也将被建设得更加美好。可能就在这一天里有一百个人因为各种各样的原因死了。可能有五百个或六百个或更多的人在为一百个人的死亡而痛不欲生。但在这里,在江畔,更多更多的人享受着春光,体会着生活的美好。这就是城市。

她看了一眼手表,差十分八点,聚合的时间是八点半。她忽然想到了在这四十分钟内足够做完一件重大的事。

她拉开小挎包,取出钢笔和采访本,撕下无字的一页,将小挎包放在膝上,垫着采访本,拔下笔帽,想了片刻,写下了这样几行字:

市人民法院:

我——晚报记者吴茵,郑重向法院提出与我的丈夫——市商业局副局长周长伟的离婚起诉。我的离婚理由,将在法庭上陈述,此不赘申。从即日始,我不再承认他是我的丈夫。

她停下了笔。这些字还没写满一页纸,她觉得似乎对法律有点不敬;还想再写几句,起码写满一页纸,但又觉得最主要的已经写了。既然离婚在中外法典上都算是“案”,何况她和他在本市都是颇有知名度的人物,他也必定会不肯善罢甘休地和她打这场“官司”,开庭审理是免不了的。那么就在法庭上控诉那头雄海狗吧,何必在这页纸上跟法律多啰唆什么!言简意赅。这是她当了多年记者弄成的职业习惯。于是她在这页纸的下方用大大的字体签上了自己的姓名。

吴茵——市法院对这个名字是不陌生的。

用从晚报记者采访本上扯下来的一页纸写离婚起诉,我是本市第一人,她这样想。严肃的法律对写在手纸上的起诉也应同样重视。

天空这么晴朗,阳光这么和煦,环境这么美好,四周的人们这么可亲,在此时此地做完了将决定她今后生活和命运的重大事情,她感到轻松。不远处就有一个邮亭。她站起身走到那里,买了信封和邮票,伏在邮亭的小窗台上填写邮址。坐在邮亭内的那个四十多岁的女人,瞥见她在信封上写下的不寻常的字,用猜谜一样的目光瞧着她粘好封口,贴好邮票。

"几点取信？"

"上午九点一次，下午三点一次。"

"那么今天肯定能寄到了？"

"肯定能寄到。不过法院离这儿才两站路，你要送去不是会收到得更快吗？"

"有些地方能少去一次就少去一次吧！"她对那女人笑笑，将信封塞入了邮箱。

她的"事业"从今天起开始了。纵然全社会都因此与她为敌，她也要决心将这一"事业"进行到底。她的决心坚如磐石。她知道那头雄海狗在本市的势力之广大，她也预见到他会动员各类人物纠合起各种势力围剿她。那些人物和那些势力甚至可能左右法律，对她作出极不公正的极不利的宣判。但是她现在不顾一切不怕一切了。她想象着，当她站在法庭上的时候，即使从法官到每一个听众都成为她的对立面，只要他——她苦恋了十四年的那个男人在场，只要他的眼睛望着她，她就能够用沉默镇定地接受任何宣判，用微笑蔑视一切！

她寄出了那封信，好像终于割断了一根系成死扣的鞋带，脱下了一双肮脏的鞋子。脱不掉的鞋子只有割断鞋带。对系住命运的死扣像小女孩翻绳花那样去对付是女性的软弱。

他说："我等着你，我会常去探监！……"

他的话是她割断那系成死扣的鞋带的刀！

十一年了，她脱不下一双肮脏的鞋！

从今天起，她脱掉了！

从今天起，我就不再回那个舒适的墓穴般的"家"！我要住到报社办公室去！不管主编将对我如何看法！不管主任将多么幸灾乐祸！不管同事们将如何议论如何猜三测四！不管从报社到社会将对她传播些什么飞短流长！

"同志……"有人叫她。

她站住了,面前站着一男一女两个二十多岁的年轻人。那小伙子看去挺文静,姑娘看去很单纯。

"同志,能不能请您替我们拍一张合影?"姑娘有点不好意思地问。

她点了一下头,微笑了。

今天她愿满足各种陌生人的各种请求,只要她能做到,只要请求她做的事非坏事非恶事。

她接过照相机后,那小伙子腼腆地说:"我们装的是彩卷呀,可请您拍得认真点啊!"

"信不过我?我是记者。"

她为了使他们相信,还朝他们亮出了记者证。

他们也高兴地笑了。他们的笑容中流露着敬意和友好。

你们真年轻!你们多幸福!你们才二十来岁,可你们已在相爱!从你们身旁走过的每一个行人都一眼就能看出你们是一对情侣,人人都感到这是自然而又美好的事情。生活对你们多么恩宠!

她内心里对他们充满了羡慕。

她像一位专职摄影师,选择最佳角度,最有特点的背景,指示他们摆出最优美的姿势,鼓励他们表现出他们之间的最真挚的亲爱,为他们拍了一张又一张,直至将胶卷拍完。

她还给他们照相机时,姑娘向她伸出了一只手:"我们一见如故!请告诉我您的姓名好吗?我真想和一位记者交朋友!我叫袁丽娜,二十二岁,刚参加工作,国际旅行社的服务员。我们准备后天就结婚!我的爸爸妈妈和他的爸爸妈妈都反对我们结婚,说我们还是孩子!但我们觉得我们都是大人了!都有资格当丈夫和妻子了!……"真是位爽朗的有个性的姑娘!说起话来节奏又快语调又悦耳。

她很喜欢这姑娘。

她握住了姑娘的手,犹豫一下,亲切地回答:"我叫吴茵。我也高兴和你们认识!"

"后天你能参加我们的婚礼吗?"姑娘握住她的手不放。

她又犹豫一下,说:"如果有一天社会上许多人都认为我是一个坏女人,你们会后悔邀请我参加了你们的婚礼吗?"

"不会的。我相信在我结婚前两天认识的新朋友肯定是个非常好的女人!"

"那么我一定去参加你们的婚礼!"

姑娘这才放开她的手,在她的采访本上,用她的笔留下了地址。

"我和她一样真心诚意地欢迎你参加我们的婚礼!"

那小伙子也腼腆地和她握了一下手。

他们告别了她走远后,她一转身,见王志松站在身旁,穿着一身洗得干干净净的半新不旧的衣服,显得朴素而精神。

他目不转睛地凝视着她。

"你为什么这样看着我?"

"你……今天比昨天还美……"

"成为你的妻子之后,我会更美的。"

"我觉得自己配不上你了。"

"今天别说傻话。"

"他们是谁?"

"我刚刚认识的一对小恋人。他们后天结婚,邀请我去参加他们的婚礼,我要你陪我去!"

"……"

"只要你为我请两个小时假……"

"我一定陪你去!"

她感激地微笑了。

他却不笑。

他说:"我越来越感到对不起你!"

她说:"又一句傻话。"

他还是没笑,和她并肩向聚合的地点走去——从防洪纪念塔左侧数起第六张长椅。

那张长椅上已占据了一对情人。

他们在长椅的另一端坐了下去。

她微笑着问那一对:"不至于使你们讨厌吧?"

那一对不乐意地睥睨了他们一眼,双双离去。

她对他眨了眨眼睛,用一只手捂着嘴笑,笑得像个淘气的小女孩那么顽皮。

他说:"吴茵,你回去了。"

她问:"回哪儿去了?"

"你又回到少女时代了。"

她不笑了,沉默了,她抓住了他的一只手,深情地注视着他。

许久,她才低声说:"我们一块儿回去吧!我要你陪我回去!"

"我陪你回去!"

"我要你以后叫我小茵!"

"小茵……"

"我爱你!"

"小茵,我乞求你对我说一句话。"

"再也不许你对我说'乞求'一类的话。"

"你对我说一句你恨我吧!"

"……"

"我求你……"

"……"

他用另一只手抓住了她的另一只手,她感到他那只手在发抖。他们彼此紧紧抓住对方的一只手。

"如果你说一句你恨我,我内心会安宁些。"

"……"

"如果你不说,我在你面前会永远怀着深深的忏悔,这可能会像阴影一样笼罩着我们以后的幸福……"

"……"

"说吧……难道你不肯真正宽恕我?"

"……"她的嘴唇颤抖着。

"小茵!……"

"我……"

他流出了眼泪。

"我……"

"你为什么就不肯对我说一句恨我的话啊!"

"我……"

"我恨我自己!"

"我……爱你……"她终于说出了一句整话。

他再也不能控制住自己的感情,一下子将她拥抱在自己怀里。

她偎在他怀里,又喃喃地说:"我爱你……"

几个行人对他们公然的"有伤风化"的亲爱侧目而视,表现卫道者的义务。

他们对此不屑理会。

他想:所有的人都他妈的围观我们,我们也要面不改色地这样坐在一起,这样拥抱在一起!

她在他怀里翻转了身子,仰视着他,柔声问:"你知道我此刻心里感到多么幸福吗?"

他还是说那句话:"我恨我自……"

她抬起一手捂住了他的嘴,并擦去了他脸上的两行泪痕。

"我真想在你怀里做一个梦……"她脸上浮现出了一种痴情的微笑。

他便用一只手轻轻抚闭了她的眼睛。

"请问现在几点了?"

他们慢慢分开,回头看去——那个人是严晓东。

"你什么时候到的?"他站了起来,脸红了。

她也认出了严晓东,脸也红了。

严晓东淡淡地说:"我像个保镖似的,在你们身后站了五分多钟了。你们还要继续下去的话,我就再到别处溜达溜达。天气挺不错!"

他说:"是啊,天气很好!"

她说:"你也别再当保镖了,坐下吧!"

严晓东绕过长椅,在王志松身旁坐下了。

王志松问严晓东:"我让你通知的几个人,都通知到了?"

严晓东回答:"不辱使命。"

"那为什么除了你自己,别人还都不来?"

"这是我预料之中的事。"

"难道返城后连见我王志松一面都不愿意了?"

"那倒不是。除了你自己,大家都还没工作,谁有心思玩乐一天?就算是都聚在一块了,谁又能真正高兴得起来?"

王志松低头不语了。

严晓东反问:"你自己通知的那些人都怎么说?"

"都说争取来。"

"争取来?"严晓东耸了一下肩膀:"那就是含蓄地告诉你——不来!"

"我们再等等看。"

"你们愿意等,"严晓东又耸了一下肩膀,"那我就陪你们等!"

他不对王志松说"你",而说"你们",使王志松听出了他的话中包含着某种讥讽的意味。但是王志松不明白好朋友为什么今天会对自己怀有这种情绪,他又低头不语了。

吴茵也听出了严晓东话中包含的某种讥讽意味。她以女性的和记者的双重敏感判断出了严晓东心里在怎么想。

"我到报刊亭去买本杂志……"她走开了。

两个好朋友一时彼此无言。

王志松首先打破沉默:"你也替我通知她了?"

严晓东明白"她"指的是谁,低声回答:"她明确告诉我她不来。"

"她还恨我?"

"对这一点我无可奉告。她丈夫也被公安局拘捕了,你想她会来玩乐吗?"

"为什么?"

"一中事件。"

"妈的!"

"说不定哪一天二十几万返城待业知青就全部聚合起来。玩乐都没心思,搞他妈的一次示威游行,可是个个都憋着这股情绪呢!到那时看看究竟谁怕谁!"

"你怎么知道会发生这种事?"

"因为我和他们一样还他妈的在待业!"

"晓东!你一定参与了组织这种事!告诉我实话!参与了没有?"

"我什么也不会告诉你的,你也别多问了!你已经不是返城待业知青了,何必再跟我们搅到一块儿,使自己受牵连?"

"我根本不会参与你们的示威游行!"

"那我更不能告诉你实话了!也许你会出卖我们吧?"

"你!……晓东,你们不能胡闹啊!"

严晓东猛地站了起来,愤慨地说:"胡闹?!我的理发工具在自由市场被没收了你知道不?因为我没有执照!罚款二十块!几十个脑袋我白剃了不算,还向我母亲要了十三块钱才凑足罚款!三十几个返城待业知青伙伴,至今被和流氓小偷押在一起,天天强迫劳动,难道我们就不管他们了吗?!守义的父母天天在为他流泪你知道不?可你,有了工作,又有了新欢,念头一生,就想召集大家陪你们玩乐一天!你他妈的和我们还有什么共同语言?!要是我把你的话告诉还在待业的返城知青们,他们谁见了你都要往你脸上吐唾沫! ……"

王志松盯着严晓东也缓缓站了起来,他突然给了好朋友一记耳光!

严晓东用一只手捂住了脸。许久,他才放下那只手,冷冷地说:"志松,我永远不会忘了你这一耳光的! 从此以后,你将失去两个最好的朋友。"

听了严晓东的话,看着严晓东那种冷冷的样子,王志松心里一阵难过。严晓东对他的谴责是那么不公道那么严重地伤害了他的自尊心,否则就是别人将一把刀压在他脖子后,威逼着他,他的手掌也不会落在好朋友脸上!

他想念他们这些知青伙伴,他时时关心着他们的命运,他爱他们! 可是连像晓东这样的好朋友都那么不理解甚至曲解了他的感情!

"晓东! ……"

他真想搂住好朋友哭一场!

"从今往后,你省略我姓的权利已经没有了! 我也会牢记你是姓王的!"

这时,吴茵拿着一本杂志回来了。她看出了他们的神色都不对头,明白他们之间发生了不愉快,装作毫无觉察的样子说:"你们干吗都虎视眈眈地站着,像两个冷面杀手碰到了一块儿似的,要引人注意呀?"

严晓东横扫了她一眼,慢慢从兜里掏出一张十块的钱,伸直手臂朝她一递,脸上毫无表情,语调拒人千里地说:"记者小姐,还你钱!"

她没有料到他会这样对待自己,怔怔地瞧着王志松,一时不知怎样表示才好。

严晓东又说:"这叫一清二楚。"手臂仍那么笔直地伸着,脸上仍毫无表情,语调仍拒人千里。

"你会后悔的!"王志松替她接过了钱。

"多谢提醒!"

严晓东一转身大步走了。

她望着他的背影问:"你们怎么了?"

王志松恼怒地回答:"我们互相不理解了。"

"我已经预先租下了八条船。"

"也许只留一条船就够了。"

"为了我……我?……"

他走到她跟前,握了一下她的手:"别这么想。我们结婚的时候,如果他们都有工作,都会来参加我们的婚礼,都会衷心祝福我们的! 你信吗?"

"我信。"

他挽着她的手臂朝停船的地方走去。

"你怕吗?"

"怕什么?"

"碰见认识你的人。"

"我爱你,与别人何干?"

"我也爱你。"

他们互相凝视着……

八条游船,并排着静静地泊在江边,像一把展开的扇子,寂寞地随着江流微微起伏。

他说:"我们再等一会儿吧!"

她顺从地点了点头。

他们站在江边,望着通江街马路口,等了长久的"一会儿"——近一小时。

这段时间内,他一句话没说。

她理解他的心情。既不问什么,也不表示急躁。如果他还要等一小时,她毫无怨言地陪他等。今天我完全是属于他的,她想。

他彻底失望了,终于苦笑着对她说:"小茵,只有我和你在一起,你更高兴是吗?"

"是。"她知道他所希望的并非如此,替他感到难过,但还是装出高兴的样子笑了笑。

"我们上船吧。"

"我去退掉七张船票。"

"不。让七张船票代表我那些知青伙伴,就当他们和我们在同一条船上。"

他们上了一条船。他操起双桨,熟练地划着,游船渐渐离开江岸。

她坐在船头,几乎是用欣赏的目光瞧着他。中学时代的男同学如今变成了男子汉。他的脸棱角分明,呈现着令人感到几分凛峻的英气。这是时间和生活对当年的冰球队长那种少年的高傲提炼的结果。她觉得她当年还是一个少女的时候,想象之中他成为一个堂堂男子汉的模样,正是如今他这个模样。他的双臂那么有力,划桨的姿态潇洒利落。游船驶得很快,十几分钟后到了江心。

"你今天刮脸了?"

"为你刮的。"

"你比昨天年轻多了。"

"我希望在你面前显得又年轻又英俊。"

"从昨天到今天,你说的好几句话都使我感动得想哭。"

"我说一万句使你感动的话,也还是顶不上你爱我十四年。"

"你知我现在心里想什么?"

"你想划一会儿?"

"我想吻你。"

"唱支歌吧?"

"十一年了,我没有唱过歌。"

"今天为我唱,唱'在那里'!"

"在哪里?"

"在那里,我听到了大海在歌唱,在那里,我闻到过豆蔻花儿香。我曾到过遥远的南洋,遇到一位马来亚的姑娘……"

"歌词真好,可惜我不会唱。"

"那么唱你会唱的吧!"

她凝眸沉思一会儿,轻声唱了起来:

> 让我们荡起双桨,
>
> 小船儿推开波浪,
>
> 海面倒映着美丽的白塔,
>
> 四周环绕着绿树红墙。
>
> 小船儿轻轻飘荡在水中,
>
> 迎面吹来了凉爽的风。
>
> ……

"别唱这歌!"他突然大声打断她。

"可是你说过的,你要陪我一块儿回去。"她不无委屈地瞧着他。

回去?如果我真能陪你回去,我宁可少活十年!他苍凉地想。

她又说:"少女时代,我最爱唱这支歌!"

"原谅我,咱们一块儿唱!"他内疚了。

于是他们一块儿唱:

> 红领巾迎着太阳,
>
> 阳光洒在海面上。
>
> 水中鱼儿望着我们,
>
> 悄悄地听我们一块儿歌唱。
>
> ……

另一条游船与他们的游船对驶而过。船上有六七个小伙子,其中一个朝他们喊:"红领巾,为什么不向叔叔们敬队礼呀?"其余的一阵哄笑。

他们仿佛没听见。

他们怀着淡淡的感伤唱着逝去了的美好年华。

做完了一天的功课,

我们来尽情欢乐。

我问你亲爱的伙伴,

谁给我们安排下幸福的生活?

我问你亲爱的伙伴,

谁给我们安排下……

她忽然双手捂住脸,悲伤地哭了。

他停了桨,说:"别哭。我不是在陪你回去吗?"

她边哭边说:"我真傻……我明知道……永远也回不去……可却……那么想重新回……去……"

"我爱你!……"

除了这句,他再找不到别的能安慰她的话。

当他们的船到达对岸时,岸上有一对中年夫妻请求他们将船转让。当父亲的怀中抱着一个女孩。妻子焦急地向他们述说,孩子不知为什么大量流鼻血,已经昏迷不醒。她一边说,一边从钱包里掏出几十块钱往他手中塞,他拒绝接受。

他们将船转让了。她还写给那当父亲的一个出租汽车站的电话号码和一个人名。并告诉说:"这人是出租汽车站的调度,你们就在江畔那个公用电话亭打电话好了。我叫吴茵。你们说是我的朋友,这人一定会尽快派出一辆车来接你们去医院的!"

望着游船划回江那边,他们才转身朝一片小树林走去。

虽然是星期天,虽然租到游船的人很多,但大多数游船迷恋着风平浪静的江流,像滑冰爱好者们迷恋冰场一样,划着游船在江面往来。靠在江这岸的只有四五条游船,分散地拴在定船桩上,像四五只互不理睬的喜欢孤独的卧羊。它们的主人全是钓鱼的,隐蔽到什么不受干扰的地方垂钓打坐去了。

江这岸是另一个世界。一个无人的,春意勃发的,触目皆绿的,静谧的世界。

小树林中更加静谧。是片杂树林,有挺拔的白杨,枝杈任性生长的榆树,柔"发"及腰的柳树,还有桑树,还有"飞刀"树,还有一些他们叫不出名的树。连鸟的啼声也听不到,鸟儿不知为什么竟不光顾这片小树林。林中的青草一寸多高了,嫩绿的草尖,鹅黄的根茎,如同冬季某些人家里水栽的蒜苗。清新的空气中弥漫着深春植物的香蒿般的沁人心脾的馥芳。明媚而和煦的阳光,避过各种各样的树冠,温暖地照耀在林中,照耀在他们身上。

他们互相凝视着,感到自己在对方面前毫无原因地显得拘谨了,羞怯了。

他们互相凝视了一会儿,都渐渐微笑了。

她说:"我已经把它们扔到江里去了。"

他问:"什么?"

"船票。"

"你真狠心,'他们'之中一半人不会游泳啊!"

"'他们'淹不死的。咱们的船刚刚离岸我就偷偷请'他们'下船了!我不希望有你那种感觉,好像无数的影子都和我们在一起似的,今天我要和你一个人在一起。"

"我也希望和你一个人在一起。只是预先通知了他们,他们却一个也不来,我感到被冷落了!"

"为了我,高兴起来好吗?想想我在船上对你说过一句什么话?"

他便握住她的一只手,将她轻轻拉入怀中,紧紧拥抱着。

他们的双唇久久地久久地吻在一起。

他们的双唇终于恋恋不舍地分开了。

他们在一片草地上并肩坐下。他们握在一起的手依然互相握着,他们依然脸对着脸,他们的目光依然彼此凝视,他们的心灵依然陶醉在久久亲吻的那一心魂迷荡的时刻。

她说:"我苦恋了你整整十四年,今天才……"

他握住她的双手:"听着,谁阻止你成为我的妻子,谁就是我王志松不共戴天的仇敌!"

"今天,我已经向法院寄出了离婚起诉。"

"不管法律如何判决,咱们的命从今以后要牢牢地拴在一起!"

"今天晚上我就要搬到报社去住。"

"每天晚上我都要到报社陪你度过几小时!"

"有了你的爱,你不在我身边,我也不会感到孤独了!"

"有一件事,我必须预先告诉你。我……有个儿子……"

"是……你和她的?"

"不。我和她之间从来也没有过那种事。那孩子,是一个上海女知青在大返城中抛弃的。是我们北大荒知青的后代! 我将他抱回了家,要将他当成自己的儿子一样抚养!"

"那就让我做他的亲妈妈吧!"

"我们永远也不能让他知道被抛弃的身世!"

"志松,我也要告诉你我的身世。"

"你? ……"

"我的父亲并非我的亲父亲,我至今不知我的亲父亲是谁。妈妈病故之前,才向父亲忏悔。我是她和另一个男人的女儿,但她没说出那个男人的姓名。这件事,对父亲感情上的刺激太大了! 父亲比母亲更爱我。他万万也没有想到,从小在他怀抱里长大的女儿,竟不是他的亲生女儿! 可是他只有我这么一个女儿。他爱我,我又使他恨母亲。他在感情上离不开我,在心理上又难以承认我是他的女儿。母亲活着的时候,我始终难以理解,父母之间的感情为什么那样冷漠。母亲去世后,我不明白父亲为什么有时疼爱我,有时却厌弃我。我到了安徽农村以后,父亲才在一封信中将这一切都告诉了我……父亲在信中写了许多忏悔的词句。他说他从此再也不会厌弃我了……因为除了我,他再也没有第二个儿女……那天刮大风,天昏地暗的,我一边看信一边哭……后来我返城了,他觉得他幸福极了,因为他从此不用挂念我了……后来我结婚了,他高兴地对我说,他死了也瞑目了……有一天我忍受不了内心的痛苦,我跑回家,将我的不幸全部向他倾诉了……我流着泪跪在他面前说:'爸爸,救救我吧!……'我真糊涂,父亲有什么能力救我呢?他当时呆得像一个石头人……几天后他疯了……父亲没救得了我,我反而害了父亲……他如今已经在精神病院度过三年了!我可怜他。答应我,等我们成了夫妻后,只要我们的住房条件稍好一点,我们就把他从精神病院接出来,让他和我们一块儿度过晚年,我要用一个女儿对父亲的爱,医治母亲在他心头造成的创伤。你答应我吗?"

"我答应你,我也要像一个儿子一样照料他!"

她又情不自禁地扑在他怀中了。

他说:"我们坐在长椅上的时候,你不是说真想在我怀中睡一会儿吗?你就睡吧,你可以一直睡到日落黄昏!"他吻了她一下,抚摸着她的脸颊。

她便微微闭上了双眼。

小树林静谧得仿佛在做着美好的仲春之梦。

"这儿多静啊!"她闭着眼睛喃喃地说。

他又轻轻吻了她一下。

"我真想要……"她握住他的一只手,将他的手紧贴在自己脸颊上。

"要什么?"

"要你……"

"你不是正在我怀里吗?"

"所以我这时刻真想要……你……"

她的脸红得像朵玫瑰。

他终于明白了她的话,他对她的爱顿时充满了他的整个心!

她此刻说的话使他想起了她昨天对他说的话:"那你救我吧,我再也忍受不下去了!……"

"不会有人到这里来的,十一年了,我和那头雄海狗睡在一张'席梦思'床上,他还在床四周镶满了镜子,他还骗我服下从外国人那里搞来的印度春药……这里多美好,这里多宁静,就让这片青草当我们的床吧!我想要……我想在这里要你!……真的……我们为什么不?……"

她说这番话时,睁开了眼睛。她的眼睛是那么明亮,她的目光是那么坦率地仰视着他,她的双眸闪动着炽热的情焰,她的语调却是那么平静,她的表情却是那么圣洁。她一点都不为自己的话感到羞耻。

她在默默地乞求着,真挚地期待着。

他突然将头埋在她怀中,更紧更紧地拥抱着她……

"多么动人的情形啊!"忽然有一个人大声说,并拍了几下手掌。

他抬起头来,见是她的"丈夫"站在他们跟前,脖子上吊着一架照相机,大而胖的脸盘上呈现着矜持的微笑,仿佛是从地底下钻出来的。

"夏娃在求欢,而亚当却哭了!"

她依旧偎在他怀中,一动也没动,挑战地瞪着她所仇恨的这个男人。

"你们可以改变姿态了,我已经为你们拍下了刚才的镜头!完全可以作圣经的彩色插图!"

他们站了起来。

"你摔碎了一架照相机,可是我又借到了一架。我还是有点先见之明的,料到会有如此动人的情形。"那雄海狗般的男人得意洋洋地对她说。随后瞧着他说:"这里多美好,这里多宁静,你为什么不满足夏娃的欲望呢?我可是很想为你们拍一张伊甸园中偷尝'禁果'的纪念照呀!"

"你有点遗憾？"他冷冷地问。

"有那么点。我是位摄影艺术爱好者。"

"那就多拍几张吧！"他又将她揽在怀中，吻她。

"好极啦！"那雄海狗般的男人又拍了一张。

"现在，请可爱的夏娃离开一会儿，让我和亚当谈谈行吗？"那雄海狗般的男人彬彬有礼地问她。

她忍受不了这种羞辱，一转身想走开。

"别走！"王志松低声说。

"让咱俩当着她面谈灵魂道德和肉体罪恶的问题？小伙子，就算作为一个情人，你也太过分了吧？"

王志松向"摄影艺术爱好者"跨近一步，朝那张大而胖的脸盘上猛击一拳！

"摄影艺术爱好者"被击倒在地，鼻孔里顿时流出鲜血来。

"现在你才应该说'太过分了'！"

"摄影艺术爱好者"刚刚爬起，第二拳比第一拳的力量更凶猛，他又倒在地上了。

当年的中学冰球队队长叉开双腿站在商业局副局长跟前，对方刚要爬起来时，便从容不迫地击出一拳，拳拳击在那张大而胖的脸盘上。数拳之后，商业局副局长鼻青脸肿，满面鲜血了。

对方趴着再不敢爬起，照相机也甩在地上。

王志松不慌不忙地捡起照相机，说："我和你有同样的爱好，让我也为你这位摄影艺术爱好者拍一张纪念照吧！我的摄影水平一点都不比你差！"

他拍完后，对方才慢慢跪了起来。他将照相机挂在对方脖子上，冷笑道："是架好相机，因此我舍不得毁了它！你的摄影杰作随你愿意洗印多少张都可以，但是必须寄给我一张！我叫王志松，这个名字你要记住了。我是铁路机修段的工人！"

对方终于有机会站起来了,掏出手绢畏惧地擦着脸上的血迹,不敢瞧他。

"还有什么可谈的吗?"

"我……不……"

"局长大人不想和我这个工人谈谈灵魂道德和肉体罪恶的问题了?那我和我妻子走了!"

他拉着她的一只手,朝林外散步似的走去。

"她是我的!……"那雄海狗般的男人叫嚷。

他站住了,转身怒视着对方:"你敢再说一遍?"

"我……我不能失去她……"

"我不再失去她!"他用宣告的凛然语调说。说完,拉着她的手继续往林外走。

他们走出了小树林,那雄海狗般的男人也跟出了小树林,尾随在他们身后,可怜巴巴地说:"让我们谈谈条件吧!让我再和她生活两年,两年!两年后她不会变老,我们和平离婚,我保证把她让给你!我就这么样失去她,我……我没法再活下去了呀!……"他泪流满面,卑下地哭泣着。

王志松猝然转身,又凶猛地将他一拳击倒了。他爬起来时,鼻孔里又流血了。他又掏出手绢擦,不敢再步步尾随他们了。

他们走到江边,江边正泊着一条小船。

划船的小伙子招徕地对他们说:"过江?请上我的船吧,又快又稳,二十分钟保证你们到达对岸!"

他们就上了那条船。船小而破旧,显然不是船站的游船。

小伙子并不马上划船,却对他们说:"请二位稍候一会儿,这船还能坐下四五个人呢!当着真人不说假话,我是个返城待业知青,开江后才靠划这条船能挣几个钱。船是借的,要给船主钱。被船站的人发现了,还要罚款。一次多渡几个人,能多挣个三毛四毛的!我这两条胳膊都划酸了,兜里不到两块钱呢!去了要给船主的,我今天还挣不到一块钱啊!二位多包涵吧!"

他说:"等多久我们今天都坐定你这条船了!"

"多谢多谢!"小伙子感激地朝他抱了抱拳。

"北大荒返城的?"

"对。城市的弃儿!"

"几师的?"

"二师的。你也是?"

"我也是。"

"看样子你是有工作的了?"

"接我父亲的班。"

"真羡慕你。我不收你们钱了!"

"正因为我也是返城知青,我们更不能白坐你的船。"他从兜里掏出钱包,抽出十块钱递给小伙子。

"算啦算啦,我找不开!"小伙子不肯接。

"我并没让你找钱!"他郑重地说。

"那怎么行!……"小伙子脸倏地红了。

"你收下吧,他是诚心诚意的!"她替他这样说。

小伙子犹豫着。

"北大荒有句话:见面分一半!我们是弟兄。都姓一个姓——姓北!"

"哥们儿,既然你说出这么仗义的话,我不收下辜负你一片心了!"

小伙子大大方方地接过了钱。

她附耳悄声对他说:"爱你!你是我的男子汉!你刚才要是怕他,我又会绝望的!"

他轻轻握了一下她的手。

这一握使她感到胜过任何语言的表白。

这时,那鼻青脸肿的"摄影艺术爱好者"来到了江边。他见他们已经坐在了船上,不待划船的小伙子和他打招呼,也上了这条船。他仍想和他们谈谈,他打算把两年的条件降低为一年。这头雄海狗的的确确是离不开她,不能失去她。她是他所酷爱的玩偶,他摆弄惯了她美好的肉体。她是他的政治野心的粘连物,因为占有她,他才觉得自己的种种政治野心和官场计谋是有趣的。失去了她,他会感到自己失去了双重的存在价值。他的种种政治野心也将随之萎缩,他也将失掉周旋于官场的"才智"。十一年来,他是将她那美好的肉体视为维持他生命旺盛的营养滋补剂的。十一年来,这雄海狗般的男人如同一条水蛭,牢牢地吸附在她那美好的肉体上,吮嗫着她的生命她的血液,因为占有她而意识到自己各方面都是个春风得意的男人!他是既害怕失去她,又害怕她向法律控告他当年占有她的卑鄙手段,从而败露他"文革"中更多更大的罪恶,使他落入恢恢法网之中。但是王志松咄咄的目光和凶猛的拳头,使他一声不敢吭。他还暗暗怀着一线希望,幻想到达了对岸,她毕竟不至于公然跟他从此走了而不回家。不管采取文的或武的手段,对付她一个人要容易得多。当年他对她进行"审讯"的档案他还私自保留着呢!他不信她不重新乖乖就范!

"三位坐稳当,咱们开船了!"划船的小伙子说着,用一支桨把船从岸边支开了。

王志松和吴茵坐在船中位,他们手仍握在一起。

鼻青脸肿的"爱好"摄影艺术的商业局副局长坐在船头。他那海狗般的肥胖的身体大约有八十公斤以上,使船头吃水很深。"文化大革命"中本市发生过大大小小近百次能给人们留下印象的武斗,他却没损伤过一根毫毛。自打出娘胎以来,他脸上没挨过拳头。如今成了本市官场上足以呼风唤雨的人物,一张脸却几乎被一个返城的野小子拳击得五官错位,而且还公然夺走他心爱的尤物!他是真恨不得从背后扑过去,把那野小子推入江中淹死!君子报仇十年不晚。杂种,过了"清查运动",看我周某人怎么整治你!王志松——这个名字,他是一辈子也忘不掉的!

爱与恨,爱是难以割断的,恨是容易泯灭的。一般人的仇恨,好比拳击场上的两个拳击手,一方将另一方击倒在地,那恨也就画了句号了。深仇大恨,结果了仇人的性命,那恨也就完成了促使行为的使命。这个人不,他恨一个仇人的情感是与爱一个女人的情感同样不论怎样发泄都难以满足的。他不会产生杀人的念头。杀人对他来说是太简单太寻常的报复。他惯于的报复行为是摆布他所仇恨的人的命运,将他所仇恨的人的命运放在平底锅上翻来翻去地文火煎烤。所以他想把王志松推入江中淹死的念头,不过是一时的冲动的恨的一闪念而已。如果他和王志松不是在一条船上,不是在江中,而是行走在马路上,一辆汽车猛驶过来,他准会拉王志松一把,避免王志松被轧死。王志松如果真被轧死了,他会像恨王志松一样恨那个司机!

他看到他们靠得那么亲密,他们的手握在一起,他的心痛苦得痉挛着,抽搐着。然而他坐得安安稳稳,不动声色,时不时地掏出变红的手绢,擦一擦仍从鼻孔里缓缓淌出来的血。

划船的小伙子不是只认"大团结"的傻瓜蛋,看出了坐在他船上的这二男一女之间本是认识却又不那么"团结"的。他也不再同王志松说话,生怕自己无意间说出不得体的话,惹恼了两个男人中的哪一个,使他们和自己或者他们互相之间在船上打斗起来,那他这条破旧的小船是担载不起的。他靠划私船摆渡挣钱是出于无奈而且冒险的,因为他不会游泳,船也划得并不熟练。

船到江心,王志松看出他划累了,主动说:"我替你划一会儿吧!"

"别。咱俩一调位我这船准失重!你要是把船划翻了,淹死一个我承担还是你承担?"

王志松听他这么说,只好稳坐不动。

因为小伙子划得越来越无力,这条船在江上行驶得斜度很大,至少与应该靠岸的地方相距一千米。

一艘"呼哈"号中型客船,穿过江桥桥洞,逆流驶了过来。他们乘坐的小船挡住了客轮的航道。客轮在江桥那面时,他们谁也没有注意。客轮一过江桥桥洞,距他们的小船便很近了。客轮连连鸣笛,划船的小伙子乱了手脚,双桨起落不齐,小船在江中打起转来。

"别慌,我来替你!"王志松说着站起身。可是他刚一站起,小船晃动不止,他赶快又坐了下去。

小伙子慌乱之中,落了一支桨。小船完全失控,顺流迎客轮飘行过去。

王志松来不及再多思考,对吴茵叮咛了一句:"坐稳,别怕!"迅速脱下外衣塞在她怀里,跌入江中。他想抓取到那支落水的桨,可是它已漂出十几米外,来不及了。他只好一边踩水一边推船。

吴茵抱着他的外衣,像当年替他抱着衣物在冰球场外看他比赛一样。虽然她不会游泳,虽然情形有些危险,她却一点也不惊慌,她很镇定地坐着。她知道他水性极好,相信他能够将小船推向岸边。

那划船的小伙子完全呆住了,连握在他手中的那一支桨也不发挥作用了。

坐在船头的她的"丈夫",眼见客轮离小船越来越近,惊恐万状。实际上客轮已经减速,但是他在惊恐之下看不出来。

他突然站起指着那划船的小伙子破口大骂:"你他妈的手里还有一支桨,你倒是划呀!原来你他妈的是个根本不会划船的骗子!靠了岸我要……"

他那肥胖的身子一晃,倒下去了。八十公斤以上的重量猛砸在小船一侧,小船顿时底朝天!

在小船倾覆的瞬间,吴茵本能地叫了一声:"志松!……"

王志松已在踩水时蹬掉了鞋。他听到了她的叫声,绕着扣翻的小船游了一圈,寻找着她。

他发现了她的头从水中往上一冒,立刻又没入水中,头发还飘在水面。

他朝她迅速游过去。

突然他的双腿在水中被两条手臂搂住了。那两条手臂死死搂住他的双腿，任他怎样挣扎也无济于事，他被坠入了水底。他在水中弯下腰，抓住那人的头发，朝那颗脑袋猛击一拳，那两条手臂才放开了他的双腿，但随即紧紧搂抱住了他的腰。他拼命蹬动双腿，仰游着浮出水面。他已经没有力量摆脱掉那个人了。他倒划双臂拖带着那个人向岸边仰游，他心中只有一个念头：到了岸上才能摆脱掉这个人，才能再去救他的吴茵！……

一条游船划过来，将他和那个人救了上来。

那人正是那头雄海狗。他有海狗一样的肥胖身躯，却无海狗的游泳本领。

那头雄海狗像头死海狗般卧在游船上。

他第二次跃入水中，一边茫然地游着，一边寻找着吴茵。

江面上却再也寻找不到她的踪影。

"吴茵！吴茵！吴茵！……"他大声喊叫，一头潜入水底。

吴茵，我找遍这条江也要把你找到，救你上岸……

当他从水中冒出头换气时，一艘救生小艇绕着他的头兜了一圈，艇上一人手持话筒对他吼："你老婆被救上岸了！你他妈的还在江中折腾什么？！一会儿让老子也救你呀！……"

第二天的晚报，第四版，左下方，登载了这样一条报道——昨日下午二时许，松花江上不幸发生翻船事故，落水四人，淹毙一人。被淹毙者，是违反江上治安规定，摆渡私船载客的返城待业知青。江上治安部就此不幸事件严肃重申，凡摆渡私船载客者，船只一律没收，永不归还，并罚以重款。屡犯者将以违法罪拘捕……

不久，关于晚报"记者明星"的"桃色新闻"广为流传，成了本市许许多多人茶余饭后的闲谈资料。

普遍的市民们对于具有某种知名度的人，尤其对于具有某种知名度的女人的名誉的"败坏",总是产生特殊兴趣的。这种兴趣与某些孩子喜欢拆散他们感到奇妙的玩具的兴趣一样。

……

市法院驳回了吴茵的离婚起诉。

强大的社会舆论,"正义"和"道德"的呼吁之声从四面八方向她压来,也向报社压来。

报社每天接到无数次电话和无数封信,敦促报社对一个"品行败坏"的女记者进行制裁。

同事们的规劝,领导们的批评,她全置若罔闻,一意孤行。

记者部主任在一次党员会议上措辞激烈地大谈记者的"社会形象"问题和领导"用人不当"的"惨重教训"……

老主编"引咎"退职……

她被取消记者资格,贬到印刷厂当工人……

铁路局收到商业局盖有"党委"红章的公函,强烈要求铁路局严惩"第三者"。

机修段领导找王志松进行严肃谈话,警告他,第一,作检查,承认错误。第二,断绝与有夫之妇的一切来往。第三,向商业局周副局长赔礼道歉……

他说:"不!"

领导问:"你这样做对得起谁? 你连你父亲也对不起! 你想继续待业吗? ……"

他缓慢地从兜里掏出工作证,当着领导的面从工作证上撕下了自己的照片,脱了工作服,放在桌上,转身而去……

他在公用电话亭给她挂电话。

"是你?"

"是我。"

"我只是想听到你的声音……"

"我很好……你呢? ……"

"我再也不丢掉你! ……"

……

几天后的一个晚上,他抱着儿子来到了徐淑芳家中。

"求你收下这个孩子。"

"谁的孩子? "

"我们北大荒返城知青的孩子。我本想做他的父亲,可是……我母亲……昨天……去世了……我又待业了,无法抚养他了……"

他仿佛老了十岁!

母亲,白发苍苍的老母亲,她那颗衰弱的心脏,无法承受儿子第二次沦为返城待业知青的现实……

徐淑芳默默从他怀中抱过了那孩子。

"我给他起的小名叫宁宁,如果你不喜欢,就另给他起个更好的名字吧! "

"我仍要叫他宁宁。"

"他爱蹬被子。"

"我不会让他着凉生病。"

"他还没落上城市户口。"

"他永远落不上户口,也是我们的儿子。"

"将来不能告诉他,他是个曾被遗弃的孩子。"

"不告诉。"

他在那孩子脸上轻轻吻了一下。心中说:"儿子,我的儿子,爸爸爱你! ……"

他转身欲走时,她终于叫了一声他的名字:"志松……"

"……"

"我们都不要被压垮了! "

第十七章

一座城市如果是省会,市长更难全面施展自己的执政能力。

在这座城市,市委和省委大楼分处两区。双重党政机关将它分成两个权力辖治范围。市长是这两种权力之间的平衡砝码。"文化大革命"在这两种权力之间遗留下种种"历史误会"。省市委领导者们相互积怨甚多。某几位市委领导者,时至今天,仍因在"文化大革命"中省委领导者们为了保自己"过关",将他们当成棋盘上的车、马、炮,抛给了"革命群众"和"红卫兵"而耿耿于怀。某几位省委领导者,由于市委领导者们在"文化大革命"中将自己应负的"路线"责任推给他们,使他们成了"黑根子"被"打翻在地",踏上过"千万只脚"而铭记"教训"。某些省市委领导者们之间的关系与其说是融洽莫如说是互相容忍。在许多方面,在许多事情上,"历史误会"继续造成今天的"误会"。姚市长作为一市之长,在种种历史和现实的"误会"中,既要维护市委领导权力的独立性,又必须时时事事审慎地考虑到某些省委领导同志的心理和情绪。他深知自己的执政责任,应是努力消除弥漫于两种权力之间的种种"误会",无论如何不能再加剧"误会"。这使他在许多方面,在处理许多问题时,由一个有魄力的敢作敢为的人变成了一个思前顾后、优柔寡断的人。

616

对"一中事件",他便是如此。

三十几名被拘捕的返城待业知青仍未获释。首先,市委领导者们就无法对这一问题统一态度。释放被拘捕的返城待业知青们?释放也得对他们有个说法,对社会有个说法。什么样的说法才能被他们接受?被社会接受?被二十余万返城待业知青接受?宣布他们无过?那么谁之过?那么他们将有权对公安机关提出抗议,要求公安机关面向社会对他们公开赔礼道歉,他们是绝不会放弃这一要求的。二十余万返城待业知青是他们的后盾。他们的家庭一天比一天更为他们感到愤愤不平。"师资培训班"的"内幕"早已不成其"内幕",三百余万市民们愈来愈同情他们了。对"师资培训班"作过"批示"的某几位省委领导者正面临着巨大的社会压力。若由市委对社会宣布他们无过,无疑等于又一次将某几位省委领导者抛到了社会的谴责舆论的漩涡,同时也无疑等于向社会表明了市委对"一中事件"的双重态度——站在返城待业知青一边的态度和对省委的指责态度。结果是可以预料的——市委及他这位市长本人会因此而深得民心,并大大削减二十余万返城待业知青对他本人及对市委的对抗情绪。但省委的某几位领导者也就有理由认为市委公开"出卖"了他们,将二十余万返城待业知青的对抗情绪转移到了他们身上。必然造成省市委领导者之间新时期新问题面前的"新误会"。一百五十名内定的"师资培训班"录取名额中,有近半数是市委各级领导者们的子女。省委的某几位领导者在考虑如何更理想更妥善地安排干部子女就业问题的时候,并没有将市委各级领导者们的子女排斥在外。一百五十名干部子女中包括了他这位市长的女儿姚玉慧。而且他这位市长预先也知道"招考"的"内幕"。被"出卖"者将有充分的理由认为市委及他这位市长对"一中事件"的态度是狡猾而可耻的!他们如果恼羞成怒,"反戈一击",那么前一天他可能被二十余万返城待业知青及普遍的市民们视为"包龙图",第二天则必成为遭到社会舆论谴责最甚的"两面派"!他在这座城市的领导威望将丧失殆尽!

无论从个人的或者全局的得失来考虑,他本人及市委都不能够向社会,向二十余万返城待业知青,向三十几名被拘捕的返城待业知青和他们的家庭作出立场鲜明的表态! 使他思前顾后、优柔寡断的种种因素,也正是使其他几位市委领导者们对"一中事件"的态度不能统一起来的因素。

何况无论是他本人还是其他的几位市委领导者们,都并不认为因"一中事件"被拘捕的三十几名返城待业知青是完全无辜完全无过的。

公安局长对"一中事件"的态度"立场鲜明"。

"放了他们? 休想! 除非你们先罢了我的官,撤了我的职,开除我党籍!"有一天晚上,六十二岁的、身为十级干部的老局长往他家里打了一次电话,在电话里可着嗓子对他咆哮,是否暴跳如雷他不知道。

老局长有他一套独特的、一贯的、以忠于职守为原则的思想逻辑。谁违犯了这座城市的治安条例,谁可能在这座城市引起骚乱,谁就应受到制裁! 他行使他的权力是不带任何人情味的!"文革"前如此,"文革"后更其如此。正因为他亲身经历了那场"史无前例"的大骚乱,今天他对引起任何骚乱的人愈加深恶痛绝! 消防队员扑灭火灾靠的是高压水龙,他对付骚乱靠的是他指挥下的刑警队。他官复原职后的第一件事就是大大扩充了刑警队的编制,严格进行擒拿和格斗训练。他对他们的训词只有一句话——"你们每个人在平息骚乱时都应具有以一当十的本领。"这句话成为他们的"座右铭"。不知为什么,许多"最高指示"他都忘记了,但毛主席说的那句话却连在梦里都忘不掉——"过七八年又来一次。"而且不知为什么竟有点相信。他妈的,又来一次的时候,全国又像"文革"一样大乱了,我也要靠我的刑警队在这座城市中控制住治安!再来一次吧! 再来一次我他妈的才不会像上一次那么老老实实地弯腰低头接受批斗呢! 再来一次看看谁怕谁?! ……他头脑中经常因为"过七八年又来一次"这句"伟大"的预言,而产生以上那一类天真的救世的想法。

他认为他的刑警队紧急出动,在"一中事件"中拘捕了三十几名企图制造一场大骚乱的返城待业知青们并没有错。他认为倘若自己不采取这一果断的雷厉风行的"打击",倒是大错特错了。二十余万当年的"红卫兵",像二十余万散兵游勇似的大返城了,使这位老公安局长的心理上产生了一种似乎果然"又来一次"的先兆感应。"红卫兵"给他留下的深刻印象如同第一次注射青霉素药针给小孩子留下的印象。他的右腿当年被一伙"红卫兵"们打断过,致使如今他常常"左倾"。他仇视"红卫兵"。他认为"无产阶级文化大革命"原本可能是一场好端端的"兴无灭资"的"大革命",全是被"红卫兵"们到处"煽风点火"搞到天下大乱不可收拾的地步的。同时他认为粉碎"四人帮"后党中央的一系列方针政策都英明正确,唯独允许知识青年大返城是政治家们的头脑"热发昏"!他们十之八九是当年的"红卫兵"!他们应该在广阔天地被改造一辈子!对历史偿还他们一辈子也偿还不清的罪孽!真值得对他们大发慈悲,允许他们重新回到城市里来么?他们尽是"狼孩",成千成万地回到城市里来,城市怎生再得安宁?!他对"红卫兵"的仇视,渐渐扩大为他对整整一代人的敌意。对于这一代人他没有恻隐,没有怜悯,没有亲情,没有责任感。在他看来这一代人是炉灰渣子。对这个国家对这个民族没有什么意义了!他自己的一男一女例外。不是偏爱,是因为自己的儿女们当年由于他的牵连没有资格戴过"红卫兵"袖章。如果他们当年也是"红卫兵",那么今天在他这位父亲眼里也是炉灰渣子,也是"狼孩"。

他的部下擅自放掉了"一中事件"的主要"策划"者,北京的一位什么将军的公子,使他大为光火,将那个部下骂得狗血喷头,诺诺连声。

"将军的公子今天参与造反更应严办,你他妈的倒敢放跑了!老子在抗联时期就当过副师长,他妈的这三十几年如果一直都在部队干,今天也是位不折不扣的将军!严办一位将军的公子才更能惩一儆百!你给老子把他重新抓回来!抓不回来我脱了你的警服!……"

他头脑中倒是没有市长头脑中那么许多思前顾后、优柔寡断。因为他的一男一女返城不久便都穿上了蓝警服,成了他的"兵",没有报考什么鸟"师资培训班"。所以他完全没有思前顾后、优柔寡断的心理负担,正所谓"胸中正则胆气豪"。

他那位被骂得狗血喷头的部下还真带了三名刑警队员连夜又去重新逮捕"一中事件"的"要犯"归案。但"要犯"已离开了本市,"逃"之夭夭。他鞭长莫及,又将那部下狗血喷头地骂了一顿。

如若释放了三十几名被拘捕的返城待业知青,并向社会宣布他们无过又无辜,那么将置他这位城市卫士的象征者及他的忠实的刑警队员们的尊严于何地?难道他的刑警队紧急出动,平息了"一中事件"倒是错误的了?如果当天他的刑警队不出动,谁能预料"一中事件"以怎样的结果告终?不少刑警队员们在平息那场骚乱中遭到了殴打,对他们说他们错了,他们会做何想法?在城市治安需要他们时,他们还能具有那种"以一当十"、一往无前的勇敢精神吗?他的刑警队员们的精神是需要鼓励而万万不能也不应该被挫伤的!他们的精神也是他本人的精神!"蓝警服"的尊严在"文革"中被践踏得够惨的了!他要在城市重树这种尊严,维持这种尊严!迫使社会认识到这种尊严,并承认这种尊严!社会丧失了"蓝警服"的尊严何谈时代的尊严?动乱的历史过去了!人们需要时代的尊严!人们需要有治安的社会!他及他的刑警队员们的存在价值,就是以治安为己任,使人们使社会获得这种保障!而他实施这种保障的手段则是——平息骚乱!打击骚乱!镇压骚乱!拘捕、逮捕、搜捕一切引起或制造骚乱的分子,包括一切企图引起或企图制造骚乱的分子,这是他的精神内核,这是他认为高于一切原则之上的原则。超出这一原则范围以外的种种思想,也是超出他头脑以外的思想,那是其他人们应该进行的考虑和应该采取的行动。

当市长本人在因"一中事件"遇了难了,在因被拘捕的三十几名返城待业知青而瞻前顾后、优柔寡断的时候,这些被拘捕的返城待业知青正被刑警队员看管着,每天跟一批等待接受法律判决的流氓歹徒、小偷、盗窃犯、诈骗犯、贪污犯一块儿在一处建筑工地上干活呢。一个多月以来，没有任何方面提审过他们。市与省的司法部门，拒绝受理此"案"，显然对他们持同情态度。市委曾派过一个三人"调查组"，向他们进行过"调查"。名曰"调查"，实则"谈判"。

——你们想不想早日获得自由？

他们当然都表示——想。

——你们能否保证以后再不聚众闹事，扰乱社会治安？

他们也都表示——能。

"调查组"的三个成员很高兴，没预料"谈判"如此顺利，不辱使命，当场说："你们每人写一份保证书，或者共同写一份保证书，你们就自由了！"

他们却说——他们也有条件：第一，在报上公开披露"师资培训班"的内幕，向社会澄清"一中事件"的真相。第二，向他们和当天参加考试的返城待业知青及全体二十余万返城待业知青赔礼道歉。第三，保证今后不再发生类似的愚弄他们的事。

"调查组"的三名成员这才意识到自己高兴得太早了，都不免阴沉下脸，回答无权接受他们这些"苛刻的条件"。

"那就派有权接受条件的人来进行谈判吧！"

"苛刻的条件？难道愚弄了我们一场，想一不澄清真相，二不赔礼道歉吗？难道以为我们是好愚弄的吗?！"

"不答应这三个条件，我们宁可不要自由！"

"没有工作，我们的自由算是个屁！"

"我们等待着发落！我们有耐心，看究竟能把我们怎样发落！"

他们全体愤慨起来。

"谈判"破裂。他们撇下三名市委"调查组"成员，扬扬长长地干活去了！

他们也有他们的尊严，他们要向社会证明他们的尊严是不可辱的，他们要在城市争回他们的尊严。共同的命运将他们团结在一起了,他们并不感到孤独无援,他们知道他们并不孤立。每天都有他们认识的或不认识的返城待业知青来看望他们,告诉他们二十余万没有忘记他们三十几个,他们觉得他们成了二十余万的一面旗帜。

他们甘愿做这面旗帜!

他们是坚定地要同城市,要同他们的命运抗争到底了!

这是盲目的挑战,这是必然的盲目,这是合理的必然,这是历史一步步演算出的社会方程的"根"。

就在这一代人同历史,同城市,同社会,同他们的命运对峙的情况下,一种势力,一种"文化大革命"中形成,"文化大革命"后巩固的势力,一种似有似无的势力,正密谋着如何挽救他们的危机。

而一种政治势力在挽救危机的时候,往往是要借助无辜者的鲜血的……

"郭立强,你弟弟看你来了!"

郭立强挑起一担砖正要上跳板,听到姚守义的喊声,蹲身放下了担子。

"在哪儿?"

"那儿!"

不远处,弟弟正望着他。

他大步朝弟弟走了过去。

一名持枪看押他们的公安局的刑警队员拦住了他:"干什么去?"

他不理睬那个刑警队员,继续朝弟弟走去。

他走到弟弟跟前,苦笑了一下,说:"我们正干活呢!"那口气仿佛他终于有了正式工作,是一名建筑工人了。

弟弟用阴郁的目光瞧着他,半天没开口。

他又说:"以前我在类似的情况下看过你,今天轮到你来看我了!"

弟弟还是不开口。

"你何必到这种地方来看我呢!"他因为辜负了弟弟对自己那么大的希望,感到很内疚。

弟弟仍不开口。

"这幢楼三个月后就能完工。"他有意扭转话题,仰起脸望着大楼,其实是在避开弟弟的目光。

"他们打你了?"弟弟终于开口了。

他下意识地用手轻轻摸一下左眼眶,又苦笑了:"因为那天在考场上我打了人家一拳啊!"

"疼吗?"

"不疼。"

"眼眶都青了!"

"我那天把人家一拳打昏了,所以人家打我的时候我没还手,要不打不到我眼眶上。"

弟弟的双眼中渐渐盈满了眼泪。

"别眼泪汪汪的,你曾经挨过的打不是比我惨得多吗?"

弟弟垂下了头,眼泪滴落在沙土中。

"立伟,你看着我,我要对你说几句要紧的话。"

"你说吧,我听着就是。"

弟弟不抬头。

"你要把她当嫂子对待!"

"……"

"她已经是你的嫂子了!"

弟弟渐渐抬起头,默默地望着他,不说话。

"我要求你从今以后尊敬她!"

弟弟眼中仍噙着眼泪,点了一下头。

"你回去吧!告诉她别替我担心。"

"她想一块儿来,可是孩子没人照看……"

"孩子?"

"就是我亲眼看到过的那孩子……我一直怀疑是她的,可不是。是你们一个北大荒返城知青的孩子……"

"男孩儿女孩儿?"

"男孩儿。她说你会同意抚养的……"

"她说对了。你呢?能喜欢一个不是亲侄子的侄子吗?"

"哥,只要你喜欢那孩子,我就也喜欢那孩子!"

"我?……我们北大荒知青的后代,我要当亲儿子来抚养!"

"那我就是他的亲叔叔!"

"嫂子也有了,侄子也有了,我和她的工作,将来也会有的,你还眼泪汪汪的干什么?"

弟弟不由得笑了一下,擦去了脸上的泪痕。

"我该干活去了!"

"哥,我给你带来一条烟。"

"我们不缺烟。差不多天天有人给我们送烟来,都是返城待业知青送来的。"

"尽抽别人的烟多不好!"

"那给我吧。"

弟弟从平日上班装饭盒的布兜里取出一条烟,正要交给他,被另一只突然出现的手夺过去了。

一名刑警队的小队长站在他们身旁。

"大前门!还是带嘴的!"对方将那条烟在空中抛一下,接住,冷笑道:"没工作也抽这么好的烟?"

"给我。"郭立强克制地说。

"给你?没收啦!"对方将拿着烟的那只手朝身后一背。

"你敢!把烟给我哥哥!"郭立伟愤愤地嚷道。

对方的目光转向了郭立伟,故作诧异地说:"原来是你呀,当年的'半导体'？久违了啊？我可真有点荣幸呢,如今又看管起你哥哥啦!"

"你……"

"你送我一条烟,我今天挺有造化是不是？"

被生活驯化了的野蛮性格,在郭立伟的血管里顿时奔突起来!他不能容忍这个穿蓝警服的人当着他哥哥的面侮辱他,同时当着他的面侮辱他的哥哥。如今他是将他们郭家兄弟俩的尊严看得比他们的生命还重要的!他双手在发抖,紧紧握起了拳头。

郭立强看出了对方是在有意激怒他们,他不能理解这个穿蓝警服的人为什么要这样做。

"你究竟想干什么？"他推开了弟弟,怒视着对方大声说:"把烟还给我!"

"还给你？"对方又将那条烟在空中抛了一下:"有谁能证明,这条烟是你们的,不是我的？"

"你王八蛋!"郭立伟骂了一句。

"好小子,满嘴喷粪!我要教训教训你!"对方说着,跨前一步,挥拳便打。

郭立强一把擒住了对方的腕子,说:"立伟,你别惹是生非了!快走吧!"

郭立伟不愿给哥哥找麻烦,恨恨地转身走了。

郭立强见弟弟走远,才放开对方的腕子。

"这条烟就算是送给你的吧!"他盯着对方说:"可你心里要明白,我不怕你!"

"你还识时务。"对方道,"你去把那铁锹拿起来!"口气是命令式的。

在离他们七八步远处,一把铁锹插在沙堆上。

郭立强不明白对方的用意,他迷惑着,没动。

"我叫你把那铁锹拿起来!"

他看出了对方分明是在向他继续挑衅,正因为看出了这一点,他隐忍着,努力压抑着恼怒。对方的挑衅究竟要达到什么目的,实现什么企图,却是他无从猜测的。

他转身向沙堆走去。

郭立强啊郭立强,你又怎么会知道,你今天注定了要成为一种政治势力预先策划的阴谋中的牺牲!因为你有一个当年被“专政”过的弟弟。

某种政治阴谋一旦选择了谁作牺牲,这个人就难以逃脱牺牲的下场!

当他走至沙堆前,将铁锹从沙中拔出来,握在手里的时候,听到了一声枪响。

他转过身,看见手枪拿在对方手中,枪口对准着自己,对方的脸冷酷无情。

他张了张嘴,要向对方发出质问,却觉得脚下的大地开始旋转。

他双手仍紧紧握着铁锹。

血,鲜红的血,一滴一滴滴在锹柄上,滴在他的双手上,滴在沙堆上。

他不是朝天开了一枪,他是朝我开了一枪呀!为什么?……

最后的疑问凝固在头脑中,成了对命运的迷惑不解的“遗”问。这个返城待业知青一下子栽倒在沙堆上,停止了呼吸。

郭立伟听到枪声,猛转过身。他见哥哥倒在沙堆上,一颠一颠地跑了回来,跑到沙堆前,将哥哥抱在怀中。

“哥,哥,哥!……”他一声比一声高地叫着。

哥哥的两眼瞪得很大,却失去了目光。

他想把铁锹从哥哥双手中抽出来,竟抽不动。

哥哥胸部涌出的血也染红了他的双手。

“哥呀哥!……”他撕心裂肺地大叫一声,号啕恸哭。

三十几名被看管的返城待业知青,许多工人和十几名蓝警服都朝这里跑来。

人群围住了郭家兄弟。

在郭立伟的哭声中，人群渐渐分化。蓝警服们感到了事态的严峻性，站到了他们的小队长的身后，一个个将右手防范地按在手枪枪套上。

三十几名被看管的返城待业知青聚拢了，他们一步步逼向蓝警服们。

围住郭家兄弟的只剩下了工人们，他们同情地摇着头。

砰！……

刑警小队长又朝天开了一枪。

他喝道："谁再往前走一步就打死谁！他想用铁锹袭击我！他是咎由自取！我是正当防卫！"凛凛的语调中却暴露出了内心的胆怯和惊慌。

三十几名待业知青朝"蓝警服"们扑了过去……

第一场春雨在"五一"国际劳动节这天淅淅沥沥地下起来了。

姚玉慧斜卧床上，不胜闲愁地观望着雨滴淋洗窗外那棵树的新叶。

忽然，她听到了一阵歌声：

> 兄弟们啊，姐妹们啊，
> 不能再等待……

不是一个人的歌声。

不是几个人的歌声。

不是几十人几百人的歌声。

是成千上万人的歌声！

她怔怔地倾听了片刻，一跃而起，顾不上穿鞋，只穿着袜子奔到了阳台上。

歌声在城市上空回荡着，震彻着。

> 兄弟们啊,姐妹们啊,
>
> 不能再等待……

二十余万返城待业知青组织在一起,聚集在一起,被他们的一个返城待业知青伙伴的死所激怒,向城市示威游行了!

她无法看见他们的队伍。

他们正冒雨行进在大街上,向市委而来。

他们所经之路,交通完全中断!

"金嗓子"倒退在他们前面,他的嗓子已发不出雄浑宽广的声音了,他紧封双唇,挥动两臂。

返城待业知青队伍,在他的指挥下,反反复复地只唱那两句:

> 兄弟们啊,姐妹们啊,
>
> 不能再等待……

不知他们是在什么地方,怎样集合起来的。

雨淋湿了这支队伍。他们一步步地"占领"了一条街道,又"占领"了一条街道。

"文化大革命"中,也没有哪一派能够组织起这么一支浩浩荡荡的示威游行队伍!

在这支队伍里,默默走着徐淑芳,怀抱着宁宁。

北大荒返城知青之子,被他的知青母亲用衣襟包裹着,遮挡着淅淅沥沥的雨滴。

在这支队伍里,默默走着严晓东和王志松。他们也像徐淑芳一样,一人怀抱着一个孩子。是"金嗓子"的双胞胎女儿。

他们继续"占领"着一条又一条街道!

一根竹竿挑着一件破旧的兵团战士的棉大衣,高高擎举,作为他们的旗帜。

他们似潮流要一条街道又一条街道地淹没这座城市!

一切车辆避向马路两边,没有一个司机敢按一声喇叭。

一段马路上准备重铺路面的一堆堆,在他们经过之后,沙堆不见了。

一个交通岗亭,在他们经过之后,被连同底座搬上了人行道,里边的交通警呆若木鸡。

雨,更大了。

他们的歌声,更高了。

他们经过市劳动局后,那条马路上坐满了他们的伙伴。

他们经过市公安局后,那条马路上也坐满了他们的伙伴。

他们经过省教育厅,那条马路上又坐满了他们的伙伴。

城市被震慑了!

城市屏息敛气。

只有他们的歌声响彻城市上空:

> 兄弟们啊,姐妹们啊,
>
> 不能再等待……

站在阳台上的姚玉慧,终于看到他们了。他们出现在胡同口,一步步"占领"了胡同,朝市委领导宿舍大院走来。

她看到的只不过是他们分出的小小一支队伍。

警卫人员没来得及关上门,铁栅院门被冲开了。这支队伍拥进院内,顷刻坐满了一院!

她如同被定身法定在了阳台上!她呆呆地俯视着他们。

徐淑芳也在这些返城待业知青中,她首先发现了自己当年的教导员,认出了自己当年的教导员,怀抱着宁宁,仰头望着自己当年的教导员。

大雨泼在她脸上！

大雨淋透了她包裹着宁宁的衣襟。也许那孩子感到冷了，突然哭起来。

当年的知青教导员猛地离开阳台。她冲出楼，撑着伞跑到徐淑芳身旁，替徐淑芳遮雨。

"教导员，原谅我。"

"我也代我父亲，请你们原谅。"

"我们不是冲着他一个人来的。"

"谁的孩子？"

"我们的。我们大家的。他曾被遗弃在火车站……"

姚玉慧想起了返城那一天弟弟对她讲的事。

她说："把孩子给我，让我抱进屋去，他会被淋病的！"

徐淑芳感激地点了一下头。

她从徐淑芳怀中抱过哭着的孩子，跑进楼去。

阿姨惊恐万分地围着她团团转："这可怎么好？就你一个人在家，他们要是……这可怎么好？……"

她苦笑道："什么事也不会发生的。阿姨，你给这孩子冲杯奶去吧！"

阿姨六神无主地离开后，宁宁不哭了。

她抱着孩子走到窗前，望着在雨中坐满院子的当年的知青伙伴，心中说："爸爸啊，原谅他们吧，他们是不能再等待了，像您的女儿一样……"

她不由得将自己的脸紧紧贴在孩子脸上……

返城待业知们的队伍在继续向市委走去。

公安局长高大魁梧的身材，仿佛一座碑。他叉开两腿站在返城待业知青队伍正走过来的马路尽头。

他身后，排列着由数百名刑警队员组成的双重散兵线。

一辆小汽车从马路尽头的丁字形路口出现，直开到他身边才猛刹住。

市长跨下了小汽车。

市长低声说:"立刻撤走你的刑警队,否则我罢你的官!"

老局长看了市长一眼,语气十分强硬地回答:"我有职责保卫这座城市的治安,现在谁也无权命令我撤走我的刑警队!"

"我不认为这是骚乱!"

"恰恰相反,我认为这是粉碎'四人帮'后发生在本市的最大一次骚乱!"

"他们没有打砸抢!"

"他们若敢,我就下令开枪!"

老局长说罢,从头上摘下了警帽,向市长递去。

市长不接。

他缓缓弯腰将警帽放在雨地上。

市长被激怒了:"当你开枪时,站在你枪口前的将是我!"

老局长不再回答,岿然不动地注视着越来越近的返城待业知青们的队伍。

双方接近得仅距五六米了,返城待业知青们的队伍停止了前进。

一辆接一辆靠在马路边的公共汽车和无轨电车里的乘客,纷纷跳下,争先恐后跑进各个商店。

"金嗓子"不由得转过身,这才明白队伍因何而停止行进。他对"蓝警服"们张大嘴喊了一句,然而没有人听到他喊的是什么,因为他的嗓子沙哑得几乎喊不出声音了。

老局长做了一个手势,他身后的双重散兵线,迅速形成了阻挡的蓝色方阵。

从返城待业知青们的队伍中跨出一个人——严晓东。

他轻轻推开"金嗓子",朝队伍振臂高呼一句:"跟着我!"

他一步步向前走。

返城待业知青们的队伍一步步跟着他。

"站住！"老局长厉喝一声，一只手放到了手枪套上。

市委大楼就在他身后，他绝不允许他们再接近市委大楼一步！

严晓东没有站住，对他的警告和他的动作听而不闻，视而不见，继续向前走。

市长一步跨到严晓东与老局长之间，伸开双臂，面对返城待业知青们大声说："我是市长，我理解你们！也请你们理解城市，理解市委的困难！"

"你理解我们？"严晓东站住了，冷笑道："你根本不理解我们！城市也不理解我们！你的儿子或你的女儿小时候，你带他们到公园里去骑过木马吗？"

市长不明白这个返城待业知青为什么向自己提出这样的问题，一时不知怎样回答才是。

"如果你没有，你无法理解我们！小孩子骑在木马上，每旋转一圈，向父母招一次手，这是人性！你懂吗？我们年年向城市招手，因为我们已不是小孩子，我们却仍骑在木马上！我们不是被艰苦吓回到城市里的！十一年，我们四十余万，可以盖起一座城市！可是我们的青春我们的汗水并没有换取到足以使我们感到自豪的劳动成果！历史浪费了我们的青春我们的汗水！我们不能再等待！……"

严晓东说着，又向前跨了一步。

他身后的队伍，也向前跨了一步。

市长不由得退了一步。

站在市长身后的老局长不由得退了一步。

站在老局长身后的蓝色方阵不由得退了一步。

严晓东将脸转向了老局长："开枪啊！拔出枪来开枪啊！你们不是打死了我们一个吗？你为什么后退了？……"他从地上捡起了老局长的警帽，又说："只要我一句话，我们就会将你踏在我们脚下，将你的刑警队踏在我们脚下！"

他说一句，向前跨一步。

市长连连后退。

老局长连连后退。

刑警队的蓝色方阵连连后退。

"我们并不想闹事！但如果拿枪吓唬我们，那是愚蠢的！我们不过要求城市关注我们的存在，指给我们一个起点！我们他妈的只要一个起点！有了一个起点我们会证明我们这一代人不是废品！……"

刑警队的蓝色方阵已经退到了市委大楼楼前，再无退路。

严晓东将警帽朝老局长一递："您戴上吧！我们连您的警帽也不想踩坏！"

市长替老局长接过了警帽。

"我们是累了，累极了，但我们这一代还没垮呢。市长同志，请您检阅吧！"严晓东说罢，朝后一甩湿漉漉的头发，转身高喊："全体……立正！向后……转正步……走！……"

"向后……转！"

"向后……转！"

"向后……转！"

"正步……走！"

"正步……走！"

"正步……走！"

返城待业知青的队伍中跨出了许多人，站在人行道上，向他们的队伍重复着严晓东的口令。

马路下当年的防空洞，发出巨鼓般的震响。

嗵！……嗵！……嗵！……

挑在竹竿上的破旧的兵团大衣——他们的旗帜，被擎得更高！

兄弟们啊,姐妹们啊,

不能再等待……

这两句歌声又在城市上空回荡。

市长自言自语:"他们和当年是多么不一样!"

是的,他们和当年不一样了。他们已不是当年的"红卫兵"了。他们也厌恶了流血和骚乱,只想向城市表明他们的存在,所以他们向后转。

老局长暗自呼了一口气。

嗵!……嗵!……嗵!……

马路两旁的街树抖动着。

各种车辆,缓缓随在他们身后,终于有了行驶的机会。

"开枪打死那个返城待业知青的事,你调查了吗?"

"我正在调查。也许事情是复杂的,会有某种背景……"

"噢?……"

"子弹从背后击中,正当防卫不能自圆其说。"

"没有那件事,不会导致今天这件事。"市长说着,将警帽递给老局长。

老局长接过,许久才戴上。

"我相信……"

"什么?"

"他们今天能够把我,把你,把你的刑警队踏在他们脚下,可他们没有。"

"我今天也是作好了他们从我身上踏过的思想准备的。"

"喜欢文学吗?"

"不感兴趣。"

"一本小说也没读过?"

"读过一本——《刑警队长》。"

"再多读一本吧——《悲惨世界》。"

"……"

"书中一个人物很有点像你,名字叫沙威。"

"正面人物还是反面人物?"

"一言难尽。"

"下场如何?"

"给自己戴上手铐,跳进塞纳河淹死了。"

老局长不再问什么,抬头向返城待业知青们的队尾望去。

他们的旗帜——挑在竹竿上的破旧的兵团战士大衣,像高高擎举着的十字架上的耶稣。

嗵!……嗵!……嗵!……

防空洞发出的震响,如城市的巨大心脏在搏动。

忽然,一棵街树渐渐向马路倒下。随即,又倒下一棵,又倒下一棵……

马路两旁的街树,都开始向马路中央倾斜,纷纷倒下,障碍了各种车辆的行驶。

这情形使市长、老局长和刑警队员们惊诧万分。

而紧接着发生的情形,更加使他们目瞪口呆—— 一长段马路徐徐向中间塌陷下去!

又一长段马路徐徐向中间塌陷下去!

一辆公共汽车,两辆无轨电车,同时随马路塌陷下去,只露出平顶,无轨电车的"辫子"脱离了电缆,在空中摇晃。

老局长反应迅速地大吼一句:"快抢救!"

他的刑警队员们奋不顾身地向塌陷地段奔去!

返城待业知青的队伍也骚乱起来。他们被他们自己的力量惊呆了!

严晓东第一个跳下塌陷地段救人。

王志松、"金嗓子"跟在其后跳了下去。

无数"兵团服"跳了下去……

马路仍在塌陷。

当年耗资巨万的"防空洞",今天被证明在现代战争中没有任何实际战备意义。

返城待业知青们的旗帜倒了,被踏在他们自己的脚下……

图书在版编目（CIP）数据

雪城 / 梁晓声著 . — 青岛 : 青岛出版社 , 2014.12
（梁晓声文集 . 长篇小说 ; 1）
ISBN 978-7-5552-1319-2

Ⅰ . ①雪… Ⅱ . ①梁… Ⅲ . ①长篇小说—中国—当代
Ⅳ . ① I247.5

中国版本图书馆 CIP 数据核字（2014）第 283745 号

责任编辑　　常　红